HE XING AN WEN JI

贺兴安文集

第1卷

图书在版编目（CIP）数据

贺兴安文集：全3册／贺兴安著.—北京：人民文学出版社，2016
ISBN 978-7-02-012184-7

Ⅰ.①贺… Ⅱ.①贺… Ⅲ.①中国文学-当代文学-作品综合集
Ⅳ.①I217.2

中国版本图书馆 CIP 数据核字（2016）第 268653 号

责任编辑　仝保民
装帧设计　陶　雷
责任印刷　芃　屹

出版发行　人民文学出版社
社　　址　北京市朝内大街 166 号
邮政编码　100705
网　　址　http://www.rw-cn.com

印　　刷　北京天正元印务有限公司
经　　销　全国新华书店等

字　　数　1200 千字
开　　本　710 毫米×1000 毫米　1/16
印　　张　92.25
印　　数　1—2000
版　　次　2017 年 6 月北京第 1 版
印　　次　2017 年 6 月第 1 次印刷

书　　号　978-7-02-012184-7
定　　价　188.00 元

如有印装质量问题，请与本社图书销售中心调换。电话：010-65233595

作者画像（姚有多 作）

谨以我毕生的文字，
献给我心中的关山尖以及故乡的人们；
献给我平生无论健在或已过世的海内外的朋友们；
献给我的妻，我的女儿雯、兵、苇！
献出我的理想和全部的情！
一介书生，惟以纯诚！

序

曾想自己出书的时候让老爸给写个序。一年年过去，爬格子的小径曲折又漫长，书还没写完，却担当起给老爸的文集写序的任务。

老爸这一辈子对文学的倾注可谓皓首穷经。文章千古事，得失寸心知。他写起文章来，全城宵禁，我们都要轻声细语，不能扰乱他的文思。他的每篇文章都要精敲细打，一字一句都殚精竭虑。每到兴会处，则摇头摆脑，眉飞色舞。而到了苦吟期，则愁眉不展，三月不知肉味。

老爸对文学的热爱也传染给了我。当年他在编辑部工作，总收到其他杂志的刊物。而我就成了这些杂志的忠实读者。最喜欢的是他从图书馆借来的书，从美学到文学名著到名人传记，简体字的繁体字的，都成了我的读物。时间长了，他看出来我能传承他的衣钵，会把他喜欢的文章与我分享。

记忆里几次吃小灶的经历。一次是在初中，一个同学的作文引用了"但愿人长久，千里共婵娟"的诗词，读了后顿觉天崩地裂。此曲只应天上有，人间能得几回闻。我飞奔回家问他诗词的出处。他从书架上抽出《宋词选》，详细地诠释了苏东坡的《水调歌头》，从此开启了我的宋词时代。还有一次是春节的猜谜，提到王国维的古今大学问者要经历的三个境界，从昨夜西风凋碧树，一直到蓦然回首。当时感觉诗句的奇绝与悲凉。让文学评论家的老爹一讲，从刚开始一个人孤单凄凉地在道路上郁郁独行，无怨无悔，到最后意外地在灯火阑珊处实现毕生的追求，让我确定了追求理想的人生态度。

上世纪九十年代我出国了,也开始写散文。每次写完寄给母亲,让她帮我寻找国内报刊发表。母亲有时也给他看看,他的反应一概是"不行"。而当文章一一见报,看到铅字版,他的态度也变成了"还可以"。随后我的兴趣开始转移,喜好的天平由文学向绘画倾斜。平时很少在电话里和我们聊天的老爸居然让我专注于文学创作,不要分散精力。挂上电话后我深思了半天,感慨从以前的"不行"到现在的"集中精力",老爸态度的转变是对我文学创作的多大肯定。

老爸的演讲据说也精彩之至,遗憾的是我从未亲耳聆听。母亲说,他讲到兴头上,会从椅子上站起来马上又坐下,把外衣的扣子一颗一颗解开紧接着又一颗一颗系上,一次接着又一次,神采飞扬,舞之蹈之。姐姐的中学老师请他去讲过一次课,他谈文学。四十多年后,当时聆听过父亲演讲的同学不经意间提起贺老师对他的影响,让老妈感动不已。

老爸曾经想在退休后好好大干一场,多多地写,甚至用这个做借口拒绝移民他乡。谁能怪他呢?他45岁辞掉让人羡慕的新闻工作,转回到他热爱的文学本行,这需要多大的勇气。他在90年代初以每一两年一本书的速度先后发表了文学评论专著、沈从文评传和散文集,仿佛岩浆喷发,势不可挡。而2001年的一场大病则严重影响了他,2004年发表了《王蒙评传》后几乎辍笔。

半年前我让他给我写评论,他抄了几句我文章的话就没了下文。这让我想起几年前带他们去张家界玩,他在机场候车室的模样。夕阳透过落地窗照射在他的脸上,我看到一个眼神涣散,嘴巴凹陷,沉默不语的老头儿。而到了张家界,我们向当地人打听美景。他一听,立刻来了兴致,气宇轩昂地宣布一定要看看。当我们面对群山沟壑时,他双手叉腰,迎风而立,啧啧称奇,我心目中的老爸又回来了。

看到他那兴致勃勃的样子,我又想起了若干年前的一个个头矮矮,穿着灰扑长衫的男孩。他望着关山尖,期冀走出闭塞的小镇看外边世界。他后来终于去了县城的中学,又毕业于武汉的大学,最后在中国首都最高的学术机构——社科院文学所做编审,成绩不可不说斐然。但由于时代、地域和身体的限制,他本可以写的更多更好的书却终究没能出来。

"好好学习文学,好好认识人生。"这是老爸在几十年前的一个日历本上给我的题字。每当我想到这两句话,总看到一个干巴老头儿,背着手,倔强地一步一个脚印地向前走。然而在那一切的表象下,是他一生对文学的澎湃激情,和无怨无悔的执着。

冰 荷[①]

2016年12月3日于渥太华

[①] 贺兴安的女儿。

目　次

第一辑　评论：独立的艺术世界

一 评论家——他献出了生命,于是选择了评论 ………………… 5
可曾注入自己的生命？ …………………………………………… 6
从技艺状态进入艺术状态 ………………………………………… 9
评论家的生命形式 ………………………………………………… 15
关于四个角一个中心——评论家的视野与局限 ……………… 20

二 评论——烙迹着生命、激情与灵智的一切有关文学的文字
………………………………………………………………………… 28
评论的范围有多大？ ……………………………………………… 29
文学评论,是科学还是艺术？ …………………………………… 34
评论的价值也纳入价值论的视野 ……………………………… 40
评论的价值形态 …………………………………………………… 43
评论的主体价值 …………………………………………………… 51

三 批评标准——不存在一把挂在墙上可以衡准一切的标尺
………………………………………………………………………… 55
批评标准的双向运动 ……………………………………………… 55
批评标准的统一、差异与矛盾 …………………………………… 59
批评标准的主观性与客观性 ……………………………………… 63

批评标准的"雅"与"俗" …………………………………… 68

四 视角与方法——处在不断丰富、不断补充的永无止境的发展中
……………………………………………………………… 76
文学评论的开放与矜持 …………………………………… 77
"合力"论与"悬浮"说的启示 ……………………………… 82
弗洛伊德与文艺评论三解 ………………………………… 91
可解与不可解之间——形式主义理论自身否定的联想 …… 100
"给定"与"未定"之间——阐释与接受理论两个极端的
　联想 ……………………………………………………… 105
比较方法漫议 ……………………………………………… 113

五 批评过程——从改造我们的阅读入手,在判断上自觉认识
自己的局限 ………………………………………………… 126
从直觉入手,还是概念先行? ……………………………… 127
释义的可能与真义的不可穷尽 …………………………… 134
判断:面对作品与审美的差距 ……………………………… 143

六 批评家札记——从文化建设角度,对外国名家采取勇于吸
收的态度 …………………………………………………… 154
别林斯基评果戈理札记 …………………………………… 155
杜勃罗留波夫的性格评论 ………………………………… 161
车尔尼雪夫斯基谈托尔斯泰的"心灵辩证法" …………… 169
漫说海涅的文艺评论 ……………………………………… 175
圣勃夫对乔治·桑的评论 ………………………………… 180
读勃兰兑斯的作家评论有感 ……………………………… 190
克罗齐的直觉说与文学批评 ……………………………… 196
艾略特的"整体"观与"事实感" …………………………… 202

传记文学——作家的一种评论形式 ······ 206

七 也算作结语 ······ 215

后记 ······ 227

第二辑 楚天凤凰不死鸟
——沈从文评论

我说沈从文(代序) ······ 231
前言 ······ 234

第一章 一个艺术型"乡下人"的铸成 ······ 237
一、苗族、土家族的血液 ······ 237
二、"为现象所倾心",对现实做到"五官并用" ······ 240
三、惨痛的经历 ······ 244
四、走向"为新的人生智慧光辉而倾心" ······ 246

第二章 令人忧虑和哀叹的乡间生灵 ······ 250
一、闪光的怀乡片断 ······ 251
二、吊脚楼的爱与怨 ······ 253
三、辰河水上的船工 ······ 258
四、牢狱生活种种 ······ 261
五、难忘的杂役形象 ······ 266

第三章 交织着虚华、庸懦与追求的都市面影 ······ 271
一、绅士、太太等"废人"们 ······ 272

二、沉沦者的邂逅 ………………………………………… 275
三、城里女性的追求 ……………………………………… 278
四、"作家"的种种表现 …………………………………… 285

第四章　虚幻世界的遐想和寄与 ……………………… 291
一、力与美、爱与信的颂歌 ……………………………… 292
二、为不曾蹂躏的爱而死 ………………………………… 294
三、佛经故事的改写 ……………………………………… 297

第五章　边城自然、健康的"人生形式" ……………… 304
一、从萧萧、三三到翠翠 ………………………………… 305
二、《边城》特殊魅力的三个表现 ………………………… 308

第六章　湘行旅途的沉痛与忧思 ……………………… 321
一、历史风云、社会风情、自然景观与艺术性格的四重奏 …… 322
二、人生循环与历史循环的深长慨叹 …………………… 326
三、坦露自己，执着对人生、对美的无挂碍的探究 …… 330
四、"孤独悲哀"的"乡土性"抒情 ………………………… 335

第七章　针砭时弊的长河画卷 ………………………… 342
一、几个反映社会疾苦的短篇 …………………………… 343
二、《长河》思想艺术的三个方面 ………………………… 349

第八章　孤独求索、辛勤奉献的一生 ………………… 362
一、宇宙观、美学观和社会实践 ………………………… 363
二、沈从文在文学上的贡献 ……………………………… 398
三、从文学角度看文物研究 ……………………………… 417

后语 ·· 426

作者的话 ··· 429

评论沈从文之余 ····································· 432
再说自叙中的沈从文 ······························· 437
从《水云》看沈从文的创作模式 ················ 447
湘土异域情 ··· 453

评论：
独立的艺术世界

当一个评论者用泪水、也借墨水写作的时候,你是很难简单地用墨水制服他的。

他单纯得像一个情不自已的稚童,在作品面前;同时,他又冷峻得像一个僧人,即使面对一部杰作。

评论,在创造一个世界,一个独立的艺术世界。

——作者前记

一　评论家

——他献出了生命，于是选择了评论

如果像有人比喻的，把作家说成是远离家门的远行者、孤独的狩猎者，是从此岸走向彼岸；那么，评论家似乎相反，他是远行、求索之后，从彼岸回到了此岸。他不是凝结成书，而是回到了书，面对了书，写就了书后的书。

正因如此，当我回顾过去，对年轻批评家的早死，跟对青年诗人的早夭一样，在灵魂上感到惊吓。他们都是把热血沸腾的生命、难以言对的苦痛，献给了评论，献给了艺术。且不谈他们的作品、评论，单看这种用热血、用生命去换取文字，这行为，这交易，是何等悲壮呀！

也正因如此，我把包括评论家在内的所从事的文学事业，比作"杜鹃啼血"的事业。那是对我心中的景慕者的最美的赞词。

赫尔岑曾经这样评论别林斯基：

"你在每一句话里都可以感觉到，他是用自己的血，用自己的神经在写作着，你可以感觉到，他怎样地消耗着它们，又怎样地烧毁了自己。"

也许，评论家有许多秘密，我们可以列举一大堆、一大堆，而这是最深刻的秘密。

可曾注入自己的生命？

托尔斯泰曾经说："一旦搞了文学，就不要闹着玩，而要贡献出整个生命。"

把文学事业看成一种贯注自己生命的献身活动，似乎是许多作家的共同看法。即使是现代主义作家，只要是严肃的，真诚的，也怀抱人类的良知，有着为真、善、美而斗争的愿望。艾略特说过很好的话："在任何时代里，真正艺术家之间，我认为有一种不自觉的联合。"福克纳就强调作家的理想和自我牺牲精神，他接受诺贝尔奖奖金时说，文学"是我毕生从事的劳动，是精神的痛苦而辛勤的劳动，不是为了赢得声誉，自然，更不是为了获得金钱"。

托尔斯泰讲的话，自然是就文学创作而言的。然而，深究起来，也可以说是道出了文学评论的深刻秘密。或者说，这是整个艺术的秘密。

对于评论工作者来说，还有什么比这更重要的呢？如果在自己的评论事业中不能注入和贡献出整个生命，就失去了主心骨，失去了根本。或者说，有了它，全盘皆活。否则，就只是抓到了皮毛，就是雕虫小技，就是"闹着玩"。

评论家总是从时代和人类生活的大潮里，汲取自己的种种力量，从主客体的交融中形成自己独特的个性和创造能力，饱和感情、思想、才智以及巨大的热情。从事其他职业的人，也要付出自己的生命，但只有文学艺术才是从事业本身，事业的全过程，直到成果的体现，都跃动着创造者的不息的生命。读俄国三大评论家的作品，无论是别林斯基对俄国文学进程的宏观把握，他那汪洋恣肆的激情和雄辩力量，或是杜勃罗留波夫对作家、作品的微观分析，他那至今还难以企及的对人物性格的精妙剖析，以及车尔尼雪夫斯基在理论上的创见和宏阔概括，无不洋溢着他们各自巨大的精神力量，洋溢着他们在俄国解放运动中汲取的人道主义和民族解放的热情。读勃兰兑斯的《十九世纪文学主流》，也感到进入了一个宏大而完整的艺术世界。读读这些卓越评论家的作品，读读他们对作家作品的精彩评论，总是在我们的脑海里跳跃着作家和评论家的两个生命。或者，如左拉评价圣西门所说的"句子都是生命的跳跃，墨水被热情灼干"，他们把自己生命的火花燃尽在毕生的评论墨迹里了。

评论的独立价值，评论是否退化到一种可悲的附庸地位，成为一张可有可无、或详或略的节目说明单，也仰赖于评论家本人的艺术生命的独立价值，仰赖于评论家的情智和人格的深厚力量。高尔基谈到别、车、杜时，说这些"新人物"使整个文坛"不胜惊讶"，其原因也就在于他们"精神上都成长起来了"。高尔基提到别林斯基的精神力量时说，他"来历不明，却一下子占据了文坛的领导地位。无意中迫使人们屈从他的思想的力量和人格的魅力"。高尔基谈及评论的独立价值，有过如下一段有趣的描述："当别林斯基开始向社会解释《钦差大臣》和《死魂灵》的深刻的社会意义时，果戈理反害怕这样的解释来了，于是公开声明，说他跟这个给过他某些批评的人全没有过一面之缘——就连别林斯基这名字他也不敢提了。"

我们的文学进入新时期以后，出现了评论与创作展翅齐飞的局面（虽然相对说来，评论尚有差距）。究其根底，主要原因也不全在于评论家的书读得比过去多了，写作技巧日臻完善了，而是他们的独立判断日趋成熟。他们创造性地运用马克思主义的观点和方法，不再是简单的"政治传声筒"。于是，在评论文章里，消失了那层厚厚的障壁，读者又重新感受到了评论家的生命的跃动。如同青年作家张承志所说，写评论文字也同创作一样，把它看成与读者的一种难得的"宝贵的诉说与交流的机会和缘分"，袒露自己的胸臆，而"根本不是在做文章"。

我们可以读一读王蒙的许多评论文字。先举一例，读者被张弦笔下众多妇女形象感动了，王蒙的评论文章又把张弦的这些形象加以综合，加以熔铸，使我们获得了第二次感动和审美享受：

> 他们大多是一些女性，她们有秀美的外表和心灵，她们有过天真而又美好的青春，但是，当有形的而在更多的情况下是无形的俗恶势力扑向她们的时候，她们是不设防的，也许可以干脆说这是一些善良的弱者。对于斗争，她们都那么缺乏准备、经验、艺术和勇气，她们是太娇嫩了，似乎不该生在这个荆棘丛生、战云密布、难逢开口笑的世界上。

这当然是一种局部情况，是一个作家的一个时期和一些作品所展示的图景。但即此一端，我们感受到了张弦作风的真实性的力量，感受到了王蒙文章里所蕴含的这位作家兼评论家自己对女性命运和人生的慨叹。

钟惦棐对影片《天云山传奇》的评论，可以说完全把自己坎坷经历中蕴蓄已久的情绪和见识贯注进去了。他评述罗群这个形象，就精到地指出了"多少年来，我们警惕着把敌人引为同志，但却很少警惕把同志当作敌人"的错误，这是遭受磨难的同志的真切体会。文章一开头，就抓住了读者：

> 影片《天云山传奇》的 951 个镜头，11388 英尺胶片全部从银幕上划过去了，而观众还静静地坐着不动。他们是否如导演所预想的，是在为三个女性的命运苦想沉思？还是为这一段不寻常的历史寻求答案？
>
> 如果是前者，那么，他们对知难而退的宋薇，是否会比她对自己谴责更深？而对冯晴岚，是讪笑还是同情？还有那个"桀骜不驯"的周瑜贞，是当作一种"时代病"，还是看作

新一代人的觉醒?

这种深切的体察和对观众的诘问,明显看出评论者的酸楚和对沧桑人世的思考。也许正是由于这种"根本不是在做文章",评论者即使是分析影片的时代背景,对影片作宏观比较,也不是那种人人袭用的干瘪文字。他比较《天云山传奇》和《中华女儿》,"一个流血而不流泪,一个流泪而不流血;一个悲壮,一个沉郁。"历史总是从曲折中走过来的,评论家敢于直面历史的哀痛,又具有远见和开阔的胸怀。他指出"经久的磨难比之经久的诸事如意,似乎更能造就作家"。

同生活一样,同优秀的作品一样,我们的评论、理论也应该是日新的、常青的。这里,关键也在于我们以自己的心智、情思感受新的时代,理解新的时代。我们不能死死抱住已有的、传统的观念、概念、方法不放,我们不能辗转在书本的寻章摘句和概念演绎里,其结果,必然是同时代、同生活脱节。说严重一点,这样的学风和文风,会使我们变得陈旧,成为落伍者,我们的文章甚至会僵化为一块化石。

鲁迅先生说:"非有天马行空似的大精神即无大艺术的产生。"由此而旁及其他,旁及知识、经验、手法、方法等等,我们才能获得真正的充实。就此,我们可以套用"功夫在诗外"的古语:功夫在评论外。

1985 年 4 月

从技艺状态进入艺术状态

法国一位批评家半玩笑地把批评说成"第十个文艺女神",其用意是真诚的。批评，或者评论，就应该是一门艺术，评论家应该是艺术家的兄弟姊妹，或者就是别一种艺术家。习惯上，我们把评论与创作分离，因为评论是对创作的评论，似乎评论也就不再是艺术创作。我们把散文、杂文、随笔等等列为创作，把评论看成创作之外的说三道四的东西，是没有多少道理好讲的。实际上，作中有论，论就是作，创作与评论的界限有时分不清楚。罗曼·罗兰写的一些名人传，属传记文学，也是极好的作家、艺术家评论。鲁迅的名篇《为了忘却的纪念》，既是创作，又是评论，是对五位青年作家写下的不朽的评论文字。即使是专门的评论文字，只要是好的，其力量也不在一般创作之下。大概，真正的评论就应该是艺术的。

新时期的文学评论，逐渐从政治的狭隘的附属的工具，回到了艺术的怀抱。这倒不是因为这之前的评论跟政治联系太紧密，或者那个政治出现了多少偏差，而是因为那个评论在根本上是非艺术的。对于文学与政治的关系，西方一些求实的、不怀政治偏见的学者，也能公正地看出一些问题。以社会主义为使命感的艺术，如果艺术家是用生命之泉、感情之液哺育出来的，饱含着深厚的人生体察和苦心追求，它就是很好的艺术。创作与评论均属此列。过去那种政治工具式的评论，是政治概念的比附、拼贴、挪用、演绎，是以大批判组形式扼杀艺术个性的流水作业和群体操作，其制作过程顶多是技术的、技艺的，不属于艺术创作。

新时期开初几年，那是感情勃发的时代，思想奔放的时代，评论和创作一样，就像两股清流，深深吸引着读者。伤痕与反思，既贯注于创作，也贯注于评论。例如王蒙、钟惦棐和其他人的评论，既是作者久郁心头的痛苦和情思的喷发，也是推断说理与声情抒发相交织的机杼之作。其中，是他评，还是自诉，是写评论，还是在创作，很难分得清楚。于是，人们认为，有的作家的评论文字所博得的叫好不亚于他们的个别作品。

由此，想起评论的存在和独立价值。它不是一张节目说明单，如果是那样，节目看完也就可以扔掉了。评论是继作家提供给读者的人生画面的"第二次曝光"，里面有评论家的见识，闪烁着和跃动着他那一颗灵魂。它是说得明白的、清晰的，但这是不够的。它是科学的，解说公允的，这也是不够的。它必须是艺术的。因为即使是科学的，也终归是可替代的，可更迭的，唯有艺术，才蕴含永恒的、生生不息的魅力。科学家烙印着认识，艺术家烙印着生命和灵魂。日本作家川端康成谈到东山魁夷关于北欧的绘画，说这是两者的邂逅，北欧与东山，缺一不可。他说："北欧的大自然风物的存在，是东山的幸福和愉快；而东山的存在，难道就不是北欧大自然的幸福和愉快吗？"这说得真好。仿此推理，优秀的作家因为有优秀的评论，而结下了那份难得的缘分，读者也因之而获得和结下新的缘分。这就是评论存在的真正价值。

同前述作家的情况有些类似，还有许多中青年作家自身的"创作谈"，它们在新时期的文学评论中有着特殊的影响。这些"创作谈"，是作家们整个身世的叙述，是他们从动荡岁月闯荡过来的心的诉说，是他们投下羊鞭、走进艺术大门的如实记录。他们不必像在作品里那样，间接地表现自己，而是直抒胸臆，感情抒发与理性反思并茂，具有较高的评论价值和艺术价值。张承志发表在《十月》上的、后来收在《老桥》集子里的《后记》，何士光的作品集《故乡事》的《后记》以及其他一些作家如陈世旭、叶文玲、韩少功、古华写的创作谈，都是这类受到读者好评的文章。在另一种情况下，作家发表的言论，是他的作品的评论的辅佐材料。比如1985年底，张承志同时发表了中篇小说《黄泥小屋》和评论《美文的沙漠》，我们可以把后者看成解释前面那个中篇的钥匙。《黄泥小屋》里缓缓律动着的几个人物的意识和动作，那依傍大地、挣扎底层的劳动者的欢悲苦乐，以及由此升华出来的生命的抗争与迁徙，还有，通贯全篇的如音乐如画的场景和旋律，如果离开了他主张的"美的叙述"，离开了他的独创的、不可模仿、不可翻译的美文，离开了他那如骆驼突入沙漠的"坚忍、淡泊和孤胆的热情"，就无从把握那个作品的"魂"。

新时期的评论经历了一个阶段的革命现实主义的恢复与正名之后，进入了新的方法、新的观念的横向引进、移植和借鉴。从目前的发展状况来看，似乎又转入了新的一轮从技艺走向艺术的发展过程。从封闭到开放、到引进，本身就是一种进步。方法的多样，观念的变革、丰富和发展，增强了我们接近文学、认识文学的手段与本领。恩格斯晚年在给布洛赫的一封信里，曾经作过这样的反思："青年们有时过分看重经济方面，这有一部分是马克思和我应当负责的。我们在反驳我们的论敌时，常常不得不强调被他们否认的主要原则，并且不是始终都有时间、地点和机会来给其他参与交互作用的因素以应有的重视。"在这封信里，他提出了认识事物要看到它"有无数互相交错的力量，有无数个力的平行四边形""总的合力"的思想。可以说，恩格斯提出了这个问题，把这个问题的解决留给了后人。在文学上，社会批评和经济分析绝不是唯一的方法。我们也应当探索影响文学、影响作家作品的那个无数的"力"。从这种严格意义上说，对象有多么丰富，方法就有多么丰富，文学有多么丰富，方法和观念就有多么丰富，它们是不可能穷尽的。过去，由于闭塞、单打一，忽然听到五种批评模式、六种主要批评趋势，感到耳目一新。

另一方面，经过几十年的实践，西方一些学者也在考虑，某种批评方法固然从一个侧面解释了文学现象，但是由于倡导者的片面性、自成一家的排他性以及在使用上停留在技术、技艺状态，这些方法的覆盖面和生命期各不相同，甚至影响它们的效用。比方说，一般说来，现实主义创作适于采取社会学方法和道德批评，形式主义批评较宜应用于诗歌，精神分析法有利于分析劳伦斯、陀思妥耶夫斯基的作品，荣格的理论对解释深受神话影响的作品有利，此外，语言学、符号学、结构主义各有用途。这些方法可以长期在文学研究中发挥作用。但是，如果把它们孤立起来，加以绝对化，这样，排斥了他人，也就排斥了自己。因此，韦勒克说："在我看来，批评的任务，亦即方向，应该是把某一艺术品作为整体加以分析和评价。"一些西方学者看出了这个问题。文学评论要从技术、技艺上升到艺术，必须是一种整体的、富于感情的把握，要把方法融汇到这种把握中去。弗·克鲁斯在1980年出版的《不列颠百科全书》里指出了这一点，他说："二十世纪文学批评所争论的大多数问题在实质上似乎都是严格地以经验，甚至以技术为基础的。"他对文学批评史的发展作了回顾和对比："文学批评目前所处的位置和它在十八世纪末的情况大体相似，当时是感情表现精神向布瓦罗和蒲伯的权威挑战。现代的作品分析若是已经到了霍尔姆所预言的那种'古典主义复兴'的程度，对此那些想和文学有着更为直接、密切关系的人也许不会欢迎。"因为，方法的使用不当，那种冷冰冰的技术、技艺状态会"堵塞感情的注入"。

从不熟悉到熟悉，从不完善到完善，从单纯使用工具的技术、技艺状态进入到使研究方法融汇到对象的整体的、富于感情的把握，这也是包括西方在内的一个自然发展过程。司各特在谈到二三十年代开始使用心理批评方法时，从"最初的努力不够成熟"，"不很在行地使用这种工具"，"对心理学只有皮毛的了解"，或者无限扩大、不分青红皂白地使用这种工具，都会出现不够完美的地方，这"急于上阵的必然结果"，随着时间的推移，会慢慢消失，"心理学投射到文学上的光辉便逐渐耀眼起来"。从我国的情况来看，这种情况尤为难免。由于一些新的方法所赖以建立的各种新的科学在我国不甚发达，或者译介工作一时跟不上来，也妨碍我们从精神实质上掌握和认识某种流派和方法。当然，也存在一种情况，那种徒有其表、无实质内容变化的新名词大串连，概念大换班，或者将并不艰深的道理说得曲里拐弯，叫人受累费解，这也是读者指出来的，是一种不怎么高明的拼贴性的技术和技艺状态。我们的评论已经意识到并且想要在摆脱这种状态。

区分艺术与技术或技艺，就像区分艺术家与能工巧匠一样，一直为人们注意。现在看来，关键的还是看艺术家、评论家能否以自己的人格、情怀、艺术感觉对待事物，把新的观念、方法加以融汇，在评论中体现一种完整的、富于感情的把握。刘再复是最早介绍和提倡新的研究方法、主张拓展思维空间的评论家，他的评论同其他一些优秀评论家的作品一样，绝不是某些方法的机械搬用。他评论刘心武、王蒙的作品和其他文学现象，以心灵的辩证分析见长，又贯穿社会批评、道德批评，甚至包括某些人指出的原型批评。然而，使他的评论获得新鲜感的，让读者得到再创造的艺术感受的，是他流贯评论中的两种感情意识：对历史、对民族、对艺术的忏悔意识，对自我的忏悔意识。他对刘心武写的谢惠敏这个人物的三重悲哀（灵魂的扭曲；扭曲而又不感到痛苦；反过来又以自己的扭曲压抑另一个灵魂）的分析，对王蒙笔下的倪吾诚的两层心灵痛苦（西方文化挑动了他的痛苦，西方文化的虚幻又给他以无尽的诱惑与折磨）的分析，就是例证。他自己也随着作品和人物一起反思，他说他受到《班主任》的"启蒙"，"好像也是从那时候起，我开始意识到自己身上积淀着一种谢惠敏式的惰性的血液"。他的坦率、热情、无遮掩的自我主张，以及包括反思、批评、悔悟在内的深广的忧患意识、忏悔意识，使得他的评论具有一种吸引人、撼动人的艺术力量。

我是从一个侧面，根据自己接触的零零星星、挂一漏万的现象，谈一点粗浅的想法，新时期的文学评论，是足够别的同志写出更多有分量的文章的。

1986 年 6 月

评论家的生命形式

某些人士对荷兰画家文森特·梵高的绘画有过这样的评价，说他一天完成的两三幅画，每一幅都是他用自己的生命创造出来的，而每一幅画又足足抛洒了可以维持他一年生命的鲜血。他的艺术促成了他生命的早夭。

大凡真正的艺术家都是用自己生命之水、灵魂之血来浇灌自己的艺术之花的。创作如此，评论亦然。我们阅读鲁迅先生的杂文，在那里，创作与评论几无分别。如果借用英国批评家阿诺德关于文学就是对生活的评论这一宽泛的解释，创作与评论就统属于文学这个有着共同规律的大范畴。在鲁迅先生一些评论性的杂文里，我们感到，深刻的思想，渊博的学识，对事物透辟的分析，总是同那种鲜明活泼的可感性、同震撼心灵的艺术力量浑然一体的。那里面流贯着这位伟大思想家、艺术家心灵的搏动。许广平回忆，哪怕是三五百字的短评，鲁迅先生也要在躺椅上构思，一语不发，影响到"胃纳不佳，食欲不振"，"就这样磨掉了他的生命"。他自己就谈到短评的写作，有如看风沙走石，"乐则大笑，悲则大叫，愤则大骂"，即便被沙砾打得头破血流，"时时抚摩自己的凝血，觉得若有花纹"。评论成了他生命的凝结和具象。

在谈论艺术的诸多概念里，没有比"生命"这个概念更为人们乐于提及的了。它有着丰富的、永远值得人们探测的内容。尽管各种哲学思想、美学思想都可以放进自己的解释，我们仍然可以试着从辩证唯物主义观点出发，吸收一切合理解释，逐步形成正确的看法。从艺术来看，生命包融着情与理、理性与非理性的综合因素，同艺术的本质发生血肉联系；另外，它又意味着承担一项庄严的事业，具有使命感和身心与之的奉献精神。席勒、歌德、黑格尔、别林斯基以及法国、英国、意大利的艺术家、理论家经常使用这个概念。法国哲学家柏格森倡导一种生命哲学。他认为"生命的冲动"体现为"创造",是唯一的"实在",而物质不过是生命和意识停滞或削弱的结果。他对"生命"的解释可以说是非理性主义的,认为只有靠直觉才能把握。这些无疑是我们应该批评的。然而,在联系艺术的特性时,他认为艺术家所提供的、显示的,就能使我们"认识到事物的内在生命";同时,由于艺术家的加工,使作品"变成有机的,灌注了他们自己的生命"。此外,这种艺术对接受者产生影响,强迫我们参加进去,"驱使我们在我们生命的深处去拨动那等待着人弹的秘密琴弦"[①]。他从对象、主体和接受等方面接触到了艺术这种特殊现象。他认为,艺术家不同于一般人之处,就在于他们能穿透常人眼中的障幕,具有那种内在的、感情上人格化的、富有独创性的生命。这些都是值得我们借鉴的。我们不能因为他把生命与认识、理性、社会功利截然分割开来的错误,就连这些合理的、有益的解释也一并否定。

到了美国美学家苏珊·朗格,生命就成了她的美学理论的一个极其重要的概念。她认为,一件优秀艺术品,都能从中看到"生命",而且都是借"一个独立的生命形式"去完成的。当然,她也解释,这种生命形式不是指艺术品能呼吸,有脉搏,兼吸取和排泄的功能。她把艺术的生命形式的特征概括为四点:运动性、有机性、节奏性和生长性。运动性是指艺术品的画面总给人以动态而非静止的感觉,像瀑布的形象一样。有机性是指结构的有机整体,它不同于物理成分的拼凑,具有不可侵犯性和脆弱性,像有中枢神经的支配权一样,伤其肢体,就危及整个生命。节奏性还好理解,生长性的解释就比较玄了。她说生命之物不同于无机变化,"它们吸收周围的因素到体内来,而摄来的因素就遵循作为

---

① 柏格森《笑之研究》,见伍蠡甫主编《西方文论选》(下)第278页,人民文学出版社1964年版。

'生命'有机形式的变化法则",生长性指艺术品所具有的战胜颓败的永恒的活力①。她一再强调,"生命形式"是一种比喻,一种象征,但对我们观察一件完整的艺术品的形式和结构方面的因素,是很有启发的。

事实上,许多艺术家对于创作的描绘,也印证了这一点。法国象征派画家雷登说:"我讨厌一张白纸……一张纸总是扰得我坐卧不安,它一被放在画架上,我就不由自主地要用炭精、铅笔或其他什么玩意儿涂抹,这个过程给了它生命。"马蒂斯说:"如果我拿来一张一定尺寸的纸,我就画一幅与纸大小相适的画……如果我必须在一张十倍于它的纸上重复它,那我决不限于放大它:一幅画必须具有一种展开的能力,它能使包围着它的空间获得生命。"文学是借用语言展示意象,描绘一个艺术世界,其理与绘画相同。美国作家亨利·詹姆斯说:"就我所知,画家的艺术与小说家的艺术没有任何区别。它们的灵感相同,它们的创作过程(除了具有不同性质的媒介)相同,它们的成功也是相同的。"② 我们也可以仿照苏珊·朗格分析威廉·布莱克的小诗那样,对任何一部成功的文学作品的生命形式作出自己的分析。

评论不描绘静物和风景,不虚构人物和故事,既不创造虚幻的空间,也不借声音来创造时间意象。然而,评论将创作统摄在内,将被评者纳入自己的世界,在那运转自如的文字载体中,覆盖着、渗透着评论者的心智和灵魂,跳动着他们不息的生命。有时候,被评者沉寂了,消失了,而评论却显示永久的生命力。比方说,韦素园慢慢不大为人记得了,他的译作也被替代,而鲁迅先生的评论《忆韦素园君》却活在读者心里。有时候,艺术家的

---

① 以上参阅苏珊·朗格著《艺术问题》第四讲:"生命的形式"及其《情感与形式》第78页,均由中国社会科学出版社出版。
② 以上三段引语转引自苏珊·朗格著《情感与形式》第95、335、336页,中国社会科学出版社出版。

作品固然不朽,而评论却使他的精神发扬光大,或者说艺术家借评论获得更旺盛的生命。奥地利作家茨威格对罗曼·罗兰的《贝多芬传》就作过这样的评价,他说:"这本小册子号召最不幸的人去做人类能做的事——表现热情。贝多芬的人道主义,从来没有像这本小册子那样使新的一代感到如此亲切,这一位孤独者的英雄主义,从来没有像这本小册子那样鼓舞了如此众多的人。"①

鲁迅先生的《忆韦素园君》中使人战栗的是这样一个场面:韦素园在西山病院作垂危者的挣扎,壁上有一幅陀思妥耶夫斯基的大画像。鲁迅写道:"现在他用沉郁的眼光,凝视着素园和他的卧榻,好像在告诉我:这也是可以收在作品里的不幸的人。"这个场面好像中枢神经,支配全篇的器官和部位。那翻腾的"混着血丝"的鱼鳞似的回忆,素园那"瘦小""笑影少"、认真又激烈的苦干者的形象,他咯血后同意让爱人和别人订婚的履历,以及对素园的既非高楼尖顶、又非名园美花的"一块石材""一撮泥土"的评论,连同评论者凄婉而又忧愤深广的文字,令读者完全倾注在那个完整的评论境界里了。鲁迅先生的另一篇评论《白莽作〈孩儿塔〉序》总共不到八百字,五小段。第一段写"听得令人有些凄凉"的"淅淅沥沥"的春雨,与落款的"一九三六年三月十一夜,鲁迅记于上海且介亭"首尾呼应。第二段写白莽,有简略的肖像勾勒。第三段写"收存亡友的遗文真正捏着一团火"的心情。真正评到《孩儿塔》只有第四段,评论者用诗的语言进行诗评:"这是东方的微光,是林中的响箭,是冬末的萌芽,是进军的第一步,是对于前驱者的爱的大纛,也是对于摧残者的憎的丰碑。"全篇把作家作品的评论与评论者的环境、心情、见解很好地组织起来,我们只是感到一个"还是冷"的雨夜,以及评论者从冷寂中觉着微温、从荒漠中看到迸发的景状。

---

① 斯·茨威格《罗曼·罗兰传》第100页,湖南人民出版社1984年版。

把文学评论看成一种独立自足的生命体，而不是一种不独立的依附性文字，其意义也在于从更高层次上认识评论。评论的写作像创作一样，如海的潮汐，如日月的出没升沉，细闻似深夜沉钟的一次摆动，远观如火山的喷涌，真实地记录了作者的生命历程。席勒这样谈论艺术的生命的真义："一块大理石，尽管是而且永远是无生命的，却能由建筑师和雕塑家把它变为活的形象。一个人尽管有生命和形象，却不因此就是活的形象。"① 这也就是我们常说的，有的人"虽生犹死，有的人虽死犹生"。有的生者缺乏活力，有的死者的文字却永葆生机。优秀的评论自成一体，不可增减，不能穿靴子，也不能戴帽子。它饱和着丰富的社会意义，又不是任何庸俗社会学的外加和介入。尼采在"几乎变为人的书"的小题下，作过这样生动的描述："一再令每位作家惊奇的是，书一旦脱稿之后，便以独立的生命继续生存了；他似乎觉得，它像昆虫的一截脱落下来，继续走它自己的路去了。也许他完全遗忘了它，也许他超越了其中所写的见解，也许他自己也不再理解它，失去了构思此书时一度载他飞翔的翅膀；与此同时，它寻找它的读者，点燃生命，使人幸福，给人震惊，唤来新的作品，成为决心和行动的动力——简言之，它像一个赋予了精神和灵魂的生灵一样生活着，但还不是人。"② 这种描述，对于写作评论的人，不失为一种应该追求的境界。

1986 年 8 月

---

① 席勒《美育书简》第 87 页，中国文联出版公司 1984 年版。
② 尼采《出自艺术家和作家的灵魂》，见《悲剧的诞生》第 199—200 页，三联书店 1986 年版。

关于四个角一个中心——评论家的视野与局限

现今的处境，我们感到十分困惑。我们可以把这种心态视作真正面对了现实，是意识清醒的某种表现。当然，我们企盼对话、交流，寻求我们认为较为妥当的立足点。

大概，文学活动离不开四个方面，一个文学评论者，也必须面对这四个方面：世界，作家，作品，读者。作家总要承受外在现实世界的刺激与影响，作品是作家心灵的产物，读者接受作品，又构成现实世界的一个组成部分。许多批评家的论著里，都有这种大致相同的划分。我觉得，从评论家的视点来看，可以将世界——作家——作品——读者这四个方面圈起来，各占一个角，评论家则居于这四个角的中心。

评论家产生困惑之感，是因为他们面对的这四个角处于瞬息万变的状态中。作家作品涌现之多，国内外信息奔涌而来，新旧交替时代的惶惑与追求，读者心理的变幻莫测，我们感到难以应对。评论者从未像今天这样感到生命短促、精力不济，如果十九世纪以前的批评家处理的是一个相对稳定的文学世界，那么，今天的批评家就不再有这种幸运。

流派和趋向

先说说批评流派。如同作家高行健在一篇文章里说的，在创作上，我们全然没有必要沿着他们（西方）的轨迹再花上大半个世纪去重走一遍。同样，我们在文学批评上，也不能把从20年代的俄国形式主义到今天的解构主义、后阐释学都那么过一遍，再确立和发展我们的文学评论。人家几十年的东西，骤然从我们的开放之门涌进来，我们应接不暇。我们需要了解，需要跟，又不能老是跟下去。跟也不是一个办法，跟也跟不上。

眼下，谁也难以夸下海口，说自己有可能阅读20世纪各种批评流派的原著或译本。旧作那么多，还有层出不穷的新作呢？学者可以专居一隅，进行译介和研究，批评家只能进行选择。这里，提出了一个突出问题：批评家应选取何种视角呢？批评家同学者有何不同呢？也许，这是一个重要区分。批评家、文学活动的评论家同学者、同某个流派理论的倡导者不同。后者可以一辈子译介、创建某个流派理论，把自己的研究阵地围上城堡，建立体系，在四个角的某一个角中占据特殊的位置。批评家必须超越他们，扩大自己的视野。

那么，在批评流派上，批评家也不应等同于某个流派的信奉者。在这一点上，我们可以在繁多的批评流派的总体流向和宏观把握上交换一些意见，从更高一层上去看它们。从目前的材料看来，初步的印象，这些流派出现三种趋势：

多元发展。这是一种明显的、公认不讳的趋势。美国当代哲学家M. 怀特在他的《分析的时代》一书中谈到这样一个事实："即二十世纪表明为把分析作为当务之急，这与哲学史上某些其他时期的庞大的、综合的体系建立恰好相反。"[1] 很难说，今后不再出现那种庞大的、综合的体系，但至少这是20世纪不同于19世纪的重要区别。文学批评同哲学理论存在着类似现象。19世纪的批评家们意在囊括文学的一切，他们的理论极少受到挑战，到了20世纪就不同了。它不仅批判以前的，它自身也不断受到批评。从印象批评发端以后，有指向作品文本的俄国形式主义、英美新批评、法国结构主义和后结构主义，有着重作家潜意识的精神分析，有研究神话和原始思维的原型批评，还有研究读者感受与反应的阐释学、接受美学。这些都同语言学、心理学、人类学以及一定的哲学发生联系。至于社会历史批评、存在主义批评、现象学批

---

[1] M. 怀特《分析的时代》第5页，商务印书馆1985年版。

评，就更是同哲学密切相关。这种多元发展是人们把握复杂多变的文学现象的要求，也是日益走向专门、精微的各种学科和学科分支在文学批评上引起的连锁反应。而且，越往后发展，还会多元地发展下去。

综合要求。严格说来，上述批评流派的多元，就是它的多种片面。因为有了第一种片面，才需要和产生了其他种种片面。各种片面的此起彼伏，新旧片面的补充更迭，充实和丰富了文学批评的内容。因此，某个流派的倡导者在充分张扬了自己的理论之后，又常常出现冷静的反思，正视自己的局限，呼求着综合。俄国形式主义者出来反省了自己。法国结构主义大家罗朗·巴尔特晚年强调对真理的关注，托多洛夫也说："现在是综合使用各种方法的时代，新的方法并不占统治地位，各种旧的方法也未被否定……所以现代文艺理论研究，从方法论观点看，正走向综合——综合是一个总的倾向。"美国乔纳森·阿拉克教授对这一事态的进程作过这样的概括："在六十年代和七十年代初，文学研究是消耗在探求'理论'的不同领域里，如语言学、精神分析、人类学以及现象学。然而，在最近十年，文学研究乐于调和，糅合起来加以考察，这已经成为一种方法，成为跨越许多学科的转折点。"①

主体倾向。批评家在批评活动中的独立自主作用越来越受到重视，已成为批评总进程中一种趋势。简单说来，从作者原意的索解走向批评家主体的阐发，从我注六经走向六经注我。在各国的批评理论中，都可以看到这种迹象。法国的文学批评，从19世纪圣勃夫的实证主张，要求把作家作为标本加以详尽考察，写出符合作家作品本来面目的"作家肖像"，发展到了法朗士的印象批评，提出了批评是"灵魂在杰作中的冒险""关于莎士比亚，关于

---

① 乔纳森·阿拉克《批评谱系》第1页，美国哥伦比亚大学出版社1987年英文版。

拉辛，我所谈的，其实就是我自己"等名言。英国的阿诺德主张批评要做到"超然无执"，对好的作品要"坚定不移的忠诚"，到了本世纪的新批评，作家就不再受到重视，批评家的主体就突出了。德国的阐释学，从施莱尔马赫主张的重建作品的本来意义，所谓"每一部艺术作品从其原来的规定出发就是部分地可理解的"，发展到了伽达默尔，就认为"重建"无效，一切流传的艺术作品都"异于其原始意义""依赖于解释和传导着的精神"。同样，结构主义走向自我否定的后结构主义，很重要的一点就是空前突出了批评者的主体权威、自由意志、玄思遐想，进一步瓦解作家和文本权威，把批评变成无休止的解构活动。这种倾向反映了批评家主体的觉醒，日益强烈的自我肯定。他们不满意注疏经典式的自我泯灭，不满意注释圣经式的讲经布道。而且，从根本上说来，任何还原、恢复作家作品原旨原意的愿望都是不切实际的幻想，如同黑格尔把流传的作品比作一个姑娘端上来的"已从树上摘下的美丽的果实"那样，不可能还原到最初的枝干、土壤和气候中去。既然如此，索解是其次，尽其所能，重要的是批评家的"再创造"。

也许还有其他趋势。但它们各有其存在的理由。多元发展是不断走向微观，还会继续下去，综合要求体现互补需要。另外，主体倾向貌似同多元难以调和，实际上，多元中也反映批评家的主体倾向。而且，那种排斥印象批评的对作家作品的调查、研究与索解，很难说今后就不再存在，不再发展。弗洛伊德的精神分析不会衰竭，因为对作家的本我和潜意识的研究，要求放弃主观随意性，在大量与作家生平有关的材料中，作出新人耳目的发掘。所有这些流派和主张并行不悖也好，相左而行也好，只要有利于文学批评，都应包容下来。

寻觅与归途

现在回到我们谈的四个角一个中心。

我们发现，当我们被上述批评流派的纷繁形态、各种走向弄得精疲力尽的时候，它们又都是在四个角所圈定的范围里，只是占领里面不同的位置，没有超出这个范围。同时，如果我们冷静地回顾一下，上个世纪的批评家如别林斯基、圣勃夫、阿诺德等，不论他们面对的文学活动如何地远不及现代这样复杂，他们也是处在自己特定的四个角的范围里，他们有自己的国度、作家、作品和读者。所不同的是，发展到20世纪的今天，随着理论财富的增加，四个角不断地加以切割、划分，它们所包含的东西更多样、更精微、更复杂、更变化不居、也更令人困惑。这里，我们不妨把种种流派加以敲碎，把它们放到四个角的范围里，推想一下今天的批评家可能面对的现状。比方说：

就世界来说（它包括物质世界和精神世界），当今已出现前人不曾预料的变化，我们已由过去的阶级观念扩展到多视角观察世界，和平共处已成为世界性需要，我们要加入国际经济大循环，我们提出了一国两制说。在精神领域里，仅哲学和文学理论，就出现了许多新成果。前引M.怀特在1955年出版的《分析的时代》就介绍了从摩尔到维特根斯坦等十三位西方哲学家，还不包括海德格尔和波普尔。人类学、文化学、艺术学、发生学、原型批评，又大大丰富了我们对文学对象的认识，比过去仅从社会历史角度看"人学"要复杂得多。这些，都是作家创作时所面临的世界。

就作家来说，我们已由过去单纯的阶级分析，进入了对一个完整的人的全面把握，注意人性的丰富性。精神分析法开启了我们认识作家潜意识的领域。此外，人类学、遗传学、文化比较学有可能使我们认识不同人种、民族的思维定式、文化结构，加深对作家的研究。

就作品来说，我们已由过去的"镜子"说、"书记"说、"典型"说，进入了更细致、更辩证的认识。新批评、结构主义、阐释学、语言学、语义学、文体学、风格学、形态学等等，大大开拓了批评家认识作品的视野。作品的创新还会产生新的理论。

就读者来说，过去把他看成被动的消费者，现在认识到他们也是积极的生产者。阐释学、接受美学、传播理论以及其他人文分支学科的发展，又对读者的领域作出了前所未有的研究。

当然，这是一个极粗略的划分。其中，像社会历史分析、人类文化学、精神分析乃至女权主义，就很难把它们局限在某个领域、某个角落里。然而，就这一些，我们已经感到处境艰难了。"有一个什么东西在后面疯狂地追我们"，这已经成了现今包括老中青年评论家在内的共同心态。我们确乎感到有点被弄得团团转了。

在上述这种困惑中，我们又明明地、不约而同地看到一种事实，借用刘心武在一篇文章里说的："当代世界中经济上强大的国家主要还是西方国家。有强大的经济必有向外流溢的文化，并必对经济落后的地区产生吸引力，只要第三世界的国家不实行闭关自守并打开门窗，西方的文化就一定会涌入或渗透进去。"[1] 在文化学术上，且不谈一流学者，即使是西方国家三、四流的学者和著述，在他们那里难以进入名家的耳目，我们也要视为进口货，起码首先要介绍进来。于是，大量译文、译著、"丛书""文库"不断涌来。文化交流的这种不等值的"逆差"现象，加深了我们的困惑。

我们深负历史的重累。我们不能指望轻松。今天的作家已经看到，要取得与世界的同步，要追赶时代，或者在东西文化交汇

---

[1] 刘心武《中国作家与当代世界》，1988年3月8日《人民日报》。

点谋求自己的起步，或者以世界为参照追求自己的乡土文学，或者更多地引进又不失去根基，各人都在谋求自己的招儿。同样，在文学批评上，我们也必须稳定自己。如果我们避免不了困惑，我们就承受这种困惑。不是在困惑中失落，而是在困惑中站立。如果我们环顾周围多变的现实与文学现象，免不了要跟着团团转的话，我们还得在团团转中，保持自主中心。这大概是我们应有的、或者可资选择的一种取向。

从近些年的文学批评情况来看，也是如此。我们只能在避免封闭保守的夜郎自大和确立自己的判断、取舍、立足点和创造力这两方面谋求自己的平衡。在批评实践中，也出现了某些现象值得我们反思。比如，当西方已经感到那种割断现实、割断意义的纯形式主义语言结构分析越来越行不通的时候，我们还在对它作不切实际的、不加分析的崇拜。当我们还在大谈"我所批评的就是我"的时候，我们忘却了那不过是西方一种历史的声音。正如同有人重提纯客观的科学分析、主张科学主义的文学批评一样，那不过是已经被后结构主义加以有力否定的结构主义的最初的不切实际的良好愿望：想成为一种盖棺论定式的最终判断。自然，批评中的主观主义的印象派主张与纯客观主义的科学分析可以各执一端地坚持下去，但是，我们是否可以尽量少走别人已走的弯路呢？或者说，为了观察某种特殊文学现象，我们选择了某个角，我们是否已经把它孤立化、绝对化，陷入了某个流派及排他性理论，而忽视了四个角的通盘关系，失去了自己应有的基点和重心呢？回头来看看前面提到的批评流派的多元、综合、主体倾向，自然是有益于批评家审度自己的地位和处境的。我们要吸收多元探索的成果，从评论的特殊对象出发，注意发挥批评主体的优势，选取一种开放而不浮泛、精深而不封闭的立足点。

当然，这里只是就单个批评家的视野进行讨论。从更大的方位来看，任何批评家都是有局限的。如果一个批评家活动在自己圈定的四个角的范围里，好像一个方格，那么，众多批评家就组成一张无边的网。他们可以互补，其中卓越的批评家可能有更大的覆盖面，但是，对于文学评论这张纵向和横向的无限的网来说，都是有限度的。对任何权威批评家，不能搞"凡是"，不存在绝对权威。

1988 年 8 月

二 评论
——烙迹着生命、激情与灵智的一切有关文学的文字

评论是什么？是辙印？是航迹？其形其声如天幕上的雁群？或者，是那传说中的号手的号筒管壁上的缕缕血丝？

一次观看费雯·丽主演的《欲望号街车》，那女人天真、善良而又可怜的堕落，催人欲泪。其时，她可称"疯女"影后，是长期饰演复杂性格使她精神失常，还是精神失常深化了如此动人的表演？她扮演妓女布兰奇，又评论那个折磨布兰奇的社会。

从"泛评论"的观点看，评论就是生命的烙迹，一切烙迹着生命的创造，也同时是评论。作家的创作就是作家的评论。与其说是评论接近科学、走向美学，不如说它更与生命相连。

勃兰兑斯在推崇圣勃夫时，把评论看成同戏剧、抒情诗一样的艺术部门。他说："虽然各种智能或许有优劣等级之分，但如说各种艺术也有优劣等级之分，那就是极其可疑了。"

评论仍日渐独立、日渐重要，似乎也在于它从前主要面对作家作品，现今则同时面对读者观众。它不单在解释一个灵魂，更在塑造自己的灵魂，评论是评论家创造的艺术世界。

也因如此，评论的天地很大，不必那么学院气、书卷气，为创建理论流派，做出种种限制。

评论的范围有多大？

确立评论的范围，是同对文学的看法、对评论的看法分不开的。

有一个现象是值得思考的。当19世纪的文学家、批评家大有壮志满怀、一展宏图的时候，进入20世纪，西方文学反而收缩了，退居一隅了。至少一个主导的趋向是如此。

别林斯基称批评是"现代灵智的女皇"，圣勃夫说批评是"纯智力的艺术"，对真实认识作家充满信心。勃兰兑斯估价就更高，说"批评是人类心灵路程上的指路牌"。而在这之后，文学批评进入20世纪，一方面有流派林立、诸说蜂起之势，另一方面又把文学批评同周围的意识形态、社会现象切割了又切割、划分了又划分，甚至在文学过程内部也各自分出区域。如果把它加起来，涉及的面比较宽，单从各派的主张来看，评论的范围就比较窄了。造成这种状况的原因是复杂的。当今法国"新小说"派作家克洛德·西蒙就干脆说，"我的作品没有教育作用"，如果"十九世纪的文学，比如巴尔扎克，认为他的作品能进行'社会教育'"，"我认为这种历史条件在欧洲已经过去了"。杜夫海纳认为，对于重感受的现代艺术家来说，人的环境和自然环境再也提不起兴趣，"真实不再要求再现"，"已经没有一种使命感是他（艺术家）欣然承担的了"。加缪在《叛逆者》里说，现代欧洲的秘密是它不再热爱生活了。这些言论反映出一种思潮。从重再现发展到重表现，从现实主义走向形式主义，对19世纪虚幻的理想主义固然有清醒的批判，对现实生活的茫然、悲观、不可知，又表现其世纪末情绪，这里都可以看到现代主义的极为复杂的矛盾。在文学批评上，他们把范围缩小，蛰居在自以为可以真实把握的狭小天地里，同时，各自抓住各自的片面，作了深入的发掘。这一切，都需要我们作出求实而清醒的估量。

　　如果从文学创作的总体和全过程来看，苏联美学家鲍列夫是这样来认识文学评论的范围的。他说："艺术创作包括一系列环节：现实——艺术家——作品——艺术欣赏者（读者、观众、听众）——现实。"他说，艺术创作的这个"链条自现实始，又至现实而终"，而"批评活动是这一过程的组织者，并影响到过程的各个环节和它们之间相互关系的性质"①。于是，他讲到批评如何影响艺术家去感知世界，批评如何作用于艺术家本人（包括他们的创作过程），批评如何同作品相互作用（包括剖析作品的意义，为它制造社会舆论"磁场"），批评如何作用于欣赏者（包括帮助他们解释作品，形成他们的艺术趣味，刺激他们干预生活），批评又间接或直接作用于现实生活，把作品和现实进行对照，介入社会生活的进程。

　　应该说，从这四方面规划文学批评的范围和功能，大致是比较周全的。与这种"四个链条"的说法相类似，美国批评家 M. H. 艾布拉姆斯提出了艺术批评的"四个坐标"：艺术品（work），艺术家（artist），宇宙（universe），观赏者（audience）。当然，他不是看成从现实出发回到现实的那种链条关系，而是以作品作为轴心，让它居其他三角的中央。他始终抓住作品，认为批评不能离开作品去孤立研究其他三个坐标，他说，这样做，"将把阐释艺术品本质、价值的尝试分别纳入四大分支。其中三支主要是通过作品与另一要素（宇宙、观赏者或艺术家）的联系来解释作品，第四分支则把艺术品孤立起来加以研究，认为作品是个自足的整体，其意义、价值的确定不与外界任何事物相关"②。他说，任何像样的批评都要考虑到所有这四个要素、四个坐标，而几乎所有批评理论

---

① 鲍列夫《美学》第 501 页，中国文联出版公司 1986 年版。
② M. H. 艾布拉姆斯《批评理论的趋向》，见《文艺理论研究》1986 年第 6 期。

又只明显地倾向于一个要素、一个坐标。艾布拉姆斯的概括要比鲍列夫高明一些，他不是把文学的生产和消费这一流程看成单线的因果关系，不是要求批评单方面对这四者作出分别的考察，而是把它们看成立体关系，始终注视作品这个文学活动的轴心。

在文学批评流派上，本世纪首先起来限定文学批评范围的是俄国形式主义。雅各布森说，"文学科学的对象不是文学而是文学性"，"如果文学科学想要成为一门真正的科学，它就必须把（手段）看作是它唯一的（主角）"。他把文学评论的对象所必然联系的对现实的关系，同哲学、历史学、心理学、社会学等的联系，人为地分离开来。这种声音发自出现过别林斯基、高尔基的国土，令人深思。一方面，这些人确实看出了某种走入歧途的文学研究，如一味考求"普希金抽没抽过烟？"的证据，或者，不满意过去的文学批评由于重视作品的社会现实意义而忽略了文学性的分析。另外，他们也确实在研究语言、形式、陌生化方面有独到的成绩和贡献，开创了20世纪文本主义的先河。然而，这种片面的发展毕竟是片面的，文学与现实的客观联系不因批评家不去研究它，就不复存在。抱怨过去对"文学性"研究不够，就自我封闭起来，至少是一种迂腐的学究气。

鲁迅先生重视对现实的研究和评论，可以说是突出的一例。他评论青年作家及其作品，经常是对现实的分析和抨击占去篇幅的一半甚至一多半，像《柔石作〈二月〉小引》那样全篇扣住作品人物分析的反倒不多。鲁迅先生把文艺看成"一种社会现象，是时代的人生记录"，他评论作品总要联系作家的身世，联系到现实，甚至把出现的诸多人与事横向地勾连起来，或者追溯历史纵向地引申开去，作出振聋发聩的评价。他突出萧红《生死场》所表现的"北方人民的对于生的坚强，对于死的挣扎"，并同当时上海居民的命运，国民党书报检查委员会的压制，政府的奴性等等联系起来，借以激励读者。在《萧军作〈八月的乡村〉序》里，着重提炼"一方面是庄严的工作,另一方面却是荒淫与无耻""要征服中国,必须征服中国民族的心"这样的论旨,从秦始皇、隋炀帝、宋元历史一直到民元革命,批判历史,揭露现实。同时,他又结合对作品的艺术分析,无论是结构、画面、手段、风格,常常是要言不烦,切中肯綮。

应该说,这种把文学同现实联系起来的批评倒是十分自然而非人为的。法国作家普鲁斯特想把"创作者的自我"同"社会的自我"分割开来,把后者排斥在批评之外,终归是一种虚话。弗·克鲁斯为《不列颠百科全书》1980年版写的"文学批评"条目里就说,由于文学"总是在一定程度上植根于所处的环境","最好的批评家从来不很注意那条把文学批评与其他领域截然分开的人为界线"。他提到美国一些著名批评家,包括阿尔弗莱德·卡金、利昂纳尔、特津林、肯尼斯·柏克、菲力浦·拉夫等人,都十分关注现实。

在排斥作家、排斥读者的文本主义批评理论中,新批评派提出了他们的理论根据。美国批评家、诗人阿伦·泰特主张文学研究应专注文本的纯文学特点之后,受其影响,W. K. 温萨特和M. 比厄兹利合作写了关于"意图谬误"(the intentional fallacy)和"感受谬误"(the affective fallacy)两篇著名文章。他们认为,文学作品为公众所有,不是某个人的私人创造,作家的个人意图与文本的意义有时有出入,前者不能决定后者。另外,读者的感受效果因人而异,千差万别。因此,对于文学批评来说,只消研究文本本身及其意义,作家的生平、环境、创作观以及读者产生的效果都可以弃之不顾[①]。

这种见解捕捉了一些文学的实际现象。文学作品一旦产生,

---

① 戴维·罗比《英美新批评》,见《西方现代文学理论概述与比较》,湖南文艺出版社。

就是一个脱胎于作家母体的独立物，读者、批评家同作者对他的作品有同样的解释权，而最终以作品文本的意义为依归。然而，这只能导致重视文本研究的正确意见，不应该作出排斥研究作家与读者的偏颇结论。实际上，造成"意图谬误"的原因很复杂，有时是故作曲笔，掩饰其原始意图，有时是为作者始料所不及，或战胜其偏见，如恩格斯评价巴尔扎克的"现实主义的伟大胜利"之类，时代、个人、流派、方法的因素都有。卡夫卡说"我写的不是我说的，我说的不是我想的，我想的不是我应该想的，如此直至最晦暗的深处"，可以说是说到极端了。即使如此，也只有注意作家研究，才能更深地认识文本，推究出个为什么。圣勃夫对研究作家怀有信心，他要求批评家不能按照作家的"主观意图""装腔作势"来评判他，主张多方调查研究。这同他提倡要多次阅读作品、不同阶段地阅读作品并不矛盾。至于感受差异，更是常事。不同时代的读者自然有不同的感受效果，作品的意义只能在感受中实现，在审美领域中，不存在一个脱离时空、不以人的意志为转移的绝对客观的文本意义。

　　意大利弗·梅雷加利有个看法，认为从古代到18世纪的文学批评是以作品为中心的，只有到19世纪浪漫主义潮流兴起之后，才把作家的灵感、感情、天才、独创性提到重要位置，把对作家的评论置于作品评论之上。实际上，19世纪的文学批评，情况也不尽相同。以圣勃夫、丹纳为代表的所谓实证主义批评，是重视作家评论的，而俄国文学批评，仍然是以作品为中心，强调把作品与社会现实联系起来进行研究。到了本世纪，批评理论的发展节奏空前加快，各流派关于批评范围的意见各自成理，争执不下。对作家的研究已经伸展到了他们的潜意识、下意识，对文本的研究正在往纵深精微的方向发展，近期又出现了研究读者的接受美学。凡此种种，我们不应视为不好的事情。如果没有这些理论的激烈的争论，批评理论就谈不上繁荣兴旺，批评遗产就谈不上丰富多彩。有时，一种流派消亡了，它那出现和存在的理由、一些有益的东西积淀下来了。

有人说，20世纪的科学发展出现了大分化与大综合两种对立而又统一的趋势。在批评流派上，随着各国之间的交流，东西方之间的交流，出现了各派互相渗透、互相吸收，各派倡导者修正自己、丰富自己的现象。从实际的评论工作者来说，我们从中受到启发，是不是不要那么画地为牢，不要那么自视清高、纯粹，一切与文学有关的文字都不要放过，都属于评论的范围。

1986年7月

文学评论，是科学还是艺术？

对这个问题作较为明智的回答，是不难推想而知的。那就是，文学评论既是科学，又是艺术，它含有科学的要素，又具备艺术的特征。或者如某些人作某种灵活的考虑那样，根据评论的对象不同，评论家的主体不同，评论有的偏于科学，有的偏于艺术，然而，它必须具备这二者的素质。

这是一种稳妥的回答。

当然，说评论只属科学或只属艺术的大有人在，作出上述回答的日渐增多。他们考虑的层面不同，论述方法不同，认识途径不同，给评论带来的启发也会有分别。

常见人们引用一些名家的名言，如普希金说："批评是一种科学"，我们就说它属于科学，或具有科学性；王尔德说："评论本身就是一种艺术"，我们就跟着肯定评论是艺术，具有艺术特性；在别林斯基看来，"批评是运动着的美学"，我们就说批评兼具科学与艺术、形象思维与逻辑思维的属性。我们应该引用这些言论，但我们不应该从言论出发，作简单的印证。我们要透过这些言论，深入到评论本身里去，探讨一些复杂的甚至是矛盾的属性。

评论具有科学性，这是评论生存的一个理由。作品出来之后，读者和作者希求于评论家的，就是这种科学的洞察力。我们常说文学评论、文学研究既要重视文学的外部规律，又要重视文学的内部规律，这"规律"二字，就是科学的基本要求。科学要求对事物的本质和内在联系作出系统的理性认识，无论是经验性的，还是假定性的，这种认识必须具有普遍性、可重复性，它可以验证，并成为一种定律。它是脱离感性认识阶段的、构成事物共性的抽象。古往今来，文学现象浩如烟海，历代的批评家、理论家都从不同方面理出了它的经络。马克思主义在整体上把文学研究置于科学的唯物史观的基础上，各种流派、各种观点又各树一帜，从文学史、文学批评等不同方面，逼近对文学的科学认识。评论的科学性，就是不满足于感受，求得一种认知，求得对文学的内在的深刻的本质的把握。

谈到评论属于艺术，我们容易从评论家的写作和评论的表现形式去加以论定。评论家常同艺术家、作家一样，自始至终饱含着激情，其产品不同于科学著作，不是那种冷静的理性思维的沉淀，而是沸腾的思想感情的结晶。评论的表现形式可以多种多样，陆机以赋论文，曹雪芹借小说发表评论，莎士比亚用舞台人物说出自己的观点，尼采以格言论文学艺术。对话体、日记体、书信体、传记体、诗体、杂文和散文，都可以作为评论的载体。王尔德谈到批判的才能创作多种形式，使艺术获得新的形式时说："我们说艺术的各种形式一般地都覆盖了希腊人的批判精神而产生，譬如，我们的史诗、抒情诗、整个戏剧（包括滑稽剧）及其在各方面的发展——田园诗、传奇小说、惊险小说、小品文、对话体作品、演说、讲学（对此我们也许不应放弃对他们的追溯），以及讽刺短诗（就其最广泛的含义而言）等等都是这样。"①

至此，我们还是从文学评论本身、从评论的写作特点来看问题。苏联美学家鲍列夫对此有一个概括："批评具有双重本质：从它的某些功能、特点和手段来看，它是文学，而从另一些功能、特点和手段来看，它又是科学。"②

我们不能满足这一点。对于文学评论的这种两栖性，我们还应深入到评论的对象——作家作品中去，深入到评论家的主体性、创造性的充分发挥中去，看看他（它）们对评论的要求和规定，看看评论可能展示的充分潜在力量。我们可以提出这样的问题：文学创作能够被理性认识和科学分析一览无余吗？以作品为分子，以科学分析为分母，前者完全能被后者除尽吗？在评论中，评论家对创作的评介与他本人的个人创造（包括某种借题发挥式的创造）有没有具体的比例规定呢？是不是后者只能附属于前者、担任一个配角呢？我觉得，这里蕴含着评论两栖性的深深的根源。

实际上，一部伟大作品总是具有丰富性、多面性、历时代而难以穷尽性，也包括理性分析不可能分割罄尽的朦胧性、深邃性。中国的文论，从庄子的"可以言论者，物之粗也，可以意致者，物之精也"，就接触到这个问题。到了苏东坡，他对孔子那种"止矣，不可以有加矣"的一览无余式的"载道"的"辞达"，不太感兴趣，他认为："求物之妙，如系风捕影，能使是物了然于心者，盖千万人而不一遇也，而况能使了然于口与手者乎！是之谓辞达。"这就接近了文学，达到"辞至于能达，则不可胜用矣"的效果。这同歌德说的"说不尽的莎士比亚"与维特根斯坦说的"确实有一些东西是不能用言语表达的。它们使自身显示出来。它

---

① 王尔德《评论家也是艺术家》，见《英国作家论文学》第252页，三联书店1985年版。
② 鲍列夫《美学》第506页，中国文联出版公司1986年版。

们是神秘的东西",在精神上有相通之处。当艺术创作发展到白热化的时候,自觉与不自觉、理性与非理性、意识与无意识常常是纠缠在一起的。有时,倒是那种理念化、公式化的作品,才始终保持那种清醒的自控状态。过去,有绝对否定理性和绝对否定非理性两种极端,智利诗人聂鲁达关于这方面的表述是比较公允的,他说:"如果诗人是个完全的非理性主义者,诗作只有他自己和爱人读得懂,这是相当可悲的。如果诗人仅仅是个理性主义者,就连驴子也懂得他的诗歌,这就更可悲了。"

在理论上,作家的个别是更富于独创性的个别。作品中固然有一些因素可以进入一般,纳入普遍性的经验,也必然有独特的不能进入一般的个别。如果作家及其作品的全部蕴含都可以进入一般,成为一种规律性的东西,那么他生前的特殊地位不可能存在,他死后的特殊地位也会泯灭。这恰恰是作家、艺术家不同于科学家之处。科学成果被后人替代了,也就替代了,艺术作品永远存在那种不可替代、耐人咀嚼的东西。马克思说希腊艺术和史诗仍然能够给我们以艺术享受,甚至某方面还是一种规范和高不可及的范本,而希腊科学却失去了这一切。作为一个评论家,面对一部艺术作品,不仅要把它看作理性把握的对象,而且要极力发现非同一般、难以理喻的东西,把它当作反复观照、仔细体味的对象,当作自己感受的对象。至少,在评论中要体现这两种素质、两种努力。过去那种单纯的思想分析、社会学评论,人们之所以不满足,并不是因为它们错了,而是从文学评论角度看,从全面接近艺术作品看,它们只完成了评论任务的一半。

向来,对批评的种类有多种多样的划分。郁达夫把批评分成"忘我"纯客观的批评与以自我为中心的主观艺术鉴赏[①]。朱光潜把批评分成四种:"导师"地位的《小说作法》之类,"法官"地

[①] 郁达夫《文艺鉴赏上之偏爱价值》,见《鉴赏文存》,人民文学出版社1981年版。

位的古典主义"三一律"之类,"舌人"地位的对作家的性格、时代和环境和作品意义的剖析之类(如圣勃夫、考据家),"饕餮"者地位的法朗士的印象主义批评[①]。韦勒克和沃伦在《文学理论》里提到过去经常把批评分成"评判"型批评与"印象"型批评。这种种划分大致可归属客观型批评与主观型批评,前者重作品的客观分析,后者重评论者主观感受的抒发,朱光潜说的前三种就可归到前一类里去。那么,如何理解主观型批评?这种批评是不是仅仅出自批评家的天马行空式的想当然呢?实际上,一种认真的、严肃的主观印象式批评,都是发自作品,深得作品底蕴的。较多情况下,这种批评恰恰是对上面所说的作家作品中那些不能进入一般的某种深邃内涵的把握,它不应该是对作品客观分析的排斥,而是对作家难以言喻、始料不及的艺术奥秘的探险。这种主观印象批评同客观型批评一样,一经传播,就会引起热烈回响。这种批评更走向创造,更多含有评论的艺术属性。

当然,在实际批评中常常是二者兼而有之,有时你侧重这一面,我侧重那一边,不可能决然分割。专职批评家比较擅长推理与分析,客观型批评的成分更多,作家、艺术家从事评论,常常沉溺于主观印象感受,对过多的概念演绎和抽象判断不满。福楼拜在1869年2月2日给乔治·桑的信里写道:"在拉阿尔佩时代,评论家是语法学家,在圣勃夫时代,评论家是历史学家。什么时候评论家是艺术家,只是艺术家和真正的艺术家呢?您知道一种以非常强烈的方式对艺术作品本身感兴趣的评论吗?人们非常仔细地分析作品产生的历史环境和产生它的原因。但是无意识的诗学呢?它是怎样产生的呢?构成呢?风格呢?所有这些都从未被研究过。对于这一类评论,需要巨大的想象力和巨大的诚意,我

[①] 朱光潜《"灵魂在杰作中的冒险"——考证、批评与欣赏》,见《鉴赏文存》,人民文学出版社。

指的是总是准备好了的一种少见的灵感的能力，一种鉴赏力，这在优秀的评论家那里也是一种少见的品质，何尝人们不再谈论它了呢？"[1] 另外，还有一种有趣的现象，评论不仅与个人气质有关系，也同某种民族心理素质的差异发生联系。德国长于思辨，法国人奔放热情。意大利批评家德·桑蒂斯批评德国评论家对彼特拉克这样的诗人的评论，认为那里面哲学的解释太多了。他认为法国批评家同德国批评家恰好相反，"法国人不会在理论上停留，他径直走向主题，你可感到在他的推论中印象的炽热和观察者的敏捷，他不会离开具体，他猜测巧智和作品的质量，通过理解作家来研究人"，而"德国人却相反，他常常通过操纵它的途径，在你面前对它进行曲解和嘲笑：他堆积起黑暗，让极强的光亮不时从它内部闪烁出来，在它内部存在着难产的真理之基础。在艺术作品面前，他想抓住最易消失和最不易捉摸的东西，没有任何人像他在分析、分解、综合、概括生命和生命世界时那样欢欣，这样，特殊在被摒除之后，就能为你显示出这个过程最终（表面上的最终，实际上是先验的立意）的结论，对所有脚的一个形式，对所有衣服的一个尺寸"。他说："在德国学校里，占统治地位的是形而上学，在法国是历史。"[2] 德国人的思辨能力已构成人们研究的一个课题，无怪乎他们在美学领域里举世瞩目，而文艺评论有逊于别的国家了。

文学评论里还有一种越出常规的现象，它摆脱了一般性的附着创作、跟踪创作、升华创作的状态，不是一般的兼具科学与艺术两种素质，而是更多地从评论家独立的构想出发，把作家作品的具体品评反而放在一个次要的位置。这种评论从一般的鉴赏、

---

[1] 转引自克罗齐《作为表现的科学和一般语言学的美学的历史》第 207 页，中国社会科学出版社。
[2] 转引自克罗齐《作为表现的科学和一般语言学的美学的历史》第 202 页，中国社会科学出版社。

判断、印象中超逸出来，它的两栖性与其说是亲近作家作品的客体，不如说是更导源于评论家的主体。王尔德认为，"最高的评论"是"创作的创作"，其"真正本色，是其人自己的灵魂的记录"，似乎"所有绘画都是为他画的，书本是为他而写的，大理石的雕塑是为他制作的"，"艺术作品不过是为他自己的新作提供一些启发而已"。他"侃侃道出千百种不同的事物，这一切是那些雕塑造像、紫绘油画、镌刻宝石的艺术家们脑子里从来没有想到过的"[①]。尽管说得有点玄，他的思想和立意是很有启发的。鲁迅评论五位被害青年作家所写的《为了忘却的纪念》，就是这种文字，其思想和艺术包容量远远超出五位作家本身。这种评论较少为评论家实践，但它是评论家更加独立和成熟的标志，其品位是比较高的。

1986 年 10 月

评论的价值也纳入价值论的视野

对一种事物的价值的探讨和确认，乃是掌握这一事物的自觉性的标志。当我们大谈特谈文学评论的独立性的时候，如果放弃对它的价值的自觉把握与追求，那独立性不过是一种自我炫耀，最终落得的只是徒有虚名。

过去，对评论进行研究，常常存在两点失落：从一般认识论出发，把评论消融在一般意识的职能里；在确认文学评论的价值时，又把它消融在政治、哲学、历史、道德等其他形态的价值里。

---

① 王尔德《评论家也是艺术家》，见《英国作家论文学》，三联书店。

把文学评论从一般的认识论纳入价值论,是对评论研究的一种深入。价值论要受认识论的照耀,但是,认识论不能代替价值论。从精神与物质、意识与存在的认识关系,提升到人与物的价值关系,就使对象更为人类所亲近,是人们更深刻地掌握这一对象的必由之门。在价值领域里,人们从吃喝开始,发展到人与物的其他关系,发展到人际关系,从物质关系发展到精神关系,从比较单一的精神关系发展到复杂多样的精神关系,价值学的领域也随之不断扩充和发展。人的本质的客观地展开的丰富性与人的主体的丰富性互相促进,交相辉映。马克思说:"在进一步发展的一定水平上,在人们的需要和人们借以获得满足的活动形式增加了、同时又进一步发展了以后,人们就对这些根据经验已经同其他外界物区别开来的外界物,按照类别给以各个名称。"① 概念的确立,各门类价值学的建立与发展,各学科包括文学评论的产生与发展,都是如此。

价值学的基点是扣紧人的需要,人的关系。事实证明,自然科学中有许多对象是超越人、超越生命的。天文学有些领域还不能进入价值领域,如从陨石里研究太阳系早期历史的信息,对银河系、河外星系、星际物质以及整个宇宙的探测和研究,许多方面是脱离人的生命的纯天体的科学认识的对象。马克思说,"'价值'这个普遍的概念是从人们对待满足他们需要的外界物的关系中产生的"②,物被人赋予价值。物的属性与物的价值属性不是完全等同的。人们常从对他们有用的方面来看待事物,但不应把事物对人的实用价值看成事物的固有属性。鱼可以供人食用,鸟语花香可使人赏心悦目,但鱼、花、鸟产生之时,不曾意识到这种对人的价值就是它们的固有属性。马克思说:"他们赋予物以有用

---

① 《马克思恩格斯全集》第十九卷第405—406页。
② 《马克思恩格斯全集》第十九卷第405—406页。

的性质,好像这种有用性是物本身所固有的,虽然羊未必想得到,它的'有用'性之一,是可作人的食物。"① 因此,即使是同一对象,认识论与价值论的角度也不一样。这种区分,既是人的生存发展的需要,也是人认识和掌握世界的需要。

在这种"满足需要"的关系中,价值学的领域十分广阔。从经济开始,人们广泛地使用价值概念。使用价值与交换价值就是商品生产和流通的通行概念。后来,在政治、道德、宗教、艺术等各方面,广泛地研究了价值形态。美国教育家和哲学家 R. B. 佩里就探讨了道德、宗教、艺术、科学、经济、政治、法律和习俗等八种价值领域。一般说来,艺术价值和美学价值在价值论发展中属于较高层次,而且比较难以把握。

文学评论不同于文学艺术本身,不具有那种单纯的艺术价值和审美价值。但是,它同其他各门类的评论相比,它有自己的特殊性。这不仅由于文学评论具有广泛的社会性,成为社会影响甚大的、独立的意识形态之一,而且因为它投注了评论者的认识与感情,内涵丰厚隽永,表现完美动人,兼具科学与艺术双重性质的价值,因而得天独厚地具有生生不息的永久的魅力。一般的学术评论,无论是自然科学评论还是社会科学评论,有它的评介价值。它把所评之对象的学术成果、独特地位评介出来了,就完成了它的使命。当所评的科学成果被新起的学术成就、发明创造替代了,这种评论也就终止了自己的生命。但是,文学评论不同。如同希腊神话不因后起科学成就而失去其艺术魅力一样,神话评论的生命力堪与神话本身并存。今天,谁还对阿基米德、哥白尼、伽利略、牛顿的评论感兴趣呢?谁还对张衡、祖冲之的天文学评论感兴趣呢?但是,"莎学"同莎士比亚并存,"红学"同《红楼梦》并存。同时,由于优秀的文学评论本身就是一种艺术,是一

---

① 《马克思恩格斯全集》第二十九卷第406页。

个独立自足的生命体,评论家那种卓尔不群的见识、才力、激情以及血肉追求的理想得以灌注其中,评论的价值同所评之作品的价值可能出现同步不同步、甚至可能超后者的现象,其生命力可以直至永久,这也是众人熟知的。

利用价值论研究审美问题,就可以摆脱过去单纯从认识论研究审美所带来的许多欠缺和积弊。在美学中,长期争论不休的美的主观性与客观性问题,就与单纯从认识论考察美与美感不无关系。从文学评论来看,纳入价值论的视野,不仅避免了过去较为普遍存在的对待文学评论的那种泛意识、泛认识的现象,同时也就自觉地引导评论者去探究评论的价值,为评论的发展开创了一个光辉的前景。这是一个极为重要的基点。确立这样一个基点,事情就好办了。剩下的就是进一步讨论文学评论所特有的价值。

评论的价值形态

对评论的价值向来存在种种议论。读者和作家时而发出赞赏,时而提出非议。受批评有之,各种无能与丑恶的比喻指向批评家,可以举出一大串;也不乏赞誉之词,批评大家佩戴的花环也不少。无论是抱肯定的态度,还是抱否定的态度,有一个事实是公认无疑的。从评论诞生之日起,在同文学创作并存的漫长的历史时期里,评论家越来越赢得了自己生存的位置,他们可以无愧地显示,他们参加了社会创造价值的长长的行列。

对评论的价值形态的认识与评论的分类、社会功能等问题是联系在一起的。钱歌川在介绍英国批评家阿诺德的"鉴赏的批评"[①] 时,把批评分为鉴赏的批评(Appreciative Criticism)与裁判

---

① 钱歌川《什么是鉴赏的批评》,见《鉴赏文存》,人民文学出版社1984年版。

的批评（Judical Criticism）。实际上就是说批评具有鉴赏与裁判两种价值。这是中外谈论批评的作用与价值的最通行、最一般的看法。鉴赏是引导读者欣赏作品，把作品的美的奥秘阐释出来。裁判就是评判作品的好坏优劣，对作品的审美价值作出比较性判断。前者是着重对读者而言，后者是着重对作家说明，它们都是面对社会的。法国美学家米盖尔·杜夫海纳说，批评家的"使命可以有三种：说明、解释与判断"。说明是"揭示作品的意义，教育公众"；解释是谈论"因果关系""条件或影响""作者的人格"与"决定这种人格的环境"等，指明作品是如何决定的；判断就是判断作品的价值[1]。这实际是上面那种界说的延伸。

郭沫若早在1923年，就以宽容的态度容纳各批评流派的见解，主张批评既不必偏执于丹纳的"科学批评"，也不必偏执于法朗士的"印象批评"。他不同意周作人那种"批评是主观的欣赏，不是客观的检察"的偏颇。他认为，"文艺批评中的成分，客观的检察和主观的欣赏，原只是互相连贯的作用"，"真正的批评家要谋理性与感性的统一，要泯却科学态度与印象主义的畛域"[2]。郭沫若的眼界是开阔的、辩证的，对批评的价值和作用的认识也较为全面，于常理较符。

然而，评论的发展，本世纪以来评论流派的兴起与林立，使得上述关于评论价值的概括显得狭窄了。不管怎么说，鉴赏也好，裁判也好，科学分析也好，印象批评也好，都是以作家作品为依据，批评只是去俯就它、亲近它、阐明它。这样，文学评论的另一种价值，它自身的主体价值，却被上述概括忽略了。文学评论的主体价值，不是以解释作家作品为依归、为中心，而是把重心

---

[1] 盖尔·杜夫海纳《美学与哲学》第156页，中国社会科学出版社1985年版。
[2] 郭沫若《批评——欣赏——检察》，见《鉴赏文存》，人民文学出版社1984年版。

调整过来,以评论自身的独立价值为主,评论作为一种产品(评论家的作品)显示自成一体的独立价值。

在此,我们可以从描述、阐释、判断、主体价值四个方面来表述评论的价值形态。

描述价值。评论的第一步常常是把评论家对作品的感受和印象描述出来,以求获得读者的认同,或者使读者对作品的面貌获得一个全面的、感性的了解。评论一般说来,不可能引述作品全文,也不应是作品的简单的机械的提要和缩写,而是烙上评论者主观色彩的、富于创造性的评介性文字。读者读后,仿佛重温作品,又是加深作品,得到阅读原作后的第二次享受。这种评论当然不能替代原作的阅读,但是,原作也不能代替阅读这种评论。

我们还记得鲁迅先生评论柔石的《二月》时对萧涧秋的描述:"浊浪在拍岸,站在山岗上者和飞沫不相干,弄潮儿则于涛头且不在意,唯有衣履尚整,徘徊海滨的人,一溅水花,便觉得有所沾湿,狼狈起来。"关于白莽的《孩儿塔》的描述:"这是东方的微光,是林中的响箭,是冬末的萌芽,是进军的第一步,是对于前驱者的爱的大纛,也是对于摧残者的憎的丰碑"。则成了脍炙人口的名句。富于感性,充满形象,所评人物和诗作的精神便传递出来了。

别林斯基评论莎士比亚的《哈姆莱特》,主要是采用描述方法。在总共三节的文章里,第一节是描述这个悲剧的故事内容,第二节是描述剧中几个重要人物。评论哈姆莱特这个性格,他理出这个性格发展的主要脉络:这是"美好的灵魂"——听见叔父弑兄故事,从母亲身上,"女人在他的观念中毁灭了"——他蔑视自己的爱人,尽管"爱情是他的第二生命"——他看到奸诈投机,奴颜婢膝——他誓言复仇,又无力实现,"我们看到了软弱"。于是,对于众人周知的哈姆莱特的"软弱",别林斯基作了深刻的描述:"它是分裂,是从幼稚的、不自觉的精神和谐与自我享乐走向不和谐与斗争去的过渡,而不和谐与斗争又是走向雄伟的、自觉的精神和谐与自我享乐的过渡的必要条件","他在软弱时也是伟大而强有力的"①。

我们从雨果对莎士比亚的评论里,还看到一种对几个悲剧名作所作的综合性描述。他这样饶有兴趣地把几个爱情悲剧人物联络在一起:"哈姆莱特这象征着犹豫的人物,居于他整个创作的中心,而在两端则象征着爱情的罗密欧与奥瑟罗,一个是黎明的爱,一个是黄昏的爱。哈姆莱特是整个的灵魂,罗密欧与奥瑟罗是整颗心。在朱丽叶的丧衣的褶纹里有着光明,但在被轻侮的莪菲利亚和被猜忌的苔丝特蒙娜的尸衣里则只有愁恨,爱情对这两个无辜者严厉无情,她们永远得不到安慰。苔丝特蒙娜唱着杨柳之歌,正是在那株柳树下,河水卷走了莪菲利亚。她俩是彼此不相识的姊妹,虽然各人的悲剧不相关联,但在灵魂上却是息息相通的。同一株柳树在她们头上拂荡。在这个蒙冤含屈而即将死去的妇女的神秘歌声里,已经浮荡着头发散乱、若隐若现的溺死者的形象"。②人物是掌握得准确的,比较是有分寸的,整个构成一幅画面。评论的这种描述价值,在于一方面保留了原作的鲜明可感性,又实现了一定程度的理性的概括与升华。读者从中获得了一个完整的印象,他们不再被原作的散漫、纷繁头绪所困扰。

阐释价值。评论的阐释价值是评论存在的最原始、最直接的一个因素。有些作品,特别是诗歌,哲理性、隐喻性较强的作品,以及由于历史和地理原因而较难接受的作品,读者要求评论帮助他们扫除阅读的障碍,阐明作品的意义和艺术价值。

我国传统的注疏、考据以及某些评点批语,都是属于这个范围的。古希腊作为西方文明的发祥地,荷马史诗和希腊神话就不

---

① 参见《莎士比亚的剧本〈哈姆莱特〉》,《别林斯基选集》第一卷,人民文学出版社1959年版。
② 雨果《莎士比亚论》,见《雨果论文学》第150页,上海译文出版社1980年版。

断被希腊人和西方人研究和解释。"阐释学"可以说是对评论的这种价值和功能专门进行研究的学科。

评论的阐释作用,最早都是强调接近和了解作品的原意,作者的本意。作为"阐释学"创建人,德国哲学家费里德利希·施莱尔马赫和狄尔泰都是要求消除解释者与作者之间的距离,用科学方法重建作品当时的环境,从而免除解释者的"误解",达到正确了解作者写作的本意。美国批评家赫施提出"保卫作者",主张"客观批评",要求在批评中复制出作者的本意,也是这个意思[1]。这之前,英国大批评家阿诺德在《当代批评的功能》中倡导一种"超然无执"(disinterested)的批评法则,就是要摆脱批评者主观的考虑。他说:"这些法则可用一语来说,做到超然无执。怎样才算是不偏不倚呢?远离实践;断然服从本性的规律,也就是对于所接触的全部事物展开一个精神的自由运用;坚决不让自己去帮助关于思想的任何外在的、政治的、实际的考虑,然而不少的人总是被这些考虑所牵连……但是批评和这些考虑确实没有丝毫关系。"当然,他这里所讲的批评对象要有所选择,是指那些"天才的作品",要对它做到"坚定不移的忠诚",以便"创造出一个纯正和新鲜的思想的潮流"[2]。

实际上,这都是提倡一种所谓"客观批评",要求批评者抛弃自我,不带任何主观色彩地去亲近作品、解释作品。但是,这里要问,作为批评者,能做到截然的"无我""超然无执"吗?批评家真能消除自己在时间上、空间上与作家作品的"距离",做到现象学所提出的"还原""回到作品去"吗?我们评论《离骚》,能还原到屈原当初写作时的环境和思想感情吗?但丁的《神曲》写

---

[1] 张隆溪《神·上帝·作者——评传统的阐释学》,《读书》1984年第2期。
[2] 阿诺德《当代批评的功能》,见伍蠡甫主编《西方古今文论选》,复旦大学出版社。

进了自己的恋人,歌德的《少年维特之烦恼》写进了自己的爱情,有关作者和作品的考证后人向来就聚讼纷纭,你就担保你能复制作者的原意,分清真实与虚构,同作者一样地去理解一部作品吗?不可能。对于浑然一体的作品,任何评论都是一种选择。任何两个人不可能有相同的角度、视野,更不用说思想感情。时代、民族的烙印、个性色彩的印记,无从抹去。评论要做到同原作"还原""重合",只能是一种幻想。

由于正视这种传统阐释学这一实际存在的难以解决的问题,新的阐释学则张扬批评者和作者的"距离",认为"时间距离在阐释上能产生积极结果","成见是理解的前提"(伽达默)。有的批评家肯定"主观批评",认为"主观性是每一个人认识事物的条件"(大卫·布莱奇)。这种意见走向极端,美国批评家斯坦利·费希甚至宣称,"本文的客观性只是一个幻想"。

上述两种阐释主张,同人们常说的实证主义批评与印象主义批评相近。一个追寻作者原意,一个强调读者反应。另外,美国新批评派同上述见解不同,他们强调本文的阐释,认为作者和读者都不完全可靠。他们认为,作品一旦产生,便属公众所有,不是包括作者在内的私人创造。研究作者的生平、环境、创作素材和观念都是不必要的、低级的研究,读者又众说纷纭,去研究阅读效果是本末倒置,唯一要掌握的是文本。他们认为,在文本面前,可能出现"意图迷误"(对作者)和"情感迷误"(对读者),要求把文本同作者、读者区别开来。

这三种阐释主张,是将作者、文本、读者各置一端,建立自己的理论。他们的优势与局限也都在里面。事实表明,理论流派同实践批评常常是两回事。理论流派容易走向一端,实践批评趋于综合运用。文学活动是以作品为中心,既联系作者的生产又联系读者的消费的社会活动。批评的作用,评论的阐释价值,应贯穿文学活动的全过程。假如作者的意图同本文的结构意义有出入,读者的印象又有很大的差距，这恰恰需要在研究文本的同时，也研究作者和读者。阐释差别也是阐释的任务。孤立的原则应该让位于联系的原则，阐释了作者和读者，更有助于理解作品。历史上优秀的评论，没有执其一端而不计其余的。就是某些流派的倡导者，如重文本形式的结构主义者茨维坦·托多洛夫，到后来也转变了过去的偏见，重视综合使用各种方法了。从发展趋势来看，评论的阐释价值将不断扩大和加深，从实证主义到接受美学，都可以吸取其中有益的因素了。

判断价值。评论需要判断吗？评论能就文学作品的好坏优劣作出等次的评判吗？一些纯艺术主张者不赞成这一点，他们认为理性的判断不应蹈入艺术的审美领域。另外一些批评家注重评论的阐释价值，如T. S. 艾略特就说批评是"对艺术作品作详尽的解释和修正审美趣味"，对判断多少有些忽视。另外，人们常说，批评家的判断常常不一致，他们的判断往往被后人推翻，而且常常得不到作者和读者的赞同和认可，因此，价值高低的判断似乎是多此一举。印象主义批评更走向极端，只注重个人印象，反对作客观的评价。杰勒斯·雷马特说："批评方法不管其有什么样的主张，都永远不能脱离对印象的解释，这种印象在特定的时间里由艺术作品留给我们的"。克利佛·贝尔在《绘画欣赏》里把他的批评方法说成是一种"不作概括或引出结论，尽可能地表现我直接的审美经验的方法"。

这些重阐释轻判断、重印象否定评价的主张者忽视了他们立论的一个前提：他们要阐释、要谈印象的作品是否经过选择呢？如果不是拿任何一部作品作为自己阐释、谈印象的对象，这本身就暗含着他们已经完成的一道优劣比较、价值判断的工序。诚然，批评者的判断常常不一致，欣赏者的印象也千差万别，但是，批评和欣赏的对象究竟是一件真正的艺术品，还是一件赝品呢？如果是赝品，你的全部赞美可以说是胡闹。如果是真正的艺术品，那就证明你的对象确有价值优异之处。正是这些优异之处构成价值判断的客观基础，尽管人们众说纷纭，但为一切有识者所首肯。英国美学家哈罗德·奥斯本说："当一件艺术作品被人判断为有较高的价值或较低的价值时，它正被人判断为在高级程度或低级程度上拥有审美欣赏的合适客体。这样承认任何一件人工制品是一件艺术品，承认任何一部作品是文学作品，就是对与那些比较价值评论明确相同的事物作价值判断，批评家根据这比较价值评价把艺术作品分成优点的等级。"①

作品的优劣高下，是一个实际存在的问题，不是一个理论问题。如果认为评论仅限于描述和解释，不能作出价值判断，这是剥夺评论很重要一个职能。我国古代文学发展到魏晋南北朝，出现了新的繁荣，创作和评论可谓"俊才云蒸"。在评论上，一个重要表现就是批评家敢于品评。当时，品第成风，有庾肩吾的书品（分为九品），谢赫的画品（分为六品），还有棋品、诗品。钟嵘的《诗品》就是不满意当时的批评专著"不显优劣""曾无品第"。他把他之前所有五言诗作者分成上中下三品。他品评得当，反对形式主义遗风，提出"干之以风力，润之以丹彩"的品评标准。我们不必拘泥于他的三品的划分，他把曹操、陶渊明、鲍照等杰出诗人划为中下品也有失公允，但敢于品第的精神，对后人的影响是很大的。

批评家的意见不一致，有些开拓性作品常常受到苛责，而读者齐声叫好的作品，不一定有很高价值。法朗士曾举出法国米什莱的崇拜者嘲笑过一篇未署名的米什莱的有名短文，库辛（帕斯卡的《莫论爱情》的发现者之一）在帕斯卡作品中发现的崇高词句恰恰是原作笔者的谬误，但是，凡此种种，不能导致神经衰弱地对批评的判断功能的否定。批评的角度不同，评价的参照系可

---

① 哈罗德·奥斯本《批评的技巧》，见《文艺理论研究》1987年第2期。

以多种多样，即使是名著杰作也可以考察其高下得失，鲁迅先生对《红楼梦》与《三国演义》的比较，就是光辉一例。真知灼见的批评在荆棘中诞生，敢于排除众议和万难，它是文学发展进程中的航标，引发出创作的竞争意识，是文学繁荣的重要激素。

评论的主体价值

完全可以把本题列入上述价值形态的第四种。这里，把它单独分离出来，是考虑到它同描述、阐释、判断有不可分割的联系，最好不要把它们列为并列关系。更重要的是，从批评的本体论考虑，上述四种形态尽管都属于批评的本体，为了突出评论的主体性和独立性，最好把主体价值单独提取出来，以适应评论日益发展的需要。

同时，评论的描述、阐释、判断作用，是从对象考虑，从评论的客体考虑，不管怎么说总给人一种对象为主、评论为从的感觉，仿佛观赏者面对一座金碧辉煌的建筑，只是忙于导游讲解评价作注。现在，把角度调转过来，面对卓越的评论家和卓越的评论，我们发现，它们像是水域宽阔的湖面，作家作品不过是湖岸倒映在水面上的建筑。

过去，自觉不自觉地，言谈非言谈里，人们把评论者看成作家作品的"寄食者"。打一个不甚恰当的比方，好像作家是一株大树，把它从土地里提取出来的时候，它的茂密的根须黏附着许多土块和根瘤菌（一种由植物供给养料又供给植物以氮素的有益的菌类），这便是评论者。人们说，没有莎士比亚和曹雪芹，何来"莎学""红学"？皓首穷经者该有多少？

从一种现象来看，这说出了某些实际情况。但是，从现象上，同样也可以把这种比方颠倒过来。当我们谈及某些卓有影响的评论家，不是也可以让人们联想起受到他的影响和照耀，一生都对他怀抱感激和敬意的众多作家么？我们面对作为评论家的鲁迅，读了他评论许多青年作家、艺术家的文章，包括那篇悼文兼评论的《为了忘却的纪念》，不是感到他那巨大的思想、艺术和人格力量么？打这种比方当然是一种逗乐，我们还是讨论一些实际问题。

从评论的主体价值来考虑，上述描述、阐释、判断就不是被动的、随人俯仰的、失去个性的描述、阐释、判断。既然评论家不可能、也不必"还原"成作家的内心发言人，那么，评论就应该是充满个性的。对于这一点，王尔德说得很辩证："评论家当然要是一位阐释者"，但是，"只要评论家加强自己的个性，他就能够解释别人的个性与作品，并且评论家在解释时个性表现得愈强，其解释也就愈真实、准确，愈令人满意、信服"。"如果你希望理解别人，你就得加强你自己的个性"。王尔德举出这样的例子，就是讲，演员是剧本的评论家，歌唱家与演奏家是音乐作品的评论家，"当鲁宾斯坦演奏贝多芬的《热情奏鸣曲》时，他不仅只是表现了贝多芬，而且也表现了他自己，从而就更完美地表现了贝多芬——通过丰富多彩的艺术本质重新阐述了贝多芬，用新的强烈的个性更生动神妙地向我们表现了贝多芬。当一位伟大的演员演出莎士比亚的剧本时，我们也有此同样的感觉。他自己的个性是他表现剧中人物的关键"[①]。评论同演奏一样，都是主客体的交叉，是作品客体同评论、演奏主体的统一。既然避免不了个性、主体，就要考虑投入何种品格的个性、主体。当然，希望能像王尔德所限定的，这种个性、主体是"伟大的"。

评论的主体价值，当然不止于此。它的不依附价值不止于在描述、阐释、判断中显示出主体个性。应该说，评论本身就在营

---

① 王尔德《评论家也是艺术家》，见《英国作家论文学》第269—270页，三联书店1985年版。

造思想艺术的大厦。这方面，王尔德发表的意见值得我们加以提炼和吸收。他说："评论家的主要目的就是如实地看出所评论的对象其实并非对象本身。"[①] 这其实就是指评论家不仅要看到作家作品这个具体评论对象，而且要超越这个对象，显示出评论家自己。这也就是他在另一处提的对"最高的评论"的要求，即"评论的不仅是个别的艺术作品，而是美本身，并且巧妙地填补了艺术家遗漏的、或不理解和不完全理解的空白形式"。对于二流作家作品，可以写出一流评论，对于一流作家作品，可以写出所见不止于作家作品的特殊评论。这就要求，一篇评论是一个独立的世界，像王尔德说的，"对于评论家来说，艺术作品不过是为他自己的新作提供一些启发而已"，"所有绘画都是为他画的，书本是为他而写的，大理石的雕塑是为他制作的"。

美国批评家门肯从批评家是"真正的艺术家"这个角度，作了类似的阐发。他认为，批评家不是"知识海关的估价官，精神酒坊的检验员，宇宙法庭上的公正不阿的法官"，也不是那种"肚子里一无所有，除了别人思想与感情的空泛的回声而外"的"空洞得像只坛子"的教授，如果是这样，批评家就是低创作家一等的。正是艺术家的本性、独创性推动了诗人写诗，作家写小说，作曲家作曲，批评家写批评。采取什么形式并不重要。真正的批评家"不能仅仅做表面上的工作：对他来说，在他面前的远不如在他内心的使他感兴趣"，"当他坐下来写他的评论时，他对方的艺术家已不再是一个朋友，而仅仅成为他的艺术作品的原始材料了"。这样的批评家自由而完美地工作，使内心翻腾着的思想表现出无比的魅力，这样的评论也就成为新鲜的、"真正的艺术品"[②]。

---

① 王尔德《评论家也是艺术家》，见《英国作家论文学》第 264 页，三联书店 1985 年版。
② 亨·路·门肯《批评的过程》，引文见《现代英美资产阶级文艺理论文选》下编第 16、17、26 页，作家出版社 1962 年版。

这是评论要达到的最高境界。卓越的批评家，都能显示这种气度和风范。勃兰兑斯撰写《十九世纪文学主流》，自称是完成"一篇伟大戏曲的六幕"，把法、德、英等国19世纪上半叶六个文学集团加以研究，力求"探寻出十九世纪前半期的一种心理学的轮廓"。阅读这部评论著作，既感受到他推崇天才的激越之情，又看到他"一览众山小"的评论家眼界。如果说这些国家的作家创造了19世纪文学的辉煌，勃兰兑斯则创造了19世纪作家的辉煌。评论家的主体力量在19世纪俄国文学得到了生动的体现。据后人记载，当别林斯基、车尔尼雪夫斯基、杜勃罗留波夫出现在俄国文坛，曾使许多俄国作家、批评家窃窃私语，为之刮目。有的作家把他们称为"文坛上的罗伯斯庇尔"，说他们不像某些人，"哪怕是靠近些去看看作家们的面孔也好"，而显出"轻视权威"。有的作家惊叫："我的天呀！看他们怎样批评我们呵！"高尔基说："别林斯基来历不明，却一下子占据了文坛的领导地位，无意中迫使人们屈从他的思想的力量和人格的魅力。"[①] 评论的主体价值，在理论上是一个新课题，在实践上，也有待新的经验。人们也不会仅仅留恋这些过去，他们在瞩望于未来。

1987 年 4 月

[①] 高尔基《俄国文学史》第240页，新文艺出版社1957年版。

三　批评标准

——不存在一把挂在墙上可以衡准一切的标尺

　　包括笔者在内,过去看待批评标准的一个根本性弊病,就是把它看成纯然外在的东西。像是悬挂在墙上的一管标尺,用它可以衡量裁决一切。我们似乎只需把这管标尺弄得精美一些。我们花去太多精力,从引证到解说,想把标准说得完美。

　　然而,我们突然发现,这常常是徒劳,无济于事。

　　多元化的时代,必然是批评标准多样化的时代。

　　那么,这"多"中能否提炼出"一"呢?当然可以。同时,如果说物理学的任务是寻找宇宙万物最大的统一,文艺批评则相反,它要去发现这种多样,评价这种多样。

　　不能否认这个"一"。"一"是通向"多"的桥梁,它为"多"开放心灵,如同春天的胸怀容纳奇花异草的生长与开放。批评的保守,僵化,直白地说就是守成,用已然控制未然,用已成指挥将成和未成。如果批评标准必然要涵盖外在与内在,已定与待定,说出与不说出,我们过去往往是醉心那个外在,那个已定,那个说出。

批评标准的双向运动

　　日本评论家大冢幸男在《比较文学原理》中说:"为我们提供价值判断标准的是作品本身。"我认为这个命题很值得探讨。

我们过去理解的评价标准或者批评标准，常常是一种公理性的、外在于作品的东西。好像它是悬挂在那里的一根准绳。似乎任何作品拿来经它一衡量，价值取舍也就可以定下了。

我们对过去长期应用过的政治标准和艺术标准，就是这样理解的。有一个既成的、结论性的东西放在那里，是可以援引的，用它来评判作品，合则取，不合则弃。后来，普遍认为这种提法较狭窄，又没有必要分"第一""第二"，于是改用思想性和艺术性的标准。有时，我们引用恩格斯关于历史的、美学的原则的说法，或者借用通行已久的真、善、美的标准，其应用方法也大致相同：有一个现成的准则，然后由外入内地对任何一部新作进行品评。

先说说我们习惯的用法。我们过去所理解的政治与艺术、思想与艺术、历史与美学、真善美等等，内涵很不确定。这些提法，大致是从内容与形式两个方面对标准加以界说。我们的目的是力求从作品与功能、目的与手段等各个侧面作个大致规范，反映公众的意愿，有益于社会。这种要求与我国传统文论的"文"与"质"的提法，要求"文以载道"，强调"言而无文，行之不远"，其精神是相通的。亚里士多德在《诗学》里指出，诗里有两种错误，要防止"挑选的事物不正确"，又要注意"缺乏表现力"，说"衡量诗和衡量政治正确与否，标准不一样"，也是照顾到两方面的意思[①]。但是，这两方面因人而异，因时代和阶级而异，各有各的解释。你认为是有思想的，合乎历史原则的，他可以说是不道德的，亵渎圣灵的；你认为是艺术的，他可以说是反艺术的，非真善美的。

这样一来，上面介绍的标准只是规定了一个大致范围，要实际运用，还得给以更具体的界定。还要看谁的看法最合乎规律，接近真理，争取人心。同时，文学讨论的具体对象不同，角度不

[①] 亚里士多德《诗学》第 25 章，见亚里士多德、贺拉斯《诗学·诗艺》第 92 页，人民文学出版社 1962 年版。

同，层次不同，母系统下面有子系统，门、纲、目、科、种、属，在标准的具体化、多层次上，还得进行研究。——这些，不属本文的论旨，就此打住。

要说的是，是否那些既定的标准、准绳、原理、原则都能正确地权衡作品呢？即使是先贤哲人的那些最能正确总结当时艺术经验的概括，是否都能最终、最恰当无误地裁决一切已生、刚生、将生的作品呢？

实际情况往往并非如此，有时，作品里诞生出新的标准，常常是作品首先出来，揭竿而起，对既定的评价准则进行挑战。雨果的《克伦威尔》《欧那尼》等浪漫剧冲击19世纪法国剧场，对古典主义的理性原则、人物模式、严格的悲喜划分和美丑分割、语言规范以及"三一律"，作了全面的反叛。他说得非常尖锐："根据诗作制定诗学，不是要比依照诗学去写诗更有价值吗？""既然我们从古老的社会形式中解放出来了，那么我们为什么不从古老的诗歌形式中解放出来？"[①] 这两篇作品所体现的反封建的"政治自由""文学自由"的主张，人物形象的丰富性，场景和语言表现的自由性，成了浪漫剧新确立的原则。他为它们写的序言，成了浪漫主义宣言。作品成了文学标准变革上最活跃的因素。

究其原因，也较明白。时代变迁，文无定则。只要是为人们接受了的独创性作品，总含有某种程度上的突破；重大的、划阶段划时代的突破，常常引起人们的标准观念的变化。当然，这种变动的情况不尽相同，有的是取代（旧的标准为新的所替代），有的是位移（某种标准不再一统天下，和新生的法则和平共处），有的是相互吸收、补充、丰富和发展。社会思潮在变化，资产阶级反理性主义代替理性主义，马克思主义批判资本主义，人道主义发生历史变迁；文学潮流的浪漫主义取代古典主义，写实流派盖

---

① 《雨果论文学》第72、93页，上海译文出版社1980年版。

过浪漫传奇，各种现代主义又起来同现实主义争雄对峙，还有，表现形式、时空处理、重表现与重再现的繁复流变，如此等等，都会使艺术的标杆不断变化。其中，许多变化都是萌芽于作品之中：莫奈的《日出·印象》在现实主义绘画成风时独标印象派。我们新出现的川剧《潘金莲》（魏明伦作）改变了对潘金莲的评价，实际是当代意识动摇了、批判了潜伏在人们思想深处的、习焉不察的某种封建"集体无意识"的东西。加西亚·马尔克斯说他十七岁那年，读了卡夫卡的《变形记》中主人公变成甲虫的描写，"于是我就想：原来能这么写呀。要是能这么写，我倒也有兴致了"，也说明作品扩大了他们视野，使他在写实之外另辟蹊径，帮助他形成了魔幻现实主义流派。

这个命题确实富于生气，使评论者保持一种常青常新的艺术眼光。它要求我们在运用标准上，摆脱过去单一的"由外入内"的思维定式；它要求我们不要完全把标准看成一个外在的、既定的东西，不要把作品看成消极的受动者。社会主义在实践，在运动，不存在统一的模式，也没有不变的成法。马克思主义从最初作为革命的工具，到和平建设时期的具体运用，到今天用最新的科技成就、用人们的现代意识或当代意识来充实自己、发展自己，需要我们很好地处理继承与革新、稳定与变异的关系。马克思、恩格斯所阅读、所研究的作品，同今天有很大的不同。社会主义不存在某种固定的标准，可供我们永久使用下去。这个命题呼唤我们注视新的作品，注视新的生活、新的气息、新的观念、新的趣味。否则，我们就会像雨果说的，把既成的规则变成"鸟笼的方格"，或者像杜勃罗留波夫所比喻的："当一个人看到了一个美妙的女人，就突然饶舌说，她的身段不像米罗的维纳斯一样，嘴的轮廓不及美提契的维拉斯漂亮，眼神也缺少我们从拉斐尔圣母像上发现的表情等等"①。

然而,大冢幸男走得太远了。他把这个有意义的命题加以绝对化,他完全否认"由外入内"这个运用标准的渠道,他说:"文学作品的价值判断,应该排斥普遍、永恒的标准"。他受轻视理论的相对主义思潮的影响,把批评标准的普遍性一股脑儿加以排斥。事实上,他这种看法最终也会导致自我否定。即使是从作品本身抽象出来的标准,也不可能是完全孤立的。永恒的标准固然不存在,但具有不同程度的覆盖面、涵盖率的普遍的标准还是存在的,否则,文学的分析和综合,包括比较文学研究,都将化为乌有。我们应该避免任何片面和机械论,把理论与实践、坚持与发展、传统与创新看成一个辩证的相互作用的过程。这里,我借用一个时兴的说法,把运用标准看成一个"由外入内"和"由内向外"的双向运动,既注重已有的理论概括的意义,又不忽视作品可能带来的革新与变异,把传统的思维成果与新鲜的艺术经验作为考察批评标准的两个支点。

标准是评论者的武器,是每个读者心灵里的检察官。我们面临着开放与改革,我们的文学正在同世界文学潮流进行融汇与交流,这在更深更广的程度上触动了旧的意识,人们也会发生种种分歧与异议。在评价标准上开阔我们的思路,克服过去存在的单一的、瘸腿的思维模式,也许对协调我们的认识有所助益。

批评标准的统一、差异与矛盾

过去,我们把批评标准看得比较板结,而不是看成一个多层次、富于弹性的东西。也就是说,我们只看到它统一的一面,没有看到它自身存在的差异与矛盾。我们受着大一统思想的支配,

---

① 《杜勃罗留波夫选集》第二卷第352页,上海文艺出版社1959年版。

好像批评标准就是一把固定不变的标尺，它无远勿盖，能衡准一切文艺作品。政治标准与艺术标准是我们过去长期使用过的提法，之后，改为思想性与艺术性的标准。近些时，我们借用恩格斯的说法，拿历史原则和美学原则作为批评的准则。或者，我们又借用通行已久的概念，用真善美作为我们评价作品的准绳。应该说，这些从内容和形式两个方面去规范批评原则的种种说法，在一定时期、一个主导方面，是行之有效的，能够统一我们的认识。但同时也应该看到，这里面也潜伏着一定的问题：一，它们不能涵盖所有的文艺作品，丰富多样的审美价值往往挣脱这些理论框架；二，人们注入这些原则、标准的解释或者比较简单，或者聚讼纷纭，临到应用时又需要拿出自己关于标准的界说。

然而，它们曾经为我们普遍接受。造成这种状况的，有它的历史原因和社会原因。无产阶级文学在自身发展中，经历了一个个特殊历史阶段。列宁发表《党的组织和党的文学》，毛泽东发表《在延安文艺座谈会上的讲话》，是处在一个尖锐激烈的阶级斗争和革命战争时期。那时候，把党性原则和政治标准提到一个突出的地位，一个统率的地位，是十分自然的。当时如果有人提出要多元，要远离社会功利，自然为现实所不容。而且，当时对党性原则和政治标准的理解非常明确，不存在半点含混，不像我们现在讨论一部作品的内涵与意蕴，可以各作各的解释。当时是一切有利于无产阶级斗争和抗日战争的，都在肯定与赞扬之列，或者截然相反。

但是，当历史的发展让位于和平、稳定的时期，艺术生产与消费日趋多样化，人们的审美有可能多方面发展，而不再把注意力集中在阶级生死、民族存亡的政治斗争的时候，批评标准的那种带有召唤性的统一性和明确性，就不再像过去那么突出、那么引人注目了。

马克思把片面性看作历史发展的必然。现在，即使我们回溯过去，实事求是地加以分析，也会发现，在那个斗争尖锐的年代，一方面正确地强调和发挥了革命文艺的社会功能，另一方面又出现了片面性，我把它称之为一种革命的、历史发展不可避免的片面性。我们突出党性原则、政治标准的同时，对当时出现的表现某种普遍人性人情，远离社会功利、唯美倾向较重的作家作品，就相对疏远了，冷落了。我们看到，在苏联和中国，都出现了某种类似的现象。那些曾经受到疏远和冷落的文学艺术，随着艺术空气日渐活跃和宽松，又重新获得了人们的兴趣和评价。于是，人们感到，中国新文学史需要补充和丰富，沈从文、徐志摩、戴望舒需要重新评价。

这里看出，除开那些反动的、低劣的作品之外，一切有艺术价值的作品必须多视角加以评价，不能只有一个标尺。有多少视角，有待讨论。比方说，对阶级性与人性人情的问题，过去长期纠缠不休，把它们互补互容的关系非要看成你死我活的关系。这样，我们常常不能很好地处置这两类作品的关系：我们重视那些反映阶级命运和时代面貌的作品，这是对的；同时，又不正常地批判乃至全盘否定那些远离阶级性和政治斗争而着重表现普遍人性人情的作品。本来，在阶级社会里，阶级性只是人性人情这个总范畴的一部分，是其中与政治、经济纠葛得最密切的部分，是在尖锐斗争中表现最为对立的部分，而在这个重要组成部分之外，还同时存在人性人情的其他相通部分。如果说，在一个特殊时期，把前一类作品加以突出，我们可以从现实需要找到各种解释，那么，从文艺理论上，从文艺批评应有的历史和社会的宏观把握上，就不应该长期默许这种片面性。也就是说，对这类长期争论不休的问题，对复杂繁多的文学现象，我们不能只是执着一种尺度、一种标准，用以排斥在它视野之外的作品，忽视了艺术反映生活、表现生活的多样性、差异性。

另外，从艺术标准这个方面来看，这种差异乃至矛盾现象，就更普遍了。我们过去的文学概论和文学理论著作，说穿了主要是建立在解释叙事作品特别是小说的基础上，甚至可以说是现实主义小说的理论。许多理论命题，都是由此发端的。有形无形之中，把典型化树立为艺术性的文艺标准，把典型环境中的典型性格看作衡量艺术成就的最高尺度。我们曾经牵强附会地用典型环境中的典型性格去硬套一切重要的包括浪漫主义在内的作品，也曾歪着理儿解释抒情诗也是表现典型环境中的典型性格，说那种典型性格就是诗人自己等等。

在某种程度上可以说，艺术领域所呈现的多样性、差异性，恰恰是艺术不同于其他意识形态的特点。政治的权衡有进步与反动之分，科学有真伪是非之别，对它们的选择常常是二者必居其一，是一种无个性的选择。而艺术中的审美判断，常常存在着个体性、群体性、地域性、民族性的差异。如果把艺术流派的蜂起和嬗变包括在内，美术上由写实主义而印象派而立体派未来派抽象派，戏剧艺术由现实主义而表现主义而荒诞派，文学由现实主义而现代主义诸流派，创造者追求不同，欣赏者爱好不一，在批评标准上就自然出现多种差异和矛盾现象。

本文尝试从文学艺术的整体形态中，把批评标准看成一个辩证统一的动态结构。理论的探索总是试图显示一种超越性，一种对事物发展所存在的片面性的超越性；当然，正如不能因为统一而忽视差异，也不能反过来，只看到差异而否定了统一。伟大的艺术，常常能征服全社会、全人类，正说明人们在审美标准上存在着这种统一性。这种统一性，是差异的更高升华，是胸怀的更加宏大，而不是抹杀差异，不是把某些局部理论原则加以绝对化，从而妨碍艺术的发展和理论的探索。

如果在批评标准上，取得这种较为清醒的认识，历史上一些争论就不难加以说明。最明显的例子是1930年代卢卡契与布莱希特的争论。他们共同信仰马克思主义而艺术主张不同，完全可以进行不同的艺术探索，让现实主义与表现主义共存共荣。然而，当时表现主义名声不好，现实主义是一把谁也不敢避开的保护伞，于是，双方都宣称自己是现实主义，指责对方是形式主义。原因之一，恐怕是有意无意之中把艺术标准看得太死，都不敢避开那个大一统。从今天开放的眼光来看，这多少是一场误会的争论。当前出现一个问题，随着创作蓬勃发展，作家、艺术家求异趋向日浓，文学评论常感困惑，一种思想和艺术的困惑。这或多或少地触动了我们原来的批评观念、标准观念。对此，加以探讨和磋商是必要的。标准是个关键问题，从创作到欣赏、到批评，谁也避开不了。

1987 年 2 月

批评标准的主观性与客观性

面对一件艺术品或一部文学作品，当一个人说"我喜欢"或"我不喜欢"的时候，这里就道出了他的审美趣味和审美判断，也可以说是自觉和不自觉地体现出他的批评标准。

人的趣味是千差万别的。有时是你喜欢，我不喜欢，有时是我喜欢，你不喜欢，很明显，批评标准的主观性在这里起了作用。但是，在不同的审美趣味中，又有高雅与低俗、正确与错误之分。你喜欢的作品，有时反映了你的优良的审美趣味，证明你对作品的审美价值有敏锐的感受和独到的发现；有时，又恰恰相反，只能说明你的"嗜痂之癖"。另外，你不喜欢，能够说明你有正确的辨别力，有时又只能证明你是"色盲"，无力去发现美，或者美丑颠倒，酿成遗珠之憾。很显然，在这里又存在着批评标准的客观性，一种不以个人主观好恶来左右的、经得起验证的判断原则和标准。当然，经常出现的情况是，你喜欢，我也喜欢，众人都喜欢，即可谓"英雄所见略同"，甚至不同地域，不同时代，不分文化差异，都能在人们中间找到这种审美判断的共通性。

话虽然这样说，但是由于批评标准毕竟是属于审美领域里的东西，它源于对象的美学价值，又不等于对象本身，因此，在人们这种审美判断发生分歧的时候，常常是争论不休，莫衷一是。我们可以把这种现象归之为批评标准的两难推理，或者叫作鉴赏判断和批评标准的二律背反。这种二律背反可以作这样的表述：批评标准离不开个人的审美趣味，因而它是主观的，世界上不曾有先于人类审美而存在的客观标准；批评标准又具有客观性，它经得起争论和分辨，不以个人主观审美定是非。康德就指出过这种现象：一方面，"每个人有他自己的鉴赏（趣味）"，"这个判断的规定的根据只是主观的（愉快或苦痛）；因而没有权利要求别人的必然的赞同"；另一方面，"关于鉴赏，是不能让人辩论的"，审美判断的根据"不仅仅具有私人的有效性，即不仅仅是主观的"，"假定客观的概念作为判断的根据"[①]。

如何解决这种矛盾呢？从文学批评的角度来看，如何使自己审美判断的主观性不仅具有私人有效性，而能上升到普遍性，甚至领导世界审美新潮流呢？一种意见是排斥和否定其中之一。美国美学家杜斯卡就认为，"美取决于个体观察者的结构，因而有多少这样的结构，就有多少美的方案"，"不存在趣味好坏性质的客观检验"。照此推论，每个人都可以沉溺于自己的趣味，根本不存在审美标准的客观性。另一种是客观主义态度，认为美、价值全在客观事物本身，人的主体只能反映它，像天文学家反映宇宙的天体及其运行轨道一样，佩里和哈特曼等客观主义者就把价值看成不以人类对其兴趣为转移的某事物的性质。比较起来，康德要明智得多。他不是舍弃其中之一，而是承认这种分歧与矛盾。他

---

① 康德《判断力批判》上卷第184—185页，商务印书馆1964年版。

的解决办法是,人类存在一种"共通感"(共同感觉力),它可以使个人的主观的、受到限制的判断得到"反思",得到修正和提高。人们这种审美判断的"普遍有效性","对每个人的有效性",其根源不在"客体的认识和证明",而是一种"主观原理"、一种"超感性"的"概念"作它的"根基",或者把它视为"人类的超感性的基体"①。这里的"概念""根基""基体",是不能被人的直观和认识加以把握的,是脱离客体的主观范畴,是先验的东西。这样,康德不是把二律背反的解决、审美的发展归之于主客体之间的互相丰富、互相展开,而是求助于那个不可知的、主观唯心的东西。

现在看来,为了理清审美标准的主观性与客观性之间的关系,除了运用认识论,还必须运用价值论。作为马克思主义哲学的核心,除了理清精神与物质的关系,还必须研究人的问题。价值论与认识论相辅相成,它是在精神与物质的关系之外,着重研究人与物的关系。马克思说,"价值这个普遍的概念是从人们对待满足他们需要的外界的关系中产生的","实际上表示物为人而存在"。在价值学说的发展过程中,最初是研究经济价值,主要是指物的交换价值,审美价值属于较高层次的研究对象。马克思说"贩卖矿物的商人只看到矿物的商业价值,而看不到矿物的美的特性",就提到这一点。但是,不论是哪一种价值,都不能脱离人的需要、人与对象的关系而存在。马克思谈到对象与人的本质力量的对象化时就包含了这种人与物的价值依存关系。他说:"对象如何对他说来成为他的对象,这取决于对象的性质以及与之相适应的本质力量的性质;因为正是这种关系的规定性形成一种特殊的、现实的肯定方式。"人的审美关系是一种特殊的价值关系,它既取决于对象的特殊性质,又取决于人的本质力量的特殊性质。对于这种

---

① 康德《判断力批判》上卷第40页,51节,商务印书馆1964年版。

审美关系，不能简单地运用研究思维与存在关系的认识论，还必须考虑与"真"的领域相区别的"美"的领域，因为，如马克思所说，"人不仅通过思维，而且以全部感觉在对象世界中肯定自己"①。

上述看法从根本上摆脱了客观主义与主观主义两种极端，既不是把价值判断、批评标准看成个人的主观的东西，又不是把它看成物质自然属性的纯客观的东西。这样，在解决批评标准的主观性与客观性的矛盾的时候，就不能祈求某种先验的"共通感"，而必须依靠实践，只有实践才能在对象与人的本质力量的对象化之间、在客体的特殊性质与主体的特殊性质之间架设桥梁，打开那一本人的审美关系的丰富成分。实践可以发现美、创造美，也能检验美。当趣味、议论出现争执不下的时候，"理论的对立本身的解决，只有通过实践方式，只有借助于人的实践力量，才是可能的"②。

作为一个评论者，要做到正确的审美判断，掌握正确的批评标准，必须参加丰富的审美活动和艺术实践活动。只有音乐才能激起人的音乐感，培养有音乐感的耳朵。反过来，有音乐感的耳朵又能创造新的音乐，鉴赏新的音乐。马克思说："只是由于人的本质的客观地展开的丰富性，主体的、人的感性的丰富性，如有音乐感的耳朵、能感受形式美的眼睛，总之，那些能成为人的享受的感觉，即确证自己是人的本质力量的感觉，才一部分发展起来，一部分产生出来。"③ 在这个前提下，一切有利于批评家主体感受和本质力量丰富性的，都是他们孜孜以求的。批评家不同于作家、艺术家，一般地说，他不能创造艺术美，但是，批评家又

---

① 马克思《1844 年经济学哲学手稿》；引语均见《马克思恩格斯全集》第四十二卷第 125—126 页。
② 马克思《1844 年经济学哲学手稿》，见《马克思恩格斯全集》第四十二卷第 127 页。
③ 马克思《1844 年经济学哲学手稿》，见《马克思恩格斯全集》第四十二卷第 126 页。

超越作家、艺术家，他不仅能感受和容纳一个作家、艺术家的创造，而且能感受和容纳许多作家、艺术家的创造。批评家必须摆脱作家、艺术家的局限，做到最大限度地丰富自己，充实自己的审美主体。D. H. 劳伦斯所说的"一个批评家必须有能力感受到艺术作品的全部复杂性和力量给予他的冲击"，T. S. 艾略特所说的"批评家必须要有高度的事实感"，不为某种观点和成见所拘囿，都是很好的意见。

狄德罗编了一个有趣的故事。亚里士多德，年四十，他总是想："有多少人就有多少不同的衡量标准，而且同一个人在他一生之中有多少显然不同的时期，就有多少不同的尺度。"于是，他想到"在自我范围之外找出一个衡量标准"。有一个办法，就是"让搞文学的人选择一个最成熟的作家为理想典范，然后借他的口去判断别人和自己的作品"，美丑之分都以他为准绳。但是，他又想到，"没有一个人，也不可能有一个人能在一切领域中同样完善地判断真、善、美。没有的……"亚里士多德经过一番自省之后，认识到自己还要好好地学习，"他回到家里，闭户读书十五年。他攻读历史、哲学、伦理学、自然科学和艺术；到了五十五岁，他成为一个善良的人、有学问的人、有高尚趣味的人、伟大的作家和卓越的批评家"[①]。一个批评家不可能永远正确，不可能分毫无误地评判一切文艺作品。他只有不断学习，尽可能去接近和理解无限丰富的艺术世界。人们可以指责平庸、狂妄，甚至是不完善、不理想的批评家，却不应该指责那种苦心追求、不倦学习的批评家。

1987 年 5 月

[①]《狄德罗美学论文选》第 228—233 页，人民文学出版社 1984 年版。

批评标准的"雅"与"俗"

当正统的文学家,无论是作家还是评论家,专心致志经营文学这块园地的时候,很少有人撇过头去,看看旁边巷里和市肆那一派通俗文学默默而繁茂的生长景象。直到眼看正宗文学(又称雅文学、严肃文学)难以一统天下,通俗文学作品的印数大得惊人,才引起我们的注目。

我们常常容易出现这样的情景:先是冷淡,后是惊呼。

对这种现象的解释不一。有说是对我们过去执行的"左"的、专注于文学教育功能的惩罚,有说是港台一文一武(一言情一武侠,前者以琼瑶、三毛为主,后者以梁羽生、金庸为代表)对大陆的"渗透",有的认为这是商品经济冲击文学的必然结果,也有的责怪历史剑侠和公案小说的泛起。后来,我们看到爱因斯坦、华罗庚、还有廖承志都是通俗小说的爱好者,乐此而不疲,我们才觉得问题不那么简单。

在西方,类似的冲击,由此而出现的分歧,不像我们这么突然。他们也是先已有之,可能由于无波折,无间断,进展要稳定一些。不过,就通俗文学对理论、对批评的挑战来讲,就通俗文学冲击文人、学者的固有领地来讲,同我们也有一些类似。实践上形成自流,理论上缺乏研究和倡导,这恐怕是一种普遍的现象。1988年初,据美国《纽约时报》报道,美国许多大学教授为文学标准问题展开激烈争论。有些学者继续坚持文学作品质量的传统标准,认为学生应主要阅读那些久负盛名的作品,而大学中一些年纪较轻的教授则坚持,讲哪些作家应依据其历史和社会的重要性,要看他们说了些什么,而不是说得如何之好。二十年以前,黑人和妇女中的教授和学生就呼吁文学标准的多样化。据说,当今美国大学英文课程内容变化之大,足以使二十年前专攻文学的人感到瞠目结舌。课程里安排讲授通俗的浪漫传奇小说、侦探小说，哥特式小说和西部小说的部分正在增加。"文体的优雅，散文的气势和表现的创新这些曾经为人们所信奉的标准已经被贬低或受到质疑。而作品的历史和社会影响的重要性以及修辞的力度越来越受到重视。"

据报道，坚持传统标准的那些人，确定不朽的名人名作的人，主要是美国东北部的白人学者和批评家。而新起的、主张标准多样化的新派教授，在1960年代还是大学生，现在在一些主要的大学文学系日益得势，在拥有两万八千名文学和语言教师的《现代语言协会》的领导层中力量日渐壮大。这个协会的主席巴巴拉·赫恩斯坦·史密斯说："眼下要提出的是，一些人所体验的力量、美、伟大是否就固定在这些成果里，而那些不曾有这种体验的人就是变态的，或者，两种不同的体验反映了人们的分歧，反映了历史和社会形势的不同。"[1] 有的教授主张要从福克纳或海明威的那种固定的范本里走出来。

在美国，实践的挑战，通俗文学的蓬勃发展，已经向理论、向大学课堂逼近，尽管人们对此看法不一。此事传到英国，英国议论颇多，有的甚至认为是"文学标准的衰落"。但坚持传统的做法，把通俗文学截然排斥在理论研究和大学课堂之外，未必能经受历史的检验。

通俗文学，过去一直以大众性和消遣性为其基本特征。郑振铎在《中国俗文学史》谈到"俗文学"的六个特质："'俗文学'的第一个特质是大众的。她是出生于民间，为民众所写作，且为民众而生存的"；"她的第二个特质是无名的集体的创作"；"她的第三个特质是口传的"；"她的第四个特质是新鲜的，但是粗鄙

---

[1] 以上两段引语均见约瑟夫·伯杰《美国文学·标准受到围攻》，1988年1月6日《纽约时报》。

的";"她的第五个特质是其想象力往往是很奔放的,非一般正统文学所能梦见,其作者的气魄往往是很伟大的,也非一般正统文学的作者所能比肩。但也有其种种的坏处,许多民间的习惯与传统的观念,往往是极顽强的黏附于其中";"她的第六个特质是勇于引进新的东西。凡一切外来的歌调,外来的事物,外来的文体,文人学士们不敢正眼儿窥视之的,民间的作者们却往往是最早的便采用了,便容纳了它来"①。郑振铎这里说的"俗文学"的特质,主要是从文学史的角度加以总结,特别是指中国古代的通俗文学、民间文学。20世纪中国的通俗文学命运多舛,或因革命任务繁重、文学使命神圣,致使通俗文学受到难以避免的漠视和批评,或因注入太多的政治要求,表现内容单一,通俗文学的大众性、娱乐性得不到充分的发展。转入正常,是近些年的事。西方的通俗文学有浪漫故事、诙谐小说、西部小说、恐怖小说、推理小说、科学小说、乌托邦小说、浪漫爱情小说。中世纪以来,传奇故事影响最大。由幻想而衍生出科幻小说、乌托邦小说,是幻想作品的两种主要形式。在通俗文学中注入的内容越来越多,大众性和消遣性是它们的共同特征。

通俗文学遭到忽视,一个重要原因就是文人学士传统的贵族口味。由于通俗作品相对说来艺术层次要低一些,这种贵族口味就一直延续下去。另外,人们往往把通俗文学同严肃文学截然分割开来,认为前者系引车卖浆者所作,后者才是真正的雅文学、纯文学。实际上,它们也存在着密切的联系,这种联系的表征就是"雅俗共赏"。郑振铎把中国俗文学分为诗歌、小说、戏曲、讲唱文学和游戏文章等五大类,而《三国演义》《水浒传》《西游记》等古典名著就是在小说类中的长篇"讲史"的基础上,由文人加工而成的。可以说,没有通俗文学作基础,就不能产生这些

---

① 郑振铎《中国俗文学史》第4—6页,文学古籍刊行社1959年版。

文学名著。此外，有的严肃文学作家也写通俗作品，福克纳尝试写哥特式小说；而通俗文学也受严肃文学的影响，美国三十年代盛极一时的"硬汉"文学，就受惠于海明威笔下的"硬汉"性格塑造。除此而外，也常常存在一些误解，把通俗文学同低级下流、色情暴力混为一谈。对于这一点，有的人反驳得好，不能把它们画上等号，如果通俗文学中出现一些低级作品，正如严肃文学也存在劣等作品一样。

现在看来，随着社会的发展，传播媒介的日益现代化，要从读者的精神需求的多样化出发，确立一个宽大的、开放的文学价值结构，不宜使这种结构保持在一种封闭的、狭窄的状态。同时，要在这种结构中不断认识和明确通俗文学的价值标准和价值地位。

这里面有很多问题值得研究。比方说，如果拿言情小说称呼琼瑶作品的话，她就给言情小说带来了一些新质。琼瑶强调写人性中的爱：父子间的亲情，兄弟间的手足情，朋友间的仁义情，男女间的爱情，在男女爱情方面，她主张为爱而性，反对为性而性，认为"为性而性是动物，为爱而性是人"，提倡一种纯情，甚至是为爱而爱，"纯洁的爱"。这些，都提高了言情小说的境界，涤除了惯有的低级的一面。她也注意作品的生命力，反对迎合读者的欲望而轰动一时，随即烟消云散。她说："畅销只代表拥有读者，是否成功，必须经得起时间的考验。"

梁羽生和金庸的"新派"武侠小说，也有它的特点。梁羽生有这样的议论：武侠小说，有武有侠，武是手段，侠是目的，借助武力的手段，达到宣传侠义、伸张正义的目的。华罗庚1979年在英国遇到梁羽生，刚好读完了梁羽生的《云海玉弓缘》，武侠小说是"成人的童话"这个很好的见解就是他当面告诉梁羽生的。有些研究者注意他们的"新派"武侠小说的多元社会功能，如社会学意义，多识鸟兽草木之名，得到一种逃避现实又勉励人生的精神天地，有利于重温汉语特有的文体，对海外华人的怀乡恋土情绪是一种安慰,等等,等等。

惊险小说最近在美国走俏,特别是男子武打惊险小说。出版传奇小说有名的金鹰图书公司在一份报告里说,它的五大男子惊险小说,在1987年就售出近五亿本。据说,男子惊险小说代表了传奇小说市场的另一面,反映了一种特殊的精神供求关系。畅销的《马克·博兰》丛书的作者唐·彭德尔顿说:"传奇小说绝不仅仅限于堕入情网,它是全部心理活动的描述,也包括人类追求冒险的天性"。他认为,读这种男子惊险小说,"你会感到自己确实比意识到的自我更高大,你能够像书中的男角色那样左右事物"[①]。

科幻小说有人追溯到古希腊,追溯到路西安写去月球航行的著作。现在通行的看法是,17、18世纪自然科学发展之后,特别是19世纪的工业发展和科学技术出现新水平,才真正使科学性进入作品,成为基本要素。凡尔纳和威尔斯被公认为科幻小说的鼻祖,尽管前者偏重科学,后者偏重幻想,但他们都把科学知识注入小说,或者本人就是科学家。凡尔纳的作品在全世界广泛流传,以至于人们认为他距出生已经过去一个半世纪了,但我们仍然生活在他所幻想过的世界里。对凡尔纳科幻作品的价值说法不一,法国过去认为是仅供消遣的读物。《凡尔纳传》的英国作者彼得·科斯特洛似乎说得更好:"人们常说,科学幻想小说的价值在于它的预见性。但事实上,其价值却在于它把对人们具有更为重大意义的今日世界加以大幅度的重新规划。凡尔纳的小说正是这样把预见与改革结合在一起,所以在其后的一百五十年中,给了我们一种双重的联想。"

以上列举的是一些零碎的现象。通俗文学有它需待研究的特殊价值领域,至今我们还不能说有一个初步的研究和认识。有一些现象还比较复杂,我们司空见惯、习以为常,并不见得有透辟

---

① 两段引语均见《惊险小说在美国走俏》,1988年9月29日《参考消息》。

的认识。比方说，米切尔写于1936年的《飘》，在全世界广泛流传，半年内销售达一百万册。福克纳的《押沙龙，押沙龙》与《飘》的题材相近，又都是1936年出版，批评界普遍认为从艺术手法、结构技巧、思想内容，特别是对美国南北战争的看法，福克纳的作品比米切尔的要好一些，然而，《押沙龙，押沙龙》当年印数不到一万，1944年便绝版。据说，作者米切尔对《飘》的轰动效应都迷惑不解，而《飘》在纳粹德国遭到禁止。凡此种种，都值得好好地研究。女主人公思嘉莱的形象可能是一个重要原因，费雯·丽的银幕表现又助一臂之力，女权主义可以作为一种解释，但涉及读者反应、作品倾向、文学与历史的关系等一系列复杂问题。据报道，《飘》在美国已获准出续集，威廉·莫里斯公司已找到写续集的人选。这种为严肃文学拿不到桌面上的替前人写续集的做法，似乎是通俗文学所许可、所欢迎的。续集的成败，也许对通俗文学的实践和理论，提供新鲜的材料和经验。

通俗文学的生命力，其审美价值是不可否定的。但从批评的角度讲，或者从作为一种艺术品本身的存在与发展讲，通俗文学繁荣的同时，带来的许多问题则是不可回避的。这里最简单的概括恐怕也要包括两个方面：内容与形式。如果把知识性、娱乐性，使人们在实际生活中升华出来的诸如伸张正义、追求纯情等心理和情绪得以宣泄和补偿等等看作通俗文学的总目标，那么，如何防止从趣味走向低级，从情爱流入色情，从武打、公案堕入凶杀和黑幕文学，就值得好好研究。同时，艺术表现上，例如，在情节发展中注意人物性格塑造，在性格中注意增强现代意识、剔除陈旧的道德观念和价值观念，由结构的单线因果链发展成多线索的网状形态，在节奏和情绪安排上注意有张有弛、刚柔相济，在语言上逐步摆脱类型化、增强个性化，还有，表现英雄又不将他魔化、妖化、神化，离奇而又可信，非凡壮举又具有真实感染力，都是提高质量的带有普遍性的问题。在严格要求这一点上，通俗文学同严肃文学没有什么区别。孙犁说："通俗文学，不应该是文学作品的自贬身价的口实。"

当然，在批评标准上我们说通俗文学与严肃文学有共同之处，没有明确的界限，不等于说，它们之间不存在各自的特点，应有某些不同的要求。一个根本性的特点可以这样来表述：如果严肃文学可以允许、而且应该提倡作家在无边无际的艺术旷野上作孤独的发掘和垦荒，甚至带有一种个人的癖好，那么，通俗文学就因它的大众性，常常要受制于传统的模式，追求一种集体的共振。严肃文学可以追求一种摆脱传统的创新，如 T. S. 艾略特的诗歌《荒原》、贝克特的戏剧《等待戈多》以及我国的朦胧诗、新潮诗。通俗文学就脱离不了传统，需要处理好承传与创新二者之间的关系。我国的言情小说和武侠小说，有它的模式，连团圆结局和英雄终将胜利，都是一贯遵循的。英国的侦探小说，美国的西部作品，也有自己的模式，侦探总能破案，英雄总能擒魔。西部作品总是表现恶棍、英雄和善良居民的三方游戏，结局是英雄除暴安良。但是，作家在这种模式中又必须投入自己的创新，创新的好坏直接决定作品质量的高低。这一切，又必须赢得广大读者和观众的集体欢迎和承认。比方说，法国的"新小说"，一般法国人读不懂，但不妨碍批评家对作家的个人追求作出研究，对这种小圈子文化进行成败得失的探讨。那么，这种标准就很难适应大圈子、大众化的通俗文学了。美国教授考维尔蒂就说："当然，用人文科学的传统理论来处理通俗文化的材料是必需的第一步。然而，对通俗文化的分析却多少不同于对高雅艺术的分析。在研究高雅艺术时，我们最感兴趣的是单个艺术家的独特成果，而对于通俗文化，从某种意义说，我们所面对的却是集体的产品。"[①] 这里的

[①] 考维尔蒂《通俗文学研究中的"程式"概念》，见《当代西方艺术文化学》第424—425页，北京大学出版社1988年版。

"集体的产品",并非指这些通俗作品不为作家个人创作,而是指作家要引进许多历史、社会知识,介绍风俗人情,承传既定模式,并为大众所接受,大众也参与再创造。这是我们在讨论提高通俗文学的质量,掌握通俗文学和严肃文学的评价标准的相同点、不同点时,应该顾及的。

1983年3月

四 视角与方法
——处在不断丰富、不断补充的永无止境的发展中

托尔斯泰的魅力何在？他给我们带来了活泼的娜塔莎，忧郁的安娜·卡列宁娜，还有如他一般不断忏悔、苦苦求索的聂赫留道夫。除此而外，就是他的出走。

他的出走，一个八十二岁的老人在一个冬日未晓时分的出走，如此震撼人心。它不同于绞索套在脖子的殉道者的那种多少带点受动的凛然，而是主动去寻求苦难。他客死于一个乡村车站，一张陌生床上，以抛却幸福去应验自己的艺术，自己的哲学，有如释迦牟尼舍弃王子生活而出家修道。莫里亚克称"托尔斯泰对于我永远是我的良心的一种呼声"，说出了众人的心声。似乎仅从这一点，就看出了文学批评只讲文本分析而忽视作家、忽视其他方法的形式主义主张的某种迂阔。

然而，文学浩荡而去，批评家、理论家倾注了自己的才智，倾注了自己的情怀，他们的批评理论建树，功不可没。局限与突破，失误与辉煌，如此交织和苦恼着一个评论家的人生，他们抱憾而去，又无愧而去。理论也一如这真实的人生。

对象的丰富和不可穷尽性，主体的永无止境的创造性，决定了视角、方法以及新的观点、理论的无终极性。批评中的科学主义和人文主义还会争论下去，它们相斥又互补，由此滋生出许多新人耳目、给人启发的思想。文学评论依然在人文精神、艺术精神的鼓动下壮大自己，方法毕竟从属于素养各异、个性各异的评

论家。

文学评论的开放与矜持

开放，就是勇于交流，勇于吸收，让事物在比较中得到验证、在竞赛中得到丰富和发展。它是同封闭和保守相对立的，同一概排他、夜郎自大相对立的。

我们的文学批评，是随着新文学运动一起成长的。"十月革命一声炮响"，文学也开始了新的转折。从文学批评来看，从此也进入了从思想到形式的革新阶段，亦即有人把20世纪中国文学作为一个整体有别于这之前的中国文学的新阶段。我们摆脱了古代文论、诗话、词话、评点等等旧传统，慢慢形成了新型的文学批评。然而，历史总是不按任何理论家和哲人的理想模式发展过来的，它受着具体条件的制约，有它的个性，也有它的曲折。新文学批评在半个多世纪的历程里，较多的、或者占主导的，是受苏俄文化的影响。新文学旗手鲁迅先生在介绍外国文学时，就明白地声明了这一点。他说，"俄国文学是我们的导师和朋友"，原因是从那里面看见了被压迫者的善良的灵魂及他们的辛酸和挣扎。他为了寻求被压迫者的"叫喊和反抗"，把目光投向了俄国和一些被压迫民族的文学。鲁迅先生的主张，文学发展的实际，正好应和了我们半封建半殖民地社会的斗争需要。

俄苏文学以它思想上的人道主义、民主主义、社会主义和艺术上的现实主义，积极地影响了我国文学。从文学批评来说，这种影响的痕迹就更加明显。很长时间里，别林斯基、车尔尼雪夫斯基、杜勃罗留波夫成为我们崇奉的三大批评家，高尔基的言论成为我们理论的一个归宿。如果说这种状况在解放前和解放初，有它的必然性和合理性，那么，在建国后二三十年时间里，作为建设社会主义文学批评和文学理论来说，我们接受这样一份遗产，就不免显得太贫乏了。

乃至最近几年，当我们读到了勃兰兑斯的《十九世纪文学主流》时，我们的文学批评开始了自我反省。这部著作所引起的震动和深远影响，也许至今还认识不足。我们忽然发现，文学批评还有这样的写法。用一句话来说，他把作家写活了。19世纪欧洲作家创造了大量辉煌的作品，而他，创造了19世纪欧洲作家。他写雪莱、拜伦，写乔治·桑、司汤达、巴尔扎克，写得那样亲切，没有间隔，似乎让我们触摸到了上个世纪作家心脉的跳动。作家的肖像、气质、习性、心理、个性、恋爱婚姻、财产关系、政治生涯、少儿趣事及老年韵事，无不纳入评论者的笔下。我们为这样的批评丰碑感到骄傲，我们不再感到批评的可有可无。应该说它给我们带来的激动和喜悦，决不在读巴尔扎克、托尔斯泰的作品之下。

由于译介工作落后，我们无法全面地谈论英、德等国19世纪的批评成就。但从俄、法19世纪文学的亲密关系来看，在已有的一些材料里，我们看到这两个国家不仅在创作上，也在批评上获得了丰收。俄国和法国上个世纪的文学批评，都是对18世纪法国古典主义批评的一种反拨。从别林斯基起，俄国文学批评终于摆脱了法国的巨大影响，形成了独具民族特色的文学批评。然而，我们对法国文学批评所知也不多。我们只知道，法国文学史上第一个专业文艺批评家圣勃夫比别林斯基早出世七年，他的卷帙浩繁的批评著作，我们读不到译本。勃兰兑斯不是法国人而是丹麦人，但他在巴黎结识了丹纳，深受丹纳的种族、环境、时代三原则的影响。据瞿秋白介绍，勃兰兑斯又是"圣倍夫（圣勃夫）一派的'心理传记主义者'"。柳鸣九主编的《法国文学史》对圣勃夫作了简明的评介，说他的评论以细致的心理分析见长，对每个作家都有精彩的个性描绘，认为评论就是"作家肖像"，主张参考大量未发表的信件、日记、文献和经济材料，说评论作家的关键在于"抓住、概括、分析这整个的人"。

这里，看出圣勃夫的主张与勃兰兑斯的批评主张极为相似，或者可以笼统地把他们归为一个批评流派，法国型的批评流派。如果把他们同别、车、杜作个比较，后者以社会学分析见长，前者以心理学分析取胜；后者坚持现实主义批评，前者趋向批评的实证与浪漫精神；后者着重的是作品论（应该说，他们强调的现实主义批评是立足于作品，特别是杜勃罗留波夫，作品分析真是细致、精彩极了，但他们对作家的整体把握，对作家作为"整个的人"的整体把握，相对来说，比较欠缺），前者着重的是作家论，对作品的精微剖析又显得不够；后者常常提出规律性的理论见解，前者偏倚评论者的感情色彩和艺术想象，把评论视作艺术创造。从借鉴的角度来看：这两种不同类型的批评，恰好是各有所长，可以相互补充的。

真正的文学批评，应该是多角度、多侧面、多层次、多风格的。这不是为多而多，目的是为了穷尽和接近作家和创作的本体。由于一些既成原因，我们向外借鉴偏重于俄国批评，这就影响到我们文学批评的模式、方法、形式的单一。从新近出版的一些评论集子来看，李健吾的评著，似可看到法国文学批评的某些影子。如果从哲学和美学的角度加以科学的检视，我们不得不承认心理学分析的适当地位，不得不承认除政治、经济之外的地理、种族、环境、遗传、爱情婚姻乃至生理特点必然给作家和他的作品带来无法抗拒排除的影响。把这一些加以整理和分辨，汇入到多样丰富的批评总格局中去，汇入到文学批评不断完备的体系中去，这是不言自明的。

的确，文学批评的开放，不能只是微开、半开，必须是全开、大开。当前，我们的文学批评出现了一股探求和实验方法论的热潮。来势很猛，许多同志为之诧异，据熟悉情况的同志估计，这种势头比苏联和其他国家一度出现寻求方法论革新的势头还要猛。这可能同我们的国情有关。这是长期饥渴后的一种欲求，是冲破禁闭的一种热情奔放。它随思想解放、评论自由之风而来，也会随着我们摆脱过去那种偏狭的庸俗社会学方法，为开拓思维方式、丰富和发展文学批评创造有利的条件。

　　文学创作不断变异，不断发展。人们认识文学要求切割的层面更细，把握整体更丰富、更全面，这就是引进方法、革新方法的依据。系统科学（即系统论、控制论、信息论）、心理学、接受美学、比较文学、语言符号学、结构主义等等的介绍，以及在文学批评方面的尝试，常常能使我们认识一个又一个新的侧面，有别开生面之感。同时，还有另一条途径，即除了横向地向其他学科借鉴方法之外，还必须纵向地继承和革新文学批评本身的传统。如前所述，我们对外国文学批评所知甚少，接触面比较窄，19世纪的批评成果掌握不全面，20世纪新起的批评家和他们的著作，我们的介绍也不系统。事物的横向联系和纵向联系，我们都应注意。实际上，文学批评本身的经验，批评家曾经作过的探索，对我们更为直接、更为重要。比方说，在韦勒克、沃伦的《文学原理》中，对文学研究运用自然科学方法就既有肯定，又有保留。他们一方面说，"文学研究和科学两者在方法论上有许多交叉和重叠的地方"，在"十分有限的文学研究范围或者某些特殊的文学研究手段而言"，科学方法是有价值的，可他们又说，"大部分提倡以科学的方法研究文学的人，不是承认失败，宣布存疑待定来了结，就是以科学方法将来会有成功之日的幻想来慰藉自己"。但是，我们不知道这些研究者的具体情况。文学批评纵向的承革，前人的成败得失，也许能使我们少走许多弯路。

　　这里，牵涉到对待事物应该兼及的两个着眼点，既开放，又矜持，对立统一、相辅相成的两个方面。开放是保持信息畅通，做到目光四射。开放又不是兼容并蓄；它必须顾及事物的个性，事物有自己的个性、条件、限制，这就必然是矜持。

在赞成和支持研究和革新方法论的许多言论中，可以看出两种倾向：一是向心倾向，一是离心倾向。向心倾向就是紧紧扣住文学的本体；文学批评的新概念、新语汇、新方法，能够扎根文学机体的本身，出发和归宿都是为了文学。它们比较注意使心理学发展成文艺心理学，使比较法成为比较文学，使一般的语言学、结构理论，变成文学符号结构的理论。离心倾向则不然，它们有时也能观察一些新的文学现象，借助某个科学实验和工序流程作出有益的说明，但是，它们只停留在这一步。这样，它们的方法仅仅是比附性的，新的概念难以在文学中扎下根基，或者将文学概念的特殊内涵消融到一般的科学范畴里去了。这种倾向，是同下列观点同出一源的，它们认为，文学批评、文学研究随着技术革新的浪潮，要日益向自然科学研究方法靠拢，甚至合一，认为这是阻挡不住的趋势。目前，这些不同意见，正在展开切磋讨论。韦勒克、沃伦在他们的著作里用"个性说"来批评类似后一种倾向的观点。他们认为文学研究与科学研究的对象和目标不同，文学研究的是个别，不是旨在建立普遍法则。人们研究莎士比亚，"要寻找的是莎士比亚的独到之处，即莎士比亚之所以成其为莎士比亚的东西"。他们说："物理学的最高成就可以见诸于一些普遍法则的建立，如电和热，引力和光等的公式。但没有任何的普遍法则可以用来达到文学研究的目的：越是普遍就越抽象，也就越显得大而无当、空空如也；那不为我们所理解的具体艺术作品也就越多"。当然，普遍法则是一个复杂的问题。在当今交叉学科盛行、自然科学与社会科学相互影响、日益融汇的时代，如何正确而又恰当地认识科学方法对文学批评和文学研究的作用，是需要反复考虑，不能简单处之的。

在方法问题上，王元化同志根据马克思在《资本论》第一卷第二版跋里的观点，把方法分为"说明方法"（"叙述方法"）与

"研究方法"。马克思说:"在形式上,叙述方法必须与研究方法不同。研究必须充分地占有材料,分析它的各种发展形式,探寻这些形式的内在联系。只有这项工作完成以后,现实的运动才能适当地叙述出来。"王元化把研究方法概括为从材料中抽绎出原则的方法,把说明方法(叙述方法)概括为用原则处理材料的方法;实际上,前一种是发现和创造真理的方法,后一种是说明、叙述、解释的方法,它不能提供新的见解和结论。当前,我们需要把方法论的讨论加以梳理和过滤,提高一步,从引进、介绍、说明跃进到一个更加成熟的阶段,凝结出创新的文学批评成果,这也是一切关心和热衷革新方法的同志共同期待的。

"合力"论与"悬浮"说的启示

马克思和恩格斯没有专门写过关于文艺理论问题的论著。恩格斯晚年向别人推荐过黑格尔的《美学》,他自己没有完成类似的著作,然而,从他们大量的书信、著作中,对文学艺术有过丰富的、宝贵的论述。其中,除开他们个人的艺术爱好、艺术趣味,我们不能用以规范整个社会的艺术倾向,许多意见对我们有引导和启示作用。

50年代初期从苏联涌入的大量的文学原理的论著,以及后来我们自己编写的概论、理论、教材,主要是突出马克思、恩格斯关于文学艺术的两大理论。这两大理论构成我们的文学原理的基本骨架,其他文学知识和见解大都是黏附和伸展在它们前后左右的。这两大理论是:

一、经济基础和意识形态、上层建筑的理论。我们引用马克思在《〈政治经济学批判〉序言》的论述:"人们在自己生活的社会生产中发生一定的、必然的、不以他们的意志为转移的关系,即同他们的物质生产力的一定发展阶段相适合的生产关系。这些生产关系的总和构成社会的经济结构，即有法律的和政治的上层建筑竖立其上并有一定的社会意识形态与之相适应的现实基础。物质生活的生产方式制约着整个社会生活、政治生活和精神生活的过程。不是人们的意识决定人们的存在，相反，是人们的社会存在决定人们的意识。"[1] 或者，我们引用恩格斯致符·博尔吉乌斯的信里的那个更为简练的论述："政治、法律、哲学、宗教、文学、艺术等的发展是以经济发展为基础的。但是，它们又都互相影响并对经济基础发生影响。"[2] 我们把文学艺术放到这个历史唯物主义的基本原理中去，确立它的意识形态或意识形式的地位和本质。

二、现实主义理论。我们引用马克思、恩格斯关于"更加莎士比亚化"、不要"为了席勒而忘掉莎士比亚"的见解，关于倾向性与真实的论述，关于"每个人都是典型"、又是"一定的单个人"的论述，最后归结到恩格斯的结论："据我看来，现实主义的意思是，除细节的真实外，还要真实地再现典型环境中的典型人物。"[3] 我们看到，马克思、恩格斯的一些具体作家作品评论，都是同这个思想密切相关的。马克思批评欧仁·苏的《巴黎的秘密》里那位倡导"道德感化"的主人公鲁道夫，说他的"建立在人类软弱无力这种意识之上"的道德观点，以及由此而建立的英雄业绩都不过是"滑稽戏"。这实际上就是批评作品没有写出当时德国社会的真实本质，不够典型。马克思、恩格斯对拉萨尔的《弗兰茨·冯·济金根》的批评，说作品中贵族代表"占去全部注意力"，"农民和城市革命分子的代表（特别是农民的代表）倒是应当构成十分重要的积极的背景"，作者"忽视了在济金根命运中的

---

[1] 《马克思恩格斯选集》第二卷第82页，人民出版社。
[2] 《马克思恩格斯选集》第四卷第506页，人民出版社。
[3] 《恩格斯致玛·哈克奈斯》，《马克思恩格斯选集》第四卷第462页，人民出版社。

真正悲剧的因素",也涉及环境与人物的典型性问题。恩格斯批评哈克奈斯的《城市姑娘》里的工人形象是以"消极群众的形象"出现的,要求工人阶级的叛逆的反抗、为恢复自己做人的地位所做的剧烈的努力在"现实主义领域内占有自己的地位",就更为明确地表明了他的现实主义典型观。

应该说,上述两大理论对于确立马克思主义的历史唯物主义文艺观,总结现实主义经验并使之与无产阶级解放事业联系起来,都是有其开创性的。列宁和毛泽东加以运用和发展,提出了党性和工农兵方向等一系列的理论问题,也是顺应革命事业的发展和要求的。在我们的文学理论著作和教材中,把它们放在一个重要地位加以阐述,在一定的历史时期,实属理所当然。佛克马在介绍马克思、恩格斯的文学批评时,有过大致类似的概括。他说,马克思的文学批评是"依据以下几项标准:一、经济决定论的标准。它关心一部文学作品是反映了先进的还是落后的经济基础的发展;二、描写真实性的标准。它注意与他那个时代的文学代码、(文学习尚)是否相符;三、个人爱好的标准"[①]。尽管提法有些简单,容易引起误解,基本方面的概括同我们过去关于马克思主义文艺理论的介绍,还是大致相符。

然而,在谈论以上我们熟知的理论观点时,我们过去常常是忽视了、或者冲淡了马克思、恩格斯有关文学艺术的另一些思想。特别是恩格斯更为明确提到的"合力"论与"悬浮"说。这里所说的忽视或冲淡,不是说我们在片言只语中,不曾引用他们这方面的言论,而是我们没有从方法论和历史唯物主义的高度来重视他们这种言论,作出我们应有的阐释、研究乃至加以发展。这样,我们在对文学艺术的总体把握上,这种忽视和冲淡就带来了理论的偏斜和倚轻倚重,产生了不良后果。

---

① 佛克马、易布思《二十世纪文学理论》第92页,三联书店1988年版。

应该说，恩格斯晚年就对马克思和他的学说作过明确的回顾和反思，对后人提出过告诫。他在1893年7月14日给梅林的信里谈到他要从梅林写的《论历史唯物主义》说起，这是一个十分重要的问题，这封信和1890年的一些信也因之成为论述历史唯物主义的重要信件。恩格斯把自己摆进去，对梅林的《论历史唯物主义》一文提出了委婉的批评。他说："被忽略的还有一点，这一点在马克思和我的著作中通常也强调得不够，在这方面我们两人都有同样的过错。这就是说，我们最初是把重点放在从作为基础的经济事实中探索出政治观念、法权观念和其他思想观念以及由这些观念所制约的行动，而当时是应当这样做的。但是我们这样做的时候为了内容而忽略了形式方面，即这些观念是由什么样的方式和方法产生的。"① 后面，还着重提到他和马克思的这种"疏忽""错误"和"过错"。这之前，恩格斯在给布洛赫的信里，也谈到"青年们有时过分着重经济方面，这有一部分是马克思和我应当负责的"这个问题。在这封写于1890年9月21—22日的信里，恩格斯提出了他的"合力"论：

> 历史是这样创造的：最终的结果总是从许多单个的意志的相互冲突中产生出来的，而其中每一个意志，又是由于许多特殊的生活条件，才成为它所成为的那样。这样就有无数互相交错的力量，有无数个力的平行四边形，而由此就产生出一个总的结果，即历史事变，这个结果又可以看作一个作为整体的、不自觉地和不自主地起着作用的力量的产物。

接着，他就提到多种意志、力量"融合为一个总的平均数，一个总的合力"，"每个意志都对合力有所贡献，因而是包括在这

---

① 《马克思恩格斯选集》第四卷第500页，人民出版社。

个合力里面的"①。如果把文学艺术作为一个现象、一个事件、一个结果来考察,无论是一部作品的产生、一个作家的出现、一个文学流派的兴起,都可以用这种"合力"论的思想进行分析。"合力"论的提出,是针对过分看重经济,或者用简单的、庸俗的观点来搬用经济决定论这种弊病的。恩格斯把它作为经济基础理论的重要补充、作为一个问题两个方面的另一方面来加以论述,并且作了自我反思。不知为什么,我们引用马克思、恩格斯的言论,常常不爱引用他们对自己的"错误""过错"的反思,把他们提醒不应"疏忽"的东西,我们又加以疏忽。这样,我们过去存在的许多观念和做法,恰恰像恩格斯所责备的那种"最新的'马克思主义者'",把理论变成"解一个最简单的一次方程式"那样容易,以为"只要掌握了主要原理,而且还并不总是掌握得正确,那就算已经充分地理解了新理论并且立刻就能够应用它了"。

就在恩格斯提出"合力"论后的两个多月,他又在1890年10月27日致康·施米特的信里提到宗教、哲学、文学不同于法,是属于"那些更高地悬浮于空中的思想领域"②。他认为,要对这些思想领域的许多现象寻找经济上的原因,那就"太迂腐"。仿佛是为了回敬那种把"唯物主义"当作套语、滥贴标签的做法,他提到"经济上落后的国家在哲学上仍然能够演奏第一提琴"这种现象,文学也是如此。恩格斯对这种"悬浮"状况,没有作过多的理论上的解释,但从他讲的"史前内容""否定性的经济基础""特定的思想资料作为前提"、经济作用是"间接发生"的等等来看,是符合他的"合力"论的观点和方法的。恩格斯的着眼点仍然是对着"过分看重经济方面"的错误,他感叹对各种社会形态、思想领域真正作出历史唯物主义的分析,还只是做出了很少一点

---

① 以上引语见《马克思恩格斯选集》第四卷第478—479页,人民出版社。
② 《马克思恩格斯选集》第四卷第484页,人民出版社。

成绩。

从文学的角度来看，如果说"合力"论可以帮助我们考察文学因素的多样性和复杂性，"悬浮"说就可以从整体上看待文学艺术这种意识形态的特殊性。恩格斯把文学同宗教、哲学联系起来加以论述，就包含这个意思。在古代，文学同宗教、哲学难以分家。特别是文学同宗教，诉之于形象，借用想象与幻想，在无情的此岸世界构想一个有情的彼岸世界，共同因素更多。我们论述马克思、恩格斯的文艺思想，只提他们关于经济基础与意识形态的理论，只提他们的现实主义理论，不从一个相当高度重视"合力"论与"悬浮"说，那是相当不全面的。从实际情况来看，马克思、恩格斯一些卓有影响的见解，对包括巴尔扎克在内的一些充满矛盾的作家的著名分析，都不是搬用经济基础的理论所能推导出来的。比方说，马克思在《〈政治经济学批判〉导言》里提的"物质生产的发展例如同艺术生产的不平衡关系"，希腊艺术和史诗同社会的一般发展不成比例，恩格斯谈至19世纪70、80年代挪威出现的文学繁荣，都不是从经济基础与上层建筑、物质生产与精神生产的理论所能简单推导出来的。他们是从文学艺术（包括某些艺术形式）的特殊性，从希腊人是正常的儿童、挪威的小资产者是具有首创和独立精神的"真正的人"等方面入手，去寻找那个影响事物发展的多种因素，去寻找无数个力的平行四边形和总的合力。

不是说我们过去没有运用过辩证法，我们运用过。但是，由于我们的条件不同（我们过去长期存在的"左倾"思潮同恩格斯当时面临的历史唯心主义甚嚣尘上、他需要"反驳我们的论敌""强调被他们否认的主要原则"是多么不同呵），对马克思、恩格斯的论述加以割裂和肢解，危害作用就更大。我们也谈论经济基础与上层建筑的辩证关系，结果是一股脑儿强调社会主义意识形态对基础的直接作用，把文学的阶级性、党性原则无限加以膨胀。

我们理解"典型环境中的典型人物"时,没有看到恩格斯是在特定条件下对作家表现工人阶级提出的特殊要求。我们把这种具体要求当作总的政策加以贯彻。可以坦率地说,我们过去出现的批判"中间人物论",后来发展到"三突出"论,以及苏联出现的把"典型"看作"党性"的范畴,都是简单地搬用了恩格斯的典型人物的理论的直接恶果。这里,过错不在恩格斯,只能说,恩格斯要求"歌颂倔强的、叱咤风云的和革命的无产者"被某些执行者加以孤立化、绝对化。

当这种"左倾"思潮长期持续发展的时候,表面上我们学习了马克思、恩格斯的文艺论述,实际上,我们的视野比他们要狭窄得多。在苏联,在我国,半个多世纪里不再出现恩格斯分析巴尔扎克、列宁分析托尔斯泰那样的评论。也正是文艺理论单一地围绕经济基础、阶级性、党性、典型人物、歌颂革命无产者这根中轴旋转,艺术的多样化,风格的独特性,以及政治上守成而艺术上卓越的作家受到漠视。在中国现代文学的研究上,许多焕发着艺术异彩的作家往往被人遗忘,如沈从文本人解放后放弃创作、转向文物,就是一件思考起来倒也自然、回忆起来又令人慨叹的事情。

据柏拉威尔研究,马克思谈论文学时从未用过"反映"或"反射"的字眼,也未用过"现实主义"一词。当然,用语不是实质性问题。我们可以从马克思的文艺论述中看出他同恩格斯的基本文艺观点的共同性,看出经济基础与现实主义两大理论的实质性内容及其重要性。然而,决不应仅限于此。值得注意的是,我们过去的论述同西方某些学者的评介有某种程度的吻合,都只提这两大理论。前引佛克马是这样,韦勒克也是这样。韦勒克(韦莱克)谈到了马克思的文学理论的连贯性,又说是"通过严格的经济决定论的阶段而演变到了后期现实主义和自然主义范围内一种比较温和容忍的态度"①。当今某些西方学者一提到马克思主义，就干脆只提"经济决定论"了。柏拉威尔对此表示不同意，他说："马克思在与文学的实际接触中，从来没有机械地、一成不变地搬用'经济基础和上层建筑'这个模式，而且事实上，在他的对当时文学作品的评论中，这个模式也从没有占过突出的地位。"② 这可以视为对过去习以为常的成见、偏见的一种挑战性看法。现在看来，我们应该全面地、完整地理解马克思和恩格斯。不然，我们会由于某种功利或某种偏见，陷入片面，或者，因为看到了他们的诸多论述，而陷入困惑不解。

佛克马在对马克思的文学批评作了"经济决定论""描写真实性"和"个人爱好"等三项标准的概括之后，再以现实的态度看到艺术生产与物质生产之间可能出现的不平衡关系，恩格斯关于作家政治观点和作品意义可能不一致等等观点时，他就感到"马克思主义是一种矛盾的哲学，任何力图从理性角度来解释马克思主义理论的尝试，必将会遇到明显的前后矛盾"③。这固然是一种全面照应，但至少也是一种误解。

如果把文学艺术看成是受"合力"影响的一种远离经济基础的"悬浮"于空中的意识形态，对文学批评是很有启发的。作家作品的出现，读者的接受，除了政治、经济因素之外，个人与集体的无意识、民族文化传统的基因（恩格斯就谈到"存在于人们头脑中的传统"所起的作用），文化人类学，各种哲学和科学在视角和方法上对文学的渗透，都可以切入文学，进行研究。作品的文本，语言结构的特殊性和完整性，更是文学批评的一个重要支点。这一切以及日后不断涌现的观点和方法，都可以视作"无数

---

① 转引自柏拉威尔《马克思和世界文学》第540页，三联书店1980年版。
② 柏拉威尔《马克思和世界文学》第561页，三联书店1980年版。
③ 佛克马、易布思《二十世纪文学理论》第80页，三联书店1988年版。

互相交错的力量",有利于文学批评和研究。

这里,我无意说,对"合力"论、"悬浮"说的强调就可以供今人享用无穷。实际上,这里面遗留很多问题。在这种无数个力的"合力"中,各种力的关系如何?恩格斯强调"其中经济的前提和条件归根结底是决定性的",其他如政治等等不是决定性作用。同时,在极个别地方,他又批评"经济因素是唯一决定性因素"的说法。"合力"论与历史唯物主义基本原理之间的关系,就是一个值得研究的重大课题。法共党员、哲学家路易·阿尔都塞曾经批评恩格斯的"力的平行四边形"只是一个物理学公式,本身是同义反复,提供的只是不能说明问题的无穷无尽的不确定的解释,难以同马克思主义的解释协调[1]。可见,在马克思主义者之间,"合力"论如何解释,它是否属于阿尔都塞所指出的那种传统的资产阶级意识形态,就值得讨论。

但是,不管怎么样,"合力"论与"悬浮"说作为反对教条主义的经济主义和庸俗社会学,其积极意义是不能否定的。它给我们开启了一个理论的窗口,结论和解释还有待于后人去完成。历史不可能把一切事情都交给马克思、恩格斯来处理。除了前面提到的恩格斯的谦虚和严格的自我反省精神,我们还可以引用他一句深有感慨的话:"历史最终会把一切都纳入正轨,但到那时我已幸福地长眠于地下,什么也不知道了。"

1988 年 6 月

---

[1] 参见路易·阿尔都塞《保卫马克思》第 94—106 页,商务印书馆 1984 年版。

弗洛伊德与文学评论三解

一个突破性的理论

20世纪西方文学评论恐怕没有哪一个流派像精神分析那样豁然开启了一个理论视角,又留下了一个未完成的、漫长的过程等着人们去探索。许多理论,如俄国形式主义、新批评、结构主义、后结构主义,像浪潮一样地过去了,或者正在过去。只有精神分析,振动着生命的羽翼,似乎要同文学创作共同地存在下去。

在此之前,人们的认识,对艺术和科学的研究,是把人的意识作为唯一的视角范围。作为一种新的学说,弗洛伊德第一个起来对这种传统观念提出了挑战。他第一个把本我与潜意识列入人的心理结构,并从这一被忽视的人的另一半去研究人,探索人的创造力和人类文化成就。弗洛伊德说:"我们要记得我们以前常以为心理的就是意识的。意识好像正是心理生活的特征,而心理学则被认为是研究意识内容的科学。这种看法是如此明显,任何反对都会被认为是胡闹。然而精神分析却不得不和这个成见相抵触,不得不否认'心理的即意识的'说法。""我要告诉你们,对于潜意识的心理过程的承认,乃是对人类和科学别开生面的新观点的一个决定性的步骤。"[1] 德国作家托马斯·曼说的精神分析研究"早已超过了弗洛伊德那纯粹的医疗含义,而成了一种渗入科学的每一个领域和知识界的每一个王国的世界性运动"[2],就是这种意思。

弗洛伊德后期的重要著作《自我与本我》,正式奠定了人类心

---

[1] 弗洛伊德《精神分析引论》第8—9页,商务印书馆。
[2] 王宁主编《诺贝尔文学奖获奖作家谈创作》第78页,北京大学出版社。

理动力结构的理论。他把人的个体分为自我与本我。自我是人在正常情况下的自我掌握,代表理性和常识。本我属于无意识的潜意识领域,由本能的欲望构成,无视道德观念和价值观念。"自我企图用外部世界的影响对本我和它的趋向施加压力,努力用现实原则代替在本我中自由地占支配地位的快乐原则。知觉在自我中所起的作用,在本我中由本能来承担。自我代表可以称作理性和常识的东西,它们与含有感情的本我形成对比"[①]。在自我这一部分,弗洛伊德又分成自我与超我两个等级,超我属于"高级本性",代表理想,属于道德的、超个人的自我典范。"通过理想形成,属于我们每个人的心理生活的最低级部分的东西发生了改变,根据我们的价值尺度变为人类心理的最高级部分的东西"[②]。超我控制着自我。如果我们承认精神分析给心理学带来了变革,那么,精神分析给文学评论带来的影响,也具有同样的意义。因为,此前的文学评论,无论是作品人物研究,作家研究,是排斥本我和潜意识,只注重意识这种常态心理结构的。但是,丰富的文学艺术实践(除开遵循宋明理学和布瓦洛教条所产生的文学),使我们感到要破除这种文学评论的成见。应该说,弗洛伊德关于人的本我、自我和超我的动力结构的学说,在理论上推动我们走出了这一步。

茨威格的《一个女人一生中的二十四小时》写一位C太太搭救一个陷入绝境的青年赌徒的故事。这位年逾四十、对男女间事"无所动心"的寡妇,忽然来到一个赌馆:"立刻见到——真的,我吓呆了!尤其使她惊骇不已的是手上所表现的激情,是那种狂热的感情"。这位寡妇深深爱上这个赌徒了。就在她花钱送他进旅店的当口,"我已不自觉地被那只手拉着走上了楼梯",进了房间。

拉甫列涅夫在《第四十一个》里描写过一双眼睛。那个押送

[①] 《弗洛伊德后期著作选》第173页,上海译文出版社1986年版。
[②] 《弗洛伊德后期著作选》第185页,上海译文出版社1986年版。

被俘白卫军官的红军女战士,突然"死死地盯在中尉那对碧蓝色的眸子上",正是这双"撩动春情"的碧蓝眼睛,使女战士在孤岛上对他"如醉如痴地俯身相就"。

这两篇小说都描写了女主人公那种无意识的非自觉性,那种莫可名状的冲动突破了意识和理性的堤防,用 C 太太的话来说:"我的确不曾有过任何清醒的意愿,完全没有一点意识,就那么突如其来地,像是在平坦的人生路途上失足跌进地窖,一下子陷入那样的境地"。也就是说,自我和超我遭到了本我的冲击。

如果我们把人物看成有血有肉的生命之躯,而不是视作符号或某种观念的载体,我们是不会像曾经有过的那样,对上述人物描写大张挞伐。也许有人会问,写一个富于同情心的寡妇搭救一个准备自杀的赌徒,为什么要写那样奇异的一夜呢?写她给他钱、送他回家不就完事了吗?文学本身就是对人性、人生的探究。茨威格让我们看到一种真实,又附着一种非同一般的深意。作者写 C 太太回忆时说:"他像一个发现自己已经濒临深渊的人,紧紧攀住了我。我却奋不顾身,拿出全部力量来挽救他,我献出了自己所有的一切"。这绝不是无聊的色情描写和本能展示,在各自"本我"中渗透各自"自我",沉沦者与施予者的"自我"。正因如此,当她第二天晚上发现他又出现在赌馆,她彻底悲哀了。我们可以看到另外一种情况,如果《第四十一个》是写女战士从本我中回到自我和超我,她在白匪中尉逃跑时开枪打死了他,那么,法朗士的《黛依丝》,就出现相反的情况。那位隐居苦修、功德高深的神父本来是到亚历山大劝化和拯救美貌绝伦、生活放荡的黛依丝的,结果女伶皈依了宗教,而神父陷入对她的迷恋,不能自拔。虚伪的宗教的自我、超我,回归到世俗的、情欲的本我。

上述作品的人物的深刻内涵,以及艺术上的成功,至少使我们不再把过去盛行已久的、排除写潜意识、写本我的方法,看作唯一正确的了。

对作家的研究也存在同样情况。我们不必列举卢梭、雪莱、拜伦、乔治·桑这样一些作家,他们自身的经历就是一部浪漫史,以至于我们忽视他们复杂的人格和心理结构,就无法了解他们本人,就是巴尔扎克、托尔斯泰这样一些作家,如果不注意这个侧面,也无法对他们作出全面的、真实的研究。茨威格写过《巴尔扎克传》,也许我们怪他受弗洛伊德的影响太多,但巴尔扎克的事迹并非茨威格所杜撰,我们只能说,像对其他作家一样,我们要全面地、完整地研究包括巴尔扎克在内的所有作家的复杂性格。

一种未完成的探索

在文化史上,常常出现这种现象,理论本身同它的倡导者本人是不等值的,理论的开创意义同倡导者自身一时难以完全解决的问题存在着很大差距。精神分析尤其表现这一点。我们极为重视弗洛伊德的关于人的心理的本我、自我与超我的理论构架,但是,在本我的认识上,他本人,他的学生以及后继者作过许许多多探索。如果从文学评论这个角度看,运用弗洛伊德精神分析所作的具体作家评论、作品评论,其局限和不成熟的地方,就显得更为突出了。

弗洛伊德采用"自由联想"的精神分析法行之有效地治疗过许多精神病人,但是,他分析文学作品的基本点,那个时隐时现、而又顽强贯穿其中的基本点,却让我们难以赞同。他曾经鸟瞰式地、综合地作过这样的论断:"文学史上的三部杰作——索福克勒斯的《俄狄浦斯王》、莎士比亚的《哈姆莱特》和陀思妥耶夫斯基的《卡拉玛佐夫兄弟》都表现了同一主题——弑父。而且,在这三部作品中,弑父的动机都是为了争取女人,这一点也十分清楚。"[①]他把这三部跨越两千多年的作品拉到一起,是想宣传自己

---

① 《弗洛伊德论美文选》第160页,知识出版社1987年版。

分析文学作品的基本点：俄狄浦斯情结。他认为，人在幼年就有了性欲，男孩恋母妒父，女孩恋父妒母，是人的本能。前者称为俄狄浦斯情结，后者称为伊赖克辍情结。"爱双亲中的一个而恨另一个，这是精神冲动的基本因素之一"，正常人能抑制这种冲动，当这种冲动不能抑制时，就酿成了精神病。"俄狄浦斯王杀了自己的父亲拉伊俄斯，娶了自己的母亲伊俄卡斯忒，他只不过向我们显示出我们自己童年时代的愿望实现了"①。

从作品本身来看，这种看法不符合实际情况。索福克勒斯写俄狄浦斯的悲剧，是表现神谕的应验和不可抗拒，反映了古希腊人反抗命运、不能逃脱命运、自己不能掌握自己命运的悲剧情绪，是他们对各种灾难的无能为力的曲折表现。悲剧里根本没有写到恋母妒父情节，与此有关的古代故事也没有提到这一点。俄狄浦斯的"弑父"是在"娶母"之先，根本谈不上"动机都是为了争夺女人"。弗洛伊德的这种分析，受到了后来精神分析学家的批评。陀思妥耶夫斯基的《卡拉玛佐夫兄弟》写了父子争夺一个艺妓，主人公德米特里产生了杀父的念头，但弗洛伊德在《陀思妥耶夫斯基与弑父者》一文里，硬要把作品同作者的带有俄狄浦斯情绪性质的癫痫症联系起来，大谈什么"男孩子和他的父亲的关系正如我们所说，是一个'矛盾的'关系"以及"留存于无意识之中"的"占有他母亲和除掉他父亲的意念"等等。他对《哈姆莱特》的分析，更露出破绽。由于"弑父"与"恋母"都难以同哈姆莱特的实际剧情挂得上钩，弗洛伊德又从另一个角度讲解他的"俄狄浦斯情结"思想。他说："莎士比亚的《哈姆莱特》，与《俄狄浦斯王》来自同一根源"。他在解释哈姆莱特的"犹豫不决"时说："哈姆莱特可以做任何事情，就是不能对杀死他父亲、篡夺王位并娶了他母亲的人进行报复，这个人向他展示了他自己

---

① 《弗洛伊德论美文选》第13、16页，知识出版社1987年版。

童年时代被压抑的愿望的实现。这样，在他心里驱使他复仇的敌意，就被自我谴责和良心的顾虑所代替了，它们告诉他，他实在并不比他要惩罚的罪犯好多少"①。这真是忽发奇想式的评论！莎士比亚给我们提供的哈姆莱特，一直钟爱和尊敬死去的父亲。他当时热恋着年轻貌美的奥菲丽雅。他从母亲的速嫁中发展到厌恶一切女人，包括冷淡奥菲丽雅。凡此种种，他何从感悟到自己意识深处的"恋母弑父"因而"犹豫不决"呢？分析家的揣测同作品的实际是难以勾连的。

弗洛伊德从一种理论构架的创造者发展到某一种观点的束缚者，这是一个复杂和矛盾的现象。弗氏本人是一位生活严谨的医生和学者。据说，1897年夏季，他作了艰苦的自我分析，发现自己年幼时对母亲的力比多欲和对父亲的敌视，但是，他在学术上走上坚持"俄狄浦斯情结"思想的地步，仍有待研究。现在，综合起来看，在他的"本我"学说中，如果说泛性论是他的局限，那么，在泛性论中的"俄狄浦斯情结"，就是局限中的局限了。

到了1927和1928年，茨威格发表《一个女人一生中的二十四小时》后，他的这种分析和评论就直接同作者发生抵牾了。如前所述，我们本可以从人道主义和性意识两个方面去分析茨威格笔下的C太太，从自我与本我的辩证关系看她的心理过程，但是，弗洛伊德硬要牵强附会地联系他那个"俄狄浦斯情结"。首先，他把C太太观察的青年的那双手同"手淫"联系起来，说"手淫这一'恶习'被赌瘾代替了，强调手的热烈的动作暴露了这一由来。确实，赌博的爱好是过去手淫的对等物"，这已经有一点近乎天方夜谭。其次，他又把"手淫"同"恋母"联系起来，说他们就是母子关系，"茨威格的故事是由母亲，而不是由儿子讲出来的"，还说"这必完全使儿子乐意地想道：'如果我的母亲知道手淫对我

---

① 《弗洛伊德论美文选》第17—18页，知识出版社1987年版。

意味着什么样的危险,她当然会允许我在她身上发泄我所有的温情而把我从危险中救出来。'"于是,寡妇对赌徒的搭救就变成了母亲对犯手淫的儿子的挽救。对此,无怪乎弗洛伊德不得不承认:"作者是我的好友,在我问他的时候,他向我保证:我对他所作的解释,跟他的知识和他的意图都是格格不入的"①。

弗洛伊德的学说开启了人们的思维,但他本人又无力作出全面的、科学的解答。他只是力所能及地作出了自己的探索,他的学生荣格曾经用"集体无意识"修正他的泛性论,但是,总的来说,如果把"本我""潜意识"比作一个黑箱,人们只是初步正视了它,它的秘密还有待长期去探索。弗洛伊德在《自传》的"后记"里说,"如果拿我和这门科学相比,我一生的个人经验就显得平淡无味了"。这应视作他的真实的自白。

一个推动创作的启示

弗洛伊德又是一个在艺术上很有修养,很有见地的人。他自幼热爱文学,喜欢歌德和莎士比亚达到了着魔的程度。他同罗曼·罗兰、托马斯·曼、茨威格等作家保持接触,1930年还得过歌德奖金。当我们作如上评论,探讨他的贡献与缺陷之外,还应该体味他对艺术魅力的深邃的探究精神,一种有助于推动我们艺术创作的启示。

过去,我们把文学艺术看得非常简单。我们曾经津津乐道思想+生活+技巧的炮制艺术的良好配方。我们也一直认为科学分析可以穷尽艺术,里面清白如洗,无半点深不可测的秘密可言。这样实行的结果,理论与创作互相唱和,艺术特性和艺术魅力几乎被剥夺净尽。

今天,我们阅读弗洛伊德对达·芬奇的评论,仍然感到深邃

---

① 以上三段引语见《弗洛伊德论美文选》第165、163页,知识出版社1987年版。

而又诱人。我以为，有两点特别值得我们注意，艺术家创作时那种持久的、难以完全理喻的迷恋以及作品的"未完成性"。

他谈到列奥纳多·达·芬奇的名画《蒙娜丽莎》里"一个独特的微笑"。他把它称之为"一个既使人醉又使人迷惑的微笑"。他说："这微笑需要解释，也得到了多种多样的解释，但其中没有一个令人满意。"[①] 有说这个微笑表现女性"冲突在于节制和诱惑之间，在于最诚挚的温情与最无情的贪婪的情欲之间"；有说表达了女性的本质，"温情和媚态，端庄和秘密的感官的快乐，那所有的神秘性，孤零零的心，沉思的大脑，一种克己的、只表露了喜悦神情的个性"。意大利作家安格罗·孔蒂说："她的征服的本能、邪恶的本能、女性的种种遗传、诱惑和俘获其他人的意志、欺骗的魅力、隐藏着残酷目的的仁慈——所有这些依次隐现于微笑的面纱的后面，埋藏在她的微笑的诗中"。这些解释，都是比较浮浅的。它们没有说明，达·芬奇为什么表现这些感情，占用了四年时间还没有完成。比较起来，弗洛伊德的解释，是更深一层的。他认为，"她的微笑可展示的魅力对艺术家本人就像对以后四百年中看到它的所有的人一样强大"，这种魅力何在？他有一种解释："仁慈的自然施与艺术家能力，使他能通过他创造的作品来表达他最秘密的精神冲动，这些冲动甚至对他本人也是隐藏着的，这些作品强烈地打动了对艺术家完全是陌生的人们，他们自己也不知道自己的感情来源。"[②] 也就是说，艺术魅力含有某种秘密，即艺术家和读者难以完全穷究和知晓的秘密；这种秘密存在于可解与不可解、可测与不可测之间。唯其如此，艺术家对自己的作品长期牵系于心，读者的鉴赏也历久不衰，不可能有终极之日。

这里，我们欣赏的仍然是他的理论眼光和见解。在具体解释

---

① 《弗洛伊德论美文选》第78页，知识出版社1987年版。
② 《弗洛伊德论美文选》第78页，知识出版社1987年版。

上，他认为达·芬奇为佛罗伦萨画派的弗朗西斯科·德·吉奥孔多的妻子蒙娜丽莎所作的这幅画，"她的微笑唤醒了成年的列奥纳多对他早期童年的母亲的记忆"。因为达·芬奇是私生子，儿时跟生母在一起，后来跟父亲、继母一起生活，于是，从这个模特儿身上找到了一生他迷恋的母亲的微笑。"他在他的模特儿脸上发现了这个微笑，被深深地迷住了，便又在这微笑上加上了他的幻想，而进行了自由创作"①。这种解释是可以供我们参考的。

对艺术魅力的这种看法，就很自然地联系到艺术杰作的"未完成"问题。弗洛伊德提到一个现象，一些伟大艺术家的许多作品都是"未完成"的。米开朗琪罗是这样，达·芬奇也是这样，达·芬奇晚年的《丽达》《圣母奥诺弗里奥》《酒神巴克斯》《施洗者年轻的圣约翰》都是未完成的，《最后的晚餐》画了三年，《蒙娜丽莎》画了四年依然不能完成。弗洛伊德引用达·芬奇的一个学生对老师的评价："当他着手绘画时，他好像一直是战战兢兢的，他从来没有完成过任何一幅已开始了的作品。"② 提出这种现象与弗氏对艺术魅力的见解，对艺术魅力的难以割舍的、永无止境的追求密切相关。达·芬奇的一些作品留下了大量草图和笔记。他曾对自然发出赞叹："呵，神奇的必然性！"他要追踪自然和艺术的神奇，而常感力不胜任。对此，弗洛伊德说："可以观察到一种不同寻常的深刻性和无穷的可能性，在这些可能性中，决定只能在犹豫不决中得出，我们还能观察到一些极难满足的要求和实际制作中受到的限制。甚至艺术家本人也不能说明这些限制。"③艺术家交出这种作品，往往是他的不得已而为之的解脱，而不是创作思想的完成。

---

① 以上两段引语见《弗洛伊德论美文选》第84、80页，知识出版社1987年版。
② 同上，第46页。
③ 同上，第47页。

比较起来，在弗洛伊德的许多文艺评论中，他对达·芬奇的分析是最少局限的。他的某种非理性主义、神秘主义和俄狄浦斯情结观点，可能掩盖他的艺术见解的非凡成绩。我们看到，文学创作中也存在类似情况，作品出版后，作家仍然萦系于怀，作品人物的命运还会同作家生存下去。大概，从创作到鉴赏，艺术魅力和未完成性是带有普遍性的现象。艺术可以认知，又不能被科学分析所穷尽，因为艺术毕竟不是科学，不是一次性消费品。我们承认艺术的某种神秘，但不是神秘主义；我们承认艺术存在某种非理性，但不是非理性主义、反理性主义。很多作家都谈到这种体会：一些优秀作品常常不是绝然在理性控制之下完成的。歌德多次谈到这种无意识状况，他说写作是"直觉地、做梦似的"，甚至说"真正的创造力量在于无意识之中"[1]，我们要作出认真的、具体的分析。人们对艺术的认识和探索是一个漫长的过程，其秘密远未揭开。我们要研究和吸收包括弗洛伊德在内的一切有益的见解，不怕冒犯成见，只有如此，才能一点一点、一步一步地逼近对事物的较为正确的认识。

1988年4月

可解与不可解之间——形式主义理论自身否定的联想

人们总是在寻求对文学作品最真实、最公正的解释，那么就会发问：这种解释是作品本身客观固有的呢，还是评论者自己的见解呢？如果指后者，当评论者见解发生分歧的时候，总要肯定一个，否定一个。那是不是说，那受到肯定的见解，就完全同作

---

[1] 转引自韦勒克《近代文学批评史》第一卷第273页，上海译文出版社1987年版。

品的客观意义合二为一呢？如果作品确实存在一种纯客观的意义结构，那么，是否意味着能够获得一种不以评论者意志为转移的可以穷尽的终极的解释呢？

实际上，任何一种批评流派都不得不面对这个问题，力图解决这个问题。

本世纪初叶，当俄国形式主义者向19世纪传统的文学批评发起挑战的时候，他们的诘难是相当发人深省的。雅各布森以古往今来历史鸟瞰式的语言作出这样的评论："迄今为止的艺术史（尤其是文学史）与其说是学术研究，不如说更近于随笔杂感。"他把以往的文学批评和文学研究称为"以文学为高谈阔论人生、时代的材料"，"纵谈作家生平逸事，侈谈心理之奥秘，哲理之深邃，世情时序之变迁"，都属于"随笔杂感"。他们声言要建立真正的"学术研究""科学方法"。且不说他把以往的文学研究作那样的概括是否完全公允，也不说他把这些"随笔杂感"完全排斥在文学研究之外是否十分妥当，单就他们一头扎进作品和文本里，声言文学研究应立足文本的自足结构，牢牢抓住文本这个人人可见的文学传播媒介来作出解释，这就足够吸引人了。

至少以前没有人这样公开宣言过。强调文本的解读，反对主观的评头品足，显示出形式主义理论的某种优势和特点。俄国形式主义者提出文学研究的对象是"文学性"，要解释这种"文学性"，而不是背离这一点去谈论历史，谈论哲学。他们把语言，把实现"陌生化"的语言看作这种"文学性"的根本所在。他们认为，正是作品这种不同于实际语言的文学语言，才给人们带来新鲜的、陌生的、艺术的感受，如同舞步不同于步行，给人们带来陌生的、艺术的感受一样。这种文学观很自然地把文学研究的基点从作者、现实、功能转向于形式，转向了文本。从文学研究的历史情况来看，这种主张对于摆脱过去文学研究的片面、单一和忽视形式的作用，是很有启发的。在体裁、文学语言特性等方面，他们也产生了许多研究成果。到新批评派后期，很多方面与形式主义相呼应。新批评派提出了新人耳目的"意图谬误""感受谬误"，就表明不能用作家研究、读者反应研究来代替文本的解释。他们把文本看成一个统一的有机体，更是一个在理论和创作上有重大意义的见解。但是，新批评派多少还不割断文本与现实和公正读者（靠他们和优秀批评家去廓清"谬误"，端正文本的意义）的联系。到了结构主义，就向文本的客观分析方向更迈进一步了。法国结构主义者托多罗夫说："批评是为了阐释某一作品的，而结构主义则是一种科学方法，意味着要研究不以个人意志为转移的规律和形式，而存在之物又是这些规律和形式的具体表现"。

这样，由俄国形式主义发轫，中经布拉格学派的阐扬（主要是把"陌生化"、语言形式提到结构整体性的高度，研究诗的结构功能），加上新批评派的部分应和，到结构主义集大成，完成了形式主义解释文本理论的第一个流程。结构主义同俄国形式主义等理论不同，它不一般地谈论文学特性、语言形式，而是用语言学模式作为建立结构主义理论的前提和基础。寻找文本的诗学模式、语言学模式是法国结构主义者独异之处，托多罗夫分析《十日谈》，就把许多情爱故事概括为"X犯了法→Y要惩罚→X力图逃脱惩罚→Y犯了法，Y相信X没有犯法→Y没有惩罚X"的模式。丈夫要惩罚幽会情人的妻子，女院长要惩罚有情人的修女，都是如此。他还从每一件叙事中，从动作的行使者和受动者的活动中概括出主语、谓语、宾语。有的结构主义者在这种抽象模式之外，提出模式变体，如杰内特分析普鲁斯特的特殊叙述方式，以补充托多罗夫的抽象模式忽视个别具体文本特性的不足。结构主义大家罗兰·巴尔特更明确指出，文本（一篇叙事文章）"就是一个长句"。这种长句包括结构模式和阅读单位两方面，如同句子通常由语法和词汇所组成一样。结构主义认为，在这种独立自主的语言结构的文本里，可以生发和产生出意义，只等着人去发现。凭着语言学模式的研究，凭着语言符号指代关系的认可，他们认为可以从文本研究中获得固定的、终极的结构模式和意义网络，文本可以得到科学的解释。

然而，往后演变，又出现了后结构主义。后结构主义以某种辩证思想的锐力，破除了结构主义所寻求的固定模式和终极意义，批评了所谓客观批评和正确解释的虚幻。后结构主义在有的地方又叫分解主义（deconstruction，或认作解构主义、消解主义），表明对任何建构进行破坏性拆解。由于它仍然建立在现代语言学基础上，它对结构主义的否定仍然是形式主义内部的自我否定。如果说结构主义着眼于索绪尔语言学中语言能指与所指相对应的一面，后结构主义者如德里达等，就突出能指与所指相区分、相差异的一面。他们认为，既然语言的所指可以独立于能指而存在，那么所指（概念）也可以由不同的能指（词）来指代。譬如"树"与"植物"两个词作为不同的能指，可以指向同一所指。同样，"树"作为能指不一定同它的所指之物相联系，而从能指"植物"得到解释。这样，在语言的能指之间会无限地播散开去，永远达不到所指，文本成为"能指的天地"（巴尔特）。分解主义就从语言符号的多义、不确定性，认定文本的解释永远处于自我分解、互相消解的自由播散和飘移不定的过程中，固定模式遭到否定，意义无法确定，也无从解释。

很难完全分清后结构主义与结构主义的各种不同主张。同是结构主义或后结构主义的倡导者，本人前后矛盾，彼此互相冲突，更是屡见不鲜。但是，有一点是清楚的：就文本的解释来说，从结构主义的可解性、可终极其结构和意义，走向了后结构主义的不可解性，处于永恒的分解状态中。从一个极端走向另一个极端，而且都是以语言学作为立论的基础。如果按有的人说的，把形式主义的发展分为俄国形式主义、结构主义与后结构主义三个阶段，那么，这种可解性与不可解性分属两个极端，就是一个重大区别。

然而，根据接触到的材料，到了后结构主义，又出现了新的困境。分解主义理论家无法确定自己的理论不再分解，否定一切势必发展到否定自己。美国分解主义新派批评家乔纳森·卡勒就指出，已经转向后结构主义的罗兰·巴尔特，尽管在理论上主张分解批评，但在具体分析巴尔扎克的《萨拉辛》时，把它分为561个阅读单位（语群），又按不同的密码类型论述诸如象征等密码的含义，实际上还是对文本的解释，与自己的理论主张相矛盾。而乔纳森·卡勒本人，相信文本的意义非确定、不可解释的分解理论，但在大量事实面前，也不能把解释排斥在批评之外，最后来个折中，"把阐释学和符号学加以区分"。

形式主义的发展在文学批评上出现这种困境，是值得思考的。形式主义以排斥现实排斥作者的语言分析为其基本特征，或许这正是他们陷入困境的原因之所在。西方不少理论家忽视了这一点。的确，不能把文学等同于现实，形式的特殊性、独立性、能动性，过去也一直遭到漠视。雅各布森说："诗之花在任何一束花中都不能找到。"那么，我们是否也可以问，没有现实之花，何从升华出诗之花？我们分析《枫桥夜泊》，如果离开了现实的枫桥与寒山寺，何从获得较好的解释？英国克里斯托弗·巴特勒在1984年的著作里，就重视文本与外部世界的联系。他批评里法特尔分析华兹华斯的《紫衫树》只讲了"语言结构"，不顾历史现实。他说，里法特尔把英法在阿金库（法国北部——村落）的战争等同于一般的战争，等于"崇尚无知，排斥知识，崇尚神话，排斥历史"。文本不管如何虚幻，如果绝然排斥其真实的依托，文本的解释是否也失去了应有的依托呢？

科学分析能否穷尽文学批评，尚在争论。但是，不存在客观批评，大概反对的人不多。任何文本解读都是一种选择，选择本身就带主观色彩。文学作品既含有理性内容，又含有感情内容，批评者、解释者因人因时而异，从对象到主体，很难说就能找到文本的客观而又完全正确的解读和分析。唯物而又辩证的方法运用到这一方面，只能得到这样的看法：文本解释、文学批评只能永恒流动在可解与不可解之间，永恒流动在主观性与客观性，相对性与绝对性的辩证纽结里。任何批评都只是一种过渡。瞿秋白对鲁迅杂文的权威评论，是一种解释，但又未能穷尽解释。形式主义批评陷入困境，或称文本解释可以找到终极的科学的客观分析，或让批评踯躅和漫游在语言符号的无边无际的海洋里，是否也意味着完全用语言理论驾驭文学批评的研究路子有问题呢？凡此种种，都可以帮助我们寻找摆脱这种困境的某种蹊径。

1987 年 11 月

"给定"与"未定"之间——阐释与接受理论两个极端的联想

尽管文学批评生来就离不开阐释，或者说，阐释的历史同文学批评的历史一样古老，但是，阐释和接受理论作为一个独立的、自觉的批评流派，在西方还是本世纪 60 年代以后的事情。在否定之否定中前进的批评流派，总是离不开批评理论的现实土壤，建立在对前一种流派理论的有力的反拨的基础之上。当文学发展的浪漫主义和现实主义时期，把个性、作家、社会现实提到文学思考的首位的时候，实证主义批评和社会历史批评就占据了批评的中心位置。以注重作品文本、注重语言结构的形式主义理论起来之后，人们感到批评回到了文学、回到了作品，觉得过去那种作家研究和社会历史批评过于远离，过于宽泛。然而，当人们陶醉于所谓真正的文学研究和形式分析的时候，这种由崇尚文本导致孤立文本、以追求所谓科学的客观主义终极解释为己任的新批评和结构主义,又走入了困境。随之而来,把后人阐释、读者反应纳入批评的阐释学和接受美学,又应运而生。伊格尔顿说:"人们的确可以把现代文学理论大致分为三个阶段:全神贯注于作者阶段(浪漫主义和十九世纪);绝对关心作品阶段(新批评);以及近年来注意力显著转向读者的阶段。"[1] 这道出了文学批评理论发展的大致轮廓。

这种阐释理论和接受美学发祥于德国,盛行于欧洲(包括波兰和苏联),传播于美国,出现了许许多多观点不同的理论家。我们只能大致理出它们的理论观点和发展脉络。更为重要的是,我们应就文学批评的需要、应取的态度,作些分辨,展开讨论。

阐释的必要与重建的不可能

文学作品需要阐释、需要读者去理解,这大概是文学存在的基本前提。孔子所说的"兴观群怨"的文学作用说,就离不开阐释。他所说的"《关雎》乐而不淫,哀而不伤"、"诗三百,一言以蔽之,曰'思无邪'",表述了他对《诗经》的个别作品和总体的评价。文学作品价值的实现,离不开读者的消费。读者的消费,无论是认知的,还是审美的,着眼于客体的,着眼于主体的,怨刺时政的,自我娱悦的,都离不开阐释。西方阐释理论的源头可以追寻到《圣经》,奥古斯丁对《旧约全书》作出的是维护教权主义的阐释,新教在宗教改革中对《圣经》又作出了新的阐释。人们满怀兴致地接受作品,无论是文史哲合一的,文学与宗教合一的,纯文学的,或通俗的,这求知和娱乐本身,就需要阐释。那么,阐释的本质是什么呢?读者能否抛开阅读主体的限制、烙印和渗透,去求得作品客体、作者原意的客观公正的解释呢?文学

---

[1] 特雷·伊格尔顿《二十世纪西方文学理论》第94页,陕西师范大学出版社1986年版。

是否存在一个等着人们无私地去发掘、可以穷尽的本义和原意呢?

以前的阐释学是这样认为的。德国施莱尔马赫的阐释理论,就是主张重建作品的本义。他说:"一部艺术作品本来就是扎根于其根基中的,即扎根于其周围环境的,如果艺术作品从这种周围环境中脱离出来并转入到欣赏中,那么,它就失去了其意义,这样一来,艺术作品就如同那种被从火中救出并具有烧伤痕迹的东西一样"。那么,怎么办呢?据伽达默尔介绍和分析:"对艺术作品所属'世界'的重建,对创造着的艺术家所'企求'之本来状况的重建,在本来样式中的出现,所有这些历史性再造的措施,就要求使一部艺术作品的真正意义可理解,并阻止误解和错误的现实化——实际上,这便是施莱尔马赫的整个解释学默默地以之为前提规定的思想。"[①] 采用方法之一,就是用历史知识追溯本来的东西,打开重建流传物的道路,以便复得艺术家精神的"出发点"。

美国阐释学家 E. D. 赫齐倡导一种心理学重建的原则,认为:"解释者的基本任务是在自己的心里重视作者的'逻辑'、作者的态度、作者的文化素养,总之,重现作者的整个世界。"[②] 为了区别作者的原意与读者各种不同的解释,他用"含义"与"会解"("理解")加以区分。伊格尔顿用"保护私人财产"的比喻,说赫齐"捍卫作者意义类似于人们捍卫土地所有权",要求批评家起到这种捍卫者的作用。

这种"重建"可能吗?"含义"能够脱离"会解"吗?谁能担当起"重建"任务,去索取作者原始意图的"含义"呢?赫齐认为"含义"是存在的,确有这么一只"玻璃鞋",可以保证我们找到真正的"灰姑娘"。但是,历史上没有任何一个批评家(即使

[①] 以上两段引语见伽达默尔《真理与方法》第244—245页,辽宁人民出版社1987年版。
[②] 转引自霍埃《批评的循环》第14页,辽宁人民出版社1987年版。

是最权威的批评家）能够自封或他封为某个作家作品的"玻璃鞋"的觅得者。黑格尔把缪斯之神的作品比作一位姑娘端上来的"从树上摘下的美丽的果实",要重建和恢复当初哺育这些果实的"树干""土壤和自然要素",是根本不可能的。如果认为解释者能够摆脱自身"会解"的局限,去获得"含义",那就意味着批评在他那里可以打上句号,后人只需坐享他的成果了。在批评活动中,我们常常有些误解。批评的公平、客观,决不是从绝对意义上理解的。我们对莎士比亚剧作的意义的自以为公正无私的解释,乃是我们的解释,离不开我们的语言、自身条件和文化环境。伊格尔顿说得好:"我绝不可能用鞋带把自己从这一切中提起来,从而以某种绝对客观的方式来了解莎士比亚心中实际想的是什么"。我们可以借用庄子与惠子那段关于"子非鱼""子非我"的辩论,过去的作者可以问:"子非我,安知我之本意?"

"未定点"与"历史释义"之说

推倒重建作家作品本义的释义论,把释义从作家的代言人变成主体的评论者,把读者的接受从被动的消费提高到积极的参与和创造,这是新的阐释学和接受美学的突出贡献。

波兰哲学家罗曼·茵加登认为文学作品只能提供一个"纲要",一个结构框架,其中有许多"空白点"和"未定点",等待读者去填补,加以具体化。这是新的阐释理论的重要论点。如果说诗歌跳跃性大,比散文、小说留给读者的未定点多,那么散文和小说,即使是带有自然主义色彩的叙述方法,也决不是在叙述链条上绝对坚定、毫无缝隙的。这样,读者的经历、个性、精神状况和阅读时特殊的心境,都会因人而异地填补这些空白和未定点,完成自己独有的解释。优秀的作品常常呈现两种状态:留下的空白点和未定点多,即我们常说的留给读者广大的想象余地,历经读者填补而不枯竭。另一种是常常矫正读者墨守成规的填补和期待，唤起读者的陌生感，引发出读者新的创造性的填补和喜悦。凡此种种，作品的阐释都需要读者的积极参与。

如果说，"未定点"着重是从空间上、共时性上表述了新的阐释和接受理论，那么，罗伯特·尧斯就从时代发展和历史演变的角度看待读者接受的差异。今人并非古人，读者从来就是历史的。尧斯提出一项"历史释义学的任务"，强调接受美学的"研究对象就是文学史"，它不是以作品为中心，而是以接受为中心，即"从写作主体走向阅读和判断的主体"的"一部新的文学史"。这种文学史研究着重于文学交流的理论，把文学史界定为"一个创作和接受之间通过文学交流为媒介的辩证运动过程"。过去的文学史，把读者看成是被动的，完全置于国家、教会或作者的思想控制之下。他认为："文学艺术史既是奴役史又是审美经验所固有的反抗的历史"[①]。

应该说，从文学作品的"未定点"的具体化的多样性，到时代变迁所引起的这种具体化的历史性这两方面入手，就可以使具有独立价值的新的阐释学和接受理论牢牢站住脚跟了。威莱克在评述英伽登的理论时，提到"具体化的历史"这个概念，就包含上述两层意思。他说："艺术作品具有历史'生命'，它有两层具体的意义：（一）'当它在多方面的具体化中得到表现'它才能生存，（二）当它作为一种崭新的具体化的结果而经历变化时，它才能生存"[②]。文学作品的现实存在，文学作品的历史生命，都离不开读者积极的阐释与接受。

接受理论的确立与滑向主观主义

一般说来，新的阐释学和接受理论总是在读者主体和作品客

[①] 汉斯·罗伯特·尧斯《接受美学与文学交流》，《文学研究参考》1987年第11期。
[②] 雷纳·威莱克《西方四大批评家》第112页，复旦大学出版社1983年版。

体之间的关系上，寻求自己的答案。这种阐释学的最成熟、最有影响的代表人物是德国的伽达默尔。他受老师海德格尔的影响，把人从根本上看成是历史的，把存在看成是历史的，这样，就使阐释学从过去的认识论、方法论，提高到了本体论。任何存在都是一个流动的、生成的过程，人和文学作品也是一定时空、一定历史的存在。人的阐释不可能复归原义，必然加入到意义中去。他说："理解就必须被视为意义事件的一个组成部分，在这种理解中，一切表达的意义——艺术的意义以及一切从前流传物的意义——就形成并实现了。"[1] 他提出了"视界融合"和"效果历史"这两个概念。前者指理解者的现在视界与对象的过去视界的融合，而且是超越理解者和对象各自原有的视界，达到一种新的视界融合。后者就是指这种融合所构成的历史，它包括历史的真实与历史理解的真实，而且必须在理解本身显示历史的真实。这些都是阐释学的著名论点。

然而，正是在这种阐释理论有力地推翻了赫齐等人的客观主义的重建论的时候，美国的斯坦利·费西又走向了另一个极端。他认为根本没有"客观的"文学作品，真正的作者是读者。作品的一切都离不开解释，都是解释的产物，因此，批评的对象是读者的"经验结构"，而不是作品本身的"客观结构"，"文本的客观性只是一个幻想"。费西提出"一种集中于读者身上而非集中于制成品身上的分析方法"，这种方法在运用的时候，他甚至说："它拒绝回答或甚至提出这种问题：这是关于什么的作品。"[2] 据说，问起阅读时解释的东西是什么？他坦率回答：他不知道。

这种理论完全滑入了主观主义。尽管费西提出由学术机构培养的"渊博的或在行的"读者，由他们组成阐释群体，形成一种

---

[1] 伽达默尔《真理与方法》第 242 页，辽宁人民出版社 1987 年版。
[2] 转引自霍埃《批评的循环》第 197、201 页，辽宁人民出版社 1987 年版。

"阐释战略",支配和统一众多读者的争议和分歧,但是,谁承认他们呢?凭什么承认他们呢?他们能形成一个互相一致、固定不变、永远被承认的这种群体吗?显然,如果完全脱离了作品这个客体的依傍,脱离了历史真实的参照系,我们无法证明这种或那种解释能起到支配和统一读者的作用。

从这些介绍里,我们看到了阐释学和接受理论的两个极端:一个是排斥主体的"客观主义",一个是排斥客体的"主观主义",它们都是绝对主义。我们也看到,阐释学家的大多数解释,都反对这两种片面性,无论是主张审美"来自某个意识主体同一个客体,尤其是同一部艺术作品的联系"(英伽登),还是把理解看成是原文与接受所形成的"意义事件的一个组成部分"(伽达默尔),说作品的实现是文本与阅读"双方相互作用的结果"(伊塞尔),把作品的意思看成"作品包含的期望阈(初级信码)和接受者补充了的经验视野(第二级信码)"这两种因素"重合的结果"(尧斯),他们都显示一种折中的辩证的解释。

当前的问题在哪里?坚持一种相对的观点,又不走向相对主义,这恐怕是问题的关键。也就是说,在这种主体与客体、接受与文本的相互关系中,要研究这到底是一种什么关系。威莱克在谈论英伽登时,说他指定了文学研究的任务是"确定空白点,找出我们可以解决掉哪些空白点,哪些空白应该保留",说文学批评"要按照它的章法重新安排作品结构,它要注意正确地解说作品,因此,具体化若是虚假,就由它来校正"。但是,这只是英伽登的良好愿望,他本人没有解决这个问题。谁都可以说自己的解说是正确的解说。同时,也不是任何照顾到主体与客体、接受与文本、空白点与非空白点这两方面关系的,都是正确的解释。当读者之间、批评家之间发生分歧的时候,存不存在一个相对客观的标准对他们不同的解释加以分辨,这是一个既有争议、又没有解决的问题。

这个问题之所以难以解决，在于我们不能把文学研究、文学批评同自然科学研究等同起来，我们不能把精神与物质、意识与存在的关系，简单地套用到文学批评中去，因为，文学批评家同对象的关系不同于自然科学家同物质世界的关系。批评家的对象——作品，是一种意识，物化的意识，就不能像自然科学家那样，从客观物质世界找到检验真理的依托。对于这种区别，我们可以援用德国文献中精神科学与自然科学这两个不同的概念。德国学者对于这两个概念，有许多界说。有说自然科学属于演算性科学，精神科学属于描绘性科学；自然科学的对象是可推算的，精神科学的对象则是一次性的、不可复得的等等。如何界定，在此存而勿论[①]。我们大致可以说，精神科学研究包括各种意识形态在内的精神世界，自然科学研究的是自然物质世界。这样，属于精神科学的文学批评、文学研究，不能简单套用物质与意识辩证关系的理论，其理自然明了。

从这个基本考虑出发，必须引进第三者，即在解释与文学文本之间、阐释主体与作品客体之间、未定点的具体化与作品的给定之间，引进第三者。比如说，把现实世界、历史真实、审美经验的价值标准作为第三参照系，引进阐释领域。事实证实，解释者各不相同，文本又多种多样，如果没有第三参照系，我们无从确定解释的正确与否。拿作品来说，有的是有价值的，有的则没什么价值，仅就空白点的具体化做到正确、不虚假，那就只能依附作品，做它的传声筒，丧失阐释的主体性。遗憾的是，阐释学理论家几乎都回避这个问题。英伽登忽视了价值问题，忽视了把批评作为评价这样一个问题。伽达默尔是阐释理论的强有力的奠基者，然而，正如霍埃所评价的：他的解释学理论"是从总体上去描述理解的活动，而不是去提供一种科学的认识论的哲学或科

---

① 伽达默尔《真理与方法》第34页，辽宁人民出版社1987年版。

学解释的逻辑"①。他只是提出了"视界融合",而没有回答应该有怎样的"融合"。这样,他就自觉和不自觉,陷入人们所批评的相对主义的错误中去了。

作品是一个"给定",又留下了"未定"。阐释不仅是"未定"的填充与具体化,而应视作对"给定"与"未定"的各种关系的研究和探求。现在看来,专注于作品,是容易纠缠不休的。以结构主义为核心的形式主义,原本就存在撇开作家研究、撇开现实研究的弊病,这个弊病在紧接着结构主义而兴起的阐释学、接受美学中,又似乎保留了下来。这些遗留的、悬而未决的问题,等待着人们进行更深入的研究。

1988 年 5 月

比较方法漫议

文学艺术不是在比较中生存,就是在比较中消失。

俗话说,不怕不识货,就怕货比货。如果在比较中,物质产品中的次品、等外品、处理品还有那么一种可以榨取的使用价值,那么,在比较中等而下的文学艺术品,几乎就遭到遗弃,丧失了欣赏价值。新时期的文学摆脱了自我封闭的自给自足,摆脱了关起门来自命顶峰的自我构想,也可以说是以开放的眼光和气度,从比较中受到启示,得到助益。"百花齐放,百家争鸣"的精神就是比较,以宽容的精神容纳比较,在比较中争得自己独异的芬芳,在比较中争相鸣放。比较,是文学评论的一个基本方法,也是作家放眼周围文学世界、寻找和确立自我的自审意识或暗自忖度。

---

① 霍埃《批评的循环》第 64 页,辽宁人民出版社 1987 年版。

现举一例。王蒙评残雪，写了一篇很好的文章。残雪在同香港作家施叔青的谈话中，声称绝不允许理性活动进入她的写作过程。似乎不仅是当今，就是"五四"新文学以来，她还是这种"非理性"创作的独一无二倡导者。允不允许呢？我们应不应该容纳这种主张和实践呢？王蒙的回答是肯定的。尽管残雪的创作实践是否真正符合她的理论声言，另当别论，我们觉得还是应该容纳王蒙所称谓的这位"罕有的怪才"和她的"特立独行"。王蒙说，残雪的作品引起了愈来愈多的注意：

> 直觉、梦幻、潜意识、变形等等，她动用得十分熟练，无师自通，有些描写之深邃与冷峻达到惊心动魄、令人拍案称奇的地步。新时期的文学中有这么一家，哪怕当作"旁门左道"也罢，自有它的价值，它的启发，不可视若未见。她穿刺了不少读者的心灵，她丰富了文学的想象力与表现力[①]。

如果说残雪的主张是在比较中确立自己的存在，王蒙的评论也是在比较中承认她的存在。把比较、容纳，圈定在一个更大的范围里，对新时期的文学只会有好处。王蒙说："中国的文学界应该把眼睛睁得更大一些，友善而直率地注视残雪的作品，友善而直率地与她进行独特的对话"。这是正理。

然而，这不妨碍评论家对她的批评。王蒙举出残雪的近作《天堂里的对话》，说里面有很"典型"的感觉、感受、梦境，说它们与《拾玉镯》的场面，日本小姑娘折叠的一千只纸鹤，乃至安徒生的童话等等，都有很多相似、相联系的地方，并不是那么孤立、独立，似乎傲世而不群。而且，究实说来，创作不可能完全排斥理性，把非理性、反理性标榜得那么绝然而又纯然。王蒙

---

① 王蒙《读〈天堂里的对话〉》，见1988年10月1日《文艺报》，下面评残雪的引语也见此文，不再一一注出。

对这一点，作了机巧、动人的批评。他说残雪的"绝不允许理性活动进入她的写作过程"，"这个信念本身就太清醒，太理性，太不放松，太用力就是说太费劲了。实际上这本身就是给自己筑了一道极为理性的'反理性'壁垒。叫作作茧自缚或者画地为牢。套用评论歌星的说法，更抖露得开一点，有白天也有黑夜，有潮也有汐，有峰也有谷。有真实的直觉也有真实的因而是自自然然的理性，猴就猴状，象就象状，不是更舒服也更开阔得多么？"

这里，只谈比较方法。王蒙在评论中用比较方法支撑他的评论，用《天堂里的对话》同残雪的主张作比较和对照，用他自己敏锐的艺术直觉和很强的艺术记忆、艺术联想同残雪作品的许多碎片、场面、情态作比较，指出她并非那么"非理性"，作出友善而直率的对话，包括赞扬和批评。

比较方法可以说是同文学研究一样古老，也将同文学一起共存。在西方，韦勒克考证"比较"一词首见于中世纪，从拉丁文派生而来，但早在古代，罗马人就对希腊和罗马的作家作过仔细的比较。在我国，孔子批评"郑声淫"，称赞《关雎》"乐而不淫，哀而不伤"，可以说是中国的最早的比较研究。在文学评论中，不作孤立的就事论事，恰当地、熟练地、多方面地进行比较，而且能从审美的制高点上使用这种方法，常常见出一个评论者的学力和才力。评论中的比较分析，考验一个人的阅读和视野，看出他的选择力、分辨力和判断力。作家作品也是在这种比较中，得到独特的阐释，作出独特的评价。别林斯基说："我觉得，要给予任何一个杰出的作者以应得的评价，就必须确定他的创作的特点，以及他在文学中应占的位置。前者不得不用艺术理论来说明（当然是和判断者的理解相适应的）；后者须把作者跟写作同一类东西的别的作者作一比较。"① 朱光潜在 1982 年 6 月北京一次比较

---

① 《别林斯基选集》第一卷第 170 页，人民文学出版社 1959 年版。

文学座谈会上说:"做一切科学工作,都免不了要比较,或相关的问题比较,或者发现了问题来比较。说比较,不外是两个方面;纵的,文化遗产有什么,哪些是应当继承的,横的,各民族的相互影响,接受了什么外来的东西。我想,真正的研究一定要看这纵的传统和横的影响,这样,比较文学的范围就应当非常宽,不能狭窄"①。

这里,我们谈的是文学评论中广泛使用的比较方法,而不是上个世纪才产生、限于各民族各国别文学比较、作为一门独立学科的比较文学。作为比较文学,有上个世纪逐渐形成的法国学派和本世纪50年代出现的美国学派。法国学派又称影响研究,美国学派又称平行研究,还有苏联学派以及建立中国学派的主张。我们无意介入比较文学的学科理论的争论。这一些,留待比较文学学者争论去。但仅就方法而论,我们可以从比较文学研究的得失和争论中,汲取有益于比较方法的东西。

评论中运用比较方法,是那样诱人,给人们带来知识和信息,活跃读者和批评家的思维,使他们很快就进入一个独特的艺术领地。这里,谈两个问题。

一、真正做到比较。"可比性"就是要在逻辑上认真斟酌的首要问题。有的说同质异构或同构异质的事物才能进行比较,有的说相似或同类的事物才能进行比较,有的说同源的现象才能作出比较,有的说异源的现象也能选取它们的可比性。就文学评论来说,既要注意对象的可比性,也要注重主体的选择性。我们无法把可比性列出归类齐全的条目,读者要求批评家做到的是真正的比较,对可比的文学现象作出对比阐释,作出价值分辨,作出文学评论。我们不能只注意两种文学的事实联系,放弃了实质性的比较研究。在评论中运用比较的方面很多,可以说同文学本身一

---

① 见《读书》杂志,1982年第9期。

样丰富而不可穷尽。国外的比较文学分流传学（誉舆学）、渊源学、媒介学、主题学、题材学、类型学、文体学、比较诗学，门类甚多。这里，仅就批评家的许多新鲜生动的评论文字使用比较方法，择举数例。

比独白。勃兰兑斯分析司汤达不着意描写外部事物，而注意人物的心理和情绪，小说大部分由"彼此相连的独白"组接而成。但是，司汤达的独白同乔治·桑的独白不同。他说，司汤达"把人物心灵的默默无言的活动揭露无遗，把他们最内在的思想用语言表达出来。他的独白绝不是乔治·桑所常有的那种抒情的狂歌式的爆发，而是借以开展沉思默想的一问一答——短小，精悍，虽然未免有些烦琐"。勃兰兑斯由此进一步作出比较，说不管司汤达"所描写的人物是得天独厚还是天资平庸的人，揭示他们内心生活的那种方式却是独具一格的。我们不仅看透了他们的灵魂，而且还看到迫使他们像在实际生活中那样行动和感觉的心理法则，这是在其他任何作家的作品中看不到的"[1]。这是一种最微小的比较，我们看出了评论家的细致和敏锐。

比风格和艺术特色。托尔斯泰出现后，给西欧文学以极大的冲击。仅就艺术特色来说，法国就惊呼"出色的心理学家""莎士比亚的东西"，如攀登高山，如鸟瞰江河。法国批评家沃盖由此而联想到法国作家同俄国作家的对比，说法国小说家是从纷繁的人物、事件中挑选出一个人物、一个事件，作孤立的研究，俄国则是注重万般事物的联系，不去割断一个人物、事件同整个世界的关系。他进而说，"拉丁人与斯拉夫人面前都有一架望远镜，前者会调整焦距，希望缩小视野，可以看得更小，看得更为清晰，而后者则拉长透镜，扩大视野，这样看起来模糊却看得更远"。他

---

[1] 以上引语见勃兰兑斯《十九世纪文学主流》第五分册第 263—265 页，人民文学出版社 1982 年版。

说，屠格涅夫与托尔斯泰之间，前一个"依旧沿袭当年深受欧洲影响的传统，他（观察生活）采用的是从我们法国人这儿取去的精密仪器；而另一个则是同过去决裂，同外来传统的束缚决裂"①。这就是常人谈论的托尔斯泰艺术的浩瀚与博大。

勃兰兑斯论述司汤达的艺术表现，仅在一段文字里，拿他同孟德斯鸠比，同商弗尔比，同库利埃比，同斯塔尔夫人比，同夏多布里昂、雨果比，同巴尔扎克、乔治·桑比，极为丰富。他说司汤达取法孟德斯鸠，类似商弗尔，又有自己的特点；说他推崇库利埃的明晰、清雅，又不同于后者的圆润；说他厌恶斯塔尔夫人的风格，也不打算按照夏多布里昂或雨果的方式写作；说他赞美巴尔扎克，又对巴尔扎克的风格厌恶透顶。在多侧面、多对象的比较中，他阐明"作为文体家的司汤达，既没有色彩感，也没有形式感"，"他的风格往往浮想联翩，也没有堆砌辞藻的毛病，可是显得潦草而急促。痛恨空空洞洞和模模糊糊，是它的突出的真正伟大的优点"。他作出一个结论："几乎没有一个作家对艺术性表示出比他更大或更不合理的轻视了"。但是，尽管如此，"司汤达还是具有艺术品质的。他的作品虽说结构糟糕——素描可以说拙劣不堪——其中许多细节却是以巨匠的手笔描绘出来的。他的风格虽说没有一点音乐感（对于这样一位意大利音乐崇拜者说来，真是奇怪极了），而在他的篇幅里却充满了令人难忘的句子。就写一整页而论，他不是一个艺术大师，但他所用的一个字或一个描绘性的辞藻，却带有天才的痕迹。在这方面，他和乔治·桑截然不同。乔治·桑的一页总是比她的一字一句要优越得多，而司汤达的一字一句却远胜了他的一页"②。在一段文字里，浓缩了他大量的阅读、观察、

---

① 见《欧美作家论列夫·托尔斯泰》第3—4页，中国社会科学出版社1983版。
② 勃兰兑斯这段分析见《十九世纪文学主流》第五分册第269—271页，人民文学出版社1982年版。

知识和判断，他是那样直观地、求实地，不带先入之见，既有否定又有肯定地（不是一味赞扬）描述出法国这位叙述文字律动着感情之河、又有别于浪漫主义自我宣泄的小说家的艺术特色。

比对人物的态度。杜勃罗留波夫比较冈察洛夫和屠格涅夫对人物的态度和处理方法时，作过这样的分析："屠格涅夫叙述他的主人公，就好像在谈论他的亲近的人们一样；他从他们的胸膛中提炼出热烈的感情来，并且怀着温柔的同情，病态的烦虑看护着他们，他跟自己所创造的人物一起受苦，一起欢乐，他自己就神往于他一直很喜欢使他们置身于其间的那种诗意的环境"。但是，冈察洛夫"有另外一种特质：一种属于诗人世界观的宁静和丰满。他不会被什么东西特别地吸引去，或者他是被一切东西同一程度地吸引着。他决不迷离于某一对象的一方面，也不会迷离于某一事件的一个瞬间；而是把这一对象转来转去，从四面八方来观察它，期待着这一现象所有的瞬间的完全显现，到那时候，他才开始从事艺术加工工作"。他用对待玫瑰花和夜莺作比喻，说冈察洛夫"不是一看到玫瑰花，一看到夜莺，就唱起抒情歌曲来的"，冈察洛夫是"把它们的形象描绘给你们看，而且还使你们嗅到了玫瑰花的芳香，听到了夜莺的歌声"[①]。屠格涅夫的小说描写人物，体现一种诗人和散文家的抒情气质的外射，冈察洛夫则走向小说家那种冷峻的客观的描绘与精雕细刻。

比人物。杜勃罗留波夫的文学评论的重心和主要成就，可以说是对当时的俄国名作的人物系列作系统分析和比较分析。他以"奥勃洛莫夫性格"的命名，囊括了奥涅金、毕巧林、田吉特尼柯夫、罗亭、别尔托夫等一系列多余人形象，又以《黑暗的王国》与《真正的白天什么时候到来?》《黑暗王国的一线光明》为题，

[①] 引语见《杜勃罗留波夫选集》第一卷第183—185页，上海译文出版社1983年版。

巡视了俄罗斯文学中"顽固独夫"和富于积极意义的"新的生活的微风"的新人物画廊。正是在这种比较中，不同作家作品的特质把握住了，他自己的文学观念也表达出来了。

当批评家对一个作家的人物熟悉，作出精确分析之后，很自然又联想起众多作家笔下相似或类同的人物，在比较中显示一种宏大的视野和历史的眼光。我们可以看看勃兰兑斯如何描述司汤达写的于连："他笔下的于连是个富有才华的平民，却被复辟时代的精神压得抬不起头来，感到自己为无孔不入的穿金戴银的平庸之辈挤得黯然失色，追求冒险和刺激的饥渴弄得他形容枯槁；当他变得无能为力只有怀恨在心时，他便利用一切可能的手段使自己超出原来的社会地位之上，但哪怕暂时获得成功，他依然同他的周围环境奋战，而且得不到满足。作为忧郁的叛逆，作为立志报复的平民，作为'同社会奋战的不幸的人'（司汤达自己就这样称呼他的），于连是雨果所描绘的社会继子们（如狄地埃、吉尔贝尔、吕依·布拉）的一个兄弟，他们年纪相同，可是更加精明，他还是大仲马青年时期的主人公——私生子安东尼的一个兄弟，还是缪塞的弗兰克、乔治·桑的莱丽雅、巴尔扎克的拉斯蒂涅的一个兄弟"[1]。人物系列分析，人物家族分析，就一直是文学评论的课题。

比作家。对作家进行比较研究，是文学评论关键的一环，它远比单独的作家评论要困难得多。陀思妥耶夫斯基崭露头角的时候，杜勃罗留波夫就提到人们的一种要求，这种要求反映了读者对评论家的期望："现在批评家的面前，就放着这个任务——弄清楚：陀思妥耶夫斯基君的才能究竟发展和成熟到了什么程度，他和别林斯基的批评还没有注意到的那些新作家相比起来，有什么样的美学特点，他的新作显示出什么样的缺点和美，在这些作家，像冈察洛夫君、屠格涅夫君、格里哥罗维奇君、托尔斯泰君等等

---

[1] 勃兰兑斯《十九世纪文学主流》第五分册第269页，人民文学出版社1982年版。

的队伍里边，它们把他放在哪一个确当的位置上"①。对作家进行比较研究，就可以从总体上确定他们各自独特的价值，引导读者进入真正的审美。勃兰兑斯比较过浪漫主义辉煌时期的几位著名诗人。他说，就歌颂自然而言，"蒲伯曾经矫揉造作地给空气熏香，而湖畔派已经知道打开窗户放进高山大海的清新风光"，但是，华兹华斯对自然的爱"缺乏激情"，渗透着"新教精神"。华兹华斯这种对自然的爱是雪莱说的"精神上的阉人"，雪莱却是"自然的热情恋人"。他引证雪莱的话："风无舌而有动听的言辞，水长流而有乐音，像情人单独为你唱出的歌声，会使你的眼睛被不可思议的柔情热泪浸润"，借此说明这位诗人的孤独，说明他在人间得不到同情而转向自然的那颗爱心。接着，勃兰兑斯又拿雪莱同拜伦相比，是"一个拥抱一切的诗歌天才和一个蔑视一切的诗歌天才之间在对待自然的态度上的差别。雪莱，不像拜伦，并不把自然视为武器，而看成是他的琴"。拿歌德、拜伦和雪莱笔下的普罗米修斯相比，"歌德笔下的普罗米修斯自由不羁而富于创造才能"，拜伦则"描绘了一个默默地咬紧牙关为人类忍受苦难的殉道者"，是"一个桀骜不驯而失去了自由的普罗米修斯"，雪莱和他们不同，"他的普罗米修斯是慈善人性的精灵，由于对邪恶的原则进行斗争而在难以计数的漫长岁月里遭受压制和折磨"，但终于获得解放，"他是解放了的普罗米修斯，终于胜利了的普罗米修斯，一切元素，一切天体，都向他欢呼祝贺"②。我们不得不惊服批评家如此细微的分辨，而且是以诗的语言对诗人所作的分辨。

二、高水平的比较。为了更好地比较，必须寻找更多更广、更高、更新的参照系。就比较方法运用的层次来说，可以分为：

---

① 见《杜勃罗留波夫选集》第二卷第 443 页，上海译文出版社 1988 年版。
② 以上引语见勃兰兑斯《十九世纪文学主流》第四分册第 260、269、281、301、302 页，人民文学出版社 1984 年版。

处于最低层次的无比较的就事论事；稍高一层的是纵向比较，跟自己的过去比；再高一层的是横向比较，跟其他民族和国家的文学现象相比；更高一层的是空间和时间上大幅度大跨度的横向比较和纵向比较，用可能寻找到的高峰式的文学作品作参照系，再就是，超越具体的对应物和参照系，用评论家自己的艺术眼光，推崇、批评和反证出作品的种种优缺点，可以说是一种非比较的比较。

韦勒克在1958年国际比较文学学会第二次大会上认为比较文学出现了"危机"。原因之一就是有感于比较文学上的沙文主义。沙文主义决不是高水平的比较。他说，法、德、意的比较文学研究者"尽可能证明自己国家对其他国家多方面的影响，或者更为巧妙地证明自己国家比任何国家都更能充分吸收和'理解'外国的大师，以便将功劳都记在自己国家的账上"。他把这称之为"文化扩张主义"[①]。许多文学研究者逐渐认识到，应该批评"欧洲中心论"以及随后而起的"西方中心论"。法国艾金伯勒倡导具备百科全书编纂者那样的雄心，对文学进行全球范围的研究，他要求通晓世界几种重要语言，包括学习汉语、孟加拉语和阿拉伯语。他认为不读《西游记》不能奢谈小说理论，这同美国的纪廉所说："只有当世界把中国和欧美这两种伟大的文学结合起来理解和思考的时候，我们才能充分面对文学的重大的理论性问题"，是同一精神。在中国，人们在比较文学上把希望寄托在钱锺书、朱光潜、宗白华这一类学贯中西的专家和后起者。他们的著作对中西文学艺术作过有益的比较。例如宗白华拿绘画中的西方固定焦点的"透视法"，同那种"流动着飘瞥上下四方，一目千里，把握全境的阴阳开阖、高下起伏的节奏"的中国空间意识相比，各有追求，就比"中国人完全不懂油画艺术或是透视法，因此他们的绘画艺术缺乏生气"（利马窦）的说法要高明得多。鲍桑葵那部名为《美

[①] 韦勒克《批评的诸种概念》第272页，四川文艺出版社1988年版。

学史》的著作，很有分量，但是，他以东方艺术、中国和日本艺术的"非结构性""没有关于美的思辨理论"为由，把它们排斥在外，甚至说它们同西方"进步种族"相隔绝，这种说法越来越失去市场。至少，西方现代艺术的兴起，它所受东方艺术的影响，艺术中的人文主义对科学主义的批评和补充，有力地批评了这一点。

但是，在文学评论中要做到高水平的比较，谈何容易。它要求学者与评论家兼于一身，既对中外古今的全球状况有广博的知识，又对当代的创作实际比较熟悉，读的书多。过去，由于文化交流的条件所限，文学批评中可资比较的范围也自然受到限制。今天，情况完全不同，评论家的视野太窄，就可能落伍，遭到淘汰。当然，在一种特殊条件下也会出现一种特殊情况。拿上个世纪俄国、法国和英国的批评家来说，由于他们本国的文学在同时代处于独领风骚的时期，他们也能自然地产生独领风骚的文学见解。即使他们对作家作品进行比较研究的范围不十分宽，例如在欧洲的范围里，甚至在本国的文学范围里，他们也能产生具有世界影响的文学评论。在一定程度上，我们可以把它看作是这些批评家的幸运。

我国新时期文学是世界上罕见的骤变时期的文学，它把一个很长历史时期的文学发展投影于一个短暂的骤变阶段。这就带来了它的变动性、急促性、活跃性，也同时具有不成熟性。新秀辈出，巨匠又难以一时涌现。从我国的政治变革来说，我们几乎在本世纪头半个世纪里，走完了俄国上个世纪到本世纪初叶的一百多年的历程，然而，在文学上，我们未能较稳定地酝酿出那样成熟的俄国文学。"五四"新文学运动以来，我们的文学一直处于政治斗争的前沿阵地。在摆脱"左倾"僵化禁锢、进入新时期以后，我们忽然发现"五四"新文化的目标有待补课，又乍然面临世界进入七八十年代的新状况，一个在经济和文化上长期受封建形态影响的国家，步入现代化的世界性的竞争激流，考验每个中国人的承受力、适应力。可以说，世界上很少有哪个国家的作家，像我们的当代作家，需要如此匆忙、如此纷繁地调节、处理创作主体与创作客体的关系。

新时期文学以真实的现实主义发端，很快取得轰动效应。作家以感情的爆发、心灵的洞开，形诸文字的血泪，通向文学的精髓。然而，这时间对政治虽不嫌长，对文学却觉太短。接着，我们面临开放引进。王蒙在1988年6月中英作家五人谈中说，对中国文学界、中国作家影响较大的是卡夫卡、海明威、马尔克斯和艾特玛托夫，也许还加上福克纳。阳雨在一篇文章里谈到："1984年，出现了《百年孤独》热，并由此而出现了王安忆、郑万隆等人的一批作品，1985年出现了'寻根'与'新方法论'热，并相应地出现了韩少功、冯骥才、郑义等人的一批作品，1986年，又出现了文化热，出现了许多'文化发展战略'和诸如'现代主义与东方审美传统的结合'之类的命题，据说现代派已经穿上了中国道袍，羽扇纶巾，扇子上画着八卦，阿城的小说便是代表。"尽管同新时期初期比，"还是当今的一些作品写得更活泼、更富有艺术个性，因而从总体上更给人以多样与开放的感觉。但同样的事实是，八十年代中期以后，突出的好作品似乎是逐年减少。到了1987年，值得称道的作品就更少。富于激情和感染力的作品似乎确不如前"。一些活跃的、有影响的中青年作家出现"颓势"，或露出"后力不支"①。

文学评论呢？当然，形成上述新时期文学发展状况的原因，是多方面的。有社会的安定开放，人心又再聚集于政治的转变，有读者的见多识广，见怪不怪，也包括阳雨所引证的王安忆的"不幸的是我过早成为专业作家。文学本来应该是人生的副产品"这一具有普遍意义的深刻的自我反省。但是，从文学评论来讲，一段时期未能清醒地、冷峻地考察这一创作进程，也是一种事实。我们也进行比较，但往往停留在较低的层次，只是跟过去比，跟开放以前比，而且喝彩者、叫好者太多，调子较高，打得太满。

---

① 以上引语见阳雨《文学：失却轰动效应以后》，载1988年1月30日《文艺报》。

我们鼓励向外国名家借鉴，也很少作出认真的、科学的比较分析，对于这种"我们的开放才刚刚开始，还不那么成熟那么善于消化选择，还不那么清醒稳重"（阳雨）的现象还缺乏清醒的认识，缺乏正面的研究，找出它的差距、原因，探讨应有的取向、应走的路。

当然，对新时期文学作出评价，作出比较研究，寻找更高的参照系，达到高水平的比较，不是提倡依从，提倡投靠。如有些人所说，坚持传统的路子不是向19世纪大师们看齐，采用新潮的写法，也不是向世界新潮名家靠拢。把诺贝尔奖当作最大目标，拿获奖者当作最高范例，不是值得称道的最高理想。文学评论中采用比较方法，究其实质，不是一边倒，投谁一票。

比较方法在形式上是一种选择，在实质上是一种评价，是批评精神的高扬。它要求评论家超越具体比较对象，显示一种独立的自主意识，这些，其中不少就超出本题议论范围了。

1988年10月

五　批评过程

——从改造我们的阅读入手，在判断上自觉认识自己的局限

对事物的直观的、直觉的把握，是一种直接的、完整的把握，一种无间隔的、无理性干预和成见的把握，真正的认识从此开始。叔本华把这一点提得很高："所有深刻的认识，不，连本来的知识亦同，它们的根底是在直观的理解中"。我们接触作品，是赤诚面对，还是隔着一层观念的云翳？我们想起阿·罗伯-格里耶要求阅读时"彻底忘却固有的观念"。

自后，从欣赏到判断，从动机到结果，批评家行进在一条特殊的道路上。是科学认识？还是艺术创造？如果不把二者截然割离，人们的认识已经在向后者倾移。这里，有两个层面：深入作品，剖析入微，逻辑严密，文字绚丽，成为高水平的书评。超越这一层，同时也跃动着艺术家的灵魂，使评论不受见解过时而消失，因永葆艺术生命而长存。这也就是为什么批评家的灵感并非全然来自书籍，书籍只是触媒，可以从单薄贫弱的作品写出才情洋溢、巍然壮观的评论。

解释和判断是永无止境的过程。它们的生命不是依赖评论的对象，而是依赖评论家的解释和判断本身。一个批评家并不企求作出盖棺论定、后世享用无穷的答案，而是满足于、陶醉于过程本身。河水一任向前流去，他却如此把玩于、赏心悦目于那一段风光，那一段美丽。就自身来说，批评过程完成于对艺术发现的发现，对艺术创造的创造，即常说的"第二次创造"。

从直觉入手，还是概念先行？

批评的第一步，自然是阅读。也许会说，拿着书读就行了，这有什么？然而，从实际情况看来，向来就存在着良好的阅读和不好的阅读。一个好的批评家和一个平庸的批评家，他们的分野就隐伏在这第一步里。

勃兰兑斯在谈到诗人兼批评家戈蒂耶时，说过一句话："他是一个诗人，而赞赏使他成为一个批评家"[①]。在阅读阶段就显示出来的，一种饱含艺术激情的"赞赏"，可以使一个人成为一个批评家，这是意味深长的。

主要毛病

阅读和接受状态不同会产生不同的效果，这是都知道的。比方说，疲倦时阅读与精力充沛时阅读，烦躁时阅读与平静时阅读。时断时续的阅读与一气呵成的阅读，以及苦乐悲欢不同心情时的阅读，结果会大不一样。如果撇开这种不同的心情和心理状态，认真回顾一下我们的阅读和欣赏情况，"概念先行"恐怕是一个主要弊病。它受各种因素的影响，长期以来形成一种思维定式，有时甚至以一种堂而皇之理由，实际是玷污和扭曲我们正常的欣赏和阅读心理。

从1950年代欣赏徐悲鸿的奔马图就说是"奔向社会主义"，阅读鲁迅的《药》里那箭也似的飞去的乌鸦就说是"象征革命者的雄姿"，嗣后，"概念先行"之风愈演愈烈，尘垢越积越厚，于是，"模式移入"式、"对号入座"式、"索隐附会"式等各种各样的先入之见，成了人们不约而同地握在手里的杀手锏。与此相随，

[①] 勃兰兑斯《十九世纪文学主流》第五分册第329页，人民文学出版社1982年版。

"难道××在现实中是这样的吗？"也就成了读者审问作品、诘问作品的共同句式。直到进入新时期后，在关于《天云山传奇》的争论里，在最近关于影片《红高粱》的争论里，都可以看到这种影响。

大概存在着某种共同联系，俄裔美国作家弗·纳博科夫似乎也敏感到苏联存在的那种"概念先行"的阅读方式，他说："谁要是带着先入为主的思想来看书，那么第一步就走错了，而且只能越走越偏，再也无法看懂这部书了。拿《包法利夫人》来说吧：如果翻开小说只想到这是一部'谴责资产阶级'的作品，那就太扫兴，也太对不起作者了"①。

如果说上面谈到的主要是指社会意识、思想观念，那么，"概念先行"还有另一种表现，就是艺术观念上的先入为主。苏珊·朗格谈到艺术欣赏需要"反应敏锐"，需要"自由地应用艺术直觉往往先要清除心理上的理性偏见"时，就包括了这个内容。她说："如果学院教育使我们把绘画当成各种流派、时代、或克罗齐所做的各种分类（"风景""肖像""内景"等等）的典型，我们就容易去思考绘画的背景，立即把各种可以找到的资料集合起来，进行理性判断，因此，通往直觉反应的路就变得非常狭窄，以至堵塞"②。也就是说，艺术形式、分类、流派的理性观念的熏陶，常常有可能阻碍我们的反应能力、接受能力。过去，我们把现实主义奉为艺术的典范，把文学艺术史误作现实主义与反现实主义的斗争史，我们的文艺理论批评的基本观念几乎都是建立在现实主义艺术研究的基础上，这就在相当程度上使我们的艺术口味单一，无形中形成一种固定的趣味，对变异的、新鲜的艺术产生一种不良的抗拒力。

---

① 弗·纳博科夫《优秀读者与优秀作家》，见《世界文学》1987年第5期。
② 苏珊·朗格《情感与形式》第461页，中国社会科学出版社1987年版。

要有"良好的直觉"

阅读时,是潜心地、虚心地进入作品的艺术世界,还是看看标题、看看题材、看看样式,就带着那么多先入之见、横挑鼻子竖挑眼地进行百般的干预和挑剔呢?批评就是一种研究,它和任何科学研究一样,当批评者、研究者面对一个事物、一个对象时,最初的阶段必然是直观感受。在这个阶段,最重要的品格就是保持一种良好的、正确的直觉。英国理论物理学家、量子力学创始人之一狄拉克(Dirac)说:"谁只要具有良好的直觉,谁就确定地走在了前进的路上"。

直觉是过去不受重视、又难以研究的认识现象。直觉所把握的事物,是事物最全面、最丰富、最生动的感性显现。人们对事物的任何更深一层的理性研究,固然是深入本质的,但是,对于直觉来说,它又常常是片面的。任何对事物的规律的研究,都只是单项深入,不如对现象的直觉那样全面和丰富了。苏珊·朗格曾经说到这样一种现象:"即使阅读一千页的历史文献也比不上参观一次具有代表性的埃及艺术展览,不能像展览那样使人更多地了解到埃及的精神。如果不是通过由雕刻和绘画而细腻表现出的中国人的情感,那么,欧洲人怎么能了解具有无比悠久历史的中国文化呢?"[①] 同样,连篇累牍的对《红楼梦》的研究,都是从这部巨著的阅读、欣赏、直觉中引发出来的。人们对一件艺术品的观赏和直觉,可以使人们留下无穷无尽的文字。如果我们不能保持对作品的良好的直觉,我们就会陷入片面,知其一不知其二,或者压根儿就歪曲作品,进入不了作品。

为了保持良好的阅读,有很多比喻和说法,我们都可以借鉴。比方说,把作品看成"新天地""新世界",不宜用自己的天地和

---

① 苏珊·朗格《情感与形式》第476—477页,中国社会科学出版社1987年版。

世界去强求，有人建议阅读时取"中立化"态度。或者，使用波普尔的"世界3"的理论——世界1是客观物质世界，世界2是人的自我主观世界，世界3是一个既不同于世界1的物质性、又不同于世界2的主观性的文化世界。人们阅读作品，是出自主观精神的需要，又不满足于对世界1的实际需求，企望进入一个陌生的艺术世界里去。因此，对于作品，既不能用世界1去衡量，也不宜用自我的世界2去推测。这些说法，我们都可以借过来，纠正我们的"概念先行"的阅读毛病。

实际上，如有人说过，优秀的作品与优秀的读者，都有一种"冒犯性"。优秀的作品、总是摆脱陈规俗套、陈词滥调，用惊世骇俗的文字，建构一个新的艺术世界。优秀的读者也总是尊重直觉的，摒除先入的、常规的概念，进入新的作品。如果说，平庸的作品只能培养平庸的读者，为平庸的批评家所称道，那么，在独创非凡的作品面前，就是对读者和批评家的直觉的考验。在关于影片《红高粱》的争论里，假如"表现生活"和"道德评判"两点指摘能够成立，那么，写抗日战争就必须写工农兵主力军，必须写改造客观世界之前先改造主观世界，主人公的"野合"也必须一律改写为"家合"，这从何谈艺术创新？这里，我们不应忘记过去曾经存在的阅读的"概念先行"与创作的"概念先行"的推波助澜的局面。创作的"概念先行"强化了阅读的"概念先行"，阅读的"概念先行"又规范了创作的"概念先行"，它们之间形成了一种可怕的恶性循环。

"方法"与"测验"

我们是否可以寻求某种较为妥帖的方法以保障一种良好的阅读？如果文学阅读与其他艺术欣赏有相同点与不同点，我们如何抓住文学阅读及其特点，以获得一种良好的阅读和直觉效应？

莱辛在他的《拉奥孔》里谈到诗与画（实际指文学与造型艺

术）的区别时，得出这样的结论："既然绘画用来模仿的媒介符号和诗所用的确实完全不同，这就是说，绘画用空间中的形体和颜色而诗却用在时间中发出的声音，既然符号无可争辩地应该和符号所代表的事物互相协调，那么，在空间中并列的符号就只宜于表现那些全体或部分本来也是在空间中并列的事物，而在时间中先后承续的符号也就只宜于表现那些全体或部分本来也是在时间中先后承续的事物"[①]。也就是说，诗和文学适于表现时间中流动的动作，画和造型艺术适于表现空间中静态的物体。也许是受这种观点的启发，弗·纳博科夫谈到了文学阅读应具有的特性："一个优秀的读者，一个成熟的读者，一个思路活泼、追求新意的读者只能是一个'反复读者'。听我说是怎么回事。我们第一次读一本书的时候，两只眼左右移动，一行接一行，一页接一页，又复杂又费劲，还要跟着小说情节转，出入于不同的时间空间——这一切使我们同艺术欣赏不无隔阂。但是，我们在看一幅画的时候，并不需要按照特别方式来移动眼光，即使这幅画像一本书一样有深度、有发展也不必这样。我们第一次接触到一幅画的时候，时间的因素并不介入。可看书就必须要有时间去熟悉书里的内容，没有一种生理器官（像看画时用的眼睛）可以让我们先把全书一览无余，然后来细细品味其间的细节。但是，等我们看书看到两遍、三遍、四遍时情况就跟看画差不多了。"[②] 这里，说明文学阅读跟绘画欣赏相比，有它的困难。为了使阅读获得对作品一种完整的直觉和印象，使时间艺术的把握达到像空间艺术的把握所具有的整体感，文学阅读就不宜时断时续，最好是一气呵成，或者，采取多次阅读的办法，避免印象淡漠和遗忘，增强对作品整体的直觉。像杜勃罗留波夫这样才华横溢的批评家，拿着莱蒙托夫的

[①] 莱辛《拉奥孔》第82页，人民文学出版社1982年版。
[②] 弗·纳博科夫《优秀读者与优秀作家》，载《世界文学》1987年第5期。

《当代英雄》这本并不难读的小说,尚且在他的日记里说:"《当代英雄》,我现在已经读过三遍了,我觉得,越是读下去,越是能深切了解毕巧林和这长篇小说的美。"① 这里面大概也包括这方面的考虑。纳博科夫在一次巡回讲学时,在一所偏远的地方学院里给学生出了一道智力测验题,让他们在十大条件中选择四条足以使人成为优秀读者的条件。这十大条件是:

1. 须参加一个图书俱乐部。
2. 须与作品中的主人公认同。
3. 须着重从社会—经济角度来看书。
4. 须喜欢有情节有对话的小说,而不喜欢没有情节、对话少的。
5. 须事先看过根据本书改编的电影。
6. 须自己也在开始写东西。
7. 须有想象力。
8. 须有记性。
9. 手头应有一本词典。
10. 须有一定的艺术感。

有些学生受各种习惯势力的影响,回答错了。正确的回答自然是最后四条,要有想象力、记性、词典和艺术感。

见出分野

这自然带有一点游戏。良好的阅读,特别是批评家的阅读,绝不只是方法、技巧问题。艺术气质,艺术天才,在这里见出分野了。我们在实际生活中看到,有些人同样具有良好的阅读习惯,同样不带先入之见,但阅读效果又截然不同。或者说,他们都有好的方法、技巧,有的能进入艺术的阅读,有的始终不能进入艺

---

① 辛未艾《关于杜勃罗留波夫》,见《杜勃罗留波夫选集》第一卷第11页,新文艺出版社1956年版。

术的阅读。实际上，上面说的多次阅读、要有好的记性和一本好词典之外还提到要有"想象力""艺术感"，就涉及这一点。

作为批评过程最初阶段的阅读，那种对作品本体的直接无碍的直觉和感受，常常具有一种难以理喻、难以言明的艺术感觉。有的读者和观众阅读作品和欣赏艺术时，急切地要求作出解释、表达理解，让这种解释和理解充塞整个欣赏活动，不愿意停留或沉醉于直观鉴赏，不愿意徜徉于作品的全面的心神际会，这常常失去了艺术欣赏的要义。杜勃罗留波夫谈到作家创作时说："一个真正的艺术家在写作他的作品时，在他的灵魂里总是包容着它的完全统一的方面，包括它的开始与终结，包括它的常常是逻辑思维所不能了解，但却是艺术家灵悟的眼光所能发现的秘密的动力和秘密的结果。真正的艺术家所以要把他的创作呈现给别人的，也就在于这些方面"[1]。那么，我们阅读这种作品，也要求具有这种"灵悟"，感受那种逻辑思维不能达到、不能了解的领域。让逻辑思维全面参与和干预，让理性全面排挤非理性，以致离开理念就不能欣赏，绝不是好的习惯。苏珊·朗格谈到这种情况："如果一位诗歌爱好者认为，除非把一首诗转译成散文，否则就无法'理解'这首诗，另外，他还认为诗的好坏取决于诗人的观点是否真实，那么，这位诗歌爱好者，读这首诗就无异于读一篇论文了。这样，他对诗的形式、对诗情的感觉很可能要出现障碍"[2]。文学欣赏不同于论文阅读，不同于科学著作阅读。有人把阅读看作是读者同作者之间的默默无言的对话，这多少是说出了文学阅读的特点。

一个好的批评家的阅读同一个平庸的批评家的阅读，在此见出分道岔口。有人把好的阅读概括为科学性、艺术性。光有科学性，有好的方法，公正客观，而缺乏艺术性，那是不够的。艺术

---

[1] 《杜勃罗留波夫选集》第八卷第454页，上海文艺出版社1959年版。
[2] 苏珊·朗格《情感与形式》第461页，中国社会科学出版社1987年版。

欣赏，要"用自己的心智灌注生命于所见所闻"（歌德），要进入一种特有的沉醉和狂恋状态，像普鲁斯特说的："看一看夏尔丹（法国风俗画家——引者）的那幅画，你不仅仅能看到一个市民进餐的美，而且会深信，在这幅小市民进餐图中，有着全部的美，以致连珍珠宝玉也不想看了"①。别林斯基有一段文字，不是对果戈理的具体作品的评论，而是阅读他的作品的感受：

> 你读读他的《五月之夜》吧，在冬夜，围着火光熊熊的炉子读它，你就会忘掉冬天，连同它的严寒和风雪；你将惊叹这幸福南方的充满奇妙与神秘的、辉煌的、透明的夜；你将惊叹这年轻的苍白的美女，凶恶继母的仇恨的牺牲物，这敞开一面窗的空寂的房屋，这荒凉的湖，月光投照在平静的水面，几排影踪缥缈的美女在绿色的岸边舞蹈……②

试想一下，我们阅读一个自己景慕的优秀作家的作品，能产生如此丰富的想象、写出如此动人的文字么？这是批评过程的第一阶段，下面就要进入另一阶段了。

1988 年 5 月

释义的可能与真义的不可穷尽

谈论阅读时，我们曾经提倡某种"中立化"。意思是，阅读之初，你最好是无偏见，无自我，心神与之地投身作品的特殊世界。

---

① 马塞尔·普鲁斯特《论美感》，见《法国作家论文学》第 72 页，三联书店 1984 年版。
② 《别林斯基选集》第一卷第 193—194 页，人民文学出版社 1959 年版。

当然，这是在一种相对意义上说的。严格地说，任何人欣赏作品，任何主体接触外界事物，都有着一个不可磨去的、特定的"我"。

到了批评的解释阶段，这种倾向就更鲜明了。如果说阅读阶段，相对地有那么一个"无我"，到了解释作品，就迎来一个"有我"了。

能够解释吗？

作品能解释吗？有人认为，作品不能解释，一解释就走了样。有的作家、艺术家反对解释，反对在他的作品的阅读和欣赏之外，去解释作品的意义。他们担心解释会萎缩和干瘪他们充注于作品的情思，你最好是意会，不必去言传，最好是去看，不必说出。他们认为，作品的意义，只能从作品的第一个字到最后一个字的阅读中，从整幅画的观赏中，去默默无言地心领神会；只要一离开作品，任何解释，任何离开原作品的文字表述，都是不忠实于作品的。托·斯·艾略特认为诗无法翻译，如果翻译能成立，就等于说同一内容可以用不同的形式去表达。毕加索不同意把他画的红色牛头解释为法西斯主义，福克纳和普鲁斯特也不同意别人对自己某篇作品的解释，即使这些解释不违背作者的原意。布莱德雷对这一点说得更清楚："对一首真正的诗来说，除了它自身之外，根本不可能用别的语句把它的意义传达出来，一旦改动了其中的句子，其意义也就全变了。因此翻译或解释这样的一首诗，并不是旧酒换新瓶，而是创造出了一件新的作品"[①]。从一种绝对的意义上讲，这种说法是正确的，无可挑剔的。只有原作的无言阅读，才是真正的面对作品，任何离开作品的评论，说三道四，都会出现差异，产生出入。任何解释，同原作自身规定和发生的意义，不是大于作品，就是小于作品，而不可能等于作品。

[①] 布莱德雷《诗就是诗》，转引自 H. G. 布洛克《美学新解》第 316 页，辽宁人民出版社 1987 年版。

话尽管这么说，世界名著还是照常翻译，优秀的评述和解释照常受人尊重，作家对批评家加于自己作品的解释，不少仍表赞同、推崇甚至钦佩。像歌德对一位二十岁左右的评论家安培尔所称道的："他极深入地研究了我的尘世生活的变化过程以及我的精神状态，并且也有本领看出我没有明说而只在字里行间流露出来的东西"①。这不是绝无仅有的例子。

有时，甚至存在一种比较普遍的现象：作家善于描绘，而不善于解释这种描绘的意义。冈察洛夫就称自己是那种醉心于"自己的描绘的能力"的作家，"我在描绘的那一会儿，很少懂得我的形象、肖像、性格意味着什么"。他称赞别林斯基和杜勃罗留波夫，善于从作品整体中看出意义。这方面，作家和批评家的才华可以协调，互补。在作家、艺术家的笔下，"形象便吞没了意义、思想；画面只表明自己本身，艺术家常常借助细致的评论家才能看出意思"②。一来是由于确实存在冈察洛夫说的："在作者本人身上结合着十分客观的艺术家和异常自觉的批评家，这是颇为罕见的"，再则，如果作家在创作中真有批评家那种自觉，每写一个人物就明确他意味着什么，往往会把事情弄糟，写不好人物，写不好作品。这样看来，解释往往就是不可缺少、作家又不能承担的一项工作。

从解释来看，我们只能说，要做到重建、重合，完全同作品自身的意义画上等号，这是不可能的。同时，作品又是可以解释的。从"近似"而不是"重合"的角度，评论家可以从各个方面，带着自己的主观色彩，去切近作品的意义。作品作为文本，作为媒介，不论蕴含是多么复杂深刻，人们还是可以透过语言的能指结构，去切近那个所指的东西。布洛克对解释、对"说出"作品

---

① 《歌德谈话录》第139页，人民文学出版社1980年版。
② 引语见冈察洛夫《迟做总比不做好》，《古典文艺理论译丛》第四册第146—147页，人民文学出版社1961年版。

的意义，作了具体的分辨："如果它是指提供一种等同于其'意义'（或能代表其意义）的语言形式，我们肯定无法办到，也就是说，我们无法说出诗的意义。当然，不仅诗如此，任何事物的意义也都无法说出。如果'说出'是指'暗示''喻示'或'阐明'，我们就当然能够'说出'诗的意义"①。

作品的真义与批评家的解释

如果解释是可能的，接下去的问题便是如何看待批评的职能，批评家能否求得作品的真义。

在谈到批评流派的发展，阐释理论的演变时，曾经介绍过这样一个大致轮廓、大致脉络：如果把作家——作品——读者比作一根链条的三个环扣，那么，人们关注的中心便由第一个环扣作家，转向了第二个环扣作品，后来，又从第二个环扣作品，转向了第三个环扣读者。施莱尔马赫的前阐释学和赫齐的"心理重建"论，是要求解释者重现作者的意图，重现作者的整个世界。赫齐认为文本的含义就是作者所意欲表达的含义，解释者应该去寻找那个"意欲表达的含义"。新批评派批驳了这一点，门·比兹利认为，"我们必须把审美对象同创造者内心的意图区分开来"。他在同威·库·威姆萨特合写的著名论文《意图说的谬误》里说："我们的论点是，把作者的构思或意图当作判断文学艺术作品成功与否的标准，既不可行亦不足取"②。因为有的作者写作时没有明确的意图，有的在写作中改变了自己的意图，有的写作意图能充分表达，有的不能，至于壁画、神话、民歌、传说等，既无作者可查询，也无从获得谁的意图。他们又在《传情说的谬误》中把矛头指向读者，说这种传情说是注意读作品的心理效果，而不是作

---

① 布洛克《美学新解》第325—326页，辽宁人民出版社1987年版。
② 《二十世纪文学评论》（上册）第568页，上海译文出版社。

品本身。新的阐释学对这种客观主义的批评理论又作出了否定。海德格尔说，"释义绝不是对呈现于眼前之物的无前提条件的领悟"，伽达默尔说，"文本，只有当解释者与之进行对话时才真正存在，而且解释者的情境是文本理解的重要条件"。批评理论的重点又落到了读者、解释者身上。

我认为，在这些分歧和争议中，有两种基本概念必须分辨清楚：作品的真义与批评家的解释。这是两个有联系、又必须加以区别的概念。作品的真义是作品自身的内涵，是文本的附着物，批评家的解释是对作品的真义的解释，不等于作品真义本身。或者说，任何情况下，任何权威的批评家都不能穷尽作品的真义，真义在作品的符号、语言结构的默默无言的显示中。拿诗来说，诗的真义蕴含在诗的语言本身，蕴含在诗的独特的、具体的、系统的语言结构本身，任何诗评家的非诗意的描述和不同的诗语的描述，作为一种解释，只能用一般性的语言或者近似的富于诗意的语言，将诗的真义宽泛地、不确定地表达出来，但这样一来，它就超出了或只是局部阐述了诗自身所蕴含的真义，不可能等同于作品的真义。

布洛克对于诗人解释自己的诗作，作过细致的、科学的分辨。他说："诗人想要表达的意义可以作为对诗的意义的一种解释，但在这种情况下它必须同该诗的任何其他的批评性解释相当。如果作者对诗的意义有最后发言权的话，那也是因为他是一位较优秀的批评家，而不是因为他是诗的作者"。他又说："所谓诗人在一首诗中有意表达某种意义，是指他创造这首诗时是有意的，而不是指他可以事先或事后对这首诗提出一种极其准确的解释。提出一种绝对符合诗之真义的确切解释，是永远不可能的"[1]。其实，不仅是诗，小说、戏剧和其他形式的文学艺术作品，都是如此。对于这种现象，对于面临的每一部作品的真实而又准确的含义，

---

[1] 布洛克《美学新解》第362—363页，辽宁人民出版社1987年版。

我们似乎可以借用陶渊明的两句诗："此中有真意，欲辨已忘言"。

几种有关解释的理论家和批评流派，总是在这点上没有明确的分辨，在理论上和实践上获得透辟的认识。赫齐用"含义"和"理解"区别作品的真义和读者的会解，认为"只有当含义本身为不变的，才会有客观性"，但又提出用"心理重现"的办法去重建"含义"。这是一种自相矛盾、不切实际的幻想。他看出读者理解的主观性与作品真义的区别，又以为解释可以完全撇开主观性。新批评派把作者意图和读者传情都看成谬误性的东西，专注于作品文本的批评，殊不知任何解释、任何批评都脱离不了意图和传情，都必须反映解释者的"心理效果"。伽达默尔的阐释学在这一点比他们都清醒，他提出对文学作品不存在"唯一正确的释义"，认识到解释的特殊性和局限性，但他的理论多多少少给人一个感觉：否认文本（包括文本的真义）的独立存在。

综合趋向与前景展望

上面说的是客观主义的解释理论日益受到批评，批评家解释作品的主体性日益受到重视，以至于发展到某种极端，出现相对主义的抬头。另外，还有一种趋向，就是调和和综合各种有益的见解，把各执一端、互不相容的主张吸收进来，使人们对解释的看法不断得到完善。

奥尔德里奇在谈论"艺术解释"时，把不同的解释主张归纳为两个学派：外在主义者和内在主义者。他说："我们把这样一些人叫作'外在主义者'，这些人在解释过程中，强调考虑诸如题材、艺术家的意图等外部事物和考虑艺术家所处的时代及其人格等历史因素的重要性。'内在主义者'则强调艺术作品及其意义的自律性，因而要求在作品自身的范围内进行解释"[①]。按照他这个

[①] V. C. 奥尔德里奇《艺术哲学》第131页，中国社会科学出版社1987年版。

划分，前阐释学理论家，19世纪一些大的批评家（如圣勃夫强调在作品、书页背后去发现作家、发现人，丹纳提出决定文学发展的三个根源，也就是所谓种族、环境、时代三原则，别林斯基提出"诗是现实及其可能性的创造的复制"），都是外在主义者，他们把作品的解释指向作家的意图，作品所反映的外部世界。俄国形式主义、英美新批评派、法国结构主义强调形式、语言结构的自律性，属于内在主义者。奥尔德里奇的《艺术哲学》成书于1960年代初，他还来不及看到1960年代兴起于德国、正在影响全世界的后阐释学和接受美学。这种理论把重点放在读者的接受和阐释上，当然也属于外在主义者。

奥尔德里奇认为，外在主义者与内在主义者不是互相矛盾的，"在前一种情况中，意义问题主要关系到艺术作品的内容，在后一种情况中，主要关系到艺术作品的媒介。在这两种情况中，都有某种在作品之外的东西需要考虑，但是，所有这类考虑都将通过把握作品之中的某种东西而得到完善"。它们是"融为一体"的，不应把它们的区别看成两部作品的区别。当然，外在主义者更适于解释写实作品，内在主义者更适用于抽象的、形式感强的作品，这只是作品的特点不同，解释的侧重点有所区别。

近来，这种调和和综合的主张，日益被人们接受。这应该视为理论家的明智与清醒。结构主义盛行的时候，托多罗夫曾经宣称："批评是为了阐释某一作品的，而结构主义则是一种科学方法，意味着要研究不以个人意志为转移的规律和形式，而存在之物又只是这些规律和形式的具体实现"[①]。后来，他改变了这种形式主义观点，承认文学与价值的关系，文学与人的存在的关系，认为文学研究的方法论"正走向综合"，"综合是一个总的倾向"。人们看到，每一种解释理论都包括肯定与否定，当它自我肯定的

[①] 转引自《西方现代文学理论概述与比较》第112页，湖南文艺出版社1986年版。

时候，显示了自身的优势，使一种理论流派得以建立，但是，当它以绝对化的观点否定别人的时候，它自身也将遭遇被否定的命运。

这种综合和调和的趋向，也反映了这样一种情况：各种批评理论和批评流派，发展到20世纪80年代，已经占据了各个重要关口，一些基本的、重大的缺口已经补全了。从解释作品来看，从作者到读者，从政治经济角度到精神分析角度，从现实内涵到语言形式的自律，各个方面都涉及了。批评理论似乎正进入一个休整期。这不是说，多元化理论从此终结，新学科对批评的渗透走到尽头。人们开始回顾，在创建新的理论之前，着重反思。当前普遍流行的综合倾向，也许就是这种思潮的一种表现。

人们在探寻前景，就综合趋向来说，各有各的考虑和方案。文学评论从如何解释来看，自然可以从诸多议论中汲取有益的东西。

易布思主张弥合接受美学与符号学理论之间的差距和分歧。他认为，"就理论而言，有必要阐明人们对作品的'客观'结构愿意接受的程度。一方面，对于接受研究来说有重要意义的主观'喜好'或集体'喜好'，却不能作为理论基础，但另一方面，也不能取消'喜好'这一因素。从接受理论的观点来说，作品的结构分析不再是研究的最终目标。然而，这并不意味着应该将结构或艺术成品看作为虚构物。各种'具体化'只有在作品的种种性质可资证明其合理性的情况下才能成为文学研究的目标"。这实际上就是要求把形式主义的符号结构分析同读者接受的历史分析结合起来。他对20世纪各派批评理论作出介绍之后，得出一个结论性的看法：文学研究"最理想的前景是系统研究与历史研究的汇合"[①]。

美国的阿拉克看到近来文学批评、文学研究的综合、调和趋势后，他的注意中心有所不同。他不是从当代的横断面上，把各批评流派的理论加以综合和调和，而是从批评理论的历史发展、

[①] 参看佛克马、易布思《二十世纪文学理论》第180页，三联书店1988年版。

从批评谱系的角度，去认识各种理论之间相互渗透、相互关系。我们的文学批评自然可以从中获益。他从英语世界批评理论的发展状况，着重分析近两个世纪的批评史，认为文学批评应该注意这样三个层面：浪漫主义时期，现实主义时期，现代主义时期。以柯勒律治为代表的浪漫主义批评理论，注重作家主观的想象，突出诗人的天才、想象力、创造力。以阿诺德为代表的维多利亚时代，注重文学与人生、与现实的关系，现实主义色彩强，注意吸收丹纳的社会学观点。从本世纪20年代开始的现代层面，如新批评等，专门研究文本，不关心文学的产生与接受的历史关系。阿拉克说："我的历史论述的中心是，解读当代的批评理论至少要认识像地质一样三个层面的相互关系。柯勒律治关于象征和想象的浪漫主义玄学；阿诺德那种超脱的、然而又加以世俗性辨别的维多利亚时代立场，还有现代主义的专业批评的技术规格，它们三者构成了当前文学研究转变的基础"①。他认为，柯勒律治和阿诺德都没有过时，对当代的文学批评仍产生深远的影响。

这些见解对于我们展望文学批评的前景，认识评论在解释作品应取的角度，都是有启发的。经过长期的历史较量，人们越来越领悟到，评论家要确立自己的主体地位。文学评论不能倒向从前的作家研究，使自己的解释变成作家的秘书、代言人，也不能倒向纯粹的文本分析，评论家仅仅变成某种语言符号的破译者，当然，也不应使自己的解释停留在变化不居、无从鉴别的接受者的水平上。也许，这一切因素都应包含在内，也许，社会历史批评、语言结构的文本分析和接受美学作为三种理论体系对今后的文学评论占据重要地位，精神分析和其他新涌现的学科研究，也将对它产生重大作用。但是，这一切只是问题的一半。海明威说："真正优秀的作品，不管你读多少遍，你不知道它是怎么写出来

---

① 乔纳森·阿拉克《〈批评谱系〉序言》，见《批评谱系》第3页，1987年英文版。

的。这是因为一切伟大的作品都有一种神秘之处,而这种神秘之处是分解不出来的。它总是存在,总有生命力"。抽象的理论往往无济于事。批评理论与文学评论的关系,在某种程度上说,后者是对前者的一种跃进、一种升华。评论者日益自觉地意识到自己的主体地位、主体价值,使文学评论、文学解释真正具有独立的、新的品格,成为一种"被引导的创造"(萨特),或是"一种第二次创造,即对原来创造的再创造"(伽达默尔)。

1988 年 6 月

判断：面对作品与审美的差距

歌德在 1771 年 10 月 4 日法兰克福的莎士比亚命名日纪念会上,发表了一篇有名的演说词。它既是一篇抒情散文,又是一篇才情横溢、具有远见卓识的文学评论。他这样谈到莎士比亚：

> 我读了他的第一页就终身归属于他了。我读完第一个剧本时,我仿佛是个先天失明的人站在那儿,而一只妙手顷刻之间把视觉带回给我……我没有片刻的疑虑：我必须放弃那种正规的戏剧。地点统一在我看来狭窄得就像监牢,时间和行动统一就像枷锁那样妨害我们的想象力①。

这是在他的艺术敏感、艺术激情之后,作出的判断：放弃长期统治欧洲戏剧的三一律。我们现在无法想象当时取消三一律所面临的巨大抵触,但是,歌德所代表的狂飙突进运动,冲击了古

---

① 雷纳·韦勒克《近代文学批评史》第一卷第 266 页,上海译文出版社 1987 年版。

典主义的藩篱，肯定了莎士比亚那博大而自然的创造。歌德的判断经受住了历史的检验。

文学批评从解释提升到判断，是一个更高的发展阶段。如果说解释多多少少还是针对个别的、具体的作品，较多停留于作品本体的感受、认识和分析，那么，判断就要求从历时与共时比较中，对作品作出完整的评价。判断是对批评家的更为严格的考验。有时，它不仅需要智慧、天才，还要求经验、阅历，还要文学之外的多种领域的知识素养和知识能力。也许，正因为这一点，歌德说："对于一个年轻人来说，写出好作品要比作出正确判断来得容易"[①]。

关于判断依据和标准的探询

当然，要在一种文学现象引起的歧义和纷争的关口，保持明智和清醒的判断，并且经受住时间的验证，绝不是主观随意性的。也就是说，人们总是抱有一种理由、依据，作为判断的标准。伍尔夫为现代主义争取地位，就是抓住"生活""真实"的原则，认为抓住"精神"而不是"物质"的东西，更接近生活。雨果就更是抓住"真实"的原则，为自己辩护，向古典主义的教条开火。

但是，什么是"真实"的标准？如果像通常说的，批评要做到"好处说好，坏处说坏"，这"好"与"坏"的标准是什么呢？这个问题对人们的困扰，与其说是实践上的，不如说是理论上的。我们过去运用过真、善、美的标准，运用过历史原则与美学原则，先用过政治标准与艺术标准，后改为思想标准和艺术标准，但问题不那么简单。比方说，我们曾经用历史进步性和对人民的态度作为判断古典文学的思想政治标准，实际上，古典作品的艺术趣味要比这个规定宽广得多、复杂得多。科林伍德在他的《艺术原理》里用表现情感的"独创性"和"腐化的意识"作为区分好的

[①] 《歌德谈话录》第140页，人民文学出版社1980年版。

艺术与坏的艺术、真正的艺术与名不符实的艺术的一种标准。但是，注入这种"独创性"和"腐化"的解释，又是一个难以确定的未定数。如果看看过去许许多多错误的判断，都是假借堂而皇之的名目和标准来论定的，而另一些能够正确判断作品好坏的评论家，临到要对这种判断作出理论上的规定又感到十分困难，可见问题是十分棘手的。

人们总以为，对判断的依据和标准作出具体规定，没有问题；问题在于运用这种依据和标准的批评家。我以为，问题恰恰在这里。作为主体的批评家多种多样，在此难以说清。但是，对标准的逻辑途径和理论探询，是大有文章可做的，而且，这种理论上的谬误直接影响到批评家判断作品时应有的自觉和清醒。

过去，人们在理解判断标准的时候，存在着一个根本性的问题，就是祈求外在的神灵，希望有一个外在的严密而周全的规定，拿着它可以无往而不胜。但是，用这种固有的外在性的标准去判断一部新出现的独创性作品，就出现一种不可克服的矛盾。人们要问：假如一部独创性作品是一种前所未有的崭新的创造，它既不是使用现成的思想、现成的形象，也不是使用现成的语言，那么，你怎么能用既有的审美理想的主张来衡准它呢？用适合既有的外在性标准去判断一部作品，不就是要求它成为已有的模式的翻版么？这种诘问，绝不是概念的游戏或逻辑的挑剔。在文学现象出现新旧交替、传统受到创新挑战的时候，这种用既成的、外在的标准来判断作品的做法，是经常出现而且证明是错误的。

当前西方美学流行一种看法：判断作品的依据和标准在作品本身，作品就是它自己的标准，这种观点散见于许多美学和批评著作中。杜夫海纳对这一点作了较为明确的解释，"批评家应该同意，作品就是它自己的标准。批评家提出的问题是：作品是否真正把它的独特本质现实化了。特别是作品是否说出了它想要说的话，形式是否与意义相当，意义是否真正内在于作为艺术作品的特点的感性之中"。这种观点在方法论上有一个好处，使我们面对任何一部新异的作品，不是立意于破坏，而是着眼于建议，不是采用削足适履式的批判，而是敏于进行艺术发现，从根本上有利于克服保守、僵化的眼光，鼓励创新，避免任何遗珠、毁珠之憾。也就是说，它可以避免杜夫海纳说的那种危险："这里的危险，是用作品应该是怎样的这个预先确定的概念去衡量作品，在这种情况下，任何创新都可能被埋没或被排斥"[1]。这种观点特别适用于一种特殊的历史关口：创新受到压制，传统形成可怕的习惯势力。雨果面对法兰西剧场闹哄哄，古典主义者依仗行政势力咄咄逼人，他在《〈克伦威尔〉序》中喊道："为了理解一部作品，大家将同意站在作者的立场上，用他的眼光来看待作品的题材"[2]，也包含这种意思。这种观点倡导从作品的内在表现出发，注重那些独创的、伟大的作品自身可以生发和升华出新的判断标准，即雨果承认的，他自己创造了一种适合于他自己诗作的诗学。

但是，判断的标准就在作品本身这个观点潜伏一个未解决的前提：你怎么知道它是独创的作品呢？你面临的作品如果不是创新的，你能从中提炼出判断它好坏的依据吗？如果你深入一部平庸的作品，它的意义与形式相当说明了什么，不相当又说明了什么？是不是有一种绝对的创新，似乎傲立于空地之上，那些占压倒优势的既成守旧观念，就代表过去，而过去就一无是处呢？

于是，有的批评家、理论家想架设一座桥梁，把一般性的、普遍的理由、依据、标准同作品自身的独特价值判断联结起来，把既成的、外在性的价值标准同新生的、内在性的价值标准联结起来。杜勃罗留波夫评论奥斯特洛夫斯基的《大雷雨》时，就谈

---

[1] 以上两段引自米盖尔·杜夫海纳《美学与哲学》第169页，中国社会科学出版社1985年版。
[2] 《雨果论文学》第84页，上海译文出版社1980年版。

到这两者的关系。他一方面强调从作品出发,从事实出发,"只有从事实出发的现实的批评,对读者才有某种意义。假使作品中有什么东西,那么就指给我们看:其中有什么;这比一心想象其中所没有的东西,或者其中应当包含的东西,要好得多"。另外,也要考虑外在性的、一般性的规律,"一个人在判断任何问题的时候,心目中一定有一些普遍的概念和规律。然而应当把这些从事实本身流露出来的自然规律跟某种体系所制定的定理和规则区别开来"。他说,有的批评家固守某种体系所制定的定理和规则,用它来干扰具体作品的具体分析,这些批评家的"最大的错误,就是他们所估计的在本人和公众意见之间绝对一致的地方远远超过了实际所发生的"[①]。公理、规律、标准应该成为判断的向导和入门,不应该成为发现创新、支持创新的绊脚石。

布洛克在他的《美学新解》里用"理由"一词谈到外在的、普遍性的依据同内在的、独特的判断之间的关系。他说,在艺术批评中,"理由并不都是合乎标准的,某些'理由'是一般普遍性的,另一些则是'适用的',我们找不到一种同时具备上述两种特征的'理由'"。有一些普遍性的理由,如"和谐""真实",可以作为判断作品的依据,但不适用于个别独创性的作品,反之,适用于独创性作品的理由,不一定带有普遍性。他对那种绝对标准论和怀疑论都不表赞同。他一方面说:"一般说来,不同场合接受的传统标准的程度都不一样。但它在个别艺术品中的存在是无可争辩的"。同时,又强调:"批评家的工作是让人们认识到,判断最终要靠对作品的直接观察,我们找不到一种普遍适用的标准,世上没有同样的作品,凡真正的艺术品都是独特的"[②]。如果迷信绝对标准,认为批评时可以到处套用,那就像有人指出的,艺

---

① 《杜勃罗留波夫选集》第二卷第354—355页,上海文艺出版社1959年版。
② 以上引语见布洛克《美学新解》第376、384、380页,辽宁人民出版社1987年版。

就将变成科学而不再是艺术,艺术家、批评家也可以像工程师、技术员那样"培养"出来。

韦勒克、沃伦在判断和批评理论上提出"防止虚伪的相对主义又防止虚假的绝对主义",在一般情况下,是一种比较正确可行的方法。他们说:"相对主义把文学史降为一系列散乱的、不连续的残篇断简,而大部分的绝对主义论调,不是仅仅为了趋奉即将消逝的当代风尚,就是设定一些抽象的、非文学的理想"[1]。当然,各个社会各个时期的情况不同,反对这两种倾向的侧重点不同。一般说来,一种制度、一种秩序确立之后,注重外在标准的绝对主义容易得势,而在急剧变动、异常活跃的情况下,割断历史的、只注重作品自身判断的相对主义可能抬头。如果我们过去受外在论、机械论的绝对主义的危害较深,当前西方如何呢?是否存在韦勒克、沃伦说的在英美出现的"相对主义的流行","这种相对主义造成了价值观的混乱,放弃了文学批评的职责呢?"

弗莱的"塞尚攻势"

从某些方面看,批评家、评论家不同于理论家、美学家。后者往往是注重过去,对已成的、已有定论的艺术实践作出理论上的概括,前者是着眼于现实,面对艺术的新生儿,对艺术创作的新变作出评价和判断。后者偏重和走向一般性、普遍性规律的抽象,前者带有与创作紧密相连的原生气、泥土气,不是走向科学,而最经常活动在艺术与科学、创作与美学之间。布洛克对艺术批评家与伦理批评家作过类似的区别:"证实某种抽象的事实并不是批评家所要做的。批评家的任务是使别人看到他所看到的,从而与伦理性的批评有着根本性的区别。——因为伦理性批评是确立

---

[1] 韦勒克、沃伦《文学理论》第36页,三联书店1984年版。

正确行为的普遍的和可以重复的标准（如决不能杀害别人）"①。但是，评论家充满活力，源源不断地为美学输送新鲜的血液，这大概也就是所谓批评是"运动着的美学"（普希金）的意思。

同时，我们也要看到这种现象，当作家、艺术家作为长途跋涉的孤独者，把他们的发现行诸艺术作品的时候，常常是依靠评论家才能使之通行于公众，甚至只有依靠评论家才能使作家、艺术家的财富变成公众的财富。公众由于种种原因，有时身负历史的惰力，习惯于因循而难以容纳变异，而作家、艺术家醉心于自己的创造，发出一种并非不可原谅的傲视古今的狂言，这一切都要依靠评论家充当冷静的调解人。如果存在"艺术依靠艺术作品的死亡而生存"（杜夫海纳），那么，在这死亡与生存的瞬息万变的时刻，评论家是身兼掘墓者、助产士等多种角色的。

这里介绍批评家罗杰·弗莱的"塞尚攻势"是很有意思的。法国画家塞尚被称为后期印象派代表人物，"现代绘画之父"。他向19世纪绘画各种保守势力挑战，自称："在所有活着的画家中，只有一个人才是真正的画家——那就是我"。他突出画家的主观想象，改造对象的"体"和"色"，认为"画家在把自己的感觉译成他所特有的光学语言时，就给了他所再现的自然以新的意义"②。据记载，1910年，伦敦举行法国后印象派画展时，公众普遍感到它们是对文明的嘲弄和打击。维吉尼亚·乌尔夫写道："1910年代的公众看到这些画时会一会儿发怒，一会儿笑……他们的确被激怒了，因为观看这些画等于他们花钱买玩笑开"。有的批评家和画家如霍东姆斯也在伦敦撰文，批评这些画"抛弃了以往艺术家长期发展和继承下来的所有技巧，一切都重新开始——有意停留在

---

① 布洛克《文学新解》第381页，辽宁人民出版社1987年版。
② 迟轲《西方美术史话》第303页，中国青年出版社1983年版。

一个天真儿童的领域①。

然而，正是在这种关键时刻批评家罗杰·弗莱发挥了特殊的作用。他看到，靠旧的思想和旧的批评法则，无法欣赏后印象派艺术，如布洛克所说："用浪漫主义的、写实主义的或伦理主义的标准和理由去衡量，塞尚是一个比康斯太布尔差劲得多的艺术家。但是如果在达到纯粹（抽象）艺术的平衡、和谐和现象的解析方面，塞尚又高出一筹，与之相比，康斯太布尔则相形见绌"。于是，弗莱展开了"塞尚攻势"。这个攻势，分为两翼。一方面要确立欣赏和判断新艺术的新的评价原则，引导观众接受这些原则，"首先他在艺术和生活之间作了明显的区别和比较，继而把对这种新绘画形式的需要归结为真正的艺术需要，把旧的学院艺术的伦理和再现性质与生活相提并论"。他天才地做到了这一点，成了人们喜欢塞尚的强有力的劝说者。另一翼就是："试图把这种新的艺术同以往最优秀的艺术原则联系起来"。这种两翼攻势"同赌场上的两面下注一样，这种两面攻击证明是不可抵挡的——它一方面鼓吹新艺术，另一方面又把它与以往最好的艺术相提并论。这正是评价性批评所特有的那种两面性文化功能——一方面把新的艺术置于传统理解所及的范围之内，另一方面又把旧的艺术（或旧艺术中的一部分）置于传统理解活动转变时所及的边线之内"②。

这里详尽列举的"塞尚攻势"，看出了批评家的活力，看出了批评家如何扭转公众的趣味。弗莱说："现代运动基本回归到人们因热烈追求再现自然而失传的那种形式构图概念"。但是，他不是把创新与传统、现代与古典看成绝对分裂的两极，而是把它们联系起来。正是由于弗莱在批评上的卓越判断，那些当初把这些画

---

① 维吉尼亚·乌尔夫《弗莱传记》，转引自布洛克著《美学新解》第387页，辽宁人民出版社1987年版。
② 布洛克《美学新解》第386—388页，辽宁人民出版社1987年版。

看成是有意回到野蛮状态的公众转变了,文化势利病得到了医治,至少,使他们在19世纪早期英国皇家学院派艺术之外,也能容纳和欣赏印象派艺术。一旦再现性价值作为唯一尺度受到怀疑,过去那种受到嘲弄、难以立足的如表现性价值等形态似乎突然被唤醒,突然得到承认并受到人们青睐。布洛克说:"这时,差不多所有游离于狭窄的希腊——罗马——学院派艺术之外的艺术都联起来,形成一种与自然主义传统相对立的共同阵线——不仅有西方艺术的漩涡和支流,还有原始艺术和西方艺术之外的其他艺术"。这反映了20世纪迎来的艺术潮流的一个重要变动。不仅是绘画,对于文学、戏剧等其他门类艺术,也是相通、相联系的。

判断,在审美的长河中

但是,人们都知道,对文学艺术作出判断有它困难的地方。它同科学著作的评价和判断不同。对科学著作作出判断,有一个客观的、外在的现实世界作为它的真伪的检验的凭据,文学作品不然,它涉及人们的趣味,而趣味属于精神领域,而且是变化不居的。究其根底,可以说,科学评论是对现实的判断,文学评论则是对现实的判断的判断。

这种不同,根源于艺术活动和科学活动的本质区别。后者力求不带主观色彩地认识世界,前者则力求保持这种主观色彩;没有主观的、感情的色彩,艺术活动就不成其为艺术活动。

正因如此,审美是一种无时不在、无处不在的活动,对它作出判断又是一种极为困难、容易粗暴、最能显示一个人审美胸襟的活动。我们且不谈在欧洲人和印度人的心目中,象与牛的形象得到不同的、甚至对立的审美评价,也不谈三寸金莲的缠足现象在中国人的审美意识中发生怎样的变迁。这里需要审慎,也需要果敢。我们过去一个根本性弊病,就是用政治的、道德的、狭隘功利性的标准去规范审美,强制审美。我们喜欢"喜",不喜欢

"悲",突出"正面",轻视"反面",赞成"美",摈弃"丑",支持"理想化",反对"非理想化",专注"意识",清除"潜意识",要"向前看",不怎么热心"回顾""反思"。我们总是在阶级斗争的政治功利这根中轴上,筛选美,取舍美。这样,我们的审美判断,我们对文学艺术作品的评价,就自然狭窄了,疏漏了,片面了。

如果人人都有判断,那么,批评家就肩负重要的使命。对于批评家来说,判断就是对美的争夺,对美的抢救,当然,也包括分辨和剔除。过去,我们把波德莱尔视为洪水猛兽,现在,当我们看到身负社会使命感的雨果在流放地给波德莱尔写信,称赞他的《恶之花》:"你给艺术的天空带来说不出的阴森可怕的光线,你创造出新的战栗",我们感到过去的审美判断是那样偏狭,我们感到汗颜。宗白华在《美从何处寻?》一文中,赞赏王羲之那种"仰观宇宙之大,俯察品类之盛,可以游目骋怀,极视听之娱,信可乐也"的寻美情怀,他说:"达到这样的、深入的美感,发现这样深度的美,是要在主观心理方面具有条件和准备的。我们的感情是要经过一番洗涤,克服了小己的私欲和利害计较"[①]。我们要不断充实自己。

人们越来越感到需要全面解放。在科技发展与人的解放既顺向又逆向的现实世界中,审美是一种人人需要的活动,是超越现实的精神需求,也是摆脱现实的美好世界的自我构想,自我陶醉。在这一点上,作为探求真理的法兰克福学派这样一个哲学流派,普遍注重美学,这是意味深长的。他们一直生活在自我构想的世界里。马尔库塞谈到他们喜爱文学艺术时说:"因为我认为——在这点上我与阿道尔诺的观点特别接近——艺术、文学和音乐所表达的见识和真理,是任何其他形式所无力表达的。美学形式是一

[①] 宗白华《艺境》第220页,北京大学出版社1987年版。

个既不受现实的压抑,也无须理会现实禁忌的全新的领域"。"艺术是独立于既定现实原则的,它所召唤的是人们对解放形象的向往"①。这里面既有不能实现的理想世界的期望,又有摆脱现实的审美情趣的栖息。

批评家正是在这种人人需求的精神领域中服务于全人类。他们清醒地知道在长流不息的审美长河中自己有限的生命,有限的见识,甚至可能对于一篇作品、一首小诗,也不能作出终极的,盖棺论定的评价和判断。他也力争超越自己,超越现实。他审美,又创造美,发现美,把美还给人间。他不必伤悼自己的局限,又乐于在这局限中不懈地创造。

1988 年 7 月

---

① 见麦基编《思想家》第 72—73 页,三联书店 1987 年版。

六 批评家札记

——从文化建设角度，对外国名家采取勇于吸收的态度

下面列出的是一个十分不完全的名单，又是对他们的一个不完全的介绍。

笔者景仰他们对批评的功绩，从实际评论的角度，作一下粗略的、片面的描述。

争论评论与创作孰优孰劣，批评家与作家孰一流孰二流，纯属庸人自扰。歌德写评论、谈评论，绝非是从事第二等职业，鲁迅的评论文字又恰是最好的作品。妥帖的说法是，一种包括气质、良知在内的艺术家的动力、内驱力，推动了某某写出诗歌，推动了某某写出小说，推动了某某写出评论。据说，罗斯金用散文进行评论，布朗宁运用无韵诗进行评论，雷南运用对话、佩特运用小说、罗塞蒂运用十四行诗进行评论，未及查找。陆机的《文赋》神采飞扬，彪炳日月，这是都知道的。

完全可以列出他们的各种区别。有说评论家偏向公正，作家偏向个性。在论说批评家时，有的偏重公正，有的偏重个性。实际上，在注进理性、灵智的评论文字中，固然需要超越作家作品，超越局部限制，同时，又包容在一个宏大的个性里。艾布拉姆斯说："在现代，文学上的新发展几乎总是与批评上的新见解伴随而来，这些见解的不足之处，有时恰好助成有关文学作品的特质。所以如果批评家的分歧不是那么厉害，我们的艺术遗产无疑就不会这样丰富多彩"。

我们的批评理论建设，已经从政治工具的轨道转向新文化建设的

轨道,从你死我活的两条路线斗争转向人类文化遗产的全面吸收。我们将敞开胸怀,接纳英才。

别林斯基评果戈理札记

1

在俄国三大批评家中,别林斯基一向以视野宏阔、感情澎湃著称。这种视野和热情,乃是他将整个生命献给文学的一种表现。他那火山喷发式的批评文字,正好抒发了他那涌动于内的岩浆似的感情。

他曾经说:"俄国文学是我的生命和我的血"①。

这位革命民主主义文学批评的奠基人,作家出身的批评家,生活在那样一个可怕的时代,他感到"我们必须受苦,好让子孙们活得像样些。我将死在杂志岗位上,吩咐在棺材里,在头旁边放一本《祖国纪事》"。他把自己的整个生命都付与为人民的解放而斗争的文学批评事业里去了。

当他发现一个天才,认识一个作家,他就倾注了他全部的爱,那种无保留的赤子童心般的爱。他在给果戈理的一封信里这样说:"在我们这儿,您今天是仅有的人——我的精神存在,我对创作的爱,都和您的命运紧紧地结合在一起;如果没有您,那么,祖国艺术生活的现在与将来都和我永别了:我将只生活在过去里面,对现代的微小的现象漠不关心,将怀着惆怅的愉快和伟大的幽灵对谈,重读他们的不朽之作,那里面每一个字母对于我都是早已熟悉的……"②

---

① 《别林斯基选集》第二卷第561页,时代出版社1952年版。
② 同上,第523—524页。

在我们读到的一些批评文字里，我们很难找到像别林斯基评论果戈理这样热情洋溢的文字。读这样的文字，我们会激动不已，我们感到是一种享受。恕我摘下其中一段："假使他描写可怜的母亲，这个崇高而受难的人物，这个神圣的爱感的化身，——在他的描写里面有着多少烦闷、忧愁和爱情！假使他描写青春的美，——在他的描写里面有着多少沉醉和欢乐！假使他描写自己的血肉相连的、爱慕的小俄罗斯的美，——这就像一个儿子去爱抚敬爱的母亲一样！你们记得他关于第聂伯河流域广袤无垠的草原的描写吗？多么豪迈奔放的画笔！什么样的感情的放纵！在这些描写里面，有着什么样的华美和朴素！鬼抓你去，草原，你在果戈理君笔下是多么出色呀！……"

2

几乎很难找到一位评论家像别林斯基对果戈理那样，对一个作家给予那么经常、持久而又密切的关怀。据初步统计，除专门评论外，别林斯基在九十多篇文章里都谈到了果戈理。

别林斯基是一个确立果戈理为俄国现实主义"自然派"奠基人的评论家。评论家的职责不仅在于发现天才，阐释天才，鉴赏天才，而且在于从文学史上、文学理论上确立天才的位置。别林斯基在对俄国文学作了纵向（自身历史，与世界文学的关系）和横向（当时现状，与世界文学的关系）的考察后，从世界文学潮流的变动上判明了浪漫主义的结束和现实主义的兴起。他说："从果戈理，开始了俄国文学的新时期，俄国文学通过这位天才的作家，主要地转向了刻画俄国社会"[1]。他在较早的《论俄国中篇小说和果戈理君的中篇小说》这篇文章里，就指出了果戈理的特色："请问：果戈理君的每一篇中篇小说首先给你产生一种什么印象？

---

[1] 《别林斯基选集》第二卷第135页。

它不是会使你说吗？——'这一切是多么朴素、平凡、自然和真实，同时又是多么独创和新颖呵！'你不是会奇怪，为什么你自己不能想到这同样的概念，不能构思这些十分普通、为你所熟悉、为你所常见的同样的人物，用这些平淡、陈腐、在实际生活中使你生厌、但在诗的表现中又是赏心悦目而迷人的同样的环境来包围他们？"他甚至冒点风险，拿普希金同果戈理作比较。他说，像普希金这样富于独创性和民族性的作家，"他的早期作品却令人想起俄国文学中的许多东西，纵然那类似是轻微的，并且也想起外国文学中的更多的、同时也是更接近的东西，——徒然而笨拙地加在他头上的那俄国拜伦的称号，就是一个证据。果戈理在俄国文学中不曾有过先驱，在外国文学中不曾有过（也不可能有）范本"[①]。

可以说，到别林斯基1848年去世为止，俄国的文学天才，从罗蒙罗索夫起，没有遗漏地得到了别林斯基的公正的评价。《北方蜜蜂》等反动刊物上舞文弄墨的拙劣的批评家叽叽喳喳，说当时别林斯基等人推崇果戈理之后，"又大吹大擂地捧出第三位天才（冈察洛夫）"，这恰恰从反面印证了别林斯基的胸怀与眼力。别林斯基都尽力在文学上确立他们独特的位置。

3

作品从作家那里脱手、出版后，成了一种物化的意识形态。这时，作家对作品的看法，就与读者、批评家处于平等地位。批评家应该听取和尊重作家的意见，但作品应成为批评家的主要观照对象和基本的出发点。别林斯基所倡导的现实主义文学批评，主要是以作品评价为基础的。

别林斯基坚持这种现实主义批评原则，还与当时十分复杂的文学现象有关。当果戈理屈服于君主、坠入神秘主义，在《与友

[①] 《别林斯基选集》第二卷第180—181页。

人书简选》里否定自己过去作品的时候,那些与别林斯基为敌的批评家鼓噪一时。别林斯基对此十分坦然,"仿佛果戈理否认了自己从前的作品,就使我们堕入非常困难的处境,不知这该怎么办才好"。不是这样,也不应该是这样,他接着说:"一般地说,我们总是称赞果戈理的作品,而不是果戈理本人,为了作品本身赞美它们,而不是为了它们的作者。他从前的一些作品,今天对于我们也还是和从前一样,果戈理今天对他从前的作品怎样想,这我们无须乎知道"[①]。在另外的文章里,他认为如果整个社会承认果戈理作品的优点,可以不必管作者本人的意见,"这是一个事实,这事实的现实性是连他自己也无法驳倒的"[②]。他强调批评"是跟他的作品发生关系,这些作品在批评法院里是一般的财产"[③]。

从这个意义上说,批评可以光照和显示一部作品,引导读者乃至作家科学地认识和艺术地鉴赏一部作品,但是,它最终不能人为地抬高或贬低一部作品。别林斯基说,如果以为果戈理的身价是某个文学宗派抬高的,"这一切都是欺骗、夸大、捏造"。庸俗的捧场,偏执的贬抑,无妨于作品本身,却毁掉了批评者自身。

4

别林斯基十分敬重普希金,认为他统治过俄国文学十年,是自然派出现之前的俄国文学最繁荣时期。别林斯基珍视普希金对果戈理的"赞许"以及所说的"柔和的话语"。然而,当一个伟大作家赞扬另一个作家的时候,一个批评家要做到保持自己清醒的自主意识,善于作出精确的分辨和评价,不轻易随声附和。

果戈理在《与友人书简选》里说:"人们对我发表过许多议论,分析了我的某些方面,可是没有判定我的主要的本质。只有普希金一个人看出了这一点。他总是对我说,从来没有一位作家

[①] [②] [③] 《别林斯基选集》第二卷第509、305、314页。

有过这样的禀赋,能把生活的庸俗描画得这样鲜明,把庸俗的人的庸俗这样有力地勾勒出来,使得一切轻易滑过的琐事会显著地闪现在大家眼前。这便是我的主要的品质,只属于我一个人所有,为别的作家所没有的"。一个作家现身说法,抬出一个大家,支持一种看法,这种联合是很有威慑力的。别林斯基对此不然。他承认这种看法包含"许多真理",可是不能以此作为对于果戈理的"充分的、终极的论断"。他举出一些描绘生活的庸俗的画家,但同果戈理很少有相同之处。他认为,写过《钦差大臣》《死魂灵》,又写过《塔拉斯·布尔巴》的果戈理能够很好地把喜剧性和悲剧性结合在一起,果戈理才能的真正特色在于"把严肃和可笑,悲剧性和喜剧性,生活中的琐屑与庸俗和伟大的、美丽的东西交融在一起",因而,不能单从展示生活的庸俗,而应从展示生活真理的全部丰富性上了解果戈理,这才是他的"真正的特色"[①]。所谓"含泪的笑"就是这个意思。这种见解无论如何要显得更深刻一些,更切合果戈理的实际一些。

5

别林斯基1847年7月15日写的《给果戈理的一封信》,成了脍炙人口的批评名篇。

把尊敬与愤怒、服膺与凛然睥睨如此结合起来,在批评文字里实属罕见。这是一个忧虑着人民和祖国的命运的高瞻远瞩的批评家俯视一个困扰得陷入愚钝状态的艺术家的文字,它充满爱,又注满恨,显示一个批评家高洁而又坦荡的情怀。

别林斯基对果戈理在《与友人书简选》里成为一名愚昧和专制政治的说教者和拥护者,感到十分痛苦。他说:"自尊心受到凌辱,还可以忍受","可是真理和人的尊严遭受凌辱,是不能够忍

[①] 《别林斯基选集》第二卷第338—400页,时代出版社1952年版。

受的"。批评家毫不掩饰他那真切的爱,"是的,我曾经用一个和祖国血肉相连的人用以爱祖国的希望、荣誉、光荣,以及祖国在自觉、发展与进步途中的伟大领袖之一那样的全部热情,来爱过您",但是,"这位作家,现在却出版了这样一本书,凭着基督和教会之名,教导野蛮的地主榨取农民更多的血汗,更厉害地辱骂他们……这难道不会叫我愤怒吗?"

别林斯基不是悲哀他过去对果戈理的爱的失落,也不是忧虑果戈理才华的凋谢,他说:"这不是有关我或您的人格的问题,而是不仅比我、甚至比您也高得多多的问题:这是关于真理,关于俄国社会,关于俄国的问题"。全信在批驳果戈理的错误的同时,更以坚定的自信压倒果戈理的声音,他说:"如果您爱俄国,您就应该跟我一同庆幸您那本书的失败!"

这是比一般性评论高一个品位的评论,它不是机智的产品,墨写的文字,它是心灵的闪光,从对文学的爱上升到对祖国和人民的爱,记录着评论家无言的哭,无形的泪。

6

由此而涉及评论的写作问题。别林斯基在1847年2月28日致包特金的信里说:"如果我在一生中写了五六篇文章,讥刺和幽默在里面起着显著的作用,多多少少保持气势的完整,那么,这完全不是从平静来的,而是从极度的愤怒来的,愤怒由于凝聚之故,反而产生了另外一个极端——平静"。这里说出了他写评论与作家创作有相同之处,需要打破平静,又不能在激动之时命笔,要经历一个"平静——激动——平静"的复归和沉淀。

另外,他说"我只有凭着我的天性、我的自然的禀赋写去,才会写得好"。"本性限定我像狗似的吠,豺狼似的嗥,环境却叫我像猫似的低鸣,像狐狸似的摇尾巴"。这样,决然写不好。

谈到"推敲"与"即兴"的关系,常人容易强调"推敲",

别林斯基说:"一切我的最好的文章都一点也不是推敲锤炼出来的,都是即兴之作",大概,"即兴"最容易发挥他的"天性"和"本性"。他甚至说,"动手写它们的时候,我都不知道将写些什么","我越是忽视它,越是缺少时间写它,它就越是显得泼辣而热烈。我便是这样写作的"①。这里说的"推敲锤炼"是指强作文章,越花时间越写不好。但他推崇的"即兴",决不意味灵机一动,少花时间和精力,它乃是作者过去一生积累的自然的涌流。

1986 年 5 月

杜勃罗留波夫的性格评论

杜勃罗留波夫在俄国批评家中以人物性格分析最为著称。"奥勃洛莫夫性格","黑暗的王国","真正的白天什么时候到来","黑暗王国的一线光明",是他著名的批评文章的题目,也是他对俄罗斯文学人物形象的综合考察和性格系列的深刻提炼。他对冈察洛夫、奥斯特洛夫斯基、屠格涅夫和陀思妥耶夫斯基的作品的人物分析,以及由此而牵连对其他俄国作家、世界巨匠笔下人物的分析,构成了文学批评的一份宝贵遗产。在某些方面,它至今还是我们学习的一个范本。

这一方面是由于现实主义占主潮的 19 世纪俄国文学和世界文学提供了批评家这种分析的可能性,批评家对现实的人的关注与对文学的性格的思考很容易联系起来。另外,别林斯基作为革命民主主义文学观的奠基人,已经为他作了理论上的准备,使得他有可能腾出手来,深入到具体作家和作品,作大量的微观分析和分类考察。

---

① 以上引语参见《别林斯基选集》第二卷第 527—528 页,时代出版社 1952 年版。

杜勃罗留波夫去世时只有二十五岁。他从事文学批评时，别林斯基早已去世，他有幸同车尔尼雪夫斯基结识交往共事，但时间毕竟不长。如此年轻早夭的批评天才，这本身就是推动批评的一种精神力量。

性格与"叶子"

俄国19世纪波浪迭起的民族解放运动，使得作家、艺术家无暇去背离人生而追求"纯艺术"。批评家之间也面临着争取作家、引导作家、争取读者、引导读者这样的人生攸关、艺术攸关的大问题。杜勃罗留波夫竭力反对"为艺术而艺术"，在许多文章里讨伐这种观点。他在《什么是奥勃洛莫夫性格？》里说："在这里，我们是和那种所谓'为艺术而艺术'的信徒的意见不同的，这批人以为，能够非常美好地描写树上的叶子，是和例如能够非常卓越地描写人物的性格，同样重要"[①]。紧接着，他说，"描写小叶片与小溪流的诗人"同"再现社会生活现象的人"，不能有同等意义。

把题材分成等级，一窝蜂地去写第一流重大题材，这是行不通的。时代的需要和作家的才华各有不同情况，写"小叶片""小溪流"也同样能出艺术精品。杜勃罗留波夫强调的不是一切"无差别"，都有同等意义。在当时，他说："我们觉得，就批评，就文学，就社会本身来说，关于艺术家把才能运用在什么地方，怎样表现出来的问题，是比艺术家自己所具有的才能在抽象的状态上，在潜在的状态上，有怎样的范围和性质的问题，远来得重要"。这是完全正确的。

从文学发展的长长的人物画廊里，有神话的人，禁欲主义的人，人文主义的人，理性主义的人，浪漫主义的传奇人物，现实

---

① 《杜勃罗留波夫选集》第一卷第189页，上海译文出版社1983年版。

主义的性格。现实主义以真实描写典型人物为基本特征，在文学史上建立了巨大功勋。现代主义出现以后，由再现转向表现，由客体转向主体，现实主义那种君临一切的统治地位不再存在。这不应该看作现实主义的悲哀，而应视为自身发展、开放吸收、并与其他方法流派共存共荣的一个更加美好局面的到来。今天，魔幻的人，变形的人，写人的心态、幻觉以映照外在世界，已经成为许多作家新的探求、新的尝试。现实主义也没有过时，这不仅从西方（包括法国"新小说"派试验之后）出现现实主义回归中可以看出消息，而且从文学与电影、电视、戏剧等艺术种类的联系中，仍然可以看到现实主义仍然占据重要位置。

杜勃罗留波夫还是"性格系列"评论的一个开创者。他在重要文章里，至少分析了如下重要人物性格系列：奥勃洛莫夫的多余人系列，黑暗王国里的专制主义和顽固独夫的性格系列，陀思妥耶夫斯基的逆来顺受的人物系列，"新生活的微风"似的新人以及黑暗王国的一线光明的人物系列。作者抓住性格这个现实主义艺术的核心，串联一系列作家和作品、甚至串联出一部文学史。从上述性格系列的分类评论里，看出他抓住了"解开俄罗斯生活中许多现象之谜的关键"，因为，在当时的俄国，"那些严肃的艺术家，没有一个是能够避开这种典型的"。

以剖析奥勃洛莫夫性格为例，杜勃罗留波夫说，有名的俄国作家的笔下的主人公，如奥涅金、毕巧林、罗亭等人物，"都为了看不见生活中的目的以及不能给自己找到合适的事业而痛苦着"，"对一切工作都感觉厌烦和憎恶"，他把他们叫"奥勃洛莫夫们""奥勃洛莫夫卡"或"奥勃洛莫夫家族"。他把他们比喻为一群走进了茂密的森林和泥泞的池沼的人们，这些人看到脚下有各种各样的爬虫和大蛇，就爬上了树木。他们想发现一条路，也想休息一下，以摆脱危险。然而，他们只停留在树上，只顾贪吃果子，不再去探索道路，致使下面那些视他们为先驱者的群众感到失望，于是，自己动起手来，砍倒树木，杀死大蛇和爬虫，开辟小路，不再理会这一群树上的奥勃洛莫夫们。如果换一个环境，这些人也能工作，在别的条件下，他们也可以存在。评论者分析，从奥涅金到奥勃洛莫夫，已经过去三十年了，开始时，这种性格还真是"萌芽状态"，现在已采取"确定而强固的形式"，于是，"现在从事社会活动的时代已经来到了，或者立刻就要来到了"，冈察洛夫的作品显示了"时代征兆"。

人们都说，杜勃罗留波夫的性格系列分析都得出一个革命性的结论，但是，这种结论不是评论者外加的。他始终注视人物性格的真实，他认为给奥勃洛莫夫"写墓前悼词，那还太早"。他不是撇开作家的风格、人物的个性去提取那个抽象的本质。他把生活与文学反复对照，寻求问题的回答的时候，总是严格加以审视。正因为这样，冈察洛夫也佩服他的性格分析，认为"艺术家常常借助细致的评论家才能看出意思"，"杜勃罗留波夫就是这样的评论家"①。

从事实出发，尊重偶然性

除开重视性格系列的综合分析，杜勃罗留波夫对每一个性格的评论都写得细致入微，而又引人入胜。这里面的因素很多，从方法论上讲，他提倡"从事实出发的现实的批评"，反对那种"为了证明你的思想而使用的五花八门的三段论法"。

在对奥斯特洛夫斯基的评论中，当时的"斯拉夫派"和"西欧派"就存在这种倾向。这一派说他是"斯拉夫派"，那一派说他是"西欧派"，"大家都承认奥斯特洛夫斯基是一个卓越的天才，因此一切批评家，都想在他的身上，看到他是他们自己所服膺的

---

① 冈察洛夫《迟做总比不做好》，见《古典文艺理论译丛》1961年第1册。

那种信念的拥护者和领导者"①。可见，给作家贴政治标签的批评方法，早已有之。杜勃罗留波夫对此的看法，对于我们正确地、恰如其分地认识古代作家的党派性、世界观有一定的启发作用。他说："也许，在承认某种抽象的理论的意义上说来，某一个集团得对他起过什么影响的，可是这种影响不可能消灭他心里的对于现实生活的真正感觉，不可能把他的才能所指示的道路完全掩蔽起来"②。

因此，杜勃罗留波夫并不否认批评家有自己的倾向，坚信某种普遍的概念、公理和规律，但是这应同僵化的、固守那种从概念出发的原理原则区分开来。在评论作家作品、分析人物性格方面，他要求"使用目的在于批评他的作品所提供给我们的东西的现实主义批评"。比方说，作家写了一个执着古老偏见而又善良、并不愚蠢的人物，批评家不应该因此而先入为主地指责作家，说他是在美化古老偏见，把它表现得辉煌动人，而应该首先面对和正视这样一个事实：作家写了一个传染古老偏见的善良而又并不愚蠢的人，"批评家应当去研究，这样的人物是不是可能的，是不是真实的。如果看他是踏实于现实的，那么批评家就进而用自己的看法，来思考他所以产生的原因等等"③。他接着说，如果作家在作品里指出了这个人物的原因，那就应利用它们，感谢作者；如果没有，也不用匕首直指作者的咽喉，质问他为什么这样描写。恰恰相反，这时，批评家要研究它们，作出各种有益的建设性的分析。批评家应该具有这样的意识，当一个作家把一个特殊人物，把一个以前隐藏着的、在文学上没有表现过的人物带到人们的艺术视野里去的时候，他往往是做一件更为有益的事情，这时也正是批评家发挥作用的时候。

---

① ② ③ 《杜勃罗留波夫选集》第一卷第262—263页，上海译文出版社1983年版。

杜勃罗留波夫在《黑暗的王国》里,分析了奥斯特洛夫斯基剧作中众多顽固独夫的性格,真是多姿多彩。《非己之橇莫乘坐》里出现了鲁萨柯夫这个正直、聪明、善良的专制顽固的商人形象,同其他作品中暴君的、欺诈的、脆弱的、愚昧的独夫形象比,是新的一例。评论者说鲁萨柯夫是"顽固独夫们中的佼佼者"。此人能说理,有时显得温和。但"鲁萨柯夫一开头,就柔顺地向既存秩序表示屈服,承认它的合法性",一旦自己的意志受挫,"再下去就是专横顽固的猎获物了"。他否定自己的女儿的自由恋爱的语气是缓和的:"怎么能想念女孩子呢?她看到一些什么呢?她又知道谁呢?"一旦女儿出走,要嫁给自己心爱的人,他一文钱也不给。当女儿被迫归家,他又给一顿痛骂,要把她锁起来。他在巩固了对女儿的控制权后,又去偿付他们出走住旅店的欠款。批评家得出一个结论:"在专横因素还在生活基础本身存在的时候,即使是最善良以及最高尚的人,也是没有能力做出什么好事来的"。这种分析符合作品实际,也同作家本人那种"在专横顽固的各种各样形象中去追究它"的艺术追求相吻合。

这里,牵涉到文学艺术中的偶然与必然的关系问题。一切经院哲学、庸俗社会学都是仅仅抓住必然,用必然去匡正偶然,取舍偶然。杜勃罗留波夫提出了自己的见解:"根据经院哲学的要求,艺术作品不应该放纵出一点偶然性:在这作品里,一切东西都应该严格地配合起来,一切东西都应该从一个特定的观点,根据逻辑的必然性,同时也根据自然性加以彻底的发展!然而假使自然性要求排斥逻辑的彻底性的时候,怎么办呢?根据经院哲学家的意见,凡是其中的偶然性不能符合逻辑必然性的要求的题材,就不应该选取。可是照我们的意见看来,不论什么题材——不管它是不是偶然的,对于艺术作品,却都是合式的,而且在这些题材中,为了自然性,甚至必须牺牲抽象的逻辑,我们充分相信,生活,正像自然一样,有它自己的逻辑,这个逻辑说不定比我们通常在叫的那种逻辑更要好"[①]。这对于评论，对于创作，无疑是一个富于生气的见解。当然，这种尊重偶然性与自然主义的巨细无遗式的搜罗不是一回事，它们虽难分辨，又必须分辨。杜勃罗留波夫就说，生活中持续了一周的事件，并不要求在舞台上也上演一周。表现生活的真实，把握现象的本质的深度和广度，都是衡量的标准。他提到评论奥斯特洛夫斯基的作品，应注意到作者"总是把忠诚于现实生活的事实放在首要的地位，他甚至还有点鄙视作品里的逻辑的偏狭性"，是切中批评积弊的，当时的批评家恰恰普遍存在这种弊病。

不仅仅是社会学分析

社会学分析在杜勃罗留波夫的评论里占据首要的位置，他认为衡量作品价值的尺度就是对某个时代、某一民族的追求所表现的程度。他经常是拿社会生活来验证作品，指出生活向作家提供了什么，生活是否显示了人物的出路。他对人物性格形成和发展的基因的观点，可以说极为接近历史唯物主义。比如，他认为"黑暗王国"里的顽固独夫同逆来顺受、软弱无力的居民之所以能维系下来，就提到"守法的感情"和"物质保障的必要"，既有政治、法律、道德的因素，也有经济的决定性力量。这是他观察多种多样的压迫者与被压迫者得出的一个自然结论。

然而，不仅如此。他对人物性格又竭力作出完整的、丰富的、浑然一体的把握。他在《黑暗王国的一线光明》里分析奥斯特洛夫斯基《大雷雨》中卡德琳娜的悲剧结局，强调了"物质上的依赖"，但她为什么投水自尽而不走向妥协，就有一个性格的多因子的综合一体的发展问题。

他把卡德琳娜的性格比作一条河流，这条河流固然要受自然

[①] 《杜勃罗留波夫选集》第一卷第280页，上海译文出版社1983年版。

环境的影响，但它不会枯竭，不会停止。这条河非同一般，"在河底平整（良好）的地方，——它流得平稳，碰到了巨石——河水就激溅而过，碰到了断崖，就倾注为瀑布；筑堤把它拦住——它就汹涌澎湃，冲到了旁的地方去"。这是那种"一团烈火""我会跳窗，跳到伏尔加河去"的性格。社会学分析可以解决群体、集团、阶层、阶级这些社会性的属性问题，一个人的气质、生理机制、心理特点、个人好恶——与政治、经济不发生直接因果关系的感情色彩问题，常常不能借助简单的社会学分析加以解决。

　　卡德琳娜还年仅六岁，只是初离襁褓，尚未涉世，就因为家里有一件事侮辱了她，在夜晚奔到伏尔加河去，坐在小船上，把船推离岸边。杜勃罗留波夫自始至终注意这个形象的个人特质。他用了"天性""自然追求"这种词，尽管表述上比较抽象，但把这种状态同社会影响、社会烙印加以区分。批评家的感受是丰富的，尽管在理论上往往不能立即认识它，也不去牺牲这种感受的丰富性、特殊性。他说"她的个性是直率而活跃的，一切都顺着天性的启示干下去"，说连她"自己也没有觉察的（自然追求）的力量，怎样在她的身上战胜了一切（外来的）要求"。这位女主人公有好幻想的个性，丈夫出门的时候，曾经要求带她一同走，似乎敏感到自己要陷入同鲍里斯的不能自拔的爱情。但是，当别人要她隐瞒真实的爱情，她表示办不到。她盼望黑夜的来临，向鲍里斯表白："我不怕为你犯罪"。文章分析"要是从她身上夺去了她所找寻的、对她是如此可贵的东西，那么她在生活中就没有什么需要，而且她连生活也没有需要了"。这些，已经是进入人物心理过程的精神分析了。

　　批评家赞扬《大雷雨》"所描写的人物的一切行动的根据"，"这个根据比任何理论与热情更可靠，因为它是立脚在这一种情势的最本质地方的，它吸引人立即投入行动，它不受任何一种特殊的才能，尤其是印象所左右，而是受一个有机体的要求的全部复杂性，人类整个天性的锻炼所决定的"[1]。他也是从"有机体的要求的全部复杂性"评论卡德琳娜的形象，评论奥斯特洛夫斯基、冈察洛夫、屠格涅夫的性格塑造，同时，也恰当地批评了屠格涅夫、冈察洛夫某些新人形象的"苍白"无力。过去，不少人（包括俄国作家陀思妥耶夫斯基在内）指责杜勃罗留波夫的评论忽视艺术性，过于重视功利价值。实际上，他对每一个作家都是作出具体分析。就是对陀思妥耶夫斯基本人，也是既肯定他"以喜欢描写心理上的精微奥妙之处著称"，又指出他在形象的一贯性、连贯性、整体性以及登场人物所说的话都像作者自己一样等方面，存在许多缺点。当然，在当时，杜勃罗留波夫把主要精力放在社会意义的挖掘，而花在艺术分析的篇幅比较少，也是可以理解的。

杜勃罗留波夫的性格评论的魅力，绝不止于此。从根本上讲，是他投注其中的灵智和感情。车尔尼雪夫斯基在这位年轻批评家逝世不久的悼念文字里说，他的早逝"不是工作把他毁了"，"是对国内问题的忧虑把他毁了"，"他对人民燃烧起了热爱，可是这样早地就烧完了。呵，人民，他是多么爱你们！"把整个生命都凝结在这"忧虑"与"热爱"的文字里，其文字也必然是辉煌的。

1986 年 7 月

车尔尼雪夫斯基谈托尔斯泰的"心灵辩证法"

1856 年 11 月至 12 月，车尔尼雪夫斯基发表了两篇评托尔斯泰的文章。他是从评艺术性开始的，是评这之前出现的托尔斯泰的早期作品。

---

[1]《杜勃罗留波夫选集》第二卷第 409 页，上海译文出版社 1983 年版。

文章给读者一个突出感觉是评论者的坦诚、求实精神。他把一切情况告诉读者，把底亮给读者，然后同读者一同研究问题，得出结论。他在第二篇文章里就表白过，为什么没有评论托尔斯泰作品的内容、思想以及激情等"极其重要"的问题。他说："我们还不曾做过这件事，我们认为做这种事情还为时过早"，"凡是打算根据他的塞瓦斯托波尔故事的第一篇，就想阐明这些特定的内容的人，是要犯错误的，——在第一个特定中还只露其一面的思想，直到以后两个特定中才能得到完全揭露"。因此，他议论的中心还是托尔斯泰才能的特征、独特丰姿以及正在迅速发展中的蓬勃、清新的才华。

车尔尼雪夫斯基在《论批评中的坦率精神》[①]一文中表述了他这种批评主张。他对批评有一个质朴的解释："批评是对一种文学作品的优缺点的评论"。他不满意那种半吞半吐、模棱暧昧的评论。他质问某种批评家："您到底想的是什么呀，批评家先生？您说的那一套，应当理解作什么样的意义呢，批评家先生？"他主张评论应该"更严格些""更认真些""公平正直""一视同仁"。

他描述过那种"矛盾、摇摆"的"谜语"式的评论："开头仿佛他想说，长篇小说比以前的差，接着却又补充：不，我不是要说这件事，我是说在长篇小说中并无情节，但是就是这一点我也不是绝对这样说，相反，在长篇小说中，也有优美的情节，这部长篇小说的主要缺点是，主人公并不有趣，但是，这个主人公的面目却刻画得很好，然而——但是，我不想再说什么'然而'了，我要说的是'并且'……不，我连'并且'也不想说，我只想指出，长篇小说的语言虽然很出色，但是文体却很蹩脚，不过就是这一点，也是可能得到改正的，只要它和作者本人合拍"。

车尔尼雪夫斯基以自己的评论支持自己的批评见解。这种坦

---

① 见《车尔尼雪夫斯基论文学》中卷，上海译文出版社1983年版。

诚的、求实的批评的一个重要表现就是比较方法的运用。利用这种方法，像一层一层剥笋似的，求得对批评对象的比较精确的认识。1856年底以前，托尔斯泰以《童年》《少年》以及描写战争和农村的小说崭露头角于俄国文坛的时候，评论家一哄而上，争相评论这位文学新人。车尔尼雪夫斯基在自己的评论里提出了"心灵的辩证法"的著名论断，作为吉光片羽，它已经成了批评史上一个范例，为后人所传诵。

弥漫于当时评论界的对托尔斯泰的才华的特点的分析，多是这样一些说法：迥然不凡的观察力、内心变化的细致分析、自然画面的清晰和饶有诗趣、精雅而又朴素，以及深刻的真实等等，等等。不能说，托尔斯泰不具备这些特点，然而，这些特点不单为托尔斯泰所独有，这也是事实。车尔尼雪夫斯基采用比较分析逐步逼近对托尔斯泰独特才华的认识。首先，不能仅仅拿托尔斯泰同一些平庸的作家作比较，如果是那样，上述那些过于含混而笼统的赞扬完全可以站得住脚。要拿他同过去和同时代的巨匠作比较，同普希金、莱蒙托夫、果戈理和屠格涅夫作比较。他说："洞察一切，心理分析的细致，自然风光的富于诗意，质朴以及优雅——凡是这一切您在普希金、莱蒙托夫、在屠格涅夫君的作品中也能找到，——要断定这些作家中每一位的才能，只消用这些形容语就能显得公正不阿了，然而要区别他们彼此之间的差别，这却是根本不够的；而对托尔斯泰伯爵还是重复这同样的话，也还不算是把他的才能的独特丰姿琢磨透了，也还算不上揭示了这一位卓越的天才所以区别于其他许多同样卓越的天才的特点。应当把这种才能的特征勾勒得更精确一点"。

车尔尼雪夫斯基比较了这些卓越天才的特点，指出普希金的洞察力所"包含着一种冷漠、无情的东西"。这固然表现"眼光锐利与博闻强记"，但这种"冷漠"同后来的作家"感情是比较容易激动的"不同。屠格涅夫特别感兴趣的是"关于所谓生活的诗以及关于人道问题的正面或反面的现象",而托尔斯泰的注意力集中于"一种感情、一种思想怎样从另外一些感情和思想中发展出来"。拿心理分析来说,有的对人物性格的勾勒比较感到兴味,有的对社会关系与世俗冲突给人物性格的影响感到兴味,有的注意感情与行为的联系,有的注意激情的分析,托尔斯泰最感兴味的是"心理过程本身,心理过程的形式,心理过程的规律,用明确的术语来表达,这就是心灵的辩证法"。

他接着又抓住心理分析,把莱蒙托夫同托尔斯泰作更深一层的比较。评论家引了他们作品的人物心理分析的例子,作了更具体的、微观的比较。他说,莱蒙托夫在《当代英雄》里毕巧林关于自己同蔓丽公主的心理分析,可以让我们看到人物"思想产生的心理过程",但这毕竟是比较单一的"沉思",与托尔斯泰写人物心理成长、运动、变化的"半幻想和半反射""期待与害怕"不同,与托尔斯泰的"从一个人物内心生活的各种不同时刻的观点上来考察"的写法不同。评论家引了托尔斯泰《五月的塞瓦斯托波尔》里巴拉斯库辛的大段描写作证例。正是在这种细致的比较里,确立了托尔斯泰"独特的、只属于他才有的力量"。

为了牢固地确立自己的判断,评论家还将其与莎士比亚作了比较。他说:"通常我们只看到这个链索两端的环节,只看到心理过程的开端与结局","甚至在那常常看来应当作为这个过程的表现的独白中,也几乎始终都表现了感情的斗争,这种斗争的喧嚣使我们的注意力离开了概念联想所遵循的规律与发展过程——我们专心的是它们的对比,而不是它们的产生形式……哈姆莱特在他那著名的反省中,好像变成了两个人,自己跟自己争吵起来"。而"托尔斯泰伯爵才能的特色就是:他不是局限于描写心理过程的结果——过程本身也引起了他的兴趣,——托尔斯泰伯爵擅长于描写这种内心生活的依稀可以捉摸的现象,这种现象此起彼伏,十分迅速,而又无穷多样"。

比较方法已经成为文学价值判断的一个基本方法。一个作家的作品能否在本民族中长期保留下来，能否在世界文学中占据特殊的位置，全靠它们在比较中存在着一种不能被遮掩的、不会雷同的、不可超越的价值。恩格斯说："任何一个人在文学上的价值都不是由他自己决定的，而只是同整体的比较当中决定的"[1]。评论家的一个重要功力和眼力，就是能否从纵向比较和横向比较中，掌握比较全面的材料，作出精确的价值判断。别林斯基评论果戈理，杜勃罗留波夫评论奥斯特洛夫斯基都采用了这一方法。别林斯基说："我觉得，要给予任何一个杰出的作者以应得的评价，就必须确定他的创作的特点，以及他在文学中应占的位置。前者不得不用艺术理论来说明（当然是和判断者的理解相适应的）；后者须把作者跟写作同一类东西的别的作者作一比较"[2]。车尔尼雪夫斯基在评论托尔斯泰时能做到这一点，还证明了他的艺术的敏锐感受和超强的记忆。他对同时代人和前人的艺术特色有敏锐的分辨力，这有一部分要靠评论家重新查阅作品，有一部分则靠那种过目不忘的记忆。他敢于把一切情况交给读者，让读者心领神会、心悦诚服地跟随他得出应有的结论。

　　车尔尼雪夫斯基这两篇文章，除开心灵的辩证法外，还谈到托尔斯泰那种纯洁的青年的道德感情的活力，以及《一个地主的早晨》里体现的深入农民内心深处的表现力。这些也都是从艺术角度品评的。评论者注意到这位年轻的天才从士兵生活转向农民生活的卓越才能。我们知道，社会生活的广阔，心灵的辩证分析，一向是把握托尔斯泰整个作品艺术特色的两个基本点。直到1960年威尼斯"列夫·托尔斯泰国际讨论会"上，

---

[1] 恩格斯《评亚历山大·荣克的〈德国现代文学讲义〉》，《马克思恩格斯全集》第一卷第523—524页。
[2] 《别林斯基选集》第一卷第170页，人民文学出版社。

意大利作家皮奥维涅在发言中提到的托尔斯泰的最大成就是"众多的人物身上在社会方面和内心方面保持着稀有的平静",以及他"善于把心灵中那些在形之于外的思想掩盖下缓慢地变化的轨迹细致地勾勒出来,谁也不能这样令人信服地把精神状态的演变过程描绘出来"①,也都可以看出他吸收和融化了车尔尼雪夫斯基的见解。也就是说,除了托尔斯泰逐步形成的道德自我完善的人道主义之外,车尔尼雪夫斯基在1856年的文章里,就萌芽了一百多年之后的已形成为某种普遍性定论的对托尔斯泰艺术特色的看法。

现有的《车尔尼雪夫斯基论文学》三卷集里只有这样两篇评托尔斯泰的文章。原因可能是,从1862年起,车尔尼雪夫斯基就开始了长达二十一年之久的囚禁、流放生活。在阿斯特拉罕生活了几年,直到1889年他才得到允许回到故乡萨拉托夫,过了四个月,他就去世了。这期间,尽管托尔斯泰写出了《战争与和平》(1869)和《安娜·卡列宁娜》(1877),车尔尼雪夫斯基也没有条件让我们读到他关于托尔斯泰的进一步的评论了。

(本文引文除注明出处者外,均见车尔尼雪夫斯基:《童年与少年·战争小说集》与《杂志短评(1856年12月)》两文,见《车尔尼雪夫斯基论文学》下卷(一),上海译文出版社1983年版。)

1986年9月

---

① 见《欧美作家论列夫·托尔斯泰》第488—491页,中国社会科学出版社。

漫说海涅的文艺评论

也许由于海涅的诗名太大,他作为评论家的光辉多少被遮盖了。

德国古典文化一直是吸引人们探究的一个课题。在那样一个封建小邦分割的专制国家里,繁荣出世界第一流的哲学、美学。德国教授们用虚玄晦涩的思辨和语言包藏着深刻的革命思想,而现实的、战斗的文艺评论在那里却甚为寂然。海涅是在 1830 年七月革命感召之下,离开故土,走到巴黎,把诗篇搁下,写下了大量的评论。

海涅的知识极为渊博,除开文学艺术,还对哲学、宗教有极深的造诣。他声称"我是革命的儿子",密切关注现实的政治斗争。他的《论浪漫派》纵横捭阖,想象瑰丽,比喻联翩,意趣横生,几乎评说了一整部德国文学史。在文艺评论上,他以理性判断为中坚,胸中贮满激情,一任自己的笔锋自然流转奔泻。

对歌德的评价,他能站在历史的高度,给以充分的肯定和颂扬,又能区别对待,作出具体分析。他称赞歌德是"我们文坛的君主",开创了德国"歌德皇帝时期",是"我们文坛上最伟大的艺术家"。他历史地鸟瞰《浮士德》的地位,说"中世纪的信仰时期随浮士德而告终,现代批判的科学时期随浮士德而开始"。他对歌德的崇拜近乎是五体投地的,用谒见天神的文字记叙过在魏玛拜访歌德的景状,说"歌德的眼睛在他年迈的时候跟他年轻时候一样,神采奕奕。时间虽说在他头上盖了霜雪,可是并没能压得他低头。他总是骄傲地昂首挺立,他一说话,便变得越发伟大;他一伸手,便仿佛能用手指给满天星斗规定运行的路线"。然而,海涅也注意把人与文适当分开。他在 1827 年 10 月 30 日给摩西·摩色尔的信里写道:"我讨厌贵族的奴才歌德,是自然不过的事情"。但是,当德国掀起一股反歌德的喧嚣,他在 1833 年的《论浪漫派》里表白:"尽管我自己当年也是歌德的对头,可是我颇不满意门策尔先生批评歌德的粗暴态度,埋怨他缺乏敬畏之心"。他声明:"歌德作为诗人,我从未攻击过,我攻击的只是他这个人。我从未指责过他的作品"。他纵观西方文学,把塞万提斯、莎士比亚和歌德并称"三头统治","在纪事、戏剧、抒情这三类创作里个个登峰造极"。

一般说来,诗人、作家从事文学评论常常偏倚于感性的描述,专业批评家常常偏倚于理性的判断。歌德评论莎士比亚时,我们惊服于他的奇妙的想象和比喻。他说:"莎士比亚与宇宙的神灵为友;他也一样洞察世界;没有事情能躲过他们两人的耳目。可是如果说宇宙神灵的职务是,在事先,甚至常常在事后也保守秘密,诗人的意图却是把秘密吐露出来,使我们在事先或至少在过程中成为他的心腹密友"①。诗人、作家写评论,常常同他们写作品没有本质的、截然划分的界限。有时,他们顺着自己习惯已久的艺术思路,无形之中把被评论的作家当作自己笔下的人物,把被评论的作品当作自己观照的材料,在评论中实现自己的创作。海涅的评论更富于激情,更富于随意性和跳跃性。在专业批评家常常对形象作品作概念分析的地方,他常常拿出一连串的精妙的描绘。比如对歌德《西东诗集》里充满人间欢乐、柔情蜜意的作品,海涅这样加以评论:"这里面颇有些奇花异葩,肉感殷红的玫瑰花,像精赤雪白的少女酥胸一样的绣球花,诙谐有趣的金鱼草,像修长的人的指头一样的紫色毛地黄,扭曲错结的番红花,悄悄地躲在百花丛中的是娴雅沉静的德国紫罗兰"②。读者借助这些花草以及对它们简短的修饰,体味贯穿其中的整体情调。因为这样,诗

---

① 歌德《说不尽的莎士比亚》,见《莎士比亚评论汇编》(上)第299页,中国社会科学出版社。
② 海涅《论浪漫派》,见《海涅选集》第64—65页,人民文学出版社1983年版。

人、作家的评论更富于感受和表现，使读者获得某种艺术享受。

有时，到了需要对作品的总体意义作出结论性的把握的时候，海涅能做到抒情与哲理相融合，写出精彩的、深刻的文字。他对莎士比亚的《罗密欧与朱丽叶》全剧的认识，把关键放在对这种特殊爱情的认识上。他这样归结："我们这里看到爱情年轻气盛地出场了，抗拒着一切敌对关系，战胜着一切……因为她不害怕在伟大的斗争中求助于最可怖、但也最可靠的同盟者，死亡。爱情同死亡联盟，是不可攻克的。但是，她征服世界的力量正在于她无限的宽宏大度中，在于她几乎不可思议的大公无私中，在于她热衷献身的轻生藐世中。她没有昨天，她也不想到明天……她只眷恋着今天，但却要求它完完整整，原样不动，不折不扣……"[①]应该说，足够了，这出悲剧的全部意义都在里面了。当然，有些批评家（包括专业批评家）也能做到这一点，或者努力做到这一点，但是，像他写得如此动情，如此耐人寻味，确实是令人钦羡的。

海涅对评论对象作肖像描写极富兴味，有很高的艺术价值。他把作家、艺术家的肖像同他们的创作融成一个整体，不作孤立的外观描绘。对于写过批判宗教、反对唯灵主义的《浮士德》的歌德，他在《论浪漫派》里说："他的外表和他作品中的语言同样宏伟，他的身形也长得和谐、明朗、快活、高雅。在他身上可以像在一座古代雕像身上一样研究希腊艺术"，说"这个尊严的躯体从未被基督教低声下气的精神弄得弯腰曲背；这张脸上的相貌没有被基督教深切悔恨的情绪弄得怪模怪样；这双眼睛里没有基督教罪人的那种心惊胆战、假作虔诚、闪烁游移的神气"。他的《佛罗伦萨之夜》[②]是一篇精妙绝伦的文字，是评论，是创作，几无分

[①] 海涅《莎士比亚笔下的少女和妇人》，见《海涅选集》第503页，人民文学出版社1983年版。

[②] 见《海涅选集》，人民文学出版社1983年版。

别。在形式上，它是一篇小说，里面对意大利提琴演奏家帕格尼尼演奏会的描绘，又是一篇评论。他以形写神，把帕格尼尼的苦难身世、诗人自己的观察、了解和想象，完全灌注在对小提琴演奏艺术的描绘里去了。他这样写帕格尼尼的出现："来人果然是帕格尼尼。他穿着一件深灰色外套，长得几乎跟脚背一般齐，使他的身材显得高挑挑的。他满头黑色的卷发，乱纷纷地披散在两肩之上，给他死尸般苍白的面孔镶上了一个黑框。在这张面孔上，苦闷、天才以及地狱都刻下了不可磨灭的印记"。这一类描写辅之以作品评论、作家艺术家评论，可以增加读者的了解。海涅的这种做法，同法国文学批评，同重视"作家肖像"的圣勃夫的主张是相呼应的。

海涅写的《莎士比亚笔下的少女和妇人》原是为一本英国画册（包括英国著名画家为莎士比亚戏剧中妇女形象所作的四十五幅铜雕画像）所作的解说词，实际上是一种袖珍型的人物性格评论。它有点类似我们的系列短评的"人物谈"。海涅同一般性的贴近作品的人物分析不同，他是把莎剧妇女形象重新加以熔铸，拿出自己的创造，言简意赅，诗意极浓。他对《李尔王》中那个纯真的幼女考狄利娅，在关节处只说了一句："真正的爱是非常害羞的，厌憎一切空话；它只能淌泪和血"。评论朱丽叶时，诗人作这样的描绘："她是一朵玫瑰的蓓蕾，它正在我们眼前为罗密欧的嘴唇所吻开，容光焕发地绽放了。她不曾从世俗的典籍、也不曾从宗教的经文学习过爱情的真谛；太阳向她讲过它，月亮也向她讲过它，她的心则像一个回声似的向她重复它，当她夜间以为没有人偷听的时候"。诗人有时化作剧中人物如哈姆莱特，用第一人称"我"的视角去亲近女主人公，然后迅速超脱出来，对奥菲利娅发出慨叹性的评论："唉，弱者就是这样遭殃，每当一场巨大的冤屈落到他们头上，他们首先便向他们所有最好、最可爱的东西发泄他们的怨愤……她柔和的声音完全融化在歌唱里，花朵接着花朵穿插在她全部的思想中。她吟唱着，编着花冠装饰她的头脑，笑着她那灿烂的微笑，可怜的孩子呵！"这种评论当然不是唯一的，它不能代替社会分析和理性判断，但它从艺术感受出发，准确地体验作品，常常使我们由心弦的拨动，对人物形象获得最凝练的认识。

如果说这一类描绘、抒情、哲理兼而有之的性格评论，多少是以被评的原作为依托，基本上还是客观型的评论，那么，着重评论家主体印象的主观型评论，更能发挥评论家的想象了。从这种主观型的印象批评来说，也许，诗人、作家较之专业批评家更显出某种优越性。海涅评论帕格尼尼的演奏写得瑰丽奇特。《佛罗伦萨之夜》中那位青年马克西米连自认"具有一种特殊的音乐视力，一种听见任何声音同时便看见相应形象的奇异禀赋"，实际上是诗人自己的想象性评论的自我表白。他写帕格尼尼拉出第一弓后，不是从运弓、琴音本身去评论，而是天上地下，浮想联翩。演奏家的痛苦、遭遇与追求，全由诗人的想象加以安排。忽而，这如泣如诉的琴音，"恰似私娶凡女的天使们被逐出天国"，又"仿佛是一个黑暗无底的深渊"。有几次，又看见背景上出现一群女妖，突然猛拉一弓，"他脚上的铁链便咣啷啷断了"，女妖悄然遁去。及至后来，感到红色的海涛溅到了白色的天穹和黑色的星星，演奏家又"俨然是一尊'人王星'，整个宇宙都围绕他转动"，凯歌高唱。这一幕一幕的波诡云谲的想象世界，状写了这位提琴演奏家倾注生命、翱翔宇宙的艺术情怀。把这篇作品看作评论中稀有的珍品，是不为过的。

海涅在评论法国画家时，遇到文学艺术中经常出现的一种现象：创新的作品遭到了陈旧的"理性的概念"和"陈规定法"的挑剔。他批评那种自恃权威、到处"嗅来嗅去""评头品足"的"常设评论家"。他说评论家常犯的一个大错误在于提出："艺术家该做什么？"但是，如果提出："艺术家想做什么？""艺术家不得不做什么？"也许更正确一些。因为，所有那些"抽象化""规范"出来的定义、法则、条条框框，"充其量只能用以品评那班专以模仿为能事的人；任何一位有个性的艺术家，尤其是任何一个新的艺术天才，都只能按他自己特殊的、与生俱来的美学标准加以评价。清规戒律之类更加不适用于这种杰出的艺术家"①。对于艺术上僵化保守的人来说，这种意见是振聋发聩的。

马克思同海涅共同工作过，私人交往很深。马克思、恩格斯在著作里经常引用海涅的诗句。恩格斯称赞海涅的《论德国宗教和哲学的历史》，肯定他同自由派不同，唯一能从德国古典哲学里看到"隐藏着革命"的思想内容。法国杰出画家德拉克洛瓦的名画《自由神引导人民走上街垒》出现后，海涅在1831年就热情推崇，赞扬法国1839年的七月革命。他的《西里西亚织工之歌》受到马克思、恩格斯极高的评价。作为一个诗人、评论家，海涅是复杂的。梅林在《纪念海涅》一文里，把海涅看作上个世纪依次更迭的三大世界观（浪漫主义、资产阶级、无产阶级）的和谐表达者，这确实是值得研究的。不管怎么说，海涅是一个革命者。他瞧不起英国许许多多莎士比亚的评论家，但有一个例外，即威廉·黑兹利特（1788—1830）。他称赞这位英国评论家"不但有白热的艺术感，还有炽烈的革命热忱，永远喷涌着活力和才智"。实际上，这可以看作诗人兼评论家海涅的自我写照。

1986年11月

圣勃夫对乔治·桑的评论

圣勃夫（又作圣伯甫、圣佩韦）是带着批评家的明智和作家

---

① 海涅《论法国画家》，见《海涅选集》第372—373页，人民文学出版社1983年版。

的敏锐来评论乔治·桑的。他们同是 1804 年出生，但是，在这位女作家正式以乔治·桑这个男性笔名于 1832 年发表成名处女作《印第安娜》之前，圣勃夫已经是有名的批评家、诗人，而且还写小说。

在有关乔治·桑的论著里，几乎没有人不提到圣勃夫的评论。这位 19 世纪西方文坛享有盛誉的女权主义作家，可以说是圣勃夫发现的，她的处女作得到他的赞扬，她的创作特色和创作地位得到他的肯定性评价，她在受围攻的时候，得到他的保护。这里，我摘记如下几点。

亲密的评论家与作家关系

乔治·桑在她的自传体小说《我的生平》里说："在那些才华受人赏识的人当中，圣勃夫先生出口成章，口才很好，对我来说是非常有益的，与此同时，他的友谊有时也为我提供了我在面对自己时所缺少的力量"，"而且由于对我本人来说他一向是宽宏大量而又充满深情的（有人对我说，过去他在口头上并不总是如此，但我现在却不再相信了）；此外，由于他在我灵魂和思想处于某种悲痛之中的时候，曾经十分关怀并且体贴入微地援助过我，故而，我视为一种义务，将他算在我的导师和理智的恩人之列"①。

一个国家、一个时代的文学艺术的繁荣受制于许许多多因素。艺术家之间、批评家与作家之间的亲密关系，恐怕不能不算其中一种表征。他们不会因为政治的压力和干预，而彼此提防，或隔心如隔山，也不会蜕变为一种工具，而互相之间持续一种反复不已的争斗。他们也会因为政治见解和艺术主张不同，有亲疏之分，或唇枪舌剑。但他们都保持一种独立的人格，相见无碍，自己对自己负责。圣勃夫和乔治·桑的政治倾向大致相同，后者更激进，

---

① 《乔治·桑自传》第 284 页，浙江文艺出版社 1985 年版。

前者更复杂。他们之间的友谊的交往，除了政治因素之外，还要克服道德因素的障碍。乔治·桑在同志趣平庸的丈夫离异之后，只身到巴黎谋生。一个独居的少妇，同一个异性批评家之间，要保持一种亲密的艺术家之间的情谊，是不容易的。对乔治·桑的个人生活传说甚多，现在看来，除了同作家于勒·桑多、诗人缪塞和音乐家肖邦先后发生过爱情，其他都属于纯真的友谊。

她同圣勃夫的友谊，即使在今天来看，也是罕见而难得的。圣勃夫曾经说过："我打算尽可能说得完全一点，我以为没有比那种亲密的友谊，像她在一生中最紧要、最决断的那一段时期里对我的友谊，更能替这位大作家做辩护的了"。据圣勃夫记述，乔治·桑初到巴黎，过着一种"单身的、学生式"的"很特别的生活"。他们见面之后，很快就交往甚密。乔治·桑要他来看她，当他来得不够勤的时候，就去信提醒他。圣勃夫说他"存着她向我公开她的心情，她的智慧，给我写的那些最真挚、最天真、最谦虚的信件"，这些信写得"太激动，太诚恳"。这位批评家说："在一位使你钦佩的少妇面前，使你的情感不流入爱情的地步，这正是我们友谊的坚固和可爱的地方"①。

很难说清一种友谊对一个人的作用和力量，正像有时很难说清爱情对一个人的作用和力量一样。也许，在一个偶然的机缘里，没有友谊，就没有一个人的事业。乔治·桑在 1833 年 3 月 7 日的信里，这样诉说："我亲爱的圣勃夫，今天您来的时候，如果我看到您，多好呵。您肯不肯最近再来一次呢？我现在是在一个非常难受的痛苦里面。但是我不会拿我烦恼的原因，向您述说来麻烦您的；我只要看见您，已经很好了；因为人在痛苦里才需要友谊。现在就是考验您的友谊的关头"。她是一个受过痛苦的女性，而且还要在生活中感受新的失望和痛苦。她在同年 7 月 18 日的信里，

---

① 以上引文见圣勃夫《论乔治·桑》附录第 75—76 页，平明出版社 1954 年版。

更是直率地袒露自己的矛盾心情，对友谊的渴求："我已经跟您说过，友谊不是一种能使人生活的爱情。您却说是能够的。现在您可看明白啦！我们是忧郁的，不幸的，痛苦的，苦闷由多方面来侵袭我们；情愿牺牲掉这残余的、有限的生命，只要能在短短的时间，即使只是一个钟头，见到一张友谊的脸，握到一只诚恳的手，听见一些鼓励和善意的语言"。写到这里，时至今日，我不知道我们华夏民族能否生长这种友谊，生长这种既有利于创作、又有利于批评的友谊。

向对方朗读自己的作品，或者把手稿交给对方，渴望在排印之前能听到意见，进行修改，这是艺术家之间的友谊的最好表现了。乔治·桑向圣勃夫朗诵几章正在写作的《雷丽亚》，圣勃夫也向她朗读自己正在写的小说。他们都准备好作品，盼望聚会时听到意见，获得写完作品的勇气。乔治·桑在1833年3月给圣勃夫的信里说："我很喜欢您能把对于《雷丽亚》的意见都向我提一提，我不喜欢您在信上指出的那些错误还存留在'清样'（印刷所的术语）上。我的手稿读给您听，是为了以后至少有改正的机会"。同年11月，她又要求他在付排以前读一读《亲密的秘书》，把对小说的意见告诉她。实际上，这部小说到1837年才发表。圣勃夫曾经极有感慨地说："一位天才绝不是不经过许多凌辱，就走到荣誉和成功的地步的。这是一条公律，一位知名的太太当然更要加倍是人们作弄的对象了"。当《雷丽亚》受到种种批评，圣勃夫表示要撰文支持。乔治·桑希求这种"辩护"不是为了"恭维我的才能"，"而是把别人对于我的书的愚蠢的、侮辱的误解驳斥一下"。对于他的评论，她非常感激，认为"您的话比我其他朋友的宝剑（普朗士曾和侮辱乔治·桑的戴·佛依德斗过剑——注）更有价值，更有用处"。

圣勃夫从观察、接触和通信中对乔治·桑逐渐有了了解。从最初映入他眼帘的"美丽的眼睛，好看的面庞，短短的黑头发，穿着一件深颜色的、式样很简单的、像晨衣似的衣服"的"一位年轻的太太",到她的"放任自己胡思乱想,毫无依靠,在这个斜坡上自己控制不住自己"的"特殊性格",经过二十三年,到1855年,他"总结"了他的情感和理解:"有时候,她很可能错误,甚至于应该错误,虽然有时是激烈的,但是总是诚恳的;在艰苦的人生过程中,谁也没有像她那样真实。她的智慧,她的心灵,她的整个构造,在重要的时候里是一致的;她是女性,而且是非常女性的气概,但是她一点也没有女性的小气,女性的狡猾和女性的顾忌;她喜欢宽阔的天地,她总是由大处着手;她关心全人类的幸福,全世界的改善,这至少是心灵上最崇高的病痛,最勇敢的奇癖"①。这可以视作对这位女作家的最真切、最深刻的评论文字。勃兰兑斯介绍圣勃夫时,认为他的主张给后人的启示是:"一本过去的著作,一册过去的文献,我们在认识产生它的心理状态以前,在对撰写人的品格有所了解以前,是不能理解的"②。作为一种批评见解,作为繁多批评主张中的一种主张,我们还是可以吸取有益的东西的。

描述性、评价性和抒情性评论

圣勃夫评论乔治·桑,常采用描述的方法,即对她的作品,人物和情节进行描述,在这之前、之中和之后,杂以叙述、议论和评价。这种描述,不是对原作的简单复述,它是艺术的,创造的,深含着批评家个人的感情与独到的见解。

这常常是对批评家的阅历、体察、见识和激情的一种严峻的考验。作家、作品如此繁多,对每一个细节、性格作出入情入理的分析,对每一部作品的布局作出艺术的估量,的确不容易。勃

---

① 圣勃夫《论乔治·桑》第100页,平明出版社1954年版。
② 勃兰兑斯《十九世纪文学主流》第五分册第376页,人民文学出版社1982年版。

兰兑斯论述圣勃夫时,作过一语中的的评价:"他的心灵的特质在于它能理解和阐释其他大多数心灵"[1]。

《华朗丁》写一个被收养的、聪明又有教养的孤儿贝内底同时被三个女人爱恋,后来惨遭杀害,那位钟情于他的女主人公华朗丁也痛苦死去的故事。圣勃夫对贝内底的一小段描述性介绍,几乎像创作一样生动:"贝内底本人呢,也的确长得不错,老是绷着个脸,表示自己的神气和高贵,两片薄薄的动来动去的嘴唇,还有一种特殊的眼神,流露着一种性格上的奇怪力量,可以夺人心魄"。特别是我们阅读圣勃夫对这种四角恋爱关系的描述,更是栩栩如生,如临其境:"华朗丁、鲁意丝和阿特娜伊斯,当然也缺不了贝内底,在草地上散步,在草地间奔跑,在河边上玩耍,特别是当贝内底跑累了,钓鱼钓腻了的时候,穿着粗布外套,随随便便坐在一株歪在水面上的橡树身上,两条腿耷拉着,留在岸上的华朗丁第一次欣赏到他的美丽,第一次觉着他好看,这时候他前前后后都成了亲切的、甜蜜的游戏,真是小说里最成功的地方"。"可是在这三个人当中,我们不难猜得到,贝内底却恰巧选中那个不可能的、戴·朗萨先生的未婚妻华朗丁;或者我们更该说,他并不是选中:因为爱情不是拣选来的,而是赠予、而是命运,爱情就是在这二者之中产生出来的。作者这样美妙地把这部小说发展到成熟的地步,可惜后半部匆匆了事,留下不少没有交代的漏洞"[2]。从引的这两段来看,既是描述,又是评价,既表明了自己对作品的爱情的看法,同时把作品的"成功"与"漏洞"也顺带指出来了。

作品出来以后,圣勃夫总是联系到以前的两类作品,联系到社会心理,进行比较。批评家总是不容易被吸引、被征服的,他

---

[1] 勃兰兑斯《十九世纪文学主流》第五分册第350页,人民文学出版社1982年版。
[2] 圣勃夫《论华朗丁》,见《论乔治·桑》第27页,平明出版社1954年版。

往往要对新作直率地表白自己的迟疑,自己的审慎。这些迟疑和审慎由于是经验之谈,很自然就赢得读者的共鸣。但是,当他发现作家有新的突破,显示出众的才华时,他就抑制不住自己的赞颂之情,甚至批评家出面,作抒情的插入。这种抒情性不仅使评论文章跌宕多姿,富于艺术韵味,而且,本身也是一种评价。他从《华朗丁》里看出作者能够超越一般作家难以超越的只能表现自身经历的回忆录式的局限时,就情不自禁地表达自己的感受了:"我预先感到的那些顾虑也站不住了;书里的美妙控制住了我。……我什么都忘了,我任凭摆布,听任故事去发展;我好像觉着一开头,就被领进一个安乐的、崭新的天地里一样"。对她后期的几本田园小说,"惊奇地感到一种连贯的体系,崭新的结构,真实的成功。我骤然间好像走进沙漠中青葱的、洁净的、凉爽的树林里一样。我不禁叫了起来……"有时,批评家在叙述和分析时,忽然插入:"哦,诗人,我要在这里拦住你,在事实面前捉住你"。或者,对作者一度转向戏剧、驾驭多种形式的才能,发出妙语连珠式的感慨:"人们忘怀了,一个高度的智慧,一个多方面的富饶精神,不能拿形式来拘束它"。乔治·桑也是这一类作家,"她并不一步一步地计算她走过的脚步,她并不追求多一部少一部的作品,或是多一次少一次的成功,她只觉着自己非常有前途;一个有着超越虚荣的才能的人是不计较荣誉的"。在一个优秀评论家的文字里,老成与童稚,难以征服的百般顾忌与失去节制的尽情宣泄,有时是糅合在一起的。这其中,真知灼见与箴言警句也很自然地携带出来。

乔治·桑对圣勃夫的经验与见识,无论是生活的,还是艺术的,极为赞赏。她说:"他知道得那样多,他理解得那样透,他能看出并猜出那样多的事物,他的兴趣是那样广泛,而且他能从那样多的方面同时达到目标,以致语言想必对他来说都显得不够用,画框对画儿来说总显得过于狭小"①。他一眼就看出《印第安娜》在女主人公私奔到自己的情人那里为止，"一条界限把这本小说真实的，体会过的，观察过的部分结束了"，余下的，就是那种"用幻想代替了真实"的"纯粹的虚构"了。他指出了作品时常出现的后劲不足、结局部分难以为继的编造现象，这种现象在有才能的作家中也难以避免。他认为："有才能的作者徒然的安插些情节来博得自然与逼真，其实自然和逼真只有在慢慢深入的整体合作中才能出现的"。他对于《魔沼》头一、二章过多发表哲学议论、过多就德国名画家荷尔宾的农夫画发表关于死亡与生命的说教，以及最后一章又添一套社会主义理论，提出了自己的批评。这种观念与形象生硬结合的现象，他称之为"她天才的软弱的一面"。我们今天读到的《魔沼》版本，已经把1846年巴黎出版的最后一章"政治与社会主义"取消了。

对作家艺术进程的清醒把握

圣勃夫学识渊博，文化史、艺术史知识丰富，有"准确惊人的记忆力"。大学时学医，这影响到他把作家当作标本研究和考察，把自然科学的方法引入文学批评。他把批评论著称作"作家肖像"，表明他重视研究作家。他认为文艺批评的"价值依存于艺术家的价值"，我们可以从这样一个角度来理解：批评要尽可能发现和确立一个作家的特殊地位和价值。

他在结识乔治·桑以前，发表了关于她的两篇作品评论，《论印第安娜》《论华朗丁》。他在头一篇文章里，猜想作者是一个女人，但又"表现出不像是一个女人独个的坚决和习惯"，这正合乎她的风格。他认为，在当时那些编造的、说腻了的历史故事和中世纪稗史里，《印第安娜》的"出世是诚挚的，朴素的"，读者

---

① 《乔治·桑自传》第285页，浙江文艺出版社1985年版。

"好像被领进了一个真实的、活生生的、我们亲身所处的天地里一样",从故事到语言都是自然的,不出家常范围的,书中那种强烈的热情"是经过真实的体验和观察的"。这些都触及到了她此后四十多年创作生涯的特点。对于印第安娜摆脱父亲强加的婚姻、追求自己的爱情,批评家赞扬这种挣脱礼教和虚荣的"女性爱的伟大",称"这才是真正的所谓爱情,一旦有了爱,爱应该在一切虚荣,一切身外的财富以上,爱情是不可衡量的,是无可比拟的,是在世界的一切之上的"[①]。

似乎同现在的情况有些相似,圣勃夫在第一篇评论里,预见到处女作的成功可能使作者受到书店、出版商、报馆的包围,要她警惕讨索作品的诱惑,珍惜自己的天才。刚过两个月,他又写了第二篇评论。他担心作者的第二本书是赶着写出来的,是被"书商及大众的贪婪""赶"出来的。然而,恰恰相反,他读了《华朗丁》,否定了自己:"不,《印第安娜》不是一部孤立的,依靠环境的偶然协助而产生出来的,不会再有姊妹作的作品",她"还知道别的故事,她可以说了一个,再说一个,说到永远,她掌握着人心的钥匙,她会创造各式的面目……"他还进一步评论:"《华朗丁》比《印第安娜》有希望,因为《印第安娜》虽然情节更深刻别致,这是我的看法,但严格地说来,顶多不过像一部个人秘史一类的小说,每一个人一辈子只有一部好写出来。可是《华朗丁》却实实在在是一部描绘心理、描绘生活的小说家的文学作品,它有人物的创造性,作者只要耐心地顺着这条路走去,是会成功的"[②]。这里,显示了批评家丰富而又独到的见识。一位崭露头角的作家头两篇作品受到一位著名批评家如此这般的评价,可以想见她当时的心情。无怪乎此文一发,她就急切求见批评家,向他道谢了。

---

① 圣勃夫《论印第安娜》,见《论乔治·桑》第 13 页,平明出版社 1954 年版。
② 圣勃夫《论华朗丁》,见上书第 29 页。

圣勃夫从乔治·桑头几篇作品里，敏感到她的以爱情为主题的写妇女反抗、妇女解放的创作路子。到了评论《雷丽亚》，他就确认她在法国是"提出抗议的妇女们当中，最有辩才的，最大胆的，才能最高的"。后来，他又肯定她在《阿西玛》里表现的戏剧才能。再往后，隔了一段，到了1850年，圣勃夫对乔治·桑的后期田园小说，作了系统的评论。

乔治·桑幼年在诺昂村过田园生活，养成了酷爱自然的牧歌情趣。1848年革命时，她从喧嚣的巴黎回到诺昂乡间，经历了创作的返璞归真。圣勃夫回溯法国描写自然的文学状况，对乔治·桑的"女牧童"的地位作出了比较分析。他认为，法国17世纪描写自然的题材，只是刚刚有，并不独立。进入18世纪，卢梭和夏多布里昂等发现了自然，描绘了自然美，但大多是瑞士、美国、意大利、希腊的山川风景，法国的大自然反而没有被人发现，"现在，因为桑夫人的缘故，我们的现代文学也有了几本真正法国的描写田园农村的小说了"①。他认为，乔治·桑的田园小说已经摆脱了那种"太诗意和传奇味道的"东西，摆脱了"理想化""太高超"的虚构情节，真正是"她亲身体验的乡村生活"。她在这些作品里所表现的"充实的观察力量，活泼的表达技术"，是由于"我们的艺术家是生长在那里的，在那里住过多年；她知道那里的一切，了解那里的人情"。就是写孩子，那"每一个天真的举动都是从真实里摘取来的"。圣勃夫还肯定作者在语言上把打动人的乡下话与巴黎人的现代话混合起来的做法，使巴黎人和乡下人都易懂。

我们读到的圣勃夫评论乔治·桑的中译材料，就是这一些。在总体上，圣勃夫并不掩饰他自己的喜好。他说："我个人呢，我承认，对于桑夫人，我更喜欢她的单纯的、自然的、稍微理想一

---

① 圣勃夫《论魔疆——小法岱特——弃儿弗期沙》，见《论乔治·桑》第72页，平明出版社1954年版。

点的作品,我一开始就喜欢她这些"。这种喜好与他对乔治·桑创作特色的肯定分不开,他的批评也是着眼于那些有悖于作者特长的东西。他对她的创作进程中每一次新的、转变性的探求,总是积极加以肯定,但是,这种肯定,不是固定,不是封口,而是始终保持一种开放的眼光。就是在乔治·桑的创作进入后期,进入高峰期的田园小说阶段,他也没有把话说死。他说:"我决没有意思今后把一个这样丰富的、多方面的、活泼的天才限制在田园的圈子里!我唯一的劝告,唯一的愿望,就是这样的一个天才要自己开辟道路,创造她喜欢的风格,但是不要固定为某一个成见服务"。圣勃夫在对乔治·桑作结论性的评论时说:"我以为,批评界认为当这个有力的天才在发展过程中要抓紧它、了解它的本性的时候还没有到,还应该任它奔驰。很可以说如何,如何的写法比她更高明,但是让她什么都试一试,总是值得看的"。这已经成了文学批评的名言,影响着后来的批评家。

1988 年 8 月

读勃兰兑斯的作家评论有感[①]

长期以来,我们的文学评论较多局限于作品评论,而忽略作家评论。当然,评论作品,是评论一个作家的主体。但是,主体并不等于全部,非主体也并非同主体绝缘。

这从表面看来,似乎只是为了给读者更多的信息,让他们对作家有比较完整的认识。从更深一层来看,它可以深化作品评论,从生活—作家—作品的转化关系中了解和掌握作家这个中介,以

---

① 此文原为致《当代作家评论》编辑部的一封信,收入本书时文体略有调整。

便丰富、充实、提高我们的文学评论。特别从当前的文学研究要逐步转向审美主体研究这一重要趋势里（过去，我们太不重视这方面的研究了），它的意义再不可低估。

不是说，我们过去的评论完全缺乏这一环。有的，但嫌过于简略。有些只是登记表式的，列举一下性别、籍贯、年龄，成分以及简历（且不说过去我们还受到"唯成份论"的侵蚀）。在这些简略的评介中，只是把作家的经历简单地黏附在作品的序列中去。这样，实质上，评论者只是注意生活与作品这两头，掐去了中间环节，对作家与生活、作家与作品那种微妙的、有时难以理喻的联系就注意不够了。

从过去的情况来看，一些卓有影响的文学家、评论家，大多是很注意观察和研究作家的。拿通常的话来说，如果作家是以"人学"的态度，对待生活和艺术中的人物；评论家似乎也应该把作家列入他的"人学"研究范围里去。评论家不仅看到"文"，也要看到"人"，要破除间隔和障壁，尽可能让作家以亲切的、生动的个性，活跃在自己的笔下。鲁迅先生在《为了忘却的纪念》里，以高超的、精确的速写技巧，给我们留下了白莽、柔石等青年作家的难忘形象。这篇总体富于沉痛感的文字，有时作者腾出手来，涉笔成趣，令人微微一笑，又极富浓厚的人情味。这些青年作家的神态、性情、穿着、动作、品格，乃至体质、容貌，都给我们雕刻出来了。《白莽作〈孩儿塔〉序》这篇评论文章，总共不到八百字，鲁迅先生对这位亡友和他的遗诗，作了极为精当的述评。诗作的评论是精当的，有众口皆碑的句子。此外，序文还写他的外表："他的年青的相貌就又在我的眼前出现，像活着一样，热天穿着大棉袍，满脸油汗，笑笑地对我说道……"青年革命作家的满腔热血之情，鲜明地活现在我们的脑海里了。

俄国批评家别林斯基、杜勃罗留波夫和车尔尼雪夫斯基，适应俄国文学的辉煌成就和民族解放运动的需要，把文学评论推进到了一个新的高峰。他们对作家评论也是重视的,别林斯基就说过,对作家、艺术家的"生活、性格以及其他等等的考察也常常可以用来解释他的作品"。别林斯基一生对果戈理的评论,可以说是作家作品评论的一个典范。不过,仔细分析起来,他们在作家评论方面,也有他们的长处和不足。他们在把握作家与时代的关系、作家的艺术个性的整体性方面,做得比较充分,而对其他相对独立的作家评论领域,则比较欠缺。这可能同他们坚守的阵地、面临的对手有关。这些批评家反对那种一切依从古老权威的伪古典主义批评,也反对那种较为肤浅、浮光掠影的浪漫主义批评,提倡现实主义批评。这种现实主义批评,又着重是"社会的评论和分析"。另外,也许是由于他们牢牢地把住文学的战斗传统,而无暇他顾,对有关作家的性格、生活、经历、兴趣爱好涉及甚少。因此,他们的侧重点仍然是作品评论。拿杜勃罗留波夫来说,他的作品分析可以说是达到了至今仍难以企及的高峰,而对于作家,他所说的话就比较少了。

比较起来,勃兰兑斯在这方面提供了更多的经验。就对一个国家的文学发展所产生的深远影响来说,他不如别、车、杜,但他在作家评论方面,确是开拓了广阔的领域。他是丹麦人,曾到欧洲各地旅行,在柏林长期居住。他接受了西欧的哲学和文学影响,包括圣勃夫的文学批评,丹纳的以种族、环境、时代论艺术的美学思想,以及包括心理学在内的其他学科的影响。他的世界名著《十九世纪文学主流》从心所欲,不拘一格,可以说是把西欧作家写活了。我不揣浅陋,就读书所得,列举如下方面,供同仁考虑。

留心描写作家的外观。在文学评论中适当描叙作家的肖像、外在形象,其作用大概相当于在读者进入作品之前,先给他看一幅作家的肖像画,可以增加读者的直观印象。勃兰兑斯评论每个作家,都尽可能提供这样的外观描写。他这样介绍英国诗人雪莱:

"雪莱长成了一个身材修长、体质纤弱、胸部狭窄的青年，头的轮廓略小，而且不匀称，但是，他那一张嘴却美得迷人，显得十分秀气，一双眼睛闪射着一种女性的、几乎可以说是天使的目光，整个面部表情丰富，变化无穷，有时看上去和真实年龄一致——十九岁，有时像是已够四十"。这些描写可以同美国画家魏斯特会见雪莱所作的那幅"最逼真"的写生画相印证。读者会因之产生这样的印象：这位灵秀纤弱的青年，竟是为家庭、学校、社会所不容的反叛者，是反抗暴政、呼唤自由的勇士。这种印象同初次见到雪莱的英国冒险家特列劳尼所产生的惊讶一样："这是可能的吗？难道那个只身空拳和全世界作战的怪物竟然是这么个面貌温柔、嘴上无毛的孩子？被满怀敌意的文坛圣贤斥之为恶魔派开山祖的那个人居然会是他？"读者会因此而永志不忘。他对巴尔扎克的外观描写又进一步，加进自己的想象了："他的颈脖健壮、厚实，白皙有如女性，是他值得骄傲的地方。头发又黑又粗，粗得像马的鬃毛；那双眼睛像一对黑宝石那样闪闪发光——那是驯狮者的眼睛，这种眼睛能透过房屋的墙壁看见里面发生的一切，能透过人的肌体，洞察人的肺腑，像阅读一本打开的书"。当涉笔巴尔扎克在巴黎住的一所阁楼时，这位评论者又这样带上一笔："他不时对着这个大城市无数屋顶的上空凝神远眺，命运已经注定他将成为这座大城市精神上的征服者和描绘者"。

勃兰兑斯注意介绍作家的形象，可以说是一贯的。他晚年所写的题为《作为批评家的托尔斯泰》文章仍然如此："请回忆一下列宾的那篇名画吧，画中他正扶犁耕地。在他身上没有一点伯爵和真正贵族的影子。大鼻子和宽颌骨，这正是俄国农民的特征。但这是一个多么令人惊异的农民呵！"读者对这类描写是很有兴味的，他们会加深对作家的认识，或者说，这种评论文字本身就构成读者的审美对象。

注意分析作家的性格。勃兰兑斯经常在作品分析之外，相对独立地对作家的性格作出分析。他指出司汤达早年精神孤独，奔放的热情转向内心："他是一个独立的、独创的、性情热烈的人，他把我行我素作为幸福的第一条件"。他借助许多材料，包括司汤达本人的自传，说到："一方面强烈爱好自然而然和坦率无隐，另方面又那么深谋远虑、耍尽花招，把这两方面结合在一起的性格是世上少有的；那么诚实又那么醉心于弄虚作假，那么痛恨虚伪又那么缺乏坦率和正直，这样的心灵也是世上少有的"。评论者从大量作家生活经历中，注意把握作家各自不同的性格，这种性格又同他们的艺术个性发生联系。勃兰兑斯简明地比较了司汤达与巴尔扎克的关系，"是沉思的心灵与观察的心灵的关系，是艺术中的思想家与静观者的关系"。这种"沉思的心灵"使得司汤达对外部事物不感兴趣，甚至不去描写这些外部事物，"他是心理学家，而且只是心理学家"，说他"唯一经常研究的对象"是人的灵魂和心理学，甚至因此"规定了司汤达小说的特殊结构，这些小说大部分是彼此相连的独白，有时长达几页。他把人物心灵的默默无言的活动揭露无遗，把他最内在的思想用语言表达出来"。评论者不是单独地、孤零零地分析作家的艺术个性，而是把它同作家本人的性格形成的评介结合起来，甚至花不小的篇幅去注意后者。这对我们的文学评论是有一定参考价值的。用普通的话来说，这可以增加作家评论、艺术个性分析的立体感。

此外，不放弃对作家某些个人特殊经历的介绍，例如他们的恋爱、婚姻关系，乃至生理特点。因为，这是客观存在，它们对作家的生活和创作产生影响。如果我们把作家的评介局限于政治、经济的隶属关系，实际上是把历史唯物主义简单化。勃兰兑斯对雪莱、拜伦、乔治·桑、巴尔扎克、司汤达这些巨擘在文坛上广为流传的趣闻轶事，都作了力所能及的评述。里面有很多动人的篇章，让我们看到了一个活人，一个真人，在此不再一一介绍。这方面只要：一、不流于低级趣味；二、注意去伪存真的考核与辨正。勃兰兑斯写到跛足对拜伦造成的影响："这一肉体残疾所以会给小乔治的心灵蒙上一层如此黑暗的阴影，其过错部分地就在他母亲身上；他听见过自己的亲生母亲骂他是'小瘸鬼'"，"这个自尊心极强的小男孩运用了他的全部意志力来隐藏他内心的痛苦，也尽可能地掩饰他的残疾。有时候，他不能忍受对他的跛足的任何暗示，另一些时候，他又会暗含辛酸地自己嘲笑自己的'瘸脚'"。这绝非无聊的细枝末节的渲染。我们看到，评论者还写到这种生理的残疾，如何矛盾地同他的非凡的英俊和美貌统一在一起，注入了这位诗人骄傲而又忧郁的性格，甚至不小程度上影响他的感伤情绪和浪漫生涯。拜伦成年之后，还回忆起早年的失恋，回忆曾经钟爱的女郎提及他的瘸腿，并为此流泪写下了新的诗篇。当然，评论者不是只追求这一点，加以放大，而是适当把它汇进诗人总的人生经历中去。拜伦如何参加政治斗争，如何誓死离开英国，如何参加希腊民族独立战争，评论者花了更多的篇幅。

还应该适当评介作家的各种观点和主张，除了政治观，还涉及哲学观、美学观、宗教观、伦理观、婚姻观乃至对自然的感情色彩。勃兰兑斯在对比司汤达和梅里美时有这样简略的概括："司汤达是百科全书派的一个唯物主义者，因而具有坚定的信仰。他有他的哲学——伊壁鸠鲁主义，他对之信守不渝，他的方法是心理分析，他的宗教是崇拜人生、音乐、造型艺术和文学中的美。梅里美没有哲学，很难想象还有什么比他那半禁欲、半纵欲的心境更不固执成见的了；而且他没有宗教；他什么都不崇拜"。这些对比让我们对作家的思想面貌、信仰主张有一个全面的了解，而不是仅仅局限于解释他的创作这个比较狭窄的侧面。这位批评家还专门花一节比较了雪莱和乔治·桑的婚姻观念。他说，他们都有尊重爱情、蔑视法律和制度的婚姻观，认为爱情不复存在时，对婚姻的维系是真正不道德的。但是，雪莱是从政治上和社会上来思考问题，追究其根源，乔治·桑是从心灵上、人的感情的自然力量上来判断问题。作者对乔治·桑的婚姻观的分析，就可以使评论摆脱就事论事、就作品论作品的方法，对我们更深一层认识她的作品乃至她本人的爱情史都有好处。勃兰兑斯说，乔治·桑的早期作品里，"她没有做别的什么事，只是描写了和阐述了她自己的感情生活"。即使是她后来某些作品的女主人公的独白，我们都可以看成是作家本人爱情婚姻观的直率表白。

当然，勃兰兑斯在作家评论方面所创造的经验是丰富的，远不止上面这些。他还谈到遗传（父母和祖先的血统、气质）、地域、人种等方面对作家艺术个性形成的影响。这中间，有些是科学的，有些尚待研究和证实。瞿秋白说勃兰兑斯的"历史文化学上的见解是属于丹纳一派的，并且也是圣勃夫一派的'心理传记主义者'"。作为一份遗产，我们需要继承和加以鉴别。勃兰兑斯开了"评传"这种体裁的先河，但是，他的评论比眼下出的许多作家评传专著要丰富，要充实，要开阔。

我们无须对他作机械模仿，同时，我们也不应该固守我们的成见，对之加以排斥。不管怎么说，他有一条经验是我们完全应该汲收的：不应仅仅抱住作家的作品不放，要腾出眼光和笔墨来，放到作品之外的作家研究的领域里去。他所赞成的评论家应该"深入调查作家的家谱、他的体质和健康、他的经济状况"，又是千真万确，而我们还很少有人做到这一点。

1985 年 5 月

克罗齐的直觉说与文学批评

克罗齐是一位从 19 世纪过渡到 20 世纪的美学家、批评家。他的批评理论同印象主义、为艺术而艺术等主张一道，诀别了 19 世纪占主导位置的实证主义、社会历史批评,为20世纪繁多的批评流派,特别是新批评派、形式主义铺平了道路。

他批评丹纳、圣勃夫、勃兰兑斯的印证事实的社会学观念,说法国人的"错误在于用作家的研究和时代的历史研究来代替艺术的研究"①,把艺术批评引入"艺术即直觉即表现"这样一个中心命题。据说,美国新批评派的倡导者约尔·斯平伽恩(又译作史宾乾、斯宾嘉恩,J. E. Spingarn)和约翰·克罗·兰色姆都引征并自称渊源于克罗齐②。魏伯·司各特对这一点说得更清楚,他说,斯宾嘉恩在1910年的著名演说《新批评》里,"基于克罗齐的美学原理,他提出每件艺术作品应当自成一体","艺术在于表现,文艺批评即是对那种表现的研究","他为后来三十年代的形式主义批评奠定了基础"③。在西方文论家的心目中,克罗齐是一个前后交替、承上启下的人物。威莱克曾说:"我相信在整个的批评史上,只有圣佩韦和威尔海姆·狄尔泰能与他相提并论"。可见他在批评史上的地位。

克罗齐关于文艺批评的主张是基于他的艺术即直觉、直觉即表现这一根本美学观点。他在《美学原理》里把知识分为两种:直觉的、逻辑的。前者从想象得来,后者从理智得来。前者产生意象,形成艺术,后者产生概念,形成科学。比如,一个人要把他预感的一个印象表现出来,试图用不同的字句和符号来组合他的表现品。当他感到没有表现力、不完善的时候,又去寻找,直到找到他可寻求的表现品,享受到审美的快感,形成了艺术。

批评呢?克罗齐认为批评的任务就是在艺术这个表现品造成

---

① 克罗齐《作为表现的科学和一般语言学的美学的历史》第202页,中国社会科学出版社。
② 威莱克《西方四大批评家》第9—10页,复旦大学出版社,卫姆塞特、布鲁克斯《西洋文学批评史》第481页,中国人民大学出版社。
③ 魏伯·司各特《西方文艺批评的五种模式》第2—3页,重庆出版社。

之后,"把它在自己心中再造出来",创作与批评的唯一分别,"一个是审美的创造,一个是审美的再造"①。他这样通俗地讲到批评家(乙)评论艺术家(甲)的表现品的过程:

现在如果另有一个人,我们称他为乙,要来判断那个表现品,决定它是美还是丑,他就必须把自己摆在甲的观点上,借助甲所供给他的物理的符号,再循原来的程序走一过。如果甲原来看清楚了,乙(既已把自己摆在甲的观点)也就会看清楚,看见这表现品是美的。如果甲原来没有看清楚,乙也就不会看清楚,就会发现这表现品有些丑,正如甲原来发现它有些丑②。

如何实现这种文艺评论的再造呢?按克罗齐的说法,第一,"批评家也许是一个小天才,艺术家也许是一个大天才;但两人的天才的本质必仍相同",否则,批评家无法同艺术家相通,无从判断。第二,必须做一番修补还原和历史解释的工作,使作品(诗文图画雕刻)恢复原貌,使历史过程中已经改变的心理情况得以恢复完整,以便批评家看一件艺术品如同作者创作时看它一样。这里,他强调一种"历史的批评",企图采用历史的方法,使批评家的再造与判断成为可能。

应该说,克罗齐这种把批评家还原到艺术家的观点,是一种前阐释学的天真的幻想,既无可能,又无必要。然而,他强调批评家要从直觉出发,全心地感受作品,完整地"再造"作品,对我们的批评是很有启发的。我认为,这对于批评家评论艺术作品的第一阶段,是十分重要的。列宁在黑格尔的《逻辑学》一书的一段话旁边,有一个批语:"(现象、整体、总体)(规律=部分)(现象比规律丰富)"③。直觉比抽象要丰富。批评家接触作品,应不带先入偏见地阅读作品、观赏作品,感受作品的整体和各种现象。人们常说,批评是选择,但是,这种选择,无论是解释作品,

---

① ② 克罗齐《美学原理·美学纲要》第131页,外国文学出版社。
③ 列宁《哲学笔记》第160页,人民出版社。

还是判断和评价作品,应放在批评家从直觉入手、全面观照之后。过去一个长时期里,我们常常是从理念出发,随意肢解作品。我们往往把直觉这种最丰富、最复杂、艺术鉴赏必不可缺的活动,一概当作非理性的东西,一股脑儿加以反对。克罗齐说:"在直觉里,个别因整体的生命而存在,而整体又寓于个别的生命中"①。这对于鉴赏和批评,极为重要。他推崇意大利批评家德·桑蒂斯,说他"教诲青年人要把文学作品读透,并从那里得到纯真的印象,只有在这些印象中,才存在着评论的必然和唯一的基础"②。我们常说,批评既要入,又要出,入是必要的前提。

克罗齐在审美批评中反对绝对主义与相对主义两种对立倾向。绝对主义就是把美、艺术价值看成一种绝对客观的、不依赖审美而存在的东西。他说,绝对主义者"把美(即审美的价值)认成不在审美活动里面的一种东西,认成一种概念或模型,艺术家在他的作品里就实现这概念,而批评家后来判断那作品本身时,也还利用这概念"③。实际上,离开审美,任何客观的、外在的美的模型,是根本不存在的。人类审美活动的发展,审美对象的变化,不是有一个外在于人的、纯客观的美的对象等着人去认识、去俯就。克罗齐从审美去把握美,不失为美学的一个可取的角度。同时,他也反对相对主义者。相对主义者主张每个人有自己的标准,他们援引"谈到趣味无争论",完全否认审美的普遍性。克罗齐认为,不能只看到科学与道德的普遍性,艺术尽管有依赖想象的特殊性,但是"想象的活动仍有普遍性",否则,人与人之间不能相互了解和交流。克罗齐这个观点,接近了鉴赏和批评标准的绝对性与相对性辩证统一的思想。如果我们暂时把他的唯心论的美学根基存而勿论,他的这种方法论比起机械唯物论和当前西方盛行

---

① 克罗齐《美学原理·美学纲要》第318页,外国文学出版社。
② 克罗齐《作为表现的科学和一般语言学的美学的历史》第198页,中国社会科学出版社。
③ 克罗齐《美学原理·美学纲要》第133页,外国文学出版社。

的相对主义，是更为接近真理的。

值得注意的是，在《美学原理》写作后的十二年即1912年，克罗齐写出了《美学纲要》。在这一本书里，他在文艺批评方面提出了真正的艺术批评是审美的批评又是历史的批评这个思想。他提出这一点，是针对"伪审美批评"和"伪历史批评"而发的。什么是"伪审美批评"和"伪历史批评"呢？他说："前者把批评局限于纯粹的艺术鉴赏和享受，后者则把批评局限于纯粹的注释研究或是为用想象进行复制所做的材料准备"。他所要求的是："真正的艺术批评当然是审美的批评，但并不是因为它像伪美学那样蔑视哲学，而是因为它起到了和哲学、艺术概念一样的作用；真正的艺术批评是历史的批评，并不因为它像伪历史那样只涉及艺术的外部，而是因为，在利用历史资料复制想象之后（至此它还不是历史），当得到想象的复制品时，真正的艺术批评确定什么是用想象复制出来的，并用概念表示这一事实的特征，并且确定什么是的确发生过的事实，这样一来，它就变成了历史"。这里表明他看出了批评中审美同思想、同历史的联系，当然，这种联系是彼此有机地融成一个整体。他所说的"批评家不是工匠加乎于艺术作品，而是哲学家加乎于艺术作品"，甚至把艺术批评"扩大为生活的批评"，也可以作为这种思想的又一个说明。他极力推崇德·桑蒂斯，说他"既是个深刻的艺术批评家，又是个深刻的哲学批评家、道德批评家和政治批评家，他在这方面深刻是因为他在那方面深刻，反之亦然"[①]。这些见解在克罗齐的文艺批评思想中，极有新意，冲破了他自己某些学说的局限，遗憾的是他自己未能作充分的阐述和发挥。

克罗齐的某些论述可能不像德国美学家那样富于严密的思辨逻辑，具有条贯性，然而，他以敏锐的艺术感受和艺术直觉取胜，

[①] 以上引语均见克罗齐《美学纲要》第4章"批评与艺术史"，外国文学出版社。

他的许多关于艺术批评的见解也得力于这一点。一般情况下，他注重情感，对形式分类、理论概括不怎么感兴趣。他要求艺术批评要抓住作家的个性、独特性，作出"性格批评"。据说，他写了几百篇论文，具体评论每一个文学人物。这些文章都没有翻译过来。在他去世的1952年，他在同威莱克的通信中说："批评并不要求别的，只要知道诗人用以传达真正情感的代表形式中是些什么就行了。其他的任何要求都与这问题无关"。他在《作为表现的科学和一般语言学的美学的历史》一书里，引用福楼拜给乔治·桑的信，里面提到"评论家是艺术家"，是"真正的艺术家"，评论家"需要巨大的想象力和巨大的诚意"，有"一种少见的灵感的能力，一种鉴赏力"，这些都能给人以有益的启发。

过去，我们常常以唯物论与唯心论划线，对文艺批评和理论的研究不是采取吸收前人一切优秀成果的建设性态度，而是采取简单扣上资产阶级代言人的帽子的破坏性的批判态度。实际上，我们撇开他的鲜明的反法西斯态度不谈，在学术上，他的抛开物质世界的精神一元论同许多卓越的艺术见解也是糅合在一起的。西方有的批评家把他比喻为"实用文学批评家们之保护神"，主要是着眼于他对于艺术表现的特殊性和整一性的研究。前意大利共产党总书记葛兰西对克罗齐作了很高的评价，称他是"美学理论家和文学艺术理论家""实践哲学批评家和历史学理论家""伦理学家、生活的导师、行为准则的设计师"，是"文艺复兴的最后一位代表"，说他的著作的广泛流传还在于他的"文风"，"擅长极其精练同时又极其深邃地表达某种事物的功力"[①]。这些，就不一一在此谈论了。

1987 年 10 月

---

① 葛兰西《论文学》第134—137页，人民文学出版社。

艾略特的"整体"观与"事实感"

被西方视为 20 世纪最有影响的批评家之一的托·斯·艾略特，在他的《论文选》里有两篇最有影响的论文：《传统与个人才能》与《批评的功能》。前一篇是着重谈创作的，提出了他对艺术作品的"秩序"与"完整"的看法；后一篇是谈批评的，谈到了批评家的"事实感"。

在批评理论上，我们可以把这两个命题拿过来，作为批评家应有的艺术"完整"观和"事实感"加以探讨。艾略特作为新批评的理论奠基人，他的声誉自然随着这个批评流派的兴衰而受到影响；但是，流派的兴衰不等于它的理论的生存和死灭。他这样两个命题给文学批评带来的启发和裨益，是不会衰竭的。

先录他前一个看法：

> 现存的艺术经典本身就构成一个理想的秩序，这个秩序由于新的（真正新的）作品被介绍进来而发生变化。这个已成的秩序在新作品出现以前本是完整的，加入新花样以后要继续保持完整，整个的秩序就必须改变一下，即使改变得很小；因此每件艺术作品对于整体的关系、比例和价值就重新调整了；这就是新与旧的适应。谁要是同意这个关于秩序的看法，同意欧洲文学和英国文学自有其格局的，谁听到说过去因现在而改变正如现在为过去所指引，就不至于认为荒谬[①]。

艾略特把诗篇看作"有机的整体"，里面存在着"感情的生命"。在另一处，他还说，一首诗"有它自己的生命"。应该说，

[①] 艾略特《传统与个人才能》，见《二十世纪文学评论》上册第 130 页，上海译文出版社。

这种用生命比喻艺术作品的含意隽永的艺术思想，并非始创于他，前已有之。不过，在《传统与个人才能》里，把这种有机整体的"完整"观念扩大到整个艺术作品，是始创于他并深有见地的。

实际上，人们对事物的"完整"观念，是具有相对性的。物质世界，艺术世界，都是如此。地球的四季变化、火山爆发、地貌变迁，都是在旧的平衡、秩序、完整遭到破坏后，呈现出新的平衡、秩序和完整。文学艺术每发展到一定阶段时，人们受制于自身的审美观念，总认为现有的文学艺术作品是有序的，完整的。创新的、反叛的作品出现了，打乱了旧有的秩序和完整，人们的审美观念跃进了一步，每件艺术作品对于整体的关系、比例和价值重新加以调整，艺术家族加入了新的成员，又形成一种新的秩序和完整。

这种关于艺术"完整"的辩证逻辑图式，使批评家有可能以一种宏观的、积极的眼光总览艺术的流变。从批评家来说，只有对现存的艺术世界做到成竹在胸，才能做到识别真正新的成员。艾略特说："我们称赞一个诗人的时候，我们的倾向往往专注于他在作品中和别人最不相同的地方"，"新颖总比重复好"。但是，要判明这种"最不相同"、这种"新颖"，并勇于纳入新的艺术家族，就很不容易。这里，忌讳两种态度：看不见它的"新颖"，说我们祖先早已有之，把它一脚踢开；或者，说祖先没有，不愿打破旧有的秩序和完整，也把它一脚踢开。

平时，我们常说的评论的"新颖"、有创见，是什么意思呢？这决不意味着孤立的对作家作品的分析，即使这种分析在理而又动情，说得头头是道。这里，要求批评家有一种经常变动而加以调整的艺术"完整"观，既认识创新作品的地位和意义，又看清因它而带来的全盘格局的价值关系的新变动。"诗人，任何艺术的艺术家，谁也不能单独的具有他完全的意义。他的重要性以及我们对他的鉴赏就是鉴赏对他和已往诗人以及艺术家的关系。你不能把他单独地评价；你得把他放在前人之间来对照，来比较。我认为这是一个不仅是历史的批评原则，也是美学的批评原则"①。说得好极了！完全超出了新批评某些自我封闭的理论模式，具有新鲜感和洞察力。

时隔四年，艾略特在《批评的功能》（1923）一文里，再一次肯定了前引的、他自己关于艺术"完整"的见解，并且说批评的功能主要也是确认这个问题。那么，凭什么？如何实现？批评家如何才能正确把握艺术作品这个"有机的整体"自身的流变呢？如何判明一个作家、一部作品真正使原有的整体的"关系、比例和价值"都得到调整，形成一种新的"完整"呢？艾略特突出了一个问题，他说："至今我能找到的最能说明批评家特殊重要性的最重要条件是批评家必须要有高度的事实感"②。对于这种"事实感"，他自己也说没有下定义。不过，他提到了批评家具备这种"事实感"的两个方面的意思。

1. 要用"证据"来阐释。阐释是批评家的必备能力，评论离不开阐释。但是，阐释有两种，一种是批评家主观精神的强加，自身观念的作品对象化。或者，每当政治运动、战略转移一来，批评家随意肢解和附会作品，为某种需要作"阐释"。另一种"阐释"，是用"证据"来表明，是批评家真正窥见、探测和掌握了作品的艺术实体的"阐释"。用艾略特的话，就是拿出事实来，让读者掌握容易忽视的事实。可是，如艾略特所说："可是要用外在的证据来证实他的'阐释'却不容易。对于任何一个在这个水平上精于掌握事实的人来说也许会有足够的证据"。或者，用我们的套话来说，这种阐释是发现，它不仅是对作家的"发现"的确认和辨伪，也是对作家不自觉的创造特点（艺术事实）的发现和阐明。

---

① 艾略特《传统与个人才能》，见《二十世纪文学评论》上册第180页，上海译文出版社。
② 艾略特《批评的功能》，《西方现代文论选》上海译文出版社1983年版。

2. 要用好"比较和分析"的工具。所谓用好，就是不要抓住鸡毛蒜皮，滥用一气。艾略特说："比较和分析的确是工具，但必须谨慎使用，决不能用于探究英国小说中提到过多少次长颈鹿"。如果回到前面一个命题，就必须全局在胸，真正看到一个作家、一部作品"和别人最不相同的地方"，真正在比较分析中看到文学整体的流变。

要对"新颖"的艺术事实有"事实感"，批评家也必须是艺术家。艾略特有一个很好的见解，作家也必然是批评家，"一个作家在创作过程中的确可能有一大部分的劳动是批评活动"，"某些作家所以比别人高明完全因为他们的批评才能比别人高明的缘故"。我们也可以反过来，批评家也应是艺术家，某些批评家所以比别人高明，是因为他们的艺术感受、艺术创造才能比别人高明的缘故。这也就是我们常说的，假如批评家是思想家而不是艺术家，那就只能有思想的发现而不会有艺术的发现一样。从这个角度，我们同意艾略特说的批评不能向读者"灌输观点"，而要"培养他们的鉴赏力"。他说得好："事实不会腐蚀鉴赏力"。

不过，我们在介绍本文所引的艾略特的见解时，应该注意到他的割断历史、现实与作品联系，割断作家、读者与作品联系的极端崇尚文本的新批评理论的局限性。这种局限性，集中表现在他的"客观投影"的理论。他在《哈姆莱特和他的问题》一文中说："艺术作品表达情感的唯一方式，是寻求一个'客观投影'；换言之，一组事物，一个情况，一连串的事故，为某一特定情感的公式；于是，当必须终止于感官经验的外在事物出现时，那个情感便立即被引发出来"①。

这种"客观投影"的理论，可以视为他的理论的内核。他认为，作家创作就是要寻求"一组事物，一个情况，一连串的事故"

---

① 转引自卫姆塞特、布鲁克斯《西洋文学批评史》第614页，中国人民大学出版社。

等客观性结构或客观对应物。要获得这种"客观投影",作家要放弃自我;批评家要认识这种"客观投影",也必须放弃自我。他的"生命""完整""事实感"等观念,都是这种"客观投影"的自成一体以及对它的认识。在他看来,人们感受到的那种意义重大的"感情是在诗中,不是在诗人的历史中",批评和鉴赏"并不注意诗人,而注意诗"。似乎那种客观的凝固的僵硬的对应物,与诗人的感受无缘,与读者的接受无关,高手可以探囊取物似的把它找到,一次论定,不由他人分说。这样,就引发出了他的"诗不是放纵感情,而是逃避感情,不是表现个性,而是逃避个性"、批评家"必须努力克服他个人的偏见和癖好""必须努力使自己的不同点和最大多数人协调一致"等等一些令人费解的话。

艾略特在理论上处于现代主义承上启下的时期。他本来是反对实证主义、印象主义的忽视艺术分析、文本分析的弊病的。但是,当他把自身孤立化、绝对化之后,就难以牢牢地站住脚跟了。西方批评家称他的观点为"无我的艺术",是一针见血的。当更为辩证的接受理论、文本与历史、与作家的相互关系的理论同这种理论较量时,它的弱点就明显了。尽管如此,只要我们把批评这种主客体辩证活动中的客体视为必要的、不可须臾抛弃的要素,只要我们在理论批评(无论哪个角度、哪个流派)上力图把握艺术的"完整"及其流变,只要我们不断培养自己敏锐的、开放的艺术洞察力,艾略特的艺术见解就是值得我们铭记的。何况,我们自身,过去正是在这方面显露出严重的欠缺。

1987 年 12 月

传记文学——作家的一种评论形式

一个作家要从事评论,传记文学大概是他最为恰当的形式了。

作家完全可以放开自己的感受和想象，在他最擅长的艺术创作的天地里，结合着、生发着他的评论。这是一种两栖的形式。评论家从评论出发，串联出作家的生平事迹，叫作评传；作家则爱写传记。在这种创作与评论、艺术与科学的两栖特点里，自然各有侧重。以往，我们往往把作家写的这类传记，完全列入创作，评论学——作为批评的再认识、再总结，似乎不曾投过目光，这多少是不公平的。

作家写传记，自然要依从真人真事，但让人物烂熟于心，完成人物总体塑造，同小说创作是有共同之点的。因为这样，作家在传记里对他所写人物的整体把握，常常是值得专业评论家认真借鉴的。也就是说，单从"作家评论""艺术家评论"这方面来说，这类传记文学也给我们提供不少经验。

作家写作家、艺术家的传记，由于要完成一个活生生人物的塑造，常常把他们看作自己亲近的朋友、兄弟和师长。茨威格撰写《巴尔扎克传》，像是叙说友人的非凡与缺陷，以令人哂笑的文字，描叙巴尔扎克的复杂与矛盾。罗曼·罗兰写《贝多芬传》《托尔斯泰传》，则以崇敬的目光，叙说自己景慕的英雄。罗曼·罗兰回忆自己给贝多芬写传记时，正处于精神上骚乱不宁的时期，于是走向贝多芬的故乡，"我逃出了巴黎，来到我童年的伴侣、曾经在人生的战场上屡次撑持我的贝多芬那边，寻觅十天的休息"。接着说：

> 在曼恩兹，我又听到他的交响乐大演奏会，是淮恩加纳指挥的。然后我又和他单独相对，倾吐着我的衷曲，在多雾的莱茵河畔，在那些潮湿而灰色的四月天，浸淫着他的苦难，他的勇气，他的欢乐，他的悲哀，我跪着，由他用强有力的手搀扶起来，给我的新生儿约翰·克利斯朵夫行了洗礼，在他祝福之下，我重又踏上巴黎的归路，得到了鼓励，和人生

重新缔了约，一路向神明唱着病愈者的感谢曲。那感谢曲便是这本小册子①。

这一段文字，是精妙动情的散文，又是感受性的艺术家评论、作品评论。音乐家及其作品给他精神上的启示和鼓励，写得形象极了。这本身就是对贝多芬这位"近代艺术的最英勇的力"的最富于独创性的评论。我们感到，任何人为地给评论画框框，定界限，都是不可取的。一切有利于读者亲近作家、亲近作品、认识各种文学现象的文字，都可以列为评论。

正因如此，这类传记写作总是有强烈的现实目的和各种功利考虑。作者要借名家的状写和评论，张扬自己的见解，干预实际生活。罗曼·罗兰在三四十岁的时候，致力于《名人传》的写作，他感到本世纪初欧洲的"沉重""重浊与腐败的气氛""鄙俗的物质主义"，"社会在乖巧卑下的自私自利中窒息"，需要援助苦难中的兄弟，于是，"这些'名人传'不是向野心家的骄傲中说的，而是献给受难者的"。他甚至说："《贝多芬传》绝非为了学术而写的"。他把诸名人的传记写作看作对现实中不幸人们的一种呼唤，"不幸的人呵！切勿过于怨叹，人类中最优秀的和你们同在。汲取他们的勇气做我们的养料吧；倘使我们太弱，就把我们的头枕在他们膝上休息一会罢。他们会安慰我们"②。奥地利作家茨威格谈起罗曼·罗兰这本《贝多芬传》，也说："贝多芬的人道主义，从来没有像这本小册子那样使新的一代感到如此亲切，这一位孤独者的英雄主义，从来没有像这本小册子那样鼓舞了如此众多的人"。茨威格本人写《罗曼·罗兰传》也是受这种精神的影响，也是"对罗曼·罗兰表示的崇敬，因为他在我们这个转变时期在道德上给了我以及其他许多人以最强有力的感受"，"在我们这个惶

---

① 《傅雷译文集》第十一卷第9页，安徽人民出版社。
② 《傅雷译文集》第十一卷第14—15页，安徽人民出版社。

惶不安的时代，我们竟得以体验到了如此纯洁的生活奇迹"①。

当然，传记的篇幅有大小，也还有其他的写作动机。鲁迅先生的《忆韦素园君》，属于回忆性的文字，对于这位"宏才远志，厄于短年"的年仅三十的青年作家，力所能及地追忆他的身世，悼念这位"默默中生存""默默中泯没"的"不幸"者，却又是"值得纪念"的"在中国第一要他多"的"石材"般的文人。当代美国作家欧文·斯通，以写传记闻名。他的成名作《梵高传》是有感于梵高那"富有生命感"的画而动笔的。作者的目的似乎不是直接针对社会和人群，而是指向一个人，一个奇异的人生。作者要探究"这个如此深切、如此感人地打动了我的心，为我拨开了眼中的迷雾，使我能够把生命作为一个整体来认识的人是个什么人呢？"为什么梵高的一生是"人所经历过的最为悲惨然而成就辉煌的一生。"②

作为传记，自然少不了一般性程序的记叙，诸如生卒、家世、健康、气质、性格、经历、爱情、婚姻、创作、社会影响等等。作家尤其善于描述。罗曼·罗兰写贝多芬"额角隆起，宽广无比""短小臃肿，外表结实，生就运动家般的骨骼"，说托尔斯泰"猿子一般的丑陋"，"巨大的犬鼻"，"宽广的额上划着双重的皱痕，浓厚的雪白的眉毛，美丽的长须，令人想起第雄（Dijon）城中的摩西像"。茨威格在《巴尔扎克传》中仅外观描写就有十多起，这些，自然是惟妙惟肖的肖像画。然而最为难得的是，撰写者对笔下的作家、艺术家的最具特征的内核的把握。正是这种把握，可以使得读者抓住他们艺术追求的本质。罗曼·罗兰对贝多芬的概括就是："一个不幸的人，贫穷，残废，孤独，由痛苦造成的人，世界不给他欢乐，他却创造了欢乐给予世界！"即贝多芬本人说的："用痛苦换来的欢乐"。但是，托尔斯泰不然，他富有、健康、

---

① 斯·茨威格《罗曼·罗兰传》第1页，湖南人民出版社。
② 欧文·斯通《梵高传》第2—3页，北京出版社。

家庭幸福、个人境遇顺畅。作为他个人一生去痛苦追求并最终实践的,罗曼·罗兰又作了这样的概括:"他的绝对的真诚"。正是出于这种真诚,家庭,乃至艺术都不能满足他,唯有人民的疾苦使他终日忧心。"在他热烈的心的仁慈中他们的痛苦与堕落似乎是应由他负责的;他们是这个文明的牺牲品,而他便参与着这个牺牲了千万生灵以造成的优秀阶级,享有这个魔鬼阶级的特权。接受这种以罪恶换来的福利,无疑是共谋犯。在没有自首之前,他的良心不得安息了"[1]。因此,他决计抛弃一切,离家出走。可以这样说,贝多芬是在苦难中寻求欢乐,托尔斯泰是在幸福中执着自己的痛苦。罗曼·罗兰正是在这种比较现象中,把握住评论这两位艺术大师的核心。

艺术直观大于理性认识,敏锐的艺术感受常常使成形的规则、定理显得贫乏。传记文学中所记下的作家的印象、经验以及对某些未能充分理解、或者难以理解的艺术现象的捕捉,常常比理论化的评论更丰富,逸出或者破坏学院派现成见解的框架。艺术创作中的理性与非理性、意识与无意识、常人与魔鬼的关系,常常容易遭到贬斥,或者不能加以认识。罗曼·罗兰和茨威格对此都表示肯定性的意见。对于后一种现象,罗兰称之为作家"有意识的灵魂"之外的"另一个客人",或者叫作"隐秘的灵魂","盲目的力量","秘密带在身上的一些魔鬼"。他说:"自有人类以来,我们的一切努力,都是要筑起一道理性和宗教的堤坝,来防御这个内部的海洋。一旦暴风雨来临(灵魂越健全,遭受的暴风雨越多),堤坝溃决;魔鬼们就获得了自由"。茨威格在《罗曼·罗兰传》中谈起这种现象,也说:"这些力量不是通过门窗,而是像一个幽灵通过他生活的大气,渗透到彻夜不眠的人身上。艺术家突然思想陶醉,听从于与己无关的意思,被'世界和生活的不可解

---

[1] 《傅雷译文集》第十一卷第401页,安徽人民出版社。

之谜'（歌德这样称呼魔鬼的力量）所征服。上帝犹如雷电降临到他的头上，地狱状如深渊开裂在他的眼前，而他却失去了理性，纵身投入崖底"①。对于这种现象，可以描述，但是成为科学认识的难题。茨威格的《巴尔扎克传》自始至终贯穿他的两重性的事迹叙述。一方面，他是一位平均每天撰写一章、每三天必得装满墨水瓶、用掉十个笔头的优质高产的大作家；另一方面，他又是追逐情妇、觊觎贵族世家，为"一个女人和一笔财产"而奔走的俗人。然而，传记作者说，巴尔扎克的日历同常人不同，他每天在创作中孤独生活二十三个小时，而露面给世界的仅"每天一点钟"，"真实的巴尔扎克，只有被他写作的那间屋子的四壁看见和听见"。因此，"没有一个和他同时代的能写他的传记；他的传记是包括在他作品本身里的"。不能写他的传记而又要写他的传记，这本身就是作者的矛盾。尽管我们不无理由责怪茨威格受弗洛伊德的影响，写女人和他的关系太多太多，但类似巴尔扎克这种两重性作家决非仅他一人。如果恩格斯提到了巴尔扎克的世界观与现实主义创作的差异，那么某种品行同伟大创作之间的差异，也是需要细致认识、不能简单处之的问题。

在他们的传记作品中，我们还可以随意拾到一些精妙的艺术分析，尽管这类传记常常不像评传那样在作品评论方面占有那样大的比重，而且多带有创作家个人的、非规范性的感受。茨威格分析巴尔扎克的创作，抓住写实主义的观察，并且把它看作他的创作的"决胜点"。他说："巴尔扎克发现了大秘密。任何的东西都是材料。现实的世界是个无穷无尽的矿山。作者只需从正当的角度去观察，每一个人也都成为了人间喜剧的一个角色，无分高低。"②巴尔扎克不是单独地写出一部一部小说，而是把它们联系在一起，同一人物可以重复出现，使他自己成为一个"司各脱兼

---

① 斯·茨威格《罗曼·罗兰传》第130—131页，湖南人民出版社。
② 斯·茨威格《巴尔扎克传》第230—231页，上海译文出版社。

工程师"。茨威格在分析罗曼·罗兰的《约翰·克利斯朵夫》时，称它为一部"英雄交响乐"。他认为只有根据音乐特性，才能理解小说的结构，最广阔的音乐画面的形式在这里被移植到了语言王国。他说："决不能说这部小说（只有办事简单化的人才会这样说）因袭了巴尔扎克、左拉和福楼拜叙事诗的传统，因为他们力图用化学方法把社会分解成一些基本元素。也不能说这部小说因袭了歌德、哥特弗利德·凯勒和司汤达的传统，因为他们力图使人物固定化。罗兰不是一个讲故事的人，也不是一个通常的诗人，他是一个音乐家，他要把一切都搞得很和谐"。罗曼·罗兰在《托尔斯泰传》里从总体上把握几部名作的特点，他说，《战争与和平》的魅力在于它的"年青的心"，富于青春的火焰，热情的朝气，伟大的气势；到了《安娜·卡列宁娜》，就更完美，艺术手腕更纯熟，但已没有同样的欢乐来创造了；及至《复活》，他看作托尔斯泰艺术上的一种遗嘱，叙述更集中，唯一的动作在紧凑地发展，几乎没有小故事的穿插。《战争与和平》里，男子们形象更优越，《安娜·卡列宁娜》中女子的性格高出男子，《复活》的抒情成分只占极少地位，玛丝洛娃的诗意的想象与青春的气韵就消失殆尽，只留下初恋的回忆。这些都是印象批评，也是难得的经验之谈。

欧文·斯通写《梵高传》更趋小说化，在调查基础上虚构的情节更多。作者追随画家生前活动的城市，访遍他的亲友，对他的不幸的爱情，不安的求索，神经质，割去耳朵送给女人，住进精神病院，最后开枪自杀作了详尽的描绘。同样，作者对梵高的新印象主义的艺术特色也作了很好的分析和评论。他说，高更主张"冷静地"画，梵高主张"热血沸腾地画"。梵高给一个男人画像，希望人们"感觉到这个男人滔滔汩汩流过的一生"。他把入画的自然看作"生命的运动和节奏"，"当我画一个在田里干活的农民时，我希望人们感觉到农民就像庄稼那样正向下融汇到土壤里面，而土壤也向上融汇到农民身上，我希望人们感觉到太阳正注入农民、土地、庄稼、犁和马的内部，恰如他们反过来又注入太阳里面一样"①。如同高更画风景，修拉画空气，塞尚画平面，劳特累克画人物，梵高是画太阳、星星和月亮，他在法国南部那个有着疯狂般太阳的阿尔找到了"自命为其统治者的领地"。梵高使用了文艺复兴以来欧洲绘画中从来不用的黄色。他一天画两幅、三幅油画，每一幅画上几乎抛洒了可以维持一年生命的鲜血。我们从梵高所画的人物、太阳、庄稼和土地的画面里，可以感到里面流贯着统一的鲜血，活动着一致的精灵，那便是热情洋溢的梵高自己。梵高一生穷愁潦倒，八年里没有一个人买他的画，他当然想象不到1987年，他死后不到一百年，他的油画《向日葵》打破了油画拍卖的最高纪录，以四千万美元被日本一家保险公司买去。

作家写传记，当然要表现他的追慕之情，然而，这不妨碍他们好处说好，不好处说不好。罗曼·罗兰年轻时同托尔斯泰通信，就怀着一种学子对导师的感情，视他为照耀他们青年一辈的"最精纯的光彩"的"巨星"。同时，罗兰又不作偶像崇拜，他批评托尔斯泰"排斥已成的一切"，有许多"偏狂的见解"。罗兰把这一缺点，归之于他过于激动，缺乏思索，加上"他的艺术修养不充分之故"。托尔斯泰四分之三的时间住在乡下，1860年之后没有去过欧洲，在艺术上显得耳目闭塞。罗兰批评他把毕维斯、马奈、莫奈等人都看作颓废的艺术家，在音乐上把勃拉姆斯与理查·史脱洽斯同样加以排斥，对贝多芬作不公正的贬损，甚至认为莎士比亚"不是一个艺术家"，《李尔王》是"拙劣的作品"。罗曼·罗兰在此提出了一个很好的见解："我们不能向一个创造的天才要求大公无私的批评"。同时，他又认为，托尔斯泰的这些不公正的、错误的见解和批判，对我们有另一种参照价值："如果我们要

---

① 欧文·斯通《梵高传》第465页，北京出版社。

在这些批判中去探寻那些外国文学的门径，那么这些批判是毫无价值的。如果我们要在其中探寻托尔斯泰的艺术宝钥，那么，它的价值是无可估计的"①。也就是说，有时候，某种意见与其说是针对别人、谈论别人，不如说是表白自己，是认识立论者的一个门径。

罗曼·罗兰认为，没有一个真正的艺术家掌握了艺术，而是艺术掌握了艺术家。艺术犹如猎人，艺术家不过是猎物。这是一个极为精辟的意见：艺术家的有限与艺术的无限。从作家到批评家，至多是一个飞舟击浪者，而艺术才是浩瀚的、生生不息的海洋。

1987 年 7 月

---

① 《傅雷译文集》第十一卷第 420 页，安徽人民出版社。

七　也算作结语

> 评论，作为对艺术的"感"与"知"，最终不宜导向一般，而是导向特殊。它是容纳理性思维的别一类艺术，是第二艺术。

评论，跃入艺术的一支。或者说得更确切一点，把评论看作第二艺术。——这个看法可以说是又陈旧，又新鲜。

评论当然不是诗歌、小说、戏剧那样的纯艺术。然而，人们不满足于艺术，而要求评论，正像不满足于现实，而要求艺术一样，这其中很耐人寻味。时日流逝，人们发现那种审判官宣读判决词式的批评形象，已经隐退到历史的幕后了。以艺术方式掌握世界，深深地吸引人们。于是，我们看到，把诺贝尔文学奖授予丘吉尔、罗素，有它的理由。从事艺术创作，不过是艺术凝结的一种形式。评论自有它的力量，召唤它的献身者。

有人把评论的发生视作评论家与作家在精神天国的一次幸会，评论家接触作品，对于他自己，反转来对于作家，都是一次难得的人生幸会。波德莱尔把《恶之花》题赠给批评家戈蒂耶，引发出后者力排众议、热情洋溢的罕见文字。巴尔扎克在一幅画前的慨叹和评述，被认为是这位画家"有幸使得伟大的小说家的灵魂颤动、猜测和不安"（波德莱尔），鲁迅对萧军、萧红、叶紫、韦素园、柔石、白莽的评论，其力量决不在这些作家作品之下。勃兰兑斯构思六卷本的《十九世纪文学主流》，自认将成千上万部作品经过"个人的观察",服从"个人的意愿",使之成为"一种力量,即人们通常称之为艺术的那种东西"。我们翻开勃兰兑斯的肖像,那分明流露出艺术家忧伤而又深邃的眼神。

人们在理论上常常作茧自缚,把艺术分这几类那几类,把文学分这几种那几种,把杂文、随笔列入创作,把评论排除在创作之外的非艺术类,这中间是很难自圆其说的。这里,我们采用大艺术概念。然而,在理论上辨明这个命题,至少要讨论下面几个问题。

从各种依附中独立出来

文学批评历来受到人们,(特别是某些作家、艺术家)的轻视,除了它自身存在的问题之外,与文学批评或评论在历史上长期的非独立地位有关。"批评"一词,源于希腊文,意为"判断"。亚里士多德在《诗学》中论及"批评"的时候,就谈到衡量诗和其他艺术正确与否的标准,实际上就是判断的标准。他提到一些批评家对荷马的无理指责,提出了自己进行分辨和判断的各种标准[1]。亚里士多德被视为古代希腊伟大批评家,但不是我们现代意义上的批评家、评论家。那时,批评是附属到诗学里面的。据韦勒克考证,在古代西方,"批评"与"文法"混在一起,同作品的文本和词义的阐释有关。到了中世纪,"批评"这个词几乎消失,只是作为一个医学术语。真正类似批评家的人,只是为《圣经》作注解。文艺复兴时期,"批评"一词恢复了它的古代意义。但是,批评家、文法家、语言学家可以互通,"批评"着重指古代文本的编纂和校勘。一直到17世纪,"批评"才从文法和修辞的附属地位,逐渐演变到对作家作品的解释和判断。据他说,"批评"这个术语在法语和英语里,有大致如上类似的演变过程[2]。

---

[1] 见亚里士多德《诗学》第25章,人民文学出版社。
[2] 参阅韦勒克《文学批评的术语和概念》一文,见他的《批评的诸种概念》,四川文艺出版社1987年版。

七　也算作结语

勃兰兑斯认为现代批评是 19 世纪的事情。他说："在雨果以前就有了现代抒情诗，而现代文艺批评——就这个词的严格意义而言——在圣勃夫以前是并不存在的"①。勃兰兑斯没有展开他的论点。但从他的前后文意思来看，主要是就文艺批评在这个时期已经形成了一个完整的、独立的形态。他说，圣勃夫取得了划时代的成就，开创了一个体系，奠定了批评这一门新的艺术，使批评能与戏剧、抒情诗等艺术部门相比，不分高下。在表面上，他这个意见同韦勒克的观点不尽相同。韦勒克的四卷本《近代文学批评史》（亦可译作《现代文学批评史》），是将近（现）代文学批评从 18 世纪中叶算起的，他认为，18 世纪出现的文学批评观念和学说，至今还有意义。但是，韦勒克在这里对文学批评理解得比较宽泛，把文学理论包括在内。从文学思潮来看，进入 19 世纪，新古典主义的理性主义让位于浪漫主义，唤起了创作和评论的个性发展和自由创造。韦勒克也认为，从 18 世纪中叶至 19 世纪 30 年代的批评史，应视为新古典主义的逐渐解体、浪漫主义竞相涌现的时期，重要标志之一是"现代历史意识的觉醒"，其中主要指时代的个性的张扬②。在这个过程中，文学评论作为一个类别，形成了，文体也独立了。商品经济促使评论和创作一样，成为社会性的需求，欧洲一些国家的期刊也由过去主要叙述学术著作演变成专评新出现的作家作品的批评刊物了。

俄国文学起步较晚。但它在经历了 18 世纪西欧文学、特别是法国文学影响之后，迅速脱颖而出。进入上个世纪，俄国文学批评与创作同时崛起。别林斯基认为他那个时代是"进行批评的时代"。他的名言："批评是现代灵智世界的唯我独尊的女皇"，他所说的："关于一部伟大作品说些什么这个问题，其重要性是不在这

---

① 勃兰兑斯《十九世纪文学主流》第五分册第 349 页，人民文学出版社 1982 年版。
② 参阅韦勒克《近代文学批评史》第一卷前言和导论，上海译文出版社 1987 年版。

部伟大作品本身之下的"①。他同杜勃罗留波夫、车尔尼雪夫斯基的实践,一下子把文学批评推进到英、法等西欧国家难以与之匹敌的重要地位。

中国的文学评论一直走着自己特殊的道路。在古代,中国同西方一样,都出现过卓有影响的文学理论家。作为现代意义的文学评论,恐怕是进入本世纪之后,才汇入世界性的潮流。在这之前,陆机、刘勰、钟嵘这样的大文论家,以及后续的文学批评,对诗文的评论成就最高,而且浩如烟海,小说评点和戏剧理论也出现过大家。但中国的批评理论形式如序跋、诗话、词话、注疏、笔记、评点以及文史哲大综合中的文论诗论,与中国处于现代期之前的文学状况有关。一种独立的、社会性的批评事业,一种能跻身诗歌、小说、戏剧而平起平坐的评论形式和批评文体,在中国还是进入本世纪之后的事情。

然而,本文着力争辩的作为第二艺术的评论的独立性,不仅是文体的、形式的,也不是历史发展进入现代期所必然出现的现象。这种独立性应从评论家的人格、评论的本体来考虑,是更为深层的。实际上,苏联斯大林时期,我国"左倾"思潮泛滥时期,典型被视作党性的范畴,评论成了政治的工具,化作"舆论一律"的变相社论专论,评论家的艺术见识和个性被剥夺殆尽。这里的独立性,从根本上是要把评论从工具论提升到创造论,评论家是创造者,评论是创造。评论不是中世纪注经的工具,不是书市商业广告的工具,不是政治的工具。如同人们评述的,福楼拜、司汤达、巴尔扎克是当时法国最富于政治性、社会性的作家,但首先是卓越的艺术家。评论家当然不能脱离政治、经济、道德、法律的各种关系,但必须是包融社会生活的独立的艺术评论家。而且对于艺术家和艺术品,评论也不是随声附和的工具。借用一个

---

① 见《别林斯基选集》第三卷第575页,上海译文出版社1982年版。

比喻性的现象，日本画家东山魁夷把他和评论他的艺术的川端康成之间的关系，说成是"美把我和先生联系在一起"，"先生和我彼此都珍惜孤独的心和心灵上的邂逅"，他视先生为"一座遥远的孤峰"，尽管语调相当凄婉，但它道出了二者独立而又亲密的关系。或者说，评论家和艺术家都是美的探求者、猎获者、创造者和磋商者。

"有我"渗透进"无我"

如果说新时期主要是引进了二十世纪西方文学批评的成果，在此之前，我们更多是借鉴19世纪的欧洲文学批评。自然，任何借鉴和吸收都是从本国需要出发，有赖于本国的运用和发挥，它不同于物质产品的进口原装。我觉得，传入我国的19世纪外来批评，主要是两大潮流："无我"倾向与"有我"倾向的潮流。前者的成就最大，对我们的影响也最大。

19世纪初期浪漫主义的消退与现实主义的兴起，在批评上也掀起了一股强劲的"无我"潮流。在批评上，它主张重客体，重实证，重调查研究，重研究文学与现实的对应关系，要求批评家放弃自我，对作家作品作客观公正的阐释与判断。假如"镜子说"（"书记说"意义相同）成为现实主义创作的通用比喻，批评就成了"镜子的镜子"。

圣勃夫主张深入调查作家的家谱、体质、健康、经济情况，同丹纳的决定文学的种族、环境、时代三原则是一致的。圣勃夫说："我若不考虑作家的人格，则很难评定他的作品。我毫不犹豫说：有这种树，才有这种果实"[1]。他要求了解作家对宗教、自然、异性、金钱、生活信条的看法，乃至了解他们的罪孽和弱点，这种研究文学的自然科学实证主义观点，很自然要求批评家注视客

---

[1] 卫姆塞特、布鲁克斯《西洋文学批评史》第402、403、407页，中国人民大学出版社1987年版。

体、收敛自我。勃兰兑斯说圣勃夫的"心灵的特质在于它能理解和阐释其他大多数心灵"。圣勃夫甚至认为批评的"价值依存于艺术家的价值"①。这种"无我"主张,只是引导读者去接近作品,让他们自己作结论,批评家的主体价值,被视作文学评论、作品评论的身外之物。在另一处,圣勃夫明确地说:"一个丰盈的批评家的天才的条件,就是他自己没有艺术,没有风格"②。

同一时期的英国大批评家阿诺德在批评潮流上,有相似之处。阿诺德在《当代批评的功能》谈到批评的法则,"这些法则可用一语来说,做到超然无执"③。他的"坚决不让自己去帮助关于思想的任何外在的、政治的、实际的考虑",实际也就是主张抛开自我的干预,追求一种绝对的独立,探求文学的本性、客观规律、纯正精神。卫姆塞特、布鲁克斯说:"的确,阿诺德对民族精神,很感兴趣;就如欧洲大陆当时流行的思想家如邓恩(即丹纳——引者)及其他人士;他也相信种族,环境,时代三大因素,也就是说,他相信文化乃决定文学的因素"。他们认为,"阿诺德终其身,始终坚信文学,必须有崇高的客观目标"④。

比较起来,俄国别林斯基等在批评要重客观、重实证的视角上,不如圣勃夫等那样宽泛,但在研究文学与政治、经济(财富掌握情况)的关系上,更接近历史唯物主义的核心。别林斯基突出的是批评的"理性""公理""时代精神",而不是批评家个人。他说:"判断应听命于理性,而不是听命于个别的人,人必须代表全人类的理性,而不是代表自己个人去进行判断"。因此,"每一部艺术作品一定要在对时代、对历史的现代性的关系中,在艺

---

① 勃兰兑斯《十九世纪文学主流》第五分册第350、380页,人民文学出版社1982年版。
② 引自《李健吾文学评论选》第218页,宁夏人民出版社。
③ 《西方文论选》(下卷)第81页,人民文学出版社1964年版。
④ 卫姆塞特、布鲁克斯《西方文学批评史》第402、403、407页,中国人民大学出版社1987年版。

家对社会的关系中,得到考察"①。杜勃罗留波夫干脆把他们的批评称作"现实的批评","从事实出发的现实的批评"。他认为批评的首要工作就是发现事实,指出事实,"批评的最好方法,我们认为就是把问题叙述得这样,使读者能够自行根据列举的事实做出自己的结论"②。批评家的作用就是达到"无我",接近作品提供的客观事实。他评论奥斯特洛夫斯基,就声明自己完全是根据这位剧作家自己提供的东西,纯粹是为了研究他的作品去接近它们。

上个世纪末,与上述批评潮流判然有别的是"有我"倾向的理论。这种倾向重主观,重印象,重批评家的自我表现。法朗士的名言"优秀的批评家就是这样一个人,他叙述了自己的灵魂在杰作中的冒险",已经在我国脍炙人口。他明确地说:"很坦白地说,批评家应该声明:'各位先生,我将借着莎士比亚,借着拉辛来谈论我自己'"③。英国王尔德也在同一时期对"评论家的主要目的就是要如实地看清所要评论的事物"这种理论提出批评,认为它"忽视了文艺评论的最完美的形式,这种最完美的形式本质上纯粹是主观的,其目的在于展示自己的秘密,而不是他人的秘密"④。美国的亨尼克、门肯、南山、奎勒库奇都有这种主张。这与19世纪后期艺术(特别是绘画)中的印象主义崛起密切相关。倡导者反叛现实主义,从创作到批评,都显示向艺术家、批评家的主体的倾移。

当然,用"无我"和"有我"两种倾向来概括上个世纪两大批评潮流,是并非十分周全的。而且,我们必须看到这样一个事实,批评家的理论宣言同他们的批评实践存在差异和距离。在理论宣言上,他们从特定的背景出发,为了反击自己的论敌,使自

---

① 《别林斯基选集》第三卷第573、595页,上海译文出版社1982年版。
② 《杜勃罗留波夫选集》第二卷第353页,上海译文出版社1983年版。
③ 卫姆塞特、布鲁克斯《西洋文学批评史》第457页,中国人民大学出版社1987年版。
④ 引自《英国作家论文学》第261—262页,三联书店1985年版。

己的观点立于合乎潮流的有利地位,常常出现因为反对一种倾向而走向另一种倾向的绝对化。在实际评论上,他们又常常是相当宽容、能容纳各种方法的。世间无绝对的"无我"、无个人,也无绝对的"有我"、纯主观。实证批评之存在"我",一如印象批评之蕴含"他"。

我们应该吸收的是"有我"渗透进"无我",这是艺术批评的精髓。实际上,上个世纪的伟大批评家,他们的评论杰作,都存在值得我们吸收的这种精髓。别林斯基在评论中所体现的诗人个性的热情洋溢,杜勃罗留波夫的评论里那种深沉的、细密的感情律动,伴随着他们锋利的思想抨击,无不显示他们强烈的自我。勃兰兑斯说圣勃夫的"批评产生了一个有机体,一个生命,就像诗歌一样",里面"诗歌已经同批评水乳交融",这分明是说,批评对于原作,是另一个新生儿。别林斯基说批评家"完全忘了自己",圣勃夫说批评"没有艺术,没有风格",我们是决不能信以为真的。

融科学精神于人文精神

近来,我们越来越通行把 20 世纪西方现代哲学分为科学主义和人文主义两大潮流。这种划分已伸展到西方现代文艺批评理论。这样分法是否恰当,有待讨论,但它至少在一个方面提供了宏观的视角,让人们看到本世纪西方思潮的新变与发展。当然,关键不在划分本身,而在我们的理解与评价,以及商讨和确认我们应有的取向。

这种明确的划分来自苏联。西方哲学家的分类更早,同苏联有不尽相同而又某种相通的地方。这些都同文化思想发展到本世纪的特殊态势有关。M. 怀特认为哲学的发展进入 20 世纪,已经由过去那种整体的、综合的、包罗万象的体系走向了分析。他说:"二十世纪表明为把分析作为当务之急,这与哲学史上某些其他时期的庞大的、综合的体系建立恰好相反"。他把现代哲学都看作是从黑格尔那里分支出来的,黑格尔"不仅影响了马克思主义、存在主义与工具主义(当今世界最盛行的三大哲学)的创始人,而且在这一时期或另一时期还支配了那些更加具有技术哲学运动的逻辑实证主义、实在主义与分析哲学的奠基人"[①]。他认为,欧洲大陆更多注意于黑格尔的人文主义方面,英美哲学更多注意于它的技术方面,或者名为经验主义、科学主义。它们的区分不是绝对的,彼此存在相互呼应、犬牙交错的地方。即以罗素来说,被西方视为最大、最有影响的哲学家,列为科学主义奠基人,他自己也说:"我再重复地说,我最感兴趣的事是把数学应用到实在世界里"。但他仍然保持一种热忱、情绪和欲望,甚至自认"尽可能多保存传统的宗教信仰",时常"倾向于泛神论"。很明显,进入本世纪,过去那种大一统的、庞大的体系走向了分析,走向了多元,分化出历史哲学、科学哲学、文化哲学、道德哲学、生命哲学、符号哲学、神话哲学、结构主义、现代阐释学,等等。

文学批评理论也出现相同趋势。本世纪已经不满足于过去那种混沌地泛泛而论主体与客体的关系,不满足重实证、重印象的笼统主张。各种流派走向分析和多元。比方说,俄国形式主义着眼于作为文学作品的手段的语言的"陌生化""文学性",突出文学研究不同于哲学、历史学、社会学、心理学。英美"新批评"注重文本的有机整体性,把作品同作者和读者的意向切开,在诗歌批评上作出了成绩。法国结构主义研究语言学和叙事学模式,提炼具体作品中的抽象模式,对小说和传说故事作了有益的探索。然而,它们都以追求一种纯客观的、科学主义的最终解释为目标,这种脱离人和历史的乌托邦设想,宣告了它们的失败。在这同时和以后,特别是本世纪60年代之后,人文主义批评主张一直生存

[①] M.怀特《分析的时代》第5、7页,商务印书馆1985年版。

并逐渐抬头。弗洛伊德的精神分析补充了过去文学批评从未涉及的无意识领域，荣格的分析心理学又对弗洛伊德作了补充，追溯到神话母题，奠定了原型批评。人类文化学从大文化范围吸引人们的注意。由于人文观念、人的主体价值观念重新受到重视，解构主义反叛结构主义，继承海德格尔的存在主义的现代阐释学又活跃起来。当 M. 怀特注目本世纪的上半叶，认为重逻辑、重数理、重语言的科学主义倾向"代表现代哲学界的最活跃的和最重要的趋向"，那么，进入本世纪后期，就不能这么说了。

　　这里，要提到马克思主义在文学评论中的地位和作用问题。像西方哲学家仅仅把马克思主义归入人文主义潮流，这是不公正的。历史唯物主义的生命力，依然被众多严肃的学者所承认。马克思主义包含人文精神和科学精神两个方面。但是，马克思主义运用于批评如同整个马克思主义一样，在今天出现危机，这也是一个公认的事实。这可以从两方面讨论。一、苏联和新中国建国后，由于斯大林的思想控制和我国的"左倾"思潮泛滥，很长一个时期把一国革命和专政的经验（有时甚至是个人的理论兴趣），夸大为整个马克思主义，定于一尊，对多元的马克思主义探求进行排斥和打击。伯恩施坦的非暴力论，考茨基对达尔文的注意，普列汉诺夫对斯宾诺莎的关心，托洛茨基和布哈林对苏维埃官僚政权的批评，其他一些人把马克思主义同康德、同弗洛伊德联系起来的努力，一律当作异端邪说加以批判。与此关联的文学批评的自由讨论和百家争鸣，形同虚设。马克思主义日益僵化、教条化。二、恩格斯在晚年一方面看到把重点放在考察经济基础的必要性，同时，又看到"过分看重经济方面"的偏颇。他寄希望于青年，寄希望于未来在考察事物的"总的合力""交互作用的因素"方面，有新的发展。然而，马克思主义被庸俗化，始终在经济决定论、阶级斗争决定论的狭窄轨道上运转，文学评论走入庸俗社会学。与此同时，如前所述，世界学术思想蓬勃发展，争鸣日炽。文学批评的新观念、新方法日益切入文学的本体和作家的主体,吸引人们的注意。我们只有从政治和学术两个方面,坚持开放和改革,争取马克思主义新的活力。假如马克思主义的多元化,已经成了抹杀不了的事实,许多学者把马克思主义与心理分析学、与存在主义、与符号学、与结构主义、与阐释学相结合的种种努力,都应加以鼓励。

文学评论涉及整个社会生活,涉及到主体和客体的丰富性和复杂性,涉及社会科学、自然科学和边缘科学各个领域,它本身就要求对人类的思维成果采取取精用宏的态度,而不能把自己的视野弄得狭窄单一。在人类智慧的长河中,企望纳全部真理、绝对真理于一时,这是虚妄的。人们清楚地看到,人类哲学的基本命题,心与物,主体与客体,人文与科学,从柏拉图起,可能一个也没有彻底解决,也不可能最终解决,但人的认识在前进。我很同意英国哲学家艾耶尔的看法:"我的答复只能是:哲学的进步不在于任何古老问题的消失,也不在于那些有冲突的派别中一方或另一方的优势增长,而是在于提出各种问题的方式的变化,以及对解决问题的特点不断增长的一致性程度"[1]。马克思主义与西方现代哲学,人文主义与科学主义,都会朝前发展下去。

我们把希望寄托于未来,我们瞩望于世界的智者。但是,我们也并非无所作为。如果牵涉本文谈论的文学评论,我们有没有某种"不断增长的一致性"可以商讨呢?我以为,就其本性、本质来说,文学评论基本上是属于人文精神的。审美,美学,属于人文范畴。评论的对象的特殊性和它自身的要求,就具有这种规定性。我们应该吸收形式主义理论在语言、结构分析上所取得的成果,借鉴新知识、新思维的成就,尽可能作一些技术性、科学性和规律性的考察,探究事物的本质。但这一切都包容在评论家

---

[1] 艾耶尔《二十世纪哲学》第19页,上海译文出版社1987年版。

的主体感受里，体现出他们对艺术、对人生的审美认知和评价，甚至引发出美的创造。评论的出发点和归宿都是人文范畴，它的价值不是依赖于艺术品，不是存在于不以人的意识为转移的客观主义分析里，而是仰赖于作为主体的评论。那种走入极端的科学主义分析，如结构主义一度表现出来的抹杀作品个性的抽象模式的解析，似语法条例的罗列，读来味同嚼蜡。正如法兰克福学派成员霍克海默所批评的，在科学主义那里，"人完全变成了哑巴，只有科学才能讲话"（《批判理论》）。别林斯基说的，批评"用脑子去感受艺术，而没有心灵的参与，而这，几乎比用脚去理解艺术还更坏"，可以说是从一个基点上道出了评论的真谛。

评论是美文，是评论家创造的生气灌注的有机体，是包含理性认知的艺术，这些赞词越来越多了。如今，不仅评论家，作家、艺术家，甚至哲学家、政治家也热心这个行业了。把评论排行"第十个文艺女神"，已经不够了，它神游于前九个文艺女神之前。这里，仿照对自然而言人的创造是"人化的自然""第二自然"这个说法，那么，对于纯艺术来说，可能较为恰当的说法，评论是第二艺术。

1989 年 3 月

后　记

1981年，我面临我生命路途中的一个转折点，经过十七年的绕行之后，我又回到了文学单位。

我是被新时期的文学召唤到重搞文学的。那时，我经常进出杂志室，觉得每一本杂志都那么沉甸甸，里面跃动着一个个灵魂。在我们的新文学历史中，还很少像那时一样，聚集着那么多真诚的心灵，倾吐出那么动人的、拍击人们感情和心扉的文字。我决计离开我从事的新闻编辑工作，我要向它告别，搞文学去。

我骑自行车上班，从西往东，把北京城穿了一遍。那个时候的精力不错。由长安街东西延展，也真是一条很好的路。我的心情像路上行人脸上的欢笑一样。

最初，在文学编辑工作之余，写点评论。是作家的激情点燃了我的激情，作品的情思引动了我的情思。我也读过不少评论，被国内外评论家那些"用自己的心智灌注生命于所见所闻"（歌德）的文字所吸引。说来好笑，我写的少量评论的一些构思，乃至一些句子，是在自行车上完成的。有时，我口中念念有词，自我唠叨。也有时，夜半醒来，那些飘浮未定的思绪仍然牵动着我，于是，独自起床，记录下来。笨鸟先飞，我又是一名评论队伍中的迟暮者，我沉湎于这种微小的、自己拟定的欢乐里，或许这本身就是我的目的。

列入本书附录部分的评论，大都是这种心态下写成的。

往后，也就是近几年，我又集中精力考虑评论本身，就评论本身作一点力所能及的探讨。于是，断断续续，有的发表，有的积累、补充、扩展，形成这七个单元的探讨文学评论的书稿。评论的奥秘是探取不尽的，我乐于这探取之中。

对于我评论的作家，以及搞评论的同伙，无论是年长于我，还是年幼于我的，我一直视他们为我的老师。我渴望他们的友情与帮助。

书稿不是教科书式的章节结构，各论题独立成篇。其中，极少量发表过，大部分是我构思时留存下来的。篇尾注明写作年月，可以看出我当时的情况。书稿不着意那种逻辑严密的环环相扣式的构架，读者可自由翻检，不必拘泥于顺序。恭请读者批评指正。

本书能够写成并印出，特别是在今天，能以如此令人满意的形式出来，得到友人田扬帆、刘森辉等的具体指点和帮助。还有王先霈、缪俊杰、何文轩、王庆生等的关心。在此，诚致谢意。

1988 年 11 月 25 日
于北京皇亭子

楚天凤凰不死鸟
——沈从文评论

我说沈从文（代序）

王　蒙

　　作家是靠自己的作品来吸引关注的目光的。作家的命运同样也能令人感叹唏嘘不已。作家的命运有时成为了更加富有感染力的作品。不知道这种"命运"是不是一种悲哀。

　　老舍的"太平湖"的悲剧性超过了骆驼祥子。与自己的遭际的惊心动魄相比，胡风的理论与创作其实相当平实。丁玲的一生也似乎比她的《选集》更令人心潮难平。沈从文更是如此。他的寂寞和安静似乎也是一种奇异的"艺术创作"。

　　上小学的时候就知道沈从文很有名。是老师告诉我的吗？但他的作品没有能怎么吸引我。我太渴望革命了。我希图在小说中看到的是地下工作者的散发传单与躲避追捕，是刑场上就义的革命者高唱"起来，饥寒交迫的奴隶"，是大罢工中的抬棺游行，是监狱变成了马克思主义革命理论的学校……当然，沈从文的作品里没有这些。我记得小时候读沈从文的《丁玲》的失望心情。有什么奇怪呢？就连鲁迅的作品也曾使我觉得缺少革命。

　　沈从文小说里的那些乡土风光和民俗也难以获得我的认同。我们那一代人太饥饿了！我们要求革命，我们要求光明、解放、幸福、爱情、英特纳雄奈尔，我们如饥似渴！我们要求的是投入，是献身，是战斗，是牺牲……我们常常没有耐心去倾听言不及义的沈从文。沈从文太从容了吧。

　　后来说是他很不革命乃至站在革命的对立一边，所以，解放以后他就写不下去了。是谁讲的呢？反正我听到了这样的说法，一个作家写不下去了，真是怪可怜的。

自顾不暇的动荡的二十年过去了。在少小的革人家命的骄矜之后又补上了被革的狼狈的一课，心气变得平常了些。然后知道沈从文在海外得到了很高很高的评价。在中国作家协会为欢迎聂华苓而在"萃华楼"举行的宴会上，我第一次与朴实无华的沈从文先生碰面。我只觉得他是个平静的小老头儿。

1980年初春，在美国耶鲁大学访问时，我与艾青夫妇应邀到沈先生的妻妹张女士家里吃午饭。沈先生夫妇也正在那里。耶鲁大学的布告牌上张贴着沈先生的两次讲座的预告。一次的题目仿佛是《社会是一部大书》，这个题目不是挺马列的么？另一次的题目仿佛是介绍某个朝代的中国服饰，那就很专业了。而我，即使看服装表演的时候也常常把注意力放在人即模特儿而不是服饰上。

沈从文先生个子不高，谦和质朴，既不俨然，也不凄然，本本色色，没有任何锋芒和矫饰。

我的头发留得过长了。张女士有推子，就为我推了推，剪了剪，然后洗了头。这也是可以引以为荣的吧。

1981年初回国以后听说咱们大陆上对沈先生也越来越热了，又说是外国要给沈老颁发"诺贝尔文学奖"了。终于并没有发，这很好，大家都好。又有好几位青年热心于继承沈先生的道路，沈先生的风格，连给人物起名字也满是"沈"风。然后《边城》呵，《湘女萧萧》呵都拍成了电影。文艺界都说很好，但也不怎么卖座。

我听到过一些会议上人们赞美沈先生的"伟大的孤独"，这种赞美想必是有根据的。他们对沈先生的爱戴是很感人的。只是窃以为伟大这两个字太强烈，而孤独二字又太温柔了。如果这样说不准确，至少"伟大"太热，而"孤独"太凉了。真正的孤独大概是不那么需要伟大的帽子的。伟大难，孤独又谈何容易？到1987年，就听说有的青年在会议上抢夺麦克风来宣扬"艺术是孤独的""艺术是寂寞的"啦。可见，寂寞和孤独也是可以有"侵略性"的。

沈先生相当一段时间住在崇文门西大街社科院的宿舍楼。自美回国后，我去探望过这位前辈一次——我家在斜对过，沈先生饭后散步去了，没见着。不太久，沈先生与《光明日报》的黎丁老哥一道屈尊回拜鄙人来了，鄙人也没在，家里只有个年近九十的姥姥。后来登了报，说是由于领导的关怀，沈老享受了什么什么级的待遇，又当了什么什么委员，迁入新居了。那几年我也是芝麻开花节节高，也搬了。又穷忙。彼此便没有什么交往了。

直到后来知道沈先生住院。知道沈先生不幸去世。便赶去看望沈夫人。我那时在任上。在任上屡屡要去追悼吊唁前辈，慰问遗属，也有多次经验听取遗属对于治丧的想法，死后哀荣，对于遗属并非可以马虎的，对于后死者，也同样是不可逃避、不可轻乎的一件大事。哪怕死者生前留过"从简"的遗嘱，沈先生的家属在那种情况下也向我强调了他们的意见，不过与别的丧事的遗属要求的导向相反，她们强调的是尊重死者的意见，不搞任何追悼吊唁活动，务必别搞。我答应一定如实向上反映。便这样反映了。

后来在报纸上读到新华社记者郭玲春的报道。说了"寂寞"，说了文名，报道写得很好。

现在又接触到贺兴安同志论沈从文的书稿。我自愧知之甚微，无从序起。却又觉得能心平气和、实事求是地论一论沈从文，这本身就是一种进步，是一种成熟，包括艺术的成熟，批评的成熟，人心的成熟，乃至"政策"上的成熟。终归是要成熟的。我想起去年有幸去过的湘西——怀化、凤凰（沈先生家乡）、吉首、永顺。那里的风光，那种山水的存在是不可能被忘却的。湘西别是一个迷人的世界。进行不进行旅游开发，都无关宏旨。谁能做得到，吹出一个胜景或者"晾"干一个景致呢？除非那儿的丘壑本身就没什么成色。

1991 年 6 月 24 日

前　言

　　人们之所以不满足于现实，而要求历史，乃由于历史是对于现实的超越。人们在现实中，不忘从历史吸取自己的灵感，充实自己，发展自己。

　　现实中许多难解之谜，不解之谜，总是留待历史。历史总是显示较高的品格，因而它不可能照抄现实，照搬现实。现实中许多正确的东西，总是被历史保留下来，而偏颇的、不正确的东西，又总是得到历史的匡正。现实中某些幼弱的东西，在历史中显示它的后劲，而现实中某些合理而存在的东西，历史有时不去作同样的渲染。对于明智人来说，面临这种历史眼光与现实需要存在某种差异乃至相悖的现象，不困惑，不虚无，耐心作细致的分辨，既尊重现实，又着眼于历史，着眼于未来。

　　本书所评述的人物，是大家已经熟知的。沈从文同新文学其他卓有贡献的人物一样。他感受"五四"新文化的召唤，怀抱"文学革命""救救国家"的满腔热忱，带着自己经历的人世沧桑，带着饱览的奇异山水，孤身一人投奔北京文化城。此后，他顽强不息地写作。在这种顽强不息中，他把自己体内的优势和弱点，同时也发展了下去。垂暮之年，当他重返湘西这一片故土，无论是大青石板街的旧景，民俗民情，家乡人演唱的"高腔"和"傩堂"，还是某人言谈中勾起的往昔回忆，都会使他在默然凝思中，溢出泪水。当初，他就是怀着顽强不息的精神，下决心把自己的全部爱编织到文学里去，用自己"乡下人"的感情建造自己的

"希腊小庙"。他只想在写作上终其一生，就像泅水者"扎猛子"一样，而且倔得要命，不顾政治，只钻艺术。在给汪曾祺的信里，他曾说："拿破仑是伟大，可是我们羡慕也学不来。至于雨果、莫里哀、托尔斯泰、契诃夫等等的工作，想效法却不太难。"这是何等动人的心愿呀！他坚持顽强不息地写作。终因人为的处置不当，搁下了那支创作的笔。

之后，又是顽强不息地钻研文物，把自己对美、对艺术的爱，作另一种转移。雪莱的墓志铭有诗云："他并没有消失什么，不过是感受了一次海水的变幻，化成了富丽而珍奇的瑰宝。"沈从文离世时，留言不举行追悼会，不举行遗体告别仪式，留给人间和大地的，是五百万字的文学作品，六十多个专题的文物研究，包括那本周总理授意撰写的、重达八九磅、拿都拿不动的《中国古代服饰研究》。周总理逝世时，他紧锁房门，以"身体不适"告白，谢绝来访。当然，后人无从知晓他哀悼总理的无从记述的思绪。临到他离开人世，适逢清明之时，对他的认识和待遇，也逐步调整过来。纵令太晚了一点儿，毕竟，他是比较平静地辞世了。

对于现代人来说，那种认为提出一种现象，就是排斥另一种现象；肯定一种事实，就是否定其他事实；或者进而言之，阐明一种途径一种方式，就是堵塞别的途径，甚至认定是提出一个方向、一条道路的思维模式，已经日益为人们弃置不用了。对于文学艺术来说，尤其如此。沈从文以自己辛劳而坎坷的一生，换来了一个极为平实的真理，那就是在为人民服务的前提下，在繁荣中华文化和世界文化的前提下，如他在遗作《抽象的抒情》一文中所说的：

> 只要求为国家总的方向服务，不勉强要求为形式上的或名词上的一律。让生命从各个方面充分吸收世界文化成就的营养，也能从新的创造上丰富世界文化成就的内容。让一切

创造力得到正常的不同的发展和应用。让各种新的成就彼此促进和融和，形成国家更大的向前动力。让人和人之间相处的更合理。让人不再用个人权力或集体权力压迫其他不同情感观念反映方法。这是必然的。

此文未完成，可能写于1961年，是在"文化大革命"期间被查抄没收后幸存的。他的这种希求和愿望，随着我们改革开放的不断进展，也渐渐得到证实或实现了。

人们对一些历史事实的认识，总是朝着日益趋同的方向发展。现实的纷争，轮到历史长年的沉淀，总会冷静地、捐弃前嫌地加以对待。即使是那些经历历史的过来人当事人，最初带着种种歧异甚至动过肝火，他们本身也复现着历史超越现实这一提升，这一飞跃。在文学艺术中，人们完全能够平心静气地讨论一些问题。因为，人们总归是把小小的恩怨得失，放置在历史发展的更高需要之下。人们越来越走向相互切磋，携手品评，达到一种更为清醒、更为科学的共识。一方面，我们国家的现代化建设，需要这样。另外，更重要的，我们相通的，相连的，都是那颗为人民、为文艺繁荣的心。

第一章 一个艺术型"乡下人"的铸成

沈从文先生逝世后，丧事办得十分简单，不收花圈，不戴纸制的白花，只是花篮里布满了白色的百合花、康乃馨、菊花、葛兰。每人发一枝半开的月季，播放着他生前喜爱的贝多芬的《悲怆》奏鸣曲。

沈先生爱音乐，善绘画，从事的工作是凭借文字。对自然景色，对人事哀乐，对宇宙人间的万事万物，他总是善于去发现美，竭力去捕捉美，表现美。他一生可说是陶醉于美的事物中了。对于表现美的境界，他觉得文字不如绘画，绘画不如数学，数学不如音乐。在美的博大丰富、难以言传的魅力面前，他恰有"只恐双溪舴艋舟，载不动许多愁"之感。这一切，自然是由他的出身和经历酝酿而成的。如我们常说的生理素质、心理素质、社会环境等等。特别是由于他的自我掌握，对自身素质特点的自觉把握，不懈地去培养，去锻炼。或者说，在他成为艺术家之前，早已是一个艺术家；在执笔当作家之前，早已以一个艺术家的眼光看待世界了。

一、苗族、土家族的血液

沈从文的亲祖母是苗族人，母亲是土家族人。他身上混合着汉族和少数民族的血液。年轻的沈从文，长得很"帅"，眼神有一股英气，到了老年，微笑时，俨然像一位慈祥的苗族老人。关于这一点，遗传学上有遗传与变异之说，群体遗传学又研究同一群体有一个基因原，它与后天环境产生交互作用，形成特定的生理素质并联系到心理素质，这一切撇开不谈，沈从文的朋友是有直接观察的。施蛰存就谈到他"苗汉混血青年的某种潜在意识的偶然奔放"，说"他的天分极高"①。朱光潜说"他的性格中见出不少的少数民族优点。刻苦耐劳，坚忍不拔，便是其中之一……少数民族是民间文艺的摇篮，对文艺有特别广泛而尖锐的敏感"②。

　　沈从文谈到父亲和亲祖母时说，同治二年，做过贵州总督的祖父沈洪富二十六岁便死掉了，"祖父本无子息，祖母为住乡下的叔祖父沈洪芳娶了个苗族姑娘，生了两个儿子，把老二过房做儿子"。这个老二便是他的父亲。苗族妇女受到民族歧视，"照当地习惯，和苗族所生儿女无社会地位，不能参与文武科举，因此这个苗族女人被远远嫁去，乡下虽埋了个坟，却是假的。……我四五岁时，还曾到黄罗寨乡下去那个坟前磕过头"③。这段家史是令人心酸的。他后来谈到苗民问题，追溯到苗族的苦难历史，就说到："这种旧账算来，令人实在痛苦。我们应当知道，湘西在过去某一时，是一例被人当作蛮族看待的。虽愿意成为附庸，终不免视同化外。"④ 可以说，这种感情上的"痛苦"，源于他的家世，一直是他心灵上隐隐颤动的一根弦。他自身的经历，他耳闻目睹的苗人的历史和湘西的苦难，从一开始就颤动这根弦，构成他的作品中富于感情的诉说。

　　一个作家的血统如何影响到他的艺术特性，也是人们注意的一个问题。勃兰兑斯评论法国作家戈蒂耶，就说他的母亲是"一

---

① 《滇云浦雨话从文》，见《长河不尽流——怀念沈从文先生》，湖南文艺出版社1989年版。
② 《从沈从文先生的人格看他的文艺风格》，《花城》1980年第5期。
③ 《沈从文文集》第九卷第104页，花城出版社、生活·读书·新知三联书店香港分店1984年版。（以后引自本文集，均同一出版社，不再注明）
④ 《沈从文文集》第九卷第413—414页。

位稳重端庄的美人,据说她的血管里有波旁王朝的血液",还说"无疑在他的家族中有着一些东方人的血液"。他还说:"正如在大仲马和普希金的作品中,大部分凶残和暴力的描写可以追溯到黑人的血统,那么随着年华增长,在戈蒂耶的人品和作品中可以看出东方人的特征,也可以从生理学上加以说明。"① 作为土家族的母亲,沈从文只是说到"我的母亲姓黄,年纪极小时就随同我一个舅父外出在军营中生活,所见事情很多,所读的书也似乎较爸爸读的稍多。……我等兄弟姊妹的初步教育,便全是这个瘦小、机警、富于胆气与常识的母亲担负的。……我的气度得于父亲影响的较少,得于妈妈的似较多"②。

他谈起自己父亲的风仪,说他"硕大,结实,豪放,爽直,一个将军所必需的种种本色,爸爸无不兼备"。还说,父亲从小灌输给他的种种军人后代教育,加上家人的身世,"使我在任何困难情形中总不气馁,任何得意生活中总不自骄,比给我任何数目的财产,还似乎更贵重难得"③。

抗战胜利后回到北京不久,沈从文为介绍舅表侄黄永玉的木刻,写了一篇文章,就涉及他们那个社会环境的影响。他谈到黄永玉"出身苗乡",他们生长的那个小地方大半是戍卒屯丁,小部分是封建社会放逐贬谪的罪犯。其中有一个在辛亥革命攻占雨花台,首先随大军入南京的一个军官,就是清朝有过"军功"、参加过包围太平军的"爬城之役"的田兴恕的小儿子田应诏。此人与蔡锷同在日本士官学校毕业,性喜"饮酒赋诗",又在凤凰城办了个中级美术学校,促成本地出了几个湘西知名画家。沈从文说:"这种种正可说明一点,即浪漫情绪在这个'爬城世家'头脑中,作成一种诗的抒情、有趣的发展(我和永玉,都可说或多或少受了点影响)。"④

---

① 《十九世纪文学主流》第五分册第331—332页,人民文学出版社1982年版。
② 《沈从文文集》第九卷第105—106页。
③ 《沈从文文集》第九卷第105、144页。
④ 《沈从文文集》第十卷第154页。

黄永玉谈起他们那个"太美"的县城凤凰城时,介绍过在中国生活了近六十年的新西兰老人艾黎的话:"中国有两个最美的小城,第一是湘南凤凰,第二是福建的长汀……"① 沱江从东穿过凤凰城北,山清水秀,白塔倒影,古朴之风熏心袭人。笔者曾作一天的逗留。沈从文谈起湘西,谈到沅水乘小船的旅途见闻,就引用过屈原的"朝发枉渚兮,夕宿辰阳""乘舲上沅"的类似经历。屈原说的"沅有芷兮澧有兰",大概就是指出香花香草的沅州以及生长芷草等兰科植物的白燕溪等地。那黛色悬崖,长叶飘拂,幽香暗度,真是迷人胜景。沈从文说:"若没有这种地方,屈原便再疯一点,据我想来,他文章未必就写得那么美丽。"②

这就是他的出生和环境,是先天与后天安排的。在《烛虚·长庚》里,他就说到"我正感觉楚人血液给我一种命定的悲剧性"。他谈到自己的创作,就涉及这方面的影响:"我实在是个乡下人。说乡下人我毫无骄傲,也不在自贬,乡下人照例有根深蒂固永远是乡巴佬的性情,爱憎和哀乐自有它独特的式样,与城市中人截然不同!他保守、顽固、爱土地,也不缺少机警却不甚懂诡诈。"③ 如果把其中的有些词,不作太大的贬义来解释,便可见出他的坚韧,对故土的挚爱,这一切,都是家乡传给他的。

二、"为现象所倾心",对现实做到"五官并用"

沈从文儿时爱玩,爱逃学,从说谎到使用各种手法和花招。心计败露,就挨打,挨打之后,又继续逃学。那个装有《论语》《诗经》《幼学琼林》的书篮,成了逃学的障碍,他就把它藏到土

---

① 转引黄永玉《太阳下的风景——沈从文与我》,《花城》1980 年第 5 期。
② 《沈从文文集》第九卷第 239—240 页。
③ 《沈从文文集》第十一卷第 43 页。

第一章 一个艺术型"乡下人"的铸成

地庙的神龛里,同时存放的常有五个、八个,他是搁置次数最多的。

最初,枯燥的书本同外界自然相比较,后者的吸引力大。他从沉闷的私塾逃到外面空气下,"我的心总得为一种新鲜声音,新鲜颜色,新鲜气味而跳"①。看人下棋、打拳、相骂,看人做香烛、绞绳子、织竹簟,看老人磨针,看学徒做伞,看染坊的苗人在石碾上摇摆,甚至看到屠户肉案上"新鲜猪肉砍碎时尚在跳动不止"。他看杀牛,从放倒畜生到内脏的位置——知晓;在铁匠铺,火炉上放出了臭烟和红火,他对铁器的制造程序也不会弄错。造纸工作场如何捣碎稻草与竹条,河滩上船工如何把粗麻头搅上桐油石灰嵌进缝隙里补船,无不饶有兴趣地吸引他。

从好奇、贪玩,到后来慢慢养成一种性情,"我的智慧应当从直接生活上吸收消化,却不须从一本好书一句好话上学来"②。他完全陶醉在自然与人生的外在世界里,摆脱了世家子弟常有的啃书本、近君子、远庖厨的习性和洁癖。他站在乡场上,"乡场上那一派空气,一阵声音,一分颜色,以及在每一处每一项生意人身上发出那一股不同臭味,就够使我们觉得满意!"③ 可以说,他本人的气质和幼时的习性,酝酿了他的艺术型的个性,形成了一个未来的艺术家的雏形。

沈从文幼时的一个突出特点是,用全部感官直面现实,做到"五官并用"。这就造成了他后来一个特殊见解:"真正搞文学的人,都必须懂得'五官并用'不是一句空语!""你得习惯于应用一切感觉,就因为写文章原不单靠一只手。你是不是尽嗅觉尽了它应尽的义务,在当铺朝奉以及公寓伙计两种人身上,也有兴趣辨别得出他们那各不相同的味儿?你是不是睡过五十种床,且曾

---

① 《沈从文文集》第九卷第 110 页。
② 《沈从文文集》第九卷第 110 页。
③ 《沈从文文集》第九卷第 137 页。

经温习过那些床铺的好坏？你是不是……"① 仅从气味和声音来看，他就谈到幼时爱到各处去听，各处去嗅闻，如死蛇的气味，腐草的气味，屠户身上的气味，烧碗处土窑淋雨。以后的气味，还有，蝙蝠的声音，黄牛被屠户用刀割进喉里叹息的声音，田塍穴里大黄喉蛇的鸣声，夜晚鱼在水面拨刺的微声，都能分辨得清清楚楚。《从文自传》的第一句话就是："拿起我这支笔来，想写点我在这地面上二十年所过的日子，所见的人物，所听的声音，所嗅的气味，也就是说我真真实实所受的人生教育……"他描写自己生长的凤凰小城，仿佛浮凸出来，似可让人用手去触摸。他写一个山脚下的拂晓，天上有星星，院子里有虫声，出现了"虫声像为露水所湿，星光也像湿的，天气太美丽了"（《旅店》）的描写，用触觉去状写声音和光线，读者也需要五官并用、五官相通，才能感受。

我翻查了一下，作家谈感受世界时，较多是讲用眼睛观察世界。著名的如福楼拜讲过，走过一个杂货商、一个守门人、一个马车站面前，要描绘这个杂货商、守门人不同于别的杂货商和守门人，"还请你用一句话就让我知道马车站有一匹马和它前后五十来匹是不一样的"。讲"五官并用"的似不多见。契诃夫讲过"作家务必要把自己锻炼成一个目光敏锐，永不罢休的观察家"，还讲到"在偏僻的驿站上和农民的草房里过夜……臭虫会把您咬死……沿铁路您务必要坐三等车，坐在普通人中间"②，实际上也是多感官地体验生活。桑塔耶纳谈到"人体一切机能都对美感有贡献"时说："眼和耳的快感，想象和回忆的快感，最易客观化和消没在观念中的；但是如果我们称它们为美的唯一材料，那就暴

---

① 《沈从文文集》第十一卷第329—330页。
② 《契诃夫论文学》第416、400页，人民文学出版社1958年版。

露了不可饶恕的轻率,以及我们对有关的原理体会的浮浅"①。沈从文的"五官并用"的见解,使得他后来的文字有丰富的感性色彩,产生一种色香味俱全、全面诉之于感官的浮雕感、立体感、整体感。他还谈到嗅出各种物体的气味,"要我说来虽当时无法用言语去形容,要我辨别却十分容易",这可联系到他在作品中"五官并用"的空间意识很强。当语言文字还不能表达美的特殊境界和感受,他还希望求助于别的工具和载体,一切得服从审美的需要。

　　这也就是严文井说的"从文先生对于美具有一种特殊的敏感"② 的一个方面。沈从文到后来离家当兵时,这种敏锐的感受一直得到发展。他分辨得出沅水、辰河流域的各种各样的船。《常德的船》里,写到各种各样船的名目、形状、颜色、桅杆、船身、头尾、性能,乃至橹手、纤夫的固定数目,即使是水上行家,也叹为观止。他曾经在舅父身边当过一个小小警察所的办事员。他喜欢商务印行的《说部丛书》,觉得狄更斯的书不像别的书"净说道理"而是"记下一些现象",或者有本领"把道理包含在现象中"。他这样介绍自己的个性:"我就是个不想明白道理却永远为现象所倾心的人。我看一切,却并不把那个社会价值掺加进去,估定我的爱憎。我不愿问价钱多少来为百物作一个好坏批评,却愿意考查它在我感官上使我愉快或不愉快的分量。我永远不厌倦的是'看'一切。"③ 这些养成了一种无挂碍、无城府的审美习性,接触宇宙和人生的万事万物,总是被事物本身的美质所吸引,不受伦理道德、习俗观念的羁绊。

　　为了表现对美的痴情,他使用过一些赤诚而又炽热的语言,

---

① 乔治·桑塔耶纳《美感》第36页,中国社会科学出版社1985年版。
② 《长河不尽流——怀念沈从文先生》第113页,湖南文艺出版社1989年版。
③ 《沈从文文集》第九卷第179页。

令人赞赏。对于一些新鲜事物、奇异人生，觉得"时时刻刻要用这些新鲜景色事物喂养我的灵魂"。到了一个新的乡下，"我把一个乡间的美整个地啃住，凡事都使我在一种陌生情况下惊异"①。一种对美的强烈饥渴，对美的穷追不舍，在他身上十分突出。沈从文是调动全部感官感受世界最突出的一个作家。当然，这些特殊的艺术气质，一方面促进了艺术才情的发展，做到他所说的"接近人生时，我永远是个艺术家的感情，却绝不是所谓道德君子的感情"；另一方面，由于过多忽视理性，当他表白"我为了把文学当成一种个人抒写，不拘于主义，时代，与事物伦理的东西"，说到"不读过什么书，与学问事业无缘的我，只知道想写的就写，全无所谓主义，也不是为我感觉以外的某种灵机来帮谁说话"②，他的弱点和局限性也包含在里面了。

三、惨痛的经历

司马长风把沈从文同高尔基作比较，是有道理的。他们都是自学出身，在社会的下层流浪过。不同处也很多，拿童年来说，沈从文有一个较为温馨的家庭，而就青少年的亲身经历来说，沈从文耳闻目睹的社会苦难，较之高尔基就更为惨痛，更为触目惊心。

辛亥革命时，起义军攻凤凰城失败。他的父亲和叔父卷入了那次攻城，表哥险些被害。年约九岁的沈从文听叔父说，衙门从城边抬回了410个人头，一大串耳朵，死者上千。后来，他入伍参加清乡，仅沅州一个地方，不分青红皂白，先后杀了六七千人。在怀化镇约一年零四个月，他作为上士司书，就眼看杀过七百人。

---

① 《沈从文文集》第一卷第138页。
② 《沈从文文集》第一卷第344页。

第一章 一个艺术型"乡下人"的铸成

那次攻城失败,他跟着父亲去看人头。"我就在道尹衙门口平地上看到了一大堆肮脏血污人头,还有衙门口鹿角上,辕门上,也无处不是人头"①。这种杀戮持续了约一个月,抓来的大都是苗乡人。有时一天捉来一两百,杀不过来,就采用在天王庙大殿前掷竹筊的办法,一仰一覆的顺筊,开释;双仰的阳筊,开释;双覆的阴筊,杀头。"看那些乡下人,如何闭了眼睛把手中一副竹筊用力抛去,有些人到已应当开释时还不敢睁开眼睛。又看着些虽应死去还想念到家中小孩与小牛猪羊的,那分颓丧那分对神埋怨的神情,真使我永远忘不了"②。作者说,"我刚好知道'人生'时,我知道的原来就是这些事情"。

更为惨痛的是这样的景象,在怀化镇街头,他看到:"前面几个兵士,中间一个十二三岁的小孩子,挑了两个人头,这人头便常常是这小孩子的父亲或叔伯。后面又是几个兵,或押解一两个双手反缚的人,或押解一担衣箱,一匹耕牛"③。这个场面写进过他的作品。人生有此一遇,对心灵的刺痛,是会终生不忘的。

沈从文不是那种名门子弟,现实使他不能温文尔雅,行伍之家使他亲近下层人民。他喜欢下雨天打赤脚,可以在泥泞深水里畅行无阻。他读私塾,从西城就可以看到牢狱,看到杀人。野狗把尸首咋碎或拖到小溪中去,他们这群孩子就拾起小石头向尸体和头颅掷去。在军队里,他还是一名炖狗肉的能手。他看到人头用草绳作结,成十字兜,高高挂起,有人甚至攀上去,用手拨那死人眼睛,或抛掷人头,引为乐事。他本人,"我因为好奇就踢了这人头一脚,自己的脚尖也踢疼了"④。

这种经历在中国内地的作家是极少遇到的。一般作家青少年

---

① 《沈从文文集》第九卷第 124 页。
② 《沈从文文集》第九卷第 126 页。
③ 《沈从文文集》第九卷第 169 页。
④ 《沈从文文集》第三卷第 123 页。

时期唯恐避之不及的事情，沈从文身上偏偏发生了。这近乎冷酷的一踢，或投去石头的一击，固然满足了好奇，但当他静下来时，又陷入了沉思。他看到被杀者跪在地下"伸长颈项，给刽子手一种方便砍那一刀"，过后，杀人者忘记了，被杀者家人也似乎忘记了，他心里十分难过。当他了解到，那些胡乱抓来的"匪犯"，如果认罚可以取保释放，六个人一次就被罚了四千，军队自认"这是一种筹饷的最方便办法"，他更是难以入睡。到了后来，他约兵士再去看杀人现场，心情变了："尸首不见了，血也为昨天的雨水冲尽了，在那桥头石栏杆上坐了半天，望到澄清的溪水说不出话。我是有点寂寞的"①。

高尔基在流浪生活中也遇到"铅样沉重的丑事"，经历过许多侮辱人、压迫人的事情，但较多属于灵魂的折磨，是对人道的呼求，沈从文看到的是鲜血和生命的付出，是成百上千的无辜者的杀害，是一个在民众心灵上远比当时的俄罗斯更为麻木的现实。在沈从文说来，这一方面酿成了他对生命的执着，对文学启蒙、启迪民心的渴求，另外，也在因为胡乱杀人"影响到我一生对于滥用权力的特别厌恶"中，滋生了一种非权力、非暴力的思想。

四、走向"为新的人生智慧光辉而倾心"

沈从文十四岁多进了部队以后，他的"为现象所倾心"、用五官把握世界的艺术性情继续得到发展。但是，随着从家乡到沅水流域十三个县的军旅生活的扩展，随着阅历的丰富，随着对社会苦难和奇异人生的观感，他已经从顽童的对世界景象的陶醉，进入了一个艺术家所特有的双重生活状态，尽管这一切还是雏形的，

---

① 《沈从文文集》第三卷第126页。

未见诸文字的。

所谓艺术家的双重生活，就是指他们过的一种双重身份、两种人物的生活。他们生活于现实世界，又生存于自己构想的艺术世界。沈从文在军队里，有同其他兵士副官一样的食宿住行、例行奉差，另外，又过着一种特立独行、孤独寂寞的精神生活，或寄情于人物景色的凝视与遐想，或沉湎于更宽泛更深远的人生幻想。

在军队里，他常常孤独静坐。面对部队上操，井边汲水，妇人洗衣，学生玩球，都能使他呆坐半天，任思绪飞翔。他喜欢到河边去，"独自坐在河岸高崖上，看船只上滩"。他被身体贴在河滩石头上的背了纤绳的船夫所感动，"那点颜色，那种声音，那派神气，总使我心跳"。在别人习焉不察的船只下货的普通景象里，他看"小水手从那上面搬取南瓜，茄子，成束的生麻，黑色放光的网瓮。那船在暗褐色的尾梢上，常常晾得有朱红裤褂，背景是黄色或浅碧色一派清波，一切皆那么和谐，那么愁人"。他说："美丽总是愁人的。我或者很快乐，却用的是发愁字样。但事实上每每见到这种光景，我总默默的注视许久。我要人同我说一句话，我要一个最熟的人，来同我讨论这些光景。"[①] 然而，没有这个人。

黄永玉谈到沈从文时说："文学在他身上怎么发生的？他的故乡，他的家庭，他的禀赋，他的际遇以及任何人一生都有的那一闪即过的机会的火花，都是他成为文学家的条件。"[②] 在军队生活的后期，他作为一个艺术家，已经孕育生成了。他的性格和经历开始出现了三个逆转：由贪玩转向了好学，由从戎转向了投笔，由为现象倾心发展到同时也为智慧倾心了。

沈从文从姓文的秘书那里借到一本《辞源》，爱不释手，又同

---

① 《沈从文文集》第九卷第 175 页。
② 《长河不尽流——怀念沈从文先生》第 470 页，湖南文艺出版社 1989 年版。

别人合订一份上海《申报》。特别是他随部队从川东回到了湘西。在陈渠珍身边当了一名书记，有机会接触大量古书、旧画、碑帖、铜器、古瓷，并对照去翻阅《四库提要》。这时，他的兴趣变了。老朋友觉得他变得"古怪"了一点，"老朋友同我玩时也不大玩得起劲了"，身在军队，又感到自己成了一个"从戎而无法投笔的人"。不久，又调到本地一个报馆，看到了《新潮》《改造》《创造周刊》和许多新书籍，接受了"五四"新文化的影响。他对自己作了深刻的反省："我虽时时刻刻为人生理象自然现象所神往倾心，却不知道为新的人生智慧光辉而倾心。"①

一个豁然开朗的智慧世界向他敞开。知识与权力，智慧与武力，他选择了前者。"知识同权力相比，我愿意得到智慧，放下权力"。他感到需要"陈述一份酝酿在心中十分混乱的感情"，知道了"新的，正在另一片土地同一日头所照及的地方的人，如何去用他们的脑子，对于目前社会作反复检讨与批判，又如何幻想一个未来社会的标准与轮廓"②。他感到有一种更理想、更合于他的个性、更合于他的生活的事业，等着他去做。他带着几分幻想，几分冒险，即使是把生命压上去，赌上去，也要向一个新的生疏世界走去。他孤身一人，来到了北京。

当我们对沈从文1923年来到北京之前的出生、素质、气质、经历作如上综述的时候，可以引用纳撒尼尔·赫什在《天才与创造智能》一书中对天才所作的一段抽象分析。他说："天才们自己……知道他们与有才能的人不是同一类人，并且在自身与有才能的人之间看到了比任何其他人之间的差别，包括农夫与王子、精神病患者与低能儿之间还要更大的差别。他们之间从内在本性上就相反：天才是创造，有才能的人是改造；天才是凭直觉，有才能者靠分析和探索；天才进行追求，他的生活目标是创造；有

---

① ② 《沈从文文集》第九卷第220—221页。

才能者靠野心来驱使，他们的生活目标是权力；天才永远是一个在陌生领地上的陌生人，永远是一位在陌生的插曲当中短暂的逗留者；而有才能的人呢，地球对他们来说是一个乐园，是一个天然的、没有冲突的社会调节器。不过天才也具有才能，他的才能可以发展到实现自己的创造力、使它永久存在下来。有才而不多的天才就好像语言能力很差的伟大智者；非天才的有才者就好像附属了低能头脑的一瓣能说会道的舌头。"[①] 如果我们联系实际，作一些唯物求实的理解，其中逐一各点，与沈从文的情况是相吻合的。

赵瑞蕻、杨苡提出了研究沈从文的为人、创作道路、全部著作的一个"出发点"，提出了打开沈从文的文学宝库乃至包括文物研究的"一把钥匙"，这个出发点和这把钥匙就是沈从文一再说的"生活是一本大书"。他们说："沈先生说这句话是在二三十年代，直到八十年代我们到北京去拜访他时，他还一再跟我们说这么一句看起来很平常，但包含着深邃意味的话。……沈先生说：'我的智慧应当从直接生活上吸收消化……'；又说'我的生活中充满了疑问，都得我自己去寻找解答。我要知道的太多，所知道的又太少……'"[②] 这个阐述同赫什讲的天才是创造、凭直觉、进行不懈的追求，是相通的。

读者不难看到，在沈从文如何铸成一个"乡下人"的艺术性格里，他后来在创作中的那种独创性、直觉性、悲剧美意识以及疏远政治与理论的观念，都潜伏在里面了。自此以后，他在文学创作上，走着一条孤独探索、业绩卓著的道路，也是一条曲折痛苦的道路。

[①] 引自阿瑞提《创造的秘密》第435—436页，辽宁人民出版社1987年版。
[②] 《沈从文研究》第一辑第246—247页，湖南大学出版社1988年版。

第二章　令人忧虑和哀叹的乡间生灵

　　1923年夏,二十岁的沈从文离开湘西,来到北京①。他向自己的大姐夫陈述自己的志向,引用了《新青年》《新潮》《改造》里面有关文学革命的"使我发迷的美丽辞令"。他认为,"社会必须重造;这工作得由文学重造始,文学革命后,就可以用它燃起这个民族被权势萎缩了的情感,和财富压瘪扭曲了的理性。两者必须解放,新文学应负责任极多。我还相信人类热忱和正义终必抬头,爱能重新黏合人的关系,这一点明天的新文学也必须勇敢担当。我要么从外面给社会的影响,或从内里本身的学习进步,证实生命的意义和生命的可能"②。他当时的文化水平是高小未毕业,不会标点符号,全靠自学。凭着自己的胆气和毅力,住在酉西会馆一间湿霉霉的房间里,练就零下十二度不用火炉过冬的耐寒力,三天两天不吃东西的耐饥力,坚持自己的阅读和写作。

---

① 据成山的《沈从文离湘时间考》(载《吉首大学学报》1991年第1、2期),沈从文离湘来京时间应是1923年,不是他本人说的1922年。由于年龄的折算,加上民国纪年和公元纪年的不同,沈从文夫人张兆和也对笔者说过,"沈从文有时把时间弄错"。

② 《沈从文文集》第十卷第300—301页。

一、闪光的怀乡片断

沈从文进了北京城，心还留在自己的家乡。他谈起自己十五岁方才离开的那个美丽而又古怪的凤凰县城，说过这样的话："现在还有许多人生活在那个城市里，我却常常生活在那个小城过去给我的印象里。"这种心情，可以说贯穿他整个的一生。

他早期写的作品，尽管从各单篇来看，显得结构松散，大多不成熟。但是，里面常有精彩的片断。这些片断像碎珠似的，散见于各篇之中。这些精彩的散珠，就是他的浓郁的怀乡之情。它们携带着一些细节，负荷着作者抒情的特有的艺术分量。一个作家的潜力，往往不是表现在他开初能不能拿出完整像样的东西，而是在开初的作品里，有没有特异的闪光的东西。

《怯步者笔记——鸡声》[①] 写到他在北京的一个半乡村式的学校里，偶然听到一声鸡鸣。于是，勾起了"过去的切慕和怀恋"，获得"一种极深的感动"，他写道："至少有两年以上，我没有听到过鸡声了。"

> 初来北京时，我爱听火车汽笛的长鸣。从这声音中我发现了它的伟大。我不驯的野心，常随那些呜呜声向天涯不可知的辽远渺茫中驰去。但这不过是空虚寂寞的客寓中一种寄托罢了！若拿来同乡村中午鸡相互唱酬的叫声相比，给人的趣味，可又完全不同了。

作者疑心北京城不养鸡，但饭馆的"辣子鸡""熏鸡"和菜场竹罩下的活鸡又证明不然，他有点不解，"北京的鸡，固然是日陷

[①] 《沈从文文集》第十卷。

于宰割忧惧中,难道别地方的鸡,就不是拿来让人宰割的?为什么别的地方的鸡就有兴致引吭高歌呢?我于是觉得北京古怪"。一个"乡下人"的乡情和对乡村生活的称许溢于言表。

后来,来到上海,总计算着"我已经有八年不曾看过我那地方的天空,踏过我那地方的泥土"(《灯》),怀想当年"因为外面天井中蛐蛐的声音,把年青时的旧梦勾起"(《还乡》),自己"坐在房间里,我的耳朵里永远响的是拉船人声音,狗叫声,牛角声音"(《〈生命的沫〉题记》)。这些都可以单独剔出来,作为散文诗来阅读。在散文、小说和其他文章里,都夹杂着这种动人的抒情。

这方面,做到尽情宣泄的,是他 1927 年写的《船上岸上》①。他回忆当年同叔远一段水路上的经历,听到那"声极清,又极远"的"摇橹的歌声",控制不住自己的感情了:

我们不能不去听那类近乎魔笛的歌,我们也不能不有点儿念到渐渐远去的乡下所有各样的亲爱熟习东西。这样歌,就是载着我们年青人离开家乡向另一个世界找寻知识希望的送别歌!歌声渐渐不同,也像我们船下行一样,是告我们离家乡越远。我们再不能在一个地方听长久不变的歌声。第二次也不能了!

他们又终于从河岸回到船上,想起刚刚在街上见到做小生意的善良老妇人,"上船来,同远睡在一块儿,谈到这妇人,远想起他妈,拥着薄被哭。哭,瞒不了我,为我知道了,我只能装成大人,笑他'不济事'"。其实,他本人心里何曾不哭、不流泪呢?

他早期的作品就见出绘画美,常常把自己的乡情乡愁渗进一个特殊画面里。这里看出他的绘画才能,对空间事象的审美能力。

---

① 《沈从文文集》第一卷。

有时一两笔,即令读者难忘,如他想起"在烟雨迷漾里,配上船舱前煮饭时掠水依桅的白色飘忽炊烟"(《记陆弢》)。有时,简短描绘之后,跟着又是抒情。他想起苗人"用山上长藤扎缚成的浮在水面上走动的筏","女的头上帕子多比斗还大,戴三副有饭碗口大的耳环,穿的衣服是一种野蚕茧织成的峒锦,裙子上面多安钉银泡(如普通战士盔甲),大的脚,踢拖着花鞋,或竟穿用稻草制成的草履"。他说:"男的苗兵苗勇用青色长竹撑动这筏时,这些公主郡主就锐声唱歌。君,这是一幅怎样动人的画呵!人的年龄不同观念亦随之而异,是的确,但这种又妩媚,又野蛮,别有风光的情形,我相信,直到我老了,遇着也能仍然具着童年的兴奋!望到这筏的走动,那简直是一种梦中的神迹!"[①]

二、吊脚楼的爱与怨

他早期的作品体现一种散文化倾向,以表达自己的思绪和情感为依归,不为已成的各种文体的规则所约束。他在 1929 年说过自己的文章"更近于小品散文,于描写虽同样尽力,于结构更疏忽了",说"我还没有写过一篇一般人所谓小说的小说,是因为我愿意在章法外接受失败,不想在章法内得到成功"[②]。

实际上,也不尽然。他最早的作品确有结构不严的现象,到后来,已十分注意结构的安排了。

1928 年发表的短篇小说《柏子》[③],开始了他的独具特色的吊脚楼题材作品。美国记者埃德加·斯诺在 30 年代编译的中国现代

[①] 《在私塾》,见《沈从文文集》第一卷第 177 页。
[②] 《沈从文文集》第三卷第 89 页。
[③] 见《沈从文文集》第二卷。

短篇小说选《活的中国》，收进了这篇作品。鲁迅同斯诺的一次谈话，列举了包括沈从文在内的中国七八个最好的小说家。《柏子》的成功与影响，也使得"柏子"成了作者引用的夜宿吊脚楼的船夫的代名词。

作为湘西河流特有的生活景象，吊脚楼面对河街，背靠河水，房子用木架支撑在河崖上，宛如后腿。终年在船上卖力的船夫，同漂泊寄食的妇人，过一种吊脚楼夜生活，掀开了中国乡镇下层者、流浪者生活的一角。

《柏子》展示了他们炽热的情欲，那种不乏真诚的信誓，过后又是那种两难诉说的凄凉与悲苦。最初，船只靠岸，桅子上的歌声唱起。妇人把后窗打开，一盏小红风灯在桅子上挂起。一会儿，唱歌人就跃上吊脚楼，来到了妇人身边。

> 门开了，一只泥腿在门里，一只泥腿在门外，身子便为两条臂缠紧了，在那新刮过的日炎雨淋粗糙的脸上，就贴紧了一个宽宽的温暖的脸子。
>
> 这种头油香是他所熟悉的，这种抱人的章法，先虽说不出，这时一上身却也熟悉之至。还有脸，那么软软的，混着粉的香，用口可以吮。到后是，他把嘴一歪，便找到了一个湿的舌子了，他咬着。

作品顺便一笔："房中那盏满堂红油灯是亮堂堂的，照了一堆泥脚迹在黄色楼板上"。汪玨谈到梅儒佩将《柏子》译成德文发表时说："至今我还记得他的笑声，一面向我叙述柏子带着两条泥腿扑倒在女人床上，楼板上的脚印……种种细节，一面连呼：'妙极了，妙极了！'"[1]。还有，作品写的人物的村野、泼辣的语言。女

---

[1] 见《吉首大学学报》1991年第1、2期，沈从文研究专号。

人说:"悖时的!我以为到常德被婊子尿冲你到洞庭湖底了!"船夫说:"老子把你舌子咬断!"等到互表"忠贞",男人说:"你规矩!你赌咒你干净得可以进天王庙!"女人说:"来你妈!别人早就等你,我掐手指算到日子,我还算到你这尸……"真是妙极了。

沈从文曾经说过,"你们能欣赏我故事的清新,照例那作品背后隐伏的悲痛也忽略了"。作品在那阵欢爱戏谑之后,又让我们看到了钱的交易:先是女人把柏子的身上搜光,雪花膏、卷纸、手巾、香粉罐子。再就是他把腰边板带中塞满的铜钱倒光,这是他一两个月的储蓄。船夫点燃废缆子,返回船上,作品对他进行了透视:"这一去又是半月或一月,他很明白的。以后也将高高兴兴的做工,高高兴兴的吃饭睡觉,因为今夜已得了前前后后的希望,今天所'吃'的足够两个月的咀嚼,不到两月他可又回来了"。读者不禁叹息:这赤热而又痛苦的乡间生灵!

这种周而复始的吊脚楼生活,蕴藏着太多的内容。除了文学圈子,社会学家、政治学家、经济学家,都可以从中得到思索和慨叹。

比较起来,《丈夫》[①] 有更深广的开掘。这个妓船的女人有一个丈夫,她把船系在吊脚楼下的支柱上,或者说她明天可能成为吊脚楼的主人,或者是其他结局。她们刚从乡下来,离开了家园,离开了石磨同小牛,也离开了丈夫,来到这船上做"生意"。作者把她们的来历写得很清淡:"事情非常简单,一个不亟亟于生养孩子的妇人,到了城市,能够每月把从城市里两个晚上所得的钱,送给那留在乡下诚实耐劳种田为生的丈夫处去,在那方面就可以过了好日子,名分不失,利益存在,所以许多年青的丈夫,在娶妻以后,把妻送出来,自己留在家中耕田种地安分过日子,也竟是极其平常的事"。这种清淡的介绍隐含着悲苦。

---

① 《沈从文文集》第四卷。

作者把笔伸进了这种"特殊家庭"。作品中的丈夫照例要换一身浆洗干净的衣服,腰里挂了短烟袋,背了红薯糍粑,带了妻子欢喜吃的圆而发乌金光泽的板栗,赶到河街上探亲。及至上了女人的船,却不能亲近自己的妻子,"如今与妻接近,与家庭却离得很远"。先是面对妻子那身打扮,"大而油光的发髻,用小镊子扯成的细细眉毛,脸上的白粉同绯红胭脂,以及那城市里人神气派头,城市里人的衣裳,都一定使从乡下来的丈夫感到极大的惊讶,有点手足无措",接着又因妻子接客,自己只得怯生生钻到后梢舱上低低地喘气。

> 到要睡觉的时候,城里起了更,西梁山上的更鼓咚咚响了一会,悄悄的从板缝里看看客人还不走,丈夫没有什么话可说,就在梢舱上新棉絮里一个人睡了。半夜里,或者已睡着,或者还在胡思乱想,那媳妇抽空爬过了后舱,问是不是想吃一点糖。本来非常欢喜口含冰糖的脾气,是做媳妇的记得清楚明白,所以即或说已经睡觉,已经吃过,也仍然还是塞了一小片冰糖在口里。媳妇用着略略抱怨自己那种神气走去了,丈夫把冰糖含在口里,正像仅仅为了这一点理由,就得原谅媳妇的行为,尽她在前舱陪客,自己也仍然很和平的睡觉了。

黄永玉说:"他的一篇小说《丈夫》,我的一位从事文学几十年的,和从文表叔没见过面的前辈,十多年前读到之后,深受感动,他说:'……这篇小说真像普希金说过的,'伟大的俄罗斯的悲哀''"[①]。对于这篇作品的把悲愤隐藏在冷峻里的叙述风格,日本的冈崎俊夫早在三十年代就作过评介:"有一个做妓女为业不觉耻

---

① 黄永玉《太阳下的风景——沈从文与我》,见《花城》1980 年第五期。

辱,逐渐丧失农民朴素的妻子和带着青菜找那个妻子的丈夫,要是一位左翼作家的话,一定以咏叹的怒吼来描写这场悲惨状况,这位作家却用冷静和细致的笔来描写,而且在深处漂浮着不可测度的悲痛。"[1] 作品把中国乡村穷苦夫妻的恩爱如何挤压在权势、金钱和淫欲之下的那种苦痛,不露声色、不张声势地描述出来,让人们去思索。

《丈夫》同《柏子》和作者其他吊脚楼作品不同,它脱去了较为单一的男女欢爱和索取授受的描写,牵连进了更深广的社会内容。作品提及的男人和女人在农村受到的盘剥,村长和乡绅的势派和威风,成了女子出乡做"生意"的背景。作者还正面插入了水保这个兼船上一霸和妓女干爹为一身的特殊人物,插入了酗酒副爷的上船行乐,插入了巡官"考察"女人的行径,他们都是可以随意占有那个妻子而丈夫自己只得躲进后舱里的人物。作品在妻子老七身边安排了两个女人,一个是掌班大娘,一个是年仅十二岁的五多,她们也许是这个妻子的未来和过去的影子。老青幼三代妇女的辛酸,维持着这条妓船和吊脚楼的生活。

作品写出了这一对夫妻的相约与相许,间或的怨艾以及终归的恩爱。丈夫在船上发现失去了"丈夫"的身份,坦然摸出了烟管风同火镰,却被妻子忽然夺去,塞给了一枝"哈德门"。自己进城一趟,又不能亲近妻子,执意"要回去",妻子一句话,一个眼神,外带给他买一把二胡,又把他留下了。船上醉鬼要追查拉琴的人,妻子只得"急中生智,拖着那醉鬼的手,安置到自己的奶上"。后来,丈夫坚决要走,妻子只得把一夜两笔卖淫的钱交给丈夫。男子"摇摇头,把栗子撒到地下去,两只大而粗的手掌捣着脸孔,像小孩子那样莫名其妙的哭了起来"。

沈从文善于在非道德、非伦理的生活里发现人的美质。日本

---

[1] 转引自《沈从文研究》第一辑第190—191页,湖南大学出版社1988年版。

的冈本隆三在《沈从文的〈旅店〉及其他》一文里赞美沈从文远远脱离道德君子的感情,能在不伦理的东西里也发现美的感性[①]。第二天一早,《丈夫》中的夫妻两个回转乡下了。但是,读者会问,在那样的日子里,他们能长久待在乡下不再回来吗?

三、辰河水上的船工

沈从文谈到自己的写作与水的关系[②]时说:"我学会用小小脑子去思索一切,全亏得是水。我对于宇宙认识得深一点,也亏得是水。"他从十五岁起,有五年是在辰河一带度过的,是在这条河水"正流与支流各样船只上消磨的"。这五年,是提供他丰富创作源泉的五年。后来,他虽然离开了辰河,但是,"我所写的故事,却多数是水边的故事。故事中我所最满意的文章,常用船上水上作为背景。我故事中人物的性格,全为我在水边船上所见到的人物性格"。前面提到的吊脚楼题材作品,以后要谈到的更具有代表性的作品,都说明他的创作与水的密切关系。他甚至说他"文字中一点忧郁气氛",也由"南方的阴雨天气影响而来",文字风格也与"记得水上人的言语太多"有关。

他从凤凰城走出来,首先是从水上扩大自己的人生,参悟现实的人生。船工,是作者首先注意到并加以赞颂的人物。在他的作品中,还没有哪一类人物像船工那样,从哲理的高度,予以称颂。在一篇描写医生悼子之情的《爹爹》里,作者在主要情节之外,有一些带着感情的理性文字。他说,纤夫"把身子爬伏下来,手脚并用把一身绷得紧紧",口里发出吆喝和歌声:

[①] 引自《沈从文研究》第一辑第 193 页,湖南大学出版社 1988 年版。
[②] 《沈从文文集》第十一卷第 323—326 页。

因了这歌声,住在上游一点的人,才有各样精致的受用,才有一切的文明。这些唱歌的人用他的力量,把一切新时代的文明输入到这半开化的城镇里。……

这在河中万千年前有船行走时,大致就已经是这样了。这歌声,只是一种用力过度的呻吟。是叹息,是哀鸣。……唱着喊着,在这些虽有着人的身体的朋友躯干上就可以源源不绝的找出那牛马一样的力量,因此地方文化随着这一条唯一水路,交通也一天一天的变好了。[①]

这种劳动创造文明的思想,是沈从文从亲身观察中得来的,在作品里得到鲜明的表述。在一篇描写运石头的《石子船》中,他更是直白地说:"村中产石,把石块运到××市去,这石便成为绅士们晚饭后散步的光滑的街道了。在街上,散步的人,身穿柔软衣服,态度从容,颜色和气,各式各样全备,然而是没有一种人能从这坚硬闪光的石路上,想到这街石的来处的。"[②]

这篇作品描摹了一个小船主面临革命的那种担惊受怕心态,写他因为产石的康村闹共产党,新近捉了两个杀了,自己老惦着放在老姑母那里的两镗子袁大头。作品着重描写船工生活。这些往返在船上,完全靠出卖体力的人,他们的希冀就是"船开了,为了抵地后可以得一顿肉吃,就格外诚心的盼望早到"。为了吃一顿肉,船工可以盼望几天,又怀念几天,如此反复。再就是赌博,"有了钱就赌博,在一点点数目上作着勇敢的牺牲"。船一靠岸,几个船工就把树荫下的大青石板作战场。下注、骂娘、输光、扳本,日复一日地浪费自己的时间、精力和劳动所得。凭借上面这一切,作者不加明说,把船工这个河流地区的文明创造者同他们

[①] 《沈从文文集》第二卷第342—343页。
[②] 《沈从文文集》第三卷第2页。

自身的卑微的希冀、麻木的灵魂如此反差地陈列在读者面前，让读者思考这数千年前就大致是这样的船工生活。

《石子船》还写了一个拦头水手八牛。他是一个老实、纯真的小伙子，看别人赌博心里直痒痒，因为船主是他的远亲，不敢下手。眼下，家人正说了一门亲事，等着他去相亲。就这么一个年轻的生命，因为游水时被石头夹住手而淹死了。作品结束时，一个船工对另一个赢了钱的水手说："把你赢了的钱买点纸烧给八牛，八牛保佑了你。"那个水手也当真买了两斤纸钱在岸上烧了。

到了《一只船》[①]，就连八牛这种主要人物也没有。有的是群相，是水手们的共同命运。这只船由五个水手拉纤，拖着七个军人和军需品向一个目的地进发。仍然是那幅叫人揪心的画面："他们把黑的上身裸露，在骄日下喘气唱歌，口渴时就喝河中的水"；"系在五人背上的竹缆，有时忽然笔直如绷紧的弦，有时又骤然松弛，如已失去了全身所有精力的长蛇"。作品无意突出个别人的命运，着意于水手的群体雕塑。他们吃的是"臭不可闻的干酸菜，整个的绿色的辣子，成为黑色了的咸鸭蛋"，报酬是"上水二十天，得到三块钱，下水则摇船吃白饭，抵岸至多只有六百大钱剃头"，黄昏时，"船被岸上黑的影子拉着"，到了夜晚，"在一盏桐油灯下映出六个尖脸毛长的拉船人的脸孔"，睡觉时，"把夹篷拖出，盖满了舱面，展开席子"。作者说："他们统统是这样如牛如马的活着，如同世界上别的地方这类人一个样子。"

作品实写这一只船水手的生活，虚写另一只船纤夫的悲惨命运。等到半夜快到达目的地，这只船听到另一只船当天失事，三个纤夫在急滩上因为不愿丢缆子，滚到乱岩中拖死了。作品点到："大致船伙死去的乱石间，这一船上五个拉船人就同样的也从那里爬过去。"

[①] 《沈从文文集》第八卷。

作品还写到这五个水手的麻木。听到这个消息,开始有一点小小的骚动,过后也只是当作一种笑谈。作者说:"他们还不曾学会为别人事而引起自己烦恼的习惯,就仍然聚成一团,蹲在舱板上用三颗骰子赌博,掷老侁,为一块钱以内的数目消磨这一个长夜。"读者自然会发问,他们这种麻木愚蒙、苟安现状,不正酝酿和延续了自身命运的可悲的循环反复么?

这些作品叙述朴实,见出生活的本色,虽不属于沈从文作品中的精品,但仍然耐读。

四、牢狱生活种种

作者还把自己的笔伸向牢狱,伸向犯人、狱卒、典狱官乃至刽子手。这些作品在今天读来,仍然是先引起一阵心酸,接着是一阵发笑,过后又是一阵平静下来的思考。

《节日》《黄昏》两个短篇①,没有主要人物,有的是牢狱的氛围,牢狱的管理制度和生活进程,以及各种犯人的共同遭遇和命运。作者好像领着我们从街道墙角慢慢拐进去,到牢狱里巡视一番,最后,夜幕降临,队伍押解一名待决犯,走出大门。

这些牢狱的犯人是怎么关进来的,为什么关他们,未作逐一交代。在那名为"清乡"的年月和恶势力横行的乡镇,人是可以糊里糊涂被关进牢狱的。因一点小债,偷了一点小东西,为了解决衙门的收入,都可以抓些人进监狱。《节日》里就说,一个称作"花园"的可容纳一百左右犯人的牢狱,像关鸡一样关进去的犯人,"从各个乡村各种案件里捕捉来的愚蠢东西,多数是那么老实,那么瘦弱,糊里糊涂的到了这个地方","有些等候家中的罚

---

① 《沈从文文集》第五卷。

款,有些等候衙门的死刑宣布,在等候中,人还是什么也不明白"。《黄昏》里那座监狱,"关了一些从各处送来不中用的穷人,以及十分老实的农民,如其余任何监狱一样"。

这些犯人待在监狱里,白天看着日影上墙,中午看到天井阳光推移,黄昏看到黑暗占领屋角。到了夜晚,就加上镣铐,或者归号往草里一滚。犯人初来时还想家,念道六畜什物,时常流泪。久而久之,酗酒闹事,互相辱骂殴打,甚至打架致死。有时下下田字棋,借以度日,到了夜晚,就等着管狱员拿着铁条往身上戳,幸免于戳的,过后还发出咕咕笑声。读者无不哀叹,这愚钝的人生,被随意糟践的人生,受糟践者互相糟践的人生。命运好一点的,拉出去,卸了裤子,伏在廊道粗石板上挨几十板子。命运不好的,就在一阵糊涂问讯中,把汉子两只手涂满墨汁,在一张写成甘结的黄色桂花纸上按了手模,派人牵出城外空地砍了。有的老实人在行刑前,央告狱吏:"大爷,我砦上人来时,请你告诉他们,我去了,只请他们帮我还村中漆匠五百钱,我应当还他这笔钱……"

那些公丁、狱卒、管狱员、典狱官、军官,也都是循章行事。典狱官晚上收封点名,狱卒给犯人加上脚镣手铐。那些骑马的副官,带着队伍,装模作样的押解犯人上刑场,又命令号手吹洋号得胜回营。或者,军官带士兵来监狱提人,典狱官躬奉侍候,于是开门,提人,上锁,一阵拉人出狱的拷打声、喘气声,过后又复归平静。着笔较多的两个管狱员性格不同。《节甘》里的阎王是犯人出身,花钱买了管狱位置,靠开酒铺剥削犯人。此人凶狠无比,似乎要索回自己在押时的痛苦。《黄昏》的老狱丁,则心事重重。他每月薪俸十二串,积了五年,把过房儿子看好了,自己的老衣和寿木看好了,回首往事,又湿了眼睛。表面上,作品写在押者的可怜,管狱者的可恨,实际又展示他们共同的麻木心灵、因循营生,从不思索什么,各按分派的、既定的命运打发自己的

第二章 令人忧虑和哀叹的乡间生灵

日子。

他在1926年发表的《入伍后》是一篇描写监牢生活独具特色的作品。由于某些纪律的松弛，同属于下层民众的看管人与犯人沟通了他们的感情，泯灭了他们的界限，共演了一出"看管人犯人同乐图"，颇有点像村镇牢边的"警察与小偷"。那个被小兵们称作"二哥"的犯人，是因为家仇的陷害入监的。这之前，监牢空空，淘气的小兵们因为没有理由值夜班守牢失去了吃一顿油炒饭的权利，见了新到犯人，自然是喜出望外。二哥给小兵们讲故事，二哥的妈探监又给他们带来红薯和板栗，二哥又教他们吹笛子吹箫，管牢的小兵高兴透了。小兵知道二哥被陷害，深表同情，二哥也想出牢后当一个兵，永远摆脱家仇的迫害。他们交上了朋友，请看木牢内外的一个场面：

> 因为是同二哥相好，我们每夜的消夜总也为他留下一份。他只能喝一杯酒。他从木窟窿里伸出头来，我们就喂他菜喂他酒，其实他手是可以自己拿的，但是这样办来，两边便都觉得有趣。像是不好意思多吃我们的样子，吃了几筷子，头便团鱼样缩进去，"二哥，还多咧，不必客气吧"。于是又不客气的把头伸出来。[①]

这些小兵们甚至到营里去说情，让二哥入营当他们的班长。但是，这位聪明、善良、具有"音乐的天禀"的二哥出牢之后，终不见回营里来，还是在家仇中被人杀了。消息传到营里来，"大家全哭了"。他们发出一种令人慨叹的后悔，"若是二哥还是坐在监牢里，总不至于这样吧"。

这是一篇写监牢犯人和看管人萌生某种自觉意识的作品，人

[①] 《沈从文文集》第二卷第11—12页。

性得到某种解放，人物有自己的好恶和欢悲，做出自我选择和追求，开始摆脱命运的因循。作品插入了一段作者对入伍的吉弟的抒情和议论："你应当用力量固执着你的希望向前去奋斗，到力尽气竭为止，你当认清你生活周围的敌人：时时想打仗的军阀？不是的！穿红绿衣裳用颜料修饰眼眉的女人么？不是的！是不合理的社会制度下养成的一切权威，就是你的敌人！"这里仍然呼喊个性解放、个人奋斗的声音，对旧的社会制度的指控也是深刻的。

相隔近十年，作者写了一篇专门刻画刽子手的《新与旧》[①]。它显示作者拓展人物的能力，文学中还极少有人专门涉笔过。这里仍然是健全的体魄、精湛的技能同愚昧的心灵之间的强烈反差。这个县城衙门当差的刽子手杨金标，经历了"旧"的光绪年间和"新"的民国年间，年纪变老了，职务更动了，灵魂的愚驯却依然如旧。

他马上平地都有好本领，拿着牛皮盾在地上打滚，真像刀扎不着，水泼不进。但是，只要传令兵一声"过西门外听候使唤"，他便身穿双盘云青号褂，包一块绉丝帕头，带了鬼头刀，去现场用手拐子向犯人颈窝一擦，便人头钝声落地。一个人头三钱二分银，同队人可以大吃大喝，讨论他的刀法，他也"怀了种种光荣的幻想"。

到了民国十八年，一切都变了，宣统皇帝早已下台，"朝廷"改称"政府"，斩首被枪毙替代。这里毙人时常是十个八个，再好的刽子手也难以一次干得下。杨金标成了看守城门、上闩下锁的老士兵，几乎被人忘却了。

忽然，衙署来人要他提刀重操旧业，他又赶到西门外，迷迷糊糊还以为是做梦，待斩的一男一女似乎还面熟，监斩官一声令下，两颗头颅又落了地。这个刽子手又想循三十年前的光绪时候

[①] 《沈从文文集》第六卷。

的老规矩,跑到城隍庙磕头,跪在县太爷面前请罪,挨四十红棍,得一个小包封,以应酬杀人有罪(刽子手为官家杀人也有罪过)、棍责禳除一套习俗。在"新"时代,他是大大"误会"了。老庙祝已死,县知事不见,弄得庙里众人纷纷逃离,这个"疯子"险些被持枪兵士打死。他成了一个机器人,只要发条一拧,电钮一按,他便不分"新"与"旧",照程序操作。

鲁迅的《药》写到红眼睛阿义那"一手好拳棒",杨金标是"擦擦两下"。杨金标还认识那两个青年,就是城头不远一所小学的两个先生,"小学生好像很欢喜他们的先生,先生也很欢喜学生"。当地军部玩新花样,改用斩首处决这两个共产党,刽子手是奉命办案,自称是"办了案我照规矩自首"。作者这样写这个"疯子"提着血淋淋的大刀,向庙里跑去:

……一冲进来爬在地下就只是磕头,且向神桌下钻去。

……老战兵躲在神桌下,只听得外面人声杂乱,究竟是什么原因完全弄不明白。

……于是被人捉住,胡胡涂涂痛打了一顿,且被五花大绑绑起来吊在廊柱上。

后来,老战兵死了。读者看到,无论是他年轻体魄健壮时的服务,还是老来昏花时的盲从,都是旧中国旧制度的长期稳定性延续性的一个因子。

比起红眼睛阿义来,沈从文写的是刽子手。它似乎是将《药》中那个未曾出现的执刑者,加以提升,加以特写,加以烛照,自然,对灵魂麻木的展示就更为可惊、可悲、可叹。沈从文在作品中启迪民心的精神,同鲁迅的《药》是相通的。

五、难忘的杂役形象

出于对下层人民的关注，加上自己特有的经历和习性，沈从文描写过一些如伙夫一类的杂役人物，取得了成功。这些称作"平凡人中的平凡人"，作者以称许和忧虑参半的心情，注视他们的灵魂。《会明》《灯》可以列入他的代表作。

这种成功根源于他的爱，他的生活，他的无人无物无不可作为艺术对象的审美兴趣。在1930年的《〈生命的沫〉题记》里说，"我欢喜同'会明'那种人抬一箩米到溪里去淘"。1931年写《自传》，就说："就现在说来，我同任何一个下等人就似乎有很多方面的话可谈，他们那点感想，那点希望，也大多数同我一样，皆从实生活取证来的。"他在军队里爱同马夫和染坊工人谈话，到解放初在革命大学学习期间，就同一位退伍老兵炊事员结下了友谊。别人参加舞会，他便到厨房里，在这个炊事员安排下，管管炉灶①。

沈从文常常以诙谐中露出伤痛的笔法，综述一些人生现象。《会明》中，他写到这个军队里当了三十年伙夫的会明，身高马大，长手长脚长脸，一片毛胡子，之后作了这样的综述：

> 野心的扩张，若与人本身成正比，会明有作司令的希望。然而主持这人类生存的，俨然是有一个人，用手来支配一切，有时因高兴的缘故，常常把一个人赋予了特别的体魄，却又在这峨然巍然的躯干上安置一颗平庸的心。会明便是如此被处置的一个人：他一面发育到使人见来生出近于对神鬼的敬畏，一面却天真如小狗，忠厚驯良如母牛。②

---

① 见凌宇《沈从文传》第427—428页，北京十月文艺出版社1988年版。
② 《沈从文文集》第三卷第270页。

十年前，会明参加过蔡锷的讨袁，就是一名伙夫，十年后，当年的连队只剩下他和一面旗帜，还是一名伙夫。人人都称他为"呆子"，平时照干粗活脏活重活，上前线肩上的重量不下一百二十斤。他不忘记蔡锷说的"把你的军旗插到堡上去"，有时也问连长什么时候打仗，却从来不问这一切都是为什么。似乎作战时那种疲倦、饥渴、紧张、退却、逃亡，于他都有所得。他的想法和愿望，只是趁天凉快点打，免得到六月，尸体生蛆发臭。和平，拖着不打，反而使他不高兴。既然准备了，无论是胜，是败，是前进，是逃跑，只要提防被俘虏，总是以解决为好。

会明是一个不计个人得失的勤劳者，又是任人役使的盲从者。他的智慧只是把十年前见过都督蔡锷两次说成五次，向乡下人吹嘘当年这位伟人授旗、并命令他插到堡上去的那种威风场面，他不知道自己现在的上司的上司，就是一名军阀。他以自己的体力和驯良奠定飞黄腾达者的事业、又甘愿在众人不起眼的伙房里，在铁锅箩筐柴米中消磨自己的生命。读者会说，他只配生存在贤明的社会，受着贤明的主宰。

唯一能体现自觉自主意识的，是他喂养母鸡。他有"近于一个做母亲人才需要的细心"，孵小鸡时又"仿佛做父亲的人着忙看儿子从母亲大肚中卸出"，看到茸毛小鸡，啁啾钻动，他欢喜到"快成疯子"。于是，撤退的伙食担上，又加一个鸡笼，添了一群"小儿女"。我们似乎看到一个成年人心灵的退化，他蜕变成一个小儿，这样的"天真"和"忠厚驯良"，是让人揪心到流泪的。就是在这同一年（1929），作者还写过一篇《灯》。这是极具作者抒情性或情绪性的一篇优秀作品。《灯》也写了一个厨子，同样是忠诚、善良，但是比起上面那个军队伙夫，这个在"我"这位教员兼作家身边侍候的厨子，更带有亲切感、家庭味，也引起一种更为深长的、朝夕难舍的人生喟叹。

这个老兵出身的厨子，先前看守过"我"的祖父的坟墓，又随从"我"的父亲到过西北东北，照顾过"我"的哥哥，这一次是自愿投奔来侍候"我"。看看他随身带的一个小包袱，一个热水瓶，一把牙刷，一双黄杨木筷子，一个"巍然峨然的身体"，"拘束"在穿了三年的旧军服里，就让人感慨他那简朴得可怜的孤单。主人包饭被房东克扣，这个厨子就自己动手，用同样一笔钱，安排两个人的伙食，而且吃得很好。看看他第一天上任的描写：

……这事在先我一点也不知道，一直到应当吃晚饭时节，这老兵，仍然是老兵打扮，恭恭敬敬的把所有由自己两手做成的饭菜，放到我那做事桌上来，笑眯眯的说这是自己做的，而且声明以后也将这样做下去。……过不多久，我正坐在桌边凭借一支烛光看改从学校方面携回的卷子，忽然门一开，这老兵闪进来了，像本来原知道这不是军营，但因为电灯熄灭，房中代替的是烛光，坐在桌边的我，还不缺少一个连长的风度。这人恢复了童心，对我取了军中上士的规矩，喊了一声"报告"，站在门边不动。"什么事情？"听我问他了，才走近我身边来，呈上一个单子，写了一篇日用账。原来这人是同我来算火食账的！①

"我"有时晚上给他两块钱，让他出去看看戏之类。"先是听到这老兵开了门出去，大约有十点多样子，又转来了。我以为若不是看过戏，一定也是喝了一点酒，或者照例在赌博的事情上玩了一会，把钱用掉回来了，也就不去过问。谁知第二天，午饭就有了一钵清蒸母鸡上了桌子。对于这鸡的来源，我不敢询问。我们就相互交换了一个微笑"。对于和主人来往的女人，厨子百般揣度，细心应酬。其中有一个蓝衣女人，他简直要直接参与促进这

---

① 《沈从文文集》第四卷第25—26页。

门婚事了。及至"我"告诉他,她另有爱人并且即将结婚,他感到自己那场经营多时的梦的破灭。

对这个厨子的描绘,可以说一半有赖于那种真实的细节刻画,或者是我们常说的现实主义的对人物的如实描写;另一半,而且是更重要的一半,是"我"的反射,是"我"对他的各种想象和推测,把它称作浪漫主义或印象主义的渗入,也并非不可。这种不是来自真实的、而是源于"我"的主观推想乃至抒情,是作品的一大特色。对于厨子一心构想的那门婚事,作品有这样一段"我"的推想:

> 他不单是盼望他可以有一个机会,把他那从市上买来的呢布军服穿得整整齐齐,站到亚东饭店门前去为我结婚日子作"迎宾主事",还非常愿意穿了军服,把我的小孩子,打扮得像一个将军的儿子,抱到公园中去玩!他在我身上,一定还做过最夸张的梦,梦到我带了妻儿,光荣,金钱,回转乡下去,他骑了一匹马最先进城。对于那些来迎接我的同乡亲戚朋友们,如何询问他,他又如何飞马的走去,一直跑到家里,禀告老太太,让一个小县城的人如何惊讶到这一次荣归!①

这种并非实在的主体推想很奏效,它产生的对客体的描述效应,可以说不亚于那真实的细节精雕细刻本身。它从另一个侧面补足了、完善了、丰富了人物形象客观描写的限制与不足。厨子那种真诚和憨厚,那个善意而美丽的梦,不禁跃然纸上。

整个作品是极度抒情的。它以"灯"为题,就是怀念这留下旧式煤油灯的厨子。作者说,自己在写作之余,愿意沉溺到往日与厨子相处的日子,于是把电灯扭熄,燃好这盏灯,"我在灯光下

---

① 《沈从文文集》第四卷第33页。

总仿佛见到那老的红脸,还有那一身军服,一个古典的人,十八世纪的老管家——更使我不会忘记的,是从他小小眼睛里滚出的一切无声音的言语,对我的希望和抗议"。这种抒情是对这个忠诚的、仆役类的东方灵魂的怀念。

就一个艺术家的本分来说,主要不是宣讲思想,而是雕塑形象,思想和情绪应从形象中溢出。契诃夫说:"活的形象创造思想,可是思想并不创造形象。"[1] 这个厨子是以自己的心灵守护主人的心灵,以自己躯体护佑主人的躯体。当他侍候这一家,最后寄予这位穷教员穷作家的梦想又归失败的时候,"那黄黄的小眼睛里,酿了满满的一泡眼泪,他又哭了。本来是非常强健的身体,到这时显出万分衰弱的神情了"。不久,他也就走了。一走,多半也死在外头了。可悲而又可叹的人生!

作者总是不受约束,对生命的多方与复杂谛视凝眸,在人生海洋中捧出一朵朵浪花。无疑,这两篇作品均可列入中国新文学中的名篇。从他写的乡间生活来看,涉笔某个领域的人物和生活,都能拿出一个小小的系列,而不是那种仅此一篇的孤零。是的,沈从文写湘西生活,人物多,领域多,又都能让读者见出它的全貌,完整和丰满,这是一个作家成熟的标志。

---

[1] 《契诃夫论文学》第396页,人民文学出版社1958年版。

第三章　交织着虚华、庸懦与追求的都市面影

"乡下人"的自我认定，不是题材上的。沈从文曾经提到"乡下人的气质"，即使自己在城市里住了十来年或更长的时间，跟学生和教员生活在一起，在学校里教书，在机关里做事，接触到城里各种人，骨子里还是"乡下人"。反映在题材上，即使是写城市生活，还是一种"乡下人"的眼光。他举出过这样的例证："请你试从我的作品里找出两个短篇对照看看，从《柏子》同《八骏图》看看，就可明白对于道德的态度，城市与乡村的好恶，知识阶级与抹布阶级的爱憎，一个乡下人之所以为乡下人，如何显明具体反映在作品里。"[①]

另外，在写城市生活方面，他也走着特殊的路。金介甫在《沈从文传》里，拿沈从文、胡也频、丁玲同高尔基作比较，他们都是自学成才的作家。甚至说他们的作品有些同高尔基作品同名，如沈从文和丁玲都写过《母亲》，沈从文的《我的教育》与高尔基的《我的大学》非常类似等等。"但不同的是，当胡也频和丁玲在走高尔基创作道路用完全乐观的态度为社会主义英勇创作时，沈在30年代却继续走温和的讽刺现实主义道路，擅长细微的感情刻画，这是他和高尔基都佩服契诃夫的地方"[②]。

金介甫说的这个不同点，同沈从文的"乡下人"自命是相联

---

① 《沈从文文集》第十一卷第44页。
② 金介甫《沈从文传》第183页，时事出版社1990年版。

系的。把这些加以综合，似乎可以找到这么一个总的看法，如果沈从文是从广泛的人性出发去写人，包括胡也频、丁玲在内的一些左翼作家，则是以政治作支点去观察人。沈从文比较别的作家与自己的创作时，说过这样的话："这世界上或有想在沙基或水面上建造崇楼杰阁的人，那可不是我。我只想造希腊小庙。选山地作基础，用坚硬石头堆砌它。精致，结实，匀称，形体虽小而不纤巧，是我理想的建筑。这神庙供奉的是'人性'。"[①] 通常，这里的"人性"容易理解为抽象的人性，实际上，联系他本人的作品来看，都是具体的，只是它不局限于一个方面，注意人性的多样性、丰富性。拿"人性"来看，如果涉及人的诸多方面，就包括政治、经济、道德、法制、宗教、文化以及习性、个性、民族、特殊环境的个人遭遇和选择等等。沈从文的"人性"主张，包括政治性，也注意从别的方面去写人。从人性的多样性、丰富性理解沈从文的创作，比较恰当一些。即使在一个时期、一些作品出现过金介甫讲的"向更神秘的存在——下意识，以及下意识后面的神明探索。这也使他跟弗洛伊德一样，从一方面向宗教探索"[②]，但也不仅如此，不止于此，还包括许许多多方面。从本章涉及的城市生活的作品，可以集中看出他对人的观察和人性处理方面的多方探索，当然，这也适于他的整个作品。

一、绅士、太太等"废人"们

作者早期的创作，出现了那么一组关于城市里绅士太太们的小说。同他写湘西乡土题材的作品一样，他总想对某个领域的生

---

① 《沈从文文集》第十一卷第42页。
② 《沈从文传》第183页，时事出版社1990年版。

活和人物作较有系统、较为完整的描绘。他进了城市,这不同于乡间的特殊一簇绅士太太们,以不同于下层人民的生活方式和品行习气,引起了他的注意。

我们几乎从标题就可以看出作者这方面的观察和审视:绅士的太太,或人的太太,或人的家庭(丈夫),等等。同以湘西题材作品那种倾注自己深情的笔墨不同,在这一组小说里,作者是以批判的审视目光,采用讽刺的笔法,状写他们的虚华与庸懦。作品里,作者较多把焦点集中在这些绅士太太的家庭生活和两性生活。《岚生同岚生太太》①和《晨》②算是上、下连续的两个短篇。主人公岚生先生是财政部二等书记,他和太太的关系完全消耗在无关大局、十分平庸的心机算计里。岚生先生下班拖迟回家,是为了免除家务,顺便看看闺范中学剪了发的女学生。太太妒意大发,又以买剪发的剪子和制一件旗袍来调整和丈夫的关系。夫妻成天盼天气变好,可以去两个中央(中央公园和中央戏院),让新剪的发和新旗袍派上用场。他们只能咀嚼些微小的欢乐,为烫发逗乐,却对报上的赤党、共产党、公妻的所谓新闻毫无鉴别力。

这一类人的家庭生活,到了《有学问的人》和《某夫妇》③,就显出裂痕,或为情欲,或为金钱,而名存实亡了。前一篇里那位教物理学的先生,趁妻子的女友来访,就想同她亲近。他把电灯关灭,在沙发上欲进又止,欲罢不能,情欲的蠢动受着"有学问"的"稳重"的制驭,两人只能沉醉在"嗅酒味"的味道里。后一篇写某男绅士为了要钱,竟让妻子接待男客。他要求做到"既不上当又能够得钱",于是,一再导演。殊不知妻子忘了发信号,忘了事先的编排,男青年终于如愿得逞。

---

① 分别见《沈从文文集》第一、二卷。
② 分别见《沈从文文集》第一、二卷。
③ 均见《沈从文文集》第二卷。

《或人的家庭》和《或人的太太》①可以说是上一类人的家庭生活的进一步发展，丈夫和妻子都是"或人"的。前一篇中的少白用绿色颈珠调解同妻子的关系之后，在搂抱中仍然把眼前的妻子当成了另一个相好的女人，可以说是搂抱中的或人化。《或人的太太》较少漫画色彩，心理分析也运用得比较自如。一对年轻夫妇都为女方有一个情人在作自我调节和自我忏悔，女方对丈夫表示"我不对"，丈夫又因妻子的这种苦楚而"自恼"，向她表白："我难道是愿意你因了我的阻止失去别的愉快吗？"在妻子因此而流泪之后，丈夫也噙泪欲滴了。丈夫的爱是真诚的，又是庸懦的。最后是丈夫答应了要像太太一样，跟着去爱她那个情人。

　　应该说，上述作品还属于作者的试作，较多是基于巧心的安排。《有学问的人》似乎过于为男主人公的"有学问"的"稳重"所拘囿，《或人的太太》对夫妻的互诉衷肠（甚至是真情的）着笔过多，与整体的讽刺不甚协调。但作者较系统地透视了绅士太太们的庸碌和虚伪，留下了许多精彩的讽刺场面。到了1929年写的《绅士的太太》②，就对这类人的家庭生活有了更多的牵连和开掘，算是沿着这个主题绾了一个结。

　　《绅士的太太》对绅士家庭的房屋陈设、生活起居、仆役娘姨有一个全景式的扫描，穿插东皇城根和西城两个绅士家庭，把绅士、太太、姨太太、大少爷、大小姐如何在打牌、调情、分赃、瞒骗等方面消耗生命，作了复杂而微妙的勾勒。那个念佛经的东皇城根绅士有外遇，自己的太太又同西城绅士家的大少爷关系暧昧。西城绅士家的大少爷同父亲的三姨太乱伦，又合计送金表给窥知他们内情的那位东皇城根绅士家里的太太。等到东皇城根的那个太太得了第五个少爷，寄拜给西城的三姨太作干儿子，自己的绅士丈夫又憧憬着干亲家母。作者象征性地写了西城的绅士，由于身患

---

① 均见《沈从文文集》第二卷。
② 见《沈从文文集》第四卷。

疯瘫，成了唯一不能调情、无法生殖、不能打牌的男主人。他只能坐着活动椅，在牌桌和饭桌旁穿来穿去，有时让姨太太捶捶背，成了十足的"废人"。实际上，读者也看到，上述作品里的那些养尊处优、碌碌无为的绅士们、太太们，都是那个社会的一群"废人"。

二、沉沦者的邂逅

1927和1928年，沈从文写了两篇有关嫖娼的小说。《十四夜间》与《第一次做男人的那个人》①。从内容来说，它们同曹禺的《日出》和老舍的《月牙儿》是相合的。自然，它们不及后者完整、丰满，因为，它们分别才不过五千多字和八千多字。但是，它们确乎写了一个精妙的片断或场面，有着文字特有功能的精妙的心理分析，称得上两篇精彩的散文。如果我们读了屠格涅夫的《初恋》，觉得那个少年所钟情的少女忽然成了父亲的玩偶，在一次偶然的目击中，父亲那个寻欢作乐的场面可以使这个儿子、这个初恋者在一次目击中变得成熟，那么，沈从文这两篇小说所写的嫖者与娼者的偶然相遇，大概也会成他们终生难忘的一次邂逅了。

作品主要靠心理描写和议论抒发，几乎没有过多的场面转换和情节变动（第二篇就固定在早晨醒来这一个场面）。从社会批判和人性发掘出发，不以娼和非娼论女子的优劣，这可以说是文学的一贯主题。作品直抵问题的本质，发出了惊世骇俗的议论。在《十四夜间》里的子高看来，"一种要钱的，便算娼，另一种，钱是要，但不一定直接拿，便算是比娼不同一类的人"，娼是为钱而出卖肉体，"但是比娼高一等的时髦小妇人，就不会为了虚荣或别的诱引献身于男子的么?"② 同时，在嫖娼现象中，社会上向来责

---

① 均见《沈从文文集》第二卷。
② 见《沈从文文集》第二卷第176、177、108、109页。

骂公开身份的娼，而不指责不怎么公开的嫖，《第一次做男人的那个人》就作了尖锐的抨击："倘若这交易，是应当在德行上负责，那男子的责任是应比女人为重的。可是在过去，我们还从没有听到过男子责任的。于此也就可见男子把责任来给女子，是在怎样一种自私自利不良心情上看重名分了。"作者在作品中表示："要作娼的独感到侮辱，这是名教在中国的势力。"①

自然，这两篇作品的初嫖者都是一些颓废子弟，作品抽象地描写他们的性要求，未能牵连他们的社会联系，是一个弱点。作者个别地方有一点放任人物的庸俗心理（如说子高要找的女人"纵俗又何妨"，跟全人不甚协调）和孤立的性快感观念（如那个作家认为女人让男子"获得生命的欢喜"，是"做着佛所做的事"，对此缺乏应有的照应），也是一个疵点。但是，作为心理小说，其主干是对人性作深层次的发掘。作品拂去表面的一层污垢，显露男女之间的真诚和真情，催促着一种反世俗（包括反对嫖娼现象本身和反对绅士太太家庭的虚伪庸俗）的人性美的力量。

《十四夜间》主要是安置在两个人的见面与相识。二十多岁的吴子高让寓里去人叫一个女人陪着睡觉，但是，进来的是一个"颊边飞了霞"的"雏儿"，自己的脸也"感到发烧"了。就在这端详之中，买卖，金钱，淫欲，都退让了。"他觉像他妹子了。……妹子是十五，纵小也不会差许多了"。待到第二次两人的眼光碰到一块时，"子高眼中含了泪"。作品安排"一个天真未泯的秘密卖淫人"与"一个未经情爱的怯小子"的灵魂的交换，在这种特定的人生邂逅中，男子有感于人世，哭了，喊了一声："哎，我的妹！"到后，倒是女子扶持男子，取出手巾，为他擦泪。初次嫖娼，变成了双方的自我掂量、自我忏悔。男的感到自己"不值价"，女的因为对方流泪觉得是不是对自己"不高兴"。于

---

① 见《沈从文文集》第二卷第176、177、108、109页。

是，双方都在一种泪的倾诉中，他觉得她的灵魂"比处女还洁白"，她又把他当"诊察她的伤处"的真正"情人"了。这篇作品，可以视作人性堕落时的醒悔，是下坠时的回升，虽然写得比较抽象，人的尊严得到尊重，人性由丑变美得到了推崇。

第二年写的《第一次做男人的那个人》，把人物安排在床上醒来之后。这里面的娼妇已不是雏妓，那个男作家却是第一次沉落。她感到"她简直是把他当成一个新娘子度过一夜"。他们都经历了沉落后的复升。在他，是在"学坏"中，在自私中显露了自己的真情，她也因为感到没有沦为"工具"，"把生意中人不应有的腼腆也拿回了"，恢复了一点真正的人性。

这种醒来之后的两个灵魂的交换，最初是围绕着"贞洁"和"金钱"的谈论展开的。当女人表白自己是"旧货"，按行市只能值五块钱，他拿出了四张五元交通银行钞票，把书店刚汇来的稿费两人平分，可说是家产的一半。女人不要这么多，说这样做是"我骗了你"，男人的"心忽然酸楚起来了"。在这种坦诚相与中，买卖观念被真挚情感所取代，"请你收下好了，这不是买卖。说到买卖是使我为你同我自己伤心的"。及至后来，他哭了，把钱全数给了她。男子因女子的诚心和关心而流泪，女子因男子的流泪而"更为难"。本来，换上另外一个男子，她不会以为不应当收下的。对于他的哭泣，她有一点求他了："我求你，不要这样了，这不是我的过错"。在女子温爱的推拒下，男子想出另外一个法子，钱还是要她收下，"他决心明天来，后天来，大后天又来"。作品在这里描写了男子专一、女子从良的心理变化。于是，这个泪已干、不会哭的妓女哭泣了："我愿意嫁你，倘若你要我这旧货的话……我爱你，我愿意作你的牛马，只要你答应一句话！"

大概不会有人指责作品在这里是美化嫖娼生活。艺术无禁区，关键是作者立意在人性的矿藏中披沙拣金，化腐朽为神奇。妓女表示愿作他的牛马，这话在这个男子听来，"似乎做梦"，因为他终于得到了世界上一个女子的忠诚；在女子看来，也"近于做梦"，因为在妓女的语言中居然发出了这种"疯话"。这个穷作家在忖量未来时，担心一起生活会亏待她，过不了穷日子，他心里想："我才真不配！"这一切，不都是一种忘我而为他（她）的令人称赞的自谦自责么？

作品是受了郁达夫的《沉沦》的影响的。在那篇作品里，郁达夫表现一个沉沦者在异国妓院中受到歧视；抱怨着国不富国不强，颓废色调较重。沈从文在这里是向沉沦者伸出救援的手，引渡他们到一个美好的生活中去。另外，作者的这两篇作品，跟弗洛伊德的精神分析学说比较起来，有一点反其意而用之。这两篇作品的男主人公开初都是受着潜意识的驱遣，到后来，都是意识克服潜意识，理性克服本能和欲望，自我克服本我。《十四夜间》是指阴历十四的夜晚，"十四的月算不全圆"，那么，继续他们的这次邂逅的，会是一个十五的全圆的月吧。

值得注意的是，作者是在写了系列雍容华贵的绅士太太们的作品的同时或先后，来写这些嫖娼者的。作者摆脱了世俗的偏见，在肩负起人的灵魂的拷问者、审视者的责任的同时，也承担起一份医治者的责任。

三、城里女性的追求

作者写都市女性，不同于写湘西乡间的那些少女，如萧萧、三三、翠翠、夭夭等等。那些乡间女子，大都天真未凿，毫不设防地准备承受生活加与的各种派定。作者笔下的都市女性，大都有一定的文化，萌生或成长着女性的较多的自主意识，对于眼前的生活，显示出远比那些乡间女子更为活跃，更为进取的自主力量。

在《〈一个母亲〉序》里，作者做过这样的表示："在技术上,我为我作品,似有说明必要的,是我自己先就觉得我走的路到近来越发与别人相远。"后面还说:"在走不去的荆棘塞途的僻路上,将凭我执拗顽固的蠢处,完成我自己可能走的一段路。"①他说的自己走的路"与别人相远",自然是指求实的坚持客观态度描写一切现实,反对拔高人物,"理想过高"地"创造理想中人物"。同时,这种和别人相远的写作路子,也是同他一贯自认的"乡下人的气质""乡下人"的标准相符合的。

鲁迅在北京女子高等师范学校一次"娜拉走后怎样"的讲演中说:"所以为娜拉计,钱,——高雅的说罢,就是经济,是最要紧的了。"作为妇女解放这样一个社会问题,这个话抓住了问题的本质。他自己写的子君(《伤逝》),以及后来巴金写的曾树生(《寒夜》),都以人物的不同命运接触到这个根本问题。沈从文写了众多城市女子的命运,里面也或多或少接触到经济问题,但作为这种命运的选择和归宿,"乡下人"有其他更多的考虑。或者从人性的复杂性出发,依从人物的多样性选择,或者从"乡下人"的标准出发,从女性所追慕的男性中,执着一种特殊的价值选择。沈从文还吸收外国传入的精神分析、生命哲学、变态心理学等等,在艺术上作出各种各样的安排和试验。这些也构成他笔下城市女性形象的一个特点。

1932年写的《都市一妇人》② 就记叙了一个特殊都市妇人。按照这个妇人的经历,她完全可以加入前述的绅士太太们的行列,成为一名上层贵妇,另外,由于命运的捉弄,她也可能沦为妓女,实际上后来也成了上海名妓。这一切,她都经历了。最后,她成了一名酷爱自己的丈夫、忠于自己的丈夫、又亲自弄瞎丈夫眼睛的妇人。

从表面看来,作品完全是写一种"偶然"。作品没有列出这个

---

① 见《沈从文文集》第五卷第2、4页。
② 见《沈从文文集》第四卷。

妇人下如此毒手的缘由，完全是一种变态心理、怪僻性格。然而，从整个故事叙述中，你仍然可以捕捉到某种特殊命运和特殊性格使然的东西。在作者许多不铺排背景、不列举政治关系和经济资料而着意人物命运的作品中，本篇也是其中之一。我们却从作品处理这个人物的特殊表现中，可以体察到大的环境和态势，对人生的复杂，对那种善与恶、美与丑相生相克的离奇复杂性格形态发出一声深深的哀叹。

如果我们把这个妇人的曲折复杂的经历加以大致的划分，可以理出一个"正常→反常→又正常→又反常"的线索。这个民国初年出入北京上层社交界的小家碧玉，聪明俏丽，先依母居住，后成某外交家养女，原本是有一个锦衣玉食的贵妇生涯等待她的。她嫁给外交部某年轻俊美的科长，可谓一对璧人。后因骄奢而负债，丈夫下落不明，被一个中年绅士引诱了去，也大致过着正常的姨太太生活。但是，第二个丈夫被刺后，她感受自身的"命运启示"，开始了不再给男子糟蹋、却应"糟蹋一下男子"的不正常生活，成了上海的名妓。她带着复仇的满足，使一些男人为她破产为她自杀。十年之后，厌倦了欲海沉浮的劳累，离开上海，到长江中部一镇去寻觅从良者的生活，终于又成为一名将军的恩爱别室，算是唤起了近乎宗教的感情，过了两年安定规矩的日子。将军一死，她的正常生活又骤起风波，她质问自己的命运："为什么我不愿弃去的人，总先把我弃下？"于是，她在老兵俱乐部工作的日子里，又遇到了一名英拔不群的年轻上尉，演出了一场人生反常得罕见的悲剧。她同这个郑同志相爱，又终于同居、结婚。就在他们十分快乐的日子里，这个妇人把这位比自己小十岁的英俊丈夫的眼睛用药毒瞎了。

读者会十分惊叹：这是一个怎样的爱恋者兼毁灭者呀！这个妇人从自己的坎坷经历中，为了使自己这个被弃者不再被弃，由爱恋走向自私，走向谋害。也就是作品里那个少将解释的：她"爱她的男子，因为自己的渐渐老去，恐怕又复被弃，做出这件事情"。她谋害他，是为了占有他，直至永远。在她陪他由武汉而上海而大连的治疗中，在一种真诚和殷勤的陪伴和护理里，作恶的悔悟不多，真挚的爱恋有余，她是以对他的永恒献身求得丈夫的永恒存在。

读者不难从她的苦难经历中求得某种解释，同时也把一份谴责移向那个糟蹋妇人的社会和环境，移向历史一直延续下来的欺压妇女的传统惯性。这种极端复杂的女性，容易使人联想起埃及女王克莉奥佩特拉。莎士比亚写过著名悲剧《安东尼与克莉奥佩特拉》。德国诗人海涅评论这个埃及女王同安东尼（罗马军事统帅）的关系时说："她恋爱着，同时又背叛着。""每当她对他使出一次背叛之后，她的爱情反而更加炽烈地燃烧起来"。认为她只是背叛，没有爱情，这是错误的。海涅认为这个爱恋者兼背叛者的女王具有"魅人的真实性"，"她的背叛只是她的蛇性的外在表现，她多半是无意识，出于天生的或者习惯的刁顽，才实行背叛的……而在灵魂的深处，却潜藏着对于安东尼的至死不渝的爱"[①]。但是，由于克莉奥特佩特拉身为女王，醉心于政治权势的算计，她的双重性格只是让人觉得可气、可恼和可恶，而沈从文笔下的这个妇人却较多留给人一点可怜。

在《一个母亲》和《一个女剧员的生活》[②] 这两篇作品里，就着意表现女性的个性追求和个性选择，作者仍然是抓住真实的人生，多样的人生，拓展形象的地盘和领域。这其中，也掺入了作者那种"乡下人"的褒贬、好恶和爱憎。在这些女性的追求与择偶里，可以明显看出作者所推崇的"乡下人"的敢作敢为、敢于成就事业的强雄精神。

《一个母亲》里那对夫妻完全够得上小康之家。那位素女士结

[①] 《海涅选集》第466—468页，人民文学出版社1983年版。
[②] 分别见《沈从文文集》第五、三卷。

婚八年，虽无孩子，也开始微微发胖，准备挤上其他太太们的牌桌。就在这时候，丈夫儿时一个男友的造访，几乎改变了她的命运。

从表面看，是她同这个丈夫的朋友私通，生下一个孩子，包括丈夫在内的其他人均无觉察。在骨子里，作品是在发掘涌动在这个女性心灵里的那种自主和追求精神。她厌倦家庭里平庸琐屑的生活，当丈夫跟她讲到小时候同这位朋友一起玩草龙求雨，走到了她的家，看到她这个当年装观音的美人，"当年他赌了咒，说不把你讨到家中不是人"。这句话掀起了心灵的大波。此后，由于丈夫的宽待，朋友又是"做得出惊人事业"的人，乘丈夫不在家时，留下了情种。而她，临到末了，只能提出"你如有胆量就把我带走"的不切实际的幻想，最后还是不得不分手告别，继续过去的家庭生活。

作品提出的完全是心理学上的问题，生活中不难遇到，对人们也不无助益。这个丈夫同她生活近十年，可以说完全不了解他的妻子，不了解她的爱好、情趣和向往。他从丈母娘寄给孩子的一箱子东西里，发现小泥佛是妻子喜欢的，特地在一次上班时买了十个泥佛，叫人啼笑皆非。他主张混沌，认为爱哭、爱烦恼"只是自以为是聪明人的情感"，如果再聪明一点，"只有笑在生活中是必须的"。他愚妄地觉得自己"享福"，"有好太太"，是"完全的家庭"，对此，她的反应是只能"咬咬嘴唇"。这个女性对于这样一个"好丈夫"，有时感到"责备自己"，更多是觉得他"可怜"，甚至混合了"讥讽"，留下的还有"痛苦"。作品写得很细腻，泛出一种淡淡的、悠长的哀愁。

《一个女剧员的生活》是一篇篇幅较长、情节与心理并重的作品。里面那个学生出身的女演员萝小姐，参加进步戏剧的演出，为纱厂虐待女工慷慨执言，向往革命。她的"自主的气概"主要还是表现在个人婚姻的自主选择里。上面一些作品的女性，大都事先就被男性所占有了，萝小姐在这方面表现了明显的警觉。"我在任何情形下还是我自己所有的人","我不能尽一个人爱我把我完全占有",成了她先后同男主角和导演谈恋爱时的宣言。她产生过"女子役使男子"的观念,变态到故作爱自己不爱的人以捉弄追求者,获得一种"残酷的快乐"。萝的言行,决非一种无的放矢的戏谑,当导演认为她"生错了时代","因为这世界全是我们这样的男子,女人也全是为这类男子而预备的",更是反衬了她的某种合理的女权主义者的执着。她看出她的征服者和玩弄者都是害怕使"男子生活秩序崩溃"的人们,不是虚荣,就是虚伪。当导演问到她征服男性"所向无敌"是否会疲倦,她答道:"我疲倦时,我就死了。"我们看到她的坚强。

末后,她爱上一个名叫宗泽的从日本回国的最热心艺术的"瘦小菱悴"但"精悍凌人"的人。他简朴,单纯,勇迈直前,是一个不同于一般男子的男子,于是,在接触三、四天中,就在他的"我觉得你得嫁给我"的求爱信面前屈服了。

不像《一个母亲》写得那么平淡而且平凡,也不像萝小姐身边那样嘈杂和纷扰,《如蕤》①中出现的如蕤小姐,如同浪尖上的海燕,山峦中的仙鹤,作者把她放在五光十色的背景里加以状写,描摹她在海边的歌舞、身姿、脚印和驱动的帆影。作品写她心灵的浪漫,如同环境的浪漫一样。这位某总长庶出、家有万贯的小姐,厌烦了包围她的一群男子的庸气,希求一种不为大风所动摇的大树挺立般的男子。在一次划船泅水中,她被一个青年男子救援了。这个男子又恰恰是显出野气、单纯气并活跃着青春的力与美的男子。

作品仍然注入一种心理的探求。就是这样一个女人,作者写她爱他,而这位青年男子却坚守着友谊。除了出身和年龄的差别,作品没有推究其中缘由。终于,在一次西山秋游中,他发现了他对她的爱,她也抓住这个时机,在一夜欢愉之后,一清早就留下一

---

① 《沈从文文集》第五卷。

信，离他而去。她表白是"为了我的快乐，为了不委屈我自己的感情"而走的，是"为了把我们生命解释得更美一些"而走的。在这场爱情中，她更自觉，她终于挣得了爱，又在适当之处打上休止符。

比较起来，作者在1933年6月写的《三个女性》①，把城市女性的追求，这种追求的思想意义，推进到一个高峰。作品似可称"三个和一个"，三个女性和一个未出场的革命女性，以被捕的丁玲为原型。这三个女性比起如蕤来，更年轻，更天真活泼。似乎在她们的脑际里只有书本和那个正在观赏的山巅和大海。她们矜持得几乎连同伴也不"送手"，不给吻。她们的童心、幼心、芳心同哲理相通达，把景致同人生相勾连，争论了那么一通关于要不要诗、诗能不能表现美的问题，是一通傻话，有时又深奥得耐人寻味。她们之中，只有黑凤有一个未婚的恋人。这既给她们的谈料增加一点兴味，又把她们美丽的憧憬同一个她们尚未涉入的残酷现实世界牵连了起来。因为正是这个恋人为营救某被捕女士而奔忙。读者在这里完全有理由猜测这里面有沈从文、张兆和和丁玲的真实影子。这位革命女性在她们心目中太鲜明、太炫目了。这里引用三人之一对她的介绍：

> 她革命，吃苦，到吴淞丝厂里去做一毛八分钱的工，回来时她看得十分自然，以为既然有多少女人在那里去做，自己要明白那个情形，去做就得了。她作别的苦事危险事也一样的，总不像有些人稍稍到过什么生活里荡过一阵，就永远把那点经验炫人。她虽那么切实工作，但她如果到了这儿来，同我们在一块，她也会同我们一样，为目前事情而欢笑。她不乱喊口号，不矜张，这才真是能够革命的人！②

---

① 《沈从文文集》第五卷。
② 《沈从文文集》第五卷第293—294页。

她们在同大海、夕阳、云彩、岩石、松林搅和了一阵之后，又继续谈论这个革命女性。当黑凤接到未婚夫拍来的这位女性已死的电报，她似乎在一瞬之间成熟了。她心想，为理想而死，"倒下的，死了，僵了，腐烂了，便在那条路上，填补一些新来的更年轻更结实的人，这样下去，世界上的地图不是便变换了颜色么？"这在我们今天读来，是何等激进何等熟悉的语言啊！

四、"作家"的种种表现

金介甫谈到沈从文受郁达夫的影响，谈到日本"私小说"对中国二十年代的文坛的影响，他说："翻开沈从文抒写自我的作品，其焦点常常对准一位满腔怒火，而又狼狈不堪的年轻人，也就是小说中的说话人，日本作家丸山在分析同类的日本'私小说'时说过，这个人'就是小说作者的原型。他说话的语气总是令人嫌恶，恨他自己无法控制自己的性欲，而社会世道又使他万念俱灰，只好躲进自己小小书斋，探索自己到处碰壁的环境'"[1]。他说，这样的角色在沈从文大部分早期作品中都可以找到。

一个作家的作品糅进自己的经历和体验，是极普遍的事。沈从文早期作品里，散文与小说不分，真实与虚构不分，写副爷、写教员、写作家，或多或少都有自己的影子。日本私小说作为日本纯文学的正宗，势头很大，对中国包括郁达夫在内的作家影响不小。但是，"私小说"总不如译成"自我小说"为好。如果上溯源头，可以追到卢梭的《忏悔录》，"私"得不能再"私"了。应该说，在一个有理想、有抱负的作家看来，不存在"私"字，不存在纯系癞头或疮疤的显微或放大，他们总是从自我中见出非我，

---

[1] 《沈从文传》第 94 页，时事出版社 1990 年版。

见出共相，生发出普遍的意义。

沈从文受过郁达夫的影响，摈除一切虚伪和矫饰，赤裸裸地暴露，赤裸裸地忏悔。但是，他这种个人特殊经验的色彩不是太浓，作品还是着意从中照耀一类人的灵魂。他以作家生活为题材，写的作品有《焕乎先生》《一日的故事》《冬的空间》《元宵》《落伍》《寄给某编辑先生》《楼居》，等等，写作时间是1927至1929年。写作家流鼻血，在贫病中挣扎，写作家与妹妹、母亲等家人相濡以沫，都有他自身的经历，但着眼于人情冷暖、世态炎凉，把个人同社会综合起来加以观察，读者可以从中看到那个时代普通文人的真实生活。

这其中，写作家比较集中比较完整的要数《焕乎先生》和《一日的故事》，前者主内，后者向外。《焕乎先生》[①] 明显看出受郁达夫的《沉沦》的影响，着重在这位作家灵魂深处的细致暴露。作品写这位作家苦苦挣扎得来的稿费"一用完则感觉到金钱与女人两者的压迫"。他为路边女人的颦笑所慑，又无勇气去追求，只能在无望无助的想象中把心灵蚀空。他愿意像维特一样为爱而死，又只能在空徒要勇敢的发誓中让泪水湿了两颊。小说里，他恋慕对面窗户里的女人，但又自惭寒伧和黄色尖脸，感到有一点绝望。于是，在幻想中为那个女人撰写长篇小说，改善她的境遇，或者设想自己将挺身去解救女人于各种险恶处境。一切都是梦想，始终未同对方说过话。最后，只有搬家。当时，这类作品将个人经验戏剧化，面向自我，又愤世嫉俗，将一切虚饰撕碎，以一个零余者的反叛社会传统的姿态出现，很能打动一些青年人。今天，我们看到这个焕乎先生，仍然可以体察这一类颓唐的青年作家的苦楚和情欲，以及为怯懦和善良同时占据的真实心灵。

[①] 见《沈从文文集》第二卷。

《一日的故事》①不是把笔锋向人物的内心世界挖掘，而是向外，向人物的左邻右舍，向周围的社会伸展。这个名叫晋生的同样为贫穷所折磨的作家，面对他窗户的不是女人，而是"一个烟囱中部"。他卖文为生，这次在桌边枯坐四天，一个字也没有写出来。于是，他走出门，遇到一板之隔的为四个孩子所拖累的一对读书人夫妇。又走出门，到一个"由同学而恋爱而同居"的教授之家。前一家看到"孩子们的哭闹害病"，在拮据和累赘中求活；后一家看到的是"吵闹着亲爱着"，为琐事斗嘴，又忽然揽腰接吻。晋生自己也被书店敲诈勒索，打不起精神。到了晚上，听到隔壁发烧的小孩狂呓，于是写下了："……孩子死了，母亲守到小小尸骸旁边，等候作父亲的购买小棺木回来装殓。"

这篇作品的写作时间较后，同前一篇的风格也明显不同。作者在收集有这篇作品在内的集子《石子船》的《后记》里说，"近来牢骚很少"，"近来性情更沉郁了一点"，还说到自己家里"没有伙食，一家人并一个久病在床的老母也饿了一餐"。以作者那个期间的这种处境，来描写作家的肮脏住处和借债度日，并注意到社会的疾苦，看出如实描写现实的现实主义力量。

1935年的《八骏图》②，写了作家周达士，也写了其他教授和高级知识分子，是作者写城市生活的一篇代表作。作者早期小说的那种不注意结构的散文式写法，不见了。像《焕乎先生》里面那种未能把对窗女人往前提、以至形成两大块的结构方法，不再出现了。《八骏图》首尾呼应，结构完整。

这篇作品因弗洛伊德的性意识说而涉嫌，实际是撕开那些专家绅士的假面具。作品写达士先生到青岛休假和讲课，发现同来的其他七位专家都害了某种病，"心灵皆不健全"。他给他们画了七幅漫画，结果全篇又成了达士的自画像。校长称他们是"千里

---

① 见《沈从文文集》第三卷。
② 见《沈从文文集》第六卷。

马"。"八骏"之说，对达士说来，既是揶揄，又是自嘲。请看他们的一幅幅速写：

物理学家教授甲桌上放着全家福照片，枕旁却放一个扣花抱兜，一部《疑雨集》，一部《五百家香艳诗》，蚊帐里"挂一幅半裸体的香烟广告美女画"，窗台有保肾丸和头痛膏。

生物学家教授乙过独身生活，却在沙滩上"从女人一个脚印上拾起一枚闪放珍珠光泽的小小蚌螺壳"，很情欲地拂拭上面的沙子。

道德哲学家教授丙自认是个"老人"，恋爱是儿女们的事，却从希腊爱神照片"那大理石雕像上凹下处凸出处寻觅些什么"，联想起一个顶美的内侄女。

汉史专家教授丁说自己倾心女人，就不让对方知道，尽她去嫁给一个不如自己的男子，等她衰老，再告她，"我的爱一定还新鲜而活泼"。

六朝文学史教授戊是个结了婚又离婚的人，主张对女人不应停留在莎士比亚式的辞令追求上，要抓住机会"就默默的吻"，就抱，她到后就成了妻子。

经济学教授庚正同某女中穿浅黄色袍子的很美的女教员恋爱，表面关系是"默默的"，其实也不正常，有问题。

历史学教授辛"简直是个疯子"，他说的话不像"平时为人"。

轮到自己（应是教授己），自然是达士先生。这位作家自以为是"医治人类灵魂的医生"，自认有"免疫性"，不会害那种病。他到青岛第一天就给未婚妻瑷瑷写了三封信，说"小米大的事也不会瞒你"，对他的同伴也都有一点劝诫。但就是那位女教员，穿黄色袍子的，眼睛"能说话能听话"的美人，使他害了病。他忽然接到一纸不具名的短信："学校快结束了，舍得离开海吗？（一个人）"又在湿沙上看到两行字："这个世界也有人不了解海，不知爱海。也有人了解海，不敢爱海。"又看到画一对眼睛，旁边写着："瞧我，你认识我！"他临上车回去前改变了主意，给未婚妻拍封电报:"瑷瑷:我害了点小病,今天不能回来了。我想在海边多住三天;病会好的。达士"

小说以写达士到青岛始,将离终,以写信始,拍电报终,以那女人的黄色身影闪入眼帘始,以因她而改变归期终。全篇插入七幅速写,达士自己的形象由隐而显,采用颜色学上富于刺目性的"黄色点子"状写那女子,让她晃动其间,布局上显得错落有致,趣味迭起,又戛然而止。可以说,清丽的诗情中夹着机智的讪笑,通篇一贯到底。

作品立意在揭穿和撕破。它和作者的《若墨医生》讽刺那个对女人反感(认为女人"折磨""你的身体""你的灵魂",是"诗人想象中的上帝""浪子官能中的上帝")又很快同牧师女儿结婚一样,在本篇里,假道学的虚伪,反自然的矫情,粗鲁的纵情主义,都在讽刺之列。作者曾提示读者,对照《八骏图》与《柏子》,看出"对于道德的态度,城市与乡村的好恶,知识阶级与抹布阶级的爱憎"。那个被抛掷在水上生涯的柏子,即使是沉落,如此那般地剥蚀自己的生命,那份炽热与真情,也较教授们耀眼和炫目。作者在《〈八骏图〉题记》里提到读书人的"懒惰,拘谨,小气""营养不足,睡眠不足,生殖力不足",提出"憎恶这种近于被阉割过的寺宦观念,应当是每个有血性的青年人的感觉",甚至说到这种寺宦观念"反映社会与民族的堕落"[1]。显然,作者是想从这一类具体人性的开掘里,揭出社会和民族的弊病。如果认为作品只在实证弗洛伊德潜意识说的力量,是皮相之见,正像茨威格的《一个女人一生中的二十四小时》不能作如此看待一样。在那篇作品里,茨威格是想揭出人性和人生的巨大悲痛(那个寡妇全身心地挽救一个赌博失足青年而不可得,居然在第二天的赌桌上又发现了他)。沈从文在《水云——我怎么创造故事,

---

[1] 见《沈从文文集》第六卷第166页。

故事怎么创造我》一文中涉及《八骏图》的创作时，谈到"偶然"和"情感"对一个人的作用。在讨论"情感"属不属于我、由不由我控制时，说到："只能说你属于它，它又属于生理上的'性'，性又属于人事机缘上的那个偶然。"这只是说明作者遵循人物自身活动的逻辑，作者用来写进小说，是为了"表现'人'在各种限制下所见出的性心理错综情感"[①]。也就是说，在这种作品里，人物的潜意识表现是被作者驾驭在一个更高的意识层次里。这篇作品意在展示，不在解决。刘西渭在评论里说："沈从文先生从来不分析。""有些人的作品叫我们看，想，了解；然而沈从文先生一类的小说，是叫我们感觉，想，回味"[②]。

周达士这个人物是不同于其余七个教授的。这位"出过洋"的通达之士，有着对未婚妻的真挚的爱，有着对其余七人的清醒的讽。假如说那七个教授在自欺、自抑、自戕的寺宦观念里，毫不自觉，毫不自省，成为十足的奴隶，达士则不然。他做过自己的主人，又终于成为自己的奴隶。对于这一点，刘西渭说过，"他已经不是主子，而是自己的奴隶"[③]，司马长风也提到"人一堕入无常之网，便成为奴隶"[④]。这个自命为医治者的作家，反而需要医治，比起其他七个教授是更能引起读者怵目和深思的。

然而，总的说来，我们不能被这种无常的人性情欲所困扰，作者在整个画面上冠以《八骏图》的命名，就是让读者获取一个更高更远的视角。如果只是讲"无常的人性，无常的爱，无常的欲，这正是《八骏图》所写的主题"（司马长风），这就太拘泥于事情的表面，倒是金介甫讲的："从病理学剖析作家的使命，对中国现代知识阶级尽情嘲弄"[⑤]，把握了这篇作品的主旨。

---

① 《沈从文文集》第十卷第 272、273 页。
② 刘西渭《明华集》第 70、75 页，文化生活出版社 1986 年版。
③ 刘西渭《明华集》第 70、75 页，文化生活出版社 1986 年版。
④ 司马长风《中国新文学史》中卷第 74 页，昭明出版社 1978 年版。
⑤ 金介甫《沈从文传》第 205 页，时事出版社 1990 年版。

第四章　虚幻世界的遐想和寄与

1932年至1933年，沈从文在青岛教书。一方面，他有感于人世的纷扰，一切人事在他眼里皆成了漫画，"人与人关系变得复杂到不可思议，然后又异常单纯的一律受钞票所控制"，他用笔描摹了实际的社会生活。另一方面，有时又把一管笔挪开去，描写一个现实中不存在的虚幻世界，他说，"我认为，人生为追求抽象原则，应超越功利得失和贫富等级，去处理生命与生活。我认为，人生至少还容许用将来重新安排一次，就那么试来重新安排，因此又写成一本《月下小景》"[①]。

这之前，1928年、1929年，作者已经写过以《龙朱》为代表的一组用民间故事作题材的短篇小说。也仍然是超离现实的一次虚幻世界的遐想，是幻想重新安排人生的一次漫游，是追求种种抽象原则的种种设想。这些，自然是为写实题材所拘束，唯有求助于虚幻材料才能实现的。

1928年写的《阿丽思中国游记》的篇幅很长，借英国作家卡罗尔的《阿丽思漫游奇境记》构思而成，纳入的社会批判内容很多，但是，文体掌握上尚不成熟，到了这些短篇，就好多了。

---

① 《沈从文文集》第十卷第275页。

一、力与美、爱与信的颂歌

小说《龙朱》的开头,有一段"写在'龙朱'一文之前",那完全是作者的自叙。作者在反顾自身和周围现实、作深切的反省的同时,又幻想开去,追慕那传说中的英雄:"血管里流着你们民族健康的血液的我,二十七年的生命,有一半为都市生活所吞噬,中着在道德下所变成虚伪庸懦的大毒,所有值得称为高贵的性格,如像那热情、与勇敢、与诚实,早已完全消失殆尽,再也不配说是出自你们一族了。"他似乎感到自己看到的城市人物,乃至乡间人物,都不如那"死去了百年另一时代的白耳族王子",不如产生龙朱的"光荣时代",不如那时人性的完美与完善。

作品写龙朱这个白耳族族长儿子"美丽强壮像狮子,温和谦驯如小羊",写他在矮奴帮助下,会见了美丽的黄牛寨寨主姑娘。按当时的习俗,男女定情全靠对歌,"抓出自己的心,放在爱人的面前,方法不是钱,不是貌,不是门阀也不是假装的一切,只有真实热情的歌"。对歌与对话充满了民间文学的比兴手法,写他们二人初次相识十分有趣:"平时气概轩昂的龙朱看日头不眨眼睛,看老虎也不动心,只略把目光与女人清冷的目光相遇,却忽然觉得全身缩小到可笑的情形中了。女人的头发能击大象,女人的声音能制怒狮,白耳族王子屈服到这寨主女儿面前,也是平平常常的一件事呵!"这种作品在二三十年代给文坛吹来的一股清新的风,有一点使人联想起延安时期李季的《王贵与李香香》,解放初出现的《刘三姐》。

《龙朱》的特点是在传统的王子与公主、英雄与美人的情节结构里,注入了批判精神,对儒家文化和受其影响的汉人心态的批判精神。作品写龙朱敢于为爱而死:"若是爱要用血来换时,我愿在神面前立约,斫下一只手也不悔!"那个女子也十分大胆和自傲:"只有乌婆族的女人才同龙朱的用人相好,花帕族女人只有外族的王子可以论交。"有时，作者离开故事，针对现实，发几句感慨："一个人在爱情上无力勇敢自白，那在一切事业上也全是无希望可言，这样人绝不是好人！"对于封建文化在爱情上所表现的庸懦心理，作品说爱情中遗弃了龙朱这样完全人物，"是爱的耻辱，是民族灭亡的先兆"，女人"对于恋爱不能发狂，不能超越一切利害去追求"，"这民族无用，近于中国汉人"！如此贬损汉人，真够大胆。当然，知道内情的人，完全可以理解作者的立意所在。日本的松枝茂夫对这一点说得十分好："我们不能忘记这位作家在作品里包含着赞美苗族还保存的自然和纯粹的人性来从精神上拯救被烂熟、末梢文化给损害的汉族的强烈、悲痛的热情。"①

同在1928年冬写出的还有《媚金·豹子·与那羊》②。和《龙朱》不同的是，这对英雄美人因误会而造成悲剧结局。作品显然存在着有待研究的人类学内容。豹子同媚金因唱歌成了一对，约定洞中相会，非要"牵一匹小山羊去送女人，用白羊换媚金贞女的红血"，白脸族苗人后来"不吃羊肉"，这些都有待解释。按《月下小景》里的解释，当地古老习俗视处女为一种有邪气的东西，第一个得到女人贞洁的男子会十分不幸，这可能成为一种集体无意识，使得豹子当晚处心积虑地寻找一只白羊，结果耽误了时间。金介甫提到同沈从文谈话时说，他已经记不起《媚金·豹子·与那羊》的来历。金介甫分析："豹子下意识地害怕失掉他自己的童贞——豹子休会不到恋人的女性要求，正是他没有丈夫气的真正原因。"③ 这不失为一种解释。

故事的基点当然是双双殉情，歌颂爱的刚烈。媚金等豹子不来，以为是他说谎，自己受欺，用刀插进自己的胸膛。豹子解释是找羊，消除了误会，也用那把从媚金身上拔出的刀扎进自己的

---

① 转引自《沈从文研究》第一辑第192页，湖南大学出版社1988年版。
② 见《沈从文文集》第二卷。
③ 《沈从文传》第155页，时事出版社1990年版。

胸脯。作者仍然是借这个故事来批判现实："民族的热情是下降了，女人也慢慢的像中国女人，把爱情移到牛羊金银虚名虚事上来了"，"爱情的字眼，是已经早被无数肮脏的虚伪的情欲所玷污，再不能还到另一时代的纯洁了"。作品最后甚至感叹如今的白脸苗女人，再也不能做出媚金的刚烈行为了。

《神巫之爱》① 同《龙朱》在大的情节构架上相同，安置了一个桑丘·潘沙式的仆从，在仆从的帮助下，神巫得以同钟爱的女人相会。所不同的是，他们无法对歌，女方是哑子，完全是神巫的一见钟情式的爱。作品提出了人性克服神性，神的保佑、天王护身经的背诵都失了效。神巫不同于龙朱，"代表了神"，来石云镇是为了做法事，"他因为做了神之子，就仿佛无做人间好女子丈夫的分了"。后来，在众多女子祈福求爱面前不屑一顾之后，终于在一个十六岁披长发的白衣女子的眼神面前屈服了。那眼神像是对神巫说着："跟了我去吧，你神的仆，我就是神！"从此，神巫就向她表示"等候你的使唤"，"我愿意做人的仆，不愿意再做神的仆了"。他不管她是不是哑子，也不管她是不是孪生，在他反复唱歌对方无法作答的情况下，他还是破窗而入，追寻他心中的爱。

作品安排那个女子是孪生中的妹，并说照花帕族的格言："凡是幸运它同时必是孪生！"这可能使作品具有某种民俗学、文献学的内容。

二、为不曾蹂躏的爱而死

爱情作为一种特殊的人生现象，是一件可以上下滑动、左右滑动的东西。那全靠它具体的境遇和位置。它向下滑动，可以是那种生物学上的性爱，甚至加入一些社会的庸俗习气，如沈从文

---

① 见《沈从文文集》第八卷。

写的绅士太太们的爱情。也可以是向中间滑动，跟上下左右作比较，如同生命比，同自由比，产生了裴多菲的赞扬自由超越生命和爱情的诗句。还可以向上滑动，它就是理想、真理的本身，成为一种二而一、一而二的东西。爱情悲剧大都同后者发生一些关系。爱情是两个人之间的事么？在一种特别情形中，它体现为一个人，一个角色，不存在两个生命，而出现一种一毁俱毁的现象。它蹚蹚踏踏于一个特殊世界里，对于加害于它的种种罪恶和势力，唯有练就勇士般的气度，视死如归的精神，才能加以抗拒。海涅分析《罗密欧与朱丽叶》时，就说："这出戏的主人翁并不是提到名字的那对情人，而是爱情本身。我们这里看到爱情年轻气盛地出场了，抗拒着一切敌对关系，战胜着一切……因为她不害怕在伟大的斗争中求助于最可怖、但也最可靠的同盟者，死亡。爱情同死亡联盟，是不可攻克的。"① 爱情在抗拒中，在伟大斗争中，去同死亡结盟，这是爱情的悲剧的力量所在。

沈从文在《月下小景》里描写的小寨主傩佑同女孩子的爱情，爱情本身是抽象的，它所抗拒的力量又是具体的。这篇小说才九千多字，它写的爱情不如罗密欧与朱丽叶、梁山伯与祝英台那么具体。作品只是说他们是一对恋人，相依在月光下一座碉堡的石墙边，女孩子"把她那长发散乱的美丽头颅，靠在这年青人的大腿上，把它当作枕头安静无声的睡着"。他们一个醒着，一个在梦里，对唱着情歌。女孩子醒来，又进行富于诗意的对话。但是，随着山寨角楼更鼓的摇动，他们不得不分手。

他们面对的敌人是具体的。按照本族人的习俗，"女人同第一个男子恋爱，却只许同第二个男子结婚。若违反了这种规矩，常常把女子用一扇小石磨捆到背上，或者沉入潭里，或者抛到地窟窿里"。这样，"第一个男子可以得到女人的贞洁，但因此就不能

---

① 《海涅选集》第503页，人民文学出版社1983年版。

够永远得到她的爱情"。这对恋人决心违抗这魔鬼习俗,把恋爱与婚姻统一起来。"女孩子总愿意把自己整个交付给一个所倾心的男孩子,男子到爱了某个女孩时,也总愿意把整个自己换回整个的女子","两人中谁也不想到照习惯先把贞操给一个人蹂躏后再来结婚"。这样,在他们失去节制的"忘我行为"之后,他们战栗了。

他们同样也喊出了令人战栗的声音:"应当还有一个世界让我们去生存,我们远远的走,向日头出处远远的走。"这篇作品比《龙朱》等具有更多的批判精神,而且是少数民族所独有的孤愤的批判精神。他们不要金钱财产,只需要爱。他们望着四方,都无路可走。南方有把他们"当生番杀戮"的"汉人的大国",西边是虎豹盘踞的荒山,北边是保持这魔鬼习俗的三十万本族人,东方据说是日头炙死本族第一个人的地方。朱光潜分析《边城》时说到它"表现出受过长期压迫而又富于幻想和敏感的少数民族在心坎里那一股沉忧隐痛"[①],《月下小景》也是这种表现的鲜明一例吧。

作品的结尾是令人惊骇的。罗密欧和朱丽叶,梁山伯和祝英台,都是先后而死,或自杀,或病死,先后殉情而死,有的是因误会殉情而死。那个豹子与媚金也因误会而殉情。这篇作品的小寨主和女孩子是自觉相约同时而死。他们走投无路,于是选择死亡。作品说:"战胜命运只有死亡,克服一切唯死亡可以办到。"这时,爱情与死亡结盟,抗拒那个魔鬼习俗,抗拒周围的黑暗现实。他们甚至觉得"最公平的世界不在地面,却在空中与地底;天堂地位有限,地下宽阔无边"。他们在"快乐"地咽下致命的药之前,女孩子唱了一首爱情的圣歌:

    水是各处可流的,
    火是各处可烧的,

---

① 朱光潜《从沈从文先生的人格看他的文艺风格》,见《花城》1980年第6期。

月亮是各处可照的，
爱情是各处可到的。①

他们不是被迫的逃离，而是自觉的选择，这既可以保持爱情的纯洁，又向周围世界发出了勇敢的一击。这个故事是沈从文在离凤凰城不远的黄罗寨听祖父一辈人说的。日本的小岛久代说，行使初夜权同结婚对象不同的野蛮风俗，"现在这个地方据调查已无此习惯了"，那应该是当然的。他分析，"死是爱的愿望的永生，与寻求彼岸世界的佛家思想大概是相通的吧"②。从这一点说，《月下小景》的充满幻想的结尾同梁祝故事的"化蝶"一样，比西方的罗密欧与朱丽叶的殉情，带有更多的浪漫色彩。

三、佛经故事的改写

作者在青岛教小说史之余，还把《法苑珠林》中某些佛经故事加以改写，成为《月下小景》中其余的八篇作品。这种改写是基于两种考虑。一是觉得这些故事篇幅不长，情节动人，带有教训意味。这种教训意味也不是从某种时代潮流、切合急近需要考虑，"主题所在，用近世眼光看来，与时代潮流未必相合。但故事题材，上自帝王，下及虫豸，故事布置，常常恣纵不可比方"。作者仍从文学社会效益的广泛性出发，不拘一格，觉得可以作为"大众文学""童话教育文学"和"幽默文学"的一部分，实现文学的娱乐作用等多种功能。其二，觉得从中可以研究记载故事的方法，包括如何支配材料、组织故事，把故事说得更好，"明白死

---

① 《沈从文文集》第五卷第57页。
② （日）小岛久代《〈月下小景〉考》，见《吉首大学学报》1991年第1、2期。

去了的故事,如何可以变成活的,简单的故事,又如何可以使它成为完全的。中国人会写'小说'的仿佛已经有了很多人,但很少有人来写'故事'"①。

这八个短篇一共包括十个故事,大致可分四类。

第一类,揭示人生的哲理。

《寻觅》可以说是最有积极意义的一篇。一个年青人到朱笛国寻求一片乐土,朱笛国王又到白玉丹渊国寻求更乐的乐土,到处是香树奇花,雕栏玉砌,莺歌燕舞,锦衣玉食。人民乐此不疲。当一个人在睡梦中看到一本怪书上有一个"死"字,明白人必有一死的时候,国人无不为怕死而忧愁。白玉丹渊国众人正在寻求如何可以不死不忧愁,朱笛国王作了回答:"对于你目前生活觉得满足,莫去想象你们得不到的东西,你们就快乐了。""知足常乐"的哲学挽救了国人。但是,那个青年人说:"不知足安分,也仍然可以得到快乐"。这就是"有所寻觅而去旅行的哲学":"譬如我们旅行,我们为了要寻觅真理,追求我们的理想,搜索我们的过去幸福,不管这旅行用的是两只脚或一颗心,在路途中即或我们得不到什么快乐,但至少就可忘掉了我们所有的痛苦"。这种"应该在一分责任和一个理想上去死,当然毫不踌躇毫不怕"的人生哲学是更有积极进取精神的。

《医生》和《慷慨的王子》也接触到了人生的真谛。《医生》讲的是"牺牲精神",牺牲"使生命显得十分美丽"。那个医生看见一只白鹅把穿珠人一粒大如桑葚的珍珠吞下,穿珠人怀疑是医生拿去。医生遭到捆缚和鞭打,不讲实情,害怕白鹅被宰杀。白鹅因抢吃地上的血,不听嗾使,被穿珠人一鞭一脚致死,医生才讲真话。医生那种"体验真理的精神",即使是为畜类的牺牲精神,贯穿整篇故事。《慷慨的王子》里,因把国王的爱象(宝象)

---

① 《〈月下小景〉题记》,见《沈从文文集》第五卷。

送与敌国，王子被国王充军放逐。王子体恤民众，乐于布施的习性不改，到了山里，最后应求，连自己的两个孩子和妃子也送给别人。国王终因受到感动，召王子回国。敌国宿怨，也化为仁慈。在这两篇作品里，明显看到原佛经故事中的那种宣讲教义、悖乎人性的矫情，读者对此不妨一笑。但是，故事里的那种"忘我"的牺牲精神，还是可取的。

第二类是描写女性心理的，可以增长人们的见识和经验，见出人生的微妙和复杂多方。

其中，《女人》和《扇陀》反映女性命运的常态。特别是《扇陀》，有力地揶揄了那个仙人的书呆子气。当扇陀以女性的魅力勾引仙人，那个平时只知读习经典的隐士和仙人，就因此被惊呆。仙人不得不承认："我读七百种经，能反复背诵，经中无一言语，说到你们如此美丽原因。"作品表述了"人性战胜经典"这一反宗教主题。扇陀装病，终于驱使仙人让她骑在颈项上。这种凯旋的场面，真是叫绝！扇陀向国王许愿，降服仙人，使中国普降喜雨，终于实现。

《爱欲》中的《被刖刑者的爱》《弹筝者的爱》《一匹母鹿所生的女孩的爱》等三个故事，写的是女性的变态心理，属于人生际遇中的变数。《被刖刑者的爱》着意写的那个嫂子，不爱自己的丈夫，选择一个双足被刖去的丑陋乞丐，涉及了"因作丈夫的太不注意于男女事情"这种事情。第二篇写一个"窈窕宜人"的寡妇，对齐集门前求爱的人皆不动心，却爱上了一个"独眼，麻脸，跛足"的弹筝人，原因是她爱听他弹奏的筝声。在《一匹母鹿所生的女孩的爱》里，那个美丽的女孩为国王生了一个肉球，遭到遗弃。后与国王重聚，要求国王处死一个"仇人"，结果自己装成"仇人"自刎了。原来，她所说的"仇人"就是自己容颜的衰老。她是预感自己的未来命运而殉情的。这些女人有悖于常情的选择，是从另一方面触及了社会问题或人生现象。

第三类属于为世人画相，给人们留下一个漫画形象。《猎人故事》就属此类。雁鹅同乌龟同在池塘芦苇里，雁鹅为自己可以自由飞翔而"有点骄傲"，对乌龟"加以小小嘲弄"。乌龟"性格平易静默，淡泊自守"，读很多古书，觉得生活结结实实，泰然坦然，"精神中充满了一个哲人的快乐"。雁鹅认为"速度产生文明是无可否认的"，乌龟表示反对，认为"文明同文化都是在生活沉淀中产生"。雁鹅觉得关在笼里的生活可怕，乌龟觉得更可怕的是"思想的笼子"。后来，芦苇塘里起火，两只雁鹅决心救援乌龟朋友，让它口衔一木，它们各衔一头，条件是要它不可说话，不发议论。结果飞至半空，乌龟对地面小孩的议论无法沉默，一张口就掉下来了。

第四类如《一个农夫的故事》，完全是娱乐作用，没有太多的教训意味。故事中那个外甥，就是巧施计谋，躲过国王布置的各种追捕，最后把公主弄到了手，成了两个国家合并起来的"无忧国王"。

在故事编排上，作品作了各种不同的处理。在总体上，每一篇分成说故事人与故事本身两部分，把现实的说故事人（金狼旅店的旅客）与往古的故事勾连起来，虚虚实实，似真似假，造成一种戏剧效果。有把故事最后一环和主旨挪至前面，将说故事人与故事连成一串的（如《寻觅》），有暗示说故事人就是故事主角，以增强故事气氛的（如《女人》），有将说故事人身世和听故事人反响在首尾勾出，以揭示众生相的（如《扇陀》《慷慨的王子》），也有将故事套故事、童话套童话，对听故事人作影射讥刺的（如《猎人故事》《一个农夫的故事》），还有类似相声风格，从议论人生现象出发逗笑取乐的（如《医生》）。作者原计划仿《天方夜谭》或《十日谈》，写一百个故事，对六朝志怪、唐人传奇、宋人话本统统加以研究排比，后因时间和精力未能实现。

这些故事的写法，牵涉的人物和内容，真是"恣纵不可比方"。如果从急近的现实需要和严肃的认识功能来要求，它们很可能不合用。文学也不能提出这种一律化的要求。如同生活中需要"侃大山"一样，它可以供给人们一些知识、一些趣闻，给人以休息和娱乐。对人物的褒贬也非常清楚，在《女人》里讽刺那个需要阿谀的国王以及善于阿谀的群臣，在《被刖刑者的爱》将妯娌作善恶对比，赞扬那个以德报怨的哥哥，《一个农夫的故事》里推崇那个自我牺牲的舅舅，《慷慨的王子》勾勒的那些无情索取者的嘴脸，都有现实意义。有一些，可以作一些实事求是的阐发，如日本小岛久代分析《一匹母鹿所生的女孩的爱》里后面那个王后要求处死"仇人"的情节，为《法苑珠林》所无，由作者新增，他说："这个王后，美貌是她唯一的精神支柱和值得自豪的东西，一知道失去它时，便选择了死亡的道路。沈从文通过这个王后把湘西女性高傲而偏激的性格赋予了这个重新创造过的故事。"这是一个很好的见解。有一些，又不宜陷入索隐，寻求其中微言大义，如小岛久代在文章后面又将《医生》同悼胡也频联系起来，说白鹅是指"受虐待的人民"、医生即"革命家"、理想就是"共产主义革命"①，这就有些牵强了。

鲁迅在《中国小说史略》里引证《法苑珠林》故事时，提到"报应"观念，并说："佛教既渐流播，经论日多，杂说亦日出，闻者虽或悟无常而归依，然亦或怖无常而却走。"②沈从文改编这些佛经故事，就提到"加以改造"或"就某经取材，重新处理"的问题。在《水云》一文，他提到"把佛经中小说故事放大翻新，注入我生命中属于情绪散步的种种纤细感觉和荒唐想象"③。现举《弹筝者的爱》为例，它所据《法苑珠林》卷三十《士女篇·俗

---

① 《〈月下小景〉考》，见《吉首大学学报》1991年第1、2期。
② 《鲁迅全集》第八卷第42页，人民文学出版社1957年版。
③ 《沈从文文集》第十卷第274页。

女部·奸伪》的原文是：

> 如出曜经云：昔舍卫城中，有一妇女抱儿持瓶诣井汲水。有一男子颜貌端正，坐井右边，弹琴自娱。时彼女人欲意偏多，躭著彼人。彼人亦复欲意炽盛，躭著彼人。女人欲意迷荒，以索系小儿颈，悬于井中。寻还挽出，小儿即死。忧愁伤结，呼天堕泪①。

拿这个原作同《弹筝者的爱》相比，有几处很大的改动。原作未标明这妇女是否有丈夫，从《奸伪》的题示看，很可能有丈夫，新作为死去副官的寡妇；新作的女人不是"奸伪"淫妇，而是钟情已死丈夫，对门前求爱者不予置理的未亡人；新作的弹琴者并非"颜貌端正"而是独眼麻脸的跛足人；原作弹琴人"欲意炽盛"，新作弹筝者对此毫无觉察；原作未提女人生死，新作写她为筝声发痴，主动向弹筝者求爱献身，遭拒绝而自缢。这种改写，完全将一个人生无常、因果报应、宣讲四性重戒（杀、盗、淫、妄语）的佛经故事改变为一个惨烈的悲剧。作品写这个女人，热爱艺术，执着追求自己的爱。她夜晚奔向弹筝人，倒在他身边的是"一堆白色丝质物，一个美丽的头颅，一簇长长的黑发"。她伸出白白臂膊"抱定那弹筝人颈项"，"她告给了他一切秘密，她让他在月光下明白她如何美丽"，然而，弹筝人却弃避逃走。作品洋溢着反佛教、反儒教、反世俗陈规的精神，对女子那种炽热勇敢的爱毫无责备，为那个善良而又胆小害怕的弹筝人留下了遗憾。实际上，也是对国民性中某种庸懦方面的一个揭露，为爱的勇敢作一点支持和呼求。

---

① 见《法苑珠林》第一二〇卷第345页，四部丛刊初编子部，上海商务印书馆缩印明万历刊本。

《月下小景》最先发表在施蛰存主编的《现代》里，对它们的评价不完全一致。施蛰存说："这几篇小说，我都不很满意。"[①] 苏雪林的《沈从文论》里有更多的微词。现在看来，主要是语言问题。以民间传说为题材所写的作品，人物的对话和对唱的歌词，未能达到浓郁的民间文学风格，歌词的质量不整齐，不能像《刘三姐》那样纯正、那样统一。《龙朱》里还出现"是人中模型。是权威。是力。是光"这类自由诗式的状写人物的不当语言。这种现象在《月下小景》里也未能消除。不过，苏雪林批评沈从文作品语言的"烦冗拖沓"现象，说他"有时累累数百言还不能达出'中心思想'。有似老妪谈家常，叨叨絮絮，说了半天，听者尚茫然不知其命意之所在"[②]，在他的文论里表现较多，早期作品也有，到后来的作品，本书后三章所论述的作品，这种现象已不复存在了。

[①] 《滇云浦雨话从文》，见《长河不尽流——怀念沈从文先生》第54页，湖南文艺出版社1989年版。

[②] 《沈从文论》，见《文学》1934年第三卷第三号。

第五章　边城自然、健康的"人生形式"

　　1933年夏天，沈从文同夫人张兆和在山东崂山风景区游览，在一条溪边见到一个十几岁的小姑娘在哭。她穿着白色孝服，化了一些纸钱，提了水走了。湘西也有这种"起水"习俗。长辈断了气，孝子孝女便去溪边或井里取水，象征性地在死者脸上和身上擦洗，让他们干干净净地进入阴间。

　　当时，沈从文被这个景象所打动，望望渐渐远去的孝女的背影，进入了沉思。他对张兆和说："我要用她来写一个故事！"这便是1933年冬至1934年春创作《边城》的一个直接导因。

　　对女性命运的关切，一直是作者创作的一个焦点。沈从文写湘西风情的小说，写城市生活的小说，写虚幻世界的、以传说和佛经故事为题材的小说，都可以看出他的这种关切。上述细节是沈先生偕夫人于1982年初夏回凤凰时追述的[①]。一个山东孝女的身影，引发了作者对湘西女子同类身世的关注和同情，这不过是说明他心灵里储存着太多不幸女子的遭遇和命运。似乎只要有某个诱因，他就要受到触动，他就要叙说。

　　许多作品是把女子命运穿插在里面，专门关注她们的命运、并贯穿作品始终的，在湘西题材的作品里，除了《边城》，还有1929年写的《萧萧》[②] 和1931年写的《三三》[③]。

[①] 刘一友《论沈从文的乡情及其〈边城〉创作》，载《沈从文研究》第一辑，湖南大学出版社1988年版。
[②] 见《沈从文文集》第六卷。
[③] 见《沈从文文集》第四卷。

一、从萧萧、三三到翠翠

萧萧的不幸，最初不是表现在她坐的那顶花轿里。往常的女子坐花轿，离家做新娘，想象未来的生儿育女，总要哭。萧萧做媳妇就不哭，或者她不懂得哭。她年仅十二岁，"不害羞，又不怕"。她从小无母，寄养伯父家，出嫁只是换一个家。萧萧的不幸，也不在她受到婆家的虐待，她抱着三岁的"丈夫弟弟"，丈夫"当她如母亲"，他们"感情不坏"，家人相处也和谐。萧萧的不幸，也不在同另一男子汉怀孕后，拉去"沉潭"或"发卖"，这一切她都免了，拖过去了。萧萧的不幸，在于她终于坐草生了一个"团头大眼，声响洪壮"的儿子，家人喜欢且把她留下了，此后，长长的十年，她过着一种无助的、无望的生活，陷入一种被动的、悠长的等待。情人远走不归，丈夫又不能圆房。及至同丈夫拜堂了，自己又生了一个月毛毛，原来那个儿子已经十二岁，吹哨呐迎花轿，接了一个年长六岁的媳妇，她只能站在一个角落看热闹："这一天，萧萧抱了自己新生的月毛毛，却在屋前榆蜡树篱笆看热闹，同十年前抱丈夫一个样子。"

萧萧的命运，是亚细亚生产方式、是封建的自然经济强加给妇女的一种特殊现象。恩格斯在《家庭、私有制和国家的起源》里谈到古代的性爱和现代性爱这一对范畴。他说："在中世纪以前，是谈不到个人的性爱的……在整个古代，婚姻的缔结都是由父母包办，当事人则安心顺从。古代所仅有的那一点夫妇之爱，并不是主观的爱好，而是客观的义务；不是婚姻的基础，而是婚姻的附加物。"[①] 旧中国的童养媳制度，派定给妇女三个职能：生

[①]《马克思恩格斯选集》第四卷第72—73页。

产的工具,生育的工具,这之前,还是一个辅养(丈夫)的工具。这一切,都不是出自妇女的爱好,而是客观派定的。恩格斯接着还分析,在这种父母包办的古代的爱里,没有真正的性爱,现代的性爱,有的只是"单纯的性欲"。假如萌生了一点点性爱,"这种事情在古代充其量只是在通奸的场合才会发生"。萧萧的不幸,还表现在两点。在懵懵懂懂的发育成长中,她同花狗的媾和,不能算是真正的性爱。她曾经想同花狗一起"到城里去自由",花狗拒绝、出走后,她也就算了。她同花狗还达不到恩格斯所说的"强烈和持久"的性爱,那种"为了彼此结合,双方甘冒很大的危险,直至拿生命孤注一掷"的现代性爱。另外,她同丈夫的正式圆房,也不过是尽了人生的一个义务,没有什么性爱。丈夫长大了,她跟他生了一个"月毛毛",抱着他"同十年前抱丈夫一个样子"。萧萧完全是在懵懵懂懂、糊糊涂涂的状态中,走一个童养媳的路程。

三三和萧萧不同。萧萧是在最初的情爱一闪现、旋即熄灭之后,坠入一种幸存者的、任人摆布的生活。比起萧萧,三三有着太多的童年幸福。她有一个母亲,住在溪边碾子里,"生活还从容",为堡子中人所羡慕。作者从三三身上描写的是另一种东方乡间女子的不幸,是亚细亚生产方式强加给女子的另一种不幸。这种不幸不像萧萧的身世那样惹人注目,它触动的是一个女子的深深幽怨,难以言明,即使母女之间也难以言明。

三三生存在一个封闭自足的环境里,长到十五岁,还只能同河里的游鱼,家里的鸡、鸭、猫、狗为伍。她从城里来碾坊玩的白脸男子口里知道自己长得"很美",又觉得那人想提亲是"坏人"。但就是这样一个忽然而来的男子,引动了母女俩的遐思。这遐思既是关于城里生活的,也是关于三三命运的。谈到前一点,母女还能谈下去;涉及后一点,"这母亲,忽然又想到了远远的什么一件事,不再说下去;三三也想到了另外一件事,不必妈妈说话了;这母女就沉默了"。由于当初管事先生讲到"少爷做了磨坊主人，别的不说，成天可有新鲜鸡蛋吃"，三三对送鸡蛋特别警觉。终于，在母女第二次送鸡蛋去大寨的时候，那个白脸少爷死了，一篮子鸡蛋照样提回家了。

这两篇作品流露一股浓郁的乡间风情。《萧萧》里，那艾蒿做成的烟包，蜷曲如一条乌梢蛇，在黑暗中放光；放"水假"时，过路女学生吹来的"自由"的新风；萧萧同丈夫、花狗一起逗趣的场面，花狗唱出的"娇家门前一重坡，别人走少郎走多，铁打草鞋穿烂了，不是为你为哪个？"这样的炽热的情歌，都叫人过目不忘。比较起来，《三三》的场面处理略嫌碎了一点，但这个小女子的娇羞的身影，总是由淡而浓，活灵活现。如果萧萧是在"开心红脸"的情歌中，让那"大膀子"花狗引诱做了"坏事"，三三就是在极羞涩、极扭捏的景状中被那白脸小生的形象所牵动。那少爷害三期肺病她不详知，少爷带来一个白衣护士也不详知，她真要许给少爷的未来命运更来不及推测，她只是在悠忽来去的梦幻中有所倾注，但就是这朦胧的倾注，也忽然琴弦似的绷断了。

到了《边城》，作者所描写的翠翠这个不幸女子的命运就更加完整，由她而牵连、而扩展的生活画面就更加开阔，作者把他酝积数十年的对家乡的观察和体验，比较集中、比较全面地融进翠翠的命运和边城其他人事风情中去了。

前面提到崂山溪边一个孝女触发了这个长篇小说的创作。作者在《水云》一文中回忆写作《边城》时还说："故事中的人物，一面从一年前在青岛崂山北九水旁见到的乡村女子，取得生活的必然，一面就用身边新妇作范本，取得性格上的素朴式样。"[①] 可见，他还从身边新婚妻子的素朴性格上吸取养分。另外，作者还在1933年底1934年初写作的《湘行散记》中，记叙过在泸溪县的所见。他回忆起十七年前自己作为一个补充兵到过这个县，在

---

① 《沈从文文集》第十卷第280页。

这个县城街上见过一个绒线铺卖棉线带子的女孩子,他说:"那女孩子名叫'××',我写'边城'故事时,弄渡船的外孙女,明慧温柔的品性,就从那绒线铺小女孩印象而来。"① 解放后,作者1957年在《新湘行记——张八寨二十分钟》里写到他重返湘西、在一个小渡船上的见闻:"令我显得慌张的,并不尽是渡船的摇动,却是那个站在船头、嘱咐我不必慌张、自己却从从容容在那里当家做事的弄船女孩子。我们似乎相熟又十分陌生。世界上就真有这种巧事,原来她比我小说中翠翠虽晚生几十年,所处环境自然背景却仿佛相同,同样,在这么青山绿水中摆渡,青春生命在慢慢成长。不同处是社会大,见世面多,虽然对人无机心,而对自己生存却充满信心。"② 这一些,都看出作者在翠翠身上杂取种种人,是他酝酿已久、并长期萦系心怀的一个人物。

二、《边城》特殊魅力的三个表现

《边城》的故事极为简单。论情节,它不如《萧萧》这个短篇。这使得《边城》的电影改编难以获得《湘女萧萧》(由《萧萧》改编)的戏剧效果。《萧萧》有太多的戏剧,《三三》几乎没有什么戏剧。翠翠因为生活在人来人往的渡船上,性格上比三三要明朗些。三三生活在偏僻的碾坊里,只能从悠忽而来的男性中煽起一点难以逆料的爱的幻想。翠翠比起三三,比起萧萧,显示较多的自主追求。

但是,《边城》作为一个小长篇,语言艺术这个职能,得到了充分的施展。除了不能像《湘行散记》等散文写作那样可由作者

---

① 《沈从文文集》第九卷第296—297页。
② 《沈从文文集》第十卷第191—192页。

直面抒情而外，他对乡城各种人物的观察，因人事、风情、民俗酝积已久的温爱之情，都可以客观地、全面地铺展开来。同时，作者还立意要在这篇作品里，表现"一种'优美，健康，自然而又不悖乎人性的人生形式'"①，使它成为现实题材作品中最富于理想色彩的一篇。这一切，形成《边城》所特有的魅力。

（一）风格独异的乡风乡情

人们读后会向一个陌生者发问：你见过雨后初晴，河水刚刚涨过，"河中水皆豆绿色"的景象吗？还有那"雨落个不止，溪面一片烟"呢？特别是那城里划龙船的莲蓬鼓声刚刚响起，这边渡口上的人还反应不过来，那灵性十足的"黄狗汪汪的吠着，受了惊似的绕屋乱走，有人过渡时，便随船渡过河东岸去，且跑到那小山头向城里一方面大吠"，是怎样令人欣喜的情景呢？作品写翠翠，说她"在风日里长养着，把皮肤变得黑黑的，触目为青山绿水，一对眸子清明如水晶"，"为人天真活泼，处处俨然如一只小兽物。人又那么乖，如山头黄麂一样"。这些描写，淡淡的几笔，我们不正是感受到了作者对景象、人物极为敏锐的体察，为作者对家乡风情的眷爱所深深吸引、深深打动么？

浓郁的乡风乡情在作品里写得太诱人了。作品的一个特色，是在描写人物、展开主要故事之外，往往插进许多民俗民情的画面，表面看来似游离，实则烘托气氛和环境，像满足一个旅游者的观赏需求，增加了读者的见识，又令人兴趣盎然。作品在介绍茶峒、小溪、白塔、老人、翠翠和黄狗之后，进入第二节，有大量文字描叙茶峒的风情，从远景、中景、近景到人物特写，都有粗细不等的速写。这里，包括船只上下行运送不同的货物，贯穿各码头的河街，涨水时节吊脚楼的存毁，河心飘浮的牲畜，空船

———————
① 《沈从文文集》第十一卷第45页。

上逃难的妇孺，城里住户的陈设，城外河街上小饭店、杂货铺、盐栈和花衣庄的买卖。人物有成兵、号兵、副爷、内掌柜、商人、穿"青羽缎马褂"的船主、"毛手毛脚"的水手以及"把眉毛扯得成一条细线"的妓女。后人拍影视，只要把这些描叙加以实录，便可提供一幅幅真实的、不再生的社会历史风情画。

作者这种在正统小说家看来有一点点旁骛的风情笔墨，读者读来不觉得沉闷，原因有二：它是湘西乡城众庶苍生的生活摄影，是他们世世代代的命运记录，里面给人以太多的慨叹。它渗进了作者的情感，在那客观的风俗景象里，覆盖着作者的温爱，律动着作者心灵的旋律。请看作品涉笔的河街妓女：

> 白日里无事，就坐在门口做鞋子，在鞋尖上用红绿丝线挑绣双凤，或为情人水手挑绣花抱兜，一面看过往行人，消磨长日。或靠在临河窗口上看水手起货，听水手爬桅子唱歌。到了晚间，则轮流的接待商人同水手，切切实实尽一个妓女应尽的义务。
>
> 妓女多靠四川商人维持生活，但恩情所结，则多在水手方面。感情好的，互相咬着嘴唇咬着颈脖发了誓，约好了"分手后各人皆不许胡闹"，四十天或五十天，在船上浮着的那一个，同留在岸上的这一个，便皆待着打发这一堆日子，尽把自己的心紧紧缚定远远的一个人。尤其是妇人感情真挚，痴到无可形容，男子过了约定时间不回来，做梦时，就总常常梦船拢了岸，一个人摇摇荡荡的从船板到了岸上，直向身边跑来。或日中有了疑心，则梦里必见男子在桅上向另一方面唱歌，却不理会自己。性格弱一点儿的，接着就在梦里投河吞鸦片烟，性格强一点儿的便手执菜刀，直向那水手奔去。[①]

---

① 《沈从文文集》第六卷第81页。

第五章 边城自然、健康的"人生形式"

这些描叙令人感慨万般。作者说她们是"寄食者",在肖像脸谱上,说她们"穿了假洋绸的衣服,印花标布的裤子,把眉毛扯得成一条细线,大大的发髻上敷了香味极浓的油类",像是漫画笔法,显得出有一点冷峻,然而,里面又藏着作者深深的同情。作者曾经说:"由于边地的风俗淳朴,便是作妓女,也永远那么浑厚。"这里看出作者的博大的艺术家的情怀,同道学家的正人君子迥然不同。为了作品的丰厚和充实,作者常常把这一些并非关涉主要人物情节的人事景象描写,渗透到作品的总体形象中去。

如果说文学审美包括性格审美、情节审美、风景审美、民俗审美等等各项内容,我们过去把性格审美作了过度的强调,相应地忽视了风景审美和民俗审美。当今,随着现代艺术的人类学、民俗学内容的突出,人们的看法慢慢改变了。另外,我们过去有一种狭窄的观念,以为风景描写必须紧紧为主要人物性格服务,本身不具备独立的审美价值,并以此绳之一切作品。实际上,艺术表现应该是多种多样。乔治·桑塔耶纳就批评过"没有人物的风景好像就毫无意义似的"这种看法,他说:"无人情味的风景没有明确的暗示;当年人们觉得这是败笔,今日我们反觉得这是得意之作。"他强调:"美感教育就在训练我们去观赏最大限度的美。在自然界中观赏我们周围不断存在的最大限度的美,这是向想象与现实之结合大大迈进一步,这结合也就是观照的目的"[①]。我们欣赏"豆绿色"的河水、"溪面一片烟"、黄狗向城里的锣鼓声发出狂吠,不必牵强地联系作品的主旨和主要人物。民俗描写更是具有独立价值。《边城》里写了两大民俗:端午节的龙舟竞渡,走马路和走车路的说媒方式。那青年男子头包红布泅水捉鸭子的情景,男女青年喜爱走马路不喜欢走车路的普遍心情,翠翠不凑巧睡着了,二老在对溪高崖上唱起来,她感觉"梦中灵魂为一种美

[①] 《美感》第91—92页,中国社会科学出版社1985年版。

妙歌声浮起来了，仿佛轻轻的各处飘着"，如此等等，构成了一个民族、一个地域所特有的生活景观。读者从中感受到乡城人们的勇敢、欢愉以及富于浪漫色彩的爱情追求。

(二) 保存在"梦"里的完整的、理想的乡城生活

在某个意义上说，《边城》是写作者的一个梦，这个梦既非虚幻，又不拘泥于现实，而是追求一种真实，艺术的真实。作者把自己理想的完整的乡城生活，安置进去了。人物的正直、热情以及和谐、助人为乐的人际关系，构成一个自然的、健康的、牧歌式的小环境、小社会。人们在繁杂的城市里，在渐渐繁杂的农村里，自然为这幅生活画面所吸引、所神往。

作者是有意进行这种特殊营构的。1934年初，他回到阔别十八年的凤凰，发现农村社会的正直素朴人情美，几乎快要消失，青年人常常穿戴一些时髦服装用品，如白金手表、大黑眼镜，吸大炮台和三五香烟，借以自炫。学生到大城市跑一趟，毕业，结婚，回家，做绅士或一个小官，发点小财，生儿育女，将当初的理想和雄心抛弃殆尽。作品是着意于写"过去"，他说："拟将'过去'和'当前'对照，所谓民族品德的消失与重造，可能从什么方面着手。《边城》中人物的正直和热情，虽然已经成为过去了，应当还保留些本质在年青人的血里或梦里，相宜环境中，即可重新燃烧起年青人的自尊心和自信心。"[①] 作品不是刻意描写现实，又是针对现实，不是写"当前"，而是写"过去"，这一切又都是为了当前，为了现实。

过去，有人指责《边城》是写"世外桃源"，"没有一点阶级投影"，有的《中国现代文学史》批评作品"回避尖锐的社会矛盾"，没有写出三十年代的湘西。这要作具体分析。作品确实没有把阶级斗争作为主线。在回答"有人说你不写阶级斗争"时，沈从

---

① 《沈从文文集》第七卷第4页。

文说："其实，只是不明显，在我们那个地方，那时，哪里有那么鲜明的，不过是蕴涵在里面的，在生活里面"①。作品对那里的阶级剥削和民众苦难，也有必要的交代，说当地有"放帐屯油、屯米、屯棉纱的小资本家"，有"买卖媳妇"。作品写中寨王团总向顺顺家提亲，以碾坊作女儿的嫁妆，显示跟老船夫作对比的一种咄咄逼人的财产优势，以及关于妓女生活的大段插入，都可以看到阶级斗争的投影。作者还对这个边城作了特殊的交代，说这个"两省接壤处，十余年来主持地方军事的，注重在安辑保守，处置还得法，并无变故发生"。在作者二十岁离开湘西以前，他说他在那里没有见过共产党。我们应该区别对待，不能以写阶级斗争对每一个作家提出一律的要求，也不能对一个作家的每一部作品提出这种一律的要求。

作品本身也不是写三十年代的湘西。从作品所点明的茶峒"驻扎一营由昔年绿营屯丁改编而成的戍兵"，"皇帝已不再坐江山"来看，作品写的"过去"的湘西是民元后的湘西，是作者幼年心目中的湘西，或者说，同时也是作者离家近二十年、包括在北京、上海等大城市颠簸十多年所深深怀念的、梦幻中的湘西。作者是有意将边城理想化了，他说到要借几个愚夫俗子，为人类"爱"作了恰如其分的说明，表现一种"优美，健康，自然而又不悖乎人性的人生形式"，但是，它具有真实性，"只看他表现得对不对，合理不合理。若处置题材表现人物一切都无问题，那么，这种世界虽消灭了，自然还能够生存在我那故事中。这种世界即或根本没有，也无碍于故事的真实"②。

像摆渡、教子、救人、助人、送葬这些乡城生活中习以为常的平凡小事，都得到了理想的、动人的表现。老船夫对二老说："你是不是说风水好应出大名头的人？我以为这种人不生在我们这

---

① 刘一友《沈从文现象》，《吉首大学学报》1989年第一期。
② 《沈从文文集》第十一卷第45页。

个小地方,也不碍事。我们有聪明,正直,勇敢,耐劳的年青人,就够了"。"这世界有得是你们小伙子分上的一切"。即以教子为例,作品就写到顺顺如何教育和训练两个儿子大老和二老,让他们轮流随船跟帮,"向下行船行,多随了自己的船只充伙计,甘苦与人相共。荡桨时选最重的一把,背纤时拉头纤二纤,吃的是干鱼,辣子,臭酸菜,睡的是硬邦邦的舱板。向上行从旱路走去,则跟了川东客货,过秀山飞龙潭、酉阳作生意,不论寒暑雨雪,必穿了草鞋按站赶路。且佩了短刀,遇不得已必需动手,便霍的把刀抽出,站到空阔处去……一分教育的结果,弄得两个人皆结实如老虎,却又和气亲人,不骄惰,不浮华,不倚势凌人……"二老有一次押船,到白鸡关滩出了事,在急浪中救援过三个人。他们的父亲年纪大了,端午节不下水与人竞争捉鸭子,"但下水救人呢,当作别论。凡帮助人远离患难,便是入火,人到八十岁,也还是成为这个人一种不可逃避的责任"。

　　写得最动人的还是那个年过古稀的老船夫。从二十岁在溪边摆渡,到如今已经五十年过去了,"年纪虽那么老了,本来应当休息了,但天不许他休息,他仿佛便不能够同这一分生活离开。他从不思索自己的职务对于本人的意义,只是静静的很忠实的在那里活下去"。1982年,沈从文八十高龄,回到湘西,到吉首古渡(那不过是一箭之隔的石岸古渡,笔者曾去过)。沈先生反复说起三十年前在这里见过一位拉渡的瞎子老头,说那人成天默默地把人拉过来,送过去,语气中流露着悲悯和敬重[①]。现在看来,这个老船夫的一生也象征着沈从文的一生,在自己职务上默默劳动一生,不计个人的升沉和荣枯。

　　这个老船夫把过渡人留下的钱,买了茶叶和草烟,烧水泡一大缸茶,招待过渡人。有人曾指责作品抹杀人的阶级关系,写进一个

---

① 见《沈从文研究》第一辑第43页,湖南大学出版社1988年版。

"君子国",实际上,诸如下列一些"君子国"现象有什么不好呢?

> 白日里,老船夫正在渡船上同个卖皮纸的过渡人有所争持。一个不能接受所给的钱,一个却非把钱送给老人不可。正似乎因为那个过渡人送钱气派,使老船夫受了点压迫,这撑渡船人就俨然生气似的,迫着那人把钱收回,使这人不得不把钱捏在手里。但船拢岸时,那人跳上了码头,一手铜钱向船舱里一撒,却笑眯眯的匆匆忙忙走了。老船夫手还得拉着船让别人上岸,无法去追赶那个人,就喊小山头的孙女:"翠翠,翠翠,帮我拉着那个卖皮纸的小伙子,不许他走!"
>
> ……
>
> "他送我好些钱。我才不要这些钱!告他不要钱,他还同我吵,不讲道理!"

对于作品这种寓伟大于平凡的特殊教化作用,刘西渭说:"一切准乎自然,而我们明白,在这种自然的气势之下,藏着一个艺术家的心力。细致,然而绝不琐碎;真实,然而绝不教训;风韵,然而绝不弄姿;美丽,然而绝不做作。这不是一个大东西,然而这是一颗千古不磨的珠玉。在现代大都市病了的男女,我保险这是一副可口的良药。"[①] 日本作家山宝静在《〈边城〉小感》里也说:"看起来很平静的笔底下,恐怕隐藏着对于现代文明的尖锐的批判和抗议——至少也怀嫌恶之感。"[②]

老船夫死后,出现了茶峒八方支援的局面。杨马兵的形象只是寥寥捎带几笔,作为这个孤女的护理人,为她作伴,给人留下很深的印象。像这类"君子国"的场面和现象,随着现代社会的

---

① 刘西渭《咀华集》第74页,文化生活出版社1936年版。
② 转引自《沈从文研究》第一辑第196页,湖南大学出版社1988年版。

发展，其中有一些不复出现了。但它作为古风，作为历史性的画面，带着某种文物长卷的色彩，今人仍然需要它，欣赏它。作者在《〈边城〉题记》里说："我的读者应是有理性，而这点理性便基于对中国现社会变动有所关心，认识这个民族的过去伟大处与目前堕落处，各在那里很寂寞的从事于民族复兴大业的人，这作品或者只能给他们一点怀古的幽情，或者只能给他们一次苦笑，或者又将给他们一个噩梦，但同时说不定，也许尚能给他们一种勇气同信心！"①

(三) 富于神韵的"善"的悲剧

作品一方面展示自然、健康的"人生形式"，一方面又流贯着一种悲剧的旋律，这是"善"的悲剧。

一翻开《边城》，我们就始终被作品所流贯的"善"的"不凑巧"，"善"的毁灭的悲剧旋律所打动。中国悲剧不存在希腊悲剧流布以来那种典型西方悲剧传统和模式。亚里士多德概括悲剧模仿"严肃的行动，规模也大"，"悲剧是对于一个严肃、完整、有一定长度的行动的模仿"，由于悲剧着意写崇高的毁灭、英雄人物的挫折与厄运，因而产生"怜悯与恐惧"。英国的屈莱顿总结西方悲剧，明确提出构成悲剧的行为"必须是伟大的行为，包含伟大的人物，以便与喜剧相区别，喜剧中的行为是琐屑的，人物是微贱的"②。沈从文写乡下女子，差不多都是悲剧结局。《边城》同其他一些中国悲剧故事一样，不是写崇高的毁灭、英雄的厄运。沈从文说里面是"几个愚夫俗子"，"被一件普遍人事牵连"。也许，正因为它切近人们的日常生活，写的是"善"的悲剧，它就更加平实，更为普通人所理解、所接受。

作者并未谈及作品每个人物命运的设计，但作者在谈到创作

---

① 《沈从文文集》第六卷第72页。
② 《西方文论选》上卷第309页，人民文学出版社1964年版。

的心境和打算时，我们又明显感到它影响到这种设计。当时，作者在新婚之后，可以说名誉、友谊和爱情全部到了他的身边。但他不满足，感到需要把"过去"积压下来的"痛苦经验"表现出来，写一点纯粹的诗，写一点牧歌，借此在心里和感情上得到排泄和弥补。他说："换言之，即完美爱情生活并不能调整我的生命，还要用一种温柔的笔调来写爱情，写那种和我目前生活完全相反，然而与我过去情感又十分相近的牧歌，方可望使生命得到平衡。"尽管笔调温柔，内心的痛苦却又十分沉重。谈到具体写作时，他说："一切充满了善，然而到处是不凑巧。既然是不凑巧，因之素朴的善终难免产生悲剧。故事中充满五月中的斜风细雨，以及那点六月中夏雨欲来时闷人的热，和闷热中的寂寞"①。这种"善"的"不凑巧"与最终的挫折或毁灭，几乎安排在每一个人物身上。从开篇交代的翠翠的父母命运，那个茶峒军人同老船夫的独生女恋爱有了小孩，结果一个因违背军纪而服毒，一个待腹中小孩生下便去溪边喝冷水自尽。后面写大老和二老都爱上了翠翠，翠翠喜欢的是二老，结果是顺顺派人来给大老做媒。团总给女儿说亲，用碾坊作陪嫁妆奁，看中的又恰恰是二老。二老为翠翠唱了一夜歌，恰好翠翠睡着了。大老因为同弟弟争翠翠受挫，一气之下，坐下水船到茨滩时淹死了。二老因哥哥死去，又得不到翠翠理会，父亲又为翠翠作二儿子媳妇犯忌，也坐船下了桃源。正在这时，老船夫又死了。就是那个照顾翠翠的杨马兵，作品也说他年青作马夫时，牵着马匹到碧溪岨去对歌，又恰恰遭到翠翠母亲的冷遇。

善良者的不幸、不凑巧，成了《边城》处理人物的基本旋律。这一方面应合了作者经常谈到的"美丽总使人忧愁""美，总不免有时叫人伤心……"这一人生体验、审美体验，另外，也如朱光潜分析的，这部作品"表现出受过长期压迫又富于幻想和敏感的少

---

① 以上见《沈从文文集》第十卷第279—280页。

数民族在心坎里那一股沉忧隐痛，翠翠似显出从文自己这方面的性格。他是一位好社交的热情人，可是在深心里却是一个孤独者"。也就是说，湘西生产力的落后，人们抗拒不了自然灾害，迷信、习俗和财产对人们追求爱情的限制和羁绊，青年男女深藏于心、不能自主自立的痛苦的爱情生活，以及作者所从属的那个少数民族和地区处于风雨飘摇、难以逆料的境遇之中，都是构成这个"善"的"不凑巧"，"善"的悲剧的现实基础。作者本人虽执着自己的文学追求，但对于周围的社会交往、个人在社会动荡中的寻觅与归路，也有孤独彷徨之感。这一些，无疑加深加浓了作品的悲剧色调。

值得注意的是，作品这种"善"的悲剧情调又是同作者的泛神论的哲理感悟相融汇的。这一点不能不谈。作者说到包括《边城》在内的创作体验时说："墙壁上一方黄色阳光，庭院里一点花草，蓝天中一粒星子，人人都有机会见到的事事物物，多用平常感情去接近它。对于我，却因为和'偶然'某一时的生命同时嵌入我记忆中印象中，它们的光辉和色泽，就都若有了神性，成为一种神迹了"[①]。这里所说的"神"绝不是某种宗教或迷信的"神"。本书后面还要专门讨论作者的"泛神论"言论。作者清醒地认识到我们处在"'神'之解体的时代"。他把神鬼与迷信放在一起加以否定，在加以嘲笑的社会种种"老玩意儿"里，就列举了"圆光，算命，求神，许愿"等等。作者所说的"神"，是他追慕的生命和自然相融汇的至境圣境，仿佛人和自然均可心领神会，默默对语，在那种完美、和谐的万事万物中，皆有神迹，皆通神性。这种"神"绝非某个具体的偶像，它是作者自己创造的。他说："然而人是能够重新创造'神'的，且能用这个抽象的神，阻止退化现象的扩大，给新的生命一种刺激启迪的。"[②]

[①]《沈从文文集》第十卷第287页。
[②]《沈从文文集》第十一卷第397页。

第五章 边城自然、健康的"人生形式"

在《边城》这篇理想化的"人生形式"里，我们感受到渗透其间的作者的这种特殊的哲理感悟，对人生的艺术感悟。作品写到老船夫忠于职守，文字极富感情，说到他本应休息了，"但天不许他休息"，接下有如下几句：

> 他从不思索自己的职务对于本人的意义，只是静静的很忠实的在那里活下去。代替了天，使他在日头升起时，感到生活的力量，当日头落下时，又不至于思量与日头同时死去的，是那个伴在他身旁的女孩子。他唯一的朋友为一只渡船与一只黄狗，唯一的亲人便只那个女孩子。①

在这里，人与天心领神会，日头也似乎通人性，如同老船夫对二老说的："日头不辜负你们，你们也莫辜负日头！"渡船与黄狗皆拟人化，天、老人、孙女、渡船与黄狗皆处于和谐境地，似有神性神迹，连老人的渡船工作，也似有难以言明的信仰加以主宰。

作品把黄狗写得极富灵性，让它作为一个成员始终参与这个家庭的悲欢哀乐。最后，作品写老船夫在雷雨之夜的死去，白塔的倒坍，更具象征寓意，使读者为作品所营造的"善"的毁灭的具体意境所撼动。翠翠天亮起身，先是看到"屋后白塔已不见了"，大堆砖石摊在那里，后来发现祖父卧床不起身，不作声。这景象与开头的"有一小溪，溪边有座白色小塔，塔下住了一户单独的人家"，恰成对比。当然，这不是迷信。作者是有意将自然力的破坏同"善"的不幸布置在一起，产生强烈的悲剧效果。

对于作者的"神""泛神论"的言论，我们不能不注意，又不能过于信以为真。他没有"泛神论"哲学家如斯宾诺沙的正儿八经的言论和理论。他曾经说到自己的信仰只有一个，那就是"生

---

① 《沈从文文集》第六卷第74—75页。

命"，等于把"神"也抛弃了。他的泛神论感悟跟我们常说的追求艺术所达到的一种宗教感情是相通的。对于这种"神性"，他说到万物的启迪，生命的庄严，对自然的皈依，"这种简单的情感，很可能是一切生物在生和谐时所同具的，且必然是比较高级生物所不能少的。然而人若保有这种情感时，却产生了伟大的宗教，或一切形式精美而情感深致的艺术品"①。这种泛神情感，可以从"神韵"的角度加以理解，是追求人生追求艺术所达到的一种胜境。沈从文对古华讲的"文章靠气养，气由情生，方能做到下笔如有神"②，与它是相通的。然而，有了它，有了这种特殊的哲理感悟艺术感悟，作品就具有魅力，一种动人心魂的艺术魅力。

论述《边城》的总体风格时，有的把它比喻一颗"珠玉"（刘西渭：《一颗千古不磨的珠玉》），有的说它是一个"仙女"（司马长风："小说中飘逸不群的仙女"），作者自称是"用料少，占地少"的"一个小房子的设计"。对于要求表现风口浪尖、激烈戏剧冲突的读者，会得不到满足。它要求你静静地、细细地去体味，或许，作者在《箱子岩》写的一段，可以借作欣赏《边城》的入导。作者在《湘行散记》里写到以前在箱子岩看了龙船竞渡，联系眼前对人生的种种忧虑，他说："我们用什么方法，就可以使这些人心中感觉一种对'明天'的'惶恐'，且放弃过去对自然和平的态度，重新来一股劲儿，用划龙船的精神活下去？这些人在娱乐上的狂热，就证明这种狂热能换个方向，就可使他们还配在世界上占据一片土地，活得更愉快更长久一些"③。《边城》写到划龙船，是有寓意的。它写到普通人事的哀与乐，"善"的"不凑巧"固然引起人们的忧虑，而"平凡"中的"伟大"，就更需要读者去体察、去发扬，也更是作者的瞩目所在吧。

---

① 《沈从文文集》第十卷第288页。
② 《一代宗师沈从文》，见《长河不尽流——怀念沈从文先生》，湖南文艺出版社1989年版。
③ 《沈从文文集》第九卷第284页。

第六章　湘行旅途的沉痛与忧思

　　1934年初，寒冬腊月。沈从文第一次回到了离别十余年的湘西。水旱兼程，他整整在路上耽搁了25天。终于，一个长期在外的游子，一个在大城市里只能"梦回故里"的游子，得以脚踏故乡的土地，亲睹家乡的容颜了。他对着故土，作默默的诉说："我坐到后舱口日光下，向着河流清算我对于这条河水这个地方的一切旧账。原来我离开这地方已十六年。……这个河码头在十六年前教育我，给我明白了多少人事，帮助我作过多少幻想，如今却又轮到它来为我温习那个业已消逝的童年梦境来了。"

　　他把沿路见闻写成家信，然后整理结集而为《湘行散记》。它同三年前的《从文自传》有好多印象叠合的地方，一为现实见闻，一为往事回忆。三年后，抗战爆发，他第二次回故乡，又写了《湘西》。加上三十年代头些年的《记胡也频》《记丁玲》，就见出了沈从文在散文、纪实文学方面的卓著成绩。

　　实际上，仅《湘行散记》就可以确立沈从文的散文大家的地位。司马长风在《中国新文学史》里提到因为读了《湘行散记》，把沈从文列入优秀散文作家。此前，《从文自传》出版后，周作人就在1935年《论语》杂志举办的"我最爱读的三本书"里，把它列为第一本。对于沈从文说来，散文可以更全面、更充分地展示自己的创作才能。他可以直面抒情，不受小说创作结构主要人物故事的限制，叙事抒情可以恣纵多方，更能体现如流水行云的文字风格。在他实践的散文系列长卷里，由于这种恣纵多方，就使它更能自由地容纳历史动荡、社会风情、人生变故和自然景观。如同奇异的湘西山水，驳杂的湘西众生，沈从文的散文摆脱了一些散文家常有的市井气、闺秀气、学院气。这一切，又被"乡下人"的浓郁的、化解不开的乡情所绾住，读者爱不释手。

作者在《〈沈从文散文选〉题记》里总览自己的创作特色时，说过这样的话："我的作品稍稍异于同时代作家处，在一开始写作时，取材的侧重在写我的家乡，我生于斯长于斯的一条延长千里水路的沅水流域。对沅水和它的五个支流、十多个县分的城镇及几百大小水码头给我留下人事哀乐、景物印象，想试试作综合处理，看是不是能产生散文诗的效果"①。这种"综合处理"表现在散文长卷、散文系列里比在小说里更为明显。作者自己谈到《湘行散记》时就说过，它"给人印象只是一份写点山水花草琐琐人事的普通游记，事实上却比我许多短篇小说接触到更多复杂问题"②。

一、历史风云、社会风情、自然景观与艺术性格的四重奏

传记不可能是一个人的经历的自然主义实录。一个人的自传体现他本人的自我选择，它不会雷同于别人（包括亲朋好友、传记作家）为他撰写的传记。即使是自传，它也体现一个人在特定条件下的自我认识，中年时期写的自传也不会同于老年或年轻时写的自传。《歌德自传》是作者从59岁到81岁陆续完成的回忆之作，只叙述26岁去魏玛以前的事。作者想印证"一个人在青春期所企望的，在晚年便得到丰收"这句德意志古老格言，着意写"发展时期"的生活道路以及与时代相处的和谐。卢梭的《忏悔

---

① 《沈从文文集》第十一卷第80、84页。
② 《沈从文文集》第十一卷第80、84页。

录》是晚年在四面受敌的困境中写成的，他借助自我袒露达到自我抗辩，向人们显示："看有谁敢于对您说：我比这个人好！"作者以反封建的个性解放与真实抒情的文字，完成了圣勃夫所说的文学上的"自巴斯喀以来最大的革命"，推动了十九世纪文学。

《从文自传》写于1931年夏秋。作者当时在青岛大学中文系教书，正处于创作力量最亢奋、心情最舒畅的时间。全书近八万五千字，他仅用了三个星期的时间，"不再重抄，径寄上海付印"。作者当时住在海边，据他说："生活虽然极端寂寞，可并不觉得难堪，反而意识到生命在生长中、成熟中，孕育着一种充沛能量，待开发，待使用。"[①] 可以说，作者是在一种回顾自己的成长、充分开发自己的能量的心情下写作的。这种能量，就是作者生理、心理素质加社会经历所生成的特殊的艺术能量。这部自传摆脱了传统的习见的模式和成法，以一个"艺术家的感情"回顾自己的过去，将自己艺术性格的成长同历史风云、社会风情、自然景观一起编织进去了。

从自传的选材来看，家庭情况写得极为简略，社会经济、政治、军事材料介绍不多，对作者影响较深的小学语文教员田名瑜和湘西巡防军统领官陈渠珍，后者只是不指名的提及他的"治学"与"治事"，前者就几乎没有谈及。相反，对他当补充兵时不在一个组的旧式教练老战兵滕四叔，任司书时的姓文的秘书，在川东认识的一个大王一个女妖，却花整整一节，分别加以详细描叙。在自传里，他说："离开私塾转入新式小学时，我学的总是学校以外的。到我出外自食其力时，我又不曾在我职务上学好过什么。二十年后我'不安于当前事务，却倾心于现世光色，对于一切成例与观念皆十分怀疑，却常常为人生远景而凝眸'，这分性格的形成，便应当溯源于小时在私塾中的逃学习惯。极显明，对于后来

[①] 《沈从文文集》第十一卷第82页。

用笔有显著影响。"因此，自传没有守成于编年史的惯例，而是紧紧抓住那现实"一本大书"，纳入为作者所倾心的自然、社会和人生的"现世光色"。

这种为现象倾心、从人生取证的写法，使得他对于辛亥革命军进攻镇筸镇的失败，不作背景材料的交代，只写人物活动。除个别地方点了一下对门张家二老爷同革命党有联系，爸爸说"造反打败仗"，大量的是写他在衙门口"看到了一大堆肮脏血污人头"，听叔父说"衙门从城边已经抬回了四百一十个人头，一大串耳朵，七架云梯，一些刀，一些别的东西"，写他"一有机会就常常到城头上去看对河杀头"，看天王庙掷筊决定人的生死。反革命的反扑，是这样。那些在革命名义下搞的"清乡"，作者看到的也是胡乱捆缚一些老实乡下人，把他们的头砍下。前后三四年，辰沅一带就杀了六七千人，砍头的细节，被杀者的各种表情，孩子挑着父亲或叔伯被砍下的头的情景，他都记得清清楚楚。历史的腥风血雨，以种种令人揪心的场面，深陶了他的哀痛人生的艺术家感情。

我们惊讶作者的"多识鸟兽草木之名"的博闻强识的能力。离开故乡近十年，对那里的自然景色、草木鱼虫、民俗风情，都能保持一种鲜活的记忆。针铺、伞铺、剃头铺、铁匠铺、屠宰场、瓷窑、造纸作坊、豆腐作坊、造船河滩，都向他展示各样的人生。那"戴了极大的眼镜"的磨针老人，"腆出一个大而黑的肚皮（上面有一撮毛！）"的皮匠，"小腰白齿头包花帕""轻声唱歌"、用"红铜勺舀取豆浆"的苗妇人，许多妇人"背了竹笼来洗衣"，"从北城墙脚下应出回声"的"訇訇"木杵捣衣声，总是以黏附着悠长的人生感慨，积淀在他的印象库存里。

自传展示了一种对普通自然景色、平凡生活景象稍加点染、即成动人文字的特色，这是作者敏锐的艺术感受和浓厚的乡土恋情所致。他写到顽童时心目中的"黄泥田里，红萝卜大得如小猪头，没有我们去吃它，赞美它，便始终委屈在那深土里"，也写到自己后来喜欢独坐河岸高崖上，看纤夫拉船上滩，"当那些船夫把船拉上滩后，各人伏身到河边去喝一口长流水，站起来再坐到一块石头上，把手拭去肩背各处的汗水时，照例总很厉害的感动我"。此外，空中移动的白云，河水中缓缓流去的菜叶，那"晾得有朱红袴裼"的暗褐红船尾，那"斜斜的孤独的搁在河滩黄泥里"的船只以及"背景是黄色或浅碧色一派清波"，都能生出一种艺术的感染力。苏雪林称赞他的文字"永远不肯落他人窠臼，永远新鲜活泼，永远表现自己。他获到这套工具之后，无论什么平凡的题材也能写出不平凡的文字来"[①]，实源于他幼年养成的艺术性格。

比较起来，《湘西》显示一种同《从文自传》《湘行散记》相反、相对立而实质上又相协调、相统一的写作方式。《自传》《湘行散记》是由特写走向全景，《湘西》则由全景导向特写。抗战爆发，湘西地位日渐重要，作者为了廓清有关它是"匪区"的谬传，对湘西作了系统的介绍。《湘西》由理性文字和社会调查开导，配合以故事传说和人物特写。《常德的船》可算作常德船只博物志，《沅陵的人》应列入女权主义者的资料。赶尸的"辰州符"，男子的"游侠者精神"，以及作者讲述的"湘西女性在三种阶段的年龄中，产生蛊婆女巫和落洞女子"，她们的"背后隐藏了动人的悲剧，同时也隐藏了动人的诗"，读者都可以得到具体的了解和沉清。作者以一个成熟的散文家的笔调，把这些故事传说，连同湘西的历史变迁、物产地貌、风景古迹，一起组合到这一部融地方志、调查报告、民间传说和抒情散文为一体的特殊作品中去了。

《湘西》还加入了社会生活的阶级斗争的画面。《辰谿的煤》里突出了一个苦难矿工的家史，《沅水上游几个县分》还写到芷江的佃户除缴纳正租，每石租谷还认缴鸡肉一斤，地主将租谷与肥

---

① 苏雪林《沈从文论》，《文学》1934年第三卷第三号。

鸡兼得的情景，后面又插入北京农科大学生唐伯赓回乡作农会主席、领导武装农民、终于在国民党清党时死去的事迹。全书各篇的叙事任务是繁重的，作者的抒情几乎是按捺住的。但是，只要稍有空隙，作者便情不自禁。《沅陵的人》在稍稍松弛，涉笔弄船女子和过渡女子"无一不在胸前土蓝布或葱绿布围裙上绣上一片花"的时候，作者就发出赞叹："在轻烟细雨里，一个外来人眼见到这种情形，必不免在赞美中轻轻叹息。天时常常是那么把山和水和人都笼罩在一种似雨似雾使人微感凄凉的情调里，然而却无处不可以见出'生命'在这个地方有光辉的那一面。"

二、人生循环与历史循环的深长慨叹

沈从文这一次回家，除了探望重病中的母亲，还想看看老家，看看故乡，用他的话来说，"温习那个业已消逝的童年梦境"，"翻阅一本用人事组成的历史"。十几年不见的亲朋熟人见到了，在《自传》中提到过的人事，又有机会重逢，此前其他作品的人物和材料，又一次得到认识和亲近。

不仅是熟人，即便是一派景物，都能引起他一种极其复杂而又难以具体言明的感慨。这些感慨归结起来，就是两个集中点：人生与历史。河中与岸上驳杂的光色声音，渔船上的火光，渔人敲击船舷的柝声，使他联想到往古以来人与自然的斗争，"那声音，那火光，都近于原始人类的战争，把我带回到四五千年那个'过去'时间里去"（《鸭窠围的夜》）。船上站着鱼鹰，石滩上走着拉纤人，他们日复一日，代复一代，他感慨着"历史对于他们俨然毫无意义，然而提到他们这点千年不变无可记载的历史、却使人引起无言的哀戚"（《一九三四年一月十八日》）。

弥漫和渗透整个《湘行散记》的思绪和感情的一个特殊力量，

就是作者所洞察的人生循环和历史循环。作者在《〈散文选译〉序》里说："这个小册子表面上虽只像是涉笔成趣不加剪裁的一般性游记，其实每个篇章都于谐趣中有深一层感慨和寓意。"他看到沅水流域的平凡人物"生命似异实同，结束于无可奈何情形中"，"对于他们的过去和当前，都怀着不易形诸笔墨的沉痛和隐忧"[①]。人生循环乃是历史循环的基础和具体表征。对于表现在湘西一隅的这种循环现象，一种拖累历史、拖累社会步伐的现象，我们可以从作品里看到各种描述。

一个最简单、最常见的现象，就是单个人的人人循环，人人相因。对于沅水流域的各色人等，作者总是看到他们的过去与现在，他们的基本的人生格局和共同命运。船只靠岸，和水手不同，船主上岸照例要穿长袍，翠青羽绫马褂，戴小缎帽，穿生牛皮鞋。《桃源与沅州》写到一只桃源小划子的人员格局：一个舵手，调动船只，张挂风帆；一个拦头工人，看水认容口，点篙子管桅绳；还有一个听使唤管杂务的小水手。人员被固定在等级森严的格局里，地位同穿着发生联系。这个小水手每天淘米、烧饭、切菜、洗碗，上行时拉船，靠岸时守船，有时每天可得两分钱的零用，有时三年五载只能在船上吃白饭。这个小水手可能是明天的拦头工人或舵手，再重复着另一种人生和命运。作者这样写小水手的一生："这种小水手大都在学习期间，应处处留心，取得经验同本领。除了学习看水，看风，记石头，使用篙桨以外，也学习挨打挨骂。尽各种古怪稀奇字眼儿成天在耳边反复响着，好好的保留在记忆里，将来长大时再用它来辱骂旁人。""多年的媳妇熬成婆"，成了婆后再如法炮制去处置媳妇。

另外，还有一种人生循环不是表现为受折磨与折磨人的人生仿效，而是一种卑微人生的循环和重复。这种人生无补于社会的

---

① 以上见《沈从文文集》第十卷第85页。

变革，仿佛是维持一个蠕动着的社会的继续蠕动。《老伴》记述了作者三次路过泸溪县城的情况。第一次是十七年前，他刚投入行伍生活，同一个名叫"开明"的年纪最轻的补充兵到县城街上转了三次。开明是一个成衣人的独生子，看中了街上绒线铺的女孩子，向当时的作者借钱，从女孩子手里买了三次白棉线草鞋带子，并表示："将来若作了副官，当天赌咒，一定要回来讨那女孩子做媳妇"。三年后，作者又同开明等人停泊泸溪县，他们两人又一次拍门向那个女孩子买了白带子。到了十七年后的这一次，作者的小船又在落日黄昏中停靠了这个地方。作者一人又走到了那个绒线铺，"我见到的不正是那个女孩吗？我真惊讶得说不出话来。十七年前那小女孩就成天站在铺柜里一垛棉纱边，两手反复交换动作挽她的棉线，目前我见到的，还是那么一个样子"。他记得那眼睛，鼻子和薄薄的小嘴。很明显，这个女孩就是当年那个女孩子的女儿。这是一个卖棉线的女孩子的命运的重复。当女孩为作者取白棉带子时，一个"老人"出现了，"真没有再使我惊讶的事了，在黄晕晕煤油灯光下，我原来又见了那成衣人的独生子，这人简直可说是一个老人。很显然的，时间同鸦片烟已毁了他"。原来，他如愿以偿讨下的那个媳妇，刚刚去世了。如果说，鲁迅先生当年见到了闰土，终于相认了；这一次，作者是不敢惊动"他们那份安于现状的神气"了。这又是一种命运的重复，这个当了老板的"开明"是不是又重复了作品未交代的原来那个女孩子的父亲的命运呢？作者离开后，发出了深深的感慨："这星光从空间到地球据说就得三千年，阅历多些，它那么镇静有它的道理。我现在还只三十岁刚过头，能那么镇静吗？……"

　　从这个老人的身世，可以联想到作者描绘的另一幅肖像。我以为是这部作品中未加雕饰却又刻骨难忘的一幅肖像，可以视为这种卑微人生的最惟妙惟肖的肖像。作者在《滕回生堂今昔》里草草几笔，写过他小时候的一个干妈（太太）："太太大约一年中有半年都把手从大袖筒缩到衣里去，藏了一个小火笼在衣里烘烤，眯着眼坐在药材中，简直是一只大猫。"这种猫的形象，男子里也有。他们坐在铺子里，把手缩进衣袖，捂着小火笼，眯着眼，注视着外面的世界，静静地打发自己的人生。铜火笼还可以传下去，生存的方式连眼神、坐态、手势部位都千年不变。

当然，这些人还有着自己的营生和温饱。另外，还有些人的生存方式，就更令人捉摸不定。流露作者温爱之情的那个虎雏，仍然是到处流荡。在上海时，作者曾留他在身边，施以教育改造，终因收拢不住，依然路见不平就打人杀人。从表面看，"小豹子也只宜于深山大泽方能发展他的生命"，实际仍是社会生态使然。作者写过多次的妓女，她们的人生循环就更是凄然惨然。她们被历史和社会安置在沅水流域的吊脚楼里，年轻时同水手有过真情的恩爱与相许，到了年老多病，就只能胡乱地吃药、打针，朱砂茯苓乱吃一阵，六〇六、三〇三扎那么几下，"直到病倒了，毫无希望可言了，就叫毛伙用门板抬到那类住在空船中孤身过日子的老妇人身边去，尽她咽最后那一口气。死去时亲人呼天抢地哭一阵，罄尽所有请和尚安魂念经，再托人赊购副四合头棺木，或借'大加一'买副薄薄板片，土里一埋也就完事了"。

作品也写了一些企图变革现实、立定大志、励精图治的分子。《一个爱惜鼻子的朋友》写了作者三个朋友，曾在树下言志，宏论不少。其中姓杨与姓韩的朋友，作了本县小学教员，踌躇满志，工作狂热，领导学生开会游行，结果在1927年的清党活动中，被一排兵士拥出西门砍了。另一个叫"印瞎子"的夸耀自己的鼻子、要做"伟人"的朋友，也一度兴奋和狂热，"成为毛委员的小助手"。想不到作者这次回乡，印瞎子以乌宿百货捐局长的身份"戴了副玳瑁边近视眼镜"坐着轿子出现在眼前了。他吸鸦片，把玩名贵古董烟具。作品有一段绝妙的文字："问他为什么会玩这个，他就老老实实的说明，北伐以后他对于鼻子的信仰已失去，因为吸这个，方不至于被人认为那个，胡乱捉去那个这个的。"他用手在颈项上比画了一下。就在这时，这个朋友还想重新筹划未来：戒烟，把宝贝烟具送中央博物院，甚至想写小说，跟作者去上海混，"同茅盾老舍抢一下命运"。作品这时有点睛之笔："他说他对于脑子还有点把握。只是对于自己那只手，倒有点怀疑，因为六年来除了举起烟枪对准火口，小楷字也不写一张了。"读者不禁感叹：多么滑稽的人生，多么令人啼笑皆非的人生循环！他连城里姓杨姓韩朋友的坟都不敢去看，那只握烟枪的手恐怕只能继续握下去，了结于一个烟鬼的人生。

　　读者不得不佩服这部散文长卷里视察人生的多样与深度。罪恶的统治要依赖镇压来维系统治的延续，将历史的旧秩序循环下去。而人们的选择，又引起更多的思索和感慨。许多人是麻木地因袭一种人人就范的已定的人生，另一些人则是在腐朽政权的威慑与镇压下，自觉投身于一种腐朽的人生。作者写到自己水上旅行时常有的那种孤寂、独坐与沉思，那上岸点废缆时"火光便从船篷空处漏进我的船中"的情景，或者在街上看到"从人家门罅里露出的灯光或一条长线横卧着"，还有，水上岸边任何一点声音都能引起他的激动和联想，这种种一切，无不浸透着作者对人生与历史的深深思考和忧虑吧。

三、坦露自己，执着对人性、对美的无挂碍的探究

　　作家在散文作品中是包裹自己，还是坦露自己，自然是取信于读者的重要条件。有些作家也能坦露自己，那是在一些无伤大雅的方面，在人人获准、传统道德观念嘉许和称赞的方面。沈从文不是这样。卢梭在《忏悔录》的另一个稿本的开头，批评人"总是要把自己乔装打扮一番，名为自述，实为自赞，把自己写成

他所希望的那样，而不是他实际的那样"①，他对蒙田的不以为然，也在这里。在一定的条件下，狄德罗讲的"任何东西都敌不过真实"，是有道理的。

沈从文的散文，无论是谈自己，说别人，不是选择和遵循一个公认的"此处通行"的指路牌，而是本着探幽烛微的勇敢精神，行其所当行。即使是自己潜意识的跃动与萌发，他也能向读者坦露心迹。这样，读者自然获得一种此人真率、可与言交的心理效应。

一个很小的例子也能说明这一点，沈从文一直爱吃甜食，访美期间，八十高龄，每每进餐之后，总是等候别人安排他吃冰激凌。聂华苓和丈夫安格尔在北京见到沈从文，谈到爱吃糖这件事，他解释说："我年轻的时候喜欢上一个糖坊的姑娘，就爱吃糖！"②安格尔听了哈哈大笑。沈从文年近三十时写《从文自传》，对于自己年轻时心灵深处的一闪一现，都真实加以记载。他写到自己当兵时见到烟馆门前常常坐着一个四十来岁的妇人，浓妆艳抹，脸上的粉擦得厚厚的，眉毛扯得细细的，"故意把五桔子染绿的家机布裤子提得高高的，露出下面水红色洋袜子来"，见了兵士同伙夫，就把脸掉向里面，见了军官，就使眼风，且娇声喊屋中男子，为她做点事情。作者说："我同兵士走过身时，只见她的背影，同营副走过时，就看到她的正面了。这点人性的姿态，我当时就很能欣赏。注意到这些时，始终没有丑恶的感觉，只觉得这是'人'的事情"。这在一般汉族青少年看来，这种"欣赏"之情是不文雅的，即使产生，也不便启齿。到了《湘行散记》里的《老伴》，写到他们三个补充兵在泸溪县街上看到绒线铺的女孩，写到一个同伴爱上了她，借故三次从她手里购买棉线带子，作者就说："我们各人对于这女孩子印象似乎都极好，不过当时却只有他一个人特

---

① 见《忏悔录》第一部第13页，人民文学出版社1984年版。
② 见《长河不尽流——怀念沈从文先生》第292页，湖南文艺出版社1989年版。

别勇敢天真,好意思把那一点糊涂希望说出口来。"作者在这一篇里,不是单写他的同伴的命运,而是顺带也坦露自己,包括自己年轻时慕悦美丽异性的潜意识的涌动。

当然,这里有一个分寸问题。当你观察人生,估定爱憎,你能担保百分之百的妥当吗?你不把传统观念、伦理道德和社会价值观念掺加进去,你能保证你的直觉与感受是顺应时代真、善、美的要求吗?这里有一个出发点。沈从文不是从已成的观念出发,而是从健康的人性出发,执着自己的审美,"我不愿问价钱多少来为百物作一个好坏批评,却愿意考查它在我感觉上使我愉快不愉快的分量"。这也就是他说的对待人生的非"道德君子"的感情,而是"艺术家的感情"。他不是用传统观念禁锢自己,而是经过自己的筛选,保留一切于现实人生有价值的东西。他也谈到他对社会的趋同:"可是,由于社会人与人的关系产生的各种无固定性的流动的美,德性的愉快,责任的愉快,在当时从别人看来,我也是毫无瑕疵的。"①

正是这样,沈从文勇敢地、大胆地处置了一些题材。在那些世俗"不堪入耳""不堪入目",也就"不堪入笔"的现象面前,他坚持对一些特殊人生的探掘,对人性、对美的不受羁绊的探掘。他在《自传》里写过清乡时遇到的一件事情,当地商会会长的女儿,年纪轻轻就得病死去,夜里被本街一个卖豆腐的年轻男子,从坟墓里把尸体挖出,背到山洞里睡了三天,方送回坟墓去。此人就地正法了。死前,作者问他为什么做这件事,"他依然微笑,向我望了一眼,好像我是个小孩子,不会明白什么是爱的神气,不理会我。但过了一会,又自言自语轻轻地说:'美得很,美得很。'"兵士骂他是疯子、癫子,不怕杀,他也只是微笑。作者说:"我记得这个微笑,十余年来在我印象中还异常明朗。"从人物和

---

① 《沈从文文集》第九卷第179—180页。

事情本身来说，自然是污秽不堪的，一般人也会弃之不理，沈从文却细致地记下。1930年，作者还以《三个男人和一个女人》为题铺排了这个故事。里面省去了就地正法。除了挖坟的豆腐老板，还增加了两个小兵，写他们三个男人如何爱上对门那个漂亮女子，每天以喝豆浆为名，以一睹她的容颜为满足。依他们的社会地位而言，自然是高攀不上那个女子的。作者从经济、道德、法律以及性心理的角度，探究了那个奇异的、变态的豆腐老板，给读者的人生见识中增添一个新的例证，作者永远记住那个"微笑"。

作者还在《自传》里花整整一节写了一个大王和一个女妖。故事本身可以用"一个大王同在押女犯通奸"一句话来概括。同样，作者感兴趣的不是故事本身。这个土匪出身、罪行累累的大王，大冬天敢脱光下水，平时也能仗义助人。他看到在押的一个出名的美丽的女匪首，就打算保释她，相约掘出地下的枪支，双双落草。他还同众人不敢亲近的女匪首在夜里"亲近过了一次"。司令官后来决定毙掉他时，他给众人"送了一个微笑"，"显得从从容容"。那个女犯被杀时，"神色自若的坐在自己那条大红毛毯上，头掉下地时尸身还并不倒下"。从政治和道德的角度，这两个人可以简单地予以否定，作者是以艺术家的目光，注视这些湘西土地上忽开忽落的怪异的花朵，让读者产生难以言尽的人生感慨。谈到美的界限时，沈从文对夫人张兆和说过："美是不固定、无界限的，凡事凡物对一个人能够激动起情绪、引起惊讶、感到舒服就是美。"作者的审美视野极为广大。

《一个多情水手与一个多情妇人》是一篇出色的文字，对于这个父母牵着孩子不让往里面瞧的地方和场景，作者硬是把笔伸进去，进行特有的探掘。对于他们的"多情"的描写，读者从酸楚的感慨中，看见一点人生的特有的光华。读者忘不了河街吊脚楼与水边船上的来往穿梭与上下对答。那窗口鬓发散乱的妇人向下河水手发出的一声声叮咛，那水手要她"快上床去"免得冻着的嘱语，还有，那水手得到作者赠送的四个苹果立即"飞奔而去"献给吊脚楼的妇人，真叫人永志不忘。作者把这一篇镶嵌在《散记》里，此前此后都点明过这类水手和妇人的过去与未来的命运，这里加以特写放大的"露水"式的真诚与恩爱，不过是东方式的悲哀的又一例证而已。还有，这一篇的末尾，作者把自己也写进去了。在他们夜里住下、众人一起烤火的屋子里，一个被年过五十的烟鬼所霸占的年仅十九的美丽的小妇人进来了。作品写到这个小妇人见到作者这样一位从城里来的穿"一件称身软料细毛衣服"的白脸书生，自然产生了种种幻想。她"把一双放光的眼睛尽瞅着我"，"对我怀着一点傻想头"。对此，读者会觉得这是一种可恶的"勾引"，还是一种值得同情的对人生的一点"祈求"呢？作者写到自己心中玩味"命运"两个字，体会"人生"的苦味，对于这个小妇人，对于那个无钱上河街的水手，"我觉得他们的欲望同悲哀都十分神圣，我不配用钱或别的方法渗进他们命运里去，扰乱他们生活上那一份应有的哀乐"。作者在这种人性的洞察里，对受尽欺压的普通人的正常求生期望发出了无可奈何的哀叹，也包括一种无言的愤懑。

作者在常人常写的题材之外，处理一些特殊的人生世相。他超越陈规，深掘下去，总是给读者对人性、对美的一种别开生面的感受和思索。他没有把妓女写成一味的肮脏，或者只是描写匪首的凶残，在对奇异人生的独特烛照里，增大和丰富了艺术的容量。艺术的边界不同于法律和道德的边界。大王和女犯的处死，在艺术上绝不是一个简单的"除害"，那个"年青诚实"的豆腐老板的掘尸行为，作为一种罪行，除了见出弗洛伊德的潜意识学说，还可以看到他在女子生前无从求爱以及死后孤注一掷所反衬的深广社会内容。鲁迅要求作家"从生活中摄取卑劣的画面"，"以不可见之泪痕悲色，振其邦人"，就是这个意思。沈从文在《三个男人和一个女人》那篇小说的末尾说得好："一个人有一个人的命运，我知道。有些过去的事情永远咬着我的心，我说出来时，你们却以为是故事，没有人能够了解一个人生活里被这种上百个故事压住时，他用的是一种如何心情过日子。"①

四、"孤独悲哀"的"乡土性"抒情

当我们谈及他的散文的抒情特色时，自然要引述他的如下自我表述。他在《〈散文选译〉序》里谈到自己不同时间、不同背景写下的散文，"却像有个共同特征贯串其间，即作品一例浸透了一种'乡土性抒情诗'气氛，而带着一分淡淡的孤独悲哀，仿佛所接触到的种种，常具有一种'悲悯'感"②。

这一段话，把他自己的散文抒情的心境，性质和特点，都谈到了。

"乡土性"抒情，根源于他的爱，对乡土的一种特殊的爱。汪曾祺说到这一点："这真是一个少见的热爱家乡，热爱土地的人。"③热爱家乡人人都有，像他那样少见。沈从文1981年还说，到北京城将近六十年，生命已濒于衰老迟暮，情绪却始终若停顿在一种婴儿状态中。黄永玉记叙过这样一件事，1954、1955年，沈从文已年过半百，他们叔侄俩在公园游览，沈从文忽然在打横的树上"拿"了一个"鼎"，他"又用一片叶子抵在舌头上学画眉叫，忽然叫得复杂起来，像是两只画眉打架。'不！'他停下来轻轻对我说：'是画眉"采雄"'。（交配的家乡话）于是他一路学着不同的鸟声，我听懂的有七八种之多。'四喜''杜鹃''布谷''油子

---

① 《沈从文文集》第六卷第49页。
② 《沈从文文集》第十一卷第89页。
③ 《沈从文的寂寞》，见《读书》1984年第8期。

扇''黄鹏'。'尤其难学的是喜鹊!你听!要用上颚顶着喉咙那口气做——这一手我在两叉河学来费了一个多月,上颚板都肿了……"① 有时,在家里跟孩子学虎叫,学狼叫,学蛇叫,学猪被叨着耳朵渐渐之远去的叫声。

沈从文对乡土的爱,脱尽了文气,雅气,洁癖,完全是一个乡下人全身心、全感觉的把握。死蛇气,腐草气,屠户身上的气味,他都熟悉。船上水手常吃的"臭酸菜",妇人在锅里熬油倒进菜蔬的"哗"的一声"爆炸"声,他都一往情深地去体验。他推想核桃的"棕色碎壳"是妇人"从树上摘下,用鞋底揉去一层苦皮"。晚年回到家乡,听到"高腔"和"傩堂",就溢出泪水。他的抒情经常是渗透在对乡土景物的光、色、声、味的全面描叙之中,情从景出,油然而生。他这样写回到家乡所看到的"天已亮""雪已止"的河面:

> 眼看这些船筏各戴上白雪浮江而下,这里那里扬着红红的火焰同白烟,两岸高山则直矗而上,如对立巨魔,颜色淡白,无雪处皆作一片墨绿。

有时,他单独面对自我,冷静地表述这个自我对外界的感触。在上面一段描写之前,他记下了自己在船上的感触:

> 我卧在船舱中,就只听到水面人语声,以及橹桨激水声,与橹桨本身被扳动时咿咿呀呀声。河岸吊脚楼上妇人在晓声迷蒙中锐声的喊人,正如同音乐中的笙管一样,超越众声而上。河面杂声的综合,交织了庄严与流动,一切真是一个圣境。②

---

① 见《长河不尽流——怀念沈从文先生》第467页,湖南文艺出版社1989年版。
② 《沈从文文集》第九卷第260页。

沈从文在《从徐志摩作品学习'抒情'》一文中，谈到作家创作时所特有的"单独"心境。他引了徐志摩的如下几句话："'单独'是一个耐人寻味的现象。我有时想它是任何发现的第一个条件。你要发现你的朋友的'真'，你得有与他单独的机会。你要发现你自己的'真'，你得给你自己一个单独的机会。你要发现一个地方（地方一样有灵性），你也得有单独玩的机会。"① 他在《由冰心到废名》一文里就明确肯定："必需'单独'，方有'自己'"。他比较了徐志摩与鲁迅作品风格的不同，又指出在不同之中有一点相同："即情感黏附于人生现象上（对人间万事的现象），总像有'莫可奈何'之感。'求孤独'俨若即可得到对现象执缚的解放。"② "单独"即"孤独"，指作家面对外界世界必须有一个明确的自我反顾和自我把握。作家的抒情，作家对乡土和人民的热爱，正是从这种"单独""孤独"的自忖、自持中生发开去的。作为艺术家的个性，是单独的，孤立不群的，只有艺术主体的自觉的自我把握，才能达到对客体、对对象的艺术把握。

沈从文谈到自己散文的"淡淡的孤独悲哀"，这是他自身的独特之处。他接着分析"这或许是属于我本人来源古老民族气质上的固有弱点，又或许只是来自外部生命受尽挫伤的一种反应现象。我'写'或'不写'，都反映这种身心受严重挫折的痕迹，是无从用任何努力加以补救的"。也就是说，这不是他有意为之的现象，是他自己身世和外在境遇造成的。因此，我们在这里谈到他的"乡土性"抒情，谈到他的"单独"或"孤独"，要联系此前本章所说的三个特殊表现。他的抒情，通贯湘西的历史风云，是对人生和历史的那种恶性循环的深切感悟，是对许许多多驳杂而奇异的生命现象的哀叹。沈从文实行艺术的"有教无类"，达到一种

---

① 《沈从文文集》第十一卷第217—218页。
② 《沈从文文集》第十一卷第219—220页。

"博爱"和"悲悯"。他在抗战刚结束时写的《一个传奇的本事》里说:"艺术更需要'无私',比过去宗教现代政治更无私!必对人生有种深刻的悲悯,无所不至的爱!"[①] 这一切,都融汇到他的富于特色的乡土性抒情里了。

沈从文极少单独抒情,离开记叙去发感慨。在他看来,千古长流的河里的石头和沙子,腐烂的水草,破碎的船板,黑色沉默的鱼鹰,脊梁略弯的拉船人,都使他触着"历史",想起"历史"。他的寓情于景的文字,醮着感情的浓汁,浓得似乎难以展笔。但偶尔无法克制,夺闸而出,也会涌出绚丽的抒情文字:

> 望着荡荡的流水,我心中好像忽然彻悟了一点人生,同时又好像从这条河上,新得到了一点智慧。的的确确,这河水过去给我的是"知识",如今给我的却是"智慧"。山头一抹淡淡的午后阳光感动我,水底各色圆如棋子的石头也感动我。我心中似乎毫无渣滓,透明烛照,对万汇百物,对拉船人与小小船只,一切都那么爱着,十分温暖的爱着!我的感情早已融入这第二故乡一切光景声色里了。我仿佛很渺小很谦卑,对一切有生无生似乎都在伸手,且微笑地轻轻地说:"我来了,是的,我仍然同从前一样的来了。我们全是原来的样子,真令人高兴。你,充满了牛粪桐油气味的小小河街,虽稍稍不同了一点,我这张脸,大约也不同了一点。可是,很可喜的是我们还互相认识,只因为我们过去实在太熟悉了!"[②]

在现代文学的乡土性抒情作品中,这应列入经典性文字。

这里,要顺带谈谈作者1931年下半年起,在青岛先后写下的

[①] 《沈从文文集》第十卷第160页。
[②] 《沈从文文集》第九卷253—254页。

《记丁玲》《记胡也频》两篇人物特写。《记丁玲续集》于1933年底在北京完成。这两篇大型纪实文字，是新文学极为珍贵的史料。它们记录了胡也频、丁玲两位革命作家的经历、生活、爱情、文学创作、革命活动以及遭受的迫害，同时，也给作者本人这个"步兵上士"同胡也频这个"海军学生"和"丁玲女士"之间的友谊、追求以及他们之间不同的个性、信念留下了可资后人如实研究的文字。

从现在来看，这两篇人物特写和报告文学留给人们的启示，就是写一个完整的人，全面地写一个人。这两篇作品抒写自然，不带任何已成的定见和框框，真实写出人物的各个侧面。也就是我们常说的，把人物写成圆形、立体了，把人物写活了。

进入本世纪以来，文学创作同文学批评出现了一种相互应和的发展趋势。即从单面走向多面，从局部走向整体，文学上的创造性成果和智慧结晶日益得到综合性的利用，片面自炫排斥异己的现象日益得到克服。这是一种极为可喜的现象。从文学批评来看，在俄国形式主义、英美新批评派、法国结构主义、德国的阐释学和接受美学以及精神分析、语言符号学各自经营地盘，从一个个侧面探究文学之后，综合利用的呼声越来越高了。在文学创作上，当最大的两个流派，偏倚客体的现实主义与偏倚主体的现代主义，先后兴起和发展的时候，当适应各种批评流派的创作实验进展了一段时期之后，一种综合利用、博采众长的创作趋势是否会得到人们的认可呢？或者，它作为一种追求，显示了某种优越性，有自己存在和发展的基础呢？恐怕这至少是不能否定的。

沈从文吸收和利用各门学科的知识，综合运用到人物观察和人物描写中去了。他不是写一个单面的人，除开社会学，精神分析、变态心理学、生命哲学、进化论、人类学都提供了他各种不同的视角。他写丁玲这个"圆脸长眉大眼睛"女子，受"五四运动"的"自觉""自决""独立互助""自由平等"等新名词的感召,离家冒险到了上海,写她"同男子一样",连"穿衣扑粉也不会";另外,也写她的荒郊田野里的"痴坐痛哭",写"她的年岁已经需要一张男性的嘴唇同两条臂膀"。作者写到忽然见到"两个熟人"约他去会面的字条,一进门看到一张双人床,于是说着"这是新鲜事情",还写到他们(胡丁)同居之后的吵架、斗嘴和猜忌,写到海军学生说不过丁玲时,就"走过丁玲身边去,用腕臂力量挟持到她,或用拳头威吓到她",很奇怪,居然"那么说着闹着绝无妥协的丁玲,则每到这种情况下,反而显得异常柔和起来"。经过作者的劝解,等到他们恢复冷静之后,过一会儿,他们三人便笑着上街进小馆子、看电影了。

不!这不是粗野,不是对人物的贬损。它让我们看见一个活生生的、有血有肉的灵魂,看到他们性格成长中的稚气和弱点,看见一个通人性的革命家。当作者再挪笔叙述他们的信仰、追求以及献身,我们就更能感受到他们的那份伟大与庄严。

这种真实性还表现在作者勇于解剖自己,敢于肯定别人,又不失于陈述各自的主张,列举彼此的分歧。关键处,作者不掩饰自己的赞颂。写到丁玲确证胡也频遇害牺牲后,作者抓住了现场观察的人物的最重要的细节:"她在任何熟人面前,并不滴过一滴眼泪。她意思好像是:'眼泪算什么东西?在风中会干去的,用手巾可揩去的。'她因此对每一个来见她对她有所慰藉表示同情的人,还只是抿着嘴唇,沉默的微笑着,让各人在印象中,各留下一个坚忍强毅女孩子的印象。"[①]

读了这本书,我倒是更加钦佩丁玲作为青年女革命家的襟怀与勇气。邵燕祥下面一段话代表了读者较为普遍的心情:"回忆我知道丁玲的名字,还是沈先生这本据说'编得很拙劣'的、充满'胡言乱语'的《记丁玲》;读了这本据说'不仅暴露了作者对革

---

① 《记丁玲续集》第109页,良友文学丛书1940年版。

命的无知、无情,而且显示了作者十分自得于自己对革命者的歪曲和嘲弄'的书以后,不仅胡也频烈士而且连丁玲也给我留下了一个青年革命者的形象。"①

作品产生的这种效应,与作者致力于真实地描写一个完整的人分不开,与作者写革命家不仅写他们的可敬,也写他们的可感、可亲、可近分不开。金介甫称赞《记胡也频》是一篇"美好回忆",说"沈把两人写得非常天真,富于人情味的气质"②。这是对我们的人物特写、写革命家和英雄人物的报告文学的一个难得的评价。

---

① 《断忆》,见《长河不尽流——怀念沈从文先生》,湖南文艺出版社 1989 年版。
② 金介甫《沈从文传》第 197—198 页,时事出版社 1990 年版。

第七章　针砭时弊的长河画卷

巴金在《怀念从文》里谈到一件事，说沈从文到昆明以后，不曾搁笔，可是作品写得少，后来，"开明书店愿意重印他的全部小说，他陆续将修订稿寄去。可是一部分底稿在中途遗失，他叹息地告诉我，丢失的稿子偏偏是描写社会疾苦的那一部分，出版的几册却都是关于男女事情的。'这样别人更不了解我了'"①。

从这里看来，沈从文对自己写作题材的布局还是比较注意的，而且，顾及社会这方面的反应。当然，写男女事情与写社会疾苦很难截然分开。沈从文在创作中着意表现"人性""说明人生"，经常提到的"人事哀乐"，就包括这样两个方面。许多研究者注意到他善于描写男女情爱，他本人在《〈一个母亲〉序》里也说："因为生存的枯寂烦恼，我自觉写男女关系时仿佛比写其他文章还相宜。"② 但他仍然注意写作安排上的适当平衡。

这种平衡的考虑还表现在大型作品里。他写了《边城》这样的理想主义色彩较重的作品，为人类"爱"作恰如其分的说明，但是，他又说："我并不即此而止，还预备给他们一种对照的机会，将在另一个作品里，来提到二十年来的内战，使一些首当其冲的农民，性格灵魂被大力所压，失去了原来的质朴，勤俭，和平，正直的型范以后，成了一个什么样子的新东西。他们受横征

---

① 见《长河不尽流——怀念沈从文先生》第10页，湖南文艺出版社1989年版。
② 《沈从文文集》第五卷第2页。

暴敛以及鸦片烟的毒害,变成了如何穷困与懒惰!我将把这个民族为历史所带走向一个不可知的命运中前进时,一些小人物在变动中的忧患,与由于营养不足所产生的'活下去'以及'怎样活下去'的观念和欲望,来作朴素的叙述。"① 这里,自然是指《长河》这样的作品。

本章集中谈谈沈从文的批判色彩较重、反映社会疾苦的现实主义作品。除了《长河》,还有《贵生》《顾问官》《大小阮》,稍前的《黔小景》,一直上溯到二十年代末的《牛》《菜园》。

一、几个反映社会疾苦的短篇

作者在1941年西南联大一次讲演中,谈到短篇小说的创作,有这样两层意思:要求从"附会政策",转为"说明人生";要求离开"预定的公式",离开"抄抄撮撮的杂感",与"艺术"接近,体现作者那个"创造的心"②。

一般说来,揭露社会黑暗、描写阶级斗争、反映民众疾苦的作品,发展到一定阶段,难以闯出新的路子。流行的、普遍为人们接受的、甚至是深刻的社会观念,容易支配人们的艺术思维。较普遍的倾向是刻板、直露,容易用现成的观念来驾驭和安排创作材料。沈从文强调把基点安置在"人生"上而不是"政策"上,这是有效方法之一。他极少将社会矛盾、欺压与反抗作两军对垒式的正面处理。这固然与他的生活经验发生联系,另外也见出他独到的艺术用心。作者这类社会批判色彩较强的短篇可以分为三

---

① 《沈从文文集》第六卷第72页。
② 《短篇小说》,见《沈从文文集》第十二卷。

类。《大小阮》和《贵生》① 的写法，可以归于一类。它们是人物活动的场景的逐一推移，采用中国传统的说故事的方式，将人物的身世、行为、情节发展依次处理之后，连缀成一个艺术整体。《大小阮》是写大阮和小阮叔侄两人不同的生活道路。小阮在学校就从事革命活动，后来又去日本念书，回国参加南昌暴动、广州暴动、唐山大罢工，最后在天津监狱里绝食死去。大阮却同情国民党，讲吃喝玩乐，媚悦女人，成天混日子，间或写点吹捧戏子的评论文章，最后同一要人的女儿结婚，返回母校当训育主任。作品借金钱映照两个人的灵魂。小阮的慷慨，一次给打更人就是五块，要大阮在他牺牲后把两千块交给上海的革命组织；大阮是吝啬奸诈，对小阮要借的钱一扣再扣，又向堂兄撒谎要回那笔钱，最后将小阮死后那两千元"干没"了。作品提出了在人生理想上，是为人"寻找幸福"，还是只顾自己"活动很幸福"这样一个严肃问题。作者对他们的褒贬是清楚的。在叙述中，也提到"小阮有热情而无常识"的一些猛闯行动，但写到小阮为理想而陈言："先生，要世界好一点，就得有人跳火坑。"那种抑制不住的赞扬，那种溢出作者某些观念的现实主义力量，也是看得清楚的。

《贵生》是写一个农民的命运。贵生靠劳力维持简朴的生活，他和杂货铺一家人的友谊，和金凤的天真爱情，还有，老长工鸭毛伯伯的忠厚，厨子舅舅对贵生的帮助，杜老板的无主见，四爷的玩"花姑娘"，五爷的玩"花骨头"，有关的方方面面，都作了简明的叙述。作品没有个别写知识分子作品出现的缀以许多定语的长长句子的现象。可以说，语言是质朴的（通篇句子都很精短），人物是质朴的，情节是质朴的。

值得注意的是，作品全面肯定贵生这个人物。他乐于助人，为人厚道，从不口角伤人，食量大气力也大，唱戏舞龙灯他都是

---

① 均见《沈从文文集》第六卷。

能手；喝酒而不酗酒，下棋又不是棋迷，憨劲不至于傻相。在沈从文描写的诸多水手、农人和兵士中，贵生可说是一个完美的青年男子。然而，就是在他一手筹划和金凤的婚事时，出现了陡转：五爷纳宠，用轿子接金凤。原来撮合贵生婚事的老少长工，原来有情于贵生的金凤以及杜老板，都在权力、金钱和宿命迷信的合力下，出现了一百八十度转弯。似乎在一夜之间，贵生变成了孤身一人。就在众人筹办和容忍五爷这场婚事时，贵生一个人溜了。他一把火把杂货铺和自己的房子烧了。这是对一个农村青年的爱情的粗暴剥夺。作品对五爷在四爷怂恿下讨个"原汤货"、强占一个黄花女的丑恶行为作了尖锐批判，以形象的客观力量陈述了"造反有理"的暴力精神。

《顾问官》属于讽刺性的人物雕塑。这个顾问官最初是以"一只干瘦姜黄的小手"出现在牌桌上的，同时，带着要吃师长五块钱红的"哑声儿带点诌媚神气"。作品显示了作者刻画值得嘲讽的人物的能力。顾问官出身于前清秀才的"知识阶级"，完全靠在夹缝里讨生活。作为"军事顾问"，他可以从师部头面人物当中舔一点汗水；作为"商业顾问"，又可以从给商人提供的半真半假情报（居然闹出造军舰要油船、于是推断桐油会涨价的笑话）捞到好处。特别是活动到当上了大庸地方的收捐派捐的"催款委员"，一下就捞了两千块大洋。除了点缀各方面的四百块，孝敬帮了忙的参谋长太太五百块，"足巴巴"独得一千一百块。他能在王屠户的饕餮群里，"用筷子拈起一节牛鞭子，蘸了盐水，把筷子一上一下"，把它"塞进自己口里"。他对待家里怀孕七个月的妇人也知道疼爱，回家总是观察妇人肚子的动静，担心流产过五个男孩的妻子这一回又会小产。最后，他终于挤上了师长的三缺一牌桌，从过去那个在师长背后伸手"吃红"的看牌人，变成了打牌人。

这个短篇指出了军中"一切用度都从农民剥削"，靠设大烟过境税、地亩捐、烟苗捐、烟灯捐乃至懒捐、妓女花捐，鱼肉人民。

派捐时,委员到乡长家,乡长到保甲长家,保甲长到村民家,各级限定筹款数额,雁过拔毛,层层扣留,上下贪污,勾画出旧社会宝塔形的盘剥图。本篇是作者揭露腐败制度最集中、最出色的一个短篇,也让读者看见了一个打着"知识"标记的顾问官的日益溃烂的灵魂。

比较起来,在这几个短篇中,《牛》《菜园》《黔小景》更富于匠心和艺术特色。《牛》① 近乎一篇童话,《黔小景》② 像一幅水墨,《菜园》③ 像一首氛围和情绪都显得极为凄清的诗。它们涉及的也都是尖端的题材,横征暴敛,民生凋敝,草菅人命,屠杀共产党人。作者的爱与憎十分鲜明,作品所揭露、指责的对象也十分清楚。在艺术处理上,作者把造成这一切不幸的根源,把酿成这种苦难的旧军队,旧政府,旧中国,或放在作品最后轻轻一点,或构成作品一种阴云密布的背景,或写出那么好的人物的悲惨结局,让读者追寻那只罪恶的手。

《牛》的开始是一些喜剧性场面。大牛伯一气之下,用木榔槌打了一下牛脚,第二天,牛不能拖犁了。此后,这人与牛,爱牛如子的主人与体谅主人的小牛之间,展开了漫长的心灵独白与对白。他(它)们对话,他(它)们分别表示后悔与谅解,他(它)们做着幸福的梦,他(它)们讲和了,又都流泪了。小说结尾时,在主人细心护理、治疗下,小牛重返耕地。就在人与牛相互体恤、各不吝惜气力的合作耕田中,就在主人打算十二月给小牛找个"伴"、小牛也心领神会的情景中,一桩突然的事情发生了:"到了十二月,荡里所有的牛全被衙门征发到一个不可知的地方去了"。大牛伯"顺眼无意中望到弃在自己屋角的木榔槌,就后

---

① 分别见《沈从文文集》第三、四、六卷。
② 分别见《沈从文文集》第三、四、六卷。
③ 分别见《沈从文文集》第三、四、六卷。

悔为什么不重重的一下把那畜生的脚打断"，留下一个悠忽而来的心灵悲剧煞尾。

《黔小景》看出作者的绘画才能。氛围的烘托，道具的安置，光与色的运用，人与影的配合，都是作者处理每一个场面时精心考虑的。作品这样来写商人在客栈落脚、晚上烤火的情景：

> 把饭吃过后，就有了许多为雨水泡得白白的脚，在火堆边烘着，那些善于说话的人，口中不停说着各样在行的言语，谈到各样撒野粗糙故事。火光把这些饶舌的或沉默的人影，各拉得长短不一，映照到墙上去。过一会，说话的沉默了。有人想到明早上路的事，打了哈欠，有人打了盹，低下头时几乎把身子栽到火中去。火光也渐渐熄灭了，什么人用铁火箸搅和着，便骤然向上卷起通红的火焰。

在一个南方人读来，这种旅人寒夜烤火的描绘，是写得细致入微、亲切感人的。整个黔小景，就是贵州深山和官路一幅幅民生苦难图。深夜的狼嗥虎鸣，村里的抢掠烧杀，晨路上山猫的脚印，树枝上悬挂的人头，路旁蜷曲的死人，县里警备队押解的满脸菜色的人群（其中就有小孩挑着血淋淋的父兄的头），都迭次加以素描。作品的主要故事，是两个商人在一个孤老的客栈里的一夜投宿。作品写他们只能吃到丁豇豆，写他们靸着这个孤老刚刚死去的儿子的一双鞋，写屋外埋葬儿子的土堆新坟，写老人在灶边枯坐中当夜死去，在一个极为简单的故事情节中，写出了黔人的无言的、深深的悲苦。间或，点一两笔黄昏时的云开晚霞，似乎预示明天的放晴，点一两笔屋外黄灿灿如散碎金子的油菜花圃，两个商人的偶尔笑声，这种以喜写悲的手法，更是反衬出境况的凄楚。

作品故意写人情冷漠，底细不明。路边为什么死了人，无人过问。树上挂着人头，路人也只是各存戒心，默默地走开。似乎是一只无形的手，制造这一幕幕惨剧。里面唯一点明的是"县警备队"，但这些兵士奉谁的命令，杀了那么多人，也是"真实情形谁也不明白，也不必须过问"。这一切，作者都留给读者去辨明了。

《菜园》的故事结尾是菜园主人玉太太的儿子和媳妇作为共产党被县里杀害，陈尸教场。但读者明显可以看出，作者是用这个悲剧结尾来条贯整个作品的旋律，借以选择全篇的场景、细节和人物的心态。

由于作者的这种匠心，从玉家母子作为旗人在县里的孤独处境，到他们的夏夜纳凉赋诗，冬天的赏雪对话，儿子去北京的迎与送，以及带着媳妇回家的料理菊圃，莫不染上凄清、忧伤的诗的情调。夏天写母亲穿白色细麻布旧式衣服，儿子穿白绸短衣裤，"两人常常沉默着半天不说话，听柳上晚蝉拖长了声音飞去，或者听溪水声音"，冬天写雪景中"在菜畦觅食的黑老鸹"，"已经摘下还未落窖的白菜，全成堆的在园中，白雪盖满，正像一座座木坟"，时过三年，媳妇又偏偏爱的是菊花，他们在已近八月的一天，用手代铲，料理菊圃。多好的一对人儿，就这样被县里"请"去了。作品的整个人事景物的安排，都是出自精心设计，连母亲喂养的鸡也是"一群白色母鸡"。中间穿插点出儿子在家里为人可爱、心地纯洁、待人平等，在北京大学读书又常寄报纸新书回来，怀抱种种理想。作品写到儿媳惨遭杀害后这个家庭的情况：

秋天来时菊花开遍了一地。

主人对花无语，无可记述。

又过三年，玉家菜园简直成了玉家花园，也"改称玉家花园"，母亲选择儿子生日那一天，自缢身亡。

二、《长河》思想艺术的三个方面

《长河》是沈从文的一部规模最大、最花力气的作品。现存的是"第一卷",余下的未能完成。作者在《长河·题记》里说,拟定完成"下三卷"。金介甫在同作者谈话里,提到的是"三部曲"。对于这部小说的总体设想,金介甫这样转述作者的思考:"1980 年他说,他想在未来两卷中写蒋介石对湘西的横暴占领和有意借抗战名义来消灭地方杂牌军。这是蒋介石对湘西人民犯下的区域性罪行。第一卷里已经写了地方人和外来官员当面交锋,暗示政府要镇压苗民起义,说我们乡下人横蛮无理,以为湘西人全是土匪。小说似乎要为 30 年代后期的湘西'土匪叛乱'辩解。写凤凰军人在嘉善的牺牲和后来的战争是辩解的高潮。因为在沈从文写于 40 年代的其他作品里多次提到这件事。他很想把抗战对湘西乡下人的影响写成一部完整的作品,打算到美国去花上两三年时间把它写成。这样可以不怕检查官挑剔,而且希望让美国盟友知道,他们在中国做了哪些事情。"[①] 现在的《长河》第一卷,长达 12 万字,几乎等于《边城》的一倍半。

这部作品又多次经删节,书中仍留有省略号,标明被国民党中央宣传部删去一大段。作者在这篇 1942 年写的《题记》里说:"作品最先在香港发表,即被删了一部分,致前后始终不一致。去年重写分章发表时,又有部分篇章不能刊载。到预备在桂林印行送审时,且被检查处认为思想不妥,全部扣留。幸得朋友为辗转交涉,径送重庆复审,重加删节,经过一年方能发还付印。"仅从这第一卷来看,它具有以前的作品不曾有过的特色,这就是它的思想艺术的综合性、多面性。《边城》是单纯的,《长河》是复杂

[①] 金介甫《沈从文传》第 239—240 页,时事出版社 1990 年版。

的、多层面的。它综合了作者对于湘西的各方面的生活体验，又调动了作者各种艺术才能和艺术经验。按作者在作品的《题记》里说的，既有"分析现实"所感到的"痛苦"，又有"牧歌的谐趣"；既有"自然景物的明朗"，又有小儿女的"天真纯粹"；还有"特权者"的种种行径；既有"乡村幽默"，又有"沉痛感慨"，以及"庄严"与"认真"。可以说，作品把爱与憎，悲剧与喜剧，社会批判与牧歌情调，历史追述、现实动荡外加自然景物、民俗风情、人事哀乐，都容纳到里面去了。作品以1936年湘西最大的河流——辰河上的吕家坪码头为基地，写出那里种种独特的生活式样。

（一）历史源流、民俗风情、现实动荡的"常"与"变"

作为人物活动的背景，作品安置了三大块：历史源流，民俗风情和现实变动。沈从文以富于感情的文字，处置这些背景，引发人们的感慨与思考。他说，这部作品要写"这个地方一些平凡人物生活上的'常'与'变'"，"作品设计注重在将常与变错综，写出'过去''当前'与那个发展中'未来'"①。由于作者蕴积已久的对湘西的历史与人生的悲悯之情，这种"常"与"变"的处置，丝毫不使读者感到枯燥乏味。

"人与地"那一节可以说是作者对人生与土地的感慨。辰河流域的自然经济，使人们长期生活于两大部类：在地面上生根，在河里吃水上饭。读者感到那种生活方式太漫长、太停滞。作品作这样的叙述：

> 两千年前楚国逐臣屈原，乘了小小白木船，沿源上溯，一定就见过这种橘子树林，方写出那篇《橘颂》。两千年来这

---

① 均见《长河·题记》，《沈从文文集》第九卷。

地方的人民生活情形，虽多少改变了些，人和树，都还依然寄生在沿河两岸土地上，靠土地喂养，在日光雨雪四季交替中，衰老的死去，复入于土，新生的长成，俨然自土中茁起。有些人厌倦了地面上的生存，就从山中砍下几株大树，把它锯解成许多板片，购买三五十斤老鸦嘴长铁钉，找上百十斤麻头，捶它几百斤桐油石灰，用祖先所传授的老方法，照当地村中固有款式，在河滩边建造一只头尾高张坚固结实的帆船。船只造好油好后，添上几领席蓬，一支桅，四把桨。以及船上一切必需家家伙伙，邀个帮手，便顺流而下，向下游城市划去。这个人从此以后就成为"水上人"，吃鱼，吃虾——吃水上饭。事实且同鱼虾一样，无拘无管各处漂泊。

历史长期延续下来的这种生活，是令人哀叹的。作品前两节，在橘园主人和老水手等主要人物正式活动之前，对吃土地饭与吃水上饭这两种人的生存、辛劳、奔波与荣枯，作了纵向和横向的取景，描述是繁复的，比起《边城》的河街描写，更富于宏观，更显得驳杂，也更有历史深度。

这种对社会生活、民俗风情的全景摄影，不是一处（不同别的作品作一次性的背景叙述），而是几处，穿插和散布在主人公活动的前前后后。吕家坪码头的人事关系、集市贸易和价格起落，大帮船靠拢码头时水手、妇女、客人的交往和逗趣，最后一章写演戏开锣时的焚香烧纸、"打加官"以及混杂的小吃摊和人群，作者借用绘画等空间艺术的表现方法，使一些大的场面显得生动有趣。

作为辰河的儿女，作品主要写了老水手满满和橘园藤长顺一家。他们过去都是吃水上饭，又转为吃土地饭了。一个倒霉，一个发了旺。他们又都保留了本地人的正直、善良、勤劳、为人正义公道。对于他们来说，"变"就是长期不断的大小内战，各种名目的派捐派款，"世界既然老在变，变来变去，轮到乡下人还只是出钱。这一家之长的藤长顺就明白这个道理"。给藤长顺一家带来"变"的,就是在吕家坪寄食的保安团,就是贯穿整个作品的进行敲诈勒索和调戏妇女的保安队宗队长。

在作品里,每一个乡下人感到要"变"的,是那个莫名其妙的"新生活"运动。它像一阵阵空袭警报,穿插在作品的始终。老百姓不明白"新生活"是什么样子,或者像个怪物,听说"'新生活'快要上来了",看见"'新生活'下船",委员司令骑着大白马说"我是'新生活'"。对于这场强制推行各种新规章的运动的疑虑与猜忌,反映了人们对国民党政权的极端反感。在他们的想象中,"新生活"到了村子,又是乱乱的,要派夫派粮草,会拉人杀人。在一个乡下妇人来说,"竹笼中两只小猪,虽可以引她到一个好梦境中去。另外那个'新生活',某同个锤子一样,打在梦上粉碎了"。为进一步说明这个"常"与"变",作品对这个妇人的如下一段描写,既是喜剧的,又是具有象征性的:

> 妇人把话问够后,简单的心断定"新生活"当真又要上来了,不免惶恐之至。她想起家中床下砖地中埋藏的那二十四块现洋钱,异常不安,认为情形实在不妥,还得趁早想办法,于是背起猪笼,忙匆匆的赶路走了。两只小猪大约也间接受了点惊恐,一路尖起声音叫下坳去。

面对辰河流域那个"常",作者本来就怀有隐忧,新临的种种"变",就更是叫人备感焦虑了。牧歌的情趣,民俗的欢娱,固然可以中和沉痛感慨,但如作品所写的,它本身也掺入了新的"变"。在最后的"社戏"一节,吕家坪伏波宫的酬神戏,尽管开锣了,但确有"山雨欲来风满楼"之感。"半月来省里向上调兵开拔的事情,已传遍了吕家坪",把湘西人当"土匪",省里又有枪又有人,又有后面撑腰的,地方又要遭殃了。同时,夭夭在伏波宫高台凳上看戏时，总感受到宗队长"眼光的压迫"，在官座上的那个军官对夭夭的调戏仍在加紧。地方面临的动乱，抗日战争对湘西和全国带来的新的影响，就要来到了。

(二) 对罪恶的统治势力的揭露与抨击

一些伟大的古典作家，笃信人道主义，对"爱"怀有一种美好的、不切实际的想象。雨果在《九三年》末尾处理人物的命运时，提出"在绝对正确的革命之上，还有一个绝对的人道主义"。托尔斯泰在《复活》第三部也引证和宣讲《马太福音》的戒律："人非但不应当恨仇敌，打仇敌，而且应当爱他们，帮助他们，为他们服务。"在他们的希冀里，"恨"应该导致"爱"、化作"爱"。屠格涅夫在《爱之路》的散文诗里，对这一点有一个表述："一切感情都可以导致爱慕，导致爱情，一切的感情：憎恶，冷漠，崇敬，友谊，畏惧，——甚至蔑视"①。在政治上，他们这种对"爱"的企望，自然是一个乌托邦，特别是在社会矛盾重重、阶级斗争尖锐的社会。在艺术上，出自医治灵魂、拯救灵魂的考虑，他们又往往以动人的艺术力量，达到对灵魂的巨大震撼。然而，现实的空想，实际的不可能，又总是在一些现实主义力量很强的作品中，出现了一种否定，出现一种客观形象对主观企图的超越。沈从文在《续废邮存底》里倡导过一种"美和爱的新的宗教"，在《边城》的富于理想的"人生形式"里，"为人类'爱'字作一度恰如其分的说明"。但是，在《长河》这部自称"忠忠实实和问题接触"的作品里，固然保留了一个"爱"字，也同时带进了一个"恨"字。

对于作品所描写的具体背景和社会力量，里面借一个中学教员之口，作过这样的介绍："你们地方五年前归那个本地老总负责

---

① 见《爱之路》，《屠格涅夫散文诗集》第147页，湖南人民出版社1982年版。

时，究竟是自己家边人，要几个钱也有限。钱要够了，自然就想做做事。可是面子不能让一个人占。省里怕他得人心，势力一大，将来管不了，主席也怕坐不稳。所以派两师人上来，逼他交出兵权，下野不问事。不肯下野就要打。如果当时真的打起来，还不知是谁的天下。本地年青军官都说要打也成，见个胜败很好。可是你们老总不怕主席怕中央，不怕人怕法，怕国法和军法。以为不应当和委员长为难，是非总有个公道，就下了野，一个人坐车子跑下省里去做委员，军队事不再过问。因此军队编的编，调的调，不久就完事了。再不久，保安队就来了"。作品所描写的，正是保安队来了以后的情况。这里的"本地老总"就是沈从文在《自传》中记叙的甚有操守的统领官陈渠珍，他长期据守湘西，相对采取保护和体恤地方的政策。省主席何键把陈渠珍的兵权剥夺后，派保安队镇守地方。作品对何键控制下的湘西局势作了否定性的描写。作品的批判矛头，几乎指向一切机构和上层建筑，从族长处理民事纠纷（王四癞子孝子人命案），跟县长、保安队"把村里母鸡吃个干净"，到委员发现萝卜大王、结果发金牌奖无着反而在村里连吃带拿挥霍一通，还有，橘园主人藤长顺讲到半年被派款二三十回，"今年省里委员来了七次，什么都被弄光了"，粮赋、粮赋附加捐、保安附加捐、公债、驻防军借款、派粮、派捐、派夫役，以及清乡子弹费，各种名目，重重盘剥。

作品除了嘲讽"新生活"运动，着重揭发和批判的是保安队宗队长在吕家坪的欺诈和恶行。沈从文极少对他否定的人物作全然否定性的描写。读者都知道他写湘西的妓女，常常写得质朴淳厚，就是《自传》里那个大王、那个女妖，《湘行散记》里那个豆腐老板、那个戴水獭皮帽子的朋友，他总是去洞察他们复杂性格的诸多方面。他原本在叹息，这些灵魂，在或一环境中，本来可以焕发出生命的奇异光华。他以艺术家的"爱"，披露这些灵魂。到了《长河》就不同了，宗队长被写成一个恶势力的代表。类似的，作者在《巧秀和冬生》里写过一个族长，写他调戏巧秀的妈妈不成，主张把巧秀母亲的情人打虎匠的两只脚捶断，并亲手将缚了石磨的巧秀的娘掀入深潭。那是十足的恶人，作者让他四年后"发狂自杀"。

　　作品把旧的村镇社会常有的三大罪恶，都集中到这个宗队长身上了。这就是侵占民财，贪赃枉法，调戏妇女。先是让他在夭夭姊妹和老水手的对话中作为酒徒介绍出来，说他"佩了个盒子炮"，后来又让他"翘起被烟熏得黄黄的大拇指"，在调戏夭夭时，又写他"故意看看时间，炫耀了一下手腕上那个白金表"。尽管作者写他是外地人，不是湘西人，有意写湘西受到保安团和省里的欺压和掠夺，但作品没有狭隘的排外情绪。作品写于抗战时期，人物背景又安置在1936年前后，作者相当长一个时期是着意表现"这个民族的过去伟大处与目前堕落处"，在本作品的《题记》里又指责"地方特权者"，说"虽然这只是湘西一隅的事情，说不定它正和西南好些地方情形相差不多"，很显然，作品是一方面让外界正确认识湘西，另一方面又在抗日战争的大局面前带有民族反思性质在内的。

　　作品写到宗队长想侵吞本乡一笔"枪款"，有下面一段。乡长本想交款给队长，顺便取回一张"保安队第八分队队长今收到麻阳县明理乡吕家坪分公所缴赔枪支子弹损失洋二百四十元整"的收据，让商会会长经手此事：

　　　　正说着，号上管事把三小叠法币同一纸收据拿来了，送给会长过目，面对队长笑眯眯的，充满了讨好神气："大老爹，这阵子手气可好？你老牌张子太厉害，简直是杀手锏，我们都招架不住！一定是京上学来的，是不是？"

　　　　队长对这点阿谀要理不理，随随便便的做了个应酬的微笑，并不作答。会长将钞票转交给他，请过目点数。队长只略略一看，就塞到衣口袋里去了，因此再来检视那张收据。

收据被那同来朋友冷眼见到时，队长装作大不高兴神气，皱了皱那两道英雄眉："这算什么？这个难道还要我盖个私章吗？会长，亏得是你，碍你们的面子，了一件公事。地方上莫不以为这钱是我姓宗的私人财产吧，那就错了，错了。这个东西让我带回去研究研究看"。

作品还用较多篇幅写队长侵吞民财和调戏妇女。队长要买藤长顺一船橘子，名义上是照价付款，运长沙送礼，实际是想不付款或少付款，转手高价倒卖。如果橘园主人不答应，就威胁砍光橘子树。他早就知道夭夭"黑而俏"，是一朵"野花"，待到见到她，"眼睛亮亮的，嘴唇小小的，一看就知道是个香喷喷的黄花女。心中正提出一个问题，'好一块肥羊肉，什么人有福气讨到家里去？'"

作为夭夭的哥哥三黑子，是书中把"恨"记在心里的人物。他与队长对峙，读者总有一种剑拔弩张之感。他成为罪恶势力的反抗者，作者把同情给了他。同描写城市知识分子某些革命者如小阮等不同，作者写出了三黑子这个自发的、自然而又合理的反抗者。三黑子从小"在水上浮"，"人缘好"，"为人正直"，肯担待。他对着荡荡流水，想起家里被队长"欺压讹诈"，火气上心，在同众人对话中，气愤地说出："沙脑壳，沙脑壳，我总有天要斧头砍一两个！"（"沙"含"长沙"的义）"我当了主席，一定要枪毙好多好多人！做官的不好，也得枪毙"。

（三）性格描写的新成绩、新创造

沈从文在人物描写上作过多种多样的试验。他在《短篇小说》一文中谈到向中国传统艺术品（主要是造型艺术、工艺品）学习，"艺术品的形成，都从支配材料着手，艺术制作的传统，即一面承认材料的本性，一面就材料性质注入他个人的想象和感情"①。他提到制砚石高手如何因石头材质小小毛病，作一个小小虫蚀，一个小池，也提到宋元以来中国画的虚实相生、贵在设计。这种因材而施、匠心独运的艺术创作，表现在他的文体追求上，也表现在人物性格的描写上。从大的方面分，他笔下的人物，有富于传奇和浪漫主义色彩的，如《七个野人与最后一个迎春节》以及《自传》《湘行散记》中的不少人物，有借民间传说、佛经故事和外国童话等虚幻形式和手法作为媒介的，如《龙朱》《月下小景》《阿丽思中国游记》，有偏倚主体的现代主义手法的，如《第一次做男人的那个人》《十四夜间》《一个母亲》《凤子》，也有大量偏倚于客体的现实主义手法的。从具体表现来说，有重心理分析、精神分析的，也有如《新与旧》完全是写人物行动的。像《菜园》《萧萧》《贵生》等作品，是写人物的一生和整个命运，《阿金》这个短篇，则是写人物一时的闪失，把定亲说媳妇的一笔钱输得精光。社会效应与有益于世道人心的多方，也促成作者作多种多样的探求。

　　跟《边城》相比，作者在《长河》里显示一种更为坚实的现实主义追求。在《长河·题记》里，作者强调的"忠忠实实"，"写写这个地方一些平凡人物生活上的'常'与'变'，以及在两相乘除中所有的哀乐"，就是表示要把人物放在历史源流和现实变动的错综背景上加以描写，同恩格斯讲的"除细节的真实外，还要真实地再现典型环境中的典型人物"，具有相同的内涵。《长河》的特点之一，是写出了老水手满满、藤长顺、商会会长这样三个辈分相同而又性格分明的人物。他们都生活在湘西辰河吕家坪这个码头商埠里，又是在旧中国各种社会力量挤压下生存、挣扎和周旋过来的不同人物。

---

① 《沈从文文集》第十二卷第124页。

商会会长自然是吕家坪最需要的人物。在惯例上，这个职务虽由几种大庄号的主人轮流担任，遇到麻烦事办不好，可以坐船一溜了之，但这个会长所以能支撑下来，全仗他应酬上下、联络商家的周旋本领。他成了当地的"小孟尝"，府上变成了要人的俱乐部，自己经营的商业也有"仰仗军人处"，更主要的是县里、省里、保安队都有求于他。为了调解宗队长与藤长顺的纠纷，他可以当面把队长吹捧一通，批评那个干亲家。临到队长要打夭夭的主意，他又可以把问题岔开："队长，是不是你有什么好朋友看中了那个小毛丫头？可惜早有了人，在省里第三中学读书！"使队长只得暂时鸣锣收兵。藤长顺作为他的干亲家，要厚实得多。他在辛劳之中也不乏机警，为经营那个橘子园，应付各种捐派，在"人也摇摇，风也摇摇"的情况下，也能支撑下去。只要不是兵荒马乱，凭他的"巴家"本领，还能闹上萝卜溪一个"员外"称号。同他相反，满满是吃水上饭栽了，落得在枫树坳守祠堂。这个老水手先是妻子儿子死于霍乱，后是载货船失事，在外漂泊十五年，跟益阳"小婊子"也摔过跟头，最后成了一个孤独的无产者。他本人阅历丰富，加上在临官道的坳上摆个零食小摊子，又爱串门一口酒，成了这一带历史和人事的见证人。他的性情古怪而硬朗，可以把"'新生活'快要来了"说得有鼻子有眼，遇到夭夭被调戏，又得出面保护，自觉"什么都不怕"，怨恨这个不讲道理的世界是"好碗容易打破，好花容易冻死，——好人不会长寿。好人不长寿，恶汉活千年，天下事难说！"他们都是五十左右、进入老年的人物，是在那个特殊的辰河码头商埠生根、成长、成熟的人物。在今天的读者看来，他们有生之年，耗费的智慧和体力太多太多，收获和贡献又太少太少，作为特殊的生命，他们随着那个特殊的土壤、那个旧的村镇一去不复返，而留给今人的感想和思索却是很长很多的。

在人物形象里，夭夭这个形象更有着新的创造。同《边城》

里的翠翠比，她的年龄也稍大一些，经验也丰富一些。夭夭生活在水陆交通的辰河码头附近的橘园里，知道下去可以到常德，还有武汉、上海等城市。更主要的，作者写夭夭的美，已经从湘西少女的自发状态跃入了自觉状态，写出她对自然美的自觉意识。这种艺术特色，表现在不是停留在描写那种少女资质的美丽、聪明、乖巧、温柔，也不仅在众人的言谈中说她是"黑中俏""精灵灵的，九头鸟，穿山甲"，"生成就是个小猴儿精"，作品不单单是从常规性的人物动作和语言去状写这个人物的美质，而是突出她的精神风貌中审美意识的觉醒。作品写夭夭在桥园劳动，不同于别人用手摘橘子，自出心裁找了一枝长竹竿，竿端缚了小小捞鱼网兜，专拣树尖上大橘子"摇"，有这么一段：

……可是一时间看见远处飞来了一只碧眼蓝身大蜻蜓，就不顾工作，拿了那个网兜如飞跑去追捕蜻蜓……

嫂嫂姐姐笑着同声喊叫："夭夭，夭夭，不能跑，不许跑！"

夭夭一面跑一面却回答说："我不跑，蜻蜓飞了。你同我打赌，摘大的，看谁摘得最多。那些尖子货全不会飞，不会跑，等我回来收拾它！"

总之，夭夭既不上树，离开树下的机会自然就格外多。一只蚱蜢的振翅，或一只小羊的叫声，都有理由远远的跑去。她不能把工作当工作，只因为生命中储蓄了能力太多，太需要活动，单只一件固定工作羁绊不住她。她一面摘橘子还一面捡拾树根边蝉蜕。……

这已经非同一般地表现了她对自然和万物的自觉欣赏和爱好。她在大自然中处于一种自由状态，把劳动看成审美把握世界的一种方式。到了后面描写夭夭与老水手一场对话，对把橘子树搬到武汉的鹦鹉洲进行了一番孩子气的争论之后,在夭夭打扫枫树叶的场面里,对这个少女在自然美面前那种活跃神态,更是达到了动人的表现:

> 老水手为把一大棕衣口袋栗子,从廊子前横梁上叉下来,放到夭夭背笼中去。夭夭一时不回家,祠堂里房子阴沉沉的,觉得很冷,两人就到屋外边去晒太阳。夭夭抢了个笤帚,来扫除大坪子里五色斑斓的枫木叶子。半个月以来,树叶子已落掉了一半,只要一点点微风,总有些离枝的木叶,同红雀儿一般,在高空里翻飞。太阳光温和中微带寒意,景物越发清疏而爽朗,一切光景静美到不可形容。夭夭一面打扫祠堂前木叶,一面抬头望半空中飘落的木叶,用手去承接捕捉。老水手坐在石条上打火镰吸旱烟,耳朵里听得远村里锣鼓声响。

写夭夭一面扫地,一面抬头望半空中像红雀儿般翻飞飘落的枫叶,用手去承接捕捉,真是美极了。写农村少女的美,可以写头上的蝴蝶结,可以写手带一副麻花绞银手镯,可以写胸前围裙上绣的一片花,但那居多是少女们一种传统的习用;对自然美的审美感受是审美的较高形态,它要人物具有创造性的审美意识,是人物爱美之心的自觉表现。司马长风谈到沈从文笔下的少女,夭夭最美,萧萧和翠翠使人"难忘",和夭夭比要"逊色"。他提到"那黑里俏的夭夭,不止如见其人,如闻其声,似乎握到她汗湿的小手,听到她喘气的声息,以及心脏的跳动,灵魂的独白"[①]。也许,这里面,夭夭那种独有的审美意识,那种对自然美的自觉把握,是更为重要的一个因素吧。

[①] 司马长风《中国新文学史》下卷第79页,昭明出版社1978年版。

作品还写到夭夭的乖巧谦虚，不占先逞强，但是面对队长要"买"她家一船橘子，她挺得住。在队长的调戏面前，她能巧妙应对。"本乡人都怕这个保民官，她却不大怕他"。看到哥哥为家里受队长欺压冒火，她说："横蛮强霸的占上风，天有眼睛，不会长久的！"在作者笔下的许多湘西少女中，她还是一个反抗者。

第八章　孤独求索、辛勤奉献的一生

　　在对沈从文的文学创作的一些主要方面作了如上的一番讨论之后，本章联系他整个的一生，他的哲学思想、艺术思想和社会实践，并结合他后半生的文物研究，作一些总括性的评述和探讨。我国研究现代文学的过来人，凭借资料研究新文学的后来人，有兴趣研讨文学史的学人，都会对沈从文提出自己的看法。这些看法，无论是重评也好，保留也好，协调也好，本着求实与民主精神，都会增长我们的见识，丰富我们的经验，有益于文学的发展。沈从文研究已成为中国新文学研究者义不容辞的课题。历史的发展总是比现实的纠纷显示出更为宽广、更为优异的品格。局限既是任何人不可免的，也是时代属性的历史印迹。如果说一个社会的发展，取决于对过去的局限的认识，取决于对过去的自我认识的彻底程度和科学程度，那么，文学的发展亦当如是。

　　沈从文在晚年的一次讲演中，回顾自己的一生时，说过这样的话："要紧的是学习，但学习上我也很差，可以说只学习了十一个字，就是'为人民服务''实践''古为今用'。对这十一个字，我认识得具体。凡是抽象的带点务虚性的，我总是弄不通，总是理解得很差，也很容易犯错误。"[①] 这个话讲得很

---

　　① 《沈从文先生吉首大学的讲话》（1982年5月27日），见《沈从文研究》第一辑第254页，湖南大学出版社1988年版。

实在。他的一生都在不倦地学习和实践。他曾经自称是一个永远为"现象"所倾心、对"理论""主义"表示淡漠的人。但是,并非说他的著述不渗透着"理论"和"主义",特别是后来,他借作品之外的其他形式表述自己的抽象思考。他提倡读"杂书",又主张作家创作要"独断"。这样,不仅他的创作执着自己的独特追求,在表述自己的抽象思维时,他也不袭用中国和外国已成的概念和范畴,不照抄现成的逻辑语言。有时,他使用的某个概念显示前后不一致,甚至出现某种龃龉,对这种非思辨、非严密条贯的现象,他不以为意。他始终是作为艺术家,思考着社会和人生。尽管如此,我们还是可以从他的整个著作和论述中,理出他的基本观点,就他的人生的诸方面,作一些试探性的论述。

一、宇宙观、美学观和社会实践

(一) 本源于自然又自立于自然

沈从文对于自然与人、宇宙与人生的看法,较多也是描述性的,不属于那种哲学推理思辨。他在《烛虚》里,对此作过如下一段总的表述。

> 宇宙实在是个极复杂的东西,大如太空的列宿,小至虮虱蝼蚁,一切分裂与分解,一切繁殖与死亡,一切活动与变易,俨然都各有秩序,照固定计划向一个目的进行。然而这种目的,却尚在活人思索观念边际以外,难于说明。人心复杂,似有过之无不及。然而目的却显然明白,即求生命永生。永生意义,或为生命分裂而成子嗣延续,或凭不同材料产生

文学艺术。也有人仅仅从抽象产生一种境界,在这种境界中陶醉,于是得到了永生快乐的。①

这里,确如他所说"我的智慧应当从直接生活上得来",他把哲学的主要命题,作了明白晓畅的表述。读者在这里看出了他的朴素的唯物思想。宇宙和万物,存在于人心和活人思索之外,各有秩序地自行运转。它难于说明,却可以说明。人在宇宙中或维持子孙延续,或进行文化创造。他自己就把自然、把社会生活当成"一本大书","把广大社会当成一本大书看待"。他幼时的好奇求知,他毕生的事业追求,都是从这本大书学来。他这种本源于自然、本源于外在世界的求实和实践观点,是脉络分明的。

他在《绿魇》里写到一个黑蚂蚁爬到他的手背,并向太阳问到手指是什么东西,他自己作了回答。从回答里,我们看出他相信达尔文进化论和摒弃上帝造人这些基本观念。他说:"这个古怪东西名叫手爪,和动物的生存发展大有关系。最先它和猴子不同处,就是这个东西攀树走路以外,偶然发现了些别的用途。其次是服从那个名叫脑子的妄想,试作种种活动,因此这类动物中慢慢的就有了文化和文明,以及代表文化文明的一切事事物物。"②他在《新废邮存底》里,谈到对文学创作的看法,就明确说到:"第一件就是每个人脑子是受'生活'同'一堆书'安排的,观念同情感是一片生活一堆书籍的反映。"③这里已经是相当明显的反映论观点了。我们可以从总体上看到,在人类的起源、意识的源泉这些大的哲学命题上,他是接受了当时已有的科学认识,排除了过去流行的唯心主义观点的。

---

① 《沈从文文集》第十一卷第 278 页。
② 《沈从文文集》第十卷第 85 页。
③ 《沈从文文集》第十二卷第 20 页。

在人对自然的关系上,他反对那种单纯的动物式的传种接代、子嗣延续,提倡为人类所独有的文化创造。正是这种创造,一个人就摆脱了"自然"物式的赤条条的生死来去,而以自己的创造业绩获得真正的永生。平时,他最反对无味消耗生命的打牌、打扑克、玩麻雀牌,对别人讲总是要抓紧时间。在《烛虚》里,谈到妇女解放,他对那种"生命无性格",生活无目的,生存无幻想的"生物学上的退化现象"进行讽刺与批评。妇女解放不能是解放一个"胃口",解放一个"性",而需要解放"头脑"。他谈到自然法则的无情,唯有智者才能迎起抗击。

> 自然既极博大,也极残忍,战胜一切,孕育众生。蝼蚁蚍蜉,伟人巨匠,一样在它怀抱中,和光同尘。因新陈代谢,有华屋山丘。智者明白"现象",不为困缚,所以能用文字,在一切有生陆续失去意义,本身亦因死亡毫无意义时,使生命之光,煜煜照人,如烛如金。[①]

对此,他提出了"生活"与"生命"这两相对立的概念。他认为,多数人需要的只是"生活",即"生活安适,即已满足。活到末了,倒下完毕",而"生命"所要求的是"只前进,不后退,能迈进,难静止","金钱对'生活'虽好像是必需的,对'生命'似不必需"。他的意见是要摆脱人的生物本性,追求一种显示人的尊严的生命意义。在他看来,"爱国也需要生命,生命力充溢者方能爱国"。

沈从文的特殊之处,在于"生命"的解释里,有一个"自然人"的内涵。他在《潜渊》里说:"生命所需,唯对现世之光影疯狂而已。因生命本身,从阳光雨露而来,即如火焰,有热有光。"

---

① 《沈从文文集》第十一卷第264—265页。

在他的文章和作品里，时常写到自己在大自然的阳光照耀和雨露滋润下，自己领受"无言之教"，领悟生命的意义，焕发生命的活力。《水云》一文中，写到自己在阳春烟景中，看到一首小诗，实际是发表自己的"自然人"观念："地上一切花果都从阳光取得生命的芳馥，人在自然秩序中，也只是一种生物，还待从阳光中取得营养和教育。"在他看来，这种人在大自然哺育下，得到正常发育，富于朝气，胆子大，精力强，敢作敢为，不拘泥于物质小利和人世毁誉。这种"自然人"，也就是他心目中理想的"乡下人"。与之相对的，他叫作"阉寺性的人"。他认为，属于这种理想"人性"的人，不以文化水平为标准，确确实实是一个"人"。相反，那些"阉人"，能娶妻生子，还能治学教书，做官开会，但他们实际上是苟营一生，庸俗腐败。他看到小码头边一个老兵在空船上喘息等死，送了他两个桔子。第二天果然死了，身体极瘦小，"好像表示不愿意多占活人的空间"，"桔子尚好好搁在身边"。他觉得这"寂寞的死"，比城市中一群莫名其妙的人"热闹的生"，"倒有意义得多"。老兵死得极为朴实，对世界无任何分外索求。

可以说，除开文化创造，对这种理想的"自然人""乡下人"的肯定，应该列入他的自立于自然的人的第二层内容，或者统称为沈从文的人的生命力的复合内容。

表面看来，沈从文这些意见有一种全然复归原始形态、敌视社会进步之嫌。他在《烛虚》里说："禁律益多，社会益复杂，禁律益严，人性即因之丧失净尽"，那种被扭曲成花园中"盆景"式的人，"一切所为，所成就，无不表示对于'自然'之违反，见出社会的拙象和人的愚心"[1]。似乎社会的禁律和复杂同人性的完美成反比，"社会"总同"拙象"相联系，与"自然"相对立。但是，事情不那么简单，这里包含着深刻的社会批判和人生批判的

---

[1] 《沈从文文集》第十一卷第268页。

内容。沈从文最初从偏远落后的湘西，进入繁华的北京、上海等大城市，他不是没有看到城市里文化和经济的进步。如果他看不到这一点，他就不会出来寻求自己理想的人生。但他同时又敏感到，道德的水准、人性的完善同生产力和科学技术的发展存在着深刻的矛盾。这种思想并非创始于他，卢梭和托尔斯泰也看到这一点。马克思和恩格斯就多处论述过生产力的发展、社会关系的变革也同时带来某种退化，给人类带来压迫、不平等和新的灾难。恩格斯把上个世纪挪威的小资产者同德国的小市民作过对比，认为挪威的小资产者是"自由农民之子""真正的人"，有"自己的性格以及首创的和独立的精神"，尽管挪威的经济在当时的欧洲比较落后。沈从文的特点是，他作为一个艺术家，身历其境，身临其境。他从保留淳厚纯朴民风的湘西走到商品经济发达的大城市，感受到"乡下人"同"城里人"的精神品质和人情风貌的区别，对它作了明确的褒贬和臧否。进城以后，他对家乡的少数民族作过这样的忏悔，在《龙朱》的开篇就说："血管里流着你们民族健康血液的我，二十七年的生命，有一半为都市生活所吞噬，中着在道德下所变成虚伪庸懦的大毒，所有值得称为高贵的性格，如像那热情、与勇敢、与诚实，早已完全消失殆尽，再也不配说是出自你们一族了。"相当长一个时期里，他追恋他的家乡的原始王国。在描写湘西农村男女炽热情爱的作品（如《雨后》等）里，使人感到有一点点色情。他借民间故事和神话传说题材的写作，反衬对现实社会的批判。他在《七个野人与最后一个迎春节》里，为那些反对官制、处于原始自然状态的勇敢、诚实、相处和谐的"野人"，唱了最后一曲挽歌。

这里，使人联想到卢梭的"自然人"观念。卢梭在《对话录》里说："关于人的一个主要原理是：自然曾使人幸福而善良；但社会使人堕落而悲苦。"他认为，"冶金术和农业这两种技术的发明，引起了这一巨大的变革，使人文明起来，而使人类没落下去的东西，在诗人看来是金和银，而在哲学家看来是铁和谷物"。那些处于原始状态，仅仅从事单独操作的人，"都还过着本性所许可的自由、健康、善良而幸福的生活"，"这种状态是人世的真正青春，后来的一切进步只是个人完美化方向上的表面的进步，而实际上它们引向人类的没落"①。

卢梭的这种看法，比起他同时代的其他哲学家要深刻得多。那些哲学家往往以一种机械的观点看待社会的进步，把进步看成一个连续不断的链条，看成一种水涨船高式的有规则的上升。恩格斯在《反杜林论》里引用了卢梭的上述言论，并加以肯定。他说："卢梭把不平等的产生看作一种进步。但是这种进步是对抗性的，它同时又是一种退步。"②恩格斯推崇卢梭的论述中"可以看到马克思所使用的整整一系列辩证的说法"。

如果说沈从文和卢梭在人性完美、道德风尚经济发展存在着某种二律背反的现象上有某些共同的看法，那么他们的立足点也存在着相似的地方：着意对当时存在现实和社会制度的批判，并非主张回归到原始形态的社会里去。普列汉诺夫在《让·雅克·卢梭和他的人类不平等起源的学说》一文中说："他本人曾经说过，他绝没有想到要使现代文明民族回复到原始时代的朴直浑厚中去。"③同样，沈从文也不是主张这种"回复"。他在《湘西·题记》里就提到当时的湘西，"生产、建设、教育、文化在比较之下，事事都显得落后"，主张"建设湘西、改造湘西"。他写《七个野人与最后一个迎春节》，绝不是提倡人们再去过那种"迎春节"。作品里，他是反对"设官"、加强给当地的种种欺压制度："有官的地方，渐渐会兴盛起来，道义与习俗传染了汉人的一切，

---

① 卢梭《论人类不平等的起源和基础》第120—121页，商务印书馆1962年版。
② 《马克思恩格斯选集》第三卷第179页。
③ 卢梭《论人类不平等的起源和基础》第236页，商务印书馆1962年版。

种族中直率慷慨全会消灭","地方新的进步,只是要他们纳捐,要他们在一切极琐碎难记忆的规则下走路吃饭,有了内战时,便把他们壮年能做工的男子拉去打仗,这是有政府时对于平民的好处"①。如果在这方面,卢梭同沈从文有不同点,那就是卢梭出身于贫穷的钟表匠之家,他是从阶级立场出发,感受到封建专制和大资产阶级欺压下下层人民的痛苦,沈从文是从被欺压的少数民族立场出发,敏感到"进步"和大汉族主义所带来的道德退化、风俗败坏和深重灾难。

同时,我们不能对沈从文对比"乡下人"和"城里人"作绝对化理解。他在大量作品里,赞扬"乡下人"摆脱"社会拙象"的热情和种种优良品质,批评"城里人"的虚伪和庸懦作风。但是并非"乡下人"一切皆好,"城里人"一切皆不好。他在《湘西》的《凤凰》一章所写湘西女性的蛊婆、女巫和落洞女子的三种命运,在《巧秀和冬生》里写的巧秀母亲被逼沉潭的故事,读者感到十分凄婉,其中就是湘西人干的。《如蕤》里的男女主人公是城里知识青年,作者以绚丽的色彩状写他们的力与美。如果要说沈从文推崇一种理想的"人性",这种"人性"较多从"乡下人"身上体现出来,又不是把某类人固定下来,加以绝对化。他的用意不是别的,日本的风崎俊夫很感兴趣并加以引用的苏雪林的《沈从文论》里一段话说明了这一点:"这理想是什么?我看就是想借文字的力量,把野蛮人的血液注射到老迈龙钟颓废腐败的中华民族身体里去使他兴奋起来,年青起来,好在廿世纪舞台上与别个民族争生存权利。"②

沈从文1943年写的散文《绿魇》中的《绿》,可以说从整体上描述了他对自然与生命、自然与人的思绪,混沌地抒发了自己

---

① 《沈从文文集》第八卷第316—317页。
② 引自《沈从文研究》第一辑第187页,湖南大学出版社1988年版。

这方面的感慨。他描写了阳光下绿的世界，草木枝叶的绿荫，墨绿的松柏，仙人掌的绿得哑静的肥大叶片，以及浅绿的原野。在这种绿的等级和层次不同的世界，既听到虫鸟的搏翅，又传来人的锄地声和舂米声。生命的种种意志，以及人的意志，次第扑入心间。他感受到"一切生命无不出自绿色，无不取给于绿色，最终亦无不被绿色所困惑"。自己尽管感到痛苦和孤单，仍强烈呼求"人的意志"重造一种观念，重建"民族的自尊心和自信心"。时在抗战期间，这篇散文表达了他特殊的心境和对宇宙与人生的看法。

沈从文从乡下走进都市，这种自然与人的观念，反映了他吸收现代文化，融合少数民族的雄强精神，形成他自己的改造社会、批判社会的特有的人文主义。作为对人的一种哲学思考，他不能达到人的本质乃是"社会关系为总和"这一历史唯物主义的高度，这是一个弱点，同时，作为一个艺术家的独特追求，又铸成他的文学创作的一个特点。

（二）神的解体与神的重造

沈从文不信神。作为传统意义的神，他不相信。他把"鬼神迷信"放在一起加以否定，嘲笑"社会中还有圆光，算命，求神，许愿种种老玩意儿"①。《贵生》里写贵生有一点迷信，他心爱的金凤"八字怪"，是个"克"相，杜老板念道那"附在历书下的'酬世大全'，'命相神数'"，显然是在否定意义上说的。他在《读〈论英雄崇拜〉》中，说到孙中山"就是个'人'，不是神秘不可思议的'神'"。随着时代科学技术的进步，他不止一次提到"神的解体"。他明确地说："个人以为时代到了二十世纪，神的解体是一件自然不过的事情。"②

---

① 《沈从文文集》第十一卷第 379 页。
② 《沈从文文集》第十二卷第 377 页。

第八章 孤独求索、辛勤奉献的一生

但是，就在谈到"神既经解体"的《美与爱》一文中，同时又谈到"神"的重造。这个"神"已不同传统意义上的神。在沈从文看来，正因为神解体了，多数人的生命无所依归，无所宗奉，就要提倡"神"的重造。而且，要用这种"神"的重造，去抵消、替代乃至清除旧的神。他这样说：

> 然而人是能够重新创造"神"的，且才能用这个抽象的神，阻止退化现象的扩大，给新的生命一种刺激启迪的。[①]

沈从文的小说、散文和文论提到"神""泛神"的频率比较多，发表的议论也很多。金介甫在《沈从文传》里数处提到"沈从文是泛神论者"，说他"后来就发展成为更抽象的泛神论，起码这是他最感兴趣的信仰中心"，并说沈从文本人1940年和1980年两次明确提出了"泛神论"[②]。"神"，成了评论沈从文避免不了的题目。

沈从文关于"神"的观念有哪些内容和特点呢？一般说来，"泛神论"是强调神包含万物。它同有神论的神与万物分离的观念不同，认为神与万物是结合的、同一的。"泛神论"者把上帝包涵宇宙万物比作有机体包涵细胞。除开古印度的《吠陀经》、早期希腊宗教、中国天台宗那种古老的神秘主义的泛神论，近代的泛神论一般是从宗教（有神论）到无神论之间的一个桥梁。神与宗教是超越人和自然、剥夺人和自然的彼岸的一个幻影。既然保留"神"的观念，就不能脱离宗教。恩格斯说："泛神论本身就是基督教的产物，它与自己的前提是分不开的，至少现代斯宾诺莎、谢林、黑格尔以及卡莱尔的泛神论是这样。"[③] 但是，泛神论毕竟

[①] 《沈从文文集》第十一卷第379页。
[②] 金介甫《沈从文传》第146、80、216页，时事出版社1990年版。
[③] 《马克思恩格斯全集》第一卷第649页。

是摆脱宗教、走向无神论的一个步骤,如恩格斯所说:"泛神论本身只是自由的、人的世界观的前阶。"[①]当宗教逐渐削弱的时候,人们失去了信仰,对理性和大自然感到迷惑和失望,"泛神论"的出现就可以作为维持心理平衡、反对世俗丑恶和罪行的一种心灵的寄托。沈从文借用"泛神论",更是加入了他自己特殊的考虑。

沈从文一直是以他的美学观、艺术观为轴心,来把握世界的。他自认对世界是一个艺术家的感情,有时甚至表现出贬损理论。他对"神"的看法,他的"泛神论",也离不开这个轴心。当然一个人的美学观、艺术观,脱离不了哲学观、世界观,沈从文的"神"的观念是从他的美学观、艺术观出发,旁及或波及他的哲学观、世界观。他无意于对世界作哲理的思辨,即使偶尔违背心愿,对世界作抽象的思索,也很快就滑入到他对美和艺术的纵横不羁的想象中去了。他由此而来的涉及对世界的思考,从概念、范畴到表达方式,几乎全都是审美的,而不是抽象的、理念的。面对着"神",他始终是一个艺术家,而不是思想家。

他在《水云》里提到:"无物不'神'",在《美与爱》里提到美"无所不在"。在他看来,神与美是相通的。世界万事万物,如果以审美感情进行观照,一就见到了美,也见到了神。这种美与神的发现,既离不开物,也离不开人。当人从外在于他的一切景象中发现了一种最高德性、至境圣境,激起了生命的愉悦,产生一种心驰神往,并乐于受它的处置,就见到了美,也见到了神。

  美固无所不在,凡属造型,如用泛神情感去接近,即无不可见出其精巧处和完整处。生命之最高意义,即此种"神在生命中"的认识。

[①] 《马克思恩格斯全集》第一卷第652页。

第八章 孤独求索、辛勤奉献的一生

在前面，他还说：

> 一个人过于爱有生一切时，必因为在一切有生中发现了"美"，亦即发现了"神"。必觉得那个光与色，形与线，即是代表一种最高的德性，使人乐于受它的统治，受它的处置。①

无论是物，还是人，流星的闪烁，人的微笑，都可以经过人的洞察烛照，显示出那个美丽圣境、神奇光影。他认为，屈原、曹植、李煜、曹雪芹，便是"将这种光影用文字组成篇章，保留得比较完整的几个人"。用我们的通常说法，就是对美的发现离不开对象，也离不开主体，关键在于作为主体的人的审美与美感，他称之为"泛神情感"。在他看来，"神"与"美"，是二而一、一而二的东西，"泛神论"直接通向了"泛美论"。

对这种"泛神情感"的解释，有时显得比较虚玄。他在《水云》里，这样表达他的美感、神感的产生："墙壁上一方黄色阳光，庭院里一点花草，蓝天中一粒星子，人人都有机会见到的事事物物，多用平常感情去接近它。对于我，却因为和'偶然'某一时的生命同时嵌入我记忆中印象中，它们的光辉和色泽，就都若有了神性，成为一种神迹了"。这同前面所引"'神在生命中'的认识"是一个意思。也就是说，一个人之所以能见到美，见到神，是因为在客观事事物物中，能激起人的"生命"（不是动物性的"生活"）的感知与反应，仿佛在它们的光辉和色泽中见常人之所不见，感常人之所不感，于是产生了神性。对于这种"泛神情感"的产生，他作了如下一些甄别，可以见出他这方面的思考。

第一，这种"泛神情感"不同于凡人的"物欲""肉欲"等市侩人生现象，同宗教和金钱格格不入。信教者、爱钱者，都变

---

① 《沈从文文集》第十一卷第 376—377 页。

得呆笨庸俗，对美与神毫无反应。

在《美与爱》中，他说："唯宗教与金钱，或归纳，或销蚀，已令多数人生活下来逐渐都变成庸俗呆笨，了无趣味。这些人对于一切美物，美事，美行为，美观念，无不漠然处之，毫无反应。"在另一处，他还说，那些"情感或被世务所阉割"、淡漠如僵尸的绅士君子假道学们，活下来"四平八稳"、一切无所谓的人，也无由接近美。这里的论述，有一些就同马克思在《1844年经济学哲学手稿》中所说的："忧心忡忡的穷人甚至对最美丽的景色都没有什么感觉；贩卖矿物的商人只看到矿物的商业价值，而看不到矿物的美和特性；他没有矿物学的感觉"[①]，是同一个意思。在沈从文看来，只有追求生命的"神圣庄严""最高德性""最高意义"的人，才能进入美的境界。

第二，它同"致用"之神发生联系。

沈从文在《读〈论英雄崇拜〉》一文中，批评陈铨提倡"英雄崇拜"。他认为，进入本世纪，神解体之后，不需要用个人迷信式的"英雄崇拜"去填补。他提到"致用"之神，"神"就在群众之中，在群众的杰出分子中。如果要提倡"神"的再造，不应该让群众去迷信个人，而要看到，群众中的创造和成就，就包含了神性。他说："在政治设计上想归纳或消解群众宗教情绪与传奇幻想，神的重造方式正好从近三十年世界取法，这种'致用'之神不妨用分散与泛神方法，从群众中造偶像，将各种思想观念手足劳动上有特殊成就的，都赋予一种由尊敬产生的神性，不必集中到一个'伟人'身上"。[②] 写于1937年、作为《凤子》第十章的《神之再现》里，他更是把神同迷信相区别，而同人间的庄严事业发生联系。那个总爷说："神不会灭亡。我们在城市向和尚找

[①] 《马克思恩格斯全集》第四十二卷第126页。
[②] 《沈从文文集》第十二卷第377页。

神性,虽然失望,可是到一个科学研究室里去,面对着那由人类耐心和秩序产生的庄严工作,我以为多少总可以发生一点神的意念。"[1] 很明显,他没有把"神"神秘化,而是到世俗中去寻找,到日常劳动生活、科学研究中去发现美,发现神。

第三,它伴随着一种精神上的迷狂状态。

柏拉图是最早论述审美的"迷狂"状态的。他把审美,无论是创作还是欣赏,比作磁石吸引铁环,出现一种"失去平常理智而陷入迷狂"的状态。这也就是后来提到的艺术的"酒神精神"。如果把这种界说安置在一个适当的位置上,可以说明审美的特有的精神状态。沈从文对于人们发现美,发现神、神性和神迹所特有的亢奋状态,也有大致类似的描述。他提到审美的人是"痴汉",他自己"为抽象而发疯","艺术家之与美对面时,从不逃避某种光影形线所感印之痛苦,以及因此产生佚智失理之疯狂行为"[2]。一旦从自然景物中发现和感悟到神性和神迹,便心驰神往,皈依于自然。跟这种精神状态相立,他指的是在"实在"与"名分"上讨生活的人,计较细小得失,冷漠麻木。如果对这种迷狂状态作另一种解释,就是他说的"超越习惯的心与眼,对于美特具美感"。

这种迷狂状态理应列入审美活动的一个标志,是一个重要特征。当我们沉静下来,在争论中避免各执一端,恰当估量理性与非理性、理智与感情在审美中的辩证关系的时候,承认并加以肯定这种迷狂状态,是至关重要的。在一种特定意义上,沈从文说的"一切文学艺术以及人类思想组织上巨大成就,常唯痴汉有分",是深有见地的。

沈从文的如上"泛神论""泛美论",也有它的弱点。他比较

---

[1] 《沈从文文集》第四卷第388页。
[2] 《沈从文文集》第十一卷第285页。

多地强调个人（极少数人）的静观、沉思、发现、"特具敏感"（即所谓"静""知""慧""悟"），对它的来由和根基，没有作深入的研究。至少在这些问题的表述上，没有提到"实践"，没有提到正是人的劳动和实践，使人摆脱了动物性，做到马克思说的"处处都把内在的尺度运用到对象上去"、即"按照美的规律来建造"。另外，他看到社会的庸俗市侩一面，看到金钱和私有给人带来的诸种"异化"表现，但因为离开人的社会实践去进行观察，也就容易离开社会关系、社会发展去考察人的本性、人的审美。有的地方，他对思想、政策、政治一概加以贬抑，通称之为"社会的抽象"，过于强调人的自然本性那种"绝对的皈依"。这样，就使得他的美学观、哲学观在有唯物求实见解，能够洞察艺术和审美的真谛的同时，也留了一些历史唯心论的痕迹。这些也表现在他的创作上面。我们一方面看到了他的审美视野的开阔与宏大，能表达某些作家、某些流派之不曾表达，在人生、人与自然关系上，能洞幽烛微，联想翩翩，见出人的生命的多方色彩和万种情态，同时，在过于拘泥于人对自然的单独相处方面，由于割断社会关系的联系，有些作品的片段就显得隐晦，给人以凌虚蹈空的感觉。

这里，自然出现一个问题，沈从文为什么在神的解体时代提出神的重造呢？为什么在"五四"之后新文化时期，提出如此显眼、又令人侧目的"泛神论"界说呢？沈从文接受新文化影响，不信神，放弃迷信观念。另外一方面，也要看到，他受湘西的历史文化的影响，传统的集体无意识又在他思想上沉淀下来，被他加以改造和更新。他在《湘西》里提到"尤其是与《楚辞》不可分的酬神宗教仪式，据个人私意，如用凤凰县苗巫主持的大傩酬神仪式作根据，加以研究比较，必尚有好些可以由今会古"，神成了当地苗民和汉民的最高统治者，"最上为天神"，"人人洁身信神，守法怕官"，可见信神风气之盛、历史之久。小说《凤子》里写的那个城里来的年青人，本是一个"尊重理性反抗迷信"的"新人"，他在参观了堡寨的迎神酬神仪式后说了一段话："我刚才看到的并不是什么敬神谢神，完全是一出好戏。是诗和戏剧音乐的源泉，也是它的本身。声音颜色光影的交错，织就一片云锦，神就存在于全体。在那光影中我俨然见到了你们那个神。"① 这种对神的放达的、与艺术融为一体的解释，至少也反映了作者的潜在意识。

更重要的是，他把神看成自然、美丽、崇高的征象，看成真、善、美和爱的征象。在《凤子》第七章，总爷说到这个意思，"神的意义在我们这里只是'自然'，一切生成的现象，不是人为的，由于他来处置。他常常是合理的，宽容的，美的"。紧接着又明确地说，神"是正直和诚实和爱"②。这些对神的解释，极为平易，富于人间气息。沈从文没有借"神"去创立一种超自然、超社会的宗教，也不像斯宾诺莎创建"泛神论"的学说那样，去抽象论述神与自然、神在与实在，在自然与人生之外去孤立谈论神的各种属性。如果要联系"宗教"这个词，谈到为什么要重新创造"神"，他在《美与爱》里明确地说，是因为"我们实需要一种美和爱的新宗教"，"给新的生命一种刺激启迪"，目的还是为人类，为了国家，"国家民族的重造问题，方不至于成为具文，为空话"③。

托克维尔在《论美国的民主》中谈到基督新教之所以在美国社会生存下来的原因。本来，宗教与自由、理性、法治是相互抵牾的。但是，它经过改革，又同自由、理性、法治达到一种相容和互补。有时，甚至出现这种情况，"不信宗教的人虽然不再相信宗教是真实的，但依然认为宗教是有用的。他们从人生方面去看

---

① 《沈从文文集》第四卷第387页。
② 《沈从文文集》第四卷第347页。
③ 《沈从文文集》第十一卷第379页。

待宗教信仰，所以承认宗教信仰对民情的教化作用，承认宗教信仰对法制的影响"①。有的大科学家把宗教同理性调和起来，清除传统的上帝含义和迷信成分。爱因斯坦就是这样。他口里也念着上帝，但他不作礼拜，不画十字。他推崇一种"宇宙宗教感情"。他说："当人们从历史上来看这问题时，他们总是倾向于认为科学同宗教是势不两立的对立物，其理由是非常明显的。凡是彻底深信因果律的普遍作用的人，对那种由神来干预事件进程的观念，是片刻也不能容忍的。"他认为，"科学研究能破除迷信，因为它鼓励人们根据因果关系来思考和观察事物"。但是，他又说："同深挚的感情结合在一起的、对经验世界中所显示出来的高超的理性的坚定信仰，这就是我的上帝概念"。他把唯物论同这种信仰统一起来，把理性、可知论同这种信仰统一起来。他说的"宇宙宗教感情"，就是指一个科学家，"他的宗教感情所采取的形式是对自然规律的和谐所感到的狂喜的惊奇，因为这种和谐显示出这样一种高超的理性，同它相比，人类一切有系统的思想和行为都只是它的一种微不足道的反映"②。正是这种感情，使一个科学家保持了种蓬勃的生气，不懈怠、庄严地追求自己的事业。沈从文在《凤子》里写到那个年青人问到神即自然的见解同科学是否矛盾、科学会不会毁灭自然科学时，总爷作了这样的回答："科学只能同迷信冲突，或被迷信所阻碍，或消灭迷信。我这里的神并无迷信，他不拒绝知识，他同科学无关"。接着，这个总爷谈到神"是正直和诚实和爱"时又说："科学第一件事就是真，这就是从神性中抽出的遗产，科学如何发达也不会抛弃正直和爱，所以我这里的神又是永远存在，不会消灭的。"③沈从文在他的遗作《抽象的抒

---

① 托克维尔《论美国的民主》上卷第347页，商务印书馆1988年版。
② 以上引语参见《爱因斯坦文集》第一卷第244、281、283页，商务印书馆1976年版。
③ 《沈从文文集》第四卷第347页。

情》里，又一次提到现代科学与宗教"彼此共存于一体中，各不相犯，矛盾统一，契合无间"的现象。显然，这些神、上帝、宗教的概念已脱去了传统的迷信观念，是一种人的感情，是人对自然万象的规律的凝眸与崇奉，也是人自我调节、保持良知的一块心灵磁石。

自然，我们在宣传无神论、辩证唯物主义世界观的同时，要对这种泛神观念、宗教感情作一种求实的分析。就沈从文本人的思想历程来说，他在解放前看不到社会发展的前景，也找不到真实解决人间苦难、推动民族进步的社会力量，他从自己的"乡下人"经历中，升华出泛神论的观念，力图维持自己的心理平衡，坚持自己庄严的理想与追求。同时，从前面所引用的言论来看，他的泛神观念似不必过于从"泛神论"的本体论意义上作为他的哲学观、世界观加以认真对待。他始终是一个艺术家，他总是以审美眼光看待世界、把神与美、与爱、与庄严虔诚的感情因素联系在一起。沈从文信神吗？信仰宗教吗？我们还可以参照他在《水云》里一段明确的自我表白："我是对一切无信仰的人，却只信仰'生命'。"[1] 如果硬要正儿八经地说他心目中存在一个上帝，金介甫说得好："美是沈从文的上帝，但他的上帝也是生命。"[2] 在严格意义上，他的泛神观念，提不到宗教信仰上来，也不是什么哲学史上的传统的"泛神论"，也许，最好的解释是："神"是沈从文的艺术情结。

（三）思想启蒙与社会改良

似乎可以这样说，当沈从文最初孤单一人，投身北京大城市，身边剩余七块六毛钱，向一个亲戚慷慨陈言要"寻找理想""救救国家"的时候，经历和命运就在很大程度上注定了他要走一条坚

---

[1]　《沈从文文集》第十卷第294页。
[2]　金介甫《沈从文传》第264页，时事出版社1990年版。

持奋斗，执着文学启蒙，成为一个自由主义者，立志改良社会的道路。自然，一个人的一生是各种内外因素、综合因素起作用，新的突变常常带来人生的转折，但沈从文的经历是这样的特殊，他的身世加上"乡下人"特有的倔强，几乎使他一进北京就定了型。此后，面临重要的人生岔口，他都坚持了这种定型所必然带来的选择。

他始终不忘向亲戚许下的"理想"与"信仰"的诺言，同时，又带着自己在湘西特有的经历。这个经历就是目睹成千上万无辜者被杀戮和他对于政治权势的厌倦和离弃。无论是辛亥革命的成功与挫折，大小军阀混战，他看到的都是残暴虐杀，而且"印象深刻，永世忘不了"。从幼年起，他就滋生了一种"谁也无权杀人"的反武力、反暴力思想。他在湘西军部的个人前景并不坏。可以由科长、县长、厅长晋升上去，但无形的精神压力加上四十多个"长字"号人物压在自己的头上，"一个机关三百职员有百五十支烟枪"，"我首先必须挣脱这种有形的'长'和无形的压力，取得完全自由，才能好好处理我的生命。所以从家中出走"①。他是带着一个孤独的、追求自由和理想的湘西人的灵魂，进到北京来的。此后，新文学运动的风雨，国内革命战争的浪潮，抗日的来临，解放战争的迫近，他都是作为一个孤独的奋斗者审时度势。其间，造福于社会和民族目标明确，个人的经历又崎岖曲折，加上文学内外环境的艰辛复杂，自己怀抱的人生理想就充满了矛盾。到了解放前后，"当更大的社会变动来临，全国人民解放时，我这个和现社会要求脱了节的工作，自然难以为继，于是暂时停顿下来了"②。沈从文走着一条中国知识分子特有的道路。

1. 突出启蒙，紧握手中那管笔

---

① 《沈从文文集》第十一卷第 71 页。
② 《沈从文文集》第十卷第 327 页。

他看到了丑恶的现实，进到北京，抱着社会重造必须由文学重造起始的观念，紧紧握住手中的笔。在他最初用笔无日无夜写下去的日子里，因为投稿不中，也曾有一点心乱。等到生活无着、实在难以支持的时候，也曾跟着北京街头募兵委员摇晃的那面旗，转了又转。及至快要点名填表发饭费，才醒悟过来，想起他许诺过的"信仰"，决然回到那个"窄而霉小斋"。他在北大听过一次讲演，那位拖了一条细小焦黄辫子的保皇党辜鸿铭先生在课堂上说，你们不用笑我这条小小尾巴，我留下这并不重要，剪下它极容易。至于你们精神上那根辫子，据我看，想去掉可很不容易。这从另一面启蒙了他，形式的变更并不困难，重要的是把思想启蒙放在首位。他在湘西看到成百上千平民被杀，杀人者与被杀者都显得愚蠢。他感到被杀者的沉默，恰像一种抗议："你杀了我肉体，我就腐烂你灵魂"。武器的操作，固然使失败者引颈就戮，又不能使胜利者在精神上得救。于是，唯有文学才能唤醒这一切人的灵魂。他既然背弃了家乡的政治与军队，就不可能重新醉心于权力和武力，在任何情况下，坚持文学写作。

这种突出启蒙的理想，使他坚持苦斗，不计世间毁誉。他在大约二十年时间里，一跃而为新文学上少有的"多产作家"，成为极少数具有实绩的作家之一。后来，他回忆起，如能有把新文学当成政治革命一翼的那种自觉，也许有好处。另外，如果都像徐特立老革命那样，具有一种宽宏的胸怀，对于有固定工作去不了延安的作家，鼓励他们在抗战期间"做点后方团结工作"，团结广大文艺队伍，也必有另一番情景。自然，这只是解放后偶然间的一种美好回想。沈从文存在他自认的"拘迂"。他把思想启蒙突出到唯一的位置，特别是在国内革命战争发展到激烈的阶段，他固有的厌恶政治、反对战争的启蒙主张，就显出它的局限和错误了。

沈从文一直把眼睛盯在"文学革命"的启蒙范围内。他强调的是作家要拿出作品来，在1936年，他说，"乡下人实在太少了。

倘若多有两个乡下人,我们这个'文坛'会热闹一点吧"①。到了抗战胜利后,他又说,"但试想想,如果中国近二十年多有三五十个老老实实的作家,能忘却普遍成败得失,肯分担这个称呼,也无望消极去参加调停,唯对于文学运动理想之一,各自留下点东西,作为后来者参考,或者比当前这个部门的成就,即丰富多了"②。这个想法有它的合理性、正确性,某些方面切合鲁迅、茅盾对某些空头左翼文学家的批评。但是,当涉及文学与政治的关系、涉及重大的文艺论争这样一些敏感的问题,他又坚执以局外的立场,坚执文学摆脱政治与党派的主张,在当时激烈斗争时期,就不能不处处碰壁了。到了1957年,他对这一点作了自我认识:"我这个新从内地小城市来的乡下人,不免呆头呆脑,把'文学革命'看得死板板的,相信它在将来一定会起良好作用"③。

2. 同情革命与不参加革命

凡是写到具体的人和事,只要涉及革命者、共产党人遭到迫害和屠杀的,沈从文都把同情和支持放在革命者和共产党人一边。小说《新与旧》《菜园》《三个女性》正面写到这一点,《建设》《小砦》《大城市的小事情》则顺带写到国民党嫁祸于共产党,工人出身的共产党员毫无理由被杀害,一名水手说当兵打共产党是"光棍打穷人,硬碰硬,谁愿去?"当然,最能反映沈从文同革命的关系的,是他同胡也频和丁玲的关系。

沈与胡、丁的关系,以情谊的纠葛流播于当时,继因志向的分野疏远于事后,进入八十年代,又因丁玲复出后的文章,在文坛引起新的议论。不管怎么样,沈从文跟胡丁夫妇的友情,他对他们的关心、帮助和营救,毕竟作为新文学史上的一则佳话,为

---

① 《沈从文文集》第十一卷第46页。
② 《沈从文文集》第十卷第320页。
③ 《沈从文文集》第十一卷第68页。

后人所记忆了。

　　1925年春，沈从文在北京结识胡也频、丁玲后，他们在生活上过从甚密，在文学上成为相互切磋的挚友。胡带丁来见沈，说是听人讲沈"长得好看"。据金介甫说，沈从文早先很可能对丁玲产生过柏拉图式的恋情，为她写过爱情诗。但一切迹象表明，沈同胡丁夫妇是一种纯正而亲密的友谊。胡也频同丁玲因为小夫妻生活吵架斗嘴，沈是他们之间最得意的调解人，甚至可以说，因为这种调解，他们的爱情得以顺利地维系下去。他们议论时局，议论文学，合计成立文学社，创办文学刊物《红黑》与《人间》，在文学上踌躇满志。后来，沈从文之所以不同意他们参加共产党地下政治活动，原因之一是鉴于国民党1927年的大屠杀，希望他们全身心投入文学，在文学上作出成绩。对于文学活动和政治活动的选择，沈从文对丁玲有更多的保留，觉得从气质到才情上，丁玲比胡也频更应专心献身文学。

　　对于他们的性格、理想、追求以及最终参加的革命活动，沈从文是充满赞扬之情的。在《记胡也频》里，他觉得胡也频的"灵魂健康"，比他富于"自信"，反省到自身的"弱点"，常常陷到一种"悲剧"和"泥淖"里，感到自己"现成这种性格"与"所希望的一种性格"相反，而胡也频这个海军学生恰好与他完全不同：

　　　　……但这性格显然是一个男子必需的性格，在爱情上或事业上，都依赖到这一种性格，才能有惊人特出的奇迹。这种性格在这个海军学生一方面，因为它的存在，到后坚固了他生活的方向。虽恰恰因为近于正面凝视到人生，于是受了这个时代猛力的一击，生命与创作，同时结束到一个怵目的情境里，然而敢于正视生活的雄心，这男性的强悍处，却正是这个时代所不能少的东西。[1]

---

[1] 《沈从文文集》第九卷第67页。

对于胡也频的牺牲，他在文章结尾处赞颂道："我觉得，这个假若是死了，他的精神雄强处，比目下许多据说活着的人，还更像一个活人。"沈从文撰写《记丁玲》，始于1931年6月，隔《记胡也频》不到半年。《记丁玲续集》完成于1933年底。读者把它们连贯起来阅读，很容易发现，沈以文执笔的观点、情绪乃至行文风格都是统一的。作者描写丁玲这位同来自湘西的女士，比写胡也频更怀有一股亲密之情，带着对异性的敏锐观察，人物也显得更立体化。亲密，亲切，幽默，谐趣，不掩饰意见分歧又冷静作公正评价，整体上又抑制不住自己的赞扬，构成这两部人物纪实作品的统一色调。丁玲最初投奔上海和北京的天真与勇敢，性格偏静而又感情如火，喜欢别人待她如同男子的特有性情，敏于吸收外国文学心理分析又有一枝"特具迷人力量的笔"，都得到了介绍。作品写丁玲得知胡也频牺牲后竭力抑制自己感情的几段文字，写得极为动人。他称她"显出了人类美丽少见的风度"。在《〈记丁玲〉跋》里，称"她的作品与她的生活，皆显示天才与忍耐结合而放出异常美丽的光辉"。作者对丁玲被捕可能牺牲的一生作了这样的概括：

> 这个社会这个民族正需要的是这种人，朴素、单纯、结实、坚强、不在物质下低首，也不在习气下低首，她即或不能如贵妇人那么适宜于客厅应对酬酢，只许可她贴近这个社会最卑贱的一方面，但因此她却见了多少日光下头的事情，自己的心也就为这真实的大多数人类行为而跳着，有什么理想，就是"怎么样把大家弄好"，不是"怎么样把自己弄好"。这种修正历史的行为，绝不是一个人做得了的工作，为了使这工作另一时在这块地面上还有继续的人，把第一个结束在一个寂寞凄惨的死亡里，也是必然而且必需的事情！①

---

① 《记丁玲续集》第190页，良友文学丛书1940年版。

第八章　孤独求索、辛勤奉献的一生

《记丁玲续集》的结尾同《记胡也频》一样，提到一个人为什么活着，活人与社会的关系，像丁玲这种人，"她告给我们的是'活的方法'，要做一个活人，就得去日光下学习，不怕死，且明白应如何把自己的力量掺入社会里去"。

如果把这些对革命者的赞颂，仅用"同情革命"加以评价，是偏于保守的。他也摆出他们的分歧。这两部人物纪实作品的特点是，对革命者的称颂（有时是忘我的称颂）同自我选择自我肯定容纳在一起，一概加以公开的描述。沈从文要求的是"自由"，反对"任何拘束"。胡也频批评他"少不更事"，"不想一点像比文章还切实一点的事情"；沈从文就说他"过分相信革命的进展，为一束不可为据的'军事报告与农工革命实力统计'所迷惑"，"彻底的社会革命公式把他弄得稍稍糊涂罢了"。丁玲说"知道得太多，我们什么事皆不能做了"；沈从文觉得他们也许比自己"做得认真"，自己则"想得透彻"，凡事要认识"可以做去"的真理，也要明白"无法做去"的事实。问题不在形势估计上的不同意见①，实际上沈从文作为一个独立的自由主义者，超脱于阶级斗争之外的立场已经形成。他不从政治上区分"院派教授"与"新海派教授"，"绅士"与"斗士"，"左倾"与"右翼"，离开政治斗争去追求自由创作，直率表示自己的态度："不问左右，解决这问题还是作品。"②

这是沈从文的两重性，对现存制度不满，向往一个合理的、美好的社会，又疏远政治斗争，只看重文学的思想启蒙。对于这一点，当时的胡也频和丁玲是看出来了的。1950年底，丁玲在

---

① 《毛泽东选集》附录《关于若干历史问题的决议》里提到，中国共产党六届四中全会后，从1931年到1935年，执行了新的"左倾"路线，其表现之一是"提出了红军夺取中心城市对实现一省数省首先胜利，和在白区普遍地实行武装工农、各企业总罢工等许多冒险的主张"。

② 《记丁玲续集》第154页，良友文学丛书1940年版。

《一个真实人的一生——记胡也频》也说到这点，说他"反对统治者（沈从文在年青时代的确也有过一些这种情绪）"，又说"沈从文是不懂政治的"①。这是公允的看法。沈从文是革命队伍的朋友，争取和团结的对象。从"同情革命"方面看，如果说他写的胡也频、丁玲的作品，用文字表述了对他们的赞扬，那么，在胡也频、丁玲先后入狱和被捕后，他更是以自己的行动作证实了。今天的读者，如果看到沈从文、丁玲如何去探监，沈从文如何护送丁玲母子回湖南，丁玲被捕后又如何营救、撰写讨伐国民党当局的文章，纵令用"朋友情""同志情"来形容，也是不过分的。

沈从文写《记胡也频》前，向丁玲征求过意见。丁玲表示"我目前不能写这种文章，我希望你写"。此书拿到光华付印前，丁玲还经手过，沈"以为她要改的尽管改正"，她"还是照原来的稿样，不曾有所加减"②。《记丁玲》作为单行本出版后，鲁迅也读过，在致赵家璧的信里提到原文被删节，从"原作简直是遭毁了。以后的新书，有几部恐怕也不免如此罢"③的话来看，鲁迅对书充满了惋惜之情。

沈从文在《丁玲女士被捕》《丁玲女士失踪》两文中，对国民党当局的斥责是严厉的。他指责这是"政治绑票"，"政府对于这类事情，按之往例，便是始终一个不承认。对于捕去的人，常常不经由正当法律手续，多用秘密手段解决"。我们看看这样的揭露和警告：

> 人若当真死去，活埋也好，缢杀也好，仿照别一处处治盗匪方法套石灰袋也好，政府既只知道提倡对于本国有知识

---

① 《胡也频小说选集》第9、18页，人民文学出版社1954年版。
② 《记丁玲续集》第171—173页，良友文学丛书1940年版。
③ 见《鲁迅书信集》上卷第621页，人民文学出版社1976年版。

青年的残杀，所用方法即如何新奇，我也绝不至于因其十分新奇，另外提出抗议。因为每个国家使用对知识阶级的虐杀手段时，行为的后面，就包含得全个的愚蠢。这种愚蠢只是自促灭亡，毫无其他结果。①

作者的爱与憎，对革命者的同情，对政府当局的讨伐，是十分鲜明的。这也看出他的个性。大凡对于自己熟悉的人的被捕与牺牲，对于虐杀无辜的罪行，他遏制不住自己的愤懑，文字和行为都是勇敢的。如果涉及抽象问题的思索，涉及反对社会罪恶的手段的思考，又见出他的改良主义的局限，一味反对武力和暴力的局限。他的弱点正在这里。我们看到，在《丁玲女士被捕》这同一篇文章里，又有这样的文字：

> 执柄当权的人若贤明达识，就不会采用这种政策，纵或做了这种事情，也明白如何去补救。为政府计，既偷偷悄悄把人提到了，若这人实在有罪，就应当罗列罪款，该死的，置诸典刑，人无闲言；罪不至于死的，斟酌轻重，坐牢罚款。政府既以法绳人，自己一切行为，就应当从法律入手，有罪无罪，事情应由法庭处置，且应给堂下人一个在法庭上辩白的机会。②

在严厉斥责之后，又伴随着某种规劝。他的正义感和勇敢是光辉的，另一面，又未能跃升到革命家的高度。

3. "改造"重于"解放"，用改良主义取代革命斗争

沈从文刚进北京的时候，思想是相当激进的。郁达夫 1934 年

---

① 《沈从文文集》第十二卷第 315—316 页。
② 《沈从文文集》第十二卷第 315 页。

11月13日去他的"窄而霉小斋"看他，对他的穷苦处境提出了上、中、下三策，最"能胜任的""干得到的"是去偷，因为"他的那些堆积在那里的财富，不过是方法手段不同罢了，实际上也是和你一样的偷来抢来的"①。之后，1925年4月15日，沈从文写了一篇《狂人书简——给到×大学第一教室绞尽脑汁的可怜朋友》，其"劝导"办法同郁达夫的"做贼"的戏谑主张差不多，外加一些政治色彩："你们也许还认不清你们的敌人。这我可以告你。眼前的一切，都是你的敌人！法度，教育，实业，道德，官僚……一切一切，无有不是。"② 此后，风雨几十年，经历出现了许多变化。他在抗战胜利后刚回北京写好《从现实学习》里，把自己的经历分作三站，进北京前是第一站，此次回北京以后是第三站，中间二十五年是第二站。这中间二十五年，他又分成四个阶段：初来北京的四年；1927年迁往上海的三年；1930年去武汉，后在青岛住两年，又回北京，一直到抗战爆发；抗战开始后的九年。第三阶段，第四阶段，延续到解放前，他作为一个启蒙主义者，自由主义思想日益成形，和平主义和改良主义的观念也最终确立了。

　　进入三十年代的第三阶段，是他经历中最关键、最重要的时期。一方面，他的创作走向成熟，"学习用笔比较成熟"，特别是青岛和后来回北京那几年，可以说是多产、优质的时期。另一方面，他对人生的选择，政治的取向，也日渐成熟。到了"相当寂寞，相当苦辛"的第四阶段，人事和时间遗留下来的问题沉积下来，发表的哲理的散文、务虚的文章也日益增多。应该说，这其中，他的"改造"重于"解放"的见解，仍然具有思想启蒙的深刻意义，值得我们合理地加以吸收。

---

① 《郁达夫文集》第三卷第121页，花城出版社，三联书店香港分店1982年版。
② 《沈从文文集》第十卷第17页。

他是从妇女解放问题入手的。"五四"之后，普遍认为有了"平等自由"，妇女就算解放了。标志就是男女同校，自由恋爱。实际上，现实生活里远非这样简单。他看到，有的女子大学毕业了，留学归来了，结果只是解放"胃"与"性"，终日玩牌，或南来北往搞投机倒把。作者说：

> 此外凡是对于妇女运动具有热诚的人，也应当承认"改造运动"必较"解放运动"重要，"做人运动"必较"做事运动"重要。我们需要一个新的妇女运动，以"改造"与"做人"为目的。十六岁到二十岁的青年女子，若还有做人的自信心与自尊心，不愿意在十年后堕落到社会常见的以玩牌消磨生命的妇人类型中去，必对于这个改造与做人运动，感到同情，热烈拥护。①

沈从文的这种见解，可以联系到他湘西的经历和进城后目睹军阀混战和国民党的倒行逆施。他看到了外在政权更迭没有解决民族再造这个根本问题。他在抗战后为介绍黄永玉所写的文章里说："我想起我生长那个小小山城两世纪以来的种种过去。因武力武器在手而如何形成一种自足自恃情绪，情绪扩张，头脑即如何逐渐失去应有作用，因此给人同时也给本身带来苦难。想起整个国家近三十年来的苦难，也无不由此而起。……我想起这个社会背景发展中对青年一代所形成的情绪、愿望和动力，既缺少真正伟大思想家的引导与归纳，许多人活力充沛而常常不知如何有效发挥，结果便终不免依然一个个消耗结束于近乎周期性悲剧宿命中。"② 他看到了中国历史出现的他称之为的"恶性循环"现象。

---

① 《沈从文文集》第十一卷第 264 页。
② 《沈从文文集》第十卷第 158 页。

中国近现代史的一个特殊问题是，本世纪上半叶前后短短几十年，完成了和超越了欧洲数百年的历程，思想启蒙远远落后于政权的变革。沈从文对西方的舶来品，包括美国的对华政策，没有好感。他看到现代文明到了湘西，不过是都市奢侈品的大量输入，青年人爱的是自来水笔、白金手表、太阳镜、手电筒，外加三五牌香烟。他讽刺的那个"解放"了的玩牌的"某名媛"，还当上了"国选代表"。思想启蒙追赶不上社会变迁，他是从自己的经验与观察出发，不是照搬西方的社会观念和价值观念得来这一认识的。正是在这个意义上，他的"改造"重于"解放"的见解令人深思，意义深远。

　　沈从文在尖锐批判国民党迫害胡也频和丁玲那几年，思想比较复杂。他并没有完全否定和放弃必要的"流血"和"牺牲"。他说，"一页新的历史，应当用青年人的血去写成，我明白我懂。可是，假如这血是非流不可的，必须如何去流方有意义？在别一方面的人看来，方法也许只是一个，便是捉来就砍。但在随时都有被砍机会的一方面，人既那么少，结实硬扎机警勇敢的人尤其不易多得，纵事到临头非流血不可，如何来吝惜珍重这种人血，避免无谓的牺牲，不也就正是培养这个对人类较高理想的种子的一种最好方法？"① 在那篇骂国民党"党治独裁"的《〈记丁玲〉跋》里，也说到一个有理想的作家，"他明白一页较新的历史，必须要若干年青人的血写成的。（同这个社会种种恶劣习气作战，同不良制度作战，同愚蠢作战，他就不能吝惜精力与热血！）"② 应该看到，这些显示斗争锋芒的思想，毕竟是因朋友被捕被杀而爆发的愤怒，犹如一时撞击的闪光和火花，容易熄灭。他的书生气太重，他曾在革命者的门前徘徊，而终于不能入内。随着时间的推移，

---

① 《记丁玲续集》第 22 页，良友文学丛书 1940 年版。
② 《沈从文文集》第十一卷第 30 页。

第八章　孤独求索、辛勤奉献的一生

他的根深蒂固的非武力、非暴力的和平主义思想，他的超越政治和党派的自由主义思想，依然主宰他的信仰。

沈从文这种思想立场发展到1933年底1934年初，围绕着他引起的"京派"与"海派"之争，以及到了1936年1937年他提出反对"差不多"而引起的一场争论，他同左翼作家的分歧就公开化了。

本来，沈从文在这两场争论中提出的意见无可厚非，总的看来，也应该把这两场争论视作新文学范围之内的争论，但因为彼此的思想见解不同，触动到敏感的政治神经，争论进行得比较激烈。沈从文从文学风气上，提出反对"海派"，要求作家除去虚华、投机、平庸的作风，以利于伟大作品的产生，这意见本身是正确的。他在1934年1月7日写的《论"海派"》对"海派"作了具体的限定："过去的'海派'与'礼拜六派'不能分开。那是一样东西的两种称呼。'名士才情'与'商业竞卖'相结合，便成立了我们今天对于海派这个名词的概念"[①]。他明确说，"茅盾、叶绍钧、鲁迅，以及大多数正在从事于文学创作杂志编纂人（除吃官饭的作家在外），他们即或在上海生长，且毫无一个机会能够有一天日子同上海离开，他们也仍然不会被人误认为海派的"[②]。他要求：居住上海的作家同"北方作家"一起来纠正这种文坛不正风气。同样，他在1936年《作家需要一种新运动》一文中，提出了反对文学创作的"差不多"现象："近几年来，如果什么人还有勇气和耐心，肯把大多数新出版的文学书籍和流行杂志翻翻看，就必然会得到一个特别印象，觉得大多数青年作家的文章，都'差不多'。文章内容差不多，所表现的观念差不多。"[③] 这意见本

[①] 《沈从文文集》第十二卷第158、160页。
[②] 《沈从文文集》第十二卷第158、160页。
[③] 见1936年10月25日《大公报·文艺》。

身，也就是我们后来提的反对公式化概念化。因为争论背后存在着潜台词，争执之点不在这些意见本身，而在这些意见之外，问题就复杂化了。

　　沈从文的不慎之处，是袭用了"海派"这个本来以地域来概括风气就不大科学的名词，无形之中就伤害了上海的作家。更重要的是，沈从文在争论之前，他的自由主义中间派立场就已经表露出来。在这之前的《记丁玲续集》里说："我不轻视左倾，却也不鄙视右翼，我只信仰'真实'。"下面又说："多数作者皆仿佛在少数'院派教授'与'新海派教授'，'绅士'与'斗士'，一种糊涂争论下而搁了笔，且似乎非争论结果就不敢轻易动手。"① 他一个劲儿扭在不问政治倾向、不问左翼与右翼，只求"好作品的产生"。当时，上海是左翼文学的基地，南京为国民党官方严密控制，北京则集中一批争取独立自由的民主主义作家，他的反"海派"的主张，就引起了左翼文学的密切注意。1934年2月3日，鲁迅《申报·自由谈》发表了《"京派"与"海派"》的文章，里面说：

> 北京是明清的帝都，上海乃各国之租界，帝都多官，租界多商，所以文人之在京者近官，没海者近商，近官者在使官得名，近商者在使商获利，而自己也赖以糊口。要而言之，不过"京派"是官的帮闲，"海派"则是商的帮忙而已。但从官得食者其情状隐，对外尚能傲然，从商得食者其情状显，到处难于掩饰，于是忘其所以者，遂据以有清浊之分。而官之鄙商，固亦中国旧习，就更使"海派"在"京派"的眼中跌落了。②

---

① 《记丁玲续集》第154—155页，良友文学丛书1940年版。
② 《鲁迅全集》第五卷第352页，人民文学出版社1981年版。

这里面的引申与影射，现在看来，如指沈从文为"官的帮闲"实属太过。因为沈从文在胡、丁事件中大骂国民党，国民党控制的刊物也极力攻击沈从文。但沈从文同左翼作家的分歧，不问左与右的采取中间立场，鲁迅是敏锐观察到了的。

茅盾在1937年7月接连在《文学》和《中流》发表了《新文学前途有危机么?》和《关于"差不多"》两篇文章。茅盾也承认文学创作中存在这种"差不多"。如果说沈从文是从作品艺术质量着眼，从作家主体着眼，指出了"缺少独立识见"，"把自己完全失去了"这样一些根本性原因；茅盾就是从新文学的现实发展着眼，从作家的生活经验着眼，分析"差不多"现象。茅盾从新文学的三个时期进行分析，第一期写知识分子的学校生活和恋爱事件，第二期写知识分子从学校到革命营垒，从家庭到十字街头，甚至写到革命与恋爱的冲突，第三期则写到工人、农民、小市民、义勇军等。这三期都存在"差不多"现象，但是，"新文艺和社会的关系是步步密切了。而这'扩大'这'密切'的原动力，与其说是作家主观的制奇出胜，毋宁说是客观形势的要求。亦唯其是迫于客观的要求，所以大多数作品的描写范围的扩大不能在作家的生活经验既已充分以后"①。

本来，从各个角度分析文学创作中的"差不多"现象，完全可以达到互补。茅盾的眼界更开阔，沈从文从作家主体的深度入手。茅盾说，对于这种"差不多"，"前乎炯之先生（即沈从文——引者）的论者认为这是作家视野扩大后主观条件不大足够的毛病，而炯之先生则无视了'视野扩大'这一进步的要点而只抓住了'差不多'来作敌意的挑战"②，说"炯之先生只见了'差不多'的现象，就抓住了来'四开门'，且抹杀了新文艺发展之过程，幸

---

① 《中流》（1937年7月），第二卷第八期。
② 《文学》（1937年7月号），第九卷第一期。

灾乐祸似的一口咬住了新文艺发展一步时所不可避免的暂时的幼稚病,作为大多数应社会要求而写作的作家们的弥天大罪,这种'立言'的态度根本不行!"①

显然,隐藏在这两场争因为争论下的深层次问题,不在意见本身,仍然是民主主义作家同左翼革命作家的分歧,是社会改良与社会革命的分歧。现在看来,在新文学这个大范围内,作为主力军的左翼文学对沈从文的批评有余,而团结不足;沈从文对某些左翼作家的创作幼稚病和其他问题的批评,冷峻有余,而热情不足。在沈从文的许多正确见解里,也明显伴随着令人忧虑的超脱政治、超脱党派的自由主义立场。

沈从文的这些思想发展,自然与他在北京、上海等地的社会联系密切相关。他结交不分信仰,朋友不分左右,在于知识分子群里,长期受到民主主义和自由主义的影响。他主编《大公报·文艺》副刊,就受到蔡元培任北大校长坚持"门户开放"、容纳不同派别知识分子的影响,给副刊写稿的就包括巴金、老舍、艾芜、靳以、张天翼、曹聚仁、李辉英、萧乾等各种不同政见的作家。在文化学术园地里,采取这种兼容开放的态度是十分有益的,但是,又必须同政治斗争领域、同特殊时期的斗争形式加以区别。沈从文不能适应这一点。他同郁达夫、徐志摩的关系和友谊是众人熟知的。更重要的是,在他的思想历程中,受到胡适的自由主义、改良主义的影响,而且是长期的、重要的影响。他在《从现实学习》里说到胡适两次送他去学校工作,第一次是1929年去中国公学,第二次是1946年去北大,"不特影响到我此后的工作,更重要的还是影响我对工作的态度",其结果是"自由主义"的思想信仰的确立②。到1980年访美时,他在圣若望大学的一次讲演,

---

① 《中流》(1937年7月),第二卷第八期。
② 见《沈从文文集》第十卷第320—321页。

就自我反思地回顾了这种影响：

> 我是从乡下来的，就紧紧地抓着胡适提的文学革命这几个字。我很相信胡适之先生提的：新的文体能代替旧的桐城派、鸳鸯蝴蝶派的文体。但是这个工作的进行是需要许多人的，不是办几本刊物，办个《新青年》，或凭几个作家能完成，而是应当有许多人用各种不同的努力来试探，慢慢取得成功的。所以我的许多朋友觉得只有"社会革命"能够解决问题，我是觉悟得比较晚的，而且智能比较低。但是仍能感觉到"文学革命"这四个字给我印象的深刻，成为今后文学的主流。①

沈从文离开"社会革命"去坚持"文学革命"，沿着改良主义的道路越走越远。1940 年的《烛虚》里还提出观念与武器并重，"不单纯诉诸武力与武器，另外尚可望发明一种工具，至少与武力武器有平行功效的工具。这工具是抽象的观念，非具体的枪炮"。到了 1943 年初的《水云》一文里，就笼统地反对"政治纠纷"，认为"政治上纠纠纷纷，以及在这种纠纷中的牺牲，使百万人在面前流血，流血的意义就为的是可增加某种人自己那点自信"。到了 1946 年底的《从现实学习》，就不加区别地反对"政治高于一切"，对"集团"和"党团"反感，说出"凡用武力推销主义寄食于上层统治的人物，都说是为人民，事实上在朝在野却都毫无对人民的爱和同情"这样一些模糊而又错误的话，并正式提出"用爱与合作来重新解释'政治'二字的含义"的和平主义、调和主义主张，如同他提出把学校教育"一律交给自由主义者"，他自己在政治斗争中也定型于一个自由主义者。

---

① 《沈从文文集》第十卷第 333 页。

历史的发展总是把一些极端复杂的人物推到人们面前，要求作细致的分辨。在他那里，直觉的评论与整体的抽象思考不甚协调，社会批判与社会改良又达到一种奇妙的混合。他谈到自己完全反对蒋介石，在《长河》里点到"委员司令骑在大白马上"，又着手讲"我是'新生活'。我是司令官。我要奋斗"，借伙计之口讲"老蒋最会说假话哄人"。在1945年写的《湘人对于新文学运动的贡献》里提到湖南省一师，说"目下在延安掌握一切的毛泽东先生，就是当时一师优秀学生之一"①。40年代初，闻一多组建一个非共产党的左翼政治团体民主同盟，闻一多和沈从文的学生吴晗劝导沈加入，他拒绝参加。抗战前后，他受到左右夹击，从国民党对他的戒心、指责，检查、删节和阻拦出版他的作品，到左翼作家对他的反感和批评，他的思想常常陷入沉闷和痛苦。他想不干预政治，政治却干预了他。这里，自然联想起丁玲批评他"不懂政治"，他的学生汪曾祺觉得他"缺乏'科学头脑'"②，黄永玉说过这样的话："曾有一位文化权威人士说沈从文是'政治上的无知'，这不是太坏的贬词，可能还夹着一点昵爱。"③

沈从文对抗战的态度是积极的。1938年冬，他在长沙写的《莫错过这千载难逢的报国机会——给湘西几个在乡军人》，尽力调解湘西与全国的关系，团结一致，共同抗敌。抗战后，对于解放战争虽然采取和平主义中间立场，但仍然从自己的经历和直感出发，继续批评国民党。1946年8月9日在《怀昆明》一文里，对闻一多、李公朴惨遭杀害的"闻李惨案"表示愤慨，要求"使这件事水落石出，彻底查清"。他指责国民党政府收容退役转业军

---

① 《沈从文文集》第十二卷第195页。
② 见《长河不尽流——怀念沈从文先生》第139、468页，湖南文艺出版社1989年版。
③ 见《长河不尽流——怀念沈从文先生》第139、468页，湖南文艺出版社1989年版。

官，目的不过是"等个机会，来把美国剩余军火重新加以装备，在国内各地砰砰訇訇进行那个'战争'！"在同一天写的《北平的印象和感想》一文里，他指责天安门两个大石狮子前面用"油布罩上"的"用来屠杀中国人的美国坦克"，指责北京的文物和历史的庄严伟大不过是"供党国军政要人宴客开会"[①]。后来，有人发表了《斥反动文艺》[②]，文章说："特别是沈从文，他一直是有意识地作为反动派而活动着。"文章贬低沈从文对抗战的态度，与事实不符。说他主张文艺脱离政治，反对解放战争，这是沈从文脱离政治、反战、反暴力的自由主义知识分子取中间立场的错误表现，难以算到"反动文艺"里面去。说他"一直""有意识地"作为"反动派"而活动着，就难以令读者信服了。不管文章的动机如何，它的客观效果是把一个政治上的中间派往敌人方面推。这篇文章同那一场"京派""海派"和"差不多"之争不同，同那一场新文学范围内的有时言辞过火的争论不同，它是政治上定性，给沈从文的人生带来了难以估量的一击。

毛泽东在解放战争时期的论著里，特别强调建立广泛的统一战线。它成了举世皆知的革命取得胜利的三大法宝之一。他的《在新政治协商会议筹备会上的讲话》明确地说："中国的革命是全民族人民大众的革命，除了帝国主义者、封建主义者、官僚资产阶级分子、国民党反动派及其帮凶们而外，其余的一切人都是我们的朋友，我们有一个广大的和巩固的革命统一路线。"毛泽东在《丢掉幻想，准备斗争》《别了，司徒雷登》等文章里，曾经分析知识分子中的自由主义者或民主个人主义者，像闻一多、朱自清等人，"在美国帝国主义者及其走狗国民党反动派面前站起来了"。另一些有"糊涂思想"、还有"爱国心"的中间派，应当进

---

① 以上两文见《沈从文文集》第十卷。
② 见《大众文艺丛刊》第一辑，香港生活书店1948年版。

行"说服、争取、教育和团结的工作"①。现在看来,我们常说的"左"的影响,一个重要表现就是对待"中间派"。一是承不承认存在"中间派",一是如何对待"中间派"。"左"的表现是不承认、或不注重"中间派",搞"非友即敌",再就是往往不去争取和团结"中间派",而是把它往敌对势力方面推。沈从文面临着严峻的抉择。国民党当局和北京大学地下党进步学生都对沈从文做争取工作,直飞台湾的机票送来了,而学生劝他留下来迎接解放。到1948年12月中国人民解放军包围北京时,金介甫说:"沈的朋友和国民党说客曾经劝说沈随国民党政府南迁。但他估计国民党已经日薄西山,前途无望,也估计了国民党政权也会认为沈这样的人没有用处。所以沈在围城中给一个青年学生说:'照我看来,逃避也没有用。'他又用积极的、理想主义的文学语气,开始谈起重新建设中国的话题了。"②

二、沈从文在文学上的贡献

　　如何从大的部类而不是在一些小的手法、技法上讨论沈从文在文学上的贡献,是我们努力要争取的。实际上,例如确认一个喜剧作家,就是从一个大的方面确定他在文学的位置,如果是谈讽刺手法,就很难说是喜剧作家所独有。沈从文说他一生的创作都是"试验习题",那么,这其中,哪些"试题"铸成了他的整体特色,哪些"试验"突破了别人的模式,开辟了新的领地,哪些"试验"在当时相形之下难以显眼,或者疏离了现实的急切需要,而从长远的、宏放的、宽松的文学环境中,却显露出新的生机和

---

① 以上引语见《毛泽东选集》第1469、1499、1500页,人民出版社1966年版。
② 金介甫《沈从文传》第257页,时事出版社1990年版。

活力呢？

笔者认为，沈从文在文学上的特殊贡献，主要有四个方面：

(一) 湘西世界的描绘者，湘西情绪的表达者

似乎从开放改革以来某个特定的时间起，沈从文当之无愧地担当起这个称号了。这不仅因为，从那以后，我们的文字资料，图片资料，电视资料以及后来他去世后凤凰县城石板街上那座青灰色的古朴雅重的作者故居为这位作家留下了历史性的记载，而且，在广大的湘西民众中，在湘西知识界里，从我们接触到的那里人们的言谈和心灵里，沈从文仍生活在他们中间。谈起本世纪湘西的文化和历史，离不开沈从文，如同谈起沈从文，离不开湘西一样。

沈从文在文学创作中把描写湘西当成自己毕生的事业。他处于顺境时，以此为抱负，在不顺利的时候，当周围环境和自我估量都难以恰当、肯定他的创作价值的时候，对于这一点，他没有失去冷静的自我确认。这方面的谈论，散见于多处，他的言辞和情绪，几乎大都是一致的。如《〈沈从文小说选集〉题记》：

> 笔下涉及社会面虽比较广阔，最幸切熟悉的，或许还是我的家乡和一条延长千里的沅水，及各个支流县分乡村人事。这地方的人民爱恶哀乐、生活感情的式样，都各有鲜明特征。我的生命在这个环境中长成，因之和这一切分不开。
>
> 我的作品稍稍异于同时代作家处，在一开始写作时，取材的侧重在写我的家乡，我生于斯长于斯的一条延长千里水路的沅水流域。对沅水和它的五个支流、十多个县分的城镇及几百大小水码头给我留下人事哀乐、景物印象，想试试作综合处理，看是不是能产生点散文诗的效果。

沈从文有意识地要创造一个湘西世界。鲁迅在《〈中国新文学大系〉小说二集序》①里谈到"五四"以来的乡土文学时，曾举出"蹇先艾叙述过贵州，裴文中关心着榆关"。他举例分析这些作家的创作特点，说蹇先艾的《水葬》展示了"'老远的贵州'的乡间习俗的冷酷，和出于这冷酷中的母性之爱的伟大"；说许钦文写乡土文学之前，已被故乡所放逐，"他只好回忆'父亲的花园'"，"也能活泼的写出民间生活来"；说王鲁彦作品的题材和笔致也是乡土作家，"他所烦冤的都是离开了天上的自由的乐土"，因为太冷静，往往化为冷话，失掉了人间的诙谐，但仍然"闪露着地上的愤懑"；说黎锦明的作品"很少乡土气息，但蓬勃着楚人的敏感和热情"，"也能精致而明丽地说述儿时的'轻微的印象'"。鲁迅把他们称为"侨寓文学的作者"，意思是说他们进了北京等大城市，仍然怀着乡愁，用笔去写自己积存的胸臆。如果我们读读这些作家的作品，它们大都是作者家乡生活的散记，儿时少时回忆的杂页，人物和场景是新鲜的，笔调也各有韵致，却难以说他们筑构一个特定的乡区或少数民族区所独有的较为完整的艺术世界。较为共同的，这些乡土作家大多表现一个进城的知识者在感受新文化影响之后，对家乡的或追慕、或认识、或批判，新思想、新观念、新感受居多，特定的乡土文化如何融进作者的情思，家乡的人事风俗如何形成独立的艺术形态，则显得极为薄弱。鲁迅在这同一篇文章里说，这些侨寓文学的作者"只见隐现着乡愁，很难有异域情调来开拓读者的心胸，或者炫耀他的眼界"，似乎也从一个特定角度，看出他们的不足。

沈从文在这两方面，主体的意识和艺术世界的建造，都存在着超越。他同这些乡土作家的不同，不仅在于他混合着少数民族的血统，这些作家大都是汉族人，而且在于他在湘西一直生活到

---

① 见《鲁迅全集》第六卷，人民文学出版社1958年版。

二十岁，较多的生活经历和丰富的阅历，形成了特有的思想感情，承受了有别于汉族作家、有别于中原文化的特有的湘西文化心态的影响。蹇先艾13岁就离了故乡遵义到了北京，王鲁彦16岁离开了浙江镇海老家到了上海，许钦文也是十多岁离开绍兴来到杭州，至于黎锦明，鲁迅说他"自小就离开了故乡"。沈从文的湘西经历，特别是后六年的当兵生活，在湖南、四川、贵州一带活动，接触到土匪、鸦片走私贩、水手、妓女、士兵、巫医等各种各样的人，学会了他们的语言。有了这个基础，他的湘西题材作品，就不同于家乡回忆的片断或散页，他借助《柏子》《丈夫》《萧萧》《贵生》为代表的短篇系列，《从文自传》《湘行散记》《湘西》等散文系列，《边城》《长河》等长篇系列，《龙朱》《月下小景》等民间传说系列，构筑了一个完整的湘西世界。举凡湘西生活日常出没的人物，士农工商、三教九流，无不纳入他的笔下。许多人拿他的笔下的湘西世界同福克纳描写的美国南方世界作比较，拿他描写的沅水流域同高尔基的伏尔加河流域作比较，就包括艺术世界的完整性这一层意思。

一个人如何受他所属民族、所属地域的影响，反映特定群体的情绪，需要认真讨论。马克思主义为了自身的丰富和发展，完全可以吸收包括人类学在内的许多学派，从社会经济、自然环境、传统习俗、文化心态的综合因素对这个问题加以研究。马克思说："历史的每一阶段都遇到有一定的物质结果、一定数量的生产力总和，人和自然以及人与人之间在历史上形成的关系，都遇到有前一代传给后一代的大量生产力、资金和环境，尽管一方面这些生产力、资金和环境为新的一代所改变，但另一方面，它们也预先规定新的一代的生活条件，使它得到一定的发展和具有特殊的性质。"[①] 这些话对此作了轮廓的说明。从这种宏观综合的视角出发，

---

① 《马克思恩格斯全集》第八卷第43页。

我们可以吸收荣格的"集体无意识"的理论。他强调艺术家更是"集体的人",强调"集体的无意识成为一种活的经验,并被用来影响一个时代的意识观点",说"不是歌德创造《浮士德》而正是《浮士德》创造了歌德",而且,《浮士德》只有德国人才能写出来。这从一个侧面说明了特殊的文化心态对一个人的影响。历史上,湘西文化如何受到中原文化的挤压,湘西人如何面临社会环境和自然环境的双重险恶,在亚细亚文化中的中国文化圈里形成自己特有的小文化圈,楚文化和巫鬼文化在湘西的特殊表现,这一切有待史学家、社会学家进一步研究。苗、土家等少数民族聚居区因为从氏族部落形态脱胎不久,不曾出现中原地区那种成熟了的、烂透了的封建上层建筑和儒家道德观念,这一点是清楚的。沈从文在《湘西·凤凰》里提到的凤凰人的勇敢、团结、民性刚直、浪漫情绪和宗教情绪结合而成的游侠精神,都涉及湘西人的民俗风情和文化心态。他说:"总之,这个地方的人格与道德,应当归入另一型范。由于历史环境不同,它的发展也就不同。"他本人的成长和成熟,他作为作家的艺术修养和对人的看法,不可能不受到这种"型范"的影响。

他在自传和散记里写了一些真实的人物,有武艺高强、重义轻利、和气公道、又鼓励孩子在平时就打架的老战兵,有非常斯文的"姓文的秘书",有动辄打斗、又淳厚得可爱的虎雏,码头的水手诚实而又多情,妓女泼辣又不失钟情,有年轻时好撒野、后来又一改劣迹的戴水獭皮帽的朋友,就连土匪出身的大王、毒辣而又标致的女妖,也显得坚实强悍,视死如归。另外,那些无姓无名的麻阳人,"面目精悍而性情快乐,作水手的都能吃,能做,能喝,能打架","善唱歌、泅水、打架、骂野话。下水时如一尾鱼,上岸接近妇人时像一只小公猪",真是世相奇丽,人生多方。沈从文在自己的经历中,将这一切加以梳理提取,形成了前面说的他特有的"自然人"观念。我们姑且把它称之为"乡下人"的看人标准，或者叫"湘西情绪"。它往往不从政治上分辨人，而从健康的生活，从生存于世间的义与利、善与恶、勇敢与怯懦加以取舍褒贬。这种"湘西情绪"使他进城数十年，乃至白发皓首，仍然未改初衷。在《〈篱下集〉题记》里，一开始写了"在都市住上十年，我还是个乡下人。第一件事，我就永远不习惯城里人所习惯的道德的愉快，伦理的愉快"之后。他就说：

> 我崇拜朝气，欢喜自由，赞美胆量大的，精力强的。一个人行为或精神上有朝气，不在小利小害上打算计较，不拘拘于物质攫取与人世毁誉；他能硬起脊梁，笔直走他要走的道路，他所学的或同我所学的完全是两样东西，他的政治思想或与我的极其相反，他的宗教信仰或与我的十分冲突，那不碍事，我仍然觉得这是个朋友，这是个人。①

这是沈从文同当时其他乡土作家不同之处。他正是带着这种情绪去描绘湘西的人生图画，编写湘西的社会与历史。

（二）"偶然+情感"的"人学"模式

沈从文在小说《第四》里提到"理论的失败在事实的特殊"。这句话，在一方面，给人以忽视理论的印象，另一方面，它又道出了抽象的理论在丰富的事实面前总是苍白的这样一个侧面。它和我们经常引用的"理论是灰色的，而生命之树长绿"这一句话含有同一个意思。

然而，一个人不能离开理论，正如一个人不能离开实际一样。对于僵死的、教条的理论，人们总是自称不信任，实际，它反衬出在另一面，他总是遵循和信仰另一种理论，哪怕是一种未成型

---

① 《沈从文文集》第十一卷第33页。

的、未加条理化的理论。沈从文接触到当时国内的以及从国外传来的众多流派和理论,他没有专门发文章去支持或反对哪一种流派和理论,但又加以吸收,创造并抽象出自己的创作主张。对于"人"这样一个创作的中心问题,他作了这样的论述:

> 我们生活中到处是"偶然",生命中还有比理性更具势力的"情感"。一个人的一生可说即由偶然和情感乘除而来。你虽不迷信命运,新的偶然和情感,可将形成你明天的命运,决定他后天的命运。①

包括人在内的一切事物都是个别与一般的统一,偶然与必然的统一,已经是人们普遍接受的观念。列宁在《谈谈辩证法问题》中说:"对立面(个别跟一般相对立)是同一的:个别一定与一般相连而存在。一般只能在个别中存在,只能通过个别而存在。任何个别(不论怎样)都是一般。任何一般都是个别的(一部分,或一方面,或本质)。任何一般只是大致地包括一切个别事物。任何个别都不能完全地包括在一般之中,如此等等。"在谈到这种个别与一般的关系时,他接着又说:"这里已经有偶然和必然、现象和本质","而自然科学则向我们揭明(这又是要用任何极简单的实例来揭明)客观自然界也具有同样的性质,揭明个别向一般的转变,偶然向必然的转变,对立面的转化、转换、相互联系"②。这是列宁总结并加以明确的从亚里士多德到黑格尔的关于事物对立统一的辩证法思想。

这个思想反映在文学上,反映在人物和典型的塑造上,就是个性与共性、偶然与必然的问题。然而,这个问题在文学理论上

---

① 《沈从文文集》第十卷第267页。
② 《列宁选集》第二卷第713、314页,人民出版社。

第八章 孤独求索、辛勤奉献的一生

又是长期争论，在创作实践上难以很好处理的问题。有时，在观念上对它们之间的关系理解比较公允、周全、辩证，一遇到实际的人物构思和人物评论，又容易陷入某种偏颇和机械。出现在苏联、并影响到中国的文艺创作（特别是苏联三十年代提出"社会主义现实主义"前后一直到五六十年代）的实际情况是怎样的呢？应该说，重视人物的共性和必然性一直占有较为主导的趋势。不是说完全地、绝对地，而是基本上、经常性，把人物的共性、必然性强调到一个首要的位置。出现这种现象的原因很多。有反对西方自然主义、非理性主义的需要，也有外部社会环境的影响。在阶级斗争激烈和战争爆发时期，对人与人际关系的观察取向常从阶级本质、社会本质着眼，这是很自然的。一个时期，我们相当流行并引述高尔基的"为着要近于正确的去描写一幅工人、神甫、小商人的肖像，必须好好地仔细去看其他的千百个工人、小商人、神甫"的话，在理解中也多多少少忽视了人物的个性、偶然性。这是一个时期出现的带有普遍性的现象，对这种现象很难去求全责备。文学发展大概也是沿着"之"字路行进，如同一个人走路要一左一右分别迈出一只脚。

而且，这种偏重人物的共性、必然性的创作方法，也有它的优势。它容易切入人的社会本质。在激烈的政治斗争时期，把文学作为战斗工具之一，这本是文学的重要职能之一。特别是赞成这种创作主张的人，如果有丰厚的生活积累作基础，有艺术激情作内驱力，无疑可以创作出优秀的作品。

艺术的真谛同出一源，创作的路子可以多种多样。但是，当某一种创作主张和创作路子，成为一种态势，竞相模仿，甚至让它涵盖一切的时候，当忽视题材、文体的特性，作家的独立的、多样的追求受到不应有的干预的时候，事物的弊端也就出现了，或者因此而出现了。

在文学的个性与共性、偶然与必然的调节上，重视哪一方面，从哪一方面入手，大作家的做法和主张也不一致。歌德谈过这一点。他在编辑他和席勒的通信集时写道："诗人究竟为一般而找特殊，还是在特殊中显出一般，这中间有一个很大的分别"。他指出这是席勒和他的区别所在。歌德批评席勒的包括《华伦斯坦》在内的长篇剧作，认为"席勒对哲学的倾向损害了他的诗，因为这种倾向使他把理念看到高于一切自然，甚至消灭了自然"。尽管如此，歌德对席勒的剧作的某些场面"感到惊赞"，认为《华伦斯坦》里可以"看到一些伟大的人物形象"，给人"意想不到的深刻印象"。席勒这种从一般出发，用特殊作一般的一种例证的写作方法，借助他本人的其他优势，仍然使席勒成为伟大的作家。然而，歌德还是坚持他自己的从特殊入手，从特殊显示一般的方法。歌德说："我知道这个课题确实是难，但是艺术的真正生命正在于对个别特殊事物的掌握和描述。此外，作家如果满足于一般，任何人都可以照样模仿；但是如果写出个别特殊，旁人就无法模仿，因为没有亲身体验过。"[1] 这就引起了后来马克思比较莎士比亚和席勒时，推崇"莎士比亚化"，而批评"席勒式""把个人变成时代精神的单纯的传声筒"，以及恩格斯所强调的"我们不应该为了观念的东西而忘掉现实主义的东西，为了席勒而忘掉莎士比亚"。

沈从文对人物的"偶然"的重视，也就是对人物的个别、个性的重视，即不是从一种概念、观念、一般、普遍性、必然性出发，而是着眼于人物的偶然表现的千姿百态、千差万别，既指同一类人物的不同个体的偶然形态，也指同一个体的各种偶然表现。他总是劝有志于写作的人，"从社会那本大书来好好的学一学人生，看看生命有多少形式，生活有多少形式"[2]。他在西南联大教

---

[1] 朱光潜译《歌德谈话录》第282、13、14、10页，人民文学出版社1980年版。
[2] 《沈从文文集》第十一卷第3—4页。

创作，经常说的一句话是："要贴到人物来写。"① 意思是从人物实际出发，不能由作者主观编排。他的学生汪曾祺把人物对话写得美一点，有诗意，有哲理，他就说："你这不是对话，是两个聪明脑壳打架！"

有时，对于自己在经历中遇到的各种奇特复杂人物，那些奇异地混合着卑劣与真诚、恶行与美德、魔鬼与强悍、罪恶与善行的人物，他不是用社会分析、阶级分析将他们筛掉，或者作简单的归类，而是面对人生的这种五光十色，感到耀眼炫目，表现出好奇求知，一心要捕捉这种特殊，也就是他说的想去"明白在用人生为题材的各样变故里，所发生的景象，如何离奇如何炫目"。读他的作品，里面所描写的人物和景象，常常感到新鲜，一种透露出生活原生态的真实，不是产生那种想当然的似曾相识的感觉。

沈从文的笔下出现了许多农村青年女子，正是凭借对她们的个性和偶然性的把握，展现了她们不同的命运。比较突出的例子是萧萧这个形象，作者用五次偶然变故的描写把人物的特殊命运确定了。她同花狗恋爱、怀上孕后，本想收拾东西逃走，结果被家里人发觉留下了；投水，吃毒药，都想过，还是因为年纪小，没有做成，活下来了；家里人要面子，想"沉潭淹死她，舍不得就发卖"，因为伯父不忍心，打算让她改嫁，陪夫家一笔钱；伯父让她上路，她拉伯父衣角不放，只是幽幽地哭，算是又留下了；一直等主顾来看人，到第二年居然生下一个儿了，"团头大眼，声响洪壮"，家里人欢喜那儿子，她又不嫁别处了。经过这前后五次，她算是保留下来了，同长大了的丈夫圆了房。等生下的那个儿子长到十二岁，接了一个年长六岁的媳妇，唢呐响起办喜事时，"这一天，萧萧抱了自己新生的月毛毛，却在屋前榆蜡树篱笆看热闹，同十年前抱丈夫一个样子"。她只能在树篱的一角偷看自己的

---

① 《汪曾祺自选集》第 101 页，漓江出版社 1987 年版。

私生子成亲，这是一种何等孤寂的命运！一个成熟的作家，抓住了人物的偶然，就不必担心失去必然，写出了一人物的个别，就不必担心脱离一般和共性。歌德在阐明艺术的真正生命在于对个别和特殊的掌握和描述之后，又说："你也不用担心个别特殊引不起同情共鸣。每种人物性格，不管多么个别特殊，每一件描绘出来的东西，从顽石到人，都有些普遍性；因此各种现象都经常复现，世间没有任何东西只出现一次。"后来，更明确地说："诗人应该抓住特殊，如果其中有些健康的因素，他就会从这特殊中表现出一般。"①

沈从文谈到作家进行创作，也讲到偶然和情感如何影响到一个作家的作品的内容和形式："你偶然遇到几件琐碎事情，在情感兴奋中黏合贯穿了这些事情，末了就写成了那么一个故事。""别说你'能'作什么，你不知道，就是你'要'作什么，难道还不是由偶然和情感乘除来决定？"② 如果把以上一切综合起来，这种"偶然"和"情感"对一个作家的重要性，换成通常的文学理论述语，就是要求作家重视个别、特殊，从真实人物的遭际和命运出发，同时，作家又必须燃烧起感情，用美感或审美感情去发现和创作他的人物。

假如说，对于一个人物的偶然与必然、个性与共性、情感与理智，一个社会科学家容易注重后者，一个艺术家容易看重前者，这乃是常理。沈从文在创作上的这种"偶然+情感"的"人学"主张，和我们习见的许多理论表述不同，有益于我们的创作，给我们以新的启发。作者是从艺术的特点和切入点着眼的，无意排斥一般与必然，否定理性与意志。就在他提出这种意见的《水云》一文的后面，他就谈到从"偶然"中发现"神性"，通向"生命

---

① 朱光潜译《歌德谈话录》第10、90页，人民文学出版社1980年版。
② 《沈从文文集》第十卷第273页。

的庄严"。作者对偶然与情感的重视与同时要通过理性与意志去完成，是不矛盾的。作者说："恰恰如我一切用笔写成的故事，内容虽近于传奇，由我个人看来，却产生于一种计划中。"① 拿他的《八骏图》和《边城》为例，作者注重人物的情感和偶然，他让达士被情感和性所驱使，终于在海上迟留了下来，让二老外出，翠翠陷入纷乱的感情之中，这一切，又显示了生活的必然，达士是在揶揄别人之后走向了自我揶揄，翠翠的命运也抛掷在湘西社会的风雨飘摇难以逆料的境遇中了。另外，沈从文要求作家"能从一般平凡哀乐得失景象上，触着所谓'人生'"②，在《情绪的体操》一文③中，讲到情绪既是"属于精神或情感那方面的"，又必须学会"控驭感情""运用感情"，不是面对个别事物"消化不良"，而是"消化消化"，使文字"有热有光"，这些都是说得很清楚的。

（三）借鉴"空间艺术"，发掘文学的"无言之美""无言之教"

沈从文谈到短篇小说向中国传统学习的时候说："我说的传统，意思并不指从史传以来，涉及人事人性的叙述，两千多年来早有若干作品可以模仿取法。"他说的传统主要指艺术品，特别是那些划作空间艺术的门类。他作如下具体说明：

> 艺术品的形成，都从支配材料着手，艺术制作的传统，即一面承认材料的本性，一面就材料性质注入他个人的想象和感情。虽加人工，原则上却又始终能保留那个物性天然的

---

① 《沈从文文集》第十卷第 279 页。
② 《沈从文文集》第十二卷第 126 页。
③ 《沈从文文集》第十一卷。

素朴。明白这个传统特点我们就会明白中国文学可告作家的，并不算多，中国一般艺术品告给我们的，实在太多太多了。①

接着他举绘画、雕刻等造型艺术和以石、铜、玉、瓷、漆为材料的艺术品的制作。他说，"作者在小小作品中，也一例注入崇高的理想，浓厚的感情，安排得恰到好处时，即一块顽石，一把线，一片淡墨，一些竹头木屑的拼合，也见出生命洋溢"。他还提到宋元以来的中国画，无论是人物画，还是花鸟画，"什么地方着墨，什么地方敷粉施彩，什么地方竟留下一大片空白，不加过问。有些作品尤其重要处，便是那些空白处不著笔墨处，因比例上具有无言之美，产生无言之教"②。他认为精美砚石和优秀短篇小说的制作心态约略相同，不同的是材料，一为石头，一为人生，全靠作者的"匠心独运"。

沈从文创作的一大特点是，对人事景物从空间角度进行艺术摄取的能力强，特别敏锐。按莱辛在《拉奥孔》的区分，画描绘空间物体，诗叙述时间承续动作，画诉诸视觉，诗诉诸听觉，画表现物体静态，诗适于再现动态，这也就是通常我们说的空间艺术和时间艺术的主要区别。沈从文谈到小说创作，不着意于中国史诗、中国文学的影响，而重视空间艺术的造型艺术和工艺品，这是耐人寻味的。一方面，看出他艺术追求的特点，他本人如朱光潜所说，"不只是个小说家，而且是个书法家和画家"，文章风格"受到他爱好民间手工艺那种审美敏感的影响"；同时，也见出现代艺术的空间意识的加强，及其在文学上的影响。现代艺术在小说创作的一个表现是，不十分重视人物的单一线型结构，不强调人物故事的始末，认为人物情节的因果律和结构的时间顺序有强加作者主观意图之嫌，觉得这样安排容易引起"道德训诫"，影

---

① ② 《沈从文文集》第十二卷第 124—126 页。

响读者在纷繁人事中进行自我发现和独立创造。现代小说较普遍是着重"展示",而不是"说明"。法国克洛德·西蒙建议"把现代小说当作绘画来看"。沈从文也把作家同画家相比,说明他们观察生活的包容性,他说,一个创作者"走出门外去,他又仍然与看书同样的安静,同样的发生兴味,去看万汇百物在一分习惯下所发生的一切。他并不学画,他所选择的人事,常如一幅凸出的人生活动画图,与画家所注意的相暗合"[1]。说他重视空间的艺术摄取视角,不是说不注意文学以文字为工具表现动作连续这一优势。他要表现的"人事哀乐",当然离不开情节的时间顺序。这里,无意说他处理一个短篇小说就等于处理一幅静态空间绘画。也许,从加强空间意识的角度去理解,比较恰当一些。这与他幼时"不想明白道理却永远为现象所倾心"的艺术性格有关,与他的艺术布局上追求无言之美、无言之教有关系。他推崇契诃夫"写作的态度和方法",觉得"契诃夫等叙事方法,不加个人议论,而对人民被压迫者同情,给读者印象鲜明",觉得"屠格涅夫《猎人笔记》,把人和景物相错综在一处,有独到处"[2],与此也是相通的。

他最早写的《市集》,完全是一幅乡场赶集平面图。各种买卖,各色人等,由点到面,由局部到全景,最后到散场,尽收眼底。这种写法,好像羼时间,把自然和人生的纷繁景象一览无遗,羼时间,又为空间排列的景象所吸引所留驻,羼时间,又洞悉它们的过去与未来,为眼下的色彩斑斓的生活所打动。徐志摩称赞:"这是多美丽多生动的一幅乡村画。"他1946年加以重写的《雪晴》,不同前后联系也可以独立成篇。里面主要是两个场面,可以称作两幅画:头一天来到高视的见闻,第二天雪晴的晨景。没有主要人物主要故事,有的是接待客人的老太太、大姑娘,办喜事

---

[1] 《沈从文文集》第十一卷314页。
[2] 《沈从文谈自己的创作》,见《中国现代文学研究丛刊》1980年第4期。

的唢呐声，早晨雪地的狐兔鸦雀脚迹，以及斑鸠咕咕声。全篇没有着意安排的主题思想，读者却从主人公年满十八岁的这次境遇中，感受到乡间冬日的生命多方，那人间万物是那么一派生机、清新诱人。《八骏图》很明显，完全是在空间上展开，像八幅人物漫画的拼贴。《湘行散记》可以说是回乡散记的组合，里面以记一个戴水獭皮帽子的朋友始，以"滕回生堂今昔"终，保持一种空间旅行的绘画结构。最后一篇，滕回生堂的牌号不见了，老板干瘦如猴，市面萧条，店铺冷落，往日繁荣的桥上一带被烟馆和烟具铺充斥，它从逻辑上同前面的故事不发生承续关系，却从绘画结构上彼此勾连，预示着湘西社会在内忧外患中日益衰败。

夏志清推崇沈从文是"中国现代文学中最伟大的印象主义者"，说他"能不着痕迹，轻轻的几笔就把一个景色的神髓，或者是人类微妙的感情脉络勾画出来"，说他最能表现长处的，是"他那种凭着特好的记忆，随意写出来的景物和事件"[①]。实际上，就他的艺术修养的特长来说，"印象主义"就是对空间人事景物的特有的摄取能力，能见人之所未见，感人之所未感，在描写中显示"无言之美"的魅力。夏志清称赞的《静》，主要是两个场面、两个画面的绝妙处理：一是晒楼上的风景，一是母亲的病房。小说从女儿岳珉的视角出发，写父子在外从军，一家人逃难淹留在一个小城里，进退不得。在母亲病房里，病人咯血，岳珉想去看看痰盂，母亲阻止她："珉珉你站到莫动，我看看，这个月你又长高了！"女儿说长得"像竹子"，"人太高了要笑人"。她们诉说各自的梦，梦到全家上了船，又念盼着北京的信。晒楼外面，却洋溢着大自然的生机，天上大小风筝，河水又清又软，菜园、小庙、大绿坪和各种颜色的花，还有黄马白马。这两个场面的连接处，是晒楼上的小孩北生看见马跑了，大声喊姨，马上又掩嘴，担心

---

① 夏志清原著《中国现代小说史》（刘绍铭等译）第177页，友联出版社1979年版。

影响屋里的病人；病房的翠云丫头一上晒楼就喊"看新娘子骑马""大风筝跑了"，也会吵到屋里。末了，家人都睡着了，翠云丫头却偷偷用无敌牌牙粉当成水粉擦脸，岳珉听到拍门，以为父亲哥哥回来了。"可是，过一会儿，一切又都寂静了"。作品用晒楼的美好风光，反衬出家人的悲戚，主要人物岳珉想去上海求学，却同全家一起陷入这无望的淹留中，母亲、姐姐、嫂子、侄子和丫头，又将在相濡以沫的寂静中眼看着一天的天井的日影慢慢移动。

（四）多方吸收，拓展文学美的多样化途径

沈从文爱读杂书，也提倡别人读杂书。据汪曾祺说，他在西南联大教书时有很多书，"除了一般的四部书、中国现代文学、外国文学的译本，社会学、人类学、黑格尔的《小逻辑》、弗洛伊德、亨利、詹姆斯、道教史、陶瓷史、《髹饰录》《糖霜谱》……兼收并蓄，五花八门"[1]。金介甫把沈从文作品中提到的外国作家和他读过的作家作品，列了一个名单，有契诃夫、屠格涅夫、托尔斯泰、果戈理、高尔基、福楼拜、莫泊桑、都德、法朗士、纪德、易卜生、狄更斯、卡莱尔、歌德、尼采、王尔德、安徒生、乔伊斯、詹姆斯，还有泰戈尔、杜威、罗素、卢梭、丁·鲁滨逊、安格尔、克伦、弗里契、菲尔格林等等。他不懂外文，能接触到这样多外国作家的作品，对于解放初头二三十年的中国作家，不仅难以想象，就是在开放改革之后，这份名单对于一个作家的读书范围来说，也是不可多得的。他在1925年就提到"潜意识"。他从林宰平那里学到柏格森的生命哲学，从聂仁德姨父学到达尔文的生机论、地方自治和宇宙论，从丁西林、许地山学民俗学、人类学、心理学，从周作人、张东荪那里接受了性心理学和精神分析的观点，还吸收了西方变态心理学的某些理论。

---

[1]《汪曾祺自选集》第103页，漓江出版社1987年版。

同时，我们又看不出他在著作里专门介绍和崇奉哪一派学说，而是尽力做到融化吸收。他提倡一个"忘"字，对于他教的学生，那些搞文学创作的学生，作这样的表示："我要他们先要忘掉书本，忘掉目前红极一时的作家，忘掉个人出名，忘掉文章传世，忘掉天才同灵感，忘掉文学史提出的名著，以及一切名著一切书本所留下的观念或概念。"① 读了是不会"忘"的，真正做到"忘"了，也就真正做到"化"了，不是机械照搬。

在创作上，他着重提到的有契诃夫、屠格涅夫、莫泊桑。研究者说他从鲁迅、郁达夫学了不少东西。对于卢梭的《忏悔录》，他也很有兴趣。卢梭以富于情感的文字和真实坦诚、自我暴露的作风，影响整个近代世界文学。他从"乡下人"的个性出发，学习传统和外国，形成自己特殊的文学语言，有时极口语化，状写人物语言极佳，自我表述时又如抽不断的丝线，随思绪和感情的波动而宛转流泄。聂华苓推崇苏雪林在论文中对沈从文作品的评论："文字虽然很有疵病，而且还不肯落他人窠臼，永远新鲜活泼，永远表现自己。他获到这套工具之后，无论什么平凡的题材也能写出不平凡的文字……句法短峭简练，富有单纯的美……造语新奇，有时想入非非，令人发笑……"② 他的《如蕤》看出变态心理学的影响，《八骏图》里有弗洛伊德的精神分析。学习现代派，借鉴人类学，发现那种原始的非伦理的活力，我们从他的一些湘西题材作品看到类似之处。达尔文、柏格森的观点也融进了他的某些哲理散文。这一切，又消化融汇，了无踪迹。

他对文学美的拓展，在文学对现实的审美关系的多样化途径方面所做的试验，是从"情感""情绪""抒情"上入手的。在他

---

① 《沈从文文集》第十一卷第39页。
② 聂华苓《与自然融合的人回归自然了》，《长河不尽流——怀念沈从文先生》第298页，湖南文艺出版社1989年版。

看来，文学是一种"抒情"，或"情绪的体操"。这可以从两方面看：作家的创作，读者的欣赏。作家的对象极为广阔，太空星云，人生景象，都是作家的审美之源、写作之源，不要特别加以范围。他对文学巨匠的理解，也是从审美的敏感和广博方面着眼，不是仅仅范围在现实主义、社会本质的评价上。他说，包括人在内的宇宙造物、流星闪电都显示一种美丽圣境，"凡知道用各种感觉捕捉住这种美丽神奇光影的，此光影在生命中即终生不灭。但丁、歌德、曹植、李煜，便是将这种光影用文字组成形式，保留的比较完整的几个人"[①]。他自己写了《牛》《顾问官》《贵生》《长河》这样一些思想性强的现实主义作品，也在人生疾苦之外，就人生存于世界的各种感受作过抒发，产生过从"云空中，读示一小文"的遐想。他是从审美的深广内容出发去要求文学，不只是以人生的某个方面去谈论文学美。有时，甚至觉得为了表现一种"抽象美丽印象"，文字之外，还有绘画、数学和音乐等更好的手段。另外，从读者的需要出发，也提到文学的多样化。他说："我们还是有如下事实，可以证明生命流转如水的可爱处，即在百丈高楼一切现代化的某一间小小房子里，还有人读荷马或庄子，得到极大的快乐，极多的启发，甚至于不易设想的影响。又或者从古埃及一个小小雕刻品印象，取得他——假定他是一个现代化大建筑家——所需要的新的建筑装饰的灵感。"[②] 另一处，他还说："两千年前的庄周，仿佛比当时多少人都落后一点"，但是，"到如今，你和我读《秋水》《马蹄》……"[③] 可见，读者对文学的需要，不同于政党对于政纲的需要，精神的需求不同于政治的需求。

[①] 《沈从文文集》第十一卷第 277 页。
[②] 《长河不尽流——怀念沈从文先生》第 2 页，湖南文艺出版社 1989 年版。
[③] 《沈从文文集》第十卷第 60—61 页。

自然，在这些多样化的实践和主张里，沈从文有时偏离当时社会的主导需要，极力摆脱文学与政治的关系，特别在那种"枪声就是命令"的特殊时期，沈从文表现了自己的局限性。但是，值得注意的是，沈从文不是为艺术而艺术的拥护者，他反对"腐烂民族感情糟蹋民族精力的消遣文学"，他是在执着文学为人生的原则下试验他的多样化主张的。他在《新文人与新文学》一文中谈到文学家与社会的关系有三点：现代文学不能同现代社会分离；文学要注意社会，要在作品中"表示他的意见同目的，爱憎毫不含糊"；文学家贡献社会的应是作品。尽管他不能把革命斗争需要突出出来，不能把反映社会本质时代发展加以强调，但他的文学同社会联系的宽泛主张，他的多样化见解，仍然在另一个侧面有补于、有益于我们的文学事业。他本人的文学创作是新文学的一笔重要财富，那么在今天，在以经济建设为中心的开放改革时期，他的这些意见更能给人以新的启发了。

他是在读现实一本"大书"的同时又读书案上的一本"小书"，在对于书案上的古今中外各种书籍都注意消化吸收的情况下，提出他的文学美的多样化主张的。他的如下一段话对我们如何以通达的眼光看待这种现象，也是有启发的：

> 事实上如把知识分子见于文字、形于语言的一部分表现，当作一种"抒情"看待，问题就简单多了。因为其实本质不过是一种抒情。特别是对生产对斗争知识并不多的知识分子，说什么写什么差不多都像是即景抒情，如为人既少权势野心，又少荣誉野心的"书呆子"式知识分子，这种抒情气氛，从生理学或心理学说来，也是一种自我调整，和梦呓差不多少，对外实起不了什么作用的。随同年纪不同，差不多在每一个阶段都必不可免有些压积情绪待排泄，待疏理。从国家来说，也可以注意利用，转移到某方面，因为尽管是情绪，也依旧

可说是种物质力量。①

三、从文学角度看文物研究

解放后，沈从文改行文物研究。仅 1953 年前后，就清点文物 80 万件，在中国历史博物馆长期工作，研究的文物涉及丝绸，陶瓷，玉器，铜器，漆器，字画，服饰等各个门类，具体物件有镜子、扇子、鞍子、家具、剪纸乃至人的胡子、髻子等等。文物研究之杂，实难有人比肩。然而，如果我们看看他早在 1931 年写的《从文自传》里的如下一段话，就可以看出这一切固然是由于遭遇机缘，又实非绝对偶然了。当时，他任陈渠珍的书记，接触了宋元明清旧画、大量铜器、古瓷、大批碑帖古书，外加一部《四部丛刊》。他写道：

> 这就是说，我从这方面对于这个民族在一段长长的年份中，用一片颜色，一把线，一块青铜或一堆泥土，以及一组文字，加上自己生命作成的种种艺术，皆得了一个初步普遍的认识。由于这点初步认识，使一个以鉴赏人类生活与自然现象为生的乡下人，进而对于人类智慧光辉的领会，发生了极宽泛而深切的兴味。②

可以说，他的前半生的文学创作和后半生的文物研究，都是源于他的艺术个性，源于他的经历，实属同一个艺术家生命流程

---

① 《抽象的抒情》（遗作），见《长河不尽流——怀念沈从文先生》，湖南文艺出版社 1989 年版。
② 《沈从文文集》第九卷第 215 页。

中的两条支流。他用自己的生命，或用文字去创建一个艺术世界，或去研究那颜色、丝线、青铜、泥土、木石所组成的物质文化世界、物质艺术世界。

考察沈从文的文物研究，是研究沈从文文学思想不可或缺的。

(一) 用文学家、艺术家的眼光去鉴赏文物

他初住北京，就把琉璃厂看成古代人文博物馆，把前门大街看成近代人文博物馆，爱好搜集古瓷。在昆明教书，爱逛地摊，搜集耿马漆盒。在历史博物馆工作期间，他的助手和研究员王亚蓉说："他天天在陈列室、库房文物堆中转来转去，对万千种文物一一细加探究。"支持他这种精神持久不衰的，主要是作为一个文学家、艺术家的审美感情。他经常赞叹那文物海洋中所展示的人的生命的创造才能和艺术光华。假如说有一些考古专家常常容易以物见物，较多拘限于文物的实用功能、历史价值，沈从文首先是以艺术家的敏锐眼光，从审美上把握一件文物，然后伴之以科学考察。他的学生杜运燮回忆说，他讲到某种文物，"一时兴奋，常用的感叹词是'米（美）极了'，'真米（美）呀'"，给人一种"愉快的享受"[①]。

龙凤图案成为我们民族最常见的艺术图案，历来也龙凤并称。特别是龙，宋代的绘画，磁州瓷瓶子上的墨绘和剔雕，唐代的铜镜，曲阜孔庙的盘龙石柱，明清的龙蟒袍服，天安门的华表，都有它的形象。但是，沈从文发现龙凤"在历史发展中似同而实异"，前者体现封建权威，后者日益亲近人民群众。他得出这个结论，有一些就要凭借艺术家眼光。其一，有关龙的神话是史记所记黄帝传说，鼎湖丹成乘龙升天，群臣也攀龙髯上天。关于凤的故事是萧史吹箫引凤，和弄玉一同跨凤上天。因此，他说："同是

[①]《长河不尽流——怀念沈从文先生》，第212页，湖南文艺出版社1989年版。

升天神话传说，前者和封建政治结合，后者却是个动人的爱情故事。"其二，南方各地小县城，都有龙王庙，龙王成了封建神权政治的象征，"乱用龙的图案易犯罪，乡村平民女子的鞋帮或围裙上都可以凭你想象绣凤双飞或凤穿牡丹，谁也不敢管。至于赠给情人的手帕和包兜，为表示爱情幸福，绣凤穿花更加常见"。其三，从艺术成就而言真，由于凤的形象日益为群众所喜爱，受到民间艺人和妇女的精心创造和哺育，"龙穿花总近于勉强凑合，凤穿花却作得分外自然。论成就，还是凤穿花值得学习"，五色笺纸和刺绣上的凤穿花作品，就是明证[1]。这些见解，明显看出他评论神话传说的眼力，积累了他生活和经历中的敏锐观察，以及评品文物和工艺品的艺术能力。

他考察唐代铜镜，就在实物研究中参与了文学家的想象。从总体上，他看到唐代物质文化的共同特点："唐代物质文化反映于各部门，都显得色调鲜明、造型完美，花纹健康而又活泼，充满着永久青春的气息。"唐人铸镜，沿袭汉代多在五月五日这一天，又因八月五日是唐玄宗生日，定名"千秋金鉴节"，这一天全国都铸造镜子。他断定"唐镜中比较精美的鸾衔长绶镜、飞龙镜和特别加工精致的金银平脱花鸟镜、螺钿镜，大多完成于开元天宝二十余年间"，下面，他放开了自己的想象："唐代社会重视门阀，名家氏族，儿女婚姻必求门当户对；但是青年男女却乐于突破封建社会的束缚，来满足爱情热情。当时人常把它当作佳话奇闻，转成小说诗歌的主题。镜子图案对于这个问题虽少直接表现，但吹笙引凤、仙人乘龙、仙女跨鸾、以及花鸟镜子中的鸂鶒、鸳鸯、鹡鸰，口衔同心结子，相趁相逐的形象，就同诗歌形容恋爱幸福和爱情永不分离的喻义相同。镜子铭文中，又常用北周庾信五言诗，及隋唐人拟苏若兰织锦迥文诗，借歌咏镜中人影，对于女性

---

[1] 以上引语参见《龙凤艺术》第66—73页，作家出版社1960年版。

美加以反复赞颂。"①

到了晚年的巨著《中国古代服饰研究》，在写法上，他就自称："总的看来总具有一个长篇小说的规模，内容却近似风格不一分章叙事的散文"，而且，"总的说来，这份工作和个人前半生搞的文学创作方法或仍有相通处"②。这里所说的创作方法相通处，就是指的唯物求实，同时加入作者的想象和感情。他在"唐代船夫"一节的"图六二据敦煌壁画摹本绘"的下面，接着写道："图中两个戴笠子著短衣纤夫，正在拉船上滩。在唐代，真正的短衣，是首先在这类不分寒暑长年从事繁重体力劳动的人民身上出现的。"他引白居易的《盐商妇》作比较：

　　……这种"不事田农与蚕绩"的商人妇，寄生在封建社会里，总是穿戴得花花绿绿，保养得白白胖胖，丰衣美食，过着极其自在逍遥的剥削生活。船夫身子和盐商虽同在一条船上，同是"风水为乡船作宅"，生活苦乐可相隔天远。他们不论严寒酷暑，风晴雨雪，长年累月和恶浪伏流搏斗……至于黄河三门峡地区船夫沉重而危险的负担，据《唐史·食货志》关于漕运部分记载，更远比一般水边驿运船夫惨剧。每天有成千上百船夫背纤上行，两旁崖石锋利如刀，每遇崖石割断竹缆，船夫必随同坠崖，断颈折臂，死亡相继。③

读到这里，读者如果对照他过去写湘西船夫的散文和小说，就有似曾相识之感。只是一写唐代船夫，一写湘西现实船夫，他们千百年来，命运相同，作者在字里行间所充注的感情，也大致一样。

---

① 《唐宋铜镜》第4—5页，中国古典艺术出版社1958年版。
② 《中国古代服饰研究引言》，商务印书馆香港分馆1981年版。
③ 《中国古代服饰研究》，商务印书馆香港分馆1981年版。

他在介绍清代苗族服饰时，谈了蜡染工艺，谈了蓝青色或五彩兼施的秀美花纹。在苗族男女吹芦笙跳月的《皇清职贡图》下，作了如下描述："遇跳月期，青年妇女必盛装参加，首饰多用白银做成。又习惯于胸前加一特别经心做成的绣件，作为纪念，有重叠到一二十层的，可说明本人已参加跳月年数。年轻男女吹芦笙跳月的风俗习惯，至今犹保存于贵州苗族居住区，成为每年盛会。芦笙式样，和近年湖南战国楚墓出土实物形制还相差不多。"①

这段妇女装饰的描写，使人自然联想起《湘西》如下一段烟雨中妇女服饰的素描：

> 这些女子一看都那么和善，那么朴素，年纪四十以下的，无一不在胸前上蓝布或葱绿布围裙上绣上一片花，且差不多每个人都是别出心裁，把它处置得十分美观，不拘写实或抽象的花朵，总那么妥帖而雅相。在轻烟细雨里，一个外来人眼见到这种情形，必不免在赞美中轻轻叹息。②

这些服饰研究、文物研究与文学创作相通、相映照之处，使人自然想起，他后半生与前半生的不同职业，实际上受主宰的还是那同一颗心，流动的还是那爱生活、爱民众的同一感情。难怪汪曾祺谈到沈从文研究文物时说："他热爱的不是物，而是人，他对一件工艺品的孩子气的天真激情，使人感动。我曾戏称他搞的文物研究是'抒情考古学'"③。

（二）把文学附和到文物的综合考察中去

沈从文自称是"专搞杂文物研究"，他不像另外一些考古学

---

① 《中国古代服饰研究》第150页，商务印书馆香港分馆1981年版。
② 《沈从文文集》第九卷第357页。
③ 《汪曾祺自选集》第404页，漓江出版社1987年版。

家,专攻古陶器、青铜器、古建筑或书画鉴定。他说:"就工作客观要求讲,专精并不是我的理想,重在博闻约取,结合应用,为社会各方面打杂服务"①。同时,他同各门类的考古专家有交往和交流。他采用的方法就是他所说的"用联系和发展上下前后四方求索方法",即从纵向的上下前后渊源流变,到横向的左右四方的联系影响,来进行考察。他不是对文物进行单一的,而是综合的、整体的研究。他常常把文学研究汇合到这种综合研究中去。

在研究我国丝织的绫罗锦绣时,就可以看出这种综合考察方法。从图案看,他说:"菱形花纹的绫罗,和各种云纹刺绣,多出于战国,和当时漆器、错金银器的花纹,都有联系","虎豹熊罴、麂鹿鸿雁和仙真羽人在云气中进行,都是汉代一般装饰艺术的基本花纹",到了六朝以后,"几种为多数人民所喜爱的花鸟,如花中的莲荷、牡丹、芙蓉、海棠,鸟中的鸳鸯、白头翁、鸂鶒、练雀,也逐渐在锦绣中出现,对于隋唐以后的丝织物图案有重要的影响",接着,他引用唐诗对这种界说,作了证明。他说:"隋炀帝是个非常奢侈的封建帝王,传说运河初开时,乘船巡避江南,就用彩锦作帆,连樯十里。唐诗人咏'隋堤'诗,有'春风举国裁宫锦,半作障泥半作帆','锦帆百幅风力满,连天展尽金芙蓉'语句,一面说明这种荒唐的举措,不知浪费了多少人力物力,一面却可以看到丝织物大量生产,和花纹发展的新趋势"②。唐诗中的"金芙蓉"三字,就被他恰当地用来说明当时的锦绣的图案特色了。

《鱼的艺术》一文实际上是谈文学艺术中鱼的形象。他从公元前二三十世纪西安半坡村陶盆的墨绘鱼形、商代青铜器物鱼形图案,稍后的小玉鱼、鱼形佩玉,到秦汉铜镜、铜盆、铜熨斗的鱼形图案,旁及墓砖双鱼纹,丝绸鱼形图案,指出:"主题象征意义

---

① 见《长河不尽流——怀念沈从文先生》第136页,湖南文艺出版社1989年版。
② 《龙凤艺术》第35—36页,作家出版社1960年版。

第八章 孤独求索、辛勤奉献的一生 | 123

是'有余'。"结合文学作品，他又说："先是战国时文学家庄周，曾写过一篇抒情小品文，赞美过鱼在水中的快乐。公元后二三世纪间，又有一首南方民歌，更细致素朴描写到水池中荷花下的鱼游戏：江南可采莲，莲叶何田田，鱼戏莲叶东，鱼戏莲叶西，鱼戏莲叶南，鱼戏莲叶北。从此以后，'如鱼得水'转成了夫妇爱情和好的形容。但普遍反映于一般造型艺术上，却晚到十世纪左右才出现。"①他从陶瓷、铜器、绘画、丝织刺绣等各门类，"鱼钥""鱼符"等杂文物，一直到民俗的"鲤鱼跳龙门"、养金鱼，考察了鱼这个令人喜爱的形象在中国艺术中的演变和发展，我们民族的审美心态和习惯。这里，只有在历史的、综合的研究中，才能得到全面完整的认识。

此外，他把故事传说同文物研究相结合，了解社会风俗和风气。他考察到汉代一种小型空边镜子，说这种镜子"镜身稍微厚实，铜质泛黑，唯用'见日之光长毋相忘'八字作铭文，每字之间再用二三种不同简单云样花式作图案，字体方整犹如秦刻石。图案结构虽然比较简单，铭文却提出了一个问题：西汉初年的社会，已起始用镜子作男女间爱情的表记，生前相互赠送，作为纪念，死后埋入坟里，还有生死不忘的意思。'破镜重圆'的传说，就在这个历史阶段中产生，比后来传述的乐昌公主故事早七八百年。"②

这种杂文物的研究，曾使他在1972年根据唐代的马鞍后部两侧各有五个鞯孔这一点，将乌鲁木齐南郊盐湖南山原定2号元墓改定为唐墓。另外，结合《花间集》所咏妇女服饰风格，根据唐代画山和树的方法以及画中"淡红衫子薄罗裳"的描绘，再从所画人马和绢素来考察，他断定世传隋代展子虔所作《游春图》系误传，较多可能出自唐宋人手笔。

---

① 《龙凤艺术》第75页，作家出版社1960年版。
② 《唐宋铜镜》第2页，中国古典艺术出版社1958年版。

（三）文学研究要联系文物研究

沈从文反对"以书注书"的方法，提倡文学研究要同文物研究、实物研究相结合，在文学研究界引起很大的震动。他多次提出，我们地面上只有一部二十五史，地底下有十部、百部二十五史。不仅如此，他认为深入研究文物和实物，"十分显明是可以充实、丰富、纠正二十五史中不足与不确的地方，丰富充实以崭新内容。文献上的文字是固定的，死的，而地下出土的东西却是活的，第一手的和多样化的"[①]。他明确地说："文学、历史或艺术，照过去以书注书方法研究，不和实物联系，总不容易透彻。不可避免会'纸上谈兵'，和历史发展真实有一个距离。"[②] 他这个意见，有振聋发聩的作用。

比方说，《孔雀东南飞》有"媒人下床去"一句，如果以书注书，或作想当然推测，就不得要领。沈从文说："汉人说床和晋人的床不大相同。床有各式各样，也要从实物中找答案，不然学生问道。'媒人怎么能随便上床？'教员就回答不出。若随意解释是'炕头'，那就和二十年前学人讨论'举案齐眉'的'案'，勉强附会认为是'碗'，才举得起，不免以今例古，空打笔墨官司。事实上从汉代实物注意，一般小案既举得起，案中且居多是几只羽觞耳杯，圆杯子也不多！'孔雀东南飞'说的床，大致应和'北齐校书图'的四人同坐的榻一样。不是'女史箴图'上那个'同床以疑'的床。那种床是只夫妇可同用的"[③]。

有一些今人难以理解的诗词，往往从古画和壁画的研究中，得到很好的解释。从唐李爽墓壁画执小扇妇女图像中，他说："'轻罗

[①] 《沈从文文集》第十卷第336页。
[②] 《龙凤艺术》第106页，作家出版社1960年版。
[③] 《龙凤艺术》第113页，作家出版社1960年版。

第八章　孤独求索、辛勤奉献的一生

小扇扑流萤'的小团扇，唐代前期多作腰圆形。"① 从画中看来，这种"小扇"跟今人的扇子不同，颇有点像今天的一个别致的苍蝇拍。他考证唐代妇女喜欢在发髻上插几把小梳子，用金、银、犀、玉、牙等材料制成，露出半月形梳背，多到十来把，因此唐人诗有"斜插犀梳云半吐"语。他说："《温庭筠词》有'小山重叠金明灭'，即对于当时妇女发间金背小梳而咏。"② 这样一说，就清楚了。

另外，对有些注释的讨论，常人也多在字面上各执一端，如果对照实物，事情也就清楚了。余冠英在《乐府诗选》里，将"柱促使弦哀"的"柱"，注为"琴瑟等乐器上系丝弦的木柱"。宋毓珂加以纠正："凡瑟琵琶筝皆有柱，凡施柱推移上下以定声。弦有缓急，柱有前却，故音不同而调屡变"。"柱促"就是"引柱使近。"③ 沈从文说："余说固误，宋注也不得体。宋纠正谓琴、瑟、筝、琶都有柱，而可以移动定声，和事实就不合。琵琶固定在颈肩上的一道一道名叫'品'，不能移。七弦琴用金、玉、蚌和绿松石作徽点，平嵌漆中，也不能移。"他根据信阳出土的锦瑟，结合文献、击弦方法以及后来的瑟，断定："柱是个八字形小小桥梁般的东西，现在的筝瑟还用到！"④

沈从文在文物研究方面的成果很多，主要贡献在于建立"文物学"的主张，即把文献研究与文物研究结合起来，或者如他在给宋伯胤信中所说的："一切从实物出发，重新排个队。"⑤ 他在《中国古代服饰研究引言》中说："'文物学'必将成为一种崭新独立科学，得到应有重视，值得投入更多人力物力进行分门别类研究，为技术发展史、美术史、美学史、文化史提供丰富无可比拟的新原料。"

---

① 《中国古代服饰研究》第 198 页，商务印书馆香港分馆 1981 年版。
② 《中国古代服饰研究》第 225 页。
③ 《乐府诗研究论文集》第 237 页，作家出版社 1957 年版。
④ 《龙凤艺术》第 114 页，作家出版社 1960 年版。
⑤ 《长河不尽流——怀念沈从文先生》第 250 页，湖南文艺出版社 1980 年版。

后　语

　　历史是带着遗憾而去的，或许这较为普遍的社会心理就意味着进步。

　　当我得知沈从文先生在 1980 年、年近八十，"每天必得去街道上公共毛厕大小便"的时候，面对这样一位大作家、大研究家，我是轻轻地自歉自责了。

　　毕竟，他后来的处境，随着开放改革的发展，逐渐好多了。

　　1949 年，北京召开首次文代会，他连代表也不是。巴金说："文艺界似乎忘了他，不给他出席文代会。"然而，"他脸上仍然露出微笑"。巴金作了真诚的回忆："不用说，他受到了不公平的待遇，不仅在今天，在当时我就有这样的看法，可是我并没有站出来替他讲过话，我不敢，我总觉得自己头上有一把达摩克利斯的宝剑。"接下还说："从文一定感到委屈，可是他不声不响、认真地干他的工作。"

　　这是巴老的自我忏悔，"我并没有站出来替他讲过话"。现实的进展，又终于使巴老讲了内心的话，即使是在沈从文离世之后。沈从文在晚年，政府给了他部长级待遇，配了司机和小车，成了全国政协常委和全国文联顾问。他去世后，新华社的电讯发得晚了一点，也毕竟发了。记者郭玲春在这则消息里说，他的作品"用底层人的哀乐故事寄托他'不可言说的温爱之情'"，新中国成立后，"他以一个知识分子的忠诚，欢欣国家进入了明时盛世，却又痛苦地不知怎样去寻找自己的位置"。但是，"历史跨进 80 年代，沈先生与他无法销毁的著作一道重返文坛"。

笔者有幸见过沈从文先生一次，仅有的一次，从未晤语。那是1979年一次政协会上。笔者身别一"列席代表"证，偏坐房间一隅。他个子矮，在政协委员围坐的长条桌上，显得凹了下去。当与会者请他介绍周总理授意撰写《中国古代服饰研究》的时候，他有点羞怯地站了起来。我看到了他那种微笑，那种谦和，在淡泊中现出安适，心里微微一怔。

我这样想象，让巴金的真诚忏悔不再忏悔吧。闲静之时，我张望窗外无边的天际。我总觉得，我们国家、我们民族的改革开放的进取势态，总在心底里给我们乐观，给我们信心。我也总觉得，在遥远的无边的天际，给了我积极的回应，我作了默默的独自忖量。

巴金同沈从文也有分歧，有争论，有时争执得有点伤了和气。在后来给沈从文的信里，巴金还是承认："我们谈起你，觉得在朋友中待人最好、最热心帮忙的人只有你，至少你是第一个。"巴金称他"有一颗金子般的心"。一位女作家在散文中这样写到沈从文："世界不该那样对待您，可您却那样宽厚地回报了世界。"他一生，同情穷人和弱者，对湘西倾注了全部爱心，在作品里赞扬无辜受害牺牲的革命者和共产党人，斥责国民党的倒行逆施。他的最大政治错误是，在解放战争期间，迂腐地执着反战的、和平主义的中间路线。解放后，他猛醒了。他劝表侄黄永玉从香港"速回"，参加"这一人类历史未有过之值得为之献身工作"，信里说："解放军进城，威严而和气，我从未见共产党军队，早知如此，他们定将多一如我之优秀随军记者……"读者至此，难道不会为这位迂腐时相当执拗、又单纯如同儿童的知识分子，从内心感到发笑，又深深受到打动吗？

对于沈从文一生"分成了两截"、后半辈子放弃创作搞文物研究，汪曾祺在《沈从文转业之谜》一文里作了回叙。他说，在

1948年3月香港出的《大众文艺丛刊》，有人写了《斥反动文艺》，说沈从文"一直是有意识地作为反动派而活动着"。汪曾祺说，"可以说，是这篇文章，把沈从文从一个作家骂成了一个文物研究者"。这是一段过往的历史，汪曾祺和今天的文化人都不会从个人方面作过多的推究。汪曾祺还说："事隔30年，沈先生的《中国古代服饰研究》却由前科学院院长郭沫若写了序。人事变幻，云水悠悠，逝者如斯，谁能逆料？"

这件事情之后，一天，北京大学有一期壁报全文抄出了《斥反动文艺》这篇文章，对沈从文的压力很大。校内有一次，又出现了打倒沈从文的大标语。沈从文患了类似受迫害狂的病症，总疑心"有人在监视我"。他把自己反锁在房里，拿起桌上一把小刀，对准自己的血管……

大概这也应如一位历世甚深的文学家说的，一个作家又是脆弱的，即使是天才的作家。他们感情坚执，又一时适应不了环境的变化，特别是他们的全身心的奉献受到委屈时。笔者在这里作这种补叙，也不是做个人的追索，正如沈先生的行为也不能作个人的追索一样。因为笔者是解放前后的经历人，有时也作过这样的推想，依自己过去的种种表现，如果自己也是当时北大的进步学生，很难担保自己不是那一期壁报的参与者。这种扪心自问，在静思之后，是非常痛苦的。在此，也只是想反映我的同龄人、我的朋友们的心声：

历史呼求一种机制，历史呼求一种长进。

有人说，一个社会是否能宽容大度地接纳那些性格比较乖戾，甚至对之进行批评的思想家和艺术家，往往是衡量这个社会是否成熟健全的一个标志。无疑，这也是我们建设社会主义民主的一个内容。从这个角度，笔者认为，沈从文留下了两笔财富，一笔是他的文学创作和文物研究，另一笔是他这个人的存在本身，一个卓有成就而又带有局限的人生。前一笔是属于他个人的，后一笔是属于大家的。

作者的话

一个偶然的机会，我接触到沈从文先生的散文。我被他那如行云如流水的文字所吸引，被他那深沉的、愁人的、同样如行云如流水的感情所打动。之后，应成都出版社热情邀约，接受研究沈从文这一课题。

一个作家形成自己独特的文风，确非易事。你一接触他的文字，如同接触一个杰出画家的笔触，就被那符号所覆盖的特殊的心灵律动所打动。新文学里，只有鲁迅先生这样极个别的作家才能达到这种境界。读画，读作品，只要在匆匆一瞥中，就能判断这是谁的手笔。一个作家要摆脱公文式的文风，进而要摆脱席卷时代的文风，比方说，我们过去相当时期存在的慷慨悲歌式的，豪言壮语式的，就相当困难。作家的文风，就得独特，就得勇于反潮流。

沈从文说："一切作品都需要个性，都必浸透作者人格和感情，想达到这个目的，写作时要独断，要彻底地独断！""独断"，是沈先生的"创作自由"、伸张个性的一个特殊的表述。自然，这"独断"，决非随心所欲，恣意妄为。在沈从文看来，这"独断"的前提就是为"人生"。他把社会和人生看成学不尽的"一本大书"。他"倾心于现世光色"，"为人生远景而凝眸"，"为未来的人类去设想"，直至确认自己用一支笔，明白"应当如何去为大多数人牺牲"。沈先生一生崇奉"为人民服务，实践，古为今用"这十一个字，"为人民服务"既是他"独断"的前提，又是他"独断"的目的。

"为人民服务"与文学上的"独断"可以说是对立统一、相辅相成的东西，有如无垠的夜空银海与闪烁的群星。如果不把文学铺展在"为人民服务"的广大苍穹里，就容纳不下无数奇异的星座。局限于"从属于政治""为政治服务"，固然可以包括一些好的政治性很强的作品，毕竟又局促了文学的空间，局促了人民精神需要的空间。而清醒的"独断"，个性迥异的文学，展示了星座的奇异多彩，装点了夜空的繁复与灿烂。你要为人民、有益于世道人心么？你必须张扬和鼓励这种"独断"。

当然，沈从文的文风，开始确有如苏雪林说的"有似老妪谈家常"的"烦冗拖沓"现象。但是，后来变化了，成熟了。开初，你感到他确在那里烦躁不安，确在那里捉摸和探索如何表现他那特殊的心灵世界，一个苦难中国烙在一个湘西人心上的世界。慢慢，烦冗拖沓的现象转变了，形成了沈从文特有的自由舒卷的、如抽丝般引动情思的、带有人世悲悯色彩的文风。他在文学上建造了一个特殊的湘西世界，也用湘西"乡下人"的目光描绘了其他层层面面。他总是说，"美丽总是愁人的"。他的作品（即使是他的文物研究）总是使人真切感受到这个"乡下人"特有的人格和感情。这是沈从文的魅力之所在。

目前，国内外已出版了一些沈从文传记。这本书稿着意于沈先生的作品和实际业绩的评论和研究，希望得到海内外有关人士和朋友的批评和指正。在成书过程中，得到沈从文先生夫人张兆和老师和龙朱、虎雏二位朋友的关心和帮助。他们，作为沈先生的陪伴和守护人，每每想起这些，总是增添一份新的体味和受益。

我还要感谢杜运燮、王春元、何文轩、蒋培坤、丁子霖、赵宪章、王先霈、王庆生等友人，还有吉首大学的向成国同志，他们给了我各种各样的支持和帮助。

王蒙同志是整整晚沈从文先生一个辈分的作家，他们都真诚地追求过，也曲折过，挚爱人民的心又先后相通、相连。谢谢他热心撰写本书序文。

1991年9月12日，北京皇亭子

评论沈从文之余

沈从文一直占据我的心灵，已经三四年了。纯属偶然。因为从严格的学科范围来说，跟我搞的基本上不搭界。

这之前，不知什么时候，他谈自己的"写作和水的关系"，单是开头那几句："我学会用小小脑子去思索一切，全亏得是水。我对于宇宙认识得深一点，也亏得是水"。就把我镇住了。

后来，我翻过他的散文，被他的《湘行散记》的出自肺腑的文字所迷住。有的地方使我联想起果戈理《死魂灵》里那段把俄罗斯比喻为三套马车的抒情。他们都有着对自己的故土与人民的排遣不开的挚爱。只是一个抒情洋气一点，一个是土味。

也许，那最终使我试一试、专门评论他的，是他的为人和经历的某些碎片。

在一次政协会上，大概是1978年。我受某机关的派遣，身别一"列席代表"证，偏坐在会议室的一角。委员们围坐在一长条桌上，个个神态兴奋且活跃。唯独沈从文坐在中间又后缩一点，由于个子矮，在他那里显得凹了下去。经委员们介绍，请他讲一讲。他怯生生地站了起来，淡淡微笑，诚实谦和，讲了周总理授意撰写《中国古代服饰研究》的情况。我从角落瞅着他。这是我一生的唯一一次与他谋面。

他是个名作家，解放后在历史博物馆研究文物，自己还出面充当讲解员。面对参观的工农兵、干部和知识分子，他能因人而异地进行讲解。有的听众过后一打听，才赫然觉悟，原来是鼎鼎大名的沈从文!

到了1981年,他年近八十,住房比一般干部还差。一家三人,挤在一间小房里,他说"每天必得去街道上公共毛厕大小便"。

这些碎片沉淀在我脑子里,无法忘怀。我时常浮现着一个老年人,从年轻时的照片看,目光有英气,到了年高,就俨然像一个慈祥的苗族老人了。解放前500万字的文学作品加上解放后60个专题的文物研究,他负荷太重,又索取太少。一生承受太大的委屈,又自甘淡泊,只知默默不息地工作,脸上时常泛出淡淡的微笑。

现今,只要是有关湘西少数民族的资料,文字的,图片的,影视胶片的,他的重大贡献和重要地位,已经是明白无疑地确认了。历史已逐渐还清一个人的本来面目。这其中,他个人承受的痛苦很多,研究他认识他以及许许多多从事新文学教学和科研的学人,痛苦也不少。

1949年6月北京召开第一次文代会,沈从文连代表也不是。老朋友巴金在会议期间去看他。巴金说:"表面上看不出他有情绪,他脸上仍然露出微笑"。巴金回忆说:"不用说,他受到了不公平的对待,不仅在今天,在当时我就有这样的看法,可是我并没有站出来替他讲过话,我不敢,我总觉得自己头上有一把达摩克利斯的宝剑"。"从文一定感到委屈,可是他一声不响,认真干他的工作"。

沈从文后来改治文物。他的学生汪曾祺在一篇谈《沈从文转业之谜》的文章里,谈到沈从文一生"分成了两截"。对这种转业,他说,1948年3月香港出的《大众文艺丛刊》,郭沫若写的《斥反动文艺》说沈从文"一直是有意识地作为反动派而活动着","这对沈先生是致命的一击。可以说,是郭沫若的这篇文章,把沈从文从一个作家骂成了一个文物研究者"。这是段过往的历史。对于这段历史,汪曾祺和今天的文化人都不会从个人身上作过多的追究。汪曾祺也说："事隔30年，沈先生的《中国古代服饰研究》却由前科学院院长郭沫若写了序。人事变幻。云水悠悠，逝者如斯，谁能逆料？"

大概又过了一些时，北京大学有一期壁报全文抄出了郭沫若的这篇文章，教学楼挂出了打倒沈从文的大标语。后来，沈从文患了类似受迫害狂的病症。他怀疑"有人在监视我"！他把自己反锁在房里，拿起桌上那把小刀，对准自己的血管……

这大概应和着一位历世甚深的文学家说的，作家又是脆弱的，有时是那些天才的作家。

沈从文最大的毛病是不懂政治，书呆子气十足，有时又相当倔。他年轻时在湘西"半军半匪"的部队待了五六年，亲眼看到杀人太多，政治权势太黑暗，逐渐滋长一种非暴力、非政治的改良主义思想。他的最大错误是在解放战争期间，反对国共通过战争解决问题。但是，如果我们不从一两篇文章、一两段言论去看一个人，而从实际的业绩作全面的估量，就比较好办。沈从文解放前一直同情革命，批判国民党的倒行逆施，用大量创作建构了艺术上独一无二的湘西世界，这都是清清楚楚的。他同胡也频、丁玲的友谊成了新文学史的一段佳话。就是这么一个作家，解放前夕认识糊涂，不懂革命，一到解放后，就劝表侄、画家黄永玉从香港回北京，参加"这一人类历史未有过之值得为之献身工作"，在信里称："解放军进城，威严而和气，我从未见共产党军队，早知如此，他们定将多一如我之优秀随军记者……"对此，我们将作何感想？就在解放后开明书店通知销毁沈从文全部著作纸型（除开1957年出过一本小说集），文学史上他的名字几乎完全消失的时候，台湾当局还继续解放前对他的疑虑和审视，在台湾查禁他的作品，我们应该作怎样的认识和反思？

三中全会之后，随着改革开放的深入发展，沈从文的处境好多了。后来，房子、部级待遇、政协常委和文联顾问的职务安排，这一切尽管迟了，但毕竟有了。他的作品大量再版，文学界也开始公正地、各抒己见地作出评价和讨论了。

但是，事情也不止于此。当我们开始求实地、公正地认识过去的时候，事物与事物之间不仅出现补充、移位、重估这些现象，更主要的是扩充了我们的智慧，丰富了我们的思想。人们之所以不满足于现实，而要求历史，那不单是针对历史，而是为了现实，为了未来。因此，我们看到一种现象，当我们发现过去的认识和处置成问题的时候，事物本身就会构成一种反弹力量，向现今的智者、能者、胸怀中华放眼世界者发出挑战。挑战的力量就是进步的力量。

沈从文说他一生对十一个字有点体会：为人民服务，实践，古为今用。这可以说概括了他的文学创作和文物研究的整个一生。就他解放前来说，他主张文学有益于社会，有益于人生，自己又不是一个左翼作家，不具备马克思主义世界观。金介甫的《沈从文传》还说他是"泛神论者"，他自己还谈到"神"的重造。实际他这个"神"，不是迷信鬼神的"神"，同爱因斯坦等人的信仰大致相合。这种信仰不是去做礼拜、划十字，同理性、科学、法制相容，倒是同迷信、不可知论相排斥。诸如此类，都宜作细致的分辨。特别是今天，面临统一祖国、振兴中华的形势，要求我们吸收一切有益的文化，这一切都考验我们眼光的宏大以及处置一切复杂问题的智慧与艺术。

笔者在评论中力求摆脱偏颇和偏激，力求做到扬其长而不护其短。我自知我的努力很可能非常浅薄而欠缺。巴金曾谈到同沈从文的分歧和争论，这其中是非曲直，人生在世，谁也无法避免。巴金在给沈从文的信里还是"觉得在朋友中待人最好、最热心帮忙的人只有你，至少你是第一个"，称他"有一颗金子般的心"。

近些年，每当闲静之时，独倚书桌，向窗外的无边天际张望，或在林荫之下，透过树叶的缝隙，谛视高邈的苍穹，我总是想起巴老的一句话:"我并没有站出来替他讲过话,我不敢。"让巴老的忏悔不再忏悔吧,我默念着。

1991 年 6 月 30 日

再说自叙中的沈从文

一、"第一"与"唯一"

　　沈从文先生为人谦和。他的谦虚，不同于君子式的谦谦，不同于文人书斋生活的自忖，而是源于对周围世界的惊异与赞叹，源于面对博大精深的自然与人生，面对丰富浩繁的历史的一种永不衰竭的兴趣，永不满足的求知，同时，又是永远难以穷究的自愧与自叹。这从他的顽童生活、行伍时期以及后来的作家与研究家生涯都看得十分清楚。因此，他在行动中，在言谈为文中，你感到他脑子里不是纠缠于某个书生式的命题，而是装着我们生活其中的一个深邃的世界。

　　这样，当他认定自己是"乡下人"，对评论界述说的"我被称为乡土作家"表示赞同的时候，他的感情是非常复杂的。一方面，他觉得自己对湘西的山水人情十分熟悉，同时，对于自己用笔的这份工作，对于"把生活完全发展到我自己这份工作上来"，"我已弄明白了在自然安排下我的蠢处"，"明白我的力量差得远"。沈从文在1934年初回到湘西所作的一幅山水速写的下面，作了这样的文字说明："看到这些地方，我方明白我在一切作品上用各种赞美言语装饰到这条河流时，所说的话是如何蠢笨。"于是，他感到自己的能力"渺小"，"我低首了"。

　　这同他后期从事文物研究的心情同出一辙。他对民族留下的物质文化，地上的，地下的，充注了好问求知。他在故宫博物院工作（包括当讲解员时）写过一段深情的文字："关门时，照例还有些人想多停留停留，到把这些人送走后，独自站在午门城头上，看看暮色四合的北京城风景，百万户人家房屋栉比，房屋下种种存在，种种发展与变化，听到远处无线电播送器的杂乱歌声，和近在眼前太庙松柏林中一声勾里格磔的黄鹂，明白我生命实完全的单独。就此也学习一大课历史，一个平凡的人在不平凡时代中的历史。"他把学习历史与学习人生结合起来，只是心情和语调都显得十分沉重罢了。

然而，就是这样一位在现实与历史面前十分谦逊自省的作家，却在别离时给新婚妻子张兆和的信里，谈及自己同湘西人的关系时作了这样的自我肯定："我同他们那么'熟'——一个中国人对他们发生特别兴味，我以为我可以算第一位！"接着，又说："我多爱他们，五四以来用他们作对象我还是唯一的一人！"这"第一"与"唯一"的自评就给自己作出了定位。这也是我们评论本世纪中国新文学中的沈从文的一个基本定位。

由谦和达到了一种自知，一种自信，这种自信又是在真切的估量中作出的，因而又通向了不自满，通向了谦和。这是作者32岁时说的，为作者以后的整个人生所证明。作为一个作家，他以自己对湘西人的熟悉、挚爱与兴味，作出了这样的评估；作为一个湘西作家，以湘西人作为自己的写作对象，他的自评一点也不过分。实际上，如果从乡土文学来看，我们扫视一下沈从文同辈的或此后的作家，他实可以称得上这种"第一"。五四新文学以来的名家大家，不少是从农村乡土来的，他们进入城市后，居多都转入整个社会和人生的思索，唯有沈从文一直执着那个生长他的湘西世界。笔者曾经认为，如果其他作家写过各自特定乡土地域的作品，那些作品往往只是一些回忆性或写实性的插页，是进城后作品的一个补充，唯有沈从文才创造了一个完整的湘西世界。

二、忧郁的爱

沈从文的这种自我评定，从根本上来说，是由于他的爱。对于爱在创作中的作用，托尔斯泰说得好："可是，才能呢？这就是爱。在爱的人就有才能"。爱产生欲求，产生自信，产生才能。沈从文在给张兆和（三三）的信里，有一段写到这种爱："三三，我看见了水，从水里的石头得到一点平时好像不能得到的东西，对于人生，对于爱憎，仿佛全然与人不同了。我觉得惆怅得很，我总像看得太深太远，对于我自己，便成为受难者了。这时节我软弱得很。因为我爱了世界，爱了人类。三三，倘若我们这时正是两人同在一处，你瞧我眼睛湿到什么样子！"他爱得太深太不一般，在目力所及的中国作家中，他知道别人同他的不同，同他的差距。

可以把沈从文的这种爱称作"忧郁的爱"。他总是把美、爱同忧愁、忧郁连在一起。他多次讲到"美丽总使人忧愁"一类的话。在给张兆和的信里，讲到"我爱这种地方、这些人物。他们生活的单纯，使我永远有点忧郁"。这种忧愁、忧郁，是属于艺术家的爱，是同道德家、政治家有着不同规范和内容的爱。比方说，对于妓女，对于罪犯，道德家和政治家往往用道德标准和法律依据作尺度，进行褒贬臧否，或绳之以法。艺术家则以博爱的审美尺度，予以探究和思考。沈从文多次写到吊脚楼的谋生妓女的悲苦命运（包括一些投宿的、过"露水夫妻"生活的水手的命运），他不是用儒教的眼光加以贬斥，而是透过他们探测人生的底蕴。他对妻子说："我回来时当为你照些水手相来，还为你照个住吊脚楼的青年乡下妓女相来。这些人都可爱得很，你一定喜欢他们"。他见到的虎雏，"七八岁时就打死了人"，当过土匪，照说应该依法论罪，即使是未成年法。但是，沈从文觉得他懂的事比教授还多，知识"渊博"，办事牢靠，"人却能干可爱之至"。甚至对乡下人的

"那点愚蠢、狡猾,也仿佛使你城市中人非原谅他们不可","人的好处同坏处,凡接触到它时,无一不使你十分感动"。这使人想到雨果和托尔斯泰的博爱胸怀,想到雨果笔下的小偷、妓女、流浪者形象,想到托尔斯泰笔下那些命途多舛的女子形象。他们都有这种艺术家的爱,所不同的是,沈从文面对的是一个更为悠长、更为滞重的中国社会,以及千百年循环往复的乡下人的苦难命运。

他这种忧郁的爱,还有一层意思,他爱文学艺术,又觉得文学艺术不能充分表现他对自然与人生的爱,于是,产生一种忧愁和忧郁。既是对美的损毁的悲叹,又是对不能表现这种美的深深的忧虑。他重返湘西时,将城里留下的书面文字同现实的真实人生两相对照,更加深了自己的负债感。他对张兆和说:"这里小河两岸全是如此美丽动人,我画得出它的轮廓,但声音、颜色、光,可永远无本领画出了"。他觉得沅水两岸的歌声好极了,美极了,"麻阳人好像完全是吃歌声长大的",甚至觉得在船上给妻子写信,"这张纸差不多浸透了好听的歌声",但是"可惜画不出也写不出"。船行至缆子湾,看到两岸高处皆有吊脚楼,两山全是翠碧的竹子,加上远处叠嶂,烟云缭绕,觉得"美丽到使我发呆",结论是"什么唐人宋人画都赶不上","一千种宋元人作桃源图也比不上"。他一直觉得绘画、音乐比文学受的限制小,可以充分抒情、自由解释,但是,音乐和绘画果能表达他对湘西山水人情的爱么?

沈从文可以说一直生活在这种矛盾状态之中,甚至,他在创作上越是精进,越感到难以完全表现故乡的美,以及人生的难以穷尽的深度。他时而躁动不宁,时而浮想翩翩,他感到"人类是个万能的东西"此话并不那么可信,当世人常常认为旅行(或曰深入生活)可以促进创作的成功,成为一种"谀语","但在我自己,却成为一个永远不能用骄傲心情来作自己工作的补剂那么一个人了"。他,更加忧郁了。应该说,这种心情是一个大的艺术家心灵成熟的标志,对他的创作有百利而无一害。

三、超越的美

这里所说的"超越",是同紧密地贴近政治层面和现实层面相对而言。广义说来,艺术的美,作为受主体升华的美,或素称"第二现实"的美,都是一种超越的美。这种"超越",也可解释为"抽象",也就是说,艺术应同具体的实际的事物存在一定的距离,是经艺术家抽离出来的,不能用具体实事加以衡定。这同恩格斯把艺术归属于"更高地是浮于空中的意识形态领域",有着相同的含义。

沈从文创作时,恣纵多方,联想广远,不可约束。在创作方法上,用西方的现实主义或浪漫主义,都套不上。在五四以来新文学中,同一些作家较为纯然的或现实或浪漫的追求不同。比较起来,他的作品并不刻意追求环境描写的精确性(像巴尔扎克那样),不为某时某地的政治背景所囿限,更多带有超越性和抽象性。

他思考人生的时间跨度很长。他身在长沙,想起两千年前当过长沙王师傅的贾谊。他坐船沿沅江上行,想起屈原放逐时坐的小舟,也许就是他坐的"桃源划子"。他在昆明,听到一声炸雷,"我想起数千年前人住在洞穴里,睡在洞中一隅听雷声轰响所引起的情绪。同时也想起现代人在另外一种人为的巨雷响声中所引起的情绪"。于是,他叹息:"唉,人生。这洪大声音,令人对历史感到悲哀,因为它正在重造历史"。他的代表作《边城》《湘行散记》等,都不宜把作者本人身处的或笔下指称的彼时彼地背景环境看得太死,他忧虑的是人的历史命运。

沈从文的这种艺术特色,有它的客观基础。中国的超稳定的自然经济和人物命运,在湘西表现得十分突出。当他只身来到北京,投身新文化运动,就使他有一个参照系来回视湘西社会,那个循环不已、变化甚微的乡下人的哀乐故事，太令他感动了。他经常喜欢在书本上题上"人生可悯"。他在给毅汉先生的信里，就谈到自己同契诃夫的"相近处"，即"对人生抱一种悲悯心情"。契诃夫所面对的旧俄农村，也是一个落后的滞重的社会，契诃夫笔下的旧俄农村下层人民，整体哀叹的历史感较强，带有类似的超越性和抽象性，不像某些典型的现实主义作家对环境和人物的精雕细刻。沈从文对凌宇说，自己"真正受的影响，大致还是契诃夫对写作的态度和方法"。

《抽象的抒情》是沈老的一篇重要遗文。我询问沈虎雏先生整理此文的经过时，他说，此文1987年经沈老过目，题目和副题都是原定的，但是，这是一篇未完稿，原稿后面还有一个自然段，因为前后衔接不上，删去了。我问，文中对"抒情"二字有说明，为什么对"抽象"未置一词？沈虎雏说不好说。我同他推算，因为是未完稿，沈老再往后写，说不定会点题谈到"抽象"一二字。然而，沈老定题为"抽象的抒情"，不是"具体的抒情"，是有深意的。文内，沈老说："事实上如把知识分子见于文字、形于语言的一部分表现，当作一种'抒情'看待，问题就简单多了，因为其实本质不过是一种抒情"。这里，暗含一个意思，在重要斗争和交锋场合，文章要表现作者的政治观点，但是，把整个文学都涵盖为阶级斗争的工具，是说不过去的。这牵涉到对人和人性的理解。恩格斯在晚年就反对仅用经济观点看待一切事物和现象，认为这是"惊人的混乱"，他提到"合力"。如果说"言为心声"，那么对这个言者，对人和人性，就要进行综合性的"合力"考察。沈从文在一封家书里，对于人的研究，说过一句实话："关于人的科学，如果到明天有可能会发展成为一种真正的科学，目前还只是刚好开始"。一个人的言行，除了在敌人法庭和战场对话，需要进行选择和归属，在其他场合，在一个相对平和的社会，就不能简单化处置了。作家面对大千世界抒写的文字，尤其如此。

实际上，沈从文在这篇文章里已经接触到文学的抽象性。他把文学艺术看成"生命流注""生命延长扩大"的一种形式，认为"凡是有健康生命所在处，和求个体及群体生存一样，都必然有伟大文学艺术产生存在，反映生命的发展，变化，矛盾，以及无可奈何的毁灭"。他把文学艺术这种"抒情"理解得比较宽泛，而不是狭窄到只剩下一个政治传声筒。他主张"视野更广阔一点的理论"，否则，把文学艺术同政治、道德简单地捆绑在一起，忽视生命（当然是社会的生命）的审美情感，"过分加重他的道德观念责任，而忽略产生创造一个文学作品的必不可少的情感动力"，必然出现不了好的作家、好的作品。他说："如果把一切本来属于情感，可用种种不同方式吸收转化的方法去尽，一例都归纳到政治意识上去，结果必然问题就相当麻烦"。

这可以说是沈从文从自己的创作实践中体悟出来的观念，也是这种观念指导他的创作。他在自己的创作历程中，没有做到急切地适应政治的需要，同时，政治也从他的创作中找不到自己急近的需要。这样，沈从文作品的命运就出现了一种奇特的相悖的现象，政治都不欢迎它。沈从文在给康谊女士的信里说，在大陆，"过去所有作品，五三年就已得承印开明书店正式通知：所有拟印各书稿（已印出十本），业已过时，全部代为焚毁，包括纸型在内。另外一方面，则台湾，也同样明令把各书烧毁，纸型在内。还加上一句永远禁止在台湾发表任何作品"。他把这视为"历史少有的奇闻"。当然，时过境迁，这一切都变了。大陆和台湾已大量印行他的作品。如果说，政治要回过头来作一点自我检视的话，那只能说明，沈从文的作品具有一种超越美。

四、对艺术与社会的构想

艺术与政治是两个既有联系又有区别的部门。政治不能取代艺术，同样，艺术也不能取代政治。当政治在特定时期以巨大的裹挟力量，无一例外把艺术家卷进去的时候，既有艺术家对政治的选择，又有政治对艺术家的选择。历史给这两方面都留下了教训。

人们在回顾过往这一段历史的时候，是感慨万分又思虑悠远的。无疑，沈从文对于艺术是心有灵犀，对于搞政治，确实不在行。在某个历史关口，他对湘西了如指掌，对中国政局整体，却判断得不甚合宜。他声明"我是个乡下人，走到任何一处照例都带了一把尺，一把秤，和普遍社会总是不合"，显出他的某种迂阔。他过于沉醉他的爱与美的艺术世界，在民主革命关键时期，他的从爱出发与和平主义自然遇到了障碍。世无完人，沈从文曾经有过自知之明。他谈及同丁玲、胡也频三人的关系时，对各自的长处和短处，作过客观的比较。他曾经敏感到自己有三条道路可选择，做官发财，从事革命，寂寞从艺。要走前一条路，他就不会来北京。对于革命与从政，他这样自我分析："革命一定要一种强项气慨，这气慨是不会在我未来日子里发生的"。剩下的，也是他最热衷的，就是寂寞追求艺术了。

中国现代史在艺术发展与政治参与上常常出现一种两难现象，或许，这也是人类历史发展的某种共同点和相似点。这种表面奇特、实属平常而且正常的现象，也就是我们常说的历史不可能一步登天，充满了曲折多难。沈从文后半生一直在品尝他一度政治上某种失误所留下的苦果，人人也都会从中继续品味思索。然而，作为一个伟大的作家、艺术家，作为一个通晓世态人情的文化名人，他对我们这段多难的历史留下了哪些真知灼见或者称作精辟诤言呢？或者说，与他相对而言，作为一个群体和社会，我们应从中倾听一些什么呢？

他在给一位青年记者的废邮里说："集团如只看自己，不能善于理会自己以外的人和事，也易成为主观的，非马列的，更误事，即损毁了有用器材而不自觉"。他看到，关键是权力，当权力膨胀时，往往就"只看自己"，看不到自己之外的种种发展。沈从文说："在某一时历史情况下，有个奇特现象：有权力的十分畏惧'不同于己'的思想。因为这种种不同于己的思想，都能影响到他对权力的继续占有，或用来得到权力的另一思想发展"。这种思维方式对于建立一个健全的现代化社会，是十分不利的。沈从文接连发出了几个"让"的呼吁："让生命从各个方面充分吸收世界文化成就的营养，也能从新的创造上丰富世界文化成就的内容。让一切创造力得到正常的不同的发展和应用。让各种新的成就彼此促进和融和，形成国家更大的向前动力。让人和人之间相处的更合理。让人不再用个人权力或集体权力压迫其他不同情感观念反映方法。这是必然的"。如上叙说，包含着强烈的爱国主义内容，并为我们过往一段历史的反面经验与正面经验所证明。他希望出现的"社会生产又发展到多数人都觉得知识重于权力，追求知识比权力更迫切专注，支配整个国家，也是征服自然的知识，不再是支配人的权力"，也正是我们的改革要奔赴的一个目的。

在艺术发展上，同他的社会构想是相通的。本着创作自由、繁荣艺术的思路，他说得十分通俗："必须到明白把一切不同品种的果木长得一样高，结出果子一种味道，没有必要，也不可能，放弃了这种不客观不现实的打算"，方式方法很多，切忌整齐一律。他自己在创作实践上，笔者曾认为，是偏重一种"偶然＋情感"的创作方法。他那篇写得有点扑朔迷离的文章《水云》谈到这一点，从他的整个创作和其他言论，也可以认定这一点。"我也许还可以做点小事。即保留这些'偶然'浸入一个乡下人生命中所具有的情感冲突与和谐程序"。此语应该说表达了他的心声。在过去的新文学史著作所列出的许许多多正统作家中，沈从文这种选择，至少是独辟蹊径的。抓住必然与理性，并非不能产生好的文学，特别是有其他因素和条件作辅助相配合的时候。但，偶然与情感毕竟是文艺创作中更带有本质特征性的东西，沈从文所推崇的偶然与情感也是通达必然与理性的。

沈从文在1942年给云麓大哥的信里说："我的作品，在百年内会对于中国文学运动有影响的，我的读者，会从我作品中取得一点教育"。他太爱自己的同胞，太爱自己的艺术，为此耗尽了才情与心智，包括默默的流泪。他有理由拥有这种自信，生活也证实了这种自信。这位老人留下的遗言遗文，他的社会言论，同他的文学作品一样，值得我们珍视。如果社会进步历史发展是以积累和继承文化财富为一大表征，我们没有理由懈怠。

1995 年 6 月 9 日，北京望湖斋

全文注：作家的自叙（包括书信，特别是那些不打算发表或估计不会发表的文字），有时比他的作品更精彩，更见出本人真性情。张兆和老师赠我《沈从文别集》之后，我很喜欢里面的书信、各种自叙文字，包括沈老的绘画速写。这也是我过去没有接触到的。我想从中进一步了解沈老。为写此文，我请教沈虎雏先生，他建议我分两步走，先就《别集》中已有的自叙文字作些研究，待他编辑的书信卷（占沈老全集中的五卷）有个眉目之后，将提供我更多的资料。他说，由于种种原因，书信编辑比预期要慢，我想，进一步全面研究沈老的自叙，得待以年月了。此文只能作初论试论。

从《水云》看沈从文的创作模式

沈从文作品中，我读的遍数最多的是《水云》，每读完一遍，总觉得不能很好理解，于是想再读。

张兆和作总序，刘一友、向成国、沈虎雏编选的《沈从文别集》，把《水云》编入《友情集》，金介甫认为它是"沈从文婚外恋情作品"[1]，着重从创作实验、讲述故事的角度去分析它，多数研究家是从了解沈从文的心境和情绪（青岛时期、昆明时期等）来引用它。

这篇文章写得扑朔迷离，是沈著中一个最为特殊的文本，如果考虑到特殊文本吐露作家心曲的隐秘性以及阅读和批评不可能穷尽原旨、还原文本，谁也不能说自己能终结对它的解释。不过，我们可以从各个侧面对它进行论述，包括考评乃至索引，我们也希冀在批评主体切入作家作品客体的长长的河流中尽可能形成一道绮丽的风景线。正是本着这一点，对《水云》的进一步研讨中，我们需要互相交流、切磋、讨论。

笔者认为，应着重从"创作谈"的角度来研究《水云》。《水云》的副标题是"我怎么创造故事，故事怎么创造我"。而且，从作者的许多谈自己创作的文字中，它极为重要，至少不亚于他自认的或向来公认的那些经常提及的篇什。或者说，它是从哲理性、美学性的高度，借助心灵独白或自我对白的方式，对自己的审美

---

[1] 金介甫《沈从文传》第248页，湖南文艺出版社1993年版。

追求、"人学"模式和"创作"模式作了重要的表述,是我们了解和研究沈从文创作的一把钥匙。

《水云》有两个主干部分,一是借助心灵中两个自我对白的方式,论述人的生活和创作是"偶然"和"情感"起重要作用还是"计划""必然""意志"和"理性"起重要作用。对这个问题的一般看法是,社会的发展是有其必然规律的,但是,它的具体表现形态,特别是具体到每个人的生命表征,又是偶然的、个别的。这个问题表现在艺术创作上,更有它的特殊性,更引起人们的争论。在这篇写于1942年的文章里,沈从文从追述十年前在青岛进入创作旺盛时期开始(当时正是他的创作"生命花朵""待发展、待开放",必有"惊人的美丽与芳香"的时期),述说了《八骏图》和《边城》的写作经过。这其中,尽管有上述两种观念的两个自我在互相辩诘,但从他叙述的创作过程中,表现了"你偶然遇到的几件琐碎事情,在感情兴奋中黏合贯穿了这些事情,末了就写成了那么一个故事"这样一种朴素的描述文学创作的说法,人生和艺术常常是"由偶然和情感乘除而来"的意见一直占上风。谈及《边城》这篇作品,人们容易从故事的本身特色作些评论,而作者却提到在他幸福的新婚生活中,之所以有这样一个悲剧故事,是因为"完美的爱情并不能调整我的生命",还需要写另一种"和我目前生活完全相反,然而与我过去情感又十分相近的牧歌",把青岛生活的感受和"我的过去痛苦的挣扎,受压抑无可安排的乡下人对于爱情的憧憬"借这个不幸爱情故事得到"排泄和弥补"。对于这种情感的投入,一般是容易忽略的,作者提到即使是细心的刘西渭先生,在他的关于《边城》的评论文章里,也得不到这种认识和体察。

作者在行文中写到三个"偶然",它们所指究竟是三个女人还是一个女人,由于写得更为扑朔迷离,我们很难稽考。但是,在总体叙述中,我们依然可以看到"偶然"和"情感"在作者的

"我怎么创造故事，故事怎么创造我"中的重要影响。作者在同"偶然"的相处中，居多是"友谊"同"爱情"的明确分辨，也有某个时期的情感漩涡的深陷，或者叫作情感发炎，这在一个人、一个作家同异性相处的经历和潜意识活动中，有时是自然而且难免的。这里所说的"我创造故事，故事创造我"，可以表现为作者的有文字记载的文本，也可以是泛故事，是不能用文字来叙述、乃至不能用音乐来表现的故事和传奇。在生活中，作家创造故事，故事也创造作家。

这篇文章的另一个主干部分，是由"偶然"和"情感"的议论而导入的对自己的美学思想和创作形态的总体表述。就他而言，他的创作生涯可以说是在现实的"水云教育"下，从湘西的水云，到青岛的水云，到云南看水看云，"到处是偶然"，又经历种种"情感乘除"，他自认"在死亡来临以前，我也许可以做点小事，即保留这些'偶然'浸入一个乡下人生命中所具有的情感冲突与和谐程序"。沈从文在自己的文论中有一套自己的美学语汇：美，爱，生命，生命的庄严，神，神性，神迹，宗教情绪，新宗教等等。它们彼此相通，都是他向往和追求的最高艺术境界的一而二、二而一的东西。正是在人与自然的感召下，他历尽沧桑，觉得一切"偶然""浸入我生命中的东西，含有一种神性"，是"一种由生物的美与爱有所启示，在沉静中生长的宗教情绪"。他在文章中把这种主客体的融合称为"简单的情感"，认为"这种简单的情感，很可能是一切生物在生命和谐时所同具的，且必然是比较高级生物所不能少的。然而人若保有这种情感时，却产生了伟大的宗教，或一切形式精美而情感深致的艺术品"。这是他的"泛神论"，也是他的"泛美论"。当然，我们不能据此而论定他是信神者、宗教家，这是他追求美、追求艺术而借用、而比喻的特殊语汇。这种追求，不是源于信仰上帝，而是源于他说的"只信仰'生命'"，在根本上源于他的艺术情结。我们从沈从文笔下所纳入的自然百汇、人生万象，那些观察，那些情致，都可以看到这种美学追求。

在现当代文学研究中，人们看到对偶然、对个别、对个性、对特殊的切入，以及从中体现的艺术洞察和艺术悟性，是艺术创作的基本入门和起点。过早地让必然、一般共性、本质占据我们的头脑，让它们宰割现象、取舍个别，是长期危害艺术发展的庸俗社会学的基本失误。沈从文在创作中从不随大流，一直重视自己的个性和特殊，把握住"乡下人"那把"尺"和"秤"。他在《一般或特殊》那篇谈一般与特殊的文章里，申述自己"不靠'宣传'"，称赞"在工作上具有特殊性的专家，在态度上是无言者的作家"，"肯埋头做事"，"沉默苦干"，表明守住自己的"特殊"。当然，在创作实践中能否做到从"偶然"和"特殊"中进行突破，这不仅是理论问题，一个作家有无艺术素质，就初见分晓。沈从文在给张兆和的一封信里谈到"一种天赋或官能上敏感"，也就是他在自传中所说的"为现象所倾心"，对现象做到"五官并用"。他对偶然和个别的把握能力，人性细致感觉理解的深致，使他笔下的人物和事象新鲜、多样。他说："人的'共性'容易理解，也易于运用，人的'特性'却不容易用公式去衡量"。他在遗作《抽象的抒情》中，谈到庸俗社会学、强行政治要求妨碍作家"写出有独创性、独创艺术风格的作品"时，说这样做只能有两种结果："或把生命消失于一般化，或什么也写不出"。把生命消耗在、或消失于"一般化"的思考之中，此语一针见血。

"情感"一语在沈从文写《水云》之前之后的文论，一直占有重要位置，而且越往后，他越加重视，成为他统摄文学艺术的一个基本范畴。解放后，他就《史记》谈到学习中国文学传统时，归纳出"事功"和"有情"两个方面。他说，这两者有时"合而为一"，居多却"相对存在"。"诸书诸表属事功，诸传诸记则近于有情。事功为可学，有情则难知"，事功有成规，有准则，可靠积学得来，而有情则不然。"年表诸书说是事功，可因掌握材料而完成。列传却需要作者生命中一些特别的东西,我们说得粗些,即必由痛苦方能成熟积聚的情——这个情即深入的体会,深致的爱,以及透过事功以上的理解与认识"。这里,他对"情感"的内涵有更多的充实和扩大开放,包括作家的体验、体会、爱、理解和认识。到了1961年留下的未完成稿《抽象的抒情》,他对"情感"就说得更明确。他认为,文学等等,"其本质不过是一种抒情","事实上如把知识分子见于文字、形于语言的一部分表现,当作一种'抒情'看待,问题就简单多了"。他不赞成把作家的情、把文学所表现的作家的主观精神世界理解得简单化、狭窄化、政治化和意识形态化,对于有些"对生产对斗争知识并不多的知识分子,说什么写什么差不多都像是即景抒情","这种抒情气氛,从生理学或心理学说来,也是一种自我调整,和梦呓差不多,对外实起不了什么作用","从国家来说,也可以注重利用,转移到方面……但是也可以不理,明白这是社会过渡期必然的产物,或明白这是一种通常现象,也就过去了"。这种用宽容、轻松乃至悠闲的态度来处置某些文学现象,使我们感觉一新,也觉得合乎实际情况。当然,"情感"也应该包括特定条件下的阶级情感、政治情感。便"如把一切本来属于情感,可用种种不同方式吸收转化的方法去尽,一例都归纳到政治意识上去,结果必然问题就相当麻烦,因为必不可免将人简单化成为敌与友"。这篇文章比我国进入新时期在文艺上不再提文艺"为政治服务"要早18年。在今天看来,沈从文用情感来指涉作家主体的博大丰富,并且较为恰当地界定了作家掌握世界的审美特征。

笔者曾经用"偶然+情感"概括沈从文创作的"人学"模式,是着重从人物塑造来谈论的,是借以比较过去对我们长期危害的、套用哲学概念的"个性+共性(阶级性)"的公式化"人学"模式而言的。现在看来,应该加以扩展,把它看作沈从文创作的基本杠杆。他正是在生命中"偶然"的如虹如星的接触中,激起

"情感"的燃烧，进行习作、创作、"情绪的体操"。它"扭曲文字试验它的韧性，重摔文字试验它的硬性"，"凝聚成为渊潭，平铺成为湖泊"。在这种运作中，产生了如《水云》和其他文章里提到的"人生可悯""美丽总使人忧愁，然而还受用"这种心绪，它们构成了沈从文作品的基本氛围，律动其中的基本旋律。当然，一个伟大作家的创作模式、创作方法，不能仅仅用他的文论来论证，作品本身是更重要的依据，这里就不例举了。

2001年3月

湘土异域情

当剧烈的变革把政治需要提升到突出位置的时候，文学的本性在另一面又显示它的沉稳和持重。文学的这种本性和宽容性是耐得住颠簸和寂寞的。作家的命运也常在这种一波三折中，终于得到世人公正的界定。沈从文就是这种中国现代作家中最具声望，又带传奇性的一位。

沈从文（1902—1988），原名沈岳焕，湘西凤凰人。他出身行伍家庭，祖父少年时卖马草为生，因镇压太平军有功，官至贵州提督，后厌倦官场辞官归隐。父亲参与辛亥革命起义军攻打凤凰城，后去北京密谋刺杀袁世凯，事迹败露后逃到关外。沈从文的祖母是苗族，母亲为土家族。谈及不同民族血统的影响时，施蛰存说他存在"苗汉混血青年的某种潜在意识的偶然奔放"。湘西的山水人情瑰丽而又浪漫。这里属楚文化区，中原文化鞭长莫及。在这种文化环境中成长的沈从文，幼年贪玩逃学，对人生万象充满了好奇与求知欲。他觉得"我的智慧应当从直接生活上吸收消化，却不须从一本好书一句好话上学来"。祖母是苗人，"照当地习惯，和苗族所生儿女无社会地位，不能参与文武科举，因此这个苗族女人被远远嫁去，乡下虽埋了个坟，却是假的"（《从文自传》）。辛亥革命时，年约九岁的沈从文听说衙门从城边抬回四百多个人头和一大串人耳朵，又在天王庙大殿里看到犯人用掷竹筊的办法决定自己的生死。过了十四岁，他到土著军队里当兵，在沅水一带闯荡了五年，看到过诸如兵士押解着十二三岁的孩子，孩子挑着自己父亲或者叔伯的人头，后面跟着一两个双手反缚的人，一担衣箱，一匹耕牛的惨状。他当过书记，接触了许多古籍和文物。后来，又在一家报馆读到《新潮》《改造》《创造周刊》和一些新书，受到"五四"新文化的启迪。他反省"我虽时时刻刻为人生现象自然现象所神往倾心，却不知道为新的人生智慧光辉而倾心"，他感到有一种新的、更理想的、通过"文学重造"达到"社会重造"的工作等着他去做。于是，二十岁时孤身一人来到了北京。

沈从文1923年夏到北京，生活清苦。他自修成才，转益多师。早年创作中，不忘情于湘西乡下，又瞩目于城市人生。他笔下的题材和人物多种多样，体裁样式又多方尝试，包括散文、戏剧、诗歌和长中短篇小说。《阿丽思中国游记》（1928）以童话形式指斥了包括崇洋媚外在内的诸多丑态恶行；《龙朱》（1929）是取材于民间传说的一组短篇小说；《月下小景》（1933）改写了一组佛经故事，作者取名《新十日谈》，意在列入大众文学，供读者把玩。笔下的人物遍及社会多个层面，除船夫、水手、妓女、军人、老板、杂役等湘西人物是他熟悉的，城市的绅士、太太、学生、文人、妓女、演员也都纳入了他的视野。总的质量上，写城市生活的作品不如湘西题材的，但也留下了一些独到的观察与生动的剪辑。《十四夜间》（1927）、《第一次做男人的那个人》（1928）篇幅很短，写沉沦的嫖者和娼者的邂逅，写邂逅时的忏悔，从人性丑中挖掘出了人性美。1929年发表的《会明》与《灯》，前一篇写军队伙夫，后一篇写家庭厨子，人物性格憨厚善良，却又各具特色。

沈从文进城后，直接接触到了新文化和文化人。他以思想启蒙和文学革命作为自己的大目标，在结交朋友上不以政治划线，常以性情投合从善如流。在文化思想上，不拘泥某个主义和流派，而是杂取众家，包括他突出地提到的从契诃夫、屠格涅夫、莫泊桑以及鲁迅、郁达夫身上学到不少东西。他1925年就提到"潜意识",从林宰平学习柏格森的生命哲学,从聂仁德姨父学到达尔文的进化论、地方自治和宇宙论,向丁西林、许地山学民俗学、人类学、心理学,从周作人、张东荪那里接受了性心理学和精神分析的观点,还吸收了西方变态心理学的某些主张。《阿金》(1928)写村寨人求偶婚配中的偶然、愚昧和生命的无力,《如蕤》(1933)写女主人公的爱情追求以及骤然辞别,《都市一妇人》(1932)写一位女性被玩弄以及玩弄人、终于抓到一个心爱的丈夫又亲自弄瞎了他的眼睛以求不再被遗弃,从中可明显看出民俗学和变态心理学的影响。

沈从文缺乏政治理论思维应有的某些坚持与机敏,与此同时,少数民族的血液所形成的生理素质和心理素质,个人亲历的人生苦难,使他的艺术悟性和直觉思维得到了高度的发展。在写作追求与创作方法上,他有别于新文学(特别是左翼文学)多数作家奉为主流传统的"必然(本质)+理性"的、强调个性与共性(阶级性)统一的"典型环境中的典型性格"的人学模式,坚持自己的"偶然+情感"的创作追求,新辟蹊径,营造着一块引人注目、不可或缺的新鲜园地。

沈从文晚年对自己的文学创作作总体回顾时说,来城市五六十年,仍然"苦苦怀念我家乡那条沅水和水边的人们,我感情同他们不可分。虽然也写都市生活,写城市各阶层人,但对我自己的作品,我比较喜爱的还是那些描写我家乡水边人的哀乐故事"。①在早年的多方探求和尝试之后,进入20世纪30年代,他的主要精力就集中于湘西世界了。《柏子》(1928)是他的第一篇成名短篇小说,是确立他的独特乐章的一个序曲。美国记者埃德加·斯诺在30年代编译的中国现代短篇小说选《活的中国》中,收进了这篇作品。鲁迅在同斯诺的谈话中,列举了包括沈从文在内的中国七八个最好的小说家。作者以不同于内地作家的传统伦理观念和

---

① 《自我评述》,见《沈从文别集·凤凰集》。

审美眼光，把笔触伸向了湘西河流的吊脚楼露水夫妻生活。船夫同吊脚楼妇人的炽热情欲写得活灵活现。船只一靠岸，桅子上的歌声便起，妇人把临河的窗子打开，一会儿，这船上唱歌人就跃上吊脚楼："门开了，一只泥腿在门里，一只泥腿在门外，身子便为两条臂缠紧了。在那新刮过的日炎雨淋粗糙的脸上，就贴紧了一个宽宽的温暖的脸子"。人物对话充满了村野与泼辣，女人责怪这"悖时的"来得太晚，男人要她赌咒真那么"规矩"。末后，是互表"忠贞"，是女人把柏子随身带的香粉、雪花膏搜光，柏子把积蓄一两个月的铜钱倒光。然后，柏子点燃废缆子回到船上，等待再过半月一月的下次欢聚。多么热情而又令人悲悯的乡间生灵！

比较起来，《丈夫》（1930）有更为深广的开掘。离开了石磨和小牛也离开了丈夫的女人，是为了接济家庭到妓船卖身的。丈夫来船上探亲，碰上妻子接客，丈夫只能从船舱板缝里观察动静，妻子也只能在半夜里抽空爬过后舱，给丈夫塞一片冰糖。作品提到这夫妻在农村受到村长和乡绅的盘剥，写到水上水保、副爷、巡官的胡作非为，他们都是可以随意霸占妻子而丈夫只得躲进后舱的人物。在妻子身边，作品安置了年长的掌班大娘和年幼的五多，她们是妻子的未来与过去的影子。最后写到他们第二天一早回乡。但谁能担保妻子不再回到船上呢？

作者最早的短篇小说，更像散文，结构上散漫无序，到了《柏子》《丈夫》已达到结构上的严整了。在表现风格上，有人称作者"使悲啸的大号化为一支悠远的洞箫"（何立伟），日本的冈崎俊夫谈到《丈夫》时说："要是一位左翼作家的话，一定以咏叹的怒吼来描写这场悲惨状况，这位作家却用冷静和细致的笔来描写，而且在深处漂浮着不可测度的悲痛"。冈本隆三（日本）赞扬沈从文远远脱离道德君子的感情，能在不符合伦理的东西里发现美好的感性。黄永玉说："他的一篇小说《丈夫》，我的一位从事文学几十年的，和从文表叔没有见过面的前辈，十多年前读到之后，深受感动，他说：'……这篇小说真像普希金说过的，伟大的俄罗斯的悲哀。'"①

在湘西题材的短篇小说中，作者有自己的独特的设计与追求，以便多侧面展示湘西世界的底蕴。《旅店》（1929）是借旅店这个特定的场景以及女主人性意识的勃发，写出她、驼子助理与大鼻子客人为偶然性的生死命运所拨弄，在人生如梦的世界里各自又受到制约的漂泊感和难言的苦痛。《菜园》（1930）写玉太太的儿子和媳妇作为共产党"陈尸教场"，全篇贯穿悲剧调子，从人物爱穿的白麻布白绸子衣服到白菜、冬雪、白菊、白色母鸡等场景道具，渲染一派凄清和悲悼色调。《黔小景》（1931）表现出作者的绘画才能，写客栈烤火，写旅途惨状，人与影的搭配，光与色的运用，是一幅惨不忍睹的贵州难民图。1937年写的《贵生》，阶级斗争色彩较浓，这位厚道助人的青年农民的情人被五爷霸占后，愤起烧掉房子。作者爱憎鲜明，至少在客观上肯定了特殊条件下暴力的合理性。

《八骏图》（1935）则是城市题材的代表作。沈从文写城里人，也明显烙印着他这个"乡下人"艺术家的眼光与情感。小说写作家达士先生到青岛休假和讲课，发现同来的七位专家"心灵皆不健全"。达士说他们的性意识同虚饰的外表发生冲突，通篇又是达士的一幅自嘲图。达士自认是医治者，是主人，结果反倒需要医治，成了奴隶。小说以达士到青岛始，将离终，以写信始，拍电报终，通篇贯穿那个有点神秘感的女人的黄色身影，采用颜色学上富于刺目性的"黄色点子"，让她晃动其间，布局上错落有致。"八骏"之说，就是"乡下人"的反讽。假道学的虚伪，反自然的矫情，粗鲁的纵情主义，都在揶揄之列。对于这篇作品，不能停留于对人物的性意识潜意识等"无常的人性"的认识和分析，如

---

① 黄永玉《太阳下的风景——沈从文与我》。

果只讲"无常的人性,无常的爱,无常的欲,这正是《八骏图》所写的主题"(司马长风),这就太拘泥于事象的表面,倒是金介甫讲的"从病理学角度剖析作家的使命,对中国现代知识阶级尽情嘲弄"①,把握了这篇作品的主旨。

1934年初,沈从文回到阔别十余年的湘西故里。他从沿途给妻子张兆和的信件里,整理集结成了散文系列《湘行散记》。它同三年前的《从文自传》有好多印象叠合的地方,前为现实见闻,后为往事追忆。三年后,抗战爆发,他第二次回故乡,又写了《湘西》。加上这之前写的《记胡也频》《记丁玲》,见出了沈从文在散文、纪实文学方面的卓著成绩。总根于他这个"少见的热爱家乡,热爱土地的人"(汪曾祺)的爱,他的笔下蘸满了感情的浓汁,带着一种"乡土性"的抒情,在对读者喃喃诉说式的叙述风格中,从"淡淡的孤独悲哀"中感受到他对家乡人的深深悲悯。司马长风在《中国新文学史》中提到因为读了《湘行散记》,把沈从文列入优秀散文作家。《从文自传》出版后,周作人在1935年《论语》杂志举办的"我最爱读的三本书"里,把它列为第一本。沈从文在这些散文系列长卷里,把历史回顾、现实观察同人世变故加以综合处理,由浓郁得化解不开的感情所缩住,摆脱了不少散文家常有的市井气、闺秀气、学院气或闲适气。

《湘行散记》写他第一次回乡,可以和《从文自传》相印证,可以"温习那个业已消逝的童年梦境",对人生和历史的思索构成这个散记的突出主题。作者看到船上站着鱼鹰,石滩上走着拉纤人,日复一日,代复一代,于是感慨着"历史对于他们俨然毫无意义,然而提到他们这点千年不变无可记载的历史,却使人引起无言的哀戚"(《一九三四年一月十八日》)。最简单、最常见的是单个人的人生循环、人人相因。《桃源与沅州》写到一只桃源小划

① 金介甫《沈从文传》。

子的人员格局：一个舵手，一个拦头工人，一个听使唤打杂的小水手。这种小水手"除了学习看水，看风，记石头，使用篙桨以外，也学习挨打挨骂。尽各种古怪稀奇字眼儿成天在耳边反复响着，好好的保留在记忆里，将来长大时再用它来辱骂旁人"。他们是明天的拦头工人或舵手，再重复另一种人的命运。吊脚楼里妓女的命运就更惨。她们年轻时同水手大概有过真情的恩爱与相许，到了年老多病，只能胡乱吃药打针，"直到病了，毫无希望可言了，就叫毛伙用门板抬到那类住在空船中孤身过日子的老妇人身边去，尽她咽最后那一口气"。这类卑微的人生循环，只能是维护着一个蠕动着的社会的继续蠕动。《老伴》记述作者三次路过泸溪县城绒线铺。第一、二两次是同一个补充兵（成衣人的独生子），那补充兵看中了铺里的女孩子，发誓要娶她。到了十七年后的第三次，作者又在这里看到一个女孩子，"两手反复交换动作挽她的棉线"，同以前那个女孩一模一样。很明显她就是当年那个女孩的女儿。这时，一个"老人"出现了，"在黄晕晕煤油灯光下，我原来又见了那成衣人的独生子，这人简直可说是一个老人，很显然的，时间同鸦片烟已毁了他"。如果说，人生循环乃是历史循环的基础和表征，作者对于这种拖累历史的超稳定现象，发出了深长的慨叹。

　　沈从文谈自己说别人，都不去遵循道德君子的通行指路牌，而是本着艺术家探幽烛微的勇气，行其所当行。作品敢于触及自己潜意识里对异性的慕悦，这在汉族作家来说会是必须遮掩而不便启齿的。作者还处理了一些怪异的、常人不敢涉猎的材料。《从文自传》里写过一个卖豆腐的青年，把一个刚刚死去的商会会长的美丽女儿的尸体从墓里掘去，背到山洞里睡了三天，他在就地正法前给作者露出了一个"微笑"。另外，还写到一个土匪出身的大王想保释一个美丽的女匪首，并同她在夜里"亲近过一次"，临到处死他们时，大王给众人"送了一个微笑"，女犯则"神色自若""头掉下地尸身还并不倒下"。从政治和道德角度讲，上述人事不值一提，但作者让人们注视这块湘西土地上怪异的、忽开忽落的花朵，给读者深广得不可测量的人生思索提供新鲜的例证。

《记丁玲》《记胡也频》作为两位革命作家的人物特写，作者是本着友人与知情人的责任，在他们一个被杀、一个失踪时，为了不至于忘却而记录下来的。他立意写出一个多面的、网形的、完整的人物。作品在整体上展示了女作家"异常美丽的光辉"，同时也写她在荒郊的"痴坐痛哭"，写她同胡也频的同居和吵嘴。它让我们看到革命者有血有肉的灵魂，包括他们性格成长中的稚气和弱点。当作品再描叙他们的信仰、追求与献身，写到胡也频遇害后丁玲"在任何熟人面前，并不滴过一滴眼泪"，写到来人表示慰藉与同情时，她"还只是抿着嘴唇，沉默的微笑着"，就给读者留下了一个坚忍强毅的女革命者形象。

除了众多的短篇小说与散文篇章外，沈从文写有中篇小说《边城》和长篇小说《长河》，两者在他的创作生涯中占据重要的位置。1933年夏天，沈从文同张兆和在山东崂山看见溪边一个哭泣的穿白色孝服的小姑娘烧纸钱提水，便对张兆和说："我要用她来写一个故事！"据作者自述，翠翠这个形象还糅进了泸溪县绒线铺的女孩和他的新婚妻子某些投影。对女性命运的关切，一直是他创作的一个着力点。此前，《萧萧》（1929）写了一个已婚的童养媳手里抱的丈夫只有三岁，她同粗脖子花狗的野合差一点落得个"发卖"或"沉潭"的命运，对她来说，只能照顾丈夫长大，再抱抱自己"新生的月毛毛"。《三三》（1931）写一个未婚女子，写三三在封闭偏僻的碾坊里长大，写她十五岁时对一个悠忽而来的城里白脸男子产生种种幻想，又因他突然死去而使这幻想发生断弦似的崩裂。《边城》里的翠翠比她们有较多的自主追求，小说全景式地展示小城生活的方方面面，较为充分地描写这个小社会的风俗民情和人物的错综纠葛。

《边城》突出"善"的悲剧。它同西方那种着眼于伟大与崇高的毁灭的悲剧模式不同，出现的是普通人、善良人的命运。翠翠写得很美，"在风日里长养着，把皮肤变得黑黑的，触目为青山绿水，一对眸子清明如水晶"，"为人天真活泼，处处俨然如一只小兽物。人又那么乖，如山头黄麂一样"。她有一个慈祥的老船夫祖父，她不是被恶人恶行逼入苦境的。大老和二老都爱上了她，因为阴差阳错，她所爱的二老在选择"走马路"（唱歌）求爱时她偏偏睡着了，一气之下去了桃源。这时，祖父又去世了。诚如作者说过的，"一切充满了善，然而到处是不凑巧。既然是不凑巧，因之素朴的善终难免产生悲剧"①。

　　这部作品又是作者的一个梦境。像摆渡、教子、救人、助人、送葬这些乡镇常事，都写得相当理想化。老船夫不要过渡人给钱，发出"告他不要钱，他还同我吵，不讲道理"的埋怨，确有"君子国"景象。但明眼人仍不难从作品的背景材料看出社会矛盾。作者直言不讳他的支持"民族复兴大业的人""给他们一种勇气同信心"的写作企图。日本作家山宝静说的"看起来很平静的笔底下，恐怕隐藏着对于现代文明的尖锐的批判和抗议——至少也怀嫌恶之感"，也切中了作品的旨意。

　　《长河》是作者写作时间最长（1938—1942）、规模最大的作品。假如说，《边城》偏重浪漫色彩的理想追慕，《长河》就现出写实风格的现实褒贬。它以1936年长河上的吕家坪码头为基地，依作者在《长河·题记》说的，"作品设计注重在将常与变错综，写出'过去''当前'与那个发展中的'未来'"。所谓"常"，就是长河流域的漫长的、超稳定的自然经济，是自屈原以来不是"吃土地饭"（种地）就是"吃水上饭"（行船）的生活方式。所谓"变"，就是绵延不断的大小内战，是强加给吕家坪的国民党保

----

① 《水云》，见《沈从文别集·友情集》。

安团。作品围绕这个思路编织人物，意在抗战中给外界提供湘西社会的真实图画，给人们以"克服困难的勇气和信心"。

老水手满满、橘园藤长顺和商会会长都是吃水上饭和吃土地饭的。老水手硬朗而又耿直，藤长顺厚实不失机警，加上商会会长的上下应酬左右周旋，给读者留下了乡镇河街的历史人物剪影。在今天看来，他们纠缠于人生琐事，耗费了过多的智力与体力，给社会发展带来的实际贡献却又很少，是另一类令人叹息的生灵。从上面派给吕家坪的保安团、各种名目的捐赋以及闹剧式的"新生活"运动，给这里带来了"变"。保安队宗队长集中了这种乡镇社会的三大罪恶：侵占民财，贪赃枉法，调戏妇女。沈从文对他批评的人物（包括那个大王、女妖和豆腐老板）极少做全然否定性的描写，宗队长例外，他同作者在《巧秀和冬生》里写的调戏妇女不成便将她"沉潭"的族长一样，是十足的恶人。

作品里的夭夭兄妹，是令人喜爱的青年人。夭夭的哥哥三黑子是敢于把"恨"记在心里的人物。他"人缘好"，"为人正直"，同宗队长的对峙总有剑拔弩张之感，两人代表善与恶的两极。他喊出的"做官的不好，也得枪毙"，能得到读者的同情和支持。作品不单写夭夭"黑中俏"，"精灵灵的，九头鸟，穿山甲"，也不单像写其他乡村女子胸前围裙上的绣花以及手带麻花绞银手镯等等，而是突出她的精神风貌和审美意识的自觉。写她打扫枫树叶，看见叶子"同红雀儿一般，在高空里翻飞"，"夭夭一面打扫祠堂前木叶，一面抬头望半空中飘落的木叶，用手去承接捕捉"，对自然美的这种感受和自觉意识，使女性的表现进入了新的层次。作品还写夭夭谦虚不占先逞强，面对宗队长的讹诈挺得住，在调戏面前又能巧妙应对。在作者笔下的湘西少女中，她具有鲜明的反抗性。可以说，这部作品在表现社会矛盾方面有了提升，把爱与憎、悲与喜、社会批判与牧歌情调、历史追求与现实场景都综合进去了。

《长河》只完成了第一卷。在续篇中，作者接下来要写蒋介石横暴占领湘西，借抗战之名消灭地方势力。但作者的计划后来未能实现。

在"五四"新文化运动和"文学革命"的推动下，沈从文早年思想激进。但他的湘西特殊经历，加上进城后的文化接受和交友联络，促成他走上了个人奋斗、突出启蒙的道路，在政治上信奉超越政治、超越党派的自由主义。在尖锐的夺取政权的斗争中，这自然要受到批评。但文化思想界的政治分歧，需要时间进行学习、交流乃至磨合。1949年初，北京大学却贴出打倒沈从文的标语，并引证郭沫若头一年《斥反动文艺》对他的指斥。从此，沈从文坠入"呓语狂言"，向妻子诉说自己已是"一只沉舟"。他曾寻求自尽而未果。同年7月召开的首次文代会，他连代表也不是。他终于放弃文学创作改行研究文物。历史的发展不是笔直一条路，文化知识界的急进和极端思潮常待历史经验得到澄清和匡正。人们看到，正是当年指斥沈从文的郭沫若，却在三十年之后，以科学院院长身份为沈从文的《中国古代服饰研究》巨著写了序文。

个人经历和历史进程常常不会同步，但历史的筛选同文化的积淀终归并行不悖。改革开放后，沈从文创作的独立和独创精神、揭示人性和人生的丰富性以及乡土性和现代性的结合，重新受到世人注目和推崇。巴金赞扬老朋友沈从文"独特的风格""很高的才华"和"金子般的心"。巴金不久前去世，金庸在悼文中把"他和鲁迅、沈从文三位先生列为我近代最佩服的文人"。大约从1983年起，瑞典皇家学院设立的诺贝尔文学奖就开始瞩目中国作家。在议及的几名中国作家中，沈从文被认为"实力最雄厚"。许多瑞典人认为，如果沈从文在世，肯定是中国作家获奖"最强有力的候选人"。沈从文在这种未能料到、也不去预料的可能的荣誉之前就去世了，然而，他的作品却永生。

2005年12月